근대 미디어와 한국문학의 경계

지은이

배정상 裵定祥, Bae Jeong-sang

연세대학교 미래캠퍼스 국어국문학과 교수. 연세대학교 미래캠퍼스 국어국문학과를 졸업하고 같은 대학 대학원에서 박사학위를 받았다. 연세대, 건국대, 강원대 등에서 강의했고, 성균관대학교 박사후연구원을 거쳤다. 주요 논저로는 『이해조 문학 연구』(저서, 2015), 『애루몽』(편서, 2020), 『제국신문과 근대』(공저, 2014), 『창의적 글쓰기와 말하기』(공저, 2014) 등이 있다. 지금까지 근대 미디어를 중심으로 한 한국문학 연구를 진행해 왔으며, 최근에는 근대 서적출판문화와 대중문학에 대한 관심이 많다. 앞으로도 지금까지 문학사에서 소외되었던 작가와 작품들을 꾸준히 소개하고, 이를 통해 한국 대중문학의 역사를 새롭게 정리할 계획을 가지고 있다.

근대 미디어와 한국문학의 경계

초판 1쇄 발행 2021년 10월 20일
초판 2쇄 발행 2022년 9월 30일
지은이 배정상 **펴낸이** 박성모 **펴낸곳** 소명출판 **출판등록** 제1998-000017호
주소 서울시 서초구 사임당로14길 15 서광빌딩 2층
전화 02-585-7840 **팩스** 02-585-7848 **전자우편** somyungbooks@daum.net **홈페이지** www.somyong.co.kr

값 37,000원 ⓒ 배정상, 2021
ISBN 979-11-5905-641-3 93810

근대 미디어와 한국문학의 경계

The boundary between Modern Media and Korean Literature

배정상

책머리에

코로나19 바이러스로 인한 대재앙의 시대에 우리는 그동안 견고했던 어떠한 '경계'들이 무화되는 것을 목도하고 있다. 국가, 지역, 언어, 세대 간의 오랜 경계들이 희미해지고, 뉴미디어 테크놀로지를 기반으로 한 새로운 연결의 가능성들이 가시화되고 있다. 문학의 경계 역시 마찬가지이다. 공고했던 문학의 경계가 느슨해지고, 이제 문학은 새로운 미디어 환경 속에서의 변화를 적극적으로 모색하고 있다. 근대의 미디어가 특정한 경계를 구축하는 역할을 담당했다면, 오늘날의 뉴미디어는 이러한 경계를 허무는 데 앞장서고 있다.

'경계'라는 말은 특정한 대상을 구획하는 지점을 뜻하지만, 한편으로는 그 너머의 존재와 미지의 영토를 상상하게 만드는 힘을 내포하고 있다. 그래서 무언가의 경계를 살피는 일은 대상의 본질을 이해하는 과정이면서 그 너머의 가능성을 탐색하는 일이기도 하다. 또한 경계가 만들어지는 과정은 그 자체로 하나의 대상이 역사적 의미를 획득하기 위한 치열한 투쟁의 장이기도 하다. 경계를 설정하고 그 내부를 구축하는 것이 하나의 정체正體를 만들기 위한 필연적 방향이라면, 끊임없이 경계의 자리나 그 바깥을 탐색하는 것도 분명 필요한 일일테다.

이 책은 근내의 문학, 문난, 문학사의 경계나 그 경계에 놓인 존재들에 관한 이야기이다. 따라서 문학적 성격을 지니고 있으면서도 문학의 경계 안으로 포섭되지 못한 경계적 글쓰기, 언론·출판·문단의 경계에서 활동했던 무명의 작가들, 많은 독자의 선택을 받았지만 문학사 기술에서 배제되었던 대중문학 작품 등을 다루고 있다. 그동안 이 같은 텍스트들은 별다른 주목을 받지 못한 채 근대 미디어의 경계 어딘가에 흩어져 있었다. 정전 중심의 근대문학 연구의 장 안에서 이들은 단일한 근대문학의 발전사를 구축하는 데 거추장스러운 미달과 결여의 존재로 취급되었던 셈이다. 하지만 까끄라기 같은 이들 텍스트에 적절한 존재 의미와 가치를 부여할 수 있다면 근대문학을 더욱 입체적으로 이해할 수 있는 가능성이 생길 것이다.

이 책은 학문의 길로 들어선 이후 지금까지 나름의 연구 성과들을 모아놓은 것이다. 그렇다보니 수준도 고르지 못하고, 유기적인 짜임새도 성근 감이 있다. 최근의 연구 성과들을 착실하게 반영하지 못한 점도 아쉬운 부분이다. 그나마 흩어진 글들을 책으로 묶을 수 있었던 것은 지금까지의 연구가 투박하지만 일관된 흐름으로 수렴될 수 있었기 때문이다. 각각의 연구가 일관된 지향과 연계 속에 이루어졌다는 점은 그나마 다행스러운 일이 아닐 수 없다. 한편, 책을 내면서 군데군데 부족한 내용을 보충하거나 수정했으며, 논문에는 미처 활용하지 못했던 다양한 이미지를 추가하여 시각적인 이해를 돕고자 했다. 오래 망설였지만 연구자로서 한 단계 도약하기 위해서는 이러한 정리도 필요하겠다는 생각이 들었다. 부족한 부분이 많지만 이러한 과정에 놓여 있는 책이라는 점을 부디 헤아려 주시길 바란다.

생각해보니 나도 늘 어딘가의 경계에서 지내왔던 것 같다. 경계에서의 삶이 그리 순탄하지만은 않았지만, 그래서 부단히 노력하고 한 걸음씩 나아갈 수 있었다. 물론 나 혼자만의 힘으로 여기까지 왔다고 생각하지 않는다. 가족들의 무조건적인 헌신과 사랑이 아니었다면 문학 연구자로서의 삶은 불가능했을 것이다. 또한 은사이신 김영민 선생님을 비롯하여, 워킹리서치에서 함께 공부하는 여러 선생님들의 가르침과 격려도 큰 힘이 되었다. 이 책이 그동안의 감사에 보답할 수 있는 작은 선물이 되면 좋겠다.

코로나19 바이러스는 이미 우리 삶의 많은 것들을 바꾸어 놓았다. 안타깝지만 다시는 코로나 이전의 삶으로 돌아갈 수 없다는 것을 우리는 직감하고 있다. 하지만 좌절할 필요는 없다. 지금이야말로 낡은 관성으로부터 벗어나 새로운 삶의 가능성들을 적극적으로 모색해야 할 때다. 나는 경계에 있어본 자만이 얻을 수 있는 시야가 있다고 믿는다. 경계의 존재는 체제와 질서로부터 유연하고 또한 넘나듦이 자유롭다. 또한 새로운 변화와 연결의 가능성을 내포하고 있기도 하다. 많은 이들의 시선이 경계의 자리에 닿기를, 또 그 너머를 향할 수 있기를 바란다.

2021년 가을
또 어딘가의 경계 어름에서
배정상

차례

책머리에 3

제1부 근대 초기 미디어와 서사 양식

제1장 『독립신문』의 '독자투고'와 '서사적 논설' 13
   1. 머리말 13
   2. 『독립신문』 '독자투고'의 성격과 서술 방식 15
   3. 『독립신문』 소재 '서사적 논설'의 서술 방식 26
   4. 맺음말 40

제2장 『대한매일신보』의 서사 수용 과정과 그 특성 44
   1. 머리말 44
   2. 『대한매일신보』의 체제 변화와 서사적 글쓰기의 수용 45
   3. 소설란의 발생과 소설 담론의 형성 52
   4. 맺음말 62

제3장 근대계몽기 토론체 서사의 특질과 위상 65
   1. 머리말 65
   2. 근대계몽기 신문 매체와 토론체 서사의 존재 양상 67
   3. 토론체 서사의 특질과 위상 74
   4. 맺음말 86

제4장 **애국계몽운동과 소설 출판의 한 양상**
　—장지연의 『애국부인전』을 중심으로 89
　1. 머리말 89
　2. 여성 교육의 교과서 91
　3. 『애국부인전』의 사실 지향과 그 모순 100
　4. 맺음말 111

제5장 **개화기 서포의 소설 출판과 상품화 전략** 113
　1. 머리말 113
　2. 신문 게재 소설 광고의 양상 및 특징 117
　3. 소설 광고 문안의 수사학적 배치와 전략 131
　4. 맺음말 136

제2부 근대 신문과 신문연재소설

제1장 **최찬식 소설의 『조선신문』 연재 양상과 의미** 145
　1. 머리말 145
　2. 최찬식 소설과 저자 확정의 문제 148
　3. 『조선신문』 소재 최찬식 소설의 특질과 의미 161
　4. 맺음말 185

제2장 **이해조 판소리 산정의 미디어적 변환과 그 특징** 189
　1. 머리말 189
　2. 판소리 산정의 『매일신보』 연재 양상 191
　3. 판소리 산정의 의미와 효과 197
　4. 맺음말 212

제3장 **근대 신문 '기자/작가'의 초상**—'금화산인' 남상일을 중심으로 215

1. 머리말 215
2. 「이대장전」의 작자 '금화산인(金華山人)', 그리고 남상일 218
3. 남상일 문학의 『매일신보』 연재 양상과 그 의미 224
4. 맺음말 246

제4장 **1920년대 신문 '기자/작가' 은파 박용환과 그의 문학** 249

1. 머리말 249
2. 『매일신보』의 '기자/작가' 은파 박용환 252
3. 박용환 소설의 특질과 의미 261
4. 맺음말 288

제5장 **최서해 장편소설 「호외시대」 재론** 293

1. 머리말 293
2. 『매일신보』와 최서해 296
3. 「호외시대」의 『매일신보』 연재 양상과 의미 305
4. 맺음말 325

제3부 식민지 서적출판문화와 딱지본 대중소설

제1장 **딱지본 대중소설의 작가 철혼 박준표** 329

1. 머리말 329
2. 소년소녀 잡지의 발행과 다양한 실용서적의 저술 333
3. 딱지본 대중소설의 유형과 특성 341
4. 맺음말 370

제2장 **출판인 송완식 문학의 특질과 의미** 374

　　1. 머리말 374

　　2. 송완식 문학의 유형과 특징 376

　　3. 맺음말 402

제3장 **녹동 최연택의 언론출판활동과 딱지본 대중소설** 406

　　1. 머리말 406

　　2. 신문 미디어와 경계적 글쓰기 409

　　3. 문창사 설립과 서적 출판 416

　　4. 최연택 소설의 특질과 의미 422

　　5. 맺음말 439

제4장 **일인칭 시점 딱지본 대중소설의 존재 양상과 의미** 442

　　1. 머리말 442

　　2. 일인칭 시점 소설의 등장과 실험 446

　　3. 일인칭 딱지본 소설의 특징과 의미 451

　　4. 맺음말 467

　　참고문헌 471

　　간행사 484

제1부
근대 초기 미디어와 서사 양식

제1장 Ⅰ 『독립신문』의 '독자투고'와 '서사적 논설'

제2장 Ⅰ 『대한매일신보』의 서사 수용 과정과 그 특성

제3장 Ⅰ 근대계몽기 토론체 서사의 특질과 위상

제4장 Ⅰ 애국계몽운동과 소설 출판의 한 양상
― 장지연의 『애국부인전』을 중심으로

제5장 Ⅰ 개화기 서포의 소설 출판과 상품화 전략

『독립신문』의 '독자투고'와 '서사적 논설'

1. 머리말

근대계몽기의 단형 서사문학을 연구하기 위해서는 무엇보다 그것을 담고 있는 신문 매체에 대한 이해가 선행되어야 한다. 이 신문이라는 새로운 매체는 그 안에 담겨 있는 글쓰기의 형식 및 내용에까지 영향을 미치기 때문이다. 따라서 근대계몽기 단형 서사문학에 관한 연구는 신문이라는 매체의 속성에 대한 깊이 있는 이해에서 출발하여, 그러한 문학적 글쓰기의 자질들이 신문 지면에 각각 어떻게 배치되고 있는지를 살펴보아야 할 것이다.

최초의 근대적 민간신문이라 불리는 『독립신문』은 1896년 4월 7일 서재필을 중심으로 창간되었다. 『독립신문』은 한글전용을 실시하여 상하귀천이 없는 '조선 전국의 인민'을 그 독자로 호명하며, 수평적 의사소통구조 사이에서 중립적이고 객관적인 태도를 취하고자 했다.[1] 이러한 태도를 바탕으로 『독립신문』은 사실을 전달한다는 매체적 신뢰를 확보하고 다양한 방식의 계몽을 수행할 수 있었다. 이때, 『독립신문』의 계몽적 언표는 중립적이고 객관적인 태도로 단지 사실을 '있는 그대로' 전달한다는 주의에 기반한다.

『독립신문』은 당시 기사취재의 어려움을 보완하고, 독자들의 다양한 의견을 반영하기 위해 '독자투고'를 적극적으로 활용하였다.[2] 따라서 '독자투고'는 사회 각 부문의 다양한 사건과 소식들을 다루는 데 크게 기여하였고, 여론을 수렴하는 공공영역의 기능을 강화시켰다. 또한 이 시기 독자의 모습을 확인할 수 있는 근거가 될 뿐 아니라, 독자에게 구체적인 현실감각을 일깨운다는 점에서 효과적인 계몽적 글쓰기였다.

한편, 『독립신문』에는 총 30여 편의 '서사적 논설'[3]이 포함되어 있는데, '독자투고'라는 글쓰기와 구조와 서술 방식에서 매우 유사한 면모를 지니고 있다. 따라서 이 글은 『독립신문』의 '독자투고'와 '서사적 논설'과의 관련 양상을 분석하여, 근대계몽기의 대표적 서사문학양식인 '서

1　『독립신문』이 대상으로 삼고 있는 독자는 '상하귀천이 없는 조선 전국의 인민'이었다. 『독립신문』은 한글전용을 통해 독자층을 서민·부녀자 층까지 확대시키고, 확대된 독자를 '조선 전국의 인민'으로 상정하고 있다. 『독립신문』 창간호 논설에서 확인할 수 있는 이러한 언표는 지식인층과 일반 평민층 모두를 한글이라는 문자를 통해 하나의 공통된 자질로서 포획하고 있다는 점에서 상징적이다. 또한 '인민'은 크게 정부와 백성으로 나뉘며, 『독립신문』은 정부와 백성 사이에서 수평적인 의사소통의 매개가 될 것을 자처하고 있다. 「논설」, 『독립신문』, 1896.4.7.

2　『독립신문』은 창간 초기부터 '독자투고'를 적극적으로 광고하고, 중요한 기사원으로 활용하고 있었다. 역사학에서 조사한 통계에 따르면, 『독립신문』은 1896년 4월 7일 창간되어 1899년 12월 4일까지 총 766호가 발행되었는데, 그중 총 500여 건의 투고기사가 게재 되었다. 서순화, 「『독립신문』의 독자투고 연구」, 충남대 박사논문, 1996. 참조.

3　'서사적 논설'은 김영민이 처음으로 제안한 용어인데, "전래적 서사 양식인 야담이나 한문 단편 등이 근대 문명의 산물인 신문의 논설과 결합하여 생긴 양식"을 의미한다. 김영민, 『한국근대소설사』, 솔, 1997, 48면.

사적 논설'이 신문이라는 새로운 매체의 글쓰기와 매우 밀접한 연관 관계 속에서 이루어진 것임을 실증적으로 밝히고자 한다. 이는 근대 초기 서사 양식의 존재 양상과 의미를 구체적으로 이해하기 위한 또 하나의 방법이 될 것이다.

2. 『독립신문』 '독자투고'의 성격과 서술 방식

『독립신문』은 창간 초부터 '독자투고'에 대한 지속적인 광고를 실시하면서,[4] 한글전용을 통해 확보한 독자를 일방적 수용자가 아닌 하나의 능동적 글쓰기의 주체로 만들고자 했다. 『독립신문』의 독자는 누구든지 매체의 지면을 통해 자신의 의견을 개진하거나, 특정한 사안에 대한 비판 내지는 고발을 할 수 있었다. '독자투고'는 『독립신문』이 실시한 한글 글쓰기의 경제성을 통해 더욱 확산될 수 있었고, '상하귀천' 없이 정부와 백성이 서로 활발하게 소통할 수 있는 매개로서의 『독립신문』을

---

4 『독립신문』은 '독자투고'가 하나의 제도로서 정착되기까지 지속적인 광고를 게재하였다. "무론 누구든지 무러볼 말이 잇든지 셰샹사름의게 ᄒ고스분 말 잇스면 이 신문샤로 간단ᄒ게 귀결 ᄒ�셔 편지ᄒᆞ면 되답홀 만흔 말이든지 신문에 낼만흔 말이면 되답할 터이요, 내기도 홀터이옴 한문으로흔 편지는 당초에 샹관아니홈", 「광고」, 『독립신문』, 1896.4.7~21; "누구던지 신문샤에 편지 ᄒᆞᄂᆞ이는 거쥬셩명을 써셔 보내야 보지 그러치 안흐면 샹관 아니ᄒᆞ노라", 「광고」, 『독립신문』, 1896.4.28~5.21; "무론 누구던지 신문에 긔 지 홀 일이 잇셔 신문샤에 편지 ᄒᆞ랴거든 그 편지 ᄭᅳᆺ히다가 편지 ᄒᆞ느니 거쥬셩명을 분명히 쓰되 만일 셩명을 편지 ᄭᅳᆺ히다가 들어내기 어렵거든 몸쇼 신문샤에 와셔 되면ᄒᆞ여 말을 ᄒᆞ오 만일 편지 ᄭᅳᆺ히 편지 ᄒᆞ난니 거쥬셩명이 업스면 곳 익명셔라 엇지 짐쟉ᄒᆞ고 익명셔를 준신 ᄒᆞ야 신문에 기록ᄒᆞ리요 편지 ᄭᅳᆺ히 거쥬셩명 잇는 것만 시힝 ᄒᆞ겟스니 그리들 알며 편지 ᄒᆞᄂᆞ니의 셩명은 신문에 들어내지 아니 홀터이니 염녀와 의심들은 마오", 「광고」, 『독립신문』, 1897.2.18.

〈그림 1〉 1896년 4월 7일 『독립신문』 창
간호 1면

가능케 하였다. 이러한 바탕위에 '독자투고'는
'조선 전국의 인민'이라는 공동체를 상상하는
데 효과적으로 기능하였고, 객관성과 사실성
을 기반으로 하는 신문 매체의 특성을 제도화
하는데 중요한 글쓰기 방식이었다.

1) 기사 취재 원칙과 '독자투고'

『독립신문』이 창간될 무렵에는 '신문新聞'이
라는 새로운 매체에 대한 인식이 아직 확립되
지 않았고, 각각의 란의 성격 역시 그 자체의
뚜렷한 특성을 갖지 못한 상태였다. 논설란과 잡보란은 각각의 성격이
확연히 분리되어 있는 상태가 아니었고, 다루는 기사 역시 충분한 사실
확인을 통해 게재되지는 못했던 것으로 파악된다. 다만 『독립신문』은
'거짓말을 하지 않고',[5] '독립신문에 없는 말은 모두 허언'[6]이라고 말하
기도 하며, 정정기사를 통해 잘못 나갔던 기사를 바로 잡으며 스스로의
신뢰도를 높여 나갔다. 이러한 노력을 통해 『독립신문』은 사실성, 중립
성, 객관성을 기반으로 한 매체로서의 신뢰를 확보하고, 결국 하나의 제
도로서 정착하게 되었다. 그렇다면 『독립신문』은 과연 어떠한 이야기들
을 담고 있었는가.

　　독닙신문이 본국과 외국亽졍을 ㅈ셰히 긔록홀터이요 졍부쇽과 민간 쇼문

5　「잡보」, 『독립신문』, 1896.5.21.
6　「논설」, 『독립신문』, 1897.3.18.

을 다보고 흘터이라 정치샹일과 농수 쟝수 의슐샹 일을 얼만콤식 이 신문샹
미일 긔록흠[7]

위 예문은『독립신문』창간호에 실린 광고 중 일부이다. 이 글을 보면
『독립신문』에서 다루는 이야기는 크게 조선과 외국의 사정이고,[8] 그중
에서도 국내의 문제는 다시 '정부 속'과 '민간 소문'으로 분류된다.『독
립신문』은 주로 논설과 관보를 통해 '정부 속' '소문'을 다루고, 잡보란
을 통해 민간의 '소문'을 다루고자 하였다.

여기에서 '소문所聞'은 '들리는 바' 그대로의 이야기를 말한다.[9] '소문'
은 '풍셜風說' 등의 용어와 비슷하게 사용되었는데,[10]『독립신문』은 민간
에서 벌어지는 사건이나 백성들의 목소리를 '들리는 바' 그대로 다루고
자 하였다. 이것은 일반 백성들의 삶을 '있는 그대로' 다루겠다는 의미
로 해석된다. 이때 '소문'은 하나의 유용한 '정보'라기보다는 날것 그대
로의 이야기에 가깝다.[11]

이 시기 신문 기사들이 대부분 그러하겠지만, 이렇게『독립신문』이
주로 다루는 이야기가 단지 '소문'의 차원이었음을 구체적으로 입증하
는 것이 바로 '독자투고'이다. '독자투고'는 그것의 진위 여부가 가려지

---

7 「광고」,『독립신문』, 1896.4.7.
8 『독립신문』은 국내의 문제뿐만 아니라 외국의 사정을 「외국 통신」, 「전보」 등의 란을
   통해 알려주고 있다.
9 '소문'이란 용어는 특히 각각의 「잡보」 기사에 표제가 붙기 시작하는 1898년 7월 이후
   '양서 소문', '영남 소문', '옥사 소문' 등의 표제로 활용되기도 한다.
10 "본샤 신문 칠십 삼호에 쇼 보험 회샤할 일노 칙교를 밧드럿다훈 잡보를 낼 때에는 다믄
   풍셜인줄은 알고 긔저 호엿더니 그 회샤에서 광고훈것도 보고 또 들니도 알아 본즉 우리가
   말 훈것이 과연 적실훈 일이라……"(강조 인용자), 「논셜」,『독립신문』, 1898.4.12.
11 이러한 부분은 권보드래의 연구에 자세히 설명되어 있다. 권보드래,『한국 근대소설의
   기원』, 소명출판, 2000, 205~217면 참조.

지 않은 하나의 '소문'에 불과한 것이었다. '독자투고'는 투고를 권장하는 광고에서 알 수 있듯이, 단지 투고자의 거주지역과 성명을 표시한 경우가 대부분이었다. 따라서 대부분의 '독자투고'는 투고된 내용의 사실 여부가 확인되지 않은 상태에서 게재되었고, 편집자는 투고기사에 대한 가치평가를 유보하는 경우가 많았다.

'독자투고'의 편집자는 투고자의 사연을 소개하고 그 말미에 '만일 이 말이 분명 할진대 그 고을 원은 살필지어다'[12]라거나 '신문사에 편지가 왔으니 참 그런지',[13] '그 근처에 유 하는 사람의 편지가 우체편으로 신문사에 왔으니 참 그런지 우리는 게재만 하노라'[14] 등의 발화를 통해 사건의 진위 여부에 대한 책임을 회피한다. 이로 미루어 볼 때, 투고 내용은 아직 사실 여부가 확인되지 않은 채 하나의 기사로 게재되고 있음을 알 수 있다. 이렇게 『독립신문』의 '독자투고'는 사실 여부가 확인되지 않은 상태의 '소문'으로 게재되고 있었다. 하지만 떠도는 '소문'이 편집자에 의해 선택되어 신문에 게재되는 과정에서 '소문'은 하나의 유용한 '정보'로서 다루어진다. 이러한 과정에는 분명 일정한 원칙에 의한 제약이 작동하고 있다.

오늘 우리가 별노히 ㅎㄴ 말은 각쳐 신문 긔ㅈ들을 위 ㅎ야 말 ㅎ노니 이 즁림을 밋흔 졔 군ㅈㄴ 우리 말을 쟈셰히 듯고 아모죠록 신문 긔ㅈ의 목적을 이져 버리지 아니 ㅎ기를 ㅂㆍㄹㅇㅗ노라 신문의 목적은 뎨일 인민을 위 ㅎ야 인민

---

12 「잡보」『독립신문』, 1896.10.6.
13 「잡보」, 『독립신문』, 1897.3.13.
14 「잡보」, 『독립신문』, 1897.6.26.

의 의복과 음식과 지산과 목숨과 권리와 디위와 힝실과 쳐디를 다믄 보호 ᄒ여 줄쁜이 아니라 점점 더 나아 가게 ᄒ여 주어 그 인민들이 더 부요ᄒ고 그 인민의 의복 음식 거처가 점점 학문 잇게 되야 가게 ᄒ며 그 인민의 권리를 아모라도 희롭지 안케 ᄒ여 주며 인민의 힝실들이 점점 놉고 점직 ᄒ야 세계 에 졈쥰ᄒ 사ᄅᆷ들이 되게 ᄒ여 주며 아모죠록 약 ᄒ고 간란 ᄒ고 궁 ᄒ고 셰 업ᄂᆫ 사ᄅᆷ을 보호 ᄒ며 역셩 ᄒ야 인민들이 모도 의리 잇고 츙심 잇고 학문 잇게 되도록 ᄒ며 둘지ᄂᆫ 죠곰치라도 샤심(私心)이 업셔 론인 정단 ᄒᆯ 째에 공평 ᄒᆫ것 ᄒ나믄 가지고 말을 ᄒ며 결단코 인민이 드러셔 쓸디 업ᄂᆫ 말을 내지 말며 헛되고 ᄯᅳᆺ 업ᄂᆫ 말을 긔지 말며 아모죠록 글을 알아보기 쉽도록 간단 ᄒ고도 긴 ᄒᆫ것을 쎗지 말고 말을 믄드러 글ᄌᆞ ᄒᆞᆫᄌᆞ와 ᄒᆫ 줄이 쓸디 업 ᄂᆫ 일에 허비 ᄒ지 안토록 ᄒ여야 ᄒᆯ터이며 일 의론 ᄒᆯ 째에 언제던지 신문 의 데일 목격을 이져 버리지 말고 인민을 위 ᄒ야 언제던지 그 ᄆᆞᄋᆷ ᄒ나를 가지고 의론 ᄒ며 젼국 졍치와 샤회 샹 일을 ᄒ 집안 이약이와 ᄀᆞᆺ치 ᄒ야 젼 국 인민이 샤회 샹 일과 졍부 샹 일이 ᄌᆞ긔 집안 일 ᄀᆞᆺ치 알도록 말을 ᄒ여 주어야 ᄒ며 사ᄅᆷ을 칭찬 ᄒ되 실샹을 가지고 칭찬 ᄒ고 누구를 시비 ᄒᆯ 째 에 실샹ᄒᆫ 일을 가지고 무슴 일을 엇더케 ᄒ엿다고 자셰히 긔긔ᄒ야 시비 ᄒ 지 아니 ᄒ여셔ᄂᆫ 시비를 ᄒ여도 증계가 아니 되고 칭찬을 ᄒ여도 찬양이 아 니 될터이라[15]

위 예문은 신문 기자들을 대상으로 하는 논설로서, 신문 기자가 기사 를 쓸 때 주의해야 할 점을 설명하고 있다.[16] 첫째, 기자는 인민 즉, 『독

15 「논설」, 『독립신문』, 1898.7.1.
16 여기에서 '긔쟈'는 신문기사를 취재하고 기록하는 기자이며, 나름의 원칙에 의해 편집

립신문』이 상정하고 있는 독자 전체를 위하는 기사를 써야한다고 주장한다. 즉 신문의 목적은 무엇보다 인민을 위하여, 인민의 생활 전반을 보호하고 발전하게 만들어야 하고, 그 인민의 권리를 해롭지 않게 해 주며, 인민들을 의리 있고, 충심 있고, 학문 있게 만들어야 하는데 있으므로, 기자는 그러한 목적에 부합하는 내용의 기사들을 써야 하는 것이다. 둘째로, 기자는 사심 없이 공정한 태도를 바탕으로, 인민이 들어서 도움이 되고, 의미 있는 말을 간단하고 쉽게 써야 하며, 오직 인민을 위한 마음으로 정치와 사회의 일을 한 집안 이야기와 같이 알도록 해 주어야 하며, 어떠한 사람의 잘잘못을 가리고자 한다면 그 실상을 자세히 기록하여 '칭찬' 또는 '징계'가 되도록 기사를 써야 하는 것이다.

이 글에서는 『독립신문』이 '소문'을 어떻게 '정보'로 바꾸어 놓는지를 잘 보여주고 있다. 단지 떠도는 '소문' 또는 '풍문'은 신문이란 공적 담론의 장 안에서, 일정한 규칙에 의해 계열화되고 있음을 알 수 있다. 그 규칙은 무엇보다 독자를 위한 것이어야 하고, 이것을 바탕으로 공정하고, 쉽고, 마치 자신 집안의 일처럼 가깝게 그리고 '징계' 또는 '칭찬' 할만한 기사를 써야 한다는 것이다. 따라서 이 글은 단지 떠도는 '소문' 또는 '풍설'을 어떠한 원칙에 의해 포착하고, 계열화하는가를 보여주는 중요한 사례이다.

이러한 '소문'의 포착에 사용되는 우선적인 기준은 물론 '계몽성'이었다. 『독립신문』에 실린 대부분의 기사들은 근대화를 위한 독자 계몽을 주 목적으로 하는데, 특히 잡보란의 경우 주로 근대적 '법률'을 기준

하여 신문에 게재하는 편집자의 의미를 포괄하고 있다.

으로 국민이 가져야 할 덕목을 가르치는 하나의 '정보'로서 기능하고 있었다. 『독립신문』이 '소문'이나 '풍설'에 불과한 사건을 기사로 게재할 때, 그것은 일상적인 사건의 실례를 제시함으로서 독자에게 징계가 되기도 또는 본받을 만한 모범적인 사례가 되기도 한다.[17] 이렇게 신문 매체에 게재된 기사는 독자에게 유익한 계몽적 '정보'로서 유통되고 있음을 알 수 있다.

2) '독자투고'의 서술자와 '전언傳言'의 방식

위에서 살펴본 것처럼 『독립신문』의 '독자투고'는 사회 각처의 '소문'을 중립적이고 객관적인 태도로 전달하고자 했다. 이러한 과정을 거친 '소문'은 하나의 '정보'로서 독자에게 전달되고 있으며, 구체적인 다른 독자(투고자)의 사건들은 칭찬 또는 징계가 되는 사례로서 제시되어 효과적인 계몽적 수단이 되었다.

'소문'을 하나의 유용한 '정보'로 재가공하는 이러한 과정에는 무엇보다 서술자의 역할이 크게 작용했다. 여기서 '독자투고'의 서술자는 편집자의 성격을 그대로 가지고 있으며, 기본적으로 『독립신문』의 입장과 태도를 전제하고 있다. 즉, 편집자의 성격을 지닌 서술자는 취재된 소문을 객관적이고 중립적인 시각에서 보도해야 했다. 『독립신문』은 '편당

---

17 신문의 긍정적인 기능에 대한 독자의 투고를 제시하고, 독자들의 반응을 유도하는 기사가 있는데, 이 글의 편집자는 신문의 긍정적인 기능에 대한 내용의 '독자투고'를 게재하고 글 뒤에 다음과 같은 짤막한 편집자 주를 덧붙이고 있다. "신문을 흣즈거드면 죠션셔는 감샤 흐단 말은 듯지 못 흐고 남의게 유익 업시 미움문 밧드듸 다문 모음이 깃겁게 흐는거슨 만명에 흐나라도 우리 본의를 알아 주는이가 잇는지라 이 편지는 우리가 오늘 지지 흐야 세계에 죠션도 신문이 빅셩의 친구로 아는 사람이 잇는 거슬 알게 흐즈는 주의로라", 「논셜」, 『독립신문』, 1897.6.3.

없이' 공정하게 기사를 서술해야 했고, 민간에 떠도는 '소문'은 단지 '있
는 그대로' 전해져야 했다. 따라서 편집자, 즉 기사 서술자는 보다 중립
적이고 객관적인 시점을 확보할 필요가 있었다.

『독립신문』의 '독자투고'는 일정한 유형으로 서술되는데, 다음의 세
가지로 정리할 수 있다.

(가) 서술자의 발화−투고 내용
(나) 투고 내용−서술자의 발화
(다) 서술자의 발화−투고 내용−서술자의 발화

(가)의 유형은 서술자가 주로 투고자의 신상을 간략히 제시하고 그
투고 내용을 게재하는 방식이다. 이때 서술자는 투고자의 신상 또는 게
재 배경을 간략히 제시하고 투고 내용을 요약, 정리하여 서술한다.

(가)-1 연산 김씨가 신문샤에 편지 ᄒᆞ엿ᄂᆞ듸 공쥬부 관찰ᄉ 리건하가 난쟝
      을 터셔 각쳐에 노름이 만ᄒᆞ듸 노름군이 돈이 업셔지면 화적이 되
      야 빅셩들이 살수 업고 노름군들이 슐을 취ᄒᆞ고 픽악을 부려 공쥬
      영이 아울지 못 ᄒᆞᆫ다고 ᄒᆞ엿더라[18](강조는 인용자)
(가)-2 엇던 유지각ᄒᆞᆫ 사름이 죠흔 말을 ᄒᆞ여 보내엿기로 론셜 듸로 올니노라
      사름이 세상에 사ᄂᆞᆫ거시 세가지에 지내ᄂᆞᆫ비 업시니 의복과 음식
      과 집이라 이세가지 일에 사름마다 그분슈와 힘을 ᄡᅳ라 ᄒᆞᄂᆞᆫ거시

---

18 「잡보」, 『독립신문』, 1896.6.27.

빅쳔 만칭이나 다르니 그다른 곡졀은 각각 지죠와 지각이 혹 낫기
도 ᄒ고 혹 못 ᄒ기도 흠으로 부귀와 빈쳔이 잇서 사름은 ᄀᆞᆺᄒ나
분슈가 다른지라[19](강조는 인용자)

(가)의 유형은 위 예문에서처럼 서술자가 투고 내용 앞부분에 투고자
의 간략한 신상과 게재 배경을 설명하는 역할을 한다. 여기에서 서술자는
투고 내용의 외부에서 간략한 게재 배경만을 설명하며, 투고 내용은 최대
한 서술자의 개입이 없이 '있는 그대로' 전해지고 있음을 알 수 있다.

(나)의 유형은 투고 내용을 서술한 후, 서술자가 그 뒤에 투고자의 신
상 등을 간략하게 제시하는 형식을 따른다.

(나)-1 량쳔군 아젼 쟝우범이란 놈이 협잡이 무슈 ᄒ야 빅셩의게 토식과
속여 먹ᄂᆞᆫ거시 젹지 안흔 놈인ᄃᆡ 빅셩을 무쇼 ᄒ야 타살흔 일도 잇
고 이왕에 비도를 ᄭᅵ고 본관을 가두엇다고 강원도 빅셩들이 신문샤
에 편지를 ᄒᆞ엿다더라[20](강조는 인용자)

(나)-2 평양군에 사ᄂᆞᆫ 인민들은 괴이흔 풍쇽을 이ᄶᅢᄭᆞ지 고치지 안코 사
름들이 계집 ᄋᆞ히를 새로 나면 잘 길너 셩혼 식힐 싱각은 아니 ᄒ
고 기ᄉᆡᆼ 구실 식히기을 본ᄅᆡ 죠흔 일노 아라 지금은 그 풍쇽이 오
히려 젼보다 더욱 심 ᄒ고 무당 불너 졈 ᄒ기와 굿 ᄒ기며 판슈 불
너 문복 ᄒ기 경 닑기며 신당 위 ᄒ기 모든 악습을 낫낫치 다 말
홀슈 업다고 편지가 신문샤에 왓스니 참 그러 흔지 과연 편지 ᄉᆞ연과

19 「논셜」, 『독립신문』, 1896.11.26.
20 「잡보」, 『독립신문』, 1896.10.10.

굿홀진되 평양 사롬들은 아직도 숨을 못 싸다른 듯 ᄒᆞ다고 ᄒᆞ더라[21] (강
조는 인용자)

　(나)의 유형은 대부분 잡보란에서 찾아 볼 수 있는데, 이러한 유형은
서술자의 투고 내용 서술 뒤에 투고 배경과 그에 대한 간략한 평가가 삽
입되는 형식이다. 여기에서 서술자는 투고 내용을 요약·서술한 뒤 말미
에 간략한 투고 정보와 게재 배경, 또는 평가를 덧붙이는 형식을 취하고
있다.

　(다)의 유형은 게재 배경을 간략히 제시하고 투고 내용을 서술한 후 그
뒤에 그 내용에 대한 간단한 서술자의 언급으로 마무리를 맺는 방식이다.

　　(다)-1 안동 김윤보란 사롬이 신문샤에 편지를 ᄒᆞ였는되 민스 쇼숑을 밧지 안
　　　　혼제가 두서너 둘이 되미 경향간에 민숑이 산굿치 싸여 빅셩의게
　　　　ᄒᆡ론 일이 만타니 직판소에서 민숑을 바다 결쳐 ᄒᆞ여 주기를 우리는
　　　　ᄇᆞ라노라[22] (강조는 인용자)
　　(다)-2 양수골 스는 유치도가 신문샤에 편지 ᄒᆞ엿는되 동촌 박셕골 리윤삼이
　　　　가 죽은 후에 그어미가 며나리를 위 ᄒᆞ야 양손 리경구를 졍 ᄒᆞ엿더
　　　　니 양즈 온지 셕달만에 리경구가 졔 안희를 내여 쫏고 그 양모와
　　　　함의가 되야 무례흔 일이 잇는 듯 ᄒᆞ다니 이런 일은 경무쳥에셔 자셔
　　　　히 치탐 ᄒᆞ야 이말이 분명홀진되 잡아다 직판쇼로 넘겨 법률되로 다스
　　　　리는거시 올흘듯 ᄒᆞ더라[23] (강조는 인용자)

21　「잡보」, 『독립신문』, 1897.2.16.
22　「잡보」, 『독립신문』, 1896.5.14.

(다)의 유형은 투고 내용의 앞과 뒤에 서술자의 발화가 드러나는 구조이다. 여기에서 서술자는 투고 내용을 전달하기 전에 투고자의 신상이나 게재 배경을 제시하고, 전체 투고 글의 말미에 그에 대한 간략한 평가 내지는 논평을 곁들이고 있다.

위 예문에서처럼 '독자투고'는 (가), (나), (다)의 세 가지 유형으로 나눌 수 있는데, 강조한 부분은 모두 서술자의 발화가 직접적으로 드러나는 부분이다. 이처럼『독립신문』의 '독자투고'는 주로 외부의 서술자가 투고 내용을 간접적으로 전달하고 있는 액자식 구성으로 이루어져 있음을 알 수 있다. 이때 서술자는 외부에서 단지 '있는 그대로' 전달하는 '전언자傳言子' 내지는 '기록자'의 역할을 취하고 있으며, 투고 내용은 단지 내부의 이야기로 전달되고 있다. 서술자는 투고 내용에 직접적으로 개입하지 않으며, 중립적이고 객관적인 태도로 투고 내용을 전달하고자 한다. (다)의 경우에도 서술자는 투고 내용에 대한 간단한 논평을 하고 있지만, 그 투고 내용 자체는 '있는 그대로' 전달되고 있다. 결국『독립신문』의 '독자투고'는 대부분 액자식 구성으로 이루어져 있으며, 내부의 이야기는 외부의 중립적이고 객관적인 서술자에 의해 투고 내용 그대로 전달되고 있음을 알 수 있다.

---

23 「잡보」, 『독립신문』, 1896.9.29.

3. 『독립신문』 소재 '서사적 논설'의 서술 방식

1) 외부의 서술자와 내부의 이야기[24]

『독립신문』에는 총 30여 편의 '서사적 논설'이 게재되어 있다. 이것은 모두 문학적인 성격을 강하게 드러내어 추출된 글들인데, 모두가 『독립신문』 제1면 논설란에 위치하고 있다. 『독립신문』의 논설란에는 독자 계몽을 위한 일반적인 주장 외에도 다양한 방식의 글들이 혼재하고 있었다. 여기에는 고종이 내린 조칙,[25] 호구 조사 규칙,[26] 국내 우체 규칙[27] 등의 칙령이 게재되거나, 아라비아 숫자와 알파벳을 가르쳐 주고,[28] 생물학 강의를 연재[29]하는 등 다양한 방식의 글들이 계몽이라는 담론의 장 안에서 계열화되고 있었다. 더구나 '서사적 논설'은 그것이 작가가 지어낸 허구적인 이야기임에도 불구하고 사실을 기반으로 하는 신문 매체의 논설란에 게재되고 있었다. 하지만 『독립신문』은 객관적이고 중립적인 태도로 사실만을 이야기한다는 매체로서의 신뢰를 유지해야 했고, 서술자는 떠도는 소문을 일정한 방식으로 통제해야 했다.

'서사적 논설'의 서술자는 이야기의 서술자이기 전에 신문이라는 매체의 편집자editor였다. '서사적 논설'에서 편집자의 역할이란 신문사의

---

24 『독립신문』의 '서사적 논설'에는 신문 편집방침에 따라 제목이 붙어 있는 것과 제목이 없는 것이 있다. 이 글에서는 『근대계몽기 단형 서사문학 자료전집』의 표제 표기를 따르고 있음을 미리 밝힌다. 따라서 원 자료에 제목이 없는 경우는 본문의 첫 2~3어절을 인용하여 제목으로 삼고 *로 표시했다. 김영민·구장률·이유미 편, 『근대계몽기 단형 서사문학 자료전집』 상·하, 소명출판, 2003.
25 「논설」, 『독립신문』, 1896.4.9.
26 「논설」, 『독립신문』, 1896.9.10.
27 「논설」, 『독립신문』, 1897.3.20~23.
28 「논설」, 『독립신문』, 1897.2.18.
29 「논설」, 『독립신문』, 1897.6.17~7.24.

사의(私意)에 부합하는 기사를 취재하여, 그 기사의 취재과정과 뒤에 전개될 이야기의 상황을 제시해주는 것을 말하며, 글의 말미에 서사적 내용에 대한 논평을 달기도 한다. 이러한 '서사적 논설'의 서술자는 신문사 편집자의 역할을 내포하고 있는데, 특히 『독립신문』 소재 '서사적 논설'의 서술자는 대부분 서사의 도입이나 말미에 이러한 특성을 분명히 드러내고 있다.[30]

　　(가) 서술자의 발화–내부의 이야기

　　(나) 내부의 이야기–서술자의 발화

　　(다) 서술자의 발화–내부의 이야기–서술자의 발화

위의 세 가지 유형처럼 『독립신문』의 '서사적 논설'은 외부의 서술자와 내부의 이야기로 나뉘어 있는 액자식 구성 방법이 대부분이다. 이러한 구성 방식은 내부와 외부의 서술자가 뚜렷하게 나뉘는 것과 서술자가 중심 서사 외부에서 단지 내부의 이야기에 현실성을 부과하는 방식을 모두 포함한다. 이 때의 서술자는 중심 서사의 외부에서 사건의 도입 또는 마무리의 역할을 맡고 있다.

외부의 서술자는 '서사적 논설'의 도입부분에 두 가지 방식으로 드러난다. 하나는 다른 사람의 글을 읽고 그 내용을 전달해 준다거나, 다른 하나는 다른 사람의 말 또는 이야기를 듣고 그 내용을 전달해 준다는 것이다.

30　김영민은 '서사적 논설'의 구조를 서사문과 편집자 주(註) 또는 해설로 나누고, 다음과 같은 유형으로 분류하고 있다. 첫째, 편집자 주 또는 해설이 서사문의 앞에만 붙는 경우. 둘째, 서사문의 앞과 뒤에 붙는 경우. 셋째, 서사문의 뒤에만 붙는 경우. 김영민, 「근대계몽기 단형(短型) 서사문학 자료 연구」, 『현대소설연구』 17, 현대소설학회, 2002. 105~107면.

우선 외부의 서술자는 '유지각 흔 친구의 글을 좌에 긔지 흐노라'와 같이 다른 사람의 글을 읽고 그것을 전달한다는 태도를 취한다.

○ 엇던 유지각흔 친구에 글을 좌에 긔지흐노라(「엇던 유지각흔 친구에 글을*」, 1898.2.5)

○ 엇던 유지각흔 친구가 이 글을 지여 신문샤에 보내엿기에 좌에 긔지흐 노라(「엇던 유지각흔 친구가*」, 1898.3.29)

○ 엇던 친구의 글을 좌에 긔지흐노라(「샹목저 문답」, 1898.12.2)

○ 대한 사름 흐나이 七八 년 젼에 셔양 들어가셔 각항 학문을 만이 공부흐 고 구미 각국에 유람흐다가 월젼에 본국으로 도라왓ᄂᆞᄃᆡ 그젼에 졀친 흔 친구 흐나이 남촌에 사ᄂᆞᆫ지라 일젼에 그 집을 차져가셔 셔로 문답흔 말을 엇던 유지흔 친구가 젹어 보ᄂᆡ엿기로 좌에 대강ᄆᆞᆫ 긔지 흐노라 (「ᄌᆞ미잇ᄂᆞᆫ 문답」, 1899.6.20)

○ 엇더흔 외국 친구가 대한 사름과 셔로 문답흔 말을 젹어 보ᄂᆡ엿ᄂᆞᄃᆡ 그 두 분의 말솜이 가히 들을ᄆᆞᆫ 흐고로 좌에 대강 긔지흐노라(「량인문답」, 1899.7.6)

○ 일젼에 셔양 어느 친구가 칙 흔 권을 보ᄂᆡ엿ᄂᆞᄃᆡ 대강 렬남흔즉 됴흔 말솜이 만히 잇ᄂᆞᆫ 고로 그 중에 이샹흔 일 흔 ᄀᆞ지를 간략히 간츌흐노 라(「일젼에 셔양 어느 친구가*」, 1899.11.24)

위 예문들은 『독립신문』 '서사적 논설'에서 본격적인 서사가 시작되기 전, 도입부분에 외부의 서술자가 직접적으로 드러나는 부분이다. 외부의 서술자는 '엇던 유지각흔 친구' 또는 '엇더흔 외국 친구'가 보낸 글

을 읽고 그것을 '그대로' 전달하거나 '대강' 또는 '간략히 간추려서' 전
달하고 있다고 밝히고 있다. 여기서 서술자는 내부의 이야기가 자신이
직접 지어낸 이야기가 아니라 다른 사람의 글을 읽고 대신 전해준다는
게재 배경을 설명하고 있다. 또한 서술자는 그 내부의 이야기가 '들을 만
하기에' 또는 '좋은 말씀이 많이 있기에' 전달한다며 서사적 이야기가
단지 허황된 이야기가 아니라 독자에게 교훈적 의미를 지니고 있다는
정보를 넌지시 알려준다.

외부의 서술자는 다른 사람의 글을 읽고 전달하기도 하지만 다른 사
람의 말 또는 이야기를 듣고 그 내용을 전달하기도 한다. 다음은 서술자
가 다른 사람의 이야기 또는 말을 듣고, 그것을 대신 전달해 준다는 입장
이 드러난 '서사적 논설'의 도입부이다.

○ 어졔 밤에 본샤 탐보원이 셔촌 흔 친구의 집에 갓더니 ᄆ춤 유지각흔
四五인이 안져셔 공동회 일졀노 슈쟉이 란ᄆ흔 것을 듯고 그 죵요흔 것
을 쏩어셔 좌에 긔지 ᄒ노라(「공동회에 ᄃᆡ흔 문답」, 1898.12.28)
○ 일쳥 교젼 이후에 쳥국 황뎨가 구폐를 쓸어바리고 신법을 시힝ᄒ야 태
셔 긔화를 쳥국 十八셩에 젼파ᄒ고쟈 ᄒ샤 긔화 문견에 유식흔 션비들
을 만히 모하 즁원 텬디를 일신ᄒ게 ᄒ야 안으로 빅셩을 편안히 ᄒ고
밧그로 의교를 친밀히 ᄒ야 즁흥지업을 일우랴 ᄒ시다가 불힝히 일이
뜻과 ᄀᆺ지 못ᄒ야 간셰비가 외국을 빙쟈ᄒ야 황뎨의 권셰를 쎅앗고 긔
화에 유의ᄒ던 강유위 등 츙량흔 신하들을 빅반 모히ᄒ야 몃히 젹공이
헛되이 되엿스니 쳥국을 위ᄒ야 누가 긔탄치 아니ᄒ리요 그 긔화당 즁
에 흔 사ᄅᆷ이 친구와 문답흔 것을 본즉 자미가 잇기로 좌에 대강ᄆ 긔

지ᄒ노라(「쳥국 형편 문답」, 1899.1.11)

○ 셔울 힝셰군과 시골 구사ᄒᄂ 사름의 문답ᄒ 것을 좌에 긔지ᄒ노라
(「힝셰 문답」, 1899.1.23)

○ 외국사름이 대한 말을 겨오 통ᄒᄂ 고로 그 문답에 우슈은 말이 만흐나
이샹ᄒ기에 드른듸로 긔지ᄒ노라(「외국 사름과 문답」, 1899.1.31)

○ 새 학문이 잇ᄂ 신씨른 사름과 녯적 학문믄 잇ᄂ 구씨른 사름 둘이 셔
로 문답ᄒ 이약이가 미우 지미가 잇기로 좌에 대강믄 긔지ᄒ노라(「신
구 문답」, 1899.3.10)

○ ᄒ 학쟈가 엇던 사름과 문답ᄒ 것을 좌에 긔지ᄒ노라(「ᄌ미잇ᄂ 문답」,
1899.4.15~17)

○ 텬하 형셰의 강약을 슬피고 만국 졍치의 편부를 의론ᄒᄂ 외국인 ᄒ나
이 대한 션비를 듸ᄒ여 슈작ᄒ 말을 좌에 긔지ᄒ노라(「외양 죠혼 은
궤」, 1899.6.9)

○ 향일에 엇더ᄒ 션비 ᄒ나이 본샤에 와셔 ᄌ긔 몽즁에 지ᄂ 바 일을 이
약이 ᄒ거늘 우리가 근본 쑴이라 ᄒᄂ 것은 허ᄉ로 알되 그 션비의 쑴
이 가쟝 이샹ᄒ 고로 그 말을 좌에 긔지ᄒ노라(「일쟝 츈몽」, 1899.7.7)

○ 외국 학문에 고명ᄒ 션비 ᄒ나이 풍슈 션싱을 맛나 슈작ᄒ얏다ᄂ 말을
드른즉 우리ᄂ 처음으로 듯ᄂ 이약이기로 좌에 대강 긔지ᄒ노라(「외국
학문에 고명ᄒ 션비 ᄒ나이 *」, 1899.10.12)

○ 대한에 유디한 션비 ᄒ나이 슈년 젼에 구미 각국을 가셔 유학하다가 금
번에 본국으로 도라와셔 엇던 신문샤 샤원과 문답ᄒ얏다ᄂ 말을 좌에
대강 긔지ᄒ노라(「대한에 유디한 션비 ᄒ나이 *」, 1899.10.16)

○ 대한 엇던 관인이 외국 엇던 션교샤와 슈쟉ᄒ얏단 말을 좌에 대강 긔지

ᄒ노라(「대한 엇던 관인이 *」, 1899.10.26)

○ 어느 시골 구친 ᄒ나이 셔울 올나왓다가 엇던 친구와 슈쟉ᄒ얏다는 말
  을 누가 이야기 ᄒ기에 좌에 대강 긔록ᄒ노라(「어느 시골 구친 ᄒ나이
  *」, 1899.11.2)

○ 셔울 북촌 사는 엇던 친구 ᄒ나이 어느 시골을 드여온 후에 즉시 본샤
  에 와셔 신문을 사가면셔 니야기 ᄒ는 말을 드른즉 ᄆ오 ᄌ미 잇는 고
  로 좌에 대강 긔직ᄒ야 경향 대쇼 인민을 경성코져 ᄒ노라(「셔울 북촌
  ᄉᄂ 엇던 친구 ᄒ나이 *」, 1899.11.27)

위 예문은 다른 사람의 말 또는 이야기를 듣고 그것을 전달해 준다는
외부의 서술자가 직접적으로 드러나 있다. 위의 예문에서는 '서사적 논
설'의 도입부에서 '본샤 탐보원'(『독립신문』의 기자)이 직접 들은 이야기
를 '중요한 것만 뽑아서' 게재하거나, 또는 각각의 이야기들을 '대강만',
'들은 대로' 전달해 준다는 서술자의 구체적인 언표가 드러나 있다. 또
한 여기에서는 비교적 상세하게 내부의 이야기에 대한 정보를 제시하고
있다. 서술자는 유지각한 사오인이 공동회에 관한 일로 이야기를 하고
있다거나, 청일전쟁 이후 중국의 정세를 간략히 이야기하고 간신배에
몰리던 개화당 중 한명이 친구와 문답한 것을 게재한다는 것을 밝힌다.
또한 내부의 이야기가 '재미있거나' '이상하다며' 독자들의 흥미를 유발
하고 있다. 이렇게 외부의 서술자는 '서사적 논설'의 도입부에서 다른
사람의 이야기를 읽거나 듣고 그 이야기를 대신 전달해 준다는 입장을
취하고 있다.

또한 '서사적 논설'의 말미에도 서술자는 내부의 이야기와 거리를 두

며 그 이야기를 대신 전달해 준다는 입장을 취한다. 여기에서 서술자는 내부의 이야기에 대한 간략한 논평이나, 게재 이유 등을 언급하며 전체 서사를 마무리 하고 있다. 또한 도입부의 서술자와 마찬가지로 '재미있거나', '이상하기에' 또는 '본받을 만하여' 이 서사적 이야기를 게재한다는 언표가 드러난다. 특히 이러한 언표는 삽입된 내부의 서사적 이야기와는 일정한 거리를 확보한 채, 내부에 담긴 이야기를 어떻게 이해해야 하는지를 독자에게 제시하고 있다. 다음은 이러한 서술자의 특징이 잘 드러나는 구체적인 대목이다.

○ 이 이약이가 미오 쟈미 잇기에 긔직ᄒ니 우리 신문 보ᄂ 이ᄂ 그 대한 사름의 쳐디를 당히셔 엇덧케 쟉뎡ᄒᄂ지들 요량들 ᄒ여 보시요(「일젼에 엇더흔 대한 신ᄉ ᄒ나이*」, 1898.1.8)

○ 오날이 이 유명흔 셩인의 탄일인 고로 대강 그 ᄉ젹을 긔록ᄒ노라(「일빅륙십년 젼 이월 이십이일에*」, 1898.2.22)

○ 몽즁셜화ᄂ마 그 ᄯᆺ이 니샹ᄒ기로 긔즉ᄒ나이다(「엇던 유지각흔 친구가*」, 1898.3.29)

○ 우리 싱각에ᄂ 뎌 두 사름의 셔로 문답흔 것이 미우 지미잇ᄂ 줄노 아노라(「ᄌ미잇ᄂ 문답」, 1899.6.20)

○ 우리 싱각에ᄂ 이 두 사름의 잠시 변론흠이 대한 형편에 크게 젹당흔 듯 ᄒ오(「량인문답」, 1899.7.6)

○ 동셔양에 다른 유명흔 이가 업ᄂ 것은 아니로되 쟝군의 ᄉ업과 명예가 가히 셰계 사름으로 ᄒ여금 흠앙흘 만흔 고로 그 ᄉ젹을 대강 긔직ᄒ노라(「모긔쟝군의 ᄉ젹」, 1899.8.11)

○ 동서양을 물론 ᄒ고 이ᄀ혼 일은 대단이 희한ᄒ 것이 즘싱도 능히 은혜 갑흘줄을 알거던 흠을며 사름으로 늠의 은덕을 빈반 ᄒ면 이는 즘싱만 못ᄒ도다 (…중략…) 이러ᄒ 관리들은 사오나온 샤ᄌᄀ혼 즘싱 브기도 붓그럽지 안 흘지(「일전에 셔양 어느 친구가＊」, 1899.11.24)

○ 우리가 이 사름의 일쟝 셜화를 드른즉 그 시골 친구의 고명ᄒ 확론이 가히 어리셕은 사름의 ᄆ음을 열게 하얏스니 극히 치하하는 바어니와 본샤 신문으로 믈흘지라도 대한 경향간에 보ᄂ는 것을 비교ᄒ여 보면 시골셔 보ᄂ 이가 셔울보다 몃빅 빈가 더 되니 엇지하야 시골 사름이 더 기명코져 하ᄂ는지 셔울 사름은 가위 등하 불명이라 극히 붓그러올듯 (「셔울 북촌 ᄉᄂ 엇던 친구 ᄒ나이＊」, 1899.11.27)

이러한 서술자의 언표는 『독립신문』의 '서사적 논설'이 대부분 액자식 서술방식을 차용하고 있다는 점을 보여준다. 또한 외부의 서술자가 직접적으로 나타나지 않는 대부분의 '서사적 논설'은 "～ᄒ엿다더라", "～ᄒ더라"와 같이 다른 사람의 이야기를 전달해 준다는 '～더라'라는 어미가 주로 사용된다. 이러한 서술어미 역시 서술자가 그 이야기를 직접 보거나 들었다는 경험을 강조하여 다른 사람의 이야기를 대신 전달해준다는 의미를 포함한다.[31] 즉 『독립신문』의 '서사적 논설'은 대부분이 외부의 서술자와 내부의 이야기로 분리되어 서술되어 있고, 서술자는 중심서사의 외부에서 그 내용을 다만 전달해주는 입장을 취한다.

---

31 "이 '-더라'는 이미 신문에서 어떤 사건이나 이야기를 사실이라고 전달하는 형식적인 역할을 지니고 있다. 기사 내용은 이 '-더라' 형식으로 묶어진 문장 속에 있는 것이다", 사에구사 도시카쓰, 「이중표기와 근대적 문체 형성─이인직 신문 연재 「혈의 누」의 경우」, 『한국 근대문학과 일본문학』, 국학자료원, 2001, 62면 참조.

이러한 '서사적 논설'의 서술자는 편집자적 성격을 강하게 담고 있다. 특히, 서술자가 신문이라는 인쇄 매체를 강하게 인식하고 있음을 '긔록', '긔지', '본샤 신문' 등의 단어를 통해 확인할 수 있다. 이때, 외부의 서술자는 내부의 이야기와 일정한 거리를 확보하고, 그러한 허구적 이야기를 다만 있는 그대로 전달해주는 역할을 취하고 있다. 외부의 서술자는 다만 '재미' 있거나 '이상한' 이야기를 신문에 '게재'하고, 독자들의 흥미를 유도하며, 각자 그 이야기를 어떻게 해석할 것인지를 한 번쯤 고민하도록 유도하고 있다.

위에서 살펴보았듯이 대부분의 『독립신문』 '서사적 논설'의 서술자는 '독자투고'와 마찬가지로 '전언자'의 태도를 취하고 있다. 그 서술 방식 또한 '독자투고'가 외부의 서술자와 투고된 내부의 이야기로 나누어지는 것과 유사하다. 이러한 태도의 글쓰기는 서술자가 발화 내용과 일정한 거리를 두면서 자신의 의도를 '이야기' 속에 담아내는 방식이다.

'서사적 논설'의 서술자는 허구적으로 창작된 내부의 이야기를 외부의 서술자를 통해 효과적으로 전달하고자 하였다. 대부분의 '서사적 논설'은 그 내부의 이야기가 실제의 이야기가 아니라 계몽의 효과를 높이기 위해 꾸며낸 이야기로 파악된다. 서술자는 계몽의 효과를 높이기 위해 논설란에 서사적인 이야기를 창작하였지만, 그것을 감추고 단지 그 내부의 이야기를 전달하는 입장을 취한다. 이러한 노력은 다른 독자의 이야기를 그대로 전달해 준다는 '전언'의 사실성을 확보하고, 논설란에 허구적 이야기의 요소를 부가할 수 있었다.

『독립신문』의 '서사적 논설'은 반복되는 논설을 통한 계몽이 한계가 있다고 파악하고, 좀 더 효과적인 방식의 계몽을 추구하였다. 특히, '재미'의 요소를 통한 효과적인 교훈 전달은 허구적인 이야기를 통해 시도되었는데,[32] 이러한 시도는 '전언'의 방식을 통하여 신문 기사로서의 사실성을 보장받을 수 있었던 것이다.

『독립신문』은 정부와 백성이라는 새로운 의사소통 구조를 생산하고, 그 사이에서 '전언자'의 역할을 자처하고 있다. 정부의 소식을 백성에게, 백성의 소식을 정부에게 전달한다는 『독립신문』의 주의는 이렇게 다른 사람의 글을 투고 받아 대신 전달하거나, 다른 사람의 말 또는 이야기를 전달하고, 어떠한 상황을 직접 체험하고 그것을 있는 그대로 전달해주는 서술자의 태도로 실현되는 것이다. 따라서 이러한 서술자의 태도는 신문의 사의를 대변하는 편집자의 역할을 강하게 내포하고 있으며, 분명 오늘날 일반적인 문학 작품의 서술자와는 차별되는 위치에 놓여 있다.

2) 기획된 '정보'로서의 이야기

『독립신문』의 '서사적 논설'이 담고 있는 이야기는 '소문'의 차원을 더욱 서사적으로 표현한 방식이었다. 이러한 글쓰기가 가능했던 것은 당대의 신문이란 매체가 아직 사실의 영역을 확정하지 못한 데 그 원인이 있기도 하지만,[33] 객관적이고 중립적인 서술 태도를 확보하여 '있는 그대로' 전달하려는 신뢰할 수 있는 편집자 내지는 서술자의 위상을 통해서였다. 신문의 편집자이자 서술자는 상하귀천이 없는 수평적 의사소통 구조를 바탕으로 신문 매체를 통해 공적인 담론을 논하는 자였고, 특

---

32 정선태, 『개화기 신문 논설의 서사 수용 양상』, 소명출판, 1999, 44~46면.
33 권보드래, 『한국 근대소설의 기원』, 213~217면.

정한 사건을 '있는 그대로' 전달해 주는 믿을 만한 '전언자'였다. 이러한 서술자의 위상은 신문이 하나의 제도로 정착됨과 동시에 생겨났고, 독자를 계몽할 수 있는 내용이라면 비록 그것이 허구라 하더라도 게재할 수 있는 선택권을 확보할 수 있었다.

신문의 편집자는 일반적인 사람의 잘잘못을 신문에 게재하여 그것을 통해 독자를 계몽하고자 하였다. 앞에서 살펴보았듯이, 『독립신문』에서 다루는 이러한 '소문'은 독자에게 '칭찬' 또는 '징계'가 되는 계몽적 '정보'로 전달되고 있었다. 단지 '소문'에 불과한 이야기나 때로는 완전한 허구적 창작에 의한 이야기도 독자에게 교훈이 되는 이야기라면 언제든지 기사로서 쓰일 수 있었던 것이다.

다음은 이러한 신문의 편집자가 어떠한 기사를 게재하는지를 보여주는 한 가지 예이다.

> 일전에 엇더흔 고관 흐나이 정동 길노 스인교를 타고 지내면셔 이젼에 흐던 못된 즈죤흔 버르쟝이로 그 스인교 압헤 가는 엇더흔 빅셩을 빗켜 나라고 벽데를 흐거늘 그 빅셩이 그 고관의 스인교 치를 붓잡고 그 고관을 대 흐야 물으되 이 길이 뉘 길이냐 흐즉 그 고관의 대답이 나라에 길이라 흐니신 그 빅셩이 굴 ᄋᆞ딕 그러면 고관이나 내나 나라의 빅셩 되기는 다 흐ᄀᆞ지라 더러흔 고관 되는 빅셩믄 나라 길노 다니지 날 굿흔 흔미흔 빅셩들은 나라 길노 다니지 못 흐랴 흐즉 그 고관이 다시 대답 흘 말이 업는 고로 스스로 무안 흐여 샤과 흐고 지내 갓다더라[34]

---

34 「잡보」, 『독립신문』, 1897.8.24.

위 예문은 『독립신문』 잡보란에 실린 기사이다. 이 글은 사인교를 타고 가던 한 고관이 그 앞을 지나던 한 백성에게 비키라고 박대를 하다가 그 백성에게 이 길은 나라의 길이라며 면박을 당하고 오히려 무안하여 사과 하고 지나갔다는 내용이다. 이 글 역시 사실적인 기사로 보기는 어렵다. 이 이야기는 실제 있었던 일이라기보다는 위와 같은 설정의 이야기를 통 해 독자들에게 옛 관습의 부당함을 지적하고, 새로운 법률의 합리성을 역 설하고 있다. 그런데 이 기사는 이후에 또 한번 유사하게 게재된다.

엇던 흔 이젼 대신이 일젼에 스인교를 타고 슈교 근쳐로 지내는데 뭇춤 엇 더흔 이십셰 가량된 묘말 쇼년 션비 사롭 흐나이 그 대신의 스인교 압흐로 지내 가거늘 그 대신의 하인이 스인교 엽혜셔 싸라 오다가 그 쇼년 사롬이 그 대신 압헤 무란히 범로 흐는것을 보고 이젼 풍속으로 벽뎨 흐며 에라 치 여 셔거라 에라 빗겨 나거라 흐거늘 그 쇼년 사롬이 그 대신의 스인교 압흐 로 더욱 갓가히 디들며 그 대신의 셩즈와 일홈즈를 합 흐여 친구간 셩명 불 으듯 불으면셔 스톄와 도리를 말흐야 붉히거늘 그 대신의 하인이 그 쇼년 사 롭을 잡으라 흔되 그 쇼년 사롬의 말이 내가 잡히기를 도로혀 원 흐노라 내 가 다힝이 지금 잡히거드면 대신과 변별홀 말이 만히 잇다 흐고 더욱 들어셔 며 죠곰도 국축 흐는 긔식이 업거늘 그 대신이 이에 그 하인을 만디 흐야 그 쇼년 사롬의게 범슈치 못 흐게 흐며 스인교를 돌니라 흐야 즈긔의 집으로 도 로 가셔 그 즈리에 힝장을 다스려 곳 즈긔의 실골 집으로 써나 갓다고 흐니 참 그러 흔지 우리는 알슈 업거니와 다믄 드른되로 긔지믄 흐노라[35]

35 「잡보」, 『독립신문』, 1898.3.5.

위 기사는 지난 호에 실렸던 것과 거의 같은 내용으로 이루어져 있다. 전체적인 구조는 같지만 그 등장인물은 '고관'이 '이전 대신'으로 '백성' 은 '이십 세 가량 된 소년 선비'로 바뀌어 있다. 그리고 대신과 소년이 직접 대화를 나누는 것이 아니라 그 대신의 하인이 중간에서 소년과의 갈등을 일으킨다. 또한 망신을 당한 대신은 단지 무안하여 지나가는 것이 아니라 집으로 돌아가 행장을 차려 자신의 시골집으로 떠나간다는 점에서 차이가 있다. 여기에서 서술자는 '조금도 국촉하는 기색이 없거늘'과 같이 세부 묘사를 더욱 풍성하게 표현하고 있고, '참 그러한지 우리는 알 수 없거니와 다만 들은 대로 게재만 하노라'라고 말하며 사건에 대해 일정한 거리를 확보하고 있다. 서술자는 같은 이야기의 뼈대에 풍부한 세부 묘사를 더하고, 현실감 있는 상황을 제시하여, 서사적인 성격을 더욱 두드러지게 하고 있을 뿐만 아니라 다만 들은 대로 전해 준다는 '전언'의 방식을 부각시키고 있다.

이렇듯 당시 신문의 기사는 다양한 허구적 이야기가 개입될 가능성을 내포하고 있었고, 그러한 이야기는 신문이라는 제도의 확립과 '전언'이라는 서술 방식을 통해 효과적으로 통제될 수 있었다. 그러나 '사실'이라는 관념이 아직 정립되지 않았던, 또한 그 진위 여부를 확인 할 수 없는 상태에서 허구적인 이야기는 '서사적 논설'에서 더욱 확장된다.

『독립신문』의 '서사적 논설'은 이야기의 자질을 내포한 다양한 소문들을 좀더 풍부하게 서술하고 있다. 「논설」란에서 이러한 소문이 보다 서사적인 특성을 내포하였을 때 그것은 논설보다는 서사적 이야기에 가까웠고, 그러한 글들은 근대계몽기의 독특한 문학적 표현 양식으로 존재하였다. 『독립신문』의 '서사적 논설'은 일화 또는 전기, 그리고 대화 등의 형식으로 표현되었는데, 비록 표현 방식의 차이는 있었지만 당시의 현실 문제에 대한 우회적 표현이라는 점에서는 공통적 요소를 지니고 있었다.

『독립신문』의 편집자는 신문이란 매체를 하나의 교육의 장으로 여기고 있었다. 편집자는 곧 『독립신문』을 대표하며, 무지한 독자들을 가르치는 선생으로서의 역할을 자신의 사명으로 여기고 있었다. 신문은 언어ㆍ지리ㆍ역사ㆍ수학ㆍ병리학ㆍ생물학 등 다양한 지식과 올바른 관습과 예절, 새로운 법률 등을 포괄하는 교육적 기능을 주된 목적으로 삼고 있었다. 이때 그 교육을 담당하는 주체는 바로 신문, 즉 편집자였고, 독자 일반은 그러한 교육의 대상이 되었다.

『독립신문』의 '서사적 논설'에 등장하는 다양한 인물들은 그러한 신문 내지는 편집자의 역할을 대신하는 교육의 주체가 된다. 이러한 주체는 '서사적 논설'에 등장하는 '외국 학문에 고명흔 선비',[36] '유지한 선비',[37] '상목자',[38] '신씨',[39] '서울 사람'[40] 등으로 표현되었으나, 그 글을 쓴 '유지각한 투고자'가[41] 되기도 하였다. 이러한 인물들은 새로운 시대에 옳고 그른 삶의 태도를 판단할 수 있는 구체적인 인물들로 형상화되었고, 실감의 차원에서 더욱더 독자에게 다가설 수 있었다.

결국 『독립신문』의 '서사적 논설'은 이야기의 가능성이 풍부한 '소문'

---

36 「외국 학문에 고명흔 선비 흔나이*」,『독립신문』, 1899.10.12.
37 「대한에 유디흔 션비 흔나이*」,『독립신문』, 1899.10.16.
38 「시〈문답」,『독립신문』, 1898.10.28~29.;「엇던 친구의 편지」, 1898.11.24;「상목적 문답」, 1898.12.2.
39 「신구문답」,『독립신문』, 1899.3.10.
40 「경향문답」,『독립신문』, 1899.5.10.
41 「엇던 유지각흔 친구에 글을*」,『독립신문』, 1898.2.5;「엇던 유지각흔 친구가*」, 1898.3.29;「상목적 문답」, 1898.12.2;「자미잇는 문답」, 1899.6.20.

을 일정한 '정보'로서 제공하고, 그것을 통해 교육적인 효과를 얻을 수 있었다. '독자투고'에서 구체적으로 확인할 수 있었던, '전언'의 방식은 '서사적 논설'의 서술자가 허구적인 이야기를 논설 안에 담아내는 데 효과적인 방법으로 사용되고 있다. 『독립신문』의 '서사적 논설'은 유독 '독자투고' 방식의 글이 많은데, 이러한 방식은 내부의 이야기에 사실성을 부여하여 효과적인 계몽의 목적을 달성할 수 있었다.

4. 맺음말

신문 매체의 탄생은 근대계몽기 단형서사문학의 핵심적 기반이 된다. 이 신문이라는 새로운 인쇄 매체는 그 안에 담겨 있는 글쓰기의 형식 및 내용에까지 영향을 미친다. 이러한 관점에서 이 글은 '독자투고'라는 글쓰기 방식을 통해, 『독립신문』에 실린 '서사적 논설'의 특성을 보다 구체적으로 밝히고자 했다.

『독립신문』은 중립적이고 객관적인 태도로 사실만을 말하는 매체로서의 기반을 획득하고, 의사소통의 중개자의 위치에서 '조선 전국의 인민'을 향한 발화를 시작하였다. 이러한 가운데 '독자투고'는 『독립신문』이 대상으로 한 독자, 즉 상하귀천이 없는 '조선 전국의 인민'의 수평적 의사소통을 확인하는 중요한 근거가 된다. 『독립신문』의 '독자투고'는 일반 독자들의 다양한 여론을 수렴하고, 독자들의 구체적인 사건을 전달하는 더욱 효과적인 계몽 전달의 방식이었다. 또한 '독자투고'는 신문이라는 매체의 사실성을 확보하고, 신문 매체의 글쓰기에서 서술자의 태도를 결정짓게 하는 중요한 원인이 되었다.

『독립신문』의 기사는 주로 '소문所聞'의 차원에서 유통되고 있었다. 이것은 일반 백성들의 삶을 '있는 그대로' 다루겠다는 의미로 해석되는데, 이 때 '소문'은 사실 여부가 확인 되지 않은 '들리는 바' 그대로의 이야기였다. 이렇게 『독립신문』이 다루는 이야기가 단지 '소문'의 차원이었음을 구체적으로 입증하는 것이 바로 '독자투고'이다. 당시의 기사 취재 여건에서 '독자투고'는 그것의 진위 여부가 가려지지 않은 하나의 '소문'에 불과한 것이었다. 하지만 『독립신문』은 매체로서의 사실성을 유지하기 위해 중립적·객관적인 태도를 더욱 부각시키며 '독자투고'를 서술했다. 다른 사람의 이야기를 대신 전달해 준다는 '전언'의 방식은 이 시기 기사 취재 여건상 어쩔 수 없는 선택이자 이 시기 신문 매체의 중요한 존립 근거였다. 따라서 『독립신문』은 '독자투고'를 통해 중립적이고 객관적인 태도로 조선 전국의 '소문'을 전달하며, 투고자의 구체적인 '소문'은 '칭찬' 또는 '징계'가 되는 사례로서 제시되어 효과적인 계몽적 수단이 되었다.

이렇게 '소문'을 하나의 유용한 '정보'로 유통시키는 과정에는 무엇보다 서술자의 역할이 크게 작용했다. '독자투고'의 서술자는 기본적으로 『독립신문』 편집자의 성격을 온전히 가지며, 『독립신문』의 입장과 태도를 전제하고 있다. 따라서 서술자는 중립적이고 객관적인 시점을 확보할 필요가 있었다. 결국 '독자투고'의 서술자는 이야기의 외부에서 투고된 이야기를 전달하는 '전언'의 태도를 취하며, 그 구조는 '서술자의 발화-투고 내용', '투고 내용-서술자의 발화', '서술자의 발화-투고 내용-서술자의 발화'와 같은 형태를 취하고 있다.

위에서 살펴본 『독립신문』의 매체적인 특성과 '독자투고'라는 글쓰기 방식은 이 시기의 중요한 문학적 양식인 '서사적 논설'에도 일정한 영향을 주었다.

『독립신문』소재 '서사적 논설'은 다음과 같은 특징을 지닌다.

첫째, 『독립신문』의 '서사적 논설'은 외부의 서술자와 내부의 이야기로 나뉜다. '서사적 논설'의 서술자는 허구적인 이야기의 작가이기 전에 신문이라는 매체의 성격을 강하게 담보하는 편집자이자 기자였다. 따라서 이러한 서술자는 신문이라는 매체의 속성을 전제로 그것이 허용하는 범위 안에서 '서사적 논설'을 논설란 안에 게재할 수 있었다. '서사적 논설'은 주로 '서술자의 발화-이야기', '이야기-서술자의 발화', '서술자의 발화-이야기-서술자의 발화'의 구조로 이루어져 있는데, 이것은 '독자투고'와도 같은 형태의 구조이다. 이러한 액자식 구조에서 서술자는 중심 서사의 외부에서 사건의 도입 또는 마무리의 역할을 맡고 있다. 이때 '서사적 논설'의 서술자는 주로 다른 사람의 글을 읽고 또는 다른 사람의 말 또는 이야기를 듣고 그것을 대신 전달해 준다는 '전언'의 태도를 취하고 있다. 이러한 태도의 글쓰기는 서술자가 발화 내용과 일정한 거리를 두면서 자신의 의도를 이야기 속에 담아내는 방식이다.

둘째, 『독립신문』의 '서사적 논설'은 신뢰할 수 있는 서술자의 위상을 통해 '소문'의 자질을 효과적으로 이용하는 글쓰기 방식이다. 『독립신문』의 기사는 '독자투고'에서 확인할 수 있듯이 '소문'의 차원에서 다루어지고 있었다. '독자투고'가 객관적이고 중립적인 서술 태도를 확보하여 '소문'을 '있는 그대로' 전달하고자 한 것처럼 '서사적 논설' 역시 이러한 서술자의 위상을 통해 서사적인 이야기를 '칭찬' 또는 '징계'가 되는 하나의 유용한 '정보'로 유통시키고 있다. 실제로『독립신문』의 '서사적 논설'은 '엇던 유지각흔 친구의 글에 좌에 긔지하노라'와 같이 '독자투고'의 형태를 적극적으로 활용하고 있었다.

　『독립신문』의 '서사적 논설'은 편집자의 일방적인 발화로 이루어져 있는 대부분의 논설과는 달리 서사문학적 특성을 가진 글이다. 또한 일반적인 논설과는 달리 하나의 구체적인 사건을 통해 작가의 의도를 전달하고자 했다. 사실을 기반으로 하는 신문 매체의 논설란에서 서사문학적 글쓰기가 쓰일 수 있었던 배경에는 무엇보다 서술자의 역할이 컸다. '서사적 논설'의 서술자는 서사적 이야기의 작가이기 이전에 신문 매체의 특성을 갖는 편집자의 성격을 지니고 있었다. 따라서 서술자는 중립적이고, 객관적인 태도로 사실만을 이야기하고자 했고, '전언'의 방식은 '서사적 논설'의 허구적인 요소까지도 논설란 안에 포섭하는 중요한 형식적 장치가 되었다. '독자투고'는 '전언'의 방식을 가장 잘 드러내는 글쓰기 방식이며, '서사적 논설'의 양식적 특성을 밝히는 데 중요한 근거가 되었다.

제2장

『대한매일신보』의
서사 수용 과정과 그 특성

1. 머리말

한국 근대소설의 정착 과정을 살피기 위해서는 무엇보다 근대계몽기라 불리는 시기에 일어났던 다양한 서사 양식들의 운동에 주목할 필요가 있다.[1] 특히, 근대계몽기의 문학 운동은 국권 상실의 위기감 속에서 대부분 신문 매체를 중심으로 이루어졌다. 각각의 신문 매체는 다양한 글쓰기 방식을 모색하며 이러한 위기를 극복하고자 하였고, 서사적 글쓰기는 신문 매체의 지면에 활용된 다양한 글쓰기 방식의 하나였다.

근대계몽기의 신문 매체는 편집 주체, 대상 독자, 발행 목적에 따라

---

[1] 이미 우리 문학사를 전통의 계승 또는 단절로 파악하려는 시도에서 벗어나, 근대계몽기란 시기가 가지는 또 다른 가능성에 주목한 연구들이 다양한 스펙트럼을 보여주며 발표되고 있음은 주지의 사실이다. 김영민, 고미숙, 한기형, 권보드래, 정선태 등의 연구가 대표적이다.

조금씩 다른 성격으로 발행되었으며, 이러한 성격에 따라 그 안에 실려 있는 글쓰기 역시 영향을 받기도 하였다. 따라서 이 시기 서사적 글쓰기를 그것을 담고 있는 신문 매체와의 관련 속에서 논의하는 것은 어쩌면 당연한 일이기도 하다. 특히, 『대한매일신보』는 총 120여 편에 이르는 다양한 서사 양식의 실험장이자, '소설'을 신문 구성의 중요한 요소로 활용한 문제적인 매체였다. 또한 『대한매일신보』는 각각의 문체에 따른 몇 번의 체제 변화를 거치게 되는데, 이러한 특성은 근대계몽기 신문 매체와 글쓰기 방식의 상관성을 살피는데 매우 적절한 근거가 된다.

따라서 이 글에서는 『대한매일신보』의 발행 상황과 편집 체제를 중심으로 근대계몽기 서사적 글쓰기가 어떠한 과정을 통해 신문 매체의 지면에 수용되었는지 살펴보고자 한다. 또한 『대한매일신보』 소설란의 발생의 과정을 점검해보고, 『대한매일신보』에 수록된 소설 담론의 특성을 다루어 보고자 한다. 이러한 연구는 근대계몽기 소설의 발생 배경 및 형성 과정을 이해하기 위한 또 하나의 접근 방식이 될 것이다.

2. 『대한매일신보』의 체제 변화와 서사적 글쓰기의 수용

근대계몽기 『대한매일신보』는 1904년 7월 18일, 영국인 베델E. T. Bethell, 한국명 裵說의 명의로 창간되었다. 영국인 베델을 발행인 겸 편집자로 하여 창간된 『대한매일신보』는 비슷한 시기의 『제국신문』, 『황성신문』과는 달리 보다 자유로운 언론활동을 펼칠 수 있었다. 특히, 『대한매일신보』는 열강의 이권다툼의 대상이 되었던 당시 어려운 대한의 현실을 세계에 알리고, 일본의 침탈을 강한 논조로 비판한 신문으로 평가받고 있다.

이러한 『대한매일신보』에는 총 120여 편의 서사물이 게재되어 있는데, 서사물의 수용 양상은 당시의 발행 상황과도 밀접한 연관을 맺고 있다. 『대한매일신보』가 발행되던 시대적 배경은 물론, 지면 배치와 체제 변화 과정은 매체의 지면 속에 활용되는 서사물의 특성을 살펴보기 위한 중요한 토대가 된다.

『대한매일신보』에는 「소경과 안즘방이 문답」, 「車거夫부誤오解히」, 「여호와 고양이의 문답」, 「슈군의 뎨일 거룩흔 인물 리슌신젼」, 「디구셩미리몽」 등의 다양한 자질의 서사물들이 게재되어 있는데, 비교적 길이가 짧은 단형 서사를 포함하면 그 수가 120여 편이나 된다. 특이하게도 이러한 서사물들은 초기의 국영문판에서는 전혀 보이지 않다가 국한문판이 간행되면서부터 지면의 한 부분을 채워나가기 시작한다. 실제로 국한문판이 처음 간행된 1905년 8월 11일에는 「격션여경녹」^{1905.8.11~8.29}이 야승野乘이라는 난에 국문으로 연재되기 시작된다.

그러므로 이러한 서사물들은 신문 매체의 체제 변화에 민감하게 반응하며 활용되고 있었음을 짐작할 수 있다. 따라서 『대한매일신보』의 국영문판과 국한문판의 거리는 『대한매일신보』의 서사물을 설명하는데 매우 중요한 근거가 될 뿐 아니라, 근대계몽기 매체와 서사의 밀접한 관련 양상을 통해 이 시기 서사적 글쓰기가 가지는 양식적 특질에 구체적으로 접근할 수 있는 가능성을 제시해준다.

1904년 7월 18일 창간된 『대한매일신보』는 국문 2면·영문 4면의 혼합판으로 발행되었다.[2] 1904년 러일전쟁이 발발하자 한국 정부는 일본의 노골화되는 대한 침탈 야욕을 세계열강들에게 알리고자 하였고, 『대한매일신보』는 이러한 분위기 속에서 마침 한국에 있던 영국인 베델에 의해 창간되었다. 국영문판은 영문판의 비중이 높았던 것으로 보아, 주로 러일전쟁 속에서 대한의 정세를 외국에 알리고자 한 것으로 보인다. 이때의 국문 2면은 대부분 영문판의 기사를 번역하고 있으며, 번역 작업은 베델과 함께 『대한매일신보』 창간에 핵심적 인물이었던 양기탁이 맡았던 것으로 보인다. 국영문판은 이후 1905년 3월 10일까지 약 8개월가량 발행되었다.

『대한매일신보』 국영문판은 전체 6면 중 영문으로 쓰인 *The Korea Daily News*의 첫 장이 1면으로 표기되어 있고, 국문판의 첫 장은 6면으로 표기되어 있다. 이러한 체제는 한국인 독자들을 위해 영문판 신문을 뒤집으면 국문판 신문의 첫 면이 나오도록 편집한 것이다.[3] 따라서 이시기 『대한매일신보』는 영문판 *The Korea Daily News*가 중심이 되고, 한국 독자들을 위해 국문판을 부수적으로 추가한 것으로 판단된다.

또한 창간 당시 국문판 첫 면에는 논설이 배치되었으나, 1904년 10월 7일자 신문부터 논설은 전보와 잡보 등의 다른 난欄들에게 자리를 빼앗기고 만다. 당시의 신문 편집 체제상 편집자의 주관적인 평가가 담긴 논설보다는 있는 그대로의 사실을 다루는 난이 더욱 중요하게 부각되고

---

2   이 시기 『대한매일신보』의 체제를 국문판 『대한매일신보』와 영문판 *Korea Daily News* 로 분리하여 보는 견해가 있는데(정진석, 『한국언론사』, 나남, 1990), 이 글에서는 『대한매일신보』라는 하나의 신문안에 각기 다른 문자 표기가 들어 있는 것으로 본다. 따라서 이 시기 『대한매일신보』를 국영문판으로 지명하기로 한다.

3   한국신문연구소(1977)가 펴낸 『대한매일신보』 국영문판(제1권)은 한글판이 각 호의 첫 면에 오도록 영인되어 있으나, 원래 각 호의 1면은 영문판이었다. 각호의 전체 지면 구성은 1, 2, 3, 5면은 영문, 4, 6면은 한글로 되어 있는데, 4면의 한글판 상단에는 '스'라는 면수 표기가 되어 있다.

있음을 알 수 있다.

게다가 이 시기 국문판 논설의 대부분은 영문판 논설을 그대로 국문으로 번역한 것이었다.[4] 그 내용은 다른 나라 신문의 기사 또는 논설을 그대로 전달해 주거나, 그것을 인용하고 간단한 평가를 더하는 것이 일반적이었다. 러일전쟁의 전황을 다루는 것을 주된 목적으로 발간된 『대한매일신보』 국영문판이 다른 신문의 기사들을 통해 전쟁의 상황을 객관적으로 파악할 수 있도록 한 것은 자연스러운 일이었다.[5]

따라서 『대한매일신보』가 처음 창간되었을 당시, 국영문판은 우리가 흔히 부르던 항일구국논조의 『대한매일신보』의 성격과는 거리가 있었다. 이 시기의 『대한매일신보』는 러시아와 일본의 이권 다툼이 가장 치열하게 벌어지던 당시의 상황, 즉 조국의 운명이 어떠한 방식으로 흘러갈지 한치 앞도 모르는 위기의 상황에서 전쟁의 동향을 보다 다각적으로 살피고, 서양에 조선의 현실을 알리고자 하려는 성격이 강했다. 『대한매일신보』 국영문판이 매체 안에 서사를 활용할만한 기회를 갖지 못한 것은 필연적 결과였다.

국영문판이 휴간한지 약 5개월 뒤, 러일전쟁이 일본의 승리로 마무리되어가던 시점에 『대한매일신보』는 국한문판과 영문판을 분리하여 발행하게 된다.[6] 동북아시아의 패권이 중국과 러시아를 차례로 제압한 일

---

4 유재천, 「「大韓每日申報」의 論説分析」, 『대한매일신보연구』, 서강대 인문과학연구소, 1986 참조.

5 국영문판에서 주로 인용되었던 외국신문들을 예로 들면 다음과 같다. *Japan Times, Japan Mail*, 『時事新報』, *Kobe Herald, Kobe Chronicle*, 『東京朝日新聞』, 『大阪每日新聞』, *Japan Gazette, China Review, London Times, London Daily News, North China Herald, South China Morning Post, Kobe Yushin Nippo, Eastern World, China Gazette, Chefoo Daily News, China Mail, New York World, San Francisco Chronicle* 등. 유재천, 위의 글, 59면.

6 『대한매일신보』는 몇 개월간의 휴간 상태를 마치고, 1905년 8월 11일 국한문판 『대한

본에게 넘어가자, 당시 한국 사회에서의 위기감은 급속도로 증폭되었다. 이러한 가운데 외교적인 중립으로 국권을 지키려는 당시 한국의 지식인들은 깊은 절망에 빠지게 되었다. 『대한매일신보』 국한문판은 국권 상실의 이러한 위기감 속에서, 이제는 외부에 걸었던 기대를 자신의 내부로 전화시켜야 하는 필연적인 계기에 의해 발간되었다. 결국 『대한매일신보』는 가장 먼저 한국 내부의 지식인들을 변화시키고자 했고, 그 안에서 자주 독립의 에너지를 찾아야만 했다.

『대한매일신보』가 국한문판과 영문판으로 분리되어 발행되면서, 박은식·신채호와 같은 민족주의 계열의 인사들이 『대한매일신보』의 발행에 참여하였다. 이로 인해 『대한매일신보』는 이전의 국영문판과는 완전히 다른 성격의 신문으로 변화하였다. 특히, 논설은 고정적으로 일면을 차지하게 되었고, 박은식·신채호와 같은 내부 필진이 직접 국한문으로 집필하는 비중이 높아지게 되었다. 『대한매일신보』 국한문판은 국한문이라는 표기 수단을 통해 한국의 지식인을 대상으로, 그들 내부에서 자주 독립의 기운을 끌어내려는 의도로 발행되었다. 따라서 이때 다시 발간된 『대한매일신보』가 국한문판의 체제로 속간된 것은 이러한 당시

매일신보』와 영문판 *The Korea Daily News*로 분리되어 발행된다. 『대한매일신보』 국한 문판은 합방 이후 총독부 기관지인 『매일신보』로 제호를 바꾸어 발행되기 전인 1910년 8월 28일까지 발행되었다. 또한 영문판 *The Korea Daily News*는 현재 영인되어 전해지지 않아 확인하기 어렵지만, 정진석에 의하면 1908년 5월 27일 베델에서 만함(A. W. Marnham)으로 발행인이 바뀌고 3일 뒤인 1908년 6월 1일부터는 발행되지 않았다고 한다. 하지만 영문판은 1909년 1월 30일에 다시 속간되었다가 1909년 5월 1일 베델이 죽자 중단되었다고 한다. 영문판 *Korea Daily News*의 구체적인 발행 상황에 대해서는 정진석의 연구가 유일하다. 이와 관련해서는 정진석의 연구를 참조할 것. 정진석, 「『대한매일신보』 창간의 역사적 의의와 그 계승문제」, 『대한매일신보 연구』, 커뮤니케이션북스, 2004, 21면 참조.

의 상황과 관련이 깊으며, 이러한 변화는『대한매일신보』안에서 다양한 형식의 글쓰기 실험을 가능케 하는 토대가 될 수 있었다.

국한문판과 영문판을 분리하여 간행하던『대한매일신보』는 1907년 5월 23일 "보통남녀의 지식을 열고 넓히기 위해" 국문으로 된 견본見本을 간행하였다.[7] 이후 국문 견본판에 대한 독자들의 반응이 매우 좋게 나타나자,『대한매일신보』는 6월 1일 창간하기로 예정했던 국문판을 5월 30일로 앞당겨 창간하였다.[8]

『대한매일신보』국문판은 국한문이라는 표기 수단으로 제한되던 독자를 더욱 폭넓게 확장하려는 의도에서 발행되었다.[9] 국문판의 발행은 지식인들을 대상으로 하던 국한문판과는 달리 한글을 사용하여 독자층을 넓히고, 그 확대된 대상 독자 모두를 '국민'으로 포섭하고자 한 것과 관계가 깊다. 특히, 이러한 국문판의 창간은 신문의 지면 안에 서사물들을 더욱 활발하게 배치할 수 있는 계기가 되었다.

결국『대한매일신보』의 서사적 글쓰기의 출현은 이와 같은 신문의 발

---

7 "本報가 一般人士의 愛讀으로 以ᄒ야 漸次發達ᄒᄂ 效果를 見ᄒ니 此ᄂ 大韓人民의 國家思想과 開明程度가 漸進홈이라 吾儕ᄂ 以爲ᄒ되 大韓의 文化를 開進코저ᄒ면 便利ᄒ 國文을 發達케홈에 在홈 故로 特히 國文報一部分을 幷爲發行ᄒ야 普通男女의 智識을 開廣코저ᄒ오니 有志ᄒ신 僉君子ᄂ 本月內로 本社에 請求狀을 送ᄒ시옵", 「特別社告」,『대한매일신보』, 국한문판, 1907.5.11.

8 "本社에셔 國文申報見本을 已經刊布인바 僉君子의 非常ᄒ 懽迎愛讀을 受ᄒ지라 不可不益加遠發行故로 六月一日로 預定ᄒ엿던 것을 數日을 先期ᄒ야 五月三十日븟터 發行홀터이오며 本社의 斷斷一念은 大韓人民의 國權恢復을 爲ᄒ야 目的을 到達ᄒ도록 始終을 恒常如一케홈에 在ᄒ오니 誰某이시든지 本國文申報를 閱覽ᄒ신이ᄂ 各其朋友의게 本社趣旨를 廣布ᄒ오면 本社에셔 感謝無窮이오며 우리ᄂ 盡其心力ᄒ야 高等新聞이 되도록 홀것이니 本社趣旨를 愛好ᄒ시거든 朋友의게 購覽勸告ᄒ기를 極力勸告ᄒ시고 愛好치 아니시면 無可奈何요 亦是 本社의 不幸이어니와 本社의 咎失은 아니니라ᄒ노라 大韓每日申報社 告白", 「本社告白」,『대한매일신보』, 국한문판, 1907.5.26.

9 김영민, 「근대계몽기 신문의 문체와 한글 소설의 정착과정」,『현대문학의 연구』22, 한국문학연구학회, 2004, 참조.

행 상황과 체제 변화와 밀접한 관련을 맺고 이루어졌다. 근대계몽기의 서사적 글쓰기는 신문이라는 매체를 양식적 토대로 삼고 있으며, 이것은 이 시기 서사물이 가지는 가장 두드러지는 특징이기도 하다. 따라서 신문의 발행 목적과 편집 주체, 대상 독자 등을 살피는 일은 이 시기 글쓰기와 밀접한 연관을 맺고 있으며, 이에 대한 이해는 근대계몽기 서사적 글쓰기의 양식적 특질을 살피는 유요한 근거가 된다.

근대계몽기의 서사적 글쓰기는 이 시기 계몽담론과 깊은 관련이 있다. 특히『대한매일신보』의 서사물이 국영문판에서는 전혀 보이지 않다가 국한문판이 창간되면서 그 모습을 보이기 시작하고, 국문판이 창간되면서 더욱 활발하게 활용되었다는 특징은 이 시기 계몽과 서사의 밀접한 관계를 뒷받침하는 중요한 근거가 된다. 『대한매일신보』의 서사물은 사실 전달에 치중하였던 국영문판보다 계몽적 요구에 충실하였던 국한문 또는 국문판의 체제와 더욱 밀접한 연관을 맺고 있었는데, 이는 근대계몽기의 서사적 글쓰기가 신문 매체를 기반으로 계몽적 필요성에 의해 호출되고 또 활용되고 있었음을 보여준다.

〈표 1〉『대한매일신보』의 발행 상황

1904.7.18~ 1905.3.10	1905.8.11~ 1907.5.29	1907.5.30~1908.5.30	1908.6.1~1910.8.28
국영문판	국한문판	국문판 ※ 1907.5.23~30(견본판)	국문판
	영문판	국한문판	국한문판
		영문판	※ 영문판 잠시 발행 (1909.1.30~1909.5.1)

3. 소설란의 발생과 소설 담론의 형성

『대한매일신보』에는 120여 편의 서사물이 논설, 잡보, 기서, 소설 등 신문 매체의 분화된 각각의 지면 안에 실려 있다. 이 중 '소설'이라는 표제 하에 게재되었던 작품만도 총 11편이 된다. 『대한매일신보』가 국한 문판과 국문판으로 발행되고, 그 안에 소설이 게재되는 과정은 이미 소설이 독자적인 자기 위상을 획득해가는 과정으로 파악할 수 있다.

국영문판이 중단되고, 6개월간의 공백 기간을 거친 『대한매일신보』는 국한문판과 영문판이 분리되어 발행되면서 큰 변화를 겪게 되었다. 영문 4면과 국문 2면의 체제를 혁신하여, 영문판 *The Korea Daily News*를 분리하고 국문 대신 국한문판을 간행하였다. 국영문판이 주로 서양에 러일전쟁의 전황을 알리려는 목적으로 발행되었던 것과는 달리 국한문판은 한자에 익숙한 전통적 지식인을 대상으로 자주 독립의 기운을 이끌어내려는 목적으로 발행되었다. 러일전쟁이 일본의 승리로 마무리 되던 가운데 『대한매일신보』는 국한문판을 발행하면서 박은식·신채호와 같은 신문의 주필을 담당할 수 있는 인사들을 포섭하고, 국한문이라는 문자 표기 수단을 통해 지식인들에 대한 계몽을 주된 목적으로 삼고 있었다.

이렇게 창간된 『대한매일신보』의 국한문판은 창간호부터 서사물의 연재를 시작하게 된다. 1905년 8월 11일 창간호부터 연재되기 시작한 「적선여경녹」은 물론 「四江月」, 「향직담화」, 「소경과 안즘방이 문답」, 「이티리국아마치전」, 「鄕향老로訪방問문醫의生싱이라」 등의 서사양식들이 야승野乘과 잡보雜報란에 게재되고 있었다. 이러한 서사양식들은 '소설'이라는 독자적인 양식 명칭을 획득하지 못하였지만, 근대계몽기 신문에 주로 사용되었던 관습대로 지면의 한 부분을 차지하고 있었다.

이러한 가운데, 『대한매일신보』에는 『중앙신보中央新報』1906.1.25~5.17에 관한 광고가 등장한다. 『중앙신보』는 한국어에 능통한 일본인 후루카와 마쓰노스케古河松之助에 의해 한글로 창간되었는데, 그는 이 보다 이른 시기 '소설'란을 두어 작품을 연재하였던 일본인 신문인 『한성신보』의 국문판 주간이었다.[10] 이 광고에서 『중앙신보』는 '부인신문란婦人新聞欄'을 따로 두었다는 점을 강조하고 있는데, 여기에서 '小說'이란 용어를 발견할 수 있다. 특히 『중앙신보』는 이 '小說'이라는 용어를 논설, 연설회, 잡보 등과 함께 부녀자를 위한 신문 구성의 중요한 요소로서 인식하고 있으며, 현명한 남자들도 부녀자의 글자인 한글을 배우기 위해 이 신문을 구독할 것을 권하고 있다.[11] 또한 『중앙신보』는 이 '부인신문란'이라는 난欄에 '한운선생'의 저작 「명월기연明月奇緣」을 연재하고 있으며, 이 작품은 취미진진趣味津津하여 독자로 하여금 실증나지 않게 하는 현대걸작의 '신소설'이며 '성산화백'의 삽화는 현실을 있는 그대로 그려내어 독자로 하여금 감탄을 자아내게 한다고 광고하고 있다.[12] 물론 여기에서 '신소

---

10 한원영, 『한국신문 한세기(개화기편)』, 푸른사상, 2002, 516면 참조.

11 "婦人新聞欄은 特히 姊妹諸氏를 爲ᄒᆞ야 中央新聞의 一部를 割ᄒᆞ야 婦人諸氏의 共樂共園紙로 供홈이니 其중에ᄂᆞᆫ 論說도 有ᄒᆞ고 演說會도 有ᄒᆞ고 雜報도 有ᄒᆞ고 小說도 有ᄒᆞ야 婦人各位가 每朝에 此新聞을 閱覽ᄒᆞ면 獨히 自己一身上利益뿐아니라 實노 國家의 幸福이 되리로다. 男子諸賢도 婦人의 독字를 勸ᄒᆞ기 爲ᄒᆞ야 此新聞을 購독케 홈이 可ᄒᆞ지라. 此欄ᄂᆞᆫ 卽本新聞의 特色之一也ㅣ라", 「광고」, 『대한매일신보』 국한문판, 1906.2.1, 4면.

12 "明月奇緣은 漢雲先生의 著作인데 才子佳人이 相別再會와 一波一瀾에 多情多恨의 態를 現ᄒᆞ야 趣味津津ᄒᆞ야 使讀者로 不知厭케ᄒᆞᄂᆞᆫ 現代傑作의 新小說이오 況又城山畵伯의 揷畵ᄂᆞᆫ 極히 婉麗ᄒᆞ야 當場之景을 眞寫ᄒᆞ야 使讀者로 珍哉妙哉를 呼케 ᄒᆞ리니 此欄은 卽本신報 特色之一也라. 初版紙上붓터 連續揭載홈", 「광고」, 『대한매일신보』 국한문판, 1906.2.1, 4면.

설'은 하나의 양식적 의미로 규정되기보다는 단지 새로운 소설이라는 의미로 쓰인 것이다.[13] 하지만 일본인 발행 신문은 『대한매일신보』에서 소설이 처음 등장하던 것보다 이른 시기에 이미 소설란을 고정적으로 배치하고 있었음을 확인할 수 있다.

『대한매일신보』에서 소설의 등장과 이러한 일본인 발행 신문의 관습이 가지는 직접적인 상관관계를 따지는 일은 매우 어려운 문제이다.[14] 하지만 『대한매일신보』는 며칠 뒤인 1906년 2월 6일부터 「靑청樓루義의女녀傳젼」을 '小說'이라는 표제 하에 연재하기 시작한다. 여기서 주목하고 싶은 것은 이때부터 '小說'이라는 명칭이 신문 매체의 고정적인 지면을 담당하기 시작했다는 점이다. 물론 『대한매일신보』 국한문판이 창간되고 「격션여경녹」, 「향긱담화」, 「소경과 안즘방이 문답」, 「향로방문의싱이라」 등의 서사물들이 게재되고 있었지만, 이때는 야승과 잡보 사이에서 명확한 자기 정체성을 확립하지 못한 채 그 한 귀퉁이를 차지하고 있을 따름이었다. 하지만 「靑청樓루義의女녀傳젼」은 분명 '小說'이라는 표제 하에 연재되고 있었으며, 이 때 '小說'은 신문의 편집 체제상 논설, 잡보, 야승 등의 란과 대등한 위치에서 배치되고 있었다. 이보다 이른 시기에 발간되었던 근대계몽기 신문에서도 서사물을 사용한 흔적은 쉽게 발견되지만, 소설란을 배치하여 연재한 흔적은 거의 찾아 볼 수 없

---

13 김영민, 「1910년대 신문의 역할과 근대소설의 정착 과정」, 『현대문학의 연구』, 현대문학연구학회, 2005, 271~274면. 참조.

14 근대계몽기의 소설 개념에 대해서는 김재영의 논문을 참조할 만하다. 그는 신문에 소설란을 두어 연재하던 관습은 일본의 『요미우리신문』에서 시작되었는데, 이러한 지면 구성은 일본인이 발간한 『한성신보』를 거쳐 근대계몽기 소설란에 영향을 주는 것으로 파악한다. 『중앙신보』에 실린 「명월기연」의 삽화 역시 일본 신문에서 소설을 연재할 때 삽화를 활용하던 관습과 연관이 있는 것으로 보인다. 김재영, 「근대계몽기 소설 개념의 변화」, 『현대문학의 연구』 22, 한국문학연구학회, 2004.

다. 이처럼 새로운 신문 편집 방식을 도입하는 과정에는 일찍이 소설을 활용하던 일인 발행 신문이 하나의 모델로 작용하였을 가능성을 배제할 수 없다.

「青청樓루義의女녀傳젼」의 연재가 끝나고 2월 20일부터는 「車거夫부誤오解해」가 역시 '小說'이라는 표제로 연재되기 시작하는데, 특이한 것은 연재가 시작한 첫 날만 소설이라는 표제가 붙지만 다음회부터는 잡보란에 게재되고 있다는 점이다. 「車거夫부誤오解해」는 「소경과 안즘방이 문답」이나 「향로방문의생이라」와 같은 대화체 양식이다. 따라서 이와 같은 대화체 양식을 잡보란에 게재하였던 관례에 따라 다시 잡보란에 게재한 것으로 보이는데, 이것은 『대한매일신보』 편집진이 가지고 있던 '소설'이란 양식에 대한 망설임을 드러내는 대목이다.

『대한매일신보』 국한문판은 이후 1910년까지 발간되었고, 수많은 서사물들을 각각의 지면에 배치하고 있지만 소설이라는 표제는 더 이상 등장하지 않았다. 국문판에 번역되어 게재됨과 동시에 '소설'이란 명칭을 획득하였던 「水軍第一偉人 李舜臣」1908.5.2~8.18과 「東國巨傑 崔都統」1909.12.5~1910.5.27까지도 국한문판에서는 '偉人遺蹟'이라는 표제 하에 연재되었던 것이다. 또한 같은 역사 서술의 갈래이지만 「미국독립사」가 국문판 소설란에 실린 것과는 달리, 폴란드의 망국사를 다룬 「波蘭末年史」1905.10.20~12.10는 국한문판에서 '歷史綮要'라는 표제로 게재되고 있었다. '소설'이라는 양식은 이 무렵 근대계몽기 신문과 잡지에서 실험되기 시작했지만, 『대한매일신보』 국한문판에서 '소설'은 아직 그 필연적 계기를 부여받지 못한 상태였다. 『대한매일신보』 국문판의 발행은 '소설'이란 양식의 가능성을 시험해보기 위한 매우 훌륭한 기회였고, 이러한 토대를 기반으로 '소설'은 스스로의 위상을 정립해 갈 수 있었다.

이후 『대한매일신보』는 국문판을 추가로 발간하였으며, 국문판의 창간은 근대계몽기 소설의 한 갈래가 정착되는 데 중요한 의미를 갖는다. 국문판 『대한매일신보』는 1907년 5월 23일 견본판을 발행하면서부터 본격적으로 '소설'을 게재하였다. 「라란부인전」을 시작으로 「국치전」, 「슈군의 뎨일 거룩ᄒ 인물 리슌신전」, 「매국노」, 「디구셩 미ᄅᆡ몽」, 「보응」, 「미국독립사」, 「동국에 뎨일 영걸 최도통전」, 「옥랑전」 등을 '소설'이란 표제 하에 순서대로 연재하였다. 『대한매일신보』 국문판은 논설, 잡보와 마찬가지로 '소설'에 고정적인 지면을 할애하고 있었고, 그만큼 국문판에 있어 '소설'은 중요한 글쓰기가 되었다.

『대한매일신보』 국문판의 확장은 한글 해독이 가능한 더욱 폭넓은 독자를 수용하기 위한 방편이었다. 이는 발화의 대상이었던 '국민'이 부녀자와 아이들에게까지 확대되었다는 것을 의미하며, 비로소 『대한매일신보』는 국민 전체를 향한 발화를 시작할 수 있었다. 그리고 국한문과 한글, 두 가지 판본은 그 문자 표기방식이 다르듯 대상 독자를 향한 각기 다른 방식의 계몽이 필요했다.

국한문판과는 달리 국문판 『대한매일신보』는 '소설'을 보다 적극적으로 활용하고 있다. 국한문판에서 전통적 한학을 기반으로 하는 지식인이 가지는 '小說'이라는 명칭에 대한 망설임과 같은 자의식을 엿볼 수 있었다면, 국문판에서 이러한 거리낌은 어느새 사라진 듯 보인다. 국문판에서는 고정적으로 소설란을 두어 각각의 작품을 연재하고 있으며, 이는 어느새 전면에 부각된 '소설'의 가능성을 감지한 덕택이었다.[15] 이때의 '소설'은 국문을 사용한다는 점에서 매력적이었고, 부녀자들이나 아이들과 같은 하층 계급을 위한 효과적인 계몽의 도구로 활용될 때 그 가치를 인정받을 수 있었다. 『대한매일신보』 편집진이 가지고 있었던 '소설'에 대한 자의식은 부녀자를 비롯한 하층계급, 즉 한글 독자층을 대상으로 할 때, 더욱 긍정적인 의미로 재생산되었던 것이다.[16]

『대한매일신보』 국문판이 발간되면서 '소설'은 고정적으로 지면의 한 부분을 차지하게 되었고, 그 문제적인 '소설'에 대한 담론들이 등장하기 시작하였다. 『대한매일신보』는 '소설'을 한글 사용자 중심의 양식으로 규정하고, 그 대상독자를 향한 직접적인 발화를 보다 간접화 시킬 수 있는 효과적인 계몽적 수단으로 활용하고자 했다. 따라서 발화의 대상은 주로 일반 부녀자와 아이들이 되었고, 그들은 '천하의 큰 사업을' 지어낼 수 있는 국민으로 호명되었다. 이때 한글 소설은 종교, 정치, 법률과 같은 큰 학문보다도 '국민의 인심'을 변화시킬 수 있는 중요한 글쓰기로 부각되었던 것이다.[17] 그러나 그 대상이 '우부우부와 아동주졸'에 편협하게 머물러 있지는 않았다. 단행본으로 출판된 「라란부인전」의 광고에서는 '애국하는 유지한 남자'에게까지 그 외연을 확장시키고 있었

---

15 『대한매일신보』 국문판이 발행된 1907년 5월 무렵에는 이미 '소설'이라는 양식 명칭이 일반화 되었던 시점이다. 이미 『만세보』에 이인직의 「혈의 누」(상편, 1906.7.22~10.10.) 와 「귀의 성」(1906.10.14~1907.5.31.)이 연재되었고, 『제국신문』에서는 이해조의 「고목화」(1907.6.5~?) 연재가 시작되었다. 뿐만 아니라 각각의 신문 또는 학회지가 '소설'을 연재하고 있었으며, 이렇게 연재된 소설들은 당시 출판업자와 결탁하여 단행본으로 출간되기 시작하던 무렵이었다.

16 장경주란 한 여성의 투고는 여성에 대한 교육의 중요성을 강조하면서, 그 근거를 「라란부인전」과 「애국부인전」에 등장하는 여성 주인공에서 찾고 있다. 그 소설의 여주인공들도 일개 여자이지만 큰 사업을 성취하였으니 여자의 교육이 중요하다는 것이다. 이 글을 통해 소설이 부녀자에게 미치는 효과를 짐작할 수 있다. 쟝경쥬, 「녀ᄌ교육」, 『대한매일신보』 국문판, 1908.8.11, 기서.

17 「근일 국문쇼설을 져술ᄒᄂ쟈의 주의홀일」, 『대한매일신보』 국문판, 1908.7.8.

음을 확인할 수 있다.[18]

이러한 가운데 『대한매일신보』의 '소설'은 이미 그 당시에 유행처럼 확산되던 일련의 '신소설'을 타자로 설정하고 나서야 스스로의 정체성을 세워갈 수 있었다.[19] 여기에서 그 비판의 중심에는 이인직李人稙이라는 문제적인 작가가 있었고, 또한 『만세보』에 연재되었던 「귀의성」이라는 작품이 있었다. 『대한매일신보』는 스스로 '일등 소설가'라 자부하던 이인직이 미치는 파급력을 인정하면서도, 그러한 소설가가 어찌하여 '첩을 위하여 변호하는 귀신의 소리라는 소설 등을 저술하여 사회상의 도덕을 해롭게 하며 독자들의 정신을 혼미하게 하는지'를 비판하였다.[20] 또한 '서적계의 요괴물은 「귀의성」이 제일'이라며 「귀의성」을 음탕하고 부녀자들을 현혹하는 부정한 소설로 평가하였다.[21]

그런데 「귀의성」보다 먼저 『만세보』의 지면에 연재되었던 이인직의 「혈의누」는 적어도 이러한 비판에서 제외되거나 그 평가가 유보되고 있었다.[22] 그렇다면 「혈의누」는 적어도 『대한매일신보』의 편집진에게 「귀

---

18 "이 쇼셜은 슌국문으로 민우 주미잇게 믄들어 일반국민의 이국ᄉ샹을 비양ᄒᆞᄂ 척이오니 이국ᄒᆞᄂ 유지훈 남즈와 부인은 만히들 사셔보시오", 광고, 「라란부인젼」, 『대한매일신보』 국문판, 1908.1.18.

19 권보드래는 근대계몽기 소설의 두 가지 갈래를 역사·전기물과 신소설로 파악하며, 역사·전기물이 민족이라는 가치를 우위에 두었던 반면 발생 초기의 신소설이 기록과 풍속 개량의 의의에 의해 지배되었다고 한다. 이 글에서는 이러한 선행 연구를 기반으로 하되, 『대한매일신보』의 소설에 대한 구상이 신소설의 배타적인 위치에서 스스로의 정체성을 확립해 간다는 입장을 취한다. 권보드래, 『한국 근대소설의 기원』, 103~130면.

20 「연극장에 독갑이」, 『대한매일신보』 국문판, 1908.11.8.

21 "쇼셜이라 ᄒᆞᄂ것이 정치상과 가뎡간의 부패습관 기량ᄒᆞ고 문명ᄉᆞ샹 기도후에 정대ᄒ다 ᄒᆞ겟ᄂ듸 쳠위ᄒᆞ야 장황ᄒᆞ게 음탕ᄒᆞ고 헛된말노 료양미뎡 부녀빅들 졍신현혹 ᄒᆞ게하니 셔젹계의 요괴물은 귀의셩이 뎨일이오", 「시ᄉᆞ평론」, 『대한매일신보』 국문판, 1909.3.14.

22 『대한매일신보』가 스스로 '일등 소설가'라 자부하던 이인직의 파급력을 인정하게 된 것은 「혈의누」란 작품 때문일 가능성이 높다.

의성」과는 다른 특성을 내포한 소설로 평가받고 있었다는 추측이 가능하다. 이러한 지점에서 『대한매일신보』 편집진의 소설관이 일정정도 드러날 수 있는데, 광학서포에서 발간한 단행본 『혈의누』는 『월남망국사』, 『을지문덕』, 『서사건국지』, 『이태리건국삼걸전』 등의 역사전기소설과 함께 1911년 6월 2일 일본에 의해 불허가출판물로 지정되고 말았다.[23] 『혈의누』가 친일적인 색채가 있음에도 불구하고 역사전기소설과 함께 발매금지처분을 당하는 것을 볼 때, 『혈의누』는 역사전기소설과 공통적인 요소가 있었고, 이러한 점은 일찍이 『대한매일신보』의 편집진에게도 인식되고 있었다는 의미가 된다. 「귀의성」과 「혈의누」의 이러한 거리는 『대한매일신보』의 편집진이 추구하던 소설 인식을 이해하는데 하나의 지표가 될 수 있다.

특징적인 점은 『대한매일신보』가 이인직을 비판하며, 소설을 연희演戲와 같은 층위에 두고 있다는 것이다. 『대한매일신보』 편집진에게 소설과 연희는 모두 '국민의 순연한 덕성을 훈도하고 국민의 고상한 감정을 고동' 할 수 있는 것이다. 하지만 소설과 연희는 무엇을 다루고 있느냐에 따라서 그 성격이 크게 변화할 수 있다. 이인직의 연희 개량에 대한 비판의 중심에는 연희의 공연 방식의 개량에 있는 것이 아니라, 그것이 다루고 있는 내용에 있다. 이들이 말하는 연희의 개량은 춘향가, 심청가, 흥보타령 등의 '음탕하고 허탄한' 내용을 을지문덕이나 나폴레옹과 같은 충신열녀와 의기남아의 역사를 다루는 것으로 바꾸는 것이었고, 소설이 나아갈 길 역시 크게 다르지 않았다.

---

23 다지리 히로유키는 『警務月報』 1호에서 32호까지에 나와 있는 소설류의 불허가출판물 목록을 정리하여 제시하였다. 다지리 히로유끼, 「이인직 연구」, 고려대 박사논문, 2000, 63면.

또 다른 논설에서는 한 나라의 풍속을 개량하고자 한다면 소설과 연희를 먼저 개량해야 한다고 주장했다. 소설과 연희는 풍속을 개량하는데 무엇보다 중요한 것이며, 부인여자와 시정 무식배가 가장 감동하기 쉽고 제일 즐겨하는 것이었다. 그러므로 「홍루몽」을 읽으면 슬퍼하고, 「심청가」를 들으면 애련한 마음이 생기니, 소설은 무엇보다 '큰 영웅과 준걸'들이 등장하여 '국민의 사상을 고동하고 국민의 의기를 발양케' 하는 것이 되어야만 했다.[24] 또한 이야기의 주인공이 특히 '절세미인'이나 '얼굴이 준수한 대장부'일 때 그것은 '소설가의 재료'가 될만한 것이었다.[25]

이렇듯 『대한매일신보』의 편집진은 소설이 독자에게 미치는 파급력에 대해 주목하면서도, 「귀의성」을 비롯한 현재의 소설들에 대한 개량이 필요하다고 생각했다. 무엇보다 중요한 것은 국민의 풍속을 개량하는 것이고, 따라서 소설의 개량이 필요해졌다. 결국 소설은 국민에게 정확한 방위를 안내하는 '지남침'과 같은 것이어야 했고, 그것은 『대한매일신보』의 소설이 지닌 당연한 운명이었다.[26] 이러한 소설의 의미는 국

---

24 「쇼설과 연희가 풍속에 샹관되는것」, 『대한매일신보』 국문판, 1910.7.20.
25 "일쟝쳥이라는 녀쟝군은 나히 이십삼세요 화호졉이라는 녀인은 나히 이십세에 꼿ᄌ혼 얼골과 누에ᄌ혼 눈섭이 참 절ᄃ미인이요 쟝쳔화는 나히 이십삼세인ᄃ 그도 얼골이 준슈훈 대쟝부라ᄒ니 그 ᄉ실이 족히 쇼설가의 지료가 될만ᄒ더라"(강조 인용자), 잡보 「흑룡강의 여쟝군」, 『대한매일신보』 국문판, 1907.9.27.
26 "근일에 쇼셜짓는쟈의 츄셰를 볼진ᄃ 사롬으로ᄒ여곰 대경쇼괴홀쟈ㅣ 불일ᄒ도다 이쇼셜도 음풍이오 뎌쇼셜도 음풍이라 미인의 아릿다온 퇴도를 그려내며 남ᄌ의 호탕흔 모양을 식여내여 흔번보미 음심이싱기고 두번보미 음심이 방탕케ᄒᄂ니 오호ㅣ라 쇼설은 국민에게 지남침과 ᄌ혼자ㅣ라 그말이 쳔근ᄒ고 그쓴거시 공교ᄒ여 아모리무식혼 로동쟈들신지라도 쇼셜은능히 보지못ᄒᄂ쟈ㅣ 드믈며 쏘보기료와 아니ᄒᄂ쟈ㅣ 업느니 그럼으로 쇼셜이 국민을 강흔ᄃ로 인도ᄒ면 국민이 강ᄒ여지고 쇼설이 국민을 약흔ᄃ로 인도ᄒ면 국민이 약ᄒ여지며 쇼셜이국민을 졍대흔ᄃ로 인도ᄒ면 국민이 졍대ᄒ여지고 쇼셜이 국민을 샤특흔ᄃ로 인도ᄒ면 국민이 샤특ᄒ여지ᄂ니 쇼셜을 짓는쟈들은 맛당히 깁히 슴가홀바ㅣ 어늘 근일에 쇼셜을짓는쟈들은 음풍을 ᄀ른치는거스로 쥬지를 숨으니 이 샤회는 엇더케되려는가"(강조 인용자), 「잡동사니」, 『대한매일신보』 국문판, 1909.12.2.

문 소설의 저자, 그리고 소설을 다루는 출판업자에게까지 요구되기에 이른다.[27]

서적書籍은 민지民智를 개발하는 지남침指南針과 같은 것이었으며, 동서 각국의 근대사기近代史記와 유명한 인물의 사적事蹟 등을 국한문 혼용하여 역술하거나, 소설小說 또는 가요歌謠로 쉽게 풀어서 일등개명一等開明한 인류를 만드는 데 기여해야 했다.[28] 1907년에 들어서면, 이러한 서적의 발행을 담당한 많은 서포書鋪들이 중앙뿐만 아니라 지방 중소 도시에서도 점차 그 수가 늘어가고, 융희 연간에 들면 당시의 보편적인 문화 기구의 하나로 자리잡게 된다.[29] 특히, 『파란말년전사』塔印社, 1900, 『라란부인전』대한매일신보사, 1907, 『애국부인전』광학서포, 1907, 『서사건국지』대한매일신보사, 1907, 『이태리건국삼걸전』광학서포, 1907, 『안남망국사』박문서관, 1907, 『을지문덕』휘문관·광학서포, 1908, 『강감찬전』광동서국, 1908, 『이태리소년』중앙서관, 1908, 『이충무공실기』광덕서포, 1909 등과 같은 역사·전기물들이 각각의 서포들에서 활발하게 발행되고 있었다. 이러한 역사·전기물의 발행은 『대한매일신보』의 소설관을 반영하고 있을 뿐만 아니라, 민족의 개량을 우선으로 한 근대계몽기 소설의 한 갈래가 되었다.

---

27 「근일 국문쇼셜을 져슐ᄒᆞᄂᆞ쟈의 쥬의홀일」, 『대한매일신보』 국문판, 1908.7.8; 「녯젹 셔칙을 발간홀 의론으로 셔젹츌판ᄒᆞᄂᆞ 졔씨에게 권고홈」, 『대한매일신보』 국문판, 1908.12.18~20.

28 "各其 社會中에셔 一般會員을 愛國熱心으로 一致養成코져 ᄒᆞ면 先이 東西各國 近代史記와 有名ᄒᆞᆫ 人物의 事蹟과 各種 學業의 文字를 或國漢文을 混用ᄒᆞ야 譯述ᄒᆞ며 或純國文으로 以ᄒᆞ며 或小說로 以ᄒᆞ며 或歌謠로 以ᄒᆞ야 曉解ᄒᆞ기를 便易케 ᄒᆞ며 感觸ᄒᆞ기를 深切케 ᄒᆞ야 一般會員이던지 其他人民이던지 廣爲授獨ᄒᆞ야 作業之暇에 或朗讀ᄒᆞ며 或討論ᄒᆞ야 其滋味를 得ᄒᆞ게 ᄒᆞ면 不過 十種內外間에 感化力이 滋長ᄒᆞ야 智識의 開發도 되고 愛國熱心이 一致?發ᄒᆞ야 一等開明ᄒᆞᆫ 人類가 되리니 諸般社會ᄂᆞᆫ 此事에 注意勉力홈을 十分切望ᄒᆞ노라", 「書籍이 爲開發民智之指南」, 『대한매일신보』 국한문판, 1905.10.12, 논설.

29 김봉희, 『한국 개화기 서적 문화 연구』, 이화여대 출판부, 1999, 81~91면.

하지만 이 같은 역사·전기물들은 1910년 한일강제병합 이후 대부분 발매금지를 당하게 된다.[30] 민족의식의 고취를 통한 독립된 국민국가를 지향하던 역사·전기물은 일제의 식민통치사업에 부정적인 요인으로 판단되어 총독부에 의해 제거될 수밖에 없었던 것이다. 이와는 달리 대부분의 신소설은 1910년 강제병합의 충격에도 여전히 살아남을 수 있었으며, 오히려 1910년 이후 새로운 신소설의 출간은 본격적으로 증가하게 된다.[31] 이는 비슷한 시기에 신문이라는 미디어를 기반으로 출현한 두 갈래 소설이 한일강제병합이라는 사건과 충돌하며 발생한 각기 다른 운명의 양상을 드러내는 대목이다.

4. 맺음말

근대계몽기 문학 연구에 있어서, 그 양식적 토대를 살피는 일은 매우 중요한 작업이다. 특히, 근대계몽기의 중심적인 담론 공간이자 대부분의 문학 텍스트를 담고 있는 신문 매체에 대한 연구는 이 시기 서사적 글쓰기를 이해하는데 중요한 바탕이 된다. 근대계몽기의 서사적 글쓰기는 그것을 담고 있는 각각의 매체의 성격에 크게 영향 받고 있었다. 무엇보다 근대계몽기의 서사적 글쓰기는 신문이라는 텍스트를 매개로 한 편집자와 독자 사이의 의사소통 형식을 전제로 하며, 편집 체제와 편집진

---

30 한기형, 「1910년대 신소설에 미친 출판·유통 환경의 영향」, 『한국 근대소설사의 시각』, 소명출판, 1999, 228면.
31 한기형의 연구에 따르면, 신소설의 발간은 1910년 이후 급속히 증가하는데, 1912년에서 1914년까지의 기간 동안 가장 많은 83편의 신소설이 발간되었다. 위의 책, 224면.

의 성격, 대상 독자 등에 크게 좌우되었다. 그러므로 이 시기 문학적 글쓰기를 이해하기 위해서는 그것이 실려 있는 각각의 신문 매체에 대한 깊이 있는 연구가 선행되어야 하며, 이러한 방식은 근대계몽기 문학에 대한 보다 풍성한 접근을 가능케 한다.

지금까지의 연구에서 『대한매일신보』는 외국인 편집자에 의해 일제의 검열에서 어느 정도 자유로울 수 있었고, 이를 바탕으로 강한 논조의 항일의식을 보여준 매체로만 기억되고 있다. 하지만 『대한매일신보』는 국영문판 합본, 국한문판과 영문판의 분리, 국문판의 창간 등의 체제 변화를 겪으면서 그 논조가 점차 근대계몽기를 대표하는 민족지의 성격을 가지게 되었다고 보는 것이 타당하다. 이러한 가운데 그 안에 실려 있는 글쓰기 역시 각각 그 표기 수단을 달리하며 변화하고 있었음을 확인할 수 있었다.

이러한 가운데, 이 글에서는 『대한매일신보』를 중심으로 근대계몽기의 서사 양식이 어떠한 과정을 거치며 신문 매체에 활용되고 있었는지를 살펴보고자 했다. 『대한매일신보』에는 11편의 소설을 포함하여 총 120여 편의 장·단형의 서사물이 포함되어 있는데, 이러한 서사물들은 그것을 담고 있는 신문 매체의 언어 선택이나 체제 변화에 따라 민감하게 반응하고 있었다. 또한 이러한 과정 속에서 근대계몽기의 소설은 스스로의 정체성을 확립하여 갔다고 볼 수 있다. 특히 『대한매일신보』의 소설은 『만세보』에 연재되던 이인직의 소설, 그중에서도 「귀의성」을 비판하며 본격적인 소설 담론을 형성하기 시작했으며, 이러한 과정을 통해 「이순신전」, 「최도통전」, 「을지문덕전」 등의 역사전기물을 소설의 기준으로 파악했다.

이렇듯 근대계몽기의 서사적 글쓰기는 그것을 담고 있는 신문 매체의 성격과 깊은 관련이 있으며, 언어 선택이나 체제 변화에 따라서도 크게 영향을 받고 있음을 확인할 수 있었다. 따라서 이 시기 서사적 글쓰기 또는 소설에 대한 연구는 그것을 담고 있는 각각의 매체와의 관련 양상 속에서 다루어질 필요가 있다. 이러한 작업은 이 시기 글쓰기의 지층을 더욱 입체적으로 복원하기 위한 효과적인 전략이 될 수 있을 것이다.

제3장

근대계몽기 토론체 서사의 특질과 위상

1. 머리말

근대계몽기는 다양한 스펙트럼의 문학운동이 일어났던 열려 있는 시기이다. 우리 문학사에서 이 시기가 가지는 중요성은 이미 여러 연구자들에 의해 확인된 바 있으며, 현재까지도 이 시기 문학운동에 대한 깊이 있는 연구들이 다양한 각도에서 시도되고 있다.[1] 특히, 이 글에서 주목하고자 하는 것은 근대계몽기의 토론체 서사이다. 근대계몽기 토론체 서사는 새롭게 탄생한 담론 공간이었던 신문 매체를 중심으로 개화·계몽에 대한 서술 주체의 입장을 등장인물들의 목소리를 통해 우회적으로 표현한 글쓰기의 산물이었다. 토론체 서사는 이 시기 시의성 있는 사건

---

[1] 근대계몽기의 다양한 서사 양식에 주목한 연구로는 다음의 연구가 대표적이다. 김영민, 『한국근대소설사』; 정선태, 앞의 책; 한기영, 『한국 근대소설사의 시각』, 소명출판, 1999; 김동식, 「한국의 근대적 문학 개념 형성과정 연구」, 서울대 박사논문, 1999; 권보드래, 『한국 근대소설의 기원』.

들에 대한 다양한 목소리들을 확인할 수 있을 뿐 아니라, 공적인 영역에서 새롭게 부각된 초기 한글 글쓰기의 다양한 형식적 실험을 가능하게 했다는 점에서도 중요하다.

지금까지 근대계몽기 토론체 서사에 대한 연구는 김중하의 연구에서 본격적으로 시작되었다.[2] 그는 개화기 토론체 소설이 일정한 서사 구조를 지향한다는 점을 중시하면서, 그것이 설화, 한문소설, 신문 논설의 영향을 받은 개화기의 독특한 문학 양식임을 입증하고 있다. 이어서 이 분야의 연구는 윤명구, 김주현, 김교봉·설성경, 황정현, 문성숙, 이강엽, 김종수, 김형중, 우림걸 등에 의해 더욱 심화되고 확장되었다.[3] 하지만 지금까지의 연구는 연구 대상과 그것을 포괄하는 명칭이 연구자 사이에 각각 달라 통일되지 않았다. 이러한 점은 근대계몽기 '소설'에 대한 연구자 간의 입장 차이에서 발생하며, 이러한 문제가 해결될 때 비로소 근대계몽기 토론체 사사가 가지는 온전한 의미가 드러나게 될 것이다.

이러한 문제의식을 바탕으로 이 글에서는 '토론체 서사'라는 용어를 사용하고자 한다. '토론체'는 '문답·대화·토의·토론' 중에서 근대계몽기의 가장 특징적인 발화 수단을 포괄해 지칭하는 용어가 될 수 있다.

---

2 김중하, 「개화기 토론체소설 연구」, 『관학어문연구』 3집, 1978, 171~188면.
3 윤명구, 「개화기 서사문학 장르」, 김열규·신동욱 편, 『신문학과 시대의식』, 새문사, 1981; 김주현, 『개화기 토론체 양식 연구』, 태학사, 1990; 김교봉·설성경, 『근대전환기 소설 연구』, 국학자료원, 1991; 황정현, 「신소설의 분석적 연구―계몽의식과 근대의식의 형상화를 중심으로」, 연세대 박사논문, 1991; 문성숙, 『개화기 소설론 연구』, 새문사, 1994; 이강엽, 『토의문학의 전통과 우리소설』, 태학사, 1997; 김종수, 「한국근대소설의 정치적 담론 수용 양상 연구」, 『현대문학이론연구』 제13집, 2000, 119~139면; 김형중, 『애국계몽기의 신문 연재소설』, 한국문화사, 2001; 우림걸, 「개화기 소설장르의 형성과 양계초의 관련양상―토론체소설과 역사전기소설을 중심으로」, 『비교문학』 제29집, 2002, 85~111면.

또한 소설이라는 한정적 범주에서 벗어나 근대적 소설 양식의 토대가 되었던 이 시기 단형서사문학까지도 포괄할 수 있다. 여기에서 토론체 서사는 이 시기의 특수한 문학적 글쓰기 양식이라기보다는 문답이나 대화 또는 토론을 적극적으로 활용하고 있는 하나의 수사 방식으로 파악하는 것이 적절하다.

이 글에서는 이러한 근대계몽기 토론체 서사를 신문 매체와의 관련성 속에서 살펴보고자 한다. 근대계몽기 토론체 서사는 이 시기 신문 매체에서 적극적으로 활용되던 글쓰기 방식이었으며, 그것을 담고 있던 신문 매체의 속성은 글쓰기의 내적인 자질에까지 영향을 주었기 때문이다. 특히, 이러한 관련 양상을 근대 초기 재현 방식을 중심으로 살펴보고자 하며, 이를 통해 근대계몽기 토론체 서사가 가지는 의미를 드러내고자 한다.

2. 근대계몽기 신문 매체와 토론체 서사의 존재 양상

우리나라에서 신문newspaper 매체는 17세기 이후 상공업과 화폐 경제의 발달을 기반으로, 서구 문명의 이입을 통한 커뮤니케이션의 욕구가 확대되면서 탄생하였다.[4] 초기의 신문으로는 주로 승정원에서 처결된 일을 기록 발행한 것으로, 조칙詔勅, 장주章奏, 묘당廟堂의 결의사항, 서임사령敍任辭令, 지방관의 장계狀啓 등을 기록한 관보 성격의 「조보朝報」가 있었

---

4 채백, 『신문』, 대원사, 2003, 12~17면.

다.[5] 이후 우리나라에서 발간된 최초의 근대적 신문은 『한성순보』[1883] 와 그것의 속간 형태로 발간된 『한성주보』[1886]이다. 이 신문들은 근대적 인쇄기술을 바탕으로 정부의 정책이나 외국의 소식들을 정기적으로 소개하였는데, 한자 또는 국한문체를 선택하여 주 독자층을 정부 고위관리 또는 지방 관리로 제한하고 있으며, 정부에서 감독하여 발간하였으므로 일반 백성들의 소식을 구체적으로 다루지 않았다.

신문의 역사적 의의는 다양한 부분에서 찾을 수 있지만, 무엇보다 신문의 탄생은 하나의 국가 안에서 국민상호간의 의사소통 기회를 확대했다는 점을 지적할 수 있다. 특히 『독립신문』[1896]은 최초의 민간지라는 수식어를 포함하여, 최초로 한글전용을 실시하여 독자층을 일반 백성에까지 널리 확장시키고 백성의 소식까지 폭넓게 담고자 노력하였다. 『독립신문』은 『한성순보』나 『한성주보』가 가지고 있던 상의하달上意下達의 일방적 의사소통구조를 정부와 백성, 독자와 독자 사이의 횡적 구조로 바꾸고, 그 안에서 공적 담론들을 담아내는 공론장의 역할을 자처하였다.[6]

이러한 가운데 『독립신문』은 발행인 서재필을 중심으로 근대식 토론과 연설 문화를 정착시키는 데 많은 영향을 주었다. 근대식 토론과 연설 문화가 정착되는 과정에는 서재필의 공헌이 매우 컸다고 할 수 있는데,[7]

---

5   한원영, 『한국신문 한세기(개화기편)』, 22~23면.
6   "우리는 첫지 편벽 되지 아니ᄒᆞᆫ고로 무ᄉᆞᆷ 당에도 상관이 업고 샹하귀쳔을 달너딕졉아니ᄒᆞ고 모도죠션 사름으로만 알고 죠션만 위ᄒᆞ며공평이 인민의게 말 홀터인딕 우리가 셔울 빅셩만 위홀게 아니라 죠션전국인민을 위ᄒᆞ여 무ᄉᆞᆷ일이든지 딕언ᄒᆞ여 주랴홈 정부에서 ᄒᆞ시ᄂᆞᆫ일을 빅셩의게 젼홀터이요 빅셩의 정셰을 정부에 젼홀터이니 말일 빅셩이 정부일을 자세이 아시면 피츠에 유익한 일만히 잇슬터이요 불평ᄒᆞᆫ 마음과 의심ᄒᆞᄂᆞᆫ 싱각이 업셔질 터이옴", 「논셜」, 『독립신문』, 1896.4.7.
7   서재필은 배재학당 및 협성회에서 회의진행법과 토론회 등을 지도하여 협성회 토론회가 정착하는 데 영향을 주었다. 또한 『독립신문』의 발행, 독립협회의 토론 지도 등을 통

이러한 새로운 문화는 『독립신문』을 통해 더욱 폭넓게 확산되었다. 『독립신문』에는 서재필, 윤치호, 아펜젤러와 같은 당대 논객들의 연설은 물론 연설과 관련된 수많은 기사들을 확인할 수 있다. 특히, 공공장소에서 다수의 청자를 계몽하기 위해 주로 행해졌던 연설은 이 시기 신문 매체의 논설과 유사한 특성을 지니고 있었다. 신문 매체의 지면에 포획된 연설은 그대로 한 편의 논설이 되었고, 신문 매체의 편집자들은 이러한 점을 놓치지 않고 있었다. 또한 『독립신문』은 독립협회 주최로 열린 토론회의 논제와 그 토론 결과를 잡보란을 통해 지속적으로 소개하기도 하였다.[8] 『독립신문』의 토론회에 대한 지속적인 관심은 일반 백성들에게 시사적인 문제에 대한 관심을 불러일으키고 이와 더불어 토론회가 새로운 문화로 정착되어 가는 데 일정한 영향을 주었다.[9]

해 근대적 토론·연설 문화가 정착되는 데 지대한 공헌을 하였다. 전영우, 『한국근대토론의 사적 연구』, 일지사, 1991, 48~65면.

8　『독립신문』은 1897년 8월 29일부터 시작된 독립협회 토론회에 대한 기사를 잡보란을 통해 30여 차례 지속적으로 게재하고 있다. 각각의 기사에는 지난 토론회의 논제와 좌우편 토론자, 가부 결과를 알려주고, 다음번 토론회의 논제를 미리 알려 많은 사람들이 참석하기를 권고하고 있다.

9　이에 대한 이해를 돕기 위해 『독립신문』 잡보란에 실린 토론회에 대한 기사 하나를 제시하고자 한다.
"○ 요전 일요일 오후 삼시에 독립 협회 토론 회에셔 뎨 이회 토론 회를 열고 성회를 ᄒ엿ᄂᆞᆫ딩 회원도 근 빅명이 참셕 ᄒ고 기외 방텽 인도 여러 빅명이 잇더라 문졔ᄂᆞᆫ 도로 수졍 ᄒᆞᄂᆞᆫ것이 위싱에 뎨일 방칙으로 결졍 홈 이 문졔를 ᄀ지고 우편은 리치연 유긔환씨가 연셜 ᄒ고 좌편은 권지형 리샹지 량씨가 연셜 ᄒᆞᄂᆞᆫ딩 미우 지미 잇고 유죠ᄒᆞᆫ 말을 만히 ᄒ더라 기외에 회원즁에 연셜 흔 사ᄅᆞᆷ들도 만히 잇ᄂᆞᆫ딩 죠민희씨가 미우 경계 잇고 붉은 말을 ᄒ야 회원들이 다 길겁게 듯고 손벽들을 셩 ᄒ게 치더라 죠씨의 말이 대개가 ᄌᆞ긔도 길닥ᄂᆞᆫ것이 위싱에 유죠 흔줄은 아나 만일 큰 길만 닥고 젹은 길을 닥지 아니 홀것 ᄀᆞᆺᄒᆞ면 젹은길 길 가셔 사ᄂᆞᆫ 사ᄅᆞᆷ들은 이왕 보다도 더러온딩 더 파뭇쳐 잇ᄂᆞᆫ것이 이왕에ᄂᆞᆫ 더 러온 몰건들을 큰 길에 다 가져다 버리는 사ᄅᆞᆷ들이 만히 잇셔 ᄉᆞ이 골목에 사ᄂᆞᆫ 사ᄅᆞᆷ들이 큰 길가에 사ᄂᆞᆫ 사ᄅᆞᆷ셔 더 더럽지가 안터니 큰 길이 졍 ᄒ게 된 뒤에ᄂᆞᆫ 게다가 이왕ᄀᆞᆺ치 더러온 물건들을 버리지 못 ᄒ즉 모도 ᄉᆞ이 골목과 젹은 길에들 가져다 버리니 이런딩 사ᄂᆞᆫ 사ᄅᆞᆷ들은 이왕 보다도 더 더러온딩셔 살게 되고 여긔 사ᄂᆞᆫ 사ᄅᆞᆷ들의 위싱에 유죠 ᄒ겟 이러한 『독립신문』의 노력은 여기에서 그치지 않았다. 『독립신문』은 연설과 토론이라는 새로운 문화형태를 널리 보급하는 한편 글쓰기의 차원에서 새로운 발화 방식을 적극 활용하기 시작하였다. 신문 매체의 글쓰기가 이전 글쓰기의 전통을 일정 부분 계승하고 있다는 점은 부인할 수 없는 사실이다.[10] 『독립신문』은 이러한 기반 위에서 근대계몽기의 독특한 문화 형태인 연설과 토론의 형식을 적극적으로 차용하기 시작한다. 이 새로운 발화 형식은 신문 매체의 편집진이 가지고 있던 계몽의 기획을 글쓰기의 차원에서 실현하는 데 매우 효과적인 장치였음에 틀림없다.

『독립신문』의 체제는 크게 논설, 관보, 잡보, 광고의 4면으로 이루어져 있다. 특히 논설은 당대의 시사문제나 개화사상에 대한 편집자의 주장을 펼치고, 잡보는 일상에서 일어나는 구체적인 사건들을 포착하여 제시하는 사회면의 성격을 가진다. 각각의 란이 가지는 글쓰기의 성격이 확연히 다름에도 불구하고, 연설과 토론이 가지는 특징의 수용은 글쓰기의 차원에서 동일하게 나타난다. 무엇보다 두 사람 이상의 등장인물이 나누는 문답 · 대화 또는 토론의 양상은 논설과 잡보가 지향하는 목적과 문체가 각각 다름에도 불구하고 특정한 효과를 목표로 수용되곤 하였다.[11]

다고 ᄒᆞ더라 죠씨의 말이 참 공평 ᄒᆞ고 리치에 올흔 말이더라 요다음 일요일 오후 삼시에 연셜 홀 문제ᄂᆞᆫ 나라를 부강케 ᄒᆞᄂᆞᆫ 방칙은 상무를 흥케ᄒᆞᄂᆞᆫ 걸노 결졍 홈 우편에 송헌빈 현졔복 량씨가 의론 홀터이요 좌편은 리계필 안령슈 량씨가 의론 홀터이라더라 모도 와셔 ᄌᆡ미 잇ᄂᆞᆫ 이약이들을 드르시오", 「잡보」, 『독립신문』, 1897.9.7.

10 이러한 점에 대해서는 김영민, 정선태 등의 연구에서 이미 확인된 바 있다. 김영민, 『한국근대소설사』; 정선태, 앞의 책.

11 『독립신문』에서 두 사람 이상의 인물이 나누는 문답 또는 대화의 양상을 삽입하는 기사는 무수히 많다. 이러한 기사들은 주로 편집자의 주장을 등장인물의 대화를 통해 간접적

이렇게 등장인물의 발화를 중심으로 서술되는 신문 매체의 글쓰기는 이 시기 단형서사문학의 한 양식인 '서사적 논설'에서 더욱 확장된다. 특히 『독립신문』은 서사문학적 성격이 드러나는 30여 편의 '서사적 논설'을 게재하고 있는데, 이 중 3분의 2에 해당하는 양이 대화와 토론을 주된 서술 방식으로 활용하고 있다는 점에서 특징적이다.[12]

문답이나 대화 또는 토론을 주된 서술 방식으로 활용하고 있는 근대 계몽기의 서사 문학 작품을 토론체 서사라고 할 때, 그 대상은 이미 근대 계몽기 신문 매체에서 확인할 수 있었던 '서사적 논설' 양식 중 일부를 포괄할 수 있다. 이러한 연구 대상의 확장은 근대계몽기 토론체 서사가 특질과 의미를 더욱 구체적으로 살펴볼 수 있다는 장점이 있다. 근대계몽기 연구에서 '소설'이란 양식 개념에 사로잡혀 있을 때 놓쳐버리게 되는 것은 생각 이상으로 많다. 그러므로 여기에서는 양식 개념을 비켜선 수사 방식의 차원에서 '토론체 서사'라는 용어를 사용하고자 하며, 문답, 대화, 토론이 전체 서사를 이끌어가는 근대계몽기 단형서사문학을 포괄하여 그 연구 대상으로 삼고자 한다.

근대계몽기 토론체 서사의 양상은 이 시기 대표적인 신문 매체인『독립신문』, 『매일신문』, 『제국신문』 등에서 더욱 확장된다. 이 신문 매체들은 1906년 이후 '소설'이란 용어가 신문 매체의 지면에서 독립적인 용법으로 사용되기 이전, 근대계몽기 단형서사문학을 적극적으로 활용

으로 제시하여 계몽적 효과를 높이고 있다는 특징이 있으며, 논설과 잡보의 성격이 다름에도 불구하고 이러한 글쓰기 방식은 동일하게 사용된다.

12 『독립신문』의 '서사적 논설' 중 토론체 서사는 비슷한 시기에 간행된『죠선·대한 그리스도인 회보』, 『그리스도신문』, 『매일신문』, 『제국신문』 등의 신문 매체에 비해 많은 비중을 차지하고 있다.

한 매체이다. 이 신문들에 수록된 토론체 서사의 양상을 살펴보면 다음
과 같다.[13]

〈표 2〉『독립신문』, 『매일신문』, 『제국신문』의 토론체 서사 목록

수록매체	번호	제목	날짜	비고
독립신문	1	유 지각흔 사름의 집에*	1897.1.30	잡보
	2	일젼에 엇더흔 대한 신ᄉ ᄒ나이*	1898.1.8	
	3	시ᄉ문답	1898.10.28~29	
	4	병뎡의리	1898.11.23	
	5	엇던 친구의 편지	1898.11.24	
	6	상목지 문답	1898.12.2	
	7	공동회에 디한 문답	1898.12.28	
	8	청국 형편 문답	1899.1.11	
	9	힝셰 문답	1899.1.23	
	10	외국 사름과 문답	1899.1.31	
	11	신구 문답	1899.3.10	
	12	지미잇ᄂ 문답	1899.4.15~17	
	13	경향 문답	1899.5.10	
	14	외양 죠혼 은궤	1899.6.9	
	15	ᄌ미잇ᄂ 문답	1899.6.20	
	16	량인 문답	1899.7.6	
	17	외국 학문에 고명흔 션비 ᄒ나이*	1899.10.12	
	18	대한에 유디흔 션비 ᄒ나이*	1899.10.16	
	19	대한 엇던 관인이*	1899.10.26	
	20	어느 시골 구친 ᄒ나이*	1899.11.2	

---

13 『독립신문』, 『매일신문』, 『제국신문』의 토론체 서사는 신문 편집 방침에 따라 제목이
붙어 있는 것과 제목이 없는 것이 있다. 이 글에서는『근대계몽기 단형 서사문학 자료전
집』의 표제 표기를 따르고 있다. 따라서 원자료에 제목이 없는 경우는 본문의 첫 2~3어
절을 인용하여 제목으로 삼고 *로 표시했다. 또한 이 목록 작성에는『근대계몽기 단형
서사문학 자료전집』과『개화기 신문 논설의 서사 수용 양상』의 도움을 받았음을 밝힌
다. 김영민·구장률·이유미 편, 『근대계몽기 단형 서사문학 자료전집』상·하; 정선태,
앞의 책.

수록매체	번호	제목	날짜	비고
매일신문	21	어늬 고을 원 ᄒ나이*	1898.6.13	잡보
	22	엇더ᄒ 친구의 문답을*	1898.7.28	
	23	북촌 사ᄂ 사름 ᄒᄂ이*	1898.9.20	
	24	어ᄂ 친구가 셔로 문답ᄒ기를*	1898.11.8	별보
	25	남산 아릭 어느 친구를*	1889.11.9	
	26	누옥싱이 샹두에 골한 잠이*	1898.11.29	
	27	어옹과 초부 두 사름이*	1898.12.22	
	28	넷젹에 셔양 어늬 나라에*	1899.1.26~27	
	29	긱이 말ᄒ야 굴ᄋ딕*	1899.2.8	
	30	한 긱이 잇셔 령남으로*	1899.3.26~27	
제국신문	31	어리석은 사름들의 문답	1898.11.26	
	32	엇던 직상 흔 분이*	1898.11.29	
	33	일젼에 엇더ᄒ 친구가*	1898.12.24	
	34	엇던 학쟈님 흔 분이*	1899.4.26	
	35	엇더ᄒ 션빅가*	1899.10.23	
	36	엇던 사름 둘이*	1900.2.16	
	37	엇든 친구들이 모여 안ᄌ*	1900.3.2	
	38	어느 친구 흔 분이*	1900.5.7	
	39	일젼에 슈삼 친구가*	1900.6.19	
	40	근일 한긔가 틱심ᄒ야*	1900.7.11	
	41	엇던 시골 친구와*	1900.12.17~19	
	42	향일에 셔양 친구 ᄒ나을*	1901.1.31	
	43	셔울 친구 ᄒ나이*	1901.3.22	
	44	금와봉 아래에 흔 션빅가*	1901.4.5	
	45	엇던 션빅 ᄒ나히*	1901.4.16	
	46	근일 일긔ᄂ 침침ᄒ고*	1903.6.3	
	47	량인문답	1904.11.24~25	

위에서 정리한 『독립신문』, 『매일신문』, 『제국신문』의 토론체 서사는 대부분 논설란에 실려 있으며, 2~3명의 등장인물들이 나누는 문답이나 대화 또는 토론이라는 발화 방식을 통해 전체 서사를 이끌어간다는 공통된 특징을 지니고 있다. 이러한 토론체 서사는 이후 『대한매일신보』의

「향객담화」, 「소경과 안즘방이 문답」, 「향로방문의생이라」, 「거부오해」, 「시사문답」 등과 단행본으로 출간된 『금수회의록』1908, 황성서적업조합, 『경세종』1908, 광학서포, 『자유종』1910, 광학서포 등으로 더욱 확장된다.

3. 토론체 서사의 특질과 위상

근대계몽기 토론체 서사는 본질적으로 그것의 발표 지면인 신문 매체의 특성을 기반으로 한다. 이러한 토론체 서사의 가장 두드러진 특징은 바로 특정한 발화 상황의 사실적인 재현이다. 토론체 서사는 당시 공적인 담론 영역에서 새롭게 부각된 신문 매체의 한글 글쓰기를 기반으로, 등장인물들의 발화를 사실적으로 재현하여 전달하고자 했다.

근대계몽기 신문 매체에서 '소설'이라는 양식이 분화되기 전,[14] 이 시기의 문학적 글쓰기의 대부분은 주로 신문의 논설과 잡보란에 배치되어 있었다. 근대계몽기 토론체 서사 역시 이 시기 신문 매체의 지면에서 쉽게 찾을 수 있었던 단형서사문학 중 하나였다. 각각의 양식이 독립된 난으로 구성되기 시작하는 1906년 이전 근대계몽기 신문에서의 대표적 글쓰기는 논설과 잡보였다. 신문 매체에서 논설은 대부분 편집자의 주장을 직접적으로 드러내는 한편, 잡보는 좀 더 객관적인 위치에서 사건을 전달하려는 성격을 지닌다. 이 시기 토론체 서사의 대부분은 논설란

---

14 근대계몽기 신문 매체에서 맨 처음 '소설'이란 표제를 달고 연재되었던 작품은 1906년 2월 6일 『대한매일신보』의 「청루의녀전」이다. '소설'이란 양식은 대략 이 시기를 기준으로 신문 매체 안에서 논설, 잡보와 다른 대등한 양식으로 분화되기 시작하였다.

에 활용되고 있었지만 등장인물들의 발화를 객관적인 입장에서 제시하는 토론체 서사의 경우 논설보다는 잡보의 성격에서 더 많은 유사점을 찾을 수 있다. 즉, 토론체 서사가 지향하는 주제는 주로 논설에서 추구하는 문명개화나 계몽에 초점이 맞춰져 있지만, 그것을 표현하는 서술 방식은 오히려 실제로 보거나 들은 이야기를 있는 그대로 전달하고자 하는 사회면의 성격과 닮아있다.

「황교문답」이나 「의산문답」과 같은 전통적 문답체 산문이 논리 전개를 통한 새로운 주장이나 사상논변 등을 통해 진리를 구현하는 것을 목적으로 한다면,[15] 이러한 점은 근대계몽기의 신문 논설이 가지는 지향점과 유사하다. 하지만 근대계몽기의 토론체 서사는 이와 달리 시의성 있는 특정한 사건에 대한 등장인물의 대화를 있는 그대로 전달하는 데 초점을 맞추고 있다는 점에서, 일반적인 잡보 기사가 추구하던 것과 동일한 지향점을 가지고 있다. 또한 근대계몽기 토론체 서사는 등장인물의 발화를 중심으로 서술된다는 점에선 문답체 산문의 전통과 그 형식적 유사성을 지니고 있지만, 동시대의 특정한 사건의 재현, 즉 리얼리티의 구현이란 측면에서는 오히려 조선후기 한문단편[16]이 추구하는 바와 유사하다. 다시 말해서 근대계몽기 토론체 서사는 문답이나 대화 또는 토론과 같이 등장인물의 발화를 중심으로 서술되어 있다는 점에서 이전 문답체 산문의 전통을 계승하고 있지만, 그러한 시의성 있는 당대의 사건에 대한 등장인물들의 발화를 있는 그대로 재현하고자 한다는 점에서

---

15 이강엽, 『토의문학의 전통과 우리소설』, 284면 참조.
16 여기에서 한문단편은 한문으로 된 단편 산문 모두를 지칭하는 것이 아니라, 주로 19세기 전후에 쓰였던 한문단편문학을 지칭한다. 임형택, 「한문단편 형성 과정에서의 강담사(講談師)」, 『창작과비평』, 1978.가을, 105~119면 참조.

는 좀 더 이른 시기 한문 단편이 성취한 '리얼리티'의 추구와 그 맥락을 같이한다.[17] 따라서 근대계몽기 토론체 서사는 이전 시기의 전통적인 문답체 산문과 동일한 양식으로 묶어서 논의하기엔 어려움이 따르며, 근대계몽기란 시기의 독특한 글쓰기 방식이란 입장에서 접근했을 때 오히려 생산적인 논의가 가능해진다.

근대계몽기 토론체 서사의 재현 방식은 다음과 같은 특징을 지니고 있다.

첫째, 토론체 서사의 서술자는 주로 발화자의 목소리를 전해주는 전언자의 역할을 맡고 있다. 근대계몽기 토론체 서사의 서술자는 전지적인 입장에서 이야기 전체를 주재하기보다 좀 더 객관화된 시점을 확보하여 등장인물들의 발화 상황을 전달하고자 한다. 근대계몽기 토론체 서사의 가장 두드러진 특성은 허구의 이야기를 창작한다는 인식에서 출발하는 것이 아니라 '사실'을 있는 그대로 전달해준다는 전제에서 시작하는 글쓰기라는 점이다. 이러한 '사실'이 정말로 실제 있었던 일인지 아닌지의 문제는 중요하지 않다. 다만 토론체 서사는 특정한 등장인물들의 대화를 최대한 객관화된 서술자의 시선으로 투명하게 전달하는 것을 목표로 한다. 따라서 토론체 서사에서 찾을 수 있는 대부분의 서술자는 단지 이야기의 서두나 말미에 간단히 등장인물들이 대화를 나누게 된 배경을 서술하고, 객관적인 위치에서 발화자를 지시하는 등 축소된 역할을 담당하고 있다.

---

17 김영민은 근대계몽기의 대표적인 문학 양식인 '서사적논설'이 조선 후기 사회상의 변화를 담아내던 야담이나, 서사를 통해 교훈을 전달하던 한문단편의 정신과 표현법을 취하고 있다고 밝혀낸 바 있다. 김영민, 『한국 근대소설의 형성 과정』, 소명출판, 2005, 15~24면 참조.

이러한 특징이 드러나는 토론체 서사를 택해 그 서두를 살펴보면 다음과 같다.

　㉮ 대한 사름 ᄒ나이 七八 년 젼에 셔양 들어가셔 각항 학문을 만이 공부ᄒ고 구미 각국에 유람ᄒ다가 월젼에 본국으로 도라왓ᄂᆞᆯ 그젼에 졀친ᄒ 친구 ᄒ나이 남촌에 사ᄂᆞᆫ지라 일젼에 그 집을 차져가셔 셔로 문답ᄒᆞᆫ 말을 엇던 유지ᄒᆞᆫ 친구가 젹어 보ᄂᆡᆯ엿기로 좌에 대강ᄆᆞᆫ 긔지 ᄒ노라[18]

　㉯ 엇더ᄒᆞᆫ 외국 친구가 대한 사름과 셔로 문답ᄒᆞᆫ 말을 젹어 보ᄂᆡ엿ᄂᆞᆫᄃᆡ 그 두 분의 말ᄉᆞᆷ이 가히 들을ᄆᆞᆫ ᄒ고로 좌에 대강 긔지ᄒ노라[19]

　㉰ 어졔 밤에 본샤 탐보원이 셔촌 ᄒ 친구의 집에 갓더니 ᄆᆞ츰 유지각ᄒᆞᆫ 四五인이 안져셔 공동회 일졀노 슈쟉이 란ᄆᆞᆫ한 것을 듯고 그 죵요ᄒᆞᆫ 것을 ᄉᆞᆸ아셔 좌에 긔지 ᄒ노라[20]

　㉱ 새 학문이 잇ᄂᆞᆫ 신씨ᄅᆞᆫ 사름과 녯젹 학문ᄆᆞᆫ 잇ᄂᆞᆫ 구씨ᄅᆞᆫ 사름 둘이 셔로 문답ᄒᆞᆫ 이약이가 ᄆᆡ우 ᄌᆡ미가 잇기로 좌에 대강ᄆᆞᆫ 긔지ᄒ노라[21]

근대계몽기 토론체 서사에서 서술자의 역할은 더욱 축소된 모습을 보인다. 이전의 문답체 산문과 비교하여 보거나, 동시대에 쓰였던 일화식 구성의 '서사적 논설'과 비교하여 보았을 때 그 차이는 선명해진다. 위의 예문들은 토론체 서사에서 축소된 서술자의 역할을 구체적으로 보여주는데, 이와 같은 토론체 서사는 외부의 서술자가 내부의 이야기를 전

18　「ᄌᆡ미잇ᄂᆞᆫ 문답」, 『독립신문』, 1899.6.20.
19　「량인문답」, 『독립신문』, 1899.7.6.
20　「공동회에 ᄃᆡ흔 문답」, 『독립신문』, 1898.12.28.
21　「신구 문답」, 『독립신문』, 1899.3.10.

달해 주는 액자식으로 구성되어 있다. 여기에서 외부의 서술자는 본격적인 등장인물의 발화를 서술하기 전 그러한 발화 행위가 있게 된 배경 또는 그러한 이야기를 전달해주는 이유를 제시하고 있다.

예로 든 ㉮와 ㉯의 서술자는 본격적인 등장인물들의 발화가 시작되기 전 특정한 발화 내용을 옮겨 적은 글을 읽고 그것을 전달해준다는 입장을 취한다. ㉮의 서술자는 서양을 다녀 온 대한 사람과 남촌에 사는 그의 친구의 문답을 어떤 유지한 친구가 적어 보냈는데, 그 내용을 읽고 그것을 요약하여 신문 지면에 게재한다고 밝히고 있다. ㉯의 서술자 역시 어떠한 외국 친구가 대한 사람과 서로 문답한 말을 적어 보내었고, 그 내용이 들을만하여 신문지면 왼쪽 편에 대강 게재한다고 밝힌다. 여기에서 알 수 있는 정보는 이야기의 서술자가 신문의 편집자라는 점, 그리고 독자의 투고를 받아 그 글을 읽고 대신 전달해 준다는 입장을 취하고 있다는 점이다.

㉰와 ㉱의 서술자 역시 특정한 발화 상황을 간접적으로 전달해 준다는 입장을 취하고 있다는 점에서 다르지 않다. ㉰에서는 유지각한 사오 인이 모여 만민공동회라는 시의성 있는 사건에 대해 나눈 문답을 '본사 탐보원', 즉 『독립신문』의 기자가 취재하여 중요한 부분을 게재한 것이다. 또한 ㉱에서는 새로운 학문을 배운 신씨와 옛적 학문만 있는 구씨라는 대립적인 인물을 설정하고 그들이 나눈 대화 내용을 '대강만' 게재하고 있음을 알 수 있다. 이렇듯 ㉰와 ㉱의 서술자 역시 객관적인 입장에서 등장인물의 발화를 전달하고자 한다. 다만 ㉰와 ㉱의 서술자는 특정한 발화 상황을 직접 취재하여 등장인물들의 발화를 듣고 그것을 전달해 준다는 입장을 취하고 있음을 알 수 있다.

이처럼 이야기의 서술자가 실제 발화 내용의 외부에서 그것을 전달해 준다는 입장은 근대계몽기 토론체 서사의 독특한 양상이다. 이러한 외부의 서술자는 실제로 보거나 들은 내부의 이야기, 즉 발화자의 발화 내용과 일정한 거리를 확보하며 객관적인 태도로 이야기를 전달해 주고자 한다. 여기에서 서술자는 서사적 이야기의 화자라기보다는 신문 매체의 편집자임을 강하게 인식하고 있다. 신문 매체가 사실성·중립성·객관성을 기반으로 성립된 제도임을 상기할 때, 토론체 서사의 서술자가 이러한 신문 매체의 특성에서 자유로울 수 없었던 점은 당연한 일이었다. 이러한 서술자가 좀 더 자유로운 서술 위치를 확보하기 위해서는 이후 신문 매체의 논설과 잡보에서 '소설'이라는 독립된 양식이 분화되기까지를 기다려야 했다. 1906년 무렵이 되어서야 비로소 소설가·작가가 편집자와는 다른 양식의 서술 주체로 인식되기 시작했지만, 소설가·작가가 편집자 또는 기자의 역할에서 완전히 분리되기까지는 더 오랜 시간을 필요로 하였다.

둘째, 토론체 서사의 서술자는 발화자와 발화 내용을 분리하여 등장인물들의 발화를 있는 그대로 전달하고자 한다. 토론체 서사는 주로 서술자의 진술, 발화자의 지시, 발화 내용으로 이루어져 있다. 이때 서술자의 진술은 객관적인 위치에서 등장인물들의 발화를 전달하기 위해 이야기의 외부에서 최소화 되는 경향이 있었다. 이러한 가운데 내부의 이야기에서는 발화자와 발화 내용을 구별하려는 시도가 생겨났다.

이 무렵 한글 글쓰기에서 흔히 볼 수 있던 발화자 지시 방식은 '○○○가 글ㅇ딕', '○○○가 말ㅎ기를', '드른즉' 등의 표현 방식이었다. 이러한 방식은 등장인물의 대화를 전달하기 위해 서술자가 계속해서 개입할 수밖에 없다. 하지만 등장인물의 대화를 있는 그대로 전달하기 위해서는 이러한 서술자의 개입이 최소화 되어야 했다. 발화자와 발화 내용(실제 발화된 목소리) 사이에서 서술자의 개입은 발화 내용을 있는 그대로 투명하게 전달하는 데 방해 요소로 작용하기 때문이었다. 이러한 고민은 일찍이 『독립신문』의 여러 기사에서 확인할 수 있듯이, 발화자가 바뀔 때마다 '○', ')' 등의 기호를 사용하거나, '아', '웨' 등의 감탄사를 사용하기도 하고, 단락을 바꾸는 방법을 사용하기도 하였다.[22]

이렇게 발화자와 발화 내용을 구분 지으려는 노력은 토론체 서사에서 더욱 두드러진다.

⑦ "상목지란 사름이 어늬 신문을 보다가 손으로 칙상을 치며 크게 소리 글으디 인졔는 우리 대한이 흥왕ㅎ리로다 이러ㅎ고야 흥황치 아닐리 치가 업스리라 ㅎ니 그 소릭의 겻힉셔 잠자던 사름이 놀나 씌여 물어 글으디 션싱이 무슴 연고로 뎌다지 길거워 ㅎ며 소릭를 질으나뇨 흔디 상목지 글아디 자네는 나의 말을 좀 들으라 지금 동셔양 뎨국 졍형을 본즉"[23]

⑭ "(문) 공동회를 파ㅎ 후에 시비가 분운ㅎ야 혹은 공동회에셔 실슈를 만히 ㅎ엿다 ㅎ고 혹은 졍부에셔 잘못ㅎ엿다 ㅎ니 누구의 말이 올혼지 (답) 대한 사름들은 몃ㅂ 년 압졔에 눌녀셔 무엇이던지 졍부가 ㅎ는 일은 감히 평론 못ㅎ는 것을 리치로 아는 고로 졍부에셔 올타면 올혼 줄

---

22 류준필, 「근대 계몽기 신문 및 소설의 구어 재현 방식과 그 성격」, 『대동문화연구』 제44집, 2003, 207~241면 참조.
23 「상목지 문답」, 『독립신문』, 1898.12.2.

알고 글타 ᄒᆞ면 글은 줄 알거니와"[24]

㉰ "셔울 사ᄅᆞᆷ (그ᄅᆡ 이 치운ᄃᆡ ᄀᆡᆨ고가 엇던가

시골 사ᄅᆞᆷ (아 ᄀᆡᆨ고도 ᄀᆡᆨ고려니와 시셰가 다 틀년네 그려

셔울 (무슨 시셰란 말인가

시골 (아 갑갑ᄒᆞᆫ 사ᄅᆞᆷ일세 그랴도 이젼에는 셰도도 잇고 셰의도 보고 아니 그리ᄒᆞ엿나 지금은 아모 것도 업네 그려 ᄀᆡ화인가 무엇인가 ᄭᆞᄃᆞᆰ에 우리 ᄀᆞᆺᄒᆞᆫ 시골놈은 셔울 와서 밥 ᄒᆞᆫ 슐 공히 먹을 슈가 업네 그려 하 긔가 막혀서"[25]

㉱ "○쥬인왈 우리 정부에셔 여러 가지 일을 다 실시ᄒᆞ셧ᄂᆞ니라 ○ᄀᆡᆨ왈 내가 듯기를 원ᄒᆞ노라 ○ 쥬인왈 공은 눈이 업셔 보지 못ᄒᆞ고 귀가 업셔 듯지 못ᄒᆞᄂᆞ뇨"[26]

㉲ "시골 친구 ᄀᆞᆯᄋᆞᄃᆡ 나ᄂᆞᆫ 근본 하향에셔 ᄉᆡᆼ쟝 ᄒᆞ야 들에 나아가 밧 갈기와 산에 올나가 나무 ᄒᆞ기를 ᄉᆡᆼᄋᆡ로 삼고 집신 삼기와 기직 매기로 셰월을 보ᄂᆡ여 어언 간 ᄇᆡᆨ발이 셩셩 ᄒᆞ고 긔력도 쇠ᄑᆡ 함ᄋᆡ 일평ᄉᆡᆼ을 골골 몰몰히 자ᄂᆡ다가 ᄉᆡᆼ젼에 셔울 구경이나 ᄒᆞᆫ번 ᄒᆞ자고 올나 왓노라 셔울 친구 ᄃᆡ답ᄒᆞ되 그럿치 시골 ᄇᆡᆨ셩이 되야 셔울 구경도 못ᄒᆞ고 죽으면 그역 한이 되겟지

시골」 여보게 로형은 무슴 복력으로 이러ᄒᆞᆫ 번화장에셔 걱정 업시 사ᄂᆞᆫ가 나ᄂᆞᆫ ᄭᅮᆷ에라도 셔울와셔 ᄒᆞᆫ번 살어 보면 됴켓네

셔울」 허허 우스며 ᄒᆞᄂᆞᆫ 말이 ᄒᆞᄂᆞᆫ 말이 나의 사ᄂᆞᆫ 것이 걱정이 잇ᄂᆞᆫ지

---

24 「공동회에 ᄃᆡᄒᆞᆫ 문답」, 『독립신문』, 1898.12.28.
25 「ᄒᆡᆼ셰 문답」, 『독립신문』, 1899.1.23.
26 「외양 죠흔 은궤」, 『독립신문』, 1899.6.9.

업ᄂᆞᆫ지 엇지 아나 셔울 와셔 본즉 무엇이 져딕지 됴화셔 칭찬 불이 ᄒ
나"[27]

위의 예문은 『독립신문』에 실려 있는 토론체 서사의 다양한 발화 재
현 양상이다. 이처럼 토론체 서사는 발화자와 발화 내용의 분리를 다양
한 방식으로 실험하고 있었음을 확인할 수 있다. ㉮는 토론체 서사 중
당시의 가장 일반적인 발화자 지시 방법이었던 'OOO 글ᄋᆞ딕'를 사용
하여 발화자와 발화 내용을 구분하고 있다. 이는 일방적인 주장으로 일
관하던 논설이나 서술자의 진술로 일관하던 잡보 기사와는 달리 등장인
물들의 대화를 통해 작가의 주장을 간접화시켜 제시하는 서술방식이었
다. ㉯, ㉰, ㉱, ㉲에서는 ㉮보다 한 단계 발전하여 등장인물의 발화 자체
를 투명하게 전달하려는 시도들이 엿보인다. ㉯에서처럼 등장인물의 성
격창조보다 발화 자체를 중시하여 '(문)'과 '(답)'의 형태로 발화자를
지시하거나, ㉰에서처럼 '('라는 기호로 발화자와 발화 내용을 구분하
고, ㉱에서는 발화자를 지시하기 전 'O'라는 기호를 통해 이전 발화와
구분하고 있다. ㉲에서처럼 '글ᄋᆞ딕', '딕답ᄒᆞ되'와 'ㄴ'라는 기호가 중복
되어 사용되기도 한다. 이러한 경우 발화자와 발화를 구분하기 위해 서
술자의 지시어인 '글ᄋᆞ딕' 또는 '딕답ᄒᆞ되'를 먼저 사용하고, 이후의 경
우는 계속해서 'ㄴ' 기호로 사용하고 있다. 이러한 지점들은 발화자와 발
화 내용을 구분하기 위한 당시 글쓰기 주체의 고민이 드러나는 대목이
다.

---

27 「어느 시골 구친 ᄒᆞ나이*」, 『독립신문』, 1899.11.2.

이렇게 근대계몽기 토론체 서사는 발화자와 발화 내용을 구분하려는 시도를 통해, 등장인물의 대화를 있는 그대로 투명하게 전달하고자 했다. 이러한 시도는 특정한 사건을 객관적인 태도로 있는 그대로 전달하고자 하는 신문 매체의 속성과 관련이 깊다.[28] 토론체 서사는 사실성·중립성·객관성이라는 신문 매체의 기본 속성을 바탕으로 시의성 있는 현실의 문제를 서술자의 직접적인 발화 대신 등장인물들의 목소리를 통해 간접적으로 다루고자 했다. 따라서 이러한 노력은 한글 글쓰기에서 객관적인 서술시점을 모색하게 하고, 언문일치에 가까운 현장감 있는 생생한 구어체를 실험하게 하는 효과를 낳았다.

셋째, 토론체 서사는 등장인물들이 나누는 대화를 현장감 넘치는 생생한 언어로 전달하고자 했다. 특히, 발화자와 발화 내용을 '~글ㅇ디'와 같은 서술자의 지시 없이 구분하려는 토론체 서사의 경우 등장인물의 발화를 더욱 생생하게 포착하고 있다. 이때의 등장인물의 발화는 서술자의 전언을 최대한 배제한 채, 음성을 있는 그대로 문자로 기록하려는 의식에서 전달되고 있다. 이러한 노력은 당대의 시의성 있는 특정한 사건에 대한 등장인물의 발화 상황을 있는 그대로 재현하여 작품 안의 리얼리티를 높이는 효과를 낳고 있었다.

㉮ "(웨) ᄌ릭로 그 고을 민심이 순박ᄒ여 원 노릇 ᄒ기러 됴타고 ᄒ더니 그동안에 엇더키 그리 변ᄒ엿던가) (웨) 전에는 원의 말이 라면 무셔워

---

28 "묘사의 현전성을 저해하는 것이 화자의 존재감이라고 한다면 그 화자의 존재감을 노출시키는 문장 표현을 될 수 있는 한 배제하는 것, 바로 이것이 언문일치체 성립 이전에 보도 미디어가 취한 하나의 해결책이었던 셈이다", 이효덕, 박성관 역, 『표상 공간의 근대』, 소명출판, 2002, 151면.

흐던 빅셩들이 지금은 관장의 말을 우습게 넉여 령갑을 셰울슈가 잇셔
야 원노룻슬 히먹지) (하) 그동안에 그곳 빅셩들이 그럭히 완만ᄒ여 졋
든가) (허) 완민인들 그런 완민들이 어듸가 잇겟나 령을 ᄒ번 늬여가지
고 시힝케 ᄒ려다 못ᄒ여 늬가 짓쳐 못견듸고 말앗네)"²⁹

㉯ "셔울 (하 그 사름 공동회 말도 못 들엇나 왜

　　시골 (그럿치믄 공동회ᄂ 아쥬 욱엇다지 그릐 ᄌ네도 공동회에 참례 ᄒ엿던가

　　셔울 (그러면 힝셰ᄒᄂ 사름이 어듸ᄂ 참례 아니홀 터인가 여보게 부

　　샹픠니 공동회니 잔쇼리 고믄 두고 지금도 ᄌ네 지죠믄 잇거드면 탕건

　　이나 어듸 원ᄒ나야 여반장일셰

　　시골 (앗다 그사름 말은 시원이 ᄒ네 그러ᄒ지마ᄂ 우리끼리 말이지

　　ᄌ네 식히ᄂ 듸로 홀 터이니 계칙을 좀 일너주게"³⁰

㉰ "외국 사름 (쟈네 평안ᄒ시오닛가

　　대한 사름 (당신을 오릐 못보앗쇼

　　외국 (당신이라ᄂ 말 무슴말

　　대한 (당신 그듸 너 쟈네 공지듸 임쟈 노형 다 남을 대ᄒ야 ᄒᄂ 말이오"³¹

㉱ "정부 죠직 정부 죠—집 허니 정부의셔 죠—집은 허여 무엇에 쓰려ᄂ

　　지 정부란 말은 각 듸신네들 모혀 나라 일 의론허ᄂ 쳐소로 짐죽허거니

　　와 그 죠—집은 무삼 죠—집인지 알 슈 업데"³²

위의 예문은 등장인물의 발화 자체를 투명하게 전달하려는 노력이 돋

---

29 「어늬 고을 원 ᄒ나히*」, 『매일신문』, 1898.6.13.
30 「힝셰 문답」, 『독립신문』, 1899.1.23.
31 「외국 사름과 문답」, 『독립신문』, 1899.1.31.
32 「거부오해」, 『대한매일신보』 국한문판, 1906.2.20~3.7(단 1회만 '소설'로 표기).

보이는 토론체 서사 중 일부이다. 이처럼 토론체 서사는 서술자의 발화자 지시를 최소화하고 발화 자체를 투명하게 전달하고자 했으며, 투명한 발화는 현장감 있는 구어체로 쓰여 발화 상황을 생생하게 재현하고 있다. 투명하게 전해지는 등장인물의 발화는 문장성분 또는 조사가 생략된 실제 생활에서 흔히 쓰이는 구어체 표현 방식에 가깝게 표현되고 있으며, ㉓의 경우와 같이 특정한 용어의 발음이 문제가 되어 벌어지는 상황이 재현되기도 한다. 시의성 있는 사건에 대해 등장인물들이 나누는 구체적인 발화는 서술 주체가 말하고자 하는 바를 간접적으로 전달할 수 있었으며, 이러한 방식은 독자에게 실감을 느끼게 하는 효과적인 계몽적 글쓰기였다. 이렇게 발화자의 목소리를 있는 그대로 재현한다는 의식은 근대계몽기 토론체 서사의 중요한 특질이며, 이후 근대소설이 지향하는 리얼리티의 추구가 한글 글쓰기의 차원에서 정착하는 데 중요한 기반이 되었다.

위에서 살펴본 바와 같이 근대계몽기 토론체 서사는 특정한 발화 상황을 있는 그대로 재현하고자 했으며, 이러한 의식은 이시기 토론체 서사가 가지는 독특한 특질임에 틀림없다. 근대계몽기 토론체 서사는 그 서술자가 전언자의 역할을 맡고 있으며, 발화자와 발화 내용을 다양한 실험을 통해 분리하고자 했다. 또한 등장인물의 대화를 현장감 넘치는 생생한 언어로 전달하고자 했다. 이와 같은 토론체 서사의 특질은 그것을 담고 있는 근대계몽기 신문 매체의 특성과 무관하지 않다. 실제 사실을 있는 그대로 기록하고 그것을 다만 전달해준다는 신문 편집자의 원칙은 조금 이른 시기부터 서사적 글쓰기를 매체의 지면에 활용하는 데 핵심적인 기준이 되었고, 이러한 인식은 토론체 서사를 더욱 적극적으로 활용하는 데 중요한 바탕이 되었다.

따라서 근대계몽기 토론체 서사는 주로 『독립신문』, 『매일신문』, 『제국신문』 등의 한글 신문의 논설란을 중심으로 활발하게 쓰였으며, 『대한매일신보』에 이르자 작품 내의 서사성이 강화되며 잡보란으로 이동하게 된다.[33] 1906년 이후 '소설'이 신문 매체의 논설란과 잡보란을 벗어나 독자적인 양식으로 분리되자, 토론체 서사 역시 점차 본격적인 근대적 소설의 의미를 획득해가게 되었다. 『금수회의록』, 『경세종』, 『자유종』과 같은 작품은 아예 신문 매체의 지면을 떠나 단행본으로 출간되기도 하였고, 이후 근대계몽기 토론체 서사를 대표하는 작품이 되었다. 결국 근대계몽기 토론체 서사는 신문 매체의 한글 글쓰기를 통해 다양한 재현 방식을 실험하였고, 이러한 특질은 한국 근대소설의 형성 과정에 매우 중요한 역할을 하였다는 점에서 그 가치를 인정받을 수 있다.

4. 맺음말

근대계몽기 토론체 서사는 문답·대화·토의·토론 중에서 근대계몽기의 가장 특징적인 발화 수단이었던 토론이란 명칭을 사용하며, 소설이라는 한정적 범주에서 벗어나 근대적 소설 양식의 탄생에 지대한 영향을 주었던 이 시기 단형서사문학을 포괄하고 있다. 그러므로 이 글에서 대상으로 삼는 작품들은 주로 그것을 담고 있는 초기 신문 매체인

---

33 『대한매일신보』에 실린 토론체 서사인 「향객담화」, 「소경과 안즘방이 문답」, 「향로방문의생이라」, 「거부오해」, 「시사문답」은 국한문판 잡보란에 연재되고 있었다.

『독립신문』,『매일신문』,『제국신문』의 토론체 서사이며, 이를 통해 토론체 서사의 특질과 위상을 점검하고자 하였다.

토론체 서사는 그것을 담고 있는 신문 매체의 속성을 기반으로 하며, 특히 특정한 발화 상황에 대한 사실적인 재현 방식에 있어서 주목할 만하다. 이러한 관점에서 토론체 서사의 특질은 다음과 같이 정리할 수 있다.

첫째, 토론체 서사의 서술자는 주로 발화자의 목소리를 전해주는 전언자의 역할을 맡고 있다. 토론체 서사의 서술자는 주로 등장인물들의 문답 또는 대화를 있는 그대로 전달해주고자 하는 전언자의 역할을 하며, 객관적인 시점을 통해 이야기의 사실성을 확보한다.

둘째, 토론체 서사의 서술자는 발화자와 발화 내용을 분리하여 등장인물들의 발화를 있는 그대로 전달하고자 한다. 토론체 서사의 서술자는 다양한 방식으로 발화자와 실제 발화 내용을 구분하여 등장인물의 목소리를 투명하게 전달하고자 했다.

셋째, 토론체 서사는 등장인물들이 나누는 대화를 현장감 넘치는 생생한 언어로 전달하고자 했다. 시의성 있는 사건에 대해 등장인물들이 나누는 구체적인 발화는 서술 주체가 말하고자 하는 바를 등장인물들의 살아있는 목소리를 통해 대신 전달할 수 있었고, 이러한 방식은 독자에게 실감을 느끼게 하는 효과적인 계몽적 글쓰기였다.

근대계몽기 토론체 서사는 중세적 질서로부터 독립하여 근대적 국민국가를 형성하는 것이 중요한 과제였던 시기에 토론과 연설이라는 시대적 언술 방식을 차용한 서사 양식이었다. 토론체 서사는 당시 새롭게 형성된 신문이라는 공적 글쓰기의 장 안에서 독자계몽을 위한 효과적인 수단이 될 수 있었다. 토론체 서사는 근대 초기 다양한 한글 글쓰기 실험의 양상을 확인할 수 있다는 점에서도 의의가 크다. 이 글에서는 주로 근대소설이 본격적으로 형성되기 이전 발생한 토론체 서사를 다루고 있는데, 이러한 연구가 이후 본격적으로 등장한 토론체 소설에 대한 관심으로 이어지길 바란다.

제4장

애국계몽운동과 소설 출판의 한 양상

장지연의 『애국부인전』을 중심으로

1. 머리말

1990년대 후반부터 더욱 활성화된 근대계몽기 문학 연구는 이 시기의 문학을 단순히 과도기적인 것으로 파악하는 이전의 문학 연구 방식을 반성하게 하고, 이 시기 문학의 고유한 자질을 다양한 텍스트를 통해 실증적으로 규명해왔다. 특히, 최근의 연구들은 완결된 양식으로서의 근대 문학을 상정하고 거꾸로 그 기원을 찾아가는 것이 아니라, 근대계몽기의 신문·잡지 등의 다양한 텍스트를 통해 근대 문학이 형성 되어가는 과정을 세밀하게 추적하고 있다는 점에서 의미가 있다. 그러나 이러한 노력에도 불구하고 근대계몽기의 넓혀진 문학텍스트들에 대한 개별적인 연구는 아직 미흡한 실정이다. 왜냐하면 이 시기의 문학작품들은 그것을 개별 연구로 다루기에는 분량이 비교적 짧거나 특별한 문학사적인 의미를 도출하기 어렵기 때문이다. 하지만 개별적인 논의가 가능한 작품들에 대해서는 그것이 지닌 고유한 특질들을 다양한 각도에서 검토하는 것 역시 필요하다. 대상에 대한 균형 있는 접근을 통해서야 비로소 '근대계몽기'라 불리는 특정한 시기의 문학적 면모가 올바르게 드러날 수 있기 때문이다.

이러한 관점에서 이 글이 주목하고자 하는 텍스트는 바로 위암韋庵 장지연張志淵, 1864~1920의 『애국부인전』이다. 지금까지 『애국부인전』에 관한 연구는 주로 근대계몽기 '역사·전기소설'이라는 특정한 글쓰기 유형을 설명하기 위한 방법으로 활용되어왔다. 하지만 '역사·전기소설'은 각각의 작품들이 지니는 내적인 특징들이 특정한 방식으로 귀납된 것이라기보다 단지 '역사'와 '전기'라는 소재적 차원에서의 유사성에 기대어 만들어진 용어의 성격이 강하다.[1] 따라서 '역사·전기소설'을 이해하기 위해 『애국부인전』이란 개별 텍스트에 접근하는 방식은 이 작품이 가진 고유한 특성을 배제할 위험을 내포하고 있다. 결국 이 글은 '역사·전기소설'이라는 개념의 용법에서 한 걸음 벗어나 『애국부인전』이 기획되었던 특정한 역사적 층위와 글쓰기 형식의 균열 자체에 주목하고자 한다. 이러한 접근은 대상 텍스트에 작동하는 특정한 시선을 제거하고, 이 시기 작품 자체에 존재하는 풍부한 역동성을 드러내기 위한 한 가지 방법이 될 것이다.

---

1 '역사·전기소설'이란 용어의 형성과정에 대해서는 김영민의 최근 연구를 참조할 것. 그의 연구에 따르면 '역사·전기소설'이라는 용어가 직접 등장하고, 그 사용이 보편화되기 시작한 것은 1970년대 말 '역사·전기소설' 자료집(김윤식·백순재·송민호·이선영 편, 『역사·전기소설』, 아세아문화사, 1979)이 출간되면서부터이다. 그는 이 자료집 역시 '역사·전기소설'이라는 용어로 규정하기 어려운 매우 다양한 양식의 글들을 혼합해 수록하고 있기 때문에 '역사·전기소설'의 양식적 특질을 규정하고 이해시키는 데는 충분하지 못했다고 평가한다. 김영민, 「제2장 '역사·전기소설'의 형성과 전개」, 『한국 근대소설의 형성 과정』, 31~38면.

2. 여성 교육의 교과서

1905년 러일전쟁에서 승리한 일본은 을사조약을 강제적으로 체결하여 대한제국의 외교권을 강탈해갔다. 이로 인해 국내의 반일감정은 증폭되었고, 전국 각지에서는 의병의 활동이 눈에 띄게 확산되어 갔다. 일본의 조선 내 통감부 설치는 러일전쟁의 상황을 지켜보며 외교적 자주권을 지키려던 이 시기 지식인들에게 커다란 위협으로 다가왔다.

박은식, 신채호, 장지연 등 개신유학자 지식인들은 이전과는 달리 더욱 적극적인 대응방법을 모색했고, 그러한 방법의 일환으로 애국계몽운동을 선택하였다. 언론·출판 활동을 중심으로 이루어진 애국계몽운동은 '민족'이라는 새로운 가치를 형성하고, 그동안 공적인 담론의 영역에서 소외되었던 여성과 일반 평민에까지 그 실천 대상을 확산시켰다는 점에서 의미가 있다. 이러한 가운데, '소설'이라는 양식은 1906년 무렵부터 확산되기 시작하였고, '소설'이 가진 새로운 가능성에 주목한 지식인 계층은 이를 통해 위기의 상황을 극복하고자 하였다.

특히 을사조약에 분개하여 「시일야방성대곡」이라는 유명한 논설을 『황성신문』에 게재하여 옥고를 치르기도 하였던 위암 장지연은 '숭양산인'이라는 필명으로 1907년 순한글 소설 『애국부인전』을 발표하였다. 『애국부인전』은 프랑스의 민중여성영웅 잔다르크의 일대기를 다룬 작품으로 '신쇼설'이라는 표제를 달고 '대한황성광학서포'에서 발행되었다.

당시 민족지를 대표하던 『대한매일신보』의 광고에는 『애국부인전』을 다음과 같이 소개하고 있다.

右冊은 純國文으로 世界에 有名한 法國婦人 若安氏의 愛國史蹟을 譯出 ᄒ 얏
ᄉ오니 無論 男女 ᄒ 고 愛國性이 有 ᄒ 신 同胞ᄂ 맛당이 보실 書冊이오니 陸續
購覽 ᄒ 심을 望흠[2]

우칙은 순국문으로 세계에 유명 ᄒ 법국부인 약안씨의 ᄉ 젹을 번역 ᄒ 엿ᄉ
오니 무론남녀

ᄒ 고 익국셩이 유 ᄒ 신 동포ᄂ 맛당이 보실 셔칙이오니 륙쇽구람 ᄒ 시 ᇢ 쇼셔[3]

위 예문은 각각 『대한매일신보』 국한문판과 국문판의 광고인데, "譯
出"을 "번역"으로 바꾸었을 뿐 같은 내용으로 소개하고 있다. 문맥상 "譯
出"과 "번역"은 같은 의미로 파악되며, 이를 통해 이 작품이 번역 또는
번안 작품이라는 사실을 알 수 있다. 또한 단행본에는 서양 귀부인 복장
을 한 잔다르크의 연설 장면을 묘사한 삽화가 두 컷 포함되어 있다. 이
서구적 스타일의 그림에는 "VIVE LA FRANCE프랑스 만세", "Sacrifez la
vie à la patrie!조국을 위해 개인의 삶을 희생하라!"라는 프랑스어 문장이 들어있
는데, 이는 프랑스의 민중영웅이라는 이국적인 소재와 함께 이 작품이
번역 또는 번안 작품임을 추측하게 한다.[4]

---

2 「新小說 愛國婦人傳」, 『대한매일신보』(국한문판), 1907.10.9~11.12.
3 「신쇼셜 익국부인젼」, 『대한매일신보』(국문판), 1907.10.18~11.12.
4 강영주는 위암이 시간적·공간적으로 너무도 상거가 있고 이질적인 잔느 다르크의 생애
   를 토대로 순수한 창작을 하기는 어려웠으리라는 점, 당시에 "若安貞德救國傳"이라는 작
   품이 별도로 존재했다는 기록이 남아있는 점, "애국부인전"의 앞부분에 당시의 한국인
   의 작가라 보기 어려운 서구적인 삽화와 함께 프랑스어 문장이 실려있다는 점 등을 종합
   하여 순수한 창작으로 보기는 어렵다는 입장을 취하며, 원본을 알 수 없는 서적의 번안
   이되 창작적 요소가 많이 가미된 번역·번안 전기류의 일환으로 다루고 있다. 강영주,
   「개화기의 역사 전기 문학(1) - 장지연의 『애국부인전』을 중심으로」, 『관악어문연구』

〈그림 2〉『애국부인전』의 표지와 삽화, 판권지

1908년 11월 8일 『대한매일신보』국한문판에는 이인직의 연극 개량을 비판하는 논설로 유명한 「연극계지이인직演劇界之李人稙」이라는 글이 있다. 여기에는 "若安貞德救國傳과 如흔 壹小史를 著흐야"라는 구절이 있는데,[5] 위 글을 국문으로 번역한 같은 날짜 국문판 논설 「연극장에 독갑이」에서는 같은 대목을 "안정덕의 나라를 구원흐던것과ᄀᆺ흔 쇼셜을 번역흐여"라는 구절로 바꾸어 놓고 있다. 이러한 대목에 주의해 볼 때, 잔다르크라는 이름의 한자식 표기인 약안 정덕의 일대기를 그리고 있는『애국

Vol.8 No.1, 서울대 국문과, 1983, 83~105면.

5   강영주의 논문에서는 이 대목을 이재선의 『한국개화기소설연구』(일조각, 1972, 156면)에서 재인용하며, '若安貞德救國傳'을 『애국부인전』의 원본으로 추정되는 하나의 독립된 작품으로 판단하고 있다. 하지만 이것은 잘못된 것이다. 『대한매일신보』에 실려 있는 '若安貞德救國傳'은 문맥상 하나의 독립된 작품 이름이라기보다는 '약안 정덕이라는 인물이 나라를 구하는 이야기' 정도로 파악하는 것이 타당하다. 이는 이 시기 '若安貞德救國傳'이라는 작품의 존재 여부를 확인할 수 없을 뿐만 아니라, 같은 기사의 국문 번역 내용을 살펴보아도 『애국부인전』의 내용을 단순히 한자로 풀이한 것으로 보이기 때문이다. 강영주는 이재선의 책에서 "「若安貞德救國傳」과 如흔 壹小史를 著흐야"라며 『대한매일신보』의 기사를 재인용하고 있지만 실제 『대한매일신보』의 기사에는 '若安貞德救國傳'이 하나의 독립된 작품임을 의미하는 낫표(「 」)가 존재하지 않는다. 같은 글, 95면 참조.

부인전』은 순수창작보다는 번역 또는 번안 작품에 가깝다고 볼 수 있다.
하지만 지금까지의 연구를 통해 이 시기 많은 수의 역사·전기물이 번역
또는 번안되었음이 확인되었으나,[6] 『애국부인전』은 아직까지 그 원작
이 밝혀진 바 없다.[7]

　『애국부인전』은 이미 많은 연구자들이 밝히고 있듯이, 전통적인 글쓰
기 형식을 사용하고 당시 조선의 현실에 맞는 번역자 자신의 목소리가
직접적으로 드러나 있다는 점에서 창작에 가까운 번안 소설로 보는 것
이 타당하다. 이 작품을 단순한 번역이 아닌 창작에 가까운 번안 소설로
보게 만드는 대목을 살펴보면 다음과 같다.

　　옛적 우리 나라 고구려 시덕에 당 태종의 빅만군병을 안시셩 태수 양만춘
　이 능히 항거ㅎ여 빅여 일을 굿게 직히다가 맛춤닉당병을 물리치고 평양셩
　을 보젼ㅎ엿스며 슈양뎨의 빅만병은 을지문덕의 한 계칙으로 젼군이 함몰
　케ㅎ엿스며 고려 강감찬은 슈쳔병으로 걸안 손소녕의 삼십만병을 물리치고
　숑경을 보젼ㅎ엿스니 아지 못커라 법국은 이 쌔에 양만춘 을지문덕 강감찬
　ㄱ튼 츙의 영웅이 뉘잇는고[8]

6　김병철, 『한국근대번역문학사연구』, 을유문화사, 1974.
7　이재선은 『애국부인전』이 쉴러의 희곡인 「오를레앙의 소녀」를 번안한 것으로 추측하고
　　있으나, 그 직접적인 상관관계를 밝히는 데는 미치지 못하고 있다. 참고로 최석희는 "쉴
　　러가 「오를레앙의 처녀」를 통해 자신의 비극 이념을 실천하고자 하며 이상주의적 인간
　　상을 그리고 있는 반면에 장지연은 『신쇼셜 애국부인전』에서 약안을 통해 구국충절의
　　애국지사만을 그리고자 했다는 점이 다르다"며 내용적인 비교 분석에까지 이르나 직접
　　적인 번안 가능성은 유보하고 있다. 이재선, 『한국현대소설사』, 홍성사, 1979; 최석희,
　　「쉴러문학의 한국수용」, 『헤세연구』 제5집, 2001, 179~202면.
8　숭양산인, 『이국부인전』, 황성광학서포, 1907, 8면.

맞츰내 강흔 영국을 물리치고 나라를 즁흥ᄒ여 민권을 크게별분ᄒ고 지금
디구상 뎨일등에 가는 강국이 되엿스니 그 공이 다 약안의 공이라 오륙빅년
을 젼릭ᄒ면서 법국 사람이 남녀업시 약안의 거룩흔 공업을 긔렴ᄒ며 흠양
ᄒ는것이 엇지 그러치은이ᄒ리오 슬프다 우리 나라도 약은 ᄀ튼 영웅호걸과
익국츙의의 여자가 혹 잇 ᄂ가[9]

위 예문에서처럼, 이 글의 서술자는 우리 역사의 영웅들을 호출하여
작품 내용에 대한 몰입도를 높이고 있으며, 작품의 마지막에 직접적인
논평을 곁들여 '약안'과 같은 충의 여성 영웅이 우리나라에도 나타나기
를 기대하고 있다. 그 밖에도 잔 다르크의 연설 장면의 묘사보다 연설
내용 차체를 부각시키고 있다거나, 잔다르크가 써 붙인 격문을 전문 삽
입하는 대목은 번안자의 저술 의도에 따른 창작적 요소로 파악할 수 있
다. 결국 『애국부인전』은 번안 의도에 따라 서술자가 직접적으로 개입
하여 논평하거나, 필요한 부분을 취사선택하여 전체적인 이야기를 구성
하고 배치한 창작에 가까운 번안 소설로 보는 것이 타당하다.

이렇게 외국 서적을 번역 또는 번안하여 출판하는 것은 당시 대중 계
몽을 위한 애국계몽운동의 일환이었다. 애국계몽운동에 앞장섰던 대표
적인 개신유학자 박은식, 신채호와 함께 위암 장지연 역시 이러한 생각
을 가지고 있었다. 위암 장지연은 양계초와 같은 중국의 지식인들이 벌
이는 사업, 즉 "공상工商의 실업을 연구하고, 필요한 신서新書를 번역하여
배포하고 정성으로 폐습弊習을 개혁하고 후진을 유도하여 공익의 사업을

---

9 위의 책, 39면.

도모함"[10]을 본받아야 한다며 국가를 부강하기 위한 방법으로 '신서新書'
번역을 통한 대중 교육을 강조한 바 있다.

『대한매일신보』의 한 논설에서처럼, 외국의 서책을 번역하여 출판하
는 일은 '문명의 수입이자 학문의 근본이며, 부강하는 재료'로써 평가
되었다.[11] 이 글에 의하면, 당시 이러한 번역 사업은 매우 활발하게 진행
되고 있었음을 확인할 수 있는데, 혹 국민정신에 해가 되는 서책의 번역
은 경계되기도 하였다. 이 글의 필자는 논설의 마지막 부분에서 "원컨대
글을 번역하는 사람들은 항상 주의하여 외국인의 좋은 것은 본받고 그
른 것은 본받지 않으며, 나에게 이로운 것은 취하고 이롭지 못한 것은
버려서 좋고 아름다운 번역이 많이 나기를 바라노라"라며 번역의 대상
선정에서, 번역자의 태도까지를 규정하고 있다.

이러한 서책, 그중에서도 소설의 번역·번안 사업은 민족의식의 고취
를 통한 자강을 목표로 하는 애국계몽운동 중 대중 교육 사업의 일환으
로 기획되었음을 확인할 수 있다. 특히, 『애국부인전』은 평민 출신의 여
성 주인공이 위기에 처한 나라를 구한다는 설정 자체가 당시 여성 독자
들에게 교과서로서의 역할을 수행하는 데 적합한 소설이었다.[12]

장지연의 또 다른 저작인 『녀ᄌ독본』광학서포, 1908 역시 동서양의 본받
을 만한 여성들의 다양한 일화들을 수록한 책이다. 이 책은 상·하 두 권

10 "其硏究工商之實業ᄒ며 譯佈有用之新書ᄒ야 懇懇以改革獎習ᄒ며 誘導後進ᄒ야 以圖公益之
事業者ㅣ 治種種焉則不可謂盡數無用者也어니와", 장지연, 「국가빈약지고(國家貧弱之故)」,
단국대 동양학연구소 편, 『장지연전서(張志淵全書)』 8, 단국대 출판부, 1986, 484면.
11 「글을 번역ᄒᄂ 사람들에게 ᄒ번 경고홈」, 『대한매일신보』, 1909.1.9.
12 『황성신문』에 실린 한 논설에서는 두 명의 땔감나무 장수의 대화를 통해 당시 관료층과
사림층의 분발을 촉구하고 있는데, 소대성·장풍운전 등과는 달리 『애국부인전』과 같
이 국가사상에 유익한 소설은 교육기회를 얻기 힘든 하층민들에 대한 보통교육의 교과
서로 지어져야 한다고 말한다. 「시상담화(柴商談話)」, 『황성신문』, 1909.4.28.

으로 출판되었는데, 상권에서는 김유신·이율곡 등 위인의 모친과 처에 관한 일화들을, 하권에서는 맹자의 모친, 라란부인 등 외국의 유명한 여성들에 관한 일화들을 순한글로 수록하고 있다.

我韓女학에 不講 久矣라 上等婦人에 知識도 虛荒흔 諺冊에 不過ㅎ니 如此ㅎ 고야 엇지 文明國民을 作成ㅎ리오 挽近志士가 女학의 必要를 絶叫ㅎ야 女子 학校가 在々發起ㅎ나 完全흔 敎科書가 無ㅎ야 識者에 慨歎ㅎ는바라 故로 此 書二卷은 女子의 知調開발ㅎ기 爲ㅎ야 純國文을 純用ㅎ고 漢文은 旁註ㅎ얏는 디 上卷은 本國古代有名婦人의 歷史오 下卷은 東西 각國有名婦人의 歷史이오 니 僉君子는 速々來購ㅎ시읍[13]

위 예문은 『대한매일신보』에 실린 『녀ᄌ독본』에 관한 광고이다. 특이한 점은 근래 여자학교가 많이 생겼으나 '완전한' 교과서가 없어서 『녀ᄌ독본』을 출간한다는 진술이다. 국내의 유명부인과, 동서 각국 유명부인의 '역사'는 그 자체로써 여성 독자들을 위한 교과서의 역할을 할 것이었다.

또한 장지연이 찬성원으로 활동하였던 순국문 여성 잡지인 『가뎡잡지家庭雜誌』[14]에는 동서양의 유명한 여성들의 일화가 '동서양 가정 미담'이란 제목으로 소개되어 있다. 이 잡지는 취학연령이 지났거나 가정에 들어앉아 학교에 다닐 수 없는 여성을 대상으로 일반교육, 기초상식 및

---

13 「녀ᄌ독본」, 『대한매일신보』 국한문판, 1908.4.26~5.16.
14 『가뎡잡지』는 1906년 6월 창간되어 1907년 2월까지, 그리고 1907년 8월부터 1908년 7월까지 두 차례에 걸쳐 간행된 최초의 여성 잡지이다. 유성준, 유일선, 주시경, 김병헌, 등이 직접적인 운영과 편집을 맡았고, 그 밖에 장지연, 유근, 양기택 등의 언론인이 찬성원이 되어 이 잡지를 후원하고 있었다. 또한 1907년 8월부터 1908년 7월까지의 2차 『가뎡잡지』는 신채호가 발행인이 되어 제작했다. 정진석, 『한국언론사』, 262면 참조.

기초학문 등을 교육하고자 했으며, '동서양 가정 미담' 역시 이러한 교육적 효과를 목표로 기획된 일화들이다. 특히 1908년 1월 5일에 발행된 『가뎡잡지』에 실린 '동서양 가정 미담'에는 「김유신의 모친」이라는 글이 게재되어 있는데, 이 글은 이후 발행된 『녀주독본』에 대강의 내용만 간추려져 실리게 된다. 『가뎡잡지』의 「김유신의 모친」은 신채호가 작성한 글인데, 이후 장지연이 이 글을 『녀주독본』에 축소하여 수록한 것으로 보인다. 이러한 점으로 미루어 볼 때, 『애국부인전』과 함께 『녀주독본』·『가뎡잡지』 등은 모두 애국계몽운동의 일환으로 여성교육을 위한 교과서의 층위에서 기획되었음을 알 수 있다.[15]

실제로 『애국부인전』이 당대 부녀자들에게 매우 훌륭한 교과서의 역할을 하고 있었음을 다음과 같은 자료를 통해 확인할 수 있다.

> 밍주의 어머니는 세 번 집을옴겨셔 밍주를 フ르쳐 큰션비가 되게ㅎ엿스니 그 어머니가 무식ㅎ고야 엇지 그일을ㅎ엿스리오 녀주교육의 긴중홈을 엇지 의심ㅎ리오 녀주교육이 남주교육에 션진이 될뿐아니라 근일에 신쇼셜 애국부인젼과 라란부인젼을 볼지라도 그사롬도 쏘흔일개녀주 l 로디 이ﾅ치 큰 수업을 셩취ㅎ엿스니 그사롬들은 엇지 무식흔 녀주로 이를 ㅎ엿스리오[16]

위 예문은 『대한매일신보』에 실려 있는 장경주라는 여성의 독자투고

---

15 이러한 내용에 대한 실제적 효과에 대해서는 이 무렵 한 부인이 보낸 독자투고 글을 통해 확인할 수 있다. 이 글에서는 "한가ㅎ신 부인들은 녀학교에 ᄃ니시고 다ᄉ ㅎ신부인들은 내 눕업시 집안 살님ㅎ느라고 학교엔 못갈 만졍 가뎡잡지와 국문 신보ᄀ혼거슨 교ᄉ가업셔도 국문만알면 능히공부 홀수잇ᄂ지라"라며 『가뎡잡지』에 대한 독자의 반응을 확인할 수 있다. 빅경뇌 부인 한씨, 「긔서」, 『대한매일신보』 국문판, 1907.7.10.
16 장경주, 「녀주교육」, 『대한매일신보』 국문판, 1908.8.11.

글인데,『애국부인전』이란 작품에 대한 당시 여성 독자의 반응을 보여주는 구체적인 사례이다. 이 글은 이전까지 정치적 공공영역에서 소외되었던 여성을 '민족의 어머니'라는 새로운 가치로 재발견하고 있다는 점에서 흥미롭다. 따라서 '민족의 어머니'인 여성에 대한 교육의 중요성이 부각되는데,『애국부인전』은 여성 주인공이 국가를 위해 큰 사업을 한다는 점에서 당시 여성 독자들에게 적지 않은 영향을 미친 것으로 보인다.[17]

위에서 살펴본 바와 같이『애국부인전』은 여성 교육의 교과서로 기획되어 출판된 역사적 산물이었다. 분명 개인의 일대기를 다루는 형식은 '傳'이라는 형태의 전통적 서술 방식에서도 찾아 볼 수 있었지만,『애국부인전』의 저술 의도와 그것이 창출한 효과는 근대계몽기 문학이 갖는 고유한 특성이 된다. 유학적 세계 인식을 기반으로 하는 장지연이 사서삼경과 같은 정전만이 누릴 수 있었던 지위를『애국부인전』이라는 소설에게 부여하고자 한 것은 매우 의미심장하다. 또한 이 시기 대부분의 역사·전기류 번역이 순한문 또는 국한문체를 통해 당대 지식인들과 소통하고자 한 것과는 달리『애국부인전』은 한글을 선택하여 아직까지 전통적 이데올로기에서 자유롭지 못했던 여성을 그 주된 독자로 상정하였는데, 이러한 과정은 새롭게 그 의미를 재편해가던 이 시기 '소설'의 한 단면을 보여준다.

---

17 롱운이라는 한 기생의 투고 글에서는 교육의 중요성을 주장하며, "오늘날 교육의 힘쓰시는 여러분 학원과 유지제군ᄌᆞᄂᆞ 유명무실이란 원통ᄒᆞᆫ 말슴을 듯지마시고 각종 신셔적 신문잡지와 각종 신쇼설과 교육계에 응용될만ᄒᆞᆫ 교과셔를 각국에서 슈입ᄒᆞ야 도덕샹과 의무력으로 국민의 혈셩을 나ᄒᆞ야 ᄌᆞᄌᆞ근ᄌᆞ히 일심양셩ᄒᆞ시오"라고 말하고 있다. 이 글 역시 여성독자를 대상으로 하는 각종 서적들이 당시 여성들에게 미친 영향을 짐작할 수 있게 하는 자료이다. 기생 롱운,「교육이 뎨일 급션무」,『대한매일신보』국문판, 1908.5.28.

3. 『애국부인전』의 사실 지향과 그 모순

1907년 황성광학서포에서 발간된 『애국부인전』의 표지에는 '신쇼설'이란 표제가 붙어 있다. 하지만 이러한 명칭은 오늘날 우리가 흔히 지칭하는 신소설이란 양식 명칭과는 다른 의미로 쓰인 것으로 파악된다. 이러한 점은 이 시기 소설이 가지고 있는 역사적 용법이 오늘날 소설 개념과는 다르다는 것을 짐작케 한다.[18] 특히 '신쇼설'이란 명칭은 출판업자들이 광고 효과를 높이기 위해 선택한 용어로 파악할 수 있으며, 이것은 '허탄무거虛誕無據' 또는 '구허착공構虛鑿空'한 이전의 고소설과 구별하기 위한 '새로운 소설'의 의미에 가깝다고 볼 수 있다. 프랑스의 구국영웅 잔다르크의 일대기를 그리고 있는 『애국부인전』은 오히려 '역사 · 전기소설'에 가깝다.

'역사 · 전기소설'은 1900년대 후반 각종 신문 · 잡지 · 단행본 등 근대적 매체를 통해 활발하게 창작되었던 문학적 글쓰기의 한 유형을 지칭하는 용어이다. 이러한 '역사 · 전기소설'은 '근대계몽기에 국한문 혹은 한글로 발표된 작품으로 국내외의 비교적 잘 알려진 역사적 사실이나 인물의 전기를 소재로 하고, 거기에 서사적 요소와 작가의 해석을 첨가해 번역 · 번안하거나 창작해 발표한 단행본 정도의 길이를 가진 작품'이라고 설명할 수 있다.[19] 『애국부인전』은 프랑스 백년 전쟁을 승리로

---

18 최근 '신소설'의 역사적 용법에 대한 김영민의 연구는 지금까지의 신소설 중심의 문학사 서술을 반성하게 하고, 근대계몽기 문학 연구에 대한 새로운 시각을 제시하고 있다는 점에서 주목할 만하다. 그는 이 논문을 통해 근대계몽기의 보통명사 '신소설'이 김태준 · 임화의 문학사 서술 등을 통해 고유명사화, 즉 양식화 되어가는 과정을 실증적으로 밝히고 있다. 김영민, 「근대계몽기 문학 연구의 성과와 과제–'신소설'에 대한 논의를 중심으로」, 『한국문학과 근대성(3)』, 제9회 연세대 근대한국학연구소 심포지엄, 2006.4.28.

이끌었던 여성 영웅 잔다르크의 일대기를 창작적 요소를 가미하여 순한 글로 번안한 작품이다. 따라서 『애국부인전』의 표지에는 '신쇼설'이라는 표제가 붙어 있지만, 그 특질은 위에서 설명하고 있는 '역사·전기소설'에 가깝다는 것을 알 수 있다.

역사적인 사건과 특정한 인물의 전기를 다루고 있는 글쓰기는 기왕의 전통적 글쓰기에서도 쉽게 발견할 수 있는 것이었지만, 이러한 글쓰기는 근대적 미디어의 탄생과 더불어 근대계몽기라는 특정한 시대에 적합한 새로운 양식으로 재생산 되었다.[20] 특히, 근대계몽기 신문에 실려 있던 '인물기사'는 특정한 인물의 일대기 혹은 일화를 짤막하게 다루고 있다는 점에서, 이 시기 독특한 글쓰기의 한 유형을 이룬다. 이러한 '인물기사'의 예로는 1899년 8월 11일 『독립신문』에 실린 「모긔장군의 사적」이나, 1901년 이후 『그리스도신문』에 실린 「리홍쟝과 쟝지동 사적」·「알푸레드님군」·「을지문덕」·「원천석」·「길재」등을 들 수 있다.[21]

---

19 김영민, 「제2장 '역사·전기소설'의 형성과 전개」, 『한국 근대소설의 형성 과정』, 41면.
20 자국의 역사적 사건과 특정한 인물에 대한 관심은 일찍이 『독립신문』의 다음과 같은 논설에서 찾아 볼 수 있다. "우리가 불ㅇ기는 대한 인민들이 대한 스긔 속에 유명흔 춤신 렬스들을 자셰히 공부 ᄒ야 그네들과 ᄀᆺ치 용밍 잇게 일을 ᄒ거드면 의심업시 대한도 세계에 대졉을 밧을터이라 대한 스긔에 유명흔 춤신들은 츙무공 리슌신씨와 죠즁봉씨와 림경업씨의 스격들을 빙화 그네들 ᄒ던 스업과 그네들 가졋던 용밍을 본 밧거드면 대한도 즁흥홀 놀이 잇슬터이요 한 나라 쟝슈 관우 쟝비를 위 ᄒ지 말고 대한 춤신 명쟝들을 뒤신 위 ᄒ고 스랑 ᄒ고 본 밧거드면 다믄 나라 일에믄 유죠 홀쑨이 아니라 대한 인민들이 대한 인물과 토다를 가지고도 세계에 내로라고 홀 싱각들이 날터이니 죠야 간에 참 김혼 싱각 잇ᄂ이들은 우리 말을 홀후히 듯지 말고 인민 교휵 ᄒᄂ듸 전후에 대한 스긔에 참말 용밍 잇고 츙심 잇ᄂ 쟝샹들을 한 나라 당 나라 명 나라 유명흔 쟝샹들 보다 더 공경 ᄒ고 본 밧게 ᄒᄂ것이 의리에 멋당 홀너라", 「논셜」, 『독립신문』, 1898.3.8.
21 김영민은 '역사·전기소설'이 "야담이나 설화 등 바탕이 되는 이야기가 군담소설이나 전 등의 구체적 작품으로 들어갔고, 그것이 근대계몽기 번역 문학의 영향을 받고 '인물기사'와 '인물고'를 거치면서 '역사·전기소설'로 작품화되었다"며 '역사·전기소설'의 출현을 계통적으로 정리하고 있다. 위의 책, 31~46면.

이러한 역사적 사건 또는 영웅적 인물에 대한 관심은 특정한 역사적 사건을 겪은 이후 더욱 가속화되기 시작한다.

1904년 2월 일본함대의 기습으로 시작된 러일전쟁은 동양과 서양의 충돌이라는 점에서, 이후 조선의 운명이 이 전쟁의 결과로 결정될 수 있다는 점에서 매우 중요한 사건이었다. 당시 조선의 지식인들은 러시아의 승리를 조심스레 예상하면서 이 전쟁의 동향을 살피는 한 편, 외교적 중립을 통한 자주독립의 방법을 강구하고 있었다.[22] 하지만 러일전쟁이 일본의 승리로 돌아가게 되자, 당시 조선의 지식인들 중 특히 개신유학자 그룹은 외교적 중립을 통해서는 더 이상 국권을 지킬 수 없다는 사실을 조금씩 깨닫기 시작하였다. 뿐만 아니라 뒤 이어 맺어진 을사조약과 통감부 설치는 이러한 위기의식을 더욱 증폭시키는 계기가 되었다.

이러한 가운데 1905년 8월 11일 『대한매일신보』는 국한문판을 중심으로 체제를 바꾸어 새롭게 발간되었고, 박은식·신채호와 같은 개신유학자 그룹을 주필로 초빙하여 국권회복을 위한 애국계몽운동을 전개해 갔다. 애국계몽운동은 항일의병투쟁과는 달리 개신유학자 그룹을 중심으로 일반 대중들에 대한 계몽 및 교화를 목적으로 한다. 특히, 애국계몽운동은 민족이라는 가치를 통해 여자와 어린아이까지 모두를 하나로 뭉치게 하여, 다른 열강과 외교적으로 동등한 국가의 국민 생산을 목적으

---

22 근대계몽기의 대표적인 민족지로 평가받는 『대한매일신보』는 1904년 7월 18일 창간 당시 그러한 일반적인 견해와는 달리 국영문판으로 발간되어, 러일전쟁의 전황을 살피고 대한의 정세를 외국에 알리고자 하였다. 이후 러일전쟁이 일본의 승리로 돌아가자 『대한매일신보』는 약 5개월의 휴간 기간을 거쳐 1905년 8월 11일 국한문판과 영문판으로 분리되어 발행된다. 『대한매일신보』의 항일 민족지로서의 성격은 이러한 체제 변화를 거쳐 시작된다. 졸고, 「『대한매일신보』의 서사 수용 과정과 그 특성 연구」, 『현대문학의 연구』 27, 2005, 238~244면 참조.

로 하는 데 그 특징이 있다. 장지연은 『대한매일신보』의 발행에 직접적으로 참여하진 않았지만, 언론·출판 및 다양한 저술활동을 통해 이러한 애국계몽운동에 적극가담하고 있었다. 『애국부인전』 역시 그동안 공적 담론에서 소외되었던 부녀자를 대상으로 한 애국계몽운동의 일환으로 출판되었다. 이들에게 민족 또는 국민이라는 가치는 국권침탈의 위기를 벗어나 자주 독립 국가를 세울 수 있는 유일한 방편처럼 여겨졌고, 특정한 '역사歷史'에 대한 기록은 효과적인 계몽의 방법으로 활용될 수 있었다.[23] 특히, 국가적 위기를 극복하기 위한 영웅의 활약이나 외세의 침략에 저항하고 독립 국가를 세운 타국의 전범들은 현실의 국난을 극복하기 위한 하나의 교훈으로 독자에게 전달되었다.

　『애국부인전』은 시간적·공간적으로 거리가 먼 영국과 프랑스의 백년전쟁을 배경으로, 위기의 프랑스를 구한 여성 영웅 잔다르크의 일대기를 다루고 있다. 이러한 시공간적 상거함에도 불구하고 이 작품은 평범한 신분의 여성이 국가의 위기에 맞서 영웅적 활약을 펼친다는 점에서 당시의 여성 독자에게 많은 귀감이 되었을 것으로 보인다. 머나먼 타국의 잔다르크라는 여성 영웅이 펼치는 국난극복의 이야기는 여성에게 사회적 제약이 많던 우리의 역사에서 찾아보기 힘든 소재였고, 이러한 이야기는 당대의 국민이라는 새로운 가치로 재인식된 여성을 호출하는 데 효과적인 수단이었다. 하지만 이러한 이야기가 당대의 계몽적 요구를 수용하기 위해서는 그것이 '사실'을 기반으로 하는 이야기라는 점을

23　이 시기 특정한 '역사'에 대한 관심은 신문과 잡지를 포함하는 근대적 매체 곳곳에서 발견할 수 있다. 특히 〈역사전기소설〉을 포함하는 역사전기물의 번역·번안과 『대한매일신보』에 연재된 「대한고적」 등은 민족의식을 고취시키기 위한 애국계몽운동의 한 방법으로 활발하게 사용되고 있었다.

부각시킬 필요가 있었다.

『애국부인전』에는 이 이야기가 실제 있었던 일을 기반으로 한다는 점을 의도적으로 노출시키고 있다. 다음은 『애국부인전』의 서두 부분인데, 여기에는 비교적 구체적인 시공간이 의도적으로 드러나고 있다.

화셜 오뵉여 년 전에 구라파쥬 법란셔국 아리안셩 디방에 한 마을이 잇스니 일홈은 동이미라 그 싸이 궁벽ᄒ여 인가ᄉ 드물고 농ᄉ만 힘쓰는 집 뿐이라 그 중에 한 농부가 잇스니 다만 부쳐 두 식구가 일간 쵸옥에 잇서 가세가 빈한홈으로 양을 쳐서 싱업ᄒ더니 셔력 일쳔ᄉ뵉십이년 졍월에 맛ᄎᆷ 한 ᄯᆯ을 나흐니 용모가 단아ᄒ고 텬셩이 총명ᄒ여 영민홈이 비흘디 업스니 부모가 사랑ᄒ여 일홈을 약안아이격이라 ᄒ더니[24]

이처럼 이 작품의 서두에는 '오백여 년 전 유럽 대륙 프랑스 아리안셩 지방에 있는 동이미 마을'이라는 구체적인 시·공간적 배경이 설정되어 있고, 잔다르크가 태어난 해를 서력 일천 사백 십이 년 정월이라며 구체적으로 지시하고 있다.

또한 포착된 사건들이 시간적 흐름에 의해 나열되고 있는데, 각각의 사건들은 서력으로 표기된 구체적인 시간의 흐름에 따라 통제되고 있다는 점에서 특징적이다. 서사적 시간의 흐름은 우선 이 작품의 배경이 되는 1338년 시작된 영국과 프랑스의 백년전쟁을 설명하고, 1429년 17세의 잔다르크가 이 전쟁에 참여하여 1431년 9월 화형에 처해질 때까

24 숭양산인, 앞의 책, 1면.

지이다. 이렇게 구체적인 시간 표기는 다분히 의도적인 것으로 보이는데, 이러한 점은 편년체라는 역사 서술 방식을 바탕으로 하는 『애국부인전』의 중요한 특징 중 하나이다.

『애국부인전』은 이렇게 구체적인 시공간을 제시하고, 의도적인 연대기적 서술을 통해 설화적 세계와 역사적 세계 사이에서 균형을 잡고 있다. 이는 자칫 설화의 세계에 머물 수도 있는 저 먼 타국의 오래전 이야기를 실제의 역사적 사건과 결부시켜 나름의 사실성을 확보하고 있는 것이다. 따라서 잔다르크의 이야기는 '역사'라는 외피를 입고, 당시 대한제국의 현실을 반추하게 하는 역사적 교훈으로 인식될 수 있었던 것이다.

또한 『애국부인전』의 주인공인 잔다르크는 위기의 조국을 구원하는 데 커다란 힘이 되었음에도 불구하고 비극적인 죽음을 맞이하게 된다. 이 역시 전대 소설의 상승적 결말 구조에서 벗어났다는 점에서 주목할 만하다. 조국을 위해 커다란 공헌을 한 민중 영웅임에도 불구하고 비참한 죽음을 맞이하게 되는 잔다르크의 이야기가 500년 후 조선이라는 머나먼 나라에서 다시 쓰일 수 있었던 것은 잔다르크의 영웅적 생애 자체를 전달하는 데 그 목적을 두지 않았기 때문이다. 1907년 국가적 존망이 위태롭던 시기에, 영웅의 활약과 죽음은 또 다른 영웅과 새로운 이념을 낳을 수 있는 가능성을 지니고 있었다. 따라서 『애국부인전』은 인간적 세계를 극복한 영웅의 일대기 자체보다는 그를 둘러싸고 있는 폭력적인 세계를 드러내는 데 그 초점을 두고 있다고 볼 수 있다.[25] 이러한

---

25 김교봉의 연구에 의하면, 『애국부인전』, 『라란부인전』, 『이순신전』, 『최도통전』 등 불행한 결말의 '역사·전기소설'은 개선되어야 할 세계의 비도덕성과 횡포성을 들추어내

결말 구조 역시 이 작품이 사실을 기반으로 하는 역사 인식을 의도적으로 확보하고자 했음을 보여주는 사례이다.

이와 관련해서, 당시 대중 독자들이 느끼던 일반적인 인식은 아니지만 특정한 매체가 가지는 『애국부인전』에 대한 인식을 살펴볼 수 있는 자료가 있어 소개하고자 한다. 『경향신문』[26]에는 『애국부인전』에 대한 평론이 게재되어 있는데, 『애국부인전』이라는 소설 작품에 대한 본격적인 평론이라는 점에서 관심을 끈다.[27] 이 글은 『애국부인전』을 매우 비판적인 시각에서 다루고 있는데, 중요한 점은 그 비판의 중심에 사실성 자체가 문제시 되고 있다는 점이다.

　법국녀인 약안이 원슈를 말ᄒᆞᆫ 신쇼셜이라 ᄒᆞᄂᆞᆫ 칙을 보지 아니ᄒᆞᆫ 이가 드문지라 이 신쇼셜을 엇더ᄒᆞ다 말ᄒᆞ기 젼에 그 리력을 간단ᄒᆞ게 대총 말ᄒᆞ리니 약안(요한니달그)은 셔력 一千四百十二년 一월 六일에 동래미라 ᄒᆞᄂᆞᆫ 촌농군의 집에 낫ᄉᆞ니 교에 열심 잇ᄂᆞᆫ 졍결ᄒᆞᆫ 녀즈ㅣ라 ᄒᆞ로는 공즁에 소리

게 되고, 독자들은 그러한 세계를 개조하기 위해 투쟁하다가 죽는 도덕적인 인간에 깊은 동정을 느끼게 된다. 이러한 가운데, 비극적 결말 구조의 '역사・전기소설'은 도덕적인 인간과 비도덕적인 세계의 내용이 상호우월한 입장에서 보다 구체적으로 제시되는 사실성을 확보할 수 있는 가능성을 얻게 된다. 김교봉, 「근대문학 이행기의 역사전기소설 연구」, 『계명어문학』 제4집, 1988, 210~212면.

26　『경향신문』은 프랑스 천주교 신부인 Florian Demange(한국명 안세화(安世華))가 사장 겸 편집발행인이 되어 창간한 종교신문으로, 1906년 10월 19일부터 1910년 12월 20일까지 순국문으로 발행되었다. 한원영, 『한국신문 한세기(개화기편)』, 493면.

27　『경향신문』은 『애국부인전』과 『월남망국사』 두 편의 소설 작품에 대한 평론을 연재하고 있는데, 「칙이나 신문을 조심ᄒᆞ여 볼 것」이라는 논설에서 이와 같은 평론을 연재하는 이유를 밝히고 있다. 이 논설에서는 '칙이나 신문을 만드는 이 즁에 모르는 말 하는 이도 잇고, 재물욕심이 나서 혹 다른 무슨 이익을 얻을 생각이 잇어서 보는 이에게 해로우나 자기에게 유익할 것만 잇으면 거짓말이라도 하는 이가 잇는 고로', 독자들을 경계하기 위해 이 평론을 연재 한다고 밝히고 있다. 「칙이나 신문을 조심ᄒᆞ여 볼 것」, 『경향신문』, 1908.4.10.

잇서 글ㅇ디 법국을 영국인 손에셔 구ㅎ디 무슴 긔호를 믄드라 가지라 ㅎㄴ 지라 약안이 이 뎨셩 ㅎㄴ 말을 듯고 젹이 망셔리다가 나죵에 졔 의향을 드러내고 ㅼ 법국왕의게 폐현홈을 쳥ㅎ야 윤허를 엇은 후에 몃 호위ㅎㄴ 사름으로 더브러 길흘 써나 뎍국의게 쎄앗긴 여러 디방을 지나 왕의 압헤 나르러 져ㅣ 하늘노 조차 드른말을 고ㅎ고 맛혼 패견을 알외며 왕의 은근혼 의심식지라도 다 황연히 열어 붉히고 몃칠이 되지 못ㅎ야 약안이 곳 용밍혼 군스가 되어 一千四百二十九년 五월 八일에 올네앙 고을을 구원ㅎ고 졉젼ㅎ니 죡죡 영국군스가 퇴각ㅎ여 도망ㅎ더라 약안은 급히 왕을 ᄎᆞ자 뵈시고 링스부에 혼가지로 왓스며 이왕에 영인의게 쎄앗겻던 읍을 마니 뎜령ㅎ야 ᄎᆞ지ㅎ고 엇던 읍은 스스로 국진의게 항복ㅎ니라

　一千四百二十九년 七월 十七일에 즈긔의 본○를 손에 들고 왕을 츅셩ㅎㄴ 례졀에 참예혼 후에 즉시 파리경에로 뫼셔 돌아오고져 ㅎ엿스나 왕의 라약ㅎ심으로 ᄯᅳᆺ과ᄀᆞ치 못ㅎ고 一千四百三十년 五월 二十三일에 공베느 읍에 니르러 뎍국을 돌격ㅎ다가 모반혼 쟈의게 불힝히 잡혀 十六千방(磅)에 풀닌지라 영인이 루엉읍에 가도앗더니 영국 졍치가(政治家)들이 샤슐을 졉혼줄로 알아 죽이기로 쳐결ㅎ려고 문쵸홀식 약안이 숑뎡에셔 즈긔 지혜와 용밍을 극진히 들어내고 결안을 당ㅎ여 一千四百三十一년 五월 三十일에 산톄로 불에 슬음을 당혼지라 이 치뎡으로 말미암아 법국을 구원ㅎ며 一千四百五十六년 七월 七일에 루엉읍 지판샹 명예회복홈을 발포ㅎ고 그 가권을 화죡(華族)에 올녓스며 셩교회에셔도 오래지아냐 시복식(諡福式)을 거힝홀터히니라

　약안(요한니달그) 스긔를 도모지 말ㅎ건대 이러ㅎ니 력ᄉᆞ란 거슨 부득불 공평무ᄉᆞ(公平無私)히 쓸거시어늘 이 신쇼셜을 보ㄴ쟈들은 이 력ᄉᆞ를 긔지ㅎ야 발힝혼 사름이 뎌 스긔 즁에 진실혼 ᄭᅳᆺ치나ᄂᆞᆫ 호지 못홀 ᄭᅳᆺ출 얼마나

경홀이 넉엿는지 즈연 알만ᄒ리라 며 신쇼셜이라 ᄒᄂ 칙을 三十九쟝에 발 간ᄒ야 낼시 진실ᄒ 것즁에 몃 가지만 말ᄒ고 쏘 그 말ᄒ 것도 다 무질너 주 릴 쑨 아니라 그 칙에 샤진 두 쟝을 박앗ᄂᄃ ᄒ 쟝에는 녀 약안이 지금 의복 을 닙은 모양으로 ᄒ고 ᄒ쟝에는 녀 약안이 지금 사름들의 샹죵ᄒᄂ 모양으 로 박앗ᄉ니 이는 력ᄉ의 진실흠을 거ᄉ림이라 가령 대한국 셰죵대왕이 약 안과 ᄒ째에 넘금이신ᄃᆯ 만일 지금 셰샹 모양ᄀᆺ히 단발양복 ᄒ심으로 그리 고 그 왕후도 지금부인의 복식으로 그렷ᄉ면 엇지 바론 샤진이라 ᄒ리오 싱 각컨대 이 신쇼셜을 ᄆᆫ든 사름은 진경(眞境)에 ᄃᆡᄒ야 공격셔를 지은거신듯 ᄒ나 그러나 공격셔를 지을지라도 력ᄉ의 실젹은 만만코 조곰이라도 못 거 ᄉ리ᄂ 줄을 비홀거시로다[28]

위 글은 우선 『애국부인전』을 보지 않은 자가 드물다며 이 작품을 평하기 전에 우선 그 '내력'을 대충 말하겠다고 한다. 이후 이어지는 잔다르크 이야기의 '내력'은 마치 『애국부인전』의 줄거리인 듯 보이지만, 실제로는 그렇지 않다. 이 글의 필자는 『애국부인전』에 지시된 사건의 날짜를 정정하기도 하고, 더욱 구체적인 날짜를 밝혀주기도 한다. 또한 잔다르크가 죽은 이후의 이야기를 구체적인 날짜까지 제시하며 『애국부인전』과는 다른 방식으로 설명하고 있다.[29] 그러므로 이 글에서의 '내

---

28 「근릭」나ᄂ 칙을 평론 신쇼셜 익국부인전, 『경향신문』, 1908.3.27.
29 『애국부인전』에서는 잔다르크의 죽음 이후를 다음과 같이 서술하고 있는데, 이는 역사적 사실이라기보다 설화적 세계의 결말 방식에 가깝다. "그 후에 법국왕이 약안의 죽음을 듯고 슬퍼홈을 마지아이ᄒ여 그 가족을 불러벼슬을 주어 귀족이 되게ᄒ고 휼금을 주시니 법국 사름이 쏘흔 각〻 직물을 ᄂᆡ어 빗나고 광쟝ᄒ 비를 그 죽던 짱에 셰워 그 공덕을 긔렴ᄒ고 법국 빅셩이 지금ᄭ지 약안을 노피고 ᄉ모홈이 부모ᄀᆺ티 역임을 말지아이ᄒ더라", 숭양산인, 앞의 책, 37면.

력'이란『애국부인전』의 줄거리가 아니라 실제 잔다르크에 관한 사적을 더 정확히 정리하고자 한 것임을 알 수 있다.

그러므로 이 글에서는『애국부인전』이 역사적 사실을 기반으로 나름의 사실성을 의도하였음에도 불구하고, 그 사실성 자체가 문제시 되는 것이다. "역사란 공평무사히 써야 하는 것"인데도 불구하고『애국부인전』의 결말은 잔다르크가 죽은 이후 "1456년 7월 7일 루엉읍 재판에서 명예를 회복하고, 그 가권을 화족華族에 올렸으며, 성교회에서도 시복식을 거행하였다"는 역사적인 사실을 간과하고 있음을 지적하고 있다. 따라서『애국부인전』은 "진실한 것 중에 몇 가지만 말하고, 그 말한 것도 무질러 줄였다는", 사실성 자체에 대한 비판을 받고 있다.

또한『애국부인전』에는 잔다르크의 연설 장면을 묘사한 두 컷의 삽화가 들어 있는데, 이 그림은『애국부인전』의 사실성을 크게 왜곡하는 요소로 비판을 받는다. 잔다르크가 500여 년 전 사람임에도 불구하고 삽화 속의 잔다르크는 오늘날1900년대 의복을 입고 있고, 연설장의 청중 역시 오늘날의 사람이라는 것이다. 재미있는 것은 그러한 잘못을 세종대왕과 비교하여 이야기하고 있는 대목이다. '세종대왕이 잔다르크와 동시대의 임금이신데, 만일 지금 세상 사람처럼 단발양복을 입고 있는 것으로 그렸다면 어찌 그것이 바른 그림이라 할 수 있겠는가?'라며 삽화의 사실성이 문제가 되고 있다.

살펴본 바와 같이, 이글은 비교적 날카롭게『애국부인전』이 가지고 있는 사실성 자체의 결함에 대해 지적하고 있다.『애국부인전』이 역사적 사건을 사실대로 기록한다는 점을 의도적으로 노출시키고 있었음에도 불구하고 이 글은 의도적인 사실지향의 이면에 담겨 있는 모순을 날카롭게 간파하고 있다. 하지만 이러한 요소는 실제 사건을 기록한 역사가 소설로 탈바꿈할 때 발생하는 불가피한 지점이자, 이 시기 '역사·전기소설'이 가지는 공통적 특성이기도 하다. 실제의 역사적 사실을 바탕으로 하되 작가의 의도에 따라 그러한 이야기의 뼈대에 살을 붙이거나, 중요한 사건과 그렇지 않은 사건을 차별화시켜 서술하는 '허구적 요소'의 개입은 '역사·전기소설'을 그 밖의 역사전기물과 차별화 시키는 중요한 지점이었던 것이다. 또한『애국부인전』의 사실 지향은 '지금', '여기'의 문제를 재현하는데 그 목적을 두고 있는 것이 아니라 지난 과거의 경험, 즉 실제 있었던 역사적 사건에 대한 경험을 다시금 환기시키는 것을 목적으로 한다. 물론이러한 특성은 어디까지나 과거의 경험을 통해 현재의 모습을 반성하고 극복하기 위한 방편이었을 뿐, '사실성' 자체에 그 목적이 있었던 것은 아니었다. 결국『애국부인전』이 확보하고자 했던 '사실성'은 독자들로 하여금 지나간 과거의 이야기를 더욱 구체적으로 체험할 수 있게 하는 최소한의 장치였던 것이며, 이러한 기반위에서『애국부인전』은 여성 대중을 위한 교과서로서의 역할을 충실히 수행할 수 있었다.

이후『애국부인전』은 대한제국의 운명과 함께 일본에 의해 불허가출판물로 지정되고 만다.[30] 하지만 식민지 치하의 현실 속에서도『애국부인전』의 주인공 잔다르크의 이야기는 신문과 잡지를 통해 지속적으로 재생산되며,[31] 시공을 초월한 근대적 여성의 모범으로 여전히 기억되고 있었다.[32]

---

30 1912년 9월 동양서원 발행의「출판도서총목록(出版圖書總目錄)」과 일제경무부 발행『警務月報』(1호~32호)를 살펴보면,『을지문덕』,『서사건국지』,『이태리건국삼걸전』,『애국부인전』,『라란부인전』 등 대부분의 '역사·전기소설'이 발매금지도서로 지정되었음을 확인할 수 있다. 하동호,『근대서지고습집(近代書誌攷拾潗)』, 탑출판사, 1986, 8~10면; 다지리 히로유끼,「이인직 연구」, 63~64면 참조.
31 『애국부인전』이 불허가 출판물로 지정된 이후에도 잔다르크의 이야기는 식민지 시기의 신

4. 맺음말

지금까지 위암 장지연의 『애국부인전』을 분석해 보았다. 여기에서는 근대계몽기에 쓰였던 다양한 자질의 서사 텍스트들을 특정한 양식들로 묶어내려는 시도보다는 오히려 『애국부인전』이라는 개별 텍스트 자체의 내적인 자질을 드러냄으로써 이 시기 소설이 갖는 독특한 양상에 주목하고자 하였다.

『애국부인전』은 순한글로 쓰인 창작에 가까운 번안 소설로서 당대의 개신유학자들을 중심으로 벌어진 애국계몽운동의 일환으로 출간되었다. 장지연은 출판 사업을 통한 대중교육, 그중에서도 여성 교육에 대한 관심이 많았다. 그는 교육의 기회가 적은 여성들을 대상으로 『녀ᄌ독본』을 집필하고, 『가뎡잡지』의 발행에 도움을 주었는데, 『애국부인전』 역시 이러한 여성 교육의 교과서의 일환으로 기획되었다. 이러한 특성은 이 시기 새롭게 부각되고 그 나름의 위치를 확보해가는 '소설'의 한 모습을 보여주고 있다는 점에서 의미가 있다.

문·잡지를 통해 꾸준히 재생산되었는데, 그 목록은 다음과 같다. 소저(昭姐), 「백년전쟁(百年戰爭)과 짠따크」, 『별건곤』, 1930.3; 자소생(自笑生), 「구국(救國)의 여걸(女傑) 잔다-크: 기적적행동(奇蹟的行動) 불사(不死)의 전설(傳說)」, 『조선일보』, 1930.4.1, 4면; 림해, 「양치든 이팔의 소녀 『짠닥크』는 구국의 용사」, 『동아일보』, 1930.9.10~11, 5면; 두공(頭空), 「지상영화(紙上映畵) : 짠 다크」, 『삼천리』, 1931.4, 65면; 삼청학인(三淸學人), 「짠다크의 기념비(記念碑)앞에 서서」, 『삼천리』, 1936.2, 67면; 「거성(巨星)의 임종(臨終) 어록(語錄) : 구국(救國)의 영웅소녀(英雄少女) 쟌·다·크」, 『동아일보』, 1936.5.27, 8면.

32 이광수의 소설 「그 여자의 일생」에서 '약안(잔다르크)'은 주인공 이금봉의 어릴 적 별명으로 등장한다. "「금봉아 너는 자라서 무엇이 될래? 나란부인이나 약안부인이 되어라.」 / 금봉은 이러케 그들에게 축복을 바닷다. 그 때에는 나란부인전이니 약안부인전이니 하는 서양의 애국녀성의 전긔들이 만히 류행하엿다. / 「약안아」 / 「나란아」 / 하는것도 금봉의 이름중에 하나엿다", 이광수, 「그 여자의 일생」 제1회, 『조선일보』, 1934.2.18, 3면.

또한『애국부인전』은 사실성을 추구하는 특정한 '역사'에 대한 기록과 더욱 효과적인 계몽을 위한 '허구적 요소'의 도입이라는 이중적 모순을 텍스트 곳곳에서 노출하고 있다. 이러한 점은 실제 사건을 기록한 역사가 소설로 탈바꿈할 때 발생하는 불가피한 지점이자, 이 시기 '역사·전기소설'이 가지는 공통적 특성이기도 하다. 결국『애국부인전』이 확보하고자 했던 '사실성'은 독자들로 하여금 지나간 과거의 이야기를 더욱 구체적으로 체험할 수 있게 하는 최소한의 장치였던 것이며, 이러한 기반 위에서 여성 대중을 위한 교과서로서의 역할을 충실히 수행할 수 있었다.

위암 장지연의『애국부인전』은 근대계몽기의 소설 형성과정에서 번역과 번안의 문제, 순한글 문체를 통한 대상 독자층의 문제, 사실 지향과 허구적 요소의 개입에 관한 문제 등을 고루 살펴볼 수 있는 텍스트라는 점에서 의미가 있다. 이러한 연구는 이 시기 다른 소설들에 대한 구체적인 연구가 축적되고, 그것들과의 관계망 속에서 위치지어 질 때 더욱 그 의미가 선명해 질 것이다.

제5장

개화기 서포의 소설 출판과 상품화 전략

1. 머리말

근대소설의 형성 과정이 새롭게 형성된 출판·인쇄 문화를 중심으로 이루어졌음을 누구나 인정하면서도, 오늘날 출판사의 기원이 되는 서포書鋪에 대한 체계적인 연구는 거의 이루어진 바 없다. 개화기의 서포는 소설의 편집, 인쇄, 발행, 판권, 유통, 광고, 판매 등에 두루 관여하였음에도 불구하고, 문학 연구의 장 안에서는 단지 소설의 생산과 유통을 매개한 기능적 단위로서만 인식되어 왔다. 이러한 현상은 아마도 근대적 분과학문체계 속에서 문학과 그 이외의 것들을 분리하고, 철저하게 문학 중심의 연구만을 지양하던 과거의 연구 태도와 관련이 있을 것이다. 하지만 최근에는 문학을 둘러싼 매체·제도·환경 등에 주목하여, 문학이 놓인 당대적 맥락을 더욱 입체적으로 이해하기 위한 시도들이 더욱 적극적으로 이루어지고 있다. 특히, 개화기 서포나 출판사, 또는 인쇄소에 관한 논의들은 기존 연구의 제한된 경계를 넘어 이 시기 문학 연구에 새로운 활력을 불러일으키고 있다.

지금까지 개화기 서포에 관한 연구는 주로 언론·출판학 분야에서 다루어져 왔으며, 안춘근, 김봉희, 방효순, 이종국, 이중연 등의 연구가 대표적이다.[1] 이들 연구는 개화기 출판 현황이나 출판 운동의 지형을 이해하는 데 구체적인 지침이 되었다. 한편 국문학 분야에서는 개화기 서포의 출판 활동과 의미를 근대소설의 형성 과정과 연계하여 살피고 있는데, 강명관, 한기형, 천정환, 김영민, 박진영 등의 연구가 대표적이다.[2] 이들 연구는 문학 연구의 외연을 근대 출판·인쇄 문화에까지 확장하였으며, 다양한 사료의 실증적 검토를 통해 후속 연구의 기틀을 닦았다.

그럼에도 불구하고 개화기 신문 매체에 수록된 서포상의 소설 광고 목록을 정리하거나 그것을 체계적으로 분석한 연구 성과는 찾아보기 어렵다. 개화기 신문 매체에 수록된 소설 광고 문안을 집중적으로 분석한 연구 역시 찾기 힘들다. 하지만 개화기의 문학 작품이 다수의 독자들을 만나기 위해서는 반드시 근대적 출판·유통 과정을 거쳐야 했다는 점에 동의한다면, 당시 최첨단 미디어인 신문에 수록된 소설 광고는 당시 출판 주체의 소설 인식과 독자 지향을 살필 수 있는 효과적인 도구가 된다. 소설 광고의 경우 애국계몽운동의 일환으로 호출된 소설을 출판·유통

---

1   안춘근,『한국서지의 전개과정』, 범우사, 1994; 김봉희,『한국 개화기 서적문화 연구』; 방효순,「일제시대 민간 서적발행활동의 구조적 특성에 관한 연구」, 이화여대 박사논문, 2000; 이종국,「개화기 출판 활동의 한 징험 - 회동서관의 출판문화사적 의의를 중심으로」,『한국출판학연구』49, 한국출판학회, 2005; 이종국,『책의 운명』, 혜안, 2001.

2   강명관,「근대계몽기 출판운동과 그 역사적 의의」,『민족문학사연구』14, 민족문학사연구소, 1999; 한기형,『한국 근대소설사의 시각』; 천정환,『근대의 책읽기』, 푸른역사, 2003; 김영민,『문학제도 및 민족어의 형성과 한국 근대문학』, 소명출판, 2012; 박진영, 『책의 탄생과 이야기의 운명』, 소명출판, 2013.

시킨다는 공적인 사명과 이를 상품으로 제작·판매하여 이윤을 얻어야 하는 상업적 입장이 복잡하게 얽혀 있다. 따라서 개화기 신문에 게재된 소설 광고에 대한 연구는 이 무렵 소설의 특질과 의미를 서포상이라는 독특한 대상의 발화를 중심으로 이해하기 위한 시도인 동시에, 새롭게 형성된 근대적 출판·유통 시스템 속에 위치한 소설이 지닌 자본주의 시장의 상품으로서의 가치를 드러내기 위한 방편이 된다.

개화기 서포는 근대식 출판·인쇄 기술의 보급과 함께 이루어졌으며, 외세의 제국주의 침략이 가속화되던 시점에 본격적으로 성장하였다는 특징을 지닌다. 이러한 가운데 1880년대 말 고제홍서포(1906년 이후 회동서관으로 명칭 변경)를 시작으로, 박문서관, 중앙서관, 유일서관, 신구서림, 광학서포김상만서포, 신문관, 이문사, 보성관, 우문관, 광덕서관, 동양서원 등이 설립되었다. 이들 서포들은 당대 지식인들이 주도한 애국계몽운동의 자장 속에서, 특히 독서물讀書物을 통한 국민의 교육과 계몽에 중요한 역할을 담당하였다. 이들 서포들은 다양한 종류의 서적을 출판하여 근대 지식의 보급과 확산에 힘을 쏟았는데, 특히 소설의 출판은 이 시기 서포의 핵심 전략 중 하나였다. 이에 따라 신소설, 역사전기소설, 토론체소설 등 다양한 소설 양식이 번역 또는 창작되었으며, 각각의 서포들은 이들 소설 작품들에 대한 광고를 당시 신문 매체에 지속적으로 게재하였다.

본 연구는 개화기 주요 신문 매체에 수록된 소설 광고의 목록을 정리하고, 각 광고에 담긴 다양한 정보들을 통해 이 시기 서포상들의 소설 출판과 상품화 전략에 대해 알아보고자 한다. 또한 이를 통해 개화기 소설 출판의 의미와 목적에 대해 고찰해 볼 것이다. 이에 따라 본 연구는 본격적인 근대 신문으로서의 모습을 갖춘 『독립신문』이 발행된 1896년부터 한일강제병합으로 인해 대부분의 신문·잡지가 강제 폐간되는 1910년까지를 대상으로 이루어졌다. 검토한 신문은 『독립신문』, 『매일신문』, 『제국신문』, 『황성신문』, 『대한매일신보』(국문판), 『대한매일신보』(국한문판), 『만세보』, 『대한민보』, 『경향신문』 총 9종이다. 이 중 독립된 소설 광고를 게재한 신문은 『제국신문』[3], 『황성신문』, 『대한매일신보』(국문판), 『大韓每日申報』(국한문판)[4], 『만세보』 총 5종이었다.[5] 여기에는 총 23종의 단행본 소설이 다양한 형식으로 광고되었고, 이는 주로 1907년부터 1910년까지에 집중되었다.[6]

이 같은 현상은 근대적 서포를 통해 발행된 단행본 소설이 주로 1907년 이후에 본격적으로 출판·유통되었다는 점과 관계가 깊다. 을사조약 이후 소설이라는 양식은 애국계몽운동의 자장 안에서 신문 지상에 새롭게 호출되었고, 1907년 무렵에는 근대적 출판 시스템 속에서 하나의 상품으로 유통되기 시작하였다. 1907년 소설 광고가 신문지면에 본격적

---

3 특히, 본 연구에서는 그간 일반에 공개되지 않았던 1907년 5월부터 1909년 2월까지의 『제국신문』을 활용하여, 여기에 수록된 소설 광고를 분석 대상에 포함하고자 한다. 『제국신문』은 한글 신문으로 주로 여성을 중심으로 한 일반 대중들을 주된 독자로 설정하였으며, 1907년 5월부터 이인직의 「혈의누」 하편과 이해조의 신소설 8편을 차례로 연재하였다. 당시 『제국신문』은 서포상에게 소설 광고를 게재할 가장 적합한 매체 중 하나였으며, 여기에 수록된 소설 광고는 서포상의 소설 인식과 독자 지향을 확인할 수 있는 효과적인 자료가 된다.

4 『대한매일신보』는 국한문판과 한글판으로 분리되어 발행되었다. 본 연구에서는 편의상 한글판의 경우 『대한매일신보』로, 국한문판의 경우 『大韓每日申報』로 표기하고자 한다.

5 『독립신문』, 『매일신문』의 경우 단행본 소설이 본격적으로 출간되기 이전에 발행되었으며, 『경향신문』의 경우 천주교 기관지라는 점에서 소설 광고가 배제된 나름의 이유를 추측해 볼 수 있다. 하지만 『대한민보』의 경우에는 다양한 소설들을 연재하였으며 근대 저널리즘의 특성을 고루 갖춘 신문임에도 불구하고 독립된 소설 광고가 보이지 않았는데, 이에 대한 정확한 이유를 찾기는 어렵다.

6 개화기 신문에 수록된 광고의 목록은 뒤에 부록으로 정리하여 제시하였다.

으로 등장한 것은 이러한 근대 출판·인쇄 문화의 구조적 맥락과 연동되어 있다. 개화기의 서포상들은 교과서, 수신서 등과 함께 소설을 중요한 출판 대상으로 인식하였고, 이들 소설의 판매를 확장하기 위해 신문 광고를 선택하였던 것이다.

이들 신문에 게재된 소설 광고는 크게 두 가지 경향으로 나뉜다. 하나는 개별 작품에 대한 대대적인 홍보 전략을 사용한 경우이고, 다른 하나는 개별 서포의 출판도서목록에 단행본 소설 목록이 포함되어 있는 경우이다. 본 연구에서는 이러한 두 가지 경우의 소설 광고 중 개별 작품에 관한 광고 목록을 정리하고, 이들 소설 광고를 구체적으로 분석해 보고자 한다. 개별 작품에 대한 광고는 상품성이 높다고 판단되는 선별된 작품일 가능성이 크기 때문에, 개화기 서포의 소설 출판과 광고 전략을 구체적으로 살피기에 용이하다. 또한 이러한 소설 광고의 대부분은 나름의 광고 문안을 포함하고 있는데, 여기에는 출판 주체의 소설에 대한 시각과 이를 하나의 상품으로 포장하기 위한 수사적 전략이 포함되어 있다. 따라서 이에 대한 연구는 작가, 작품, 독자 중심의 연구 방법에서 벗어나 근대소설의 형성 과정을 살피기 위한 또 하나의 유의미한 시도가 될 것이다.

2. 신문 게재 소설 광고의 양상 및 특징

개화기 신문의 소설 광고는 나름의 광고 전략에 따라 다양한 정보들을 포함하고 있다. 대체로 책제목, 저자이름, 표제, 발행 및 발매소, 가격, 분량표기 등의 요소들로 이루어져 있으며, 책의 성격에 맞는 광고 문안을 수록하여 책의 구입을 독려하고 있다. 간혹 부록에 관한 정보나 표지 사진, 제작 방식 등 상품으로서의 차별성을 부각시키는 경우도 있다. 이들 소설 광고는 그것을 수록한 신문 또는 해당 소설의 문자 선택에 따라 국한문 또는 국문으로 이루어졌는데, 이는 이 시기 소설 광고의 중요한 특성 중 하나이다.

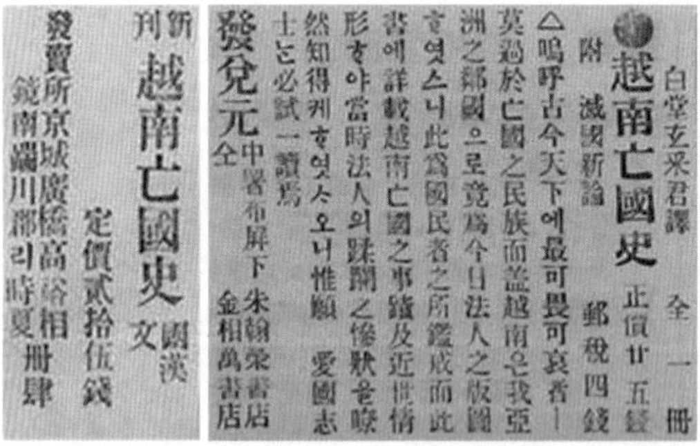
新刊 越南亡國史 國漢文
定價貳拾伍錢
發賣所 京城廣橋 高裕相 冊肆
錢南鑄川郡리時夏

白堂玄采君譯 全一冊
越南亡國史 正價廿五錢
附 滅國新論 郵稅四錢
△嗚呼古今天下에最可畏可哀者ㅣ莫過於亡國之民族而盖越南은我亞洲之鄰國으로竟爲今日法人之版圖ᄒᆞ엿스니此爲國民者之所鑑戒而此書에詳載越南亡國之事蹟及近世情形ᄒᆞ야當時法人의蹂躙之慘狀을瞭然知得케ᄒᆞ엿ᄉᆞ오니惟願 愛國志士ᄂᆞᆫ必試一讀焉
發兌元全 中署布屛下 朱翰榮書店 金相萬書店

〈그림 3〉『大韓每日申報』(1906.12.29)와 『황성신문』(1907.1.5)에 게재된 『월남망국사』의 광고

소설 광고를 게재한 23종의 작품 중 최초로 신문 지상에 나타난 것은 바로 『월남망국사』이다.[7] 이 광고는 1906년 12월 29일 『大韓每日申報』에 처음 모습을 드러내었고, 1907년 1월 5일에는 『황성신문』에도 게재되었다. 처음 『大韓每日申報』에 실린 광고는 책 제목과 가격, 발매소 등만이 간략하게 제시되었지만, 『황성신문』에는 저자, 책분량, 부록 등의 구체적인 정보가 추가된 형태로 게재되었다. 『월남망국사』 광고는 개화기 신문에 나타난 최초의 독립된 소설 광고라는 점에서 의미가 있다.

신소설 작품 중 가장 먼저 광고를 활용한 작품은 바로 이인직의 『혈의루』이다. 『혈의루』는 『만세보』 지상에 연재된 후 단행본으로 출간되었

7 본 연구에서는 개화기 신문에 수록된 다양한 소설 광고의 이미지를 직접 제시하여 독자의 이해를 돕고자 한다. 제시된 광고 이미지는 방향 및 비율은 실제와 같으나 크기는 편집 체제에 맞도록 조정되었다.

는데, 『혈의루』의 작가이자 『만세보』의 사장이었던 이인직은 자신의 소
설 광고를 『만세보』에 제일 먼저 유치하여 게시하였다. 특이한 점은 처
음 광고가 실린 후에 바로 다음 날부터는 대폭 수정된 광고가 게시되었
다는 점이다. 수정된 광고에는 분량, 가격, 저자 이름이 추가되었고, 광
고문안의 내용이 상당 부분 바뀌었다.[8]

그림 4〉 『만세보』(1907.3.29 / 1907.3.30)와 『제국신문』(1907.5.28)에 게재된 『혈의루』 광고

이후 『제국신문』에도 『혈의루』 광고 기사가 게재되었는데, 여기에는
"帝國新聞續載上篇"이라거나 "下篇은 帝國新聞에 續載홈"이라는 문구가
추가되어 있다. 이 무렵 『제국신문』에는 이인직이 『혈의루』 하편을 연
재하고 있었는데, 추가된 광고 문구는 단행본으로 출간된 『혈의루』와
『제국신문』에 연재되고 있는 『혈의루』 하편의 연속성을 강조하고 있다
는 점이 특징적이다. 이 광고는 특이하게도 단행본 『혈의루』와 신문연
재소설 『혈의루』 하편을 동시에 홍보하는 효과를 거두고 있다.

가장 적극적으로 신문 광고를 활용한 작품은 바로 중앙서관에서 발행
한 이인직의 『귀의성』이다. 『귀의성』 광고는 『만세보』, 『황성신문』,
『제국신문』, 『大韓每日申報』에 수록되었으며, 『만세보』에서는 처음 게
재했던 광고 문안을 대폭 수정한 두 개의 광고가 게재되기도 하였다. 이

---

8 변경된 광고 문안에 대해서는 이후 3장에서 자세히 다루도록 하겠다.

때 '신소설'이라는 표제가 '가정소설'로 바뀌었고, 귀의성이라는 제목을 음각한 디자인을 새롭게 제시하여 독자의 이목을 끌었다. 또한 '국판양장'이라는 고급스러운 제본방식을 강조하거나, '표지사진인쇄'와 같은 표현으로 이 상품이 지닌 차별화된 특성을 부각시키고 있다. 『혈의루』의 경우와 마찬가지로 광고문안을 대폭 수정한 것도 중요한 특징 중하나이다.

〈그림 5〉『만세보』에 수록된 1907년 5월 29일자 『귀의성』 광고와 수정된 1907년 6월 2일자 광고

수정된 『귀의성』 광고는 이후 『황성신문』, 『제국신문』, 『대한매일신보』에도 사용되었는데, 세로로 길게 디자인 된 이 광고는 신문의 단 구성 방식에 따라 가로로 뉘어져 게시되곤 했다. 다만 『제국신문』의 경우 세로로 디자인된 광고의 형식을 그대로 살릴 수 있도록 게재하였다. 흥미로운 점은 이들 『귀의성』 광고가 외견상 동일한 것처럼 보이나 자세히 들여다보면 조금씩 차이가 있다는 것이다. 이들 광고에서 '귀의성'이란 음각 제목과 광고 문안의 내용이나 배치 방식은 동일하게 작성되어 있지만, 『황성신문』 광고의 경우 아래에 '중앙서관 발행'이라는 문구가 추가되었고, 『제국신문』과 『대한매일신보』 국한문판 광고의 경우 그 아래에 또 '발매소 경향각유명서점'이라는 문구가 추가되었다. 또한 『제국신문』 광고의 경우에는 세로로 되어 있는데, 제목 좌우에 "○" 기호로

〈그림 6〉『황성신문』(1907.6.5), 『제국신문』(1907.6.8), 『大韓每日申報』(1907.6.21)에 게재된 『귀의성』 광고(좌측부터 시계방향으로)

테두리를 디자인하였다. 신문의 편집 체제상 단의 세로 행 길이에 따라 한 행 마다 글자 수에 차이가 나기도 하였다. 이처럼 하나의 소설 광고는 전체적인 광고의 컨셉이나 광고 문안의 내용은 동일하나 그것을 게재하는 신문의 조판 구성에 따라 조금씩 차이가 있었다. 이를 통해 광고 주체이니 서포상이 하나의 광고 문구를 포함한 전체적인 광고의 틀을 디자인하여 제시하면 각 신문사에서는 원래의 시안을 최대한 따르면서도 편집 체제와 조판 방식에 맞도록 약간의 변화를 주기도 하였다는 사실을 알 수 있다.

또한『귀의성』하편 광고가 1908년 8월『황성신문』과『제국신문』에 게재되었다. 동일한 내용의 광고이지만『황성신문』의 경우 단 높이에 맞지 않아 가로로 눕혀 게시하였고,『제국신문』의 경우 원래 디자인된 방식 그대로 세로로 게시되었는데 한자어휘를 강조하는 방식으로 이루

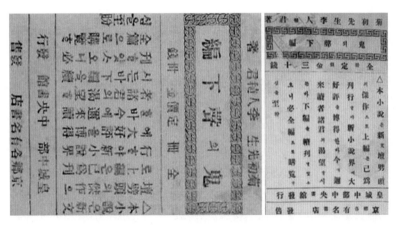

〈그림 7〉『황성신문』(1908.8.5)과 『제국신문』(1908.8.8)에 게재된 『귀의성』(하편) 광고

어졌다는 차이가 있다. 이렇듯 개화기 소설 작품 중『귀의성』은 가장 많은 신문 매체에 적극적으로 광고를 게재한 작품이었다.

광고의 디자인도 이 시기 소설 광고에서 중요한 고려 대상이 되었다. 문자 텍스트로 이루어진 광고의 경우 글자 크기나 진하기, 글자 배치, 줄바꿈 등을 통해 시인성visibility을 높이고자 하였고, 제목의 음각 인쇄, 도상기호나 그림 등을 활용하기도 했다. 한글판『대한매일신보』에 게재된 『라란부인전』의 경우 제목을 부각시키기 위해 책으로 짐작되는 직육면체의 그림에 제목을 넣어서 광고하였으나, 하루 만에 십자 모양의 도상 안에 표제와 제목을 넣은 방식으로 수정되었다. 이렇게 수정된 광고는 국한문판『大韓每日申報』에도 동일하게 게재되었고, 며칠 뒤 한글판『대한매일신보』에는 발매소 이름이 한글로 수정되고, 박문서관, 고금서해관이 추가된 광고가 게재되었다. 이는『대한매일신보』한글판의 독자들을 염두에 두고 이루어진 변화로 짐작된다.

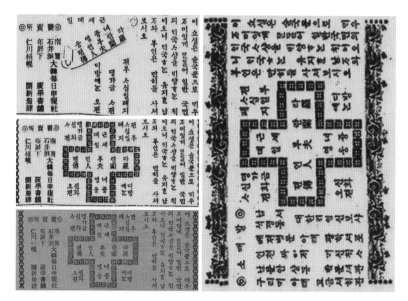

〈그림 8〉 아래로 『대한매일신보』(1907.8.31 / 1907.9.1), 『大韓每日申報』(1907.9.4), 오른쪽은 『대한매일신보』(1907.9.7)

또한 『고목화』 광고는 태극 문양을 중심으로 배열된 원 안에 제목을 넣었고, 『빈상설』의 경우 도상기호를 활용하여 그 안에 제목을 두드러지게 하였다. 『치악산』이나 『철세계』 광고처럼 음영을 통해 제목을 부각시키는 경우도 있었다. 이처럼 도상 기호나 음영을 활용한 디자인은 신문 지면에 수록된 다른 수많은 상품 광고 중에서 시인성을 높이기 위한 전략으로 사용되었다. 초보적인 형태이지만 이 시기 소설 광고가 디자인적인 요소를 충분히 고려하고 있었음을 알 수 있다.

개화기 소설 광고 중 일부는 그것을 수록한 신문 매체의 언어 선택에 따라 각기 다른 문자로 표현되었다는 특징을 지닌다. 『애국부인전』의 광고의 경우 국한문 신문인 『황성신문』과 『大韓每日申報』에는 국한문으

〈그림 9〉『제국신문』(1908.2.13), 『제국신문』(1908.8.11), 『황성신문』(1908.10.16), 『황성신문』(1908.12.10) 광고

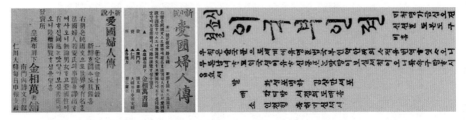

〈그림 10〉『황성신문』(1907.10.8), 『大韓每日申報』(1907.10.9), 『대한매일신보』(1907.10.8)의 『애국부인전』 광고

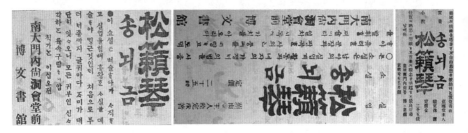

〈그림 11〉『제국신문』(1908.11.6), 『제국신문』(1908.11.10), 『大韓每日申報』(1908.11.13)의 『송뇌금』 광고

로, 한글 신문인 『대한매일신보』에는 순한글로 번역하여 게재되었다. 『송뇌금』의 경우에도 『제국신문』에는 순한글로, 『대한매일신보』에는 국한문으로 광고 문안이 작성되었다. 『경세종』 광고 역시 같은 날짜 『제국신문』에는 순한글로, 『황성신문』에는 국한문으로 작성되어 있다. 『철세계』 광고도 마찬가지로 『황성신문』에는 국한문으로, 『제국신문』에는 순한글로 작성되었다. 『제국신문』에 실린 많은 광고들이 순한글로 작성되어 있다는 점도 이와 유사한 특징임이 분명하다. 결국, 이 시기 신문 게재 소설 광고의 다수는 해당 매체의 문자 선택과 일정한 연관을 맺고

〈그림 12〉『제국신문』(1908.10.30)과『황성신문』〈그림 13〉『황성신문』(1908.12.10)과『제국신문』
(1908.10.30)의『경세종』광고　　　　　　　　(1909.1.1)의『철세계』광고

이루어졌음을 확인할 수 있다.

　개화기 신문의 소설 광고에는 몇 개의 예외를 제외하고는 저자나 번
역자의 이름이 게재되었다. 총 23종의 소설 중 6종을 제외하고,[9] 17종
소설의 광고에는 모두 저자나 번역자의 이름을 분명하게 명시하였으며,
이를 상품의 판매를 진작시키기 위한 수단으로 활용하고 있었다.『월남
망국사』와『혈의루』의 경우 처음에는 저자 정보를 생략하였다가, 이후
저자(번역자) 이름을 추가하기도 하였다. 소설가(번역가)의 이름을 전면
에 내세우는 이러한 방식은 오랫동안 소설에 대한 부정적인 인식을 갖
고 있던 상황에서 꽤나 낯선 일이었을 것으로 짐작된다. 이는 근대의 소
설이 오랫동안 쌓여왔던 부정적인 인식을 극복하고, 교과서, 역사서, 수
신서 등과 함께 근대 지식의 범주 안에 대등하게 편입되던 당시의 모습

9　저자나 번역자의 이름이 생략된 광고는『라란부인전』,『서사건국지』,『애국부인전』,
　『설중매』,『한월』,『경국미담』에 관한 것이다. 대부분이 번역·번안 소설이거나『한
　월』의 박승옥처럼 저자의 이름이 잘 알려지지 않은 경우이다. 그 이유를 명확하게 규명
　하기는 어렵겠지만, 아마도 저자나 번역자가 누구였는지를 강조하는 것이 판매율을 높
　이는 데 크게 중요하지 않았던 것으로 보인다.

을 반영하고 있다. 특히, 이인직, 이해조 등 유명 작가의 이름은 소설 광고에서 한 번도 제외된 적이 없는데, 그들의 이름은 그 자체로 하나의 브랜드brand가 되어 광고 효과를 높일 수 있었을 것이다.

대부분의 소설 광고들은 책의 지면 수나 가격 정보, 발행 또는 발매소를 기재하고 있다. 이는 저작자의 이름을 명시한 것과 마찬가지로 소설이라는 문학 양식에 물질성을 부여하여, 소설책이라는 근대적 자본주의 시스템 안에서 유통되는 하나의 상품으로 인식시키는 데 기여하고 있다. 가격은 주로 책의 페이지 수, 제본 방식, 부록 포함 여부 등과 관련이 있는데, 이는 하나의 소설(책)을 화폐와의 등가교환이 가능한 상품으로 판매하겠다는 광고 주체의 전략이 노골화된 방식이었다.

특히 주목할 만한 부분은 개화기 소설 광고에서는 책을 발행한 서포보다 판매하는 서포의 이름이 더욱 중요하게 다루어졌다는 점이다. 『월남망국사』의 경우 실제로는 보성관에서 출판되었는데, 소설 광고에는 그 이름이 보이지 않는다. 1906년 12월 29일자 『大韓每日申報』 광고에는 '발매소發賣所 고유상 책사, 이시우 책사'라고 표기되었고, 1907년 1월 5일자 『황성신문』 광고에는 '발태원發兌元 주한영서점, 김상만서점'이라고 기록되어 있다. 『라란부인전』의 경우 박문서관에서 발행되었는데, 발매소인 대한매일신보사, 광학서포, 개신책사 등만이 게시되어 있다. 현공렴이 발행한 『고목화』의 경우,[10] 1908년 2월 13일에 수록된 『제국신문』 광고에 발매소인 광학서포, 중앙서관, 대동서시, 회동서관만이 적

---

10 『고목화』의 초판은 현재 확인하기 어렵다. 일찍이 전광용은 『고목화』의 초판이 1908년 1월 20일 발행자 현공렴의 이름으로 발행되었다고 하였다. 전광용, 「「고목화(古木花)」에 대하여」, 『국어국문학』 71, 국어국문학회, 1976, 138면.

혀 있다. 『한월』의 경우 박승옥이 직접 저술 발행한 것인데, 1908년 9월 3일자 『제국신문』 광고에는 발매소인 중앙서관, 대한서림, 광학서포의 이름만이 게시되어 있다.[11] 결국 이 시기 소설 판권지나 광고에는 출판사의 이름 앞에 발행원發行元, 발행소發行所, 발매소發賣所, 발매원發賣元, 발태원發兌元, 발수소發售所, 분매소分賣所 등이 고루 사용되었는데, 책을 출판한 곳은 발행원이나 발행소라고 하고 나머지 발매소, 발매원, 발태원, 발수소, 분매소는 모두 소설책을 판매하는 곳을 의미한다.[12] 물론 책을 제작한 곳과 판매하는 곳이 일치하는 경우가 대부분이지만, 그렇지 않을 경우 소설 광고에서는 서적을 판매하는 곳을 더욱 중요하게 부각시켜 이를 통해 상업적 효과를 거두고자 했음을 알 수 있다.

개화기의 소설 광고에서는 제목 앞에 소설의 표제를 붙여서 다른 소설과의 차별성을 강조하는 전략을 사용하기도 하였다. 예컨대 '신소설', '가정소설', '정치소설', '골계소설', '인정소설', '종교소설', '교육소설', '실업소설', '과학소설' 등의 표제는 같은 소설 범주 안에서도 구별되는 각 소설만의 내용이나 주제를 집약하여 독자의 효과적인 선택을 돕고자 하였다. 『혈의루』는 처음 '소설'이라는 표제를 붙였으나 이튿날부터 '신소설'로 변경하였는데, 이는 기존의 소설과는 다른 새로운 소설로서의 차이점을 부각시키는 전략이었다.[13] '신소설'이라는 표제는 『애

---

11 광고에는 발매소가 아니라 발수소(發售所)라고 적혀 있지만 같은 뜻이다. 『한월』(1908) 판권지에는 발매소 중앙서관, 대한서림, 광학서포라고 되어 있다.

12 근대 초기 소설의 판권지를 다루는 연구에서 오류가 많은 대목은 책을 판매한 곳을 발행한 곳으로 잘못 인식하는 경우이다. 이는 판권지에 나타난 발행소, 발행원, 발매소, 발수소, 발태원 등의 용어를 정확하게 구별하여 인식하지 못한 결과로 보이는데, 발행한 주체와 판매 주체를 정확히 구별할 필요가 있다.

13 구장률은 '처음 광학서포의 운영자들이 고소설을 접하던 감각으로 작성한 『혈의루』 광고를 저작자인 이인직이 저자의 이름과 책의 가격을 병기하여 지적 산물에 대한 사적소

국부인전』과『자유종』광고에서도 사용되었다. 또한 가장 적극적으로
사용된 표제는 바로 '정치소설'이었다. 이는『애국정신』,『설중매』,『홍
도화』,『서사건국지』광고에서 공통적으로 눈에 띄는데, 당시 혼란한 시
국을 반영하여 광의의 개념으로 사용된 것으로 보인다. 대부분의 표제
가 작품의 내용이나 주제를 함축하여 독자의 관심을 한눈에 잡아끌기
위한 의도로 사용되었음을 짐작할 수 있다.

개화기 소설 광고에서 독자의 호기심을 이끌어내기 위한 수단으로 활
용한 것 중에 인상적인 것은 표지의 그림이나 사진에 관한 것이다. 대부
분의 소설책의 표지가 문자 텍스트로 간결하게 이루어진 것과는 달리 몇
몇 작품들은 표지에 화려한 그림과 사진을 활용하였는데, 이들 소설 광고
의 경우에는 이러한 시각 이미지의 활용을 적극적으로 홍보하고 있다.

『귀의성』광고에서는 '표지사진인쇄'라고 하여 실제 사진을 활용하
고 있음을 강조하고 있다.[14] 사진은 서울 탑골공원에 있는 국보2호 원각
사지십층석탑과 팔각정의 모습이다.[15] 실사의 모습을 그대로 재현한 사
진은 당시로서는 매우 흥미로운 볼거리였는데,『귀의성』상편 단행본은
이러한 사진을 인쇄하여 제공한 독특한 사례임에 분명하다. 이는 자신
의 소설이 사실을 기반으로 한 것임을 강조하던 이인직의 의도가 표지
디자인에도 영향을 주었던 것이 아닌가 싶다. 사진은 근대의 첨단 테크
놀로지를 반영한 시각 텍스트이며, 어떤 사실적인 그림보다도 실재의

유를 명확하게 설정한 것으로 바꾸었다'고 하였다. 구장률, 「신소설 출현의 역사적 배
경」,『동방학지』135, 연세대 국학연구원, 2006, 290~295면 참조.
14 『만세보』, 1907.6.2;『황성신문』, 1907.6.5;『제국신문』, 1907.6.8;『大韓每日申報』, 1907.6.21.
15 이와 관련한 내용은 연세대 박진영 교수의 블로그를 참조하였다. '신소설《귀의 성》표지
미스터리 (3)'.
http://bookgram.pe.kr/120182828859?Redirect=Log&from=postView

〈그림 14〉 좌측부터 『귀의성』, 『금수회의록』, 『이태리소년』, 『철세계』의 표지

이미지를 있는 그대로 재현해 낸다. 더 많은 비용을 감수하고 굳이 사진을 표지 디자인으로 선택한 출판 주체, 즉 서포상 역시 이인직의 의도를 십분 이해하였기에 이러한 시도가 가능했을 것이다. 이는 물론 『귀의성』의 상업적 성공을 어느 정도 예견하였기에 가능한 상품화 전략이었을 것이다.[16]

『금수회의록』의 경우 '표지석판사진(금수회의의 광영) 인쇄'.[17] '표지석판사진화인쇄'[18]라는 문구를 삽입하였는데, 소설 속에 등장하는 동물들의 모습을 의인화하여 독자의 호기심을 자극하고 있다. '교육소설'이라는 표제가 붙은 『이태리소년』은 이보상에 의해 번역된 작품인데,[19] 광고

---

16 앞에서 살펴본 것처럼 『귀의성』은 가장 적극적으로 신문 광고를 활용한 작품인데, 이역시 이러한 서포상의 상품화 전략과 무관하지 않을 것이다.

17 『제국신문』, 1908.1.1.

18 『大韓每日申報』, 1908.3.6.

19 『이태리소년』은 우리에게 '엄마 찾아 삼만리'로 잘 알려져 있으며, 이탈리아 작가 에드먼도 데 아미치스(Edmondo De Amicis, 1846~1908)가 쓴 『쿠오레(Cuore)』 가운데 액자소설로 삽입된 '압뻬니니 산맥에서 안데스 산맥까지'를 번역한 것이다. 한기형, 「근대어의 형성과 매체의 언어전략 – 언어·매체·식민체제·근대문학의 상관성」, 『역사비평』 71, 역사문제연구소, 2005, 36면.

에서 제시된 '표지석판화인쇄'[20]라는 문구처럼 표지에는 모자간의 애틋한 재회 장면이 인쇄되어 있다. 『철세계』의 광고 역시 '표지석판화'[21]라는 점을 강조하였는데, 실제 단행본의 표지에는 작품의 내용을 압축적으로 형상화한 그림이 인쇄되어 있다. 『애국부인전』은 '신선한 도본도 구비함'[22]이라는 광고 문구를 제시하였는데, 표지는 아니지만 단행본 본문 앞쪽에 그림을 두 페이지 삽입하였다. 여기에는 칼과 깃발을 들고 있는 잔다르크의 모습과 잔다르크가 군중들 앞에서 연설하는 모습이 재현되어 있다.

문자 텍스트로만 이루어졌던 과거의 책과는 달리 근대적 출판·인쇄 시스템 속에서 출판된 새로운 책은 이처럼 사진이나 그림을 활용한 이미지 텍스트를 결합시킬 수 있게 되었다. 실제의 모습을 있는 그대로 재현한 사진이나 원근법을 활용하거나 서양의 낯선 풍경을 섬세하게 묘사한 그림들은 당시 독자들에게 근대의 테크놀로지를 기반으로 한 매우 낯선 볼거리였음이 분명하다. 결국 이러한 사진이나 그림 이미지들은 당시 출판업자들에게 소설책의 상품으로서의 가치를 높이고, 작품 속 이야기에 더욱 몰입할 수 있도록 만들어주는 중요한 장치로 활용되었음을 확인할 수 있다.

---

20 『황성신문』, 1908.11.6.
21 『황성신문』. 1908.12.10.
22 『황성신문』, 1907.10.8; 『대한매일신보』, 1908.10.8; 『大韓每日申報』, 1908.10.9.

3. 소설 광고 문안의 수사학적 배치와 전략

개화기 신문에 수록된 소설 광고에는 거의 빠짐없이 문자텍스트로 작성된 문안이 포함되어 있다. 26자의 짧은 광고 문안부터 213자의 긴 광고 문안까지 다양한 광고 문안이 있으며, 소설의 종류에 따라 또는 광고를 수록한 매체에 따라 각기 다른 표기방식으로 기록되었다. 이러한 소설 광고 문안은 소설의 작가도 신문의 편집진도 아닌 바로 서포상, 즉 단행본 소설의 발행주체가 작성한 것이다.[23] 소설 광고의 대부분은 발행한 서포의 이름이 구체적으로 명시된다. 소설 광고 문안의 경우 발화주체가 생략된 경우가 대부분이지만, 간혹 '본 서포', '우리 서관' 등의 표현이 등장하기도 한다. 광고 문안 속에서 저자를 구별하여 지칭하는 것 역시 소설 광고의 주체가 대체로 서포상이었음을 이해하는 근거가 된다.[24]

1906년 무렵부터 『대한매일신보』, 『만세보』, 『황성신문』, 『제국신문』 등의 신문 매체는 소설란을 설치하여 본격적인 소설 연재를 시작하였다. 러일전쟁과 을사조약 이후 소설은 애국계몽운동의 더욱 적극적인 방편으로 새롭게 호출될 수 있었다. 하지만, 오랜 기간 동안 고문古文 중심의 글쓰기 장 안에서 그 허구적 성격 때문에 비판받던 소설이 본격적

---

23 『혈의루』, 『귀의성』의 광고는 처음 서포상이 광고를 게재하였으나, 이후 작가인 이인직의 견해를 반영하여 수정된 것으로 보는 것이 타당할 듯하다. 이는 당시의 출판 환경에서 매우 예외적인 현상이었다.
24 광고 문안에서 저자를 구별하여 제시한 대표적인 사례들을 열거하면 다음과 같다. "本小說은 著者가 小說主人公의 名을 匿호고 假托호야", 「귀의성 광고」, 『만세보』, 1907.5.31; "是書는 著者蜜啞子가 夢見諸葛孔明於隆中草堂호고 握手談論혼 바인듸", 「몽견제갈량(夢見諸葛亮) 광고」, 『황성신문』, 1908.8.21; "此小說은 李先生이 我國家庭의 惟異혼 風氣를 改良코져호야", 「치악산 광고」, 『황성신문』, 1908.10.16; "이 쇼셜은 김쟝로 필슈씨가 순국문으로 간단이 져술혼 거시온듸", 「경세종 광고」, 『제국신문』, 1908.10.30.

으로 공적인 의사소통의 장에 진입한 것이 이 무렵이니, 몇 백 년 동안 내려오던 소설에 대한 부정적 인식이 일순간에 바뀌지 않았음은 쉽게 짐작할 수 있다. 각 신문의 편집진들은 소설 연재를 시작함과 동시에 논설 등을 통해 새로운 소설의 효용론을 주장하였다. 소설 광고의 문안 역시 이러한 사정을 구체적으로 확인할 수 있는 효과적인 자료가 된다.

일반적으로 광고는 일정한 수신자를 염두에 두고 작성된 텍스트이다. 광고의 발화주체인 서포상은 광고 문안이라는 메시지를 광고의 독자, 즉 그 메시지를 수신하는 수신자에게 전달하고자 한다. 이러한 수신자는 일차적으로 신문의 독자가 될 것이며, 더 구체적으로는 소설 광고에 주목한 독자가 될 것이다. 소설 광고의 수신자는 다음과 같은 방식으로 호명되었다. 가장 일반적인 호명 방식은 '제씨諸氏', '독자讀者', '첨군자僉君子' 등이다. 이러한 호칭은 광고의 수신자들에게 특별한 성격을 부여하지 않고 이들을 상품의 평등한 소비자로 포괄할 수 있는 상업적인 전략이었다. 또한 이러한 방식보다는 조금 구체적으로 '남자와 부인'(라란부인전), '부인 신사'(고목화), '귀부인 신사'(빈상설), '모든 귀부인 신사 각하'(송뇌금) 등 성별과 계층을 구별하여 제시한 경우도 있었다. 이러한 호명 방식은 소설책의 예비 구매자들의 범주를 남성과 여성 모두로 확장시키며, 부인이나 신사처럼 교양 있는 사람이라는 의미를 포함시키기도 하였다. 특별한 경우, '소년제군'(이태리소년)처럼 작품의 내용과 직접적인 관련이 있는 수신 집단을 구체적으로 호명하거나, '동포同胞'(애국부인전)처럼 당대의 애국계몽운동이나 검열과 같은 정치적 맥락을 반영한 수사적 표현이 사용되기도 하였다.[25]

광고의 발신자인 서포상들은 소설 광고의 문안을 통해 광고 수신자의 욕망을 자극하고자 했다. 상품의 광고는 광고 수신자들의 욕망을 간파하고, 해당 상품을 통해 그것을 충족시킬 수 있음을 강조한다. 상품의 광고는 시대의 욕망을 가장 예민하게 반영하는 텍스트이다. 특히, 이 시기 서포상들이 주목한 키워드는 바로 '유지有志'와 '애국愛國'이었다. 개화기 신문의 소설 광고에서 이러한 키워드는 주로 광고 수신자의 호명 방식과 결합하여 사용되었다. '유지 부인 신사'(고목화), '유지 귀부인 신사'(빈상설), '유지군자'(홍도화, 자유종), '애국성이 유하신 동포'(애국부인전), '애국하는 유지한 남자와 부인'(라란부인전) 등이 대표적이다. 이는 뜻이 있는, 즉 지각이 있는 독자, 또는 애국심이 있는 독자, 또는 그러한 사람이 되고 싶은 욕망이 있는 독자들의 구매 욕구를 자극하는 수사이다. 이 책을 구매하여 읽는 사람은 '유지한' 사람이자 '애국심'이 있는 사람이며, 또한 이 책을 읽게 되면 그러한 자격이 생긴다는 의미를 내포하고 있다. 을사조약 이후 외교권을 빼앗긴 통감부 체제 속에서 국권회복에 대한 열망은 이 시기 유지한 사람들의 공통된 화제였다. 서포의 출판 주체들은 애국계몽운동이라는 시대적 분위기에 편승하여 공적인 목적을 이루는 동시에 이러한 점을 소설 판매 전략으로 적극 활용하고 있었다.

또한 광고 문안에 제시된 소설 읽기의 효용 역시 이와 크게 다르지 않았다. 소설 광고는 한갓 쓸모없는 이야깃거리에 불과한 것이라 여겼던 소설에 대한 부정적인 인식을 없애고 소설을 하나의 쓸모 있는 상품으로 포장하기 위해 당대의 공적인 가치를 수사로 활용하였다. 근대 지식, 사상, 윤리, 도덕, 풍속 개량, 국가, 국민, 애국 등은 개화기 소설 광고에

---

25 '동포'의 개념과 용법에 대해서는 다음의 논문이 상세하다. 권보드래, 「'동포'의 수사학과 '역사'의 감각」, 『한국문학논총』 41, 한국문학회, 2005, 267~287면 참조.

서 주로 활용되는 레토릭rhetoric이었다.[26] 실제로 당시 대부분의 소설들이 이러한 애국계몽운동의 한 흐름 속에서 저술 출판되었다는 점은 익히 알려진 사실이지만, 소설 광고는 이러한 소설의 공리적 의도와 목적을 전면에 부각시킴으로써 이를 상품 판매의 주요 전략으로 활용한 셈이다. 책이라는 문자 텍스트를 상품으로 소비하는 행위는 전통적인 세계에서 벗어나 근대인이 되고 싶어 하는 당대 식자층의 욕망을 만족시키고, 국가의 몰락이라는 절체절명의 위기 속에서 비교적 손쉽게 주류 담론을 공유하는 방편이 될 수 있었다.

한편 시대가 요구하는 공적 효용성과 함께 소설책의 상품화 전략에 자주 활용되던 것은 바로 소설이 지닌 이야기로서의 가치였다. 이 시기 소설 광고의 대부분은 작품의 주된 내용을 간략하게 소개하고 있다. 공적 효용성은 당대의 교과서, 역사서 등 여타의 서적 광고에서도 쉽게 발견할 수 있는 것이었으나, 소설이 지닌 서사적 특성은 공적 차원의 가치와는 다른 개인적 차원의 효과를 발생시킨다. 이 시기 소설 광고는 작품

---

26 대표적인 표현들을 소개하면 다음과 같다. "國民의 情神을 感發ᄒ야 無論男女ᄒ고 血淚를 가히 灑홀 新思想이 有홀지니", 「혈의루 광고」, 『만세보』, 1907.3.30; "家庭裡面의 鄙風敗俗을 鑑戒", 「귀의성 광고」, 『만세보』, 1907.6.2; "일반 국민의 익국ᄉ상을 비양ᄒᄂ 칙", 「라란부인전 광고」, 『대한매일신보』, 1907.8.31; "今日吾人類社會의 公德頹喪 홈을 警醒코자 홈", 「금수회의록 광고」, 『제국신문』, 1908.1.1; "이 소설은 풍속기량에 데일 필요ᄒ 칙이라 춘향전 소디셩전 등 갓치 허탄 음란ᄒ 말로 풍속을 볍드리는 것에 비홀바 안이오니 인민 ᄉ상을 도덕상으로 인도코져 ᄒ시ᄂ 유지부인 신ᄉ의 불가볼 보실칙", 「고목화 광고」, 『제국신문』, 1908.2.14; "新舊小說의 例套를 交用ᄒ야 □讀者로 斟古酌今의 字音과 造語等을 精細究解而著述者故로 國文研究上에 必要도 有ᄒ며", 「한월 광고」, 『제국신문』, 1908.9.3; "祖國의 情神을 培養ᄒ고 自由思想을 鼓動하ᄂ 惟壹奇書 仕官의 熱慾을 劈破ᄒ고 實業의 觀念을 喚起ᄒᄂ 最良好籍", 「송뢰금 광고」, 『大韓每日申報』, 1908.11.13; "이 괴악ᄒ 풍속을 곳치고져", 「홍도화 광고」, 『제국신문』, 1908.11.20; "후진 청년의 ᄉ상을 열어 줄만ᄒ고 (…중략…) 남녀 샤회에 경계 (…중략…) 귀천간 교졔에 모범", 「원앙도 광고」, 『제국신문』, 1908.12.8; "과학에 종ᄉᄒ시ᄂ디 가장 요긴홀 쓴안니라 싀 지식을 여러쥬ᄂ디 큰 힘이 잇는 것", 「철세계 광고」, 『제국신문』, 1909.1.1.

의 줄거리를 간단히 소개함으로써 예비 구매자의 관심을 환기시킨다. 허구의 인물들이 등장하고, 특정한 상황 속에서 갈등이 일어나고, 우여곡절 끝에 사건이 해결된다는 이야기의 속성은 이 시기 여타 독서물과는 구별되는 소설이 지닌 중요한 특징이었다. 또한 이것은 다른 소설과의 내용상의 차이점을 부각시키는 방편이기도 했다. 이렇듯 광고 주체인 서포상들은 소설이 지닌 이러한 서사적 특성을 독자의 구매 욕구를 자극하는 중요한 전략으로 활용하였음을 알 수 있다.

이러한 소설이 지닌 이야기로서의 자질은 종종 현실 세계와의 관련 속에서 다루어졌다. 유독 이인직이 저술한 소설의 광고는 이러한 이야기가 실제 사실에 기반하고 있음을 특별히 강조하고 있다. 예컨대, 『만세보』에 처음 게재된 단행본 『혈의루』의 광고가 '옥련전'이라는 표현을 통해 전통적인 소설 독자층을 포섭하려고 했다가 다음날 황급히, 일청전쟁 통에 김씨여아가 겪은 "실사實事"를 강조하는 방식으로 바뀐 것은 주목할 만한 사건이다. 또한 『귀의성』 광고에서도 역시 주인공의 이름을 김승지라고 '가탁假托'하여 소실의 죽음과 아버지의 복수하던 "사실事實"을 상세히 저술한 것이라는 점을 크게 강조하고 있다. 이처럼 그것의 실제 여부와는 상관없이, 실제 있었던 일을 기반으로 삼은 이야기라는 점을 강조하는 수사 전략은 당시의 광고 주체가 이전 소설이 지닌 허탄 무거한 속성의 극복에서 출발한 근대소설이 지닌 양식적 특성을 비교적 정확히 파악하고 있음을 보여준다. 여기에는 고소설을 타자화 하는 한편 이를 통해 새로운 소설의 정체성을 강화하고, 이를 통해 판매부수를 늘리려는 광고 주체의 의도가 포함되어 있다.[27]

이처럼 소설이 지닌 이야기로서의 자질은 '재미'라는 소설의 또 다른 효용성과 결합하게 된다. '매우 재미있게 만들어'(라란부인젼), '극히 재미가 있으며'(한월), '무한한 재미가 유하오니'(치악산), '우스울만한 이야기가 많아'(경세종), '글귀마다 재미가 대단히 있사오니'(송뇌금), '재미있는 최근소설 홍도화를 간행하야'(홍도화), '그 착착한 재미가'(원앙도) 등 '재미'와 결합한 수사는 이 시기 소설 광고의 주된 전략 중 하나였다. 근대 지식, 풍속개량, 윤리, 도덕 등의 레토릭이 소설이 지닌 공적 효용성을 강조하는 방식이었다면, '재미'는 공적 효용과는 구별되는 소설이 지닌 사적 효용성을 자극하는 전략이었다. 따라서 '재미'의 수사는 공적 레토릭이 좀 더 전면적이고 적극적인 방식으로 표현된 것과 달리 비교적 소략하게 또는 은근하게 제시되었다. 이는 소설이 지닌 공적 효용성 뒤에 감춰져 있던 독자들의 내밀한 욕구를 자극하기 위한 방편이었으며, 소설이라는 양식을 소설책이라는 하나의 미디어이자 화폐와의 등가교환이 가능한 상품으로 전환시키기 위한 상업적 전략의 일환이었다.

4. 맺음말

지금까지 본 연구는 개화기 신문에 수록된 소설 광고를 중심으로 당시 출판 주체의 소설 출판과 상품화 전략에 대해 살펴보았다. 신문 매체에 게재된 소설 광고는 총 23종의 단행본 소설에 관한 것으로, 이들 소

---

27 물론 이러한 광고 문안이 전적으로 서포상의 역량으로만 이루어진 것으로 보기는 어렵다. 『혈의루』, 『귀의성』 광고 문안에 나타난 소설 인식과 광고 전략은 작자인 이인직의 의도가 적극적으로 반영된 것으로 보는 것이 타당할 것이다.

설 광고는 주로 1907년부터 1910년까지에 집중되었다. 개화기 소설 광고는 대체로 책제목, 저자이름, 표제, 발행 및 발매소, 가격, 분량표기 등의 요소로 이루어져 있으며, 책의 내용 및 성격에 따라 각기 다른 광고 문안을 수록하고 있었다. 또한 표지 사진이나 그림 등 부록에 관한 정보나, '국판양장'과 같은 고급한 제작 방식 등을 상품 판매를 위한 차별화된 전략으로 부각하기도 하였다. 이들 소설 광고가 그것을 수록한 신문 또는 해당 소설의 문자 선택에 따라 국한문 또는 국문으로 이루어져 있다는 점도 특징적이다.

소설 광고가 포함하는 이러한 정보들은 소설이라는 문학적 글쓰기 양식을 화폐와 교환이 가능한 하나의 상품으로 변환시키는 데 중요한 역할을 하였다. 오랫동안 허탄무거한 속성 때문에 비판받던 소설이라는 이야기 양식이 이제는 근대적 출판·인쇄 문화 속에서 규격화된 하나의 상품으로 유통될 수 있었으며, 소설 광고는 신문이라는 당시 가장 영향력 있는 미디어를 통해 이를 촉진시킬 수 있었다. 지면분할을 통해 구획된 영역을 확보한 소설 광고는 신문에 수록된 수많은 상품들과 경쟁하며 나름의 독자들을 유인하고자 했다. 이러한 경쟁 속에서 소설 광고는 글자 모양이나 크기, 도상 기호나 음영처리 등의 디자인적 요소를 강화하기도 하였고, 광고 문안을 통해 독자들의 기호와 욕망을 자극하는 다양한 수사 전략을 구사하기도 하였다.

소설 광고의 문안은 대체로 소설을 출판한 서포상, 즉 단행본의 발행 주체가 작성한 것으로 보는 것이 타당하다. 따라서 이들 소설 광고의 문안은 작가 또는 독자가 작성한 글들과는 다른 미묘한 입장의 차이를 지니고 있다. 소설 광고 문안에는 애국계몽운동의 일환으로 호출된 소설을 출판·유통시킨다는 공적인 사명과 이를 상품으로 제작·판매하여 이윤을 얻어야하는 상업적 입장이 복잡하게 얽혀 있었다.

소설 광고는 계층, 신분, 직업, 성별 등 전통적인 구별방식을 무화시키고, 광고의 수신자를 자본주의적 질서 속의 평등한 상품의 소비자로 위치시키고자 한다. 따라서 소비자의 기호와 욕망을 자극하여 상품의 구매를 유도하는 것이 소설 광고 문안의 중요한 목표였다. 상품의 광고는 시대의 욕망을 가장 예민하게 반영하는 텍스트인데, 이 시기 소설 광고는 근대 지식의 수용과 국권회복의 열망이라는 시대적 욕망을 매우 적극적으로 반영하고 있다. 근대, 지식, 사상, 윤리, 도덕, 풍속 개량, 국가, 국민, 애국 등의 공적 가치들은 이 시기 소설 광고에서 흔히 볼 수 있는 레토릭rhetoric이었다. 한편, 소설 광고는 소설이 지닌 이야기로서의 가치에 주목하여 이를 개인적 욕망을 자극하는 상품화 전략으로 활용하곤 했다. 특히, 소설의 이러한 특성은 '재미'라는 소설의 또 다른 효용성과 결합하여 제시되었는데, 이는 공적인 레토릭과는 달리 개인적 측면의 효용성을 자극하는 전략이었다.

결국 이러한 소설 광고는 급박한 시대적 조류 속에서 새롭게 호출된 소설이라는 문학적 글쓰기 양식이 근대적 출판·인쇄 기술을 바탕으로 성립된 자본주의적 유통 질서 속에서 맥락화 되는 과정을 효과적으로 보여준다. 또한 이를 통해, 개화기의 출판 주체가 근대 문학의 형성 과정에서 어떠한 역할을 담당하고 있었는지 확인할 수 있었다. 그러나 자료의 부족으로 인해, 개화기 서포의 전체적인 지형이나 각 서포상의 출판 및 광고 전략 등을 구별하여 살펴보지 못한 점은 아쉬움으로 남는다. 앞으로 이와 관련한 후속 연구가 더욱 상세하게 진행되기를 바란다.

날짜	제목	저자표기	표제	발행 및 발매소	가격	분량표기	수록매체	본문언어	수록면	특이사항
1906.12.29	越南亡國史			高裕相 冊肆 리時夏 冊使	25전		大韓每日申報	국한문	3면	
1907.1.5	越南亡國史	白堂玄采君譯		朱翰榮書店 金相萬書店	25전 (우세4전)	全一冊	皇城新聞	국한문	3면	附 滅國新論
1907.3.29	血의淚		小說	金相萬書鋪			萬歲報	국한문	3면	
1907.3.30	血의淚	著作者 菊初李人직氏	新小說	金相萬書鋪	20전	一冊九十四頁	萬歲報	국한문	3면	
1907.5.28	血의淚	著作者 菊初 李人稙氏	新小說	金相萬書鋪	20전	一冊九十四面	帝國新聞	국한문	3면	帝國新聞續載上篇 (下篇은帝國新聞에 續載홈)
1907.5.29	鬼의聲	著作人 菊初李人직氏	新小說	中央書館	30전	一冊 一百四十六頁	萬歲報	국한문	1면	
1907.6.2	鬼의聲	菊初先生 李人稙	家庭小說	中央書館	30전	百四十八頁	萬歲報	국한문	1면	表紙寫眞印刷, 菊版洋裝
1907.6.5	鬼의聲	菊初先生 李人稙氏 著	家庭小說	中央書館	30전	百四十八頁	皇城新聞	국한문	4면	表紙寫眞印刷, 菊版洋裝
1907.6.8	鬼의聲	菊初先生 李人稙氏 著	家庭小說	中央書館	30전	百四十八頁	帝國新聞	국한문	3면	表紙寫眞印刷, 菊版洋裝
1907.6.21	鬼의聲	菊初先生 李人稙氏 著	家庭小說	中央書館	30전	百四十八頁	大韓每日申報	국한문	3면	表紙寫眞印刷, 菊版洋裝
1907.8.31	라란부인젼 羅蘭夫人傳			大韓每日申報社 廣學書鋪 開新冊肆	신화4전 (지방 신화5전)	전부 스십일페지	대한민일 신보	한글	4면	
1907.9.1	라란부인젼 羅蘭夫人傳			大韓每日申報社 廣學書鋪 開新冊肆	신화4전 (지방5전)	전부 스십일페지	대한민일 신보	한글	4면	※ 십자 모양의 디자인으로 변경
1907.9.4	라란부인젼 羅蘭夫人傳			大韓每日申報社 廣學書鋪 開新冊肆	신화4전 (지방 신화5전)	전부 스십일페지	大韓每日申報	한글	3면	
1907.9.4	瑞士建國誌			大韓每日申報社 大韓每日申報支社 金相萬冊肆 등	신화15전		大韓每日申報	국한문	3면	
1907.9.7	라란부인젼			대한민일신보샤 광학서포 기신칙ᄉ 박문서관 고금셔허관 등	신화4전 (지방 5전)	전부 스십일페지	대한민일 신보	한글	4면	※ 발매소를 한글로 고침
1907.10.8	愛國婦人傳		新小說	金相萬書鋪	15전		皇城新聞	국한문	3면	新鮮한 圖本도 具備홈
1907.10.8	이국부인젼		신쇼셜	김상만셔포	15전		대한민일 신보	한글	3면	신션흔 도본도 구비홈
1907.10.9	愛國婦人傳		新小說	金相萬書鋪 博文書館 大韓每日申報支社	15전		大韓每日申報	국한문	3면	新鮮한 圖本도 具備홈
1908.1.1	愛國精神	法國 愛彌兒拉氏原 著 大韓 李埰南氏譯述 張志淵氏校閱	政治小說	中央書館	25전	全一冊八十餘 頁	帝國新聞	국한문	8면	신년특대호광고

번호	날짜	제목	저자표기	표제	발행 및 발매소	가격	분량표기	수록매체	본문 언어	수록 면	특이사
20	1908. 1.1	禽獸會議錄	弄球室主人 著述 李崎鎭氏 校閱	滑稽小說	中央書館	15전	全一冊	帝國新聞	국한문	8면	表紙石版寫 會議의 光景 洋裝美 ※ 목차
21	1908. 1.11	愛國精神	法國 愛彌兒拉氏原著 大韓 李埰雨氏譯述 張志淵氏校閱	政治小說	中央書館	25전	全 冊 八十餘頁	皇城新聞	국한문	4면	
22	1908. 2.13	枯木花	東儂 李海朝著		廣學書鋪 中央書館 大東書市 滙東書館			帝國新聞	한글	3면	
23	1908. 3.6	禽獸會議錄	弄球室主人 著述	滑稽小說	皇城書籍組合	15전		大韓每日申報	국한문	3면	表紙石版寫
24	1908. 5.27	雪中梅		政治小說	滙東書館	20전	全一冊	帝國新聞	한글	3면	
25	1908. 8.5	鬼의聲 下篇	菊初先生 李人稙君 著		中央書館	30전		皇城新聞	국한문	3면	
26	1908. 8.8	鬼의聲 下篇	菊初先生 李人稙君 著		中央書館	30전		제국신문	국한문	8면	
27	1908. 8.11	鬢上雪	悅齋 李海朝氏 著		廣學書鋪金相萬	30전	全一冊	帝國新聞	국한문	3면	
28	1908. 8.27	夢見諸葛亮	蜜啞子 劉元杓氏 著		廣學書鋪金相萬	15전		皇城新聞	국한문	4면	
29	1908. 9.3	恨月		新刊 人情小說	中央書館 大韓書林 廣學書鋪	18전	一冊	帝國新聞	국한문	1면	
30	1908. 9.27	經國美談			古今書海館	20전	第一卷	皇城新聞	국한문	3면	
31	1908. 10.16	치악산	菊初先生 李人稙 著	家庭小說	唯一書館	40전		皇城新聞	국한문	3면	
32	1908. 10.30	경세종	져작 김필슈 교열 리명혁	종교 소설	광학서포 김상만	15전	全一冊	帝國新聞	한글	3면	
33	1908. 10.30	警世鍾	著作 金弼秀, 校閱 李明赫	宗敎小說	廣學書鋪金相萬	15전	全一冊	皇城新聞	국한문	3면	
34	1908. 11.6	伊太利少年	李輔相 譯述	敎育小說	중앙서관	20전	全一칙	皇城新聞	국한문	3면	表紙石版
35	1908. 11.6	松籟琴 송뇌금			博文書館	25전		제국신문	한글	3면	
36	1908. 11.10	松籟琴 송뇌금	蕉雨堂主人 陸定洙 著	실업 소설	博文書館	25전		제국신문	한글	3면	
37	1908. 11.13	송뇌금 松籟琴	蕉雨堂主人 陸定 洙著	實業小說	博文書館	25전		大韓每日申報	국한문	3면	
38	1908. 11.13	伊太利少年	李輔相 譯述	敎育小說	中央書館	20전	全壹冊	大韓每日申報	국한문	3면	
39	1908. 11.20	紅桃花	李海朝 著		唯一書館	20전		皇城新聞	국한문	3면	
40	1908. 11.27	松籟琴 송뇌금	蕉雨堂主人 陸定洙 著	實業小說	博文書館	25전		대한민일신 보	국한문	4면	
41	1908. 12.4	홍도화	열직선싱져술	정치소 셜	唯一書館			帝國新聞	한글	4면	
42	1908. 12.8	鴛鴦圖 원앙도	리해죠씨 더슐		中央書館	25전	全一冊	帝國新聞	한글	3면	

날짜	제목	저자표기	표제	발행 및 발매소	가격	분량표기	수록매체	본문 언어	수록 면	특이사항
1908. 12.10	鐵世界	美國 迦爾威尼 原著, 大韓 李海朝 譯述	科學小說	滙東書館	25전	國文全一冊	皇城新聞	국한문	3면	表紙石版畵
1909. 1.1	鐵世界	리히죠 져슐	科學小說	회동셔관	25전	국문뎐일 최	帝國新聞	한글	4면	
1909. 1.7	瑞士建國誌		政治小說	大韓每日申報社	15전		대한민일신보	국한문	4면	
1909. 2.12	松뢰琴 송뇌금	蕉雨堂主人 陸定洙 著	실업쇼 셜	博文書館	25전		大韓每日申報	한글	4면	
1910. 8.14	自由鐘	悅齋 李海朝氏 著述	新小說	廣學書鋪金相萬	25전	全一冊	皇城新聞	국한문	3면	

제2부
근대 신문과 신문연재소설

제1장 | 최찬식 소설의 『조선신문』 연재 양상과 의미

제2장 | 이해조 판소리 산정의 미디어적 변환과 그 특징

제3장 | 근대 신문 '기자 / 작가'의 초상
　　　　　－'금화산인' 남상일을 중심으로

제4장 | 1920년대 신문 '기자 / 작가' 은파 박용환과 그의 문학

제5장 | 최서해 장편소설 「호외시대」 재론

최찬식 소설의
『조선신문』연재 양상과 의미

1. 머리말

일찍이 임화는 최찬식을 신소설의 대표작가 중 한 명으로 꼽으며, 그를 신소설이 지닌 '흥미'의 요소를 극대화한 '대중작가'로 규정한 바 있다.[1] 최찬식은 이인직, 이해조의 뒤를 이어 작품 활동을 시작했지만, 상업적으로는 더 큰 성공을 거두었다. 특히, 『추월색』은 십여 년에 걸쳐 20판이 발행될 정도로 엄청난 인기를 얻었으며,[2] 『릉나도』12판, 『강상촌』9판, 『금강문』5판 등도 독자들에게 큰 사랑을 받았으니 임화의 최찬식에 대한 언급은 꽤나 적절하다고 할 수 있겠다.[3] 이처럼 최찬식은 신소설

---

1 임화, 「續新文學史 新小說의 擡頭 (一)」, 『조선일보』, 1940.2.2.
2 현재 국립중앙도서관에서 원문 제공하고 있는 『추월색』 판본 중 1935년에 발행된 박문서관본의 경우 20판째 발행된 것임을 확인할 수 있다.
3 하동호, 「최찬식의 작품과 개화사상」, 『신문학과 시대의식』, 새문사, 1981, 54~56면.

의 전통을 계승·발전시키며, 근대 대중문학의 형성과 전개에 중요한 역할을 한 작가였다.

그럼에도 불구하고, 최찬식은 다른 신소설 작가인 이인직, 이해조에 비해 별다른 주목을 받지 못했다. 물론 일찍이 최찬식의 가계와 생애를 밝히고, 작품이 지닌 친일성향이나 대중적 특성을 다양한 관점에서 다룬 바 있으나,[4] 최찬식 문학의 특질과 의미를 근대 문학사의 맥락 안에서 다루려는 시도는 극히 제한적이었다.[5] 이미 신소설이 양식적 한계를 맞이했다고 평가되는 1912년부터 시작된 그의 작품 활동에 적절한 문학사적 의미를 부여하기는 어려움이 있었던 것이 사실이었다. 최찬식의 작품들이 신문 연재를 거쳐 단행본으로 출판되던 신소설의 창작 유통의 경로 밖에 존재했다는 점도 중요한 요인이 되었을 것이다. 무엇보다 최찬식의 친일 의혹과 대중문학에 대한 부정적 인식은 최찬식 문학의 특질과 의미를 본격적으로 탐구하는 데 있어 방해요소가 되었다.

그런데, 최근 연세대학교가 소장하고 있는 『조선신문』의 한글판 자료가 영인되어 학계에 공개되었다.[6] 『조선신문』 한글판 영인본은 1911년

---

4 개별 작품론을 제외하고 신소설 작가 최찬식과 그의 문학 세계에 대해 주목한 대표적 연구 성과들을 정리하면 다음과 같다. 전광용, 「신소설과 최찬식」, 『국어국문학』 22, 국어국문학회, 1960; 정숙희, 「신소설 작가 최찬식 연구」, 경희대 석사논문, 1974; 하동호, 「최찬식의 작품과 개화사상」, 『신문학과 시대의식』; 최원식, 「1910년대 친일문학과 근대성 – 최찬식」, 『민족문학사연구』 14, 민족문학사학회, 1999; 한기형, 「1910년대 최찬식의 행적과 친일논리」, 『현대소설연구』 14, 한국현대소설학회, 2001; 김흥련, 「최찬식 문학 연구」, 서울대 석사논문, 2019.

5 특히, 이인직, 이해조 연구에 비해 최찬식 문학에 대한 연구는 상대적으로 소략하다. 한편, 최찬식 문학을 본격적으로 다룬 박사학위논문이 한 편도 없다는 점은 이러한 사실을 방증한다.

6 연세대 학술정보원·연세대 근대한국학연구소 인문한국플러스(HK+)사업단 편, 『조선신문(1911-1915)』, 소명출판, 2020.

부터 1915년 사이에 발행된 한글 지면을 정리하여 모은 것인데, 여기에는 흥미롭게도 최찬식이 저술한 다수의 문학작품들이 존재하고 있다. 영인본 출간에 앞서 역사학 연구자인 장신은 해제를 통해 『조선신문』 한글판에 수록된 소설들의 목록을 제시하고, 대부분이 최찬식의 작품임을 제시한 바 있다.[7] 하지만 『조선신문』 연재소설이 최찬식의 작품임을 입증하기 위해서는 작가 규명에 대한 더 섬세한 접근이 필요하다. 또한 새롭게 발견된 사실들을 근대문학 연구의 장 안으로 인입시켜 다룰 필요가 있다.

이처럼 최찬식의 초기 작품 활동이 재조선 일본인 발행신문인 『조선신문』의 한글판을 중심으로 이루어졌다는 사실은 최찬식 문학을 좀 더 입체적으로 다룰 수 있는 흥미로운 토대가 된다. 지금까지 최찬식은 이인직, 이해조와는 달리 신문연재보다는 단행본 출판을 통해 작품 활동을 지속했다고 알려져 있었다. 물론 『추월색』이 『조선일일신문朝鮮日日新聞』 한글판에 연재되었다거나,[8] 『조선신문』・『조선일보』에 다수의 작품을 연재했다는 언급이 있었지만 자료의 유실로 인해 그 실체를 확인하기 어려웠다.[9] 하지만 『조선신문』 한글판의 발굴 및 영인본 발행은 최찬식이 『조선신문』의 소설전담기자로 재직하며 다수의 소설을 연재했다는 사실에 대한 구체적인 확인을 가능케 하였다. 이러한 사실은 최찬식 연구에 대한 새로운 전기를 마련할 수 있는 중요한 계기가 된다.

이에 따라 본 연구는 『조선신문』 한글판에 수록된 최찬식의 소설 목

---

7   장신, 「연세대 소장 『조선신문』 '한글판' 해제」, 『근대서지』 18, 근대서지학회, 2018.
8   최준, 『한국신문소설논고』, 일조각, 1976, 301면.
9   김태준, 박희병 교주, 『증보조선소설사』, 한길사, 1993, 231면.

록을 실증적으로 제시하고, 작품에 대한 상세한 분석을 통해 최찬식 소설의 특질과 의미를 드러내는 것을 목표로 삼는다. 이를 위해, 그동안 의견이 분분했던 최찬식의 필명들을 확정하고, 몇 개의 작품들을 작품 목록에 추가하고자 한다. 또한 신문연재본과 이후 발행된 단행본과의 상관관계를 밝히고, 최찬식 소설의 대중적 성격이 『조선신문』이라는 미디어적 조건과 일정한 연관을 맺으며 형성된 것임을 논해 보고자 한다. 이러한 시도는 최찬식이라는 한 개인의 문학세계를 넘어 신소설의 문학사적 평가에 대한 새로운 시각을 제시하고, 한국 근대 대중문학의 형성 과정 및 식민지 서적출판문화의 일단을 살피기 위한 하나의 방법이 될 것이다.

2. 최찬식 소설과 저자 확정의 문제

최근 연세대학교 학술정보원과 근대한국학연구소 인문학국플러스 (HK+) 사업단이 공동으로 작업한 『조선신문』 1911~1915 한글판 영인본이 간행되었다. 오랜 세월동안 그 실체가 드러나지 않았던 『조선신문』 한글판의 존재는 언론이나 역사는 물론 근대문학 연구에 있어서도 적지 않은 파급력을 내포하고 있다. 1910년대 한글신문으로 독점적 지위를 가지고 있던 『매일신보』 이외에 『매일신보』와 경쟁하던 또 다른 한글신문이 있었다는 사실은 꽤나 충격적이기까지 하다.[10] 『조선신문』 한글

---

10 물론 1910년대 한글 신문으로 경남 진주에서 발행되던 『경남일보』가 있었지만, 이는 지역 발행신문으로 중앙지인 『매일신보』와 비견될 수 있는 수준은 아니었다.

판은 1910년대 연구의 패러다임을 전환하고, 기존 연구의 빈틈을 구체적으로 메꿀 수 있는 핵심적 열쇠가 될 수 있다.

『조선신문』은 1890년 1월 28일 창간된 『인천경성격주상보仁川京城隔週商報』에서 유래하며, 1908년 12월 1일 『조선신보朝鮮新報』와 『조선타임즈朝鮮タイムス』의 합병으로 태어났다.[11] 『조선신문』은 재조선 일본인을 대상으로 한 일본인이 발행한 일본어 신문이다. 『조선신문』은 처음 인천에서 발행되었지만 전국지를 지향했으며, 1910년대 발행규모는 『경성일보』에 이은 두 번째였다. 『조선신문』은 1911년 10월 1일부터 '언문부록'이란 이름으로 한글판 지면을 확대 발행하였다. 『매일신보』는 1912년 무렵 대대적인 체제 변화와 지면 쇄신을 시도하였는데, 이는 다분히 『조선신문』의 한글판 발행을 의식한 결과였다.

영인된 『조선신문』 한글판은 1911년부터 1915년까지 발행된 신문 중 156일치의 분량을 모아 놓은 것이다. 지면 전체가 온전한 상태로 남아 있지는 않지만 신문의 성격과 흐름을 파악하는 데에는 큰 도움이 된다. 『조선신문』 한글판의 주필은 『대한일보』 기자, 『국민신보』 주필 겸 사장을 역임한 최영년崔永年이었고, 그의 차남인 최원식崔瑗植이 편집주임을 담당하였다. 또한 최영년의 장남 최찬식은 다수의 소설을 연재하였으니, 『조선신문』 한글판은 대부분 최씨 부자에 의해 만들어진 신문임을 알 수 있다. 특히, 주목할 만한 것은 『조선신문』 한글판이 소설을 매

---

11 『조선신문』의 서지적 특성에 관해서는 다음의 논문들을 참조하여 정리하였다. 장신, 「한말·일제초 재인천 일본인의 신문 발행과 조선신문」, 『인천학연구』 제6권, 인천대 인천학연구원, 2007; 장신·임동근, 「1910년대 매일신보의 쇄신과 보급망 확장」, 『동방학지』 180, 연세대 국학연구원, 2017; 장신, 「연세대 소장 『조선신문』 '한글판' 해제」, 『근대서지』 18, 근대서지학회, 2018.

〈그림 15〉『조선신문』한글판과 소설 연재

우 적극적으로 활용하고 있다는 점이다.

이미『조선신문』한글판의 해제를 작성한 역사학 연구자 장신은『조선신문』에 수록된 소설의 중요성을 간파하고, 이에 대한 목록을 정리하여 제시한 바 있다. 제시된 소설은「강상촌」,「세계화」,「안성」,「황금성」,「형월」,「보쌈」,「여의화」,「경중영」,「비행기」,「금시계」까지 총 열 작품이다. 또한 정숙희의 연구를 참조하여,「강상촌」,「안성」,「형월」,「경중영」이 단행본으로 출간되었음을 정리하였다.[12] 장신은 이들 작품의 필자로 기록된 '청초당', '해동초인', '동초산인', '벽종거사'가 모두 최찬식의 필명이며, '태화산인'의 경우 최영년 또는 최찬식이라는 설이 있다며 유보적인 입장을 취한다. 한편 '낙천자'라는 필명으로 연재된 마지막 작품「금시계」는 백대진白大鎭, 1892~1967의 작품이라고 정리해 두었다. 이러한 정리는 향후 최찬식 연구는 물론 신소설 연구에 있어서도 매우 중요한 성과라 할 수 있다. 다만, 여기에는 몇 가지 수정과 보완이 필요하며, 작가 규명에 대한 더 섬세한 고증의 과정이 필요하다.

예컨대, 기존 목록에 제시된 '단편소설'「황금성黃金星」의 경우「황금옥黃金屋」의 오기임으로 수정될 필요가 있다. 또한 총 6회 연재된「보쌈」의 경우 최찬식의 필명인 '해동초인'으로 연재를 시작하였지만, 특이하게도 2회, 3회의 경우 '동사산인東社散人'이라는 필명으로 연재되었다. 『조선신문』에는 '동사산인東社散人'이라는 필명으로 작성된 다수의 한글 텍스트들이 게재되어 있는데, '동사산인東社散人'은 '동초산인東樵山人'과 매우 유사하므로 아직 밝혀진 바 없는 최찬식의 또 다른 필명일 가능성이

---

12 정숙희,「최찬식연구」,『우리문학연구』3, 우리문학회, 1978.

있다.[13] 그리고, 1914년 4월 5일 '독자문예'란에 최찬식이 작성한 '골계
滑稽' 「삼치三痴」라는 제목의 글이 있다. 이 작품은 소설이라고 보기는 어
렵지만, 짧은 문학적 이야기 형식인 단형서사에 해당하므로 목록에 추
가하고자 한다.

〈표 4〉 『조선신문』 한글판 소재 서사 텍스트 목록

연재 날짜	제목	필명	연재 횟수
1911.10.4, 11	'소설' 강상촌(江上村)	청초당(聽蕉堂)	(2회분)
1912.8.18~9.5	'소설(小說)' 세계화(世界化)	태화산인(太華山人)	26~41 (10회분)
1913.12.3~24	안성(鴈聲)	해동초인(海東樵人)	86~104
1913.12.26, 28	'단편소설(短篇小說)' 황금옥(黃金屋)	동초산인(東樵山人)	(전2회)
1914.2.8~4.26	형월(螢月)	해동초인(海東樵人)	29~75
1914.3.6~21	보쌈	해동초인(海東樵人) 동사산인(東社散人)(2, 3회)	(전6회)
1914.4.5	'골계(滑稽)' 삼치(三痴)	해동초인(海東樵人)	전1회
1914.4.28 ~6.30	'소설(小說)' 여의화(女의花)	해동초인(海東樵人)	1~56
1914.12.17 ~1915.1.22	경중영(鏡中影)	벽종거사(碧鐘居士)	65~87
1915.1.1	'단편소설' 비행기(飛行機)	해동초인(海東樵人)	(전1회)
1915.1.23~31	'신소설(新小說)' 금시계(金時計)	낙천자(樂天子)	1~8

한편, 『조선신문』에 게재된 소설의 작가 규명에 대해서도 더욱 상세
한 검토가 필요하다. 『조선신보』에 수록된 소설 작품들은 모두 필명으
로 게재되었다. 이 중 '해동초인'과 '동초산인'은 최찬식의 필명이 분명

---

13 '東社散人'이 저술한 텍스트는 1913년 12월 3일 「生活難의 狀態」를 시작으로 1915년까
지 거의 매회 연재되었다. '동사산인'의 글은 순한글로 되어 있으며, 상업을 중심으로 문
예, 연극, 위생 등 다양한 영역에 관심을 드러내고 있다. 3주년 기념호에 게재한 「三週年
記念을 自祝하는 本紙」라는 글을 통해 '동사산인'이 주요 편집진 중 한 명임을 알 수 있으
며, 이날 최찬식이 작성한 글은 보이지 않는다는 사실은 '동사산인'이 최찬식의 필명일 가
능성을 높여준다.

하며, '청초당', '태화산인', '벽종거사'의 경우 최찬식의 필명으로 거론되어 왔다. '낙천자'의 경우 백대진의 필명이니 이를 제외한다면 나머지 작품들 모두가 최찬식의 작품일 가능성이 높다. 하지만 '청초당', '태화산인', '벽종거사'의 경우 현재까지 최찬식의 필명임을 확정할 만한 구체적인 근거가 제시된 바 없으므로, 이에 대한 섬세한 고증의 과정이 필수적으로 이루어질 필요가 있다.

일찍이 김태준은 자신의 저서 『조선소설사』를 통해 대표적인 신소설 작가들로 이인직, 이해조, 최찬식, 김교제를 언급하며, 최찬식에 대해 다음과 같이 설명하였다.

崔瓚植氏의 作品으로는 春夢·綾羅島(鏡中形)의 長篇을 비롯하야 一九一四年前後로 朝鮮新聞·朝鮮日報에 「女의花」·「雁의聲」·「螢月」·「새벽달」·「一葉靑」·「熱血」 등의 短篇을 많이 發表하엿다[14]

崔瓚植氏의 作品으로는 春夢·綾羅島(鏡中花) 秋月色, 江上村, 等의 長篇을 비롯하야 一九一四年前後로 朝鮮新聞·朝鮮日報에 「女의花」·「雁의聲」·「螢月」·「새벽달」·「一葉靑」·「熱血」 等의 短篇을 많이 發表하였다[15]

김태준은 1933년 『조선소설사』에서 최찬식의 작품으로 「춘몽」, 「능라도(경중형)」, 「여의화」, 「안의성」, 「형월」, 「새벽달」, 「일엽청」, 「열혈」 등을 들고, 이들 작품이 『조선신문』과 『조선일보』에 연재되었음을 제시

14　김태준, 『조선소설사』, 청진서관, 1933, 180면.
15　김태준, 『(증보)조선소설사』, 학예사, 1939, 249면.

하였다. 이후 김태준은 1939년에 발행한 『(증보)조선소설사』에서 「추월색」과 「강상촌」을 최찬식의 작품으로 추가하였다. 김태준의 이 언급은 이후 최찬식 연구에 있어 가장 중요한 이정표가 되었다. 지금까지의 연구들은 대체로 김태준의 이 언급을 기준으로 확인할 수 없는 작품들을 제외시키거나 새롭게 발굴한 몇 개의 작품들을 목록에 추가한 셈이다.

실제로 문제가 되는 것은 김태준의 위 언급 이외에 최찬식의 작품임을 입증할 수 있는 결정적 근거를 찾기 어렵다거나, 그 실체를 확인할 수 없는 작품의 경우이다. 작품명이 잘못 기록되어 있는 경우도 있는데, 이 역시 신뢰도를 떨어뜨리는 요인이 된다.[16] 또한 오랫동안 『조선신문』의 실체가 드러나지 않았고, 「여의화」, 「새벽달」, 「일엽청」, 「열혈」 등의 작품을 확인할 수 없다는 점도 아쉬운 부분이었다. 이와는 달리 『형월』의 경우 다행히 남아 있는 원본을 확인할 수 있지만, 다른 작품들과는 달리 책 어디에서도 최찬식의 필명이나 이름을 확인할 수 없다. 따라서 『형월』의 경우에도, 이를 최찬식의 작품으로 확정하기에는 미진한 부분이 남아 있었다.

『조선신문』 한글판은 기존 연구에서의 빈틈을 상당부분 메우고, 최찬식 소설 텍스트의 저자 규명과 추가 발굴을 위한 결정적인 자료가 된다. 『조선신문』에 연재된 장편소설은 대체로 단행본으로 출간되었는데, 이러한 관계를 살펴보면 그동안 밝혀지지 않는 최찬식의 필명을 입증할 수 있는 구체적인 단서를 확보할 수 있다.

---

16 예컨대, 「綾羅島(鏡中形)」의 경우 『(증보)조선소설사』에서 「綾羅島(鏡中花)」로 바뀌었는데, 실제 단행본에는 『룽나도(鏡中影)』(유일서관, 1919)으로 되어 있다.

<표 5> 『조신신문』 소재 장편소설의 단행본 발행 사항

저작표기	조선신문	저작표기	단행본	출판사	발행일
청초당	강상촌(江上村)	청초당	강상촌	박학서원	1912.10.20
태화산인	세계화(世界化)	해동초인	도화원	유일서관	1916.8.30
해동초인	안성(鴈聲)	해동초인	안의성	박문서관	1914.9.30
해동초인	형월(螢月)	없음	형월	박문서관	1915.1.25
해동초인	여의화(女의花)				
벽종거사	경중영(鏡中影)	해동초인 최찬식	룽나도(경중영)[17]	유일서관	1919.2.7

『조선신문』에 첫 번째로 연재된 「강상촌」의 경우 1912년 박학서원에서 처음 단행본으로 발행되었다. 이후 동미서시, 덕흥서림 등 출판사를 달리하며 1928년까지 9판에 걸쳐 발행되었으니, 당시 『추월색』과 더불어 엄청난 인기를 얻은 작품이었음을 확인할 수 있다. 『강상촌』은 『조선신문』 연재본과 단행본 모두 본문 첫 페이지에 '청초당聽蕉堂'이라는 필명을 적어 놓았으며 최찬식의 이름은 판권지에서도 찾을 수 없다. 결국, 김태준의 언급 이외에 『강상촌』이 최찬식의 작품이라는 근거는 없는 셈이다. 이에 따라, 하동호는 『강상촌』을 최찬식의 작품으로 인정하기 위해서는 단행본 본문 첫 머리에 표기된 '청초당'이라는 필명이 최찬식의 필명임이 입증되어야 한다고 주장했고,[18] 이후 연구자들 대부분은 『강상촌』을 최찬식의 작품 목록에 포함시키지 않았다.[19]

하지만, 『조선신문』 한글판의 발굴로 인해 『강상촌』은 최찬식의 작품

---

17 표지에는 한글제목이 '룽라도'라고 되어 있으나, 본문과 판권지에는 '룽나도'라고 되어 있다. 본문과 판권지에 따라 제목을 '룽나도'로 하였다.
18 하동호, 「최찬식의 작품과 개화사상」, 『신문학과 시대의식』, 58면.
19 사정이 이렇다보니 『강상촌』은 이해조의 작품일 가능성이 있다고 논의된 적도 있다. 강현조, 「신소설 연구를 위한 시론─신자료 〈한월 상〉(1908)의 소개 및 신소설의 저작자 문제에 대한 고찰을 중심으로」, 『현대소설연구』 47, 한국현대소설학회, 2011, 27~29면.

일 가능성이 더욱 높아졌다. 1915년까지 『조선신문』 한글판의 소설란이 대부분 최찬식의 작품으로 채워져 있다는 사실은 그 첫 작품인 「강상촌」 역시 최찬식의 작품일 가능성을 높이는 근거가 된다. '청초당'이라는 필명은 「강상촌」을 제외하고 1918년 잡지 『조선문예』에 실린 「論書法」이라는 글에서 한 차례 발견된다.[20] 『조선문예』가 최찬식의 아버지 최영년이 주도하여 발행한 잡지임을 감안하면 '청초당'은 아무래도 최찬식일 가능성이 높다. 가장 결정적인 근거는 이미 박진영에 의해 제시된 바 있다. 그는 조선총독부 경무총감부에서 발행한 『경무휘보』 31호1912.8.30에 『강상촌』이 저작자 최찬식, 발행자 최찬식의 명의로 6월 14일에 발행 허가가 이루어졌다는 기록을 확인하고 『강상촌』의 실제 저자가 최찬식임을 주장하였다.[21] 결국 '청초당'은 최찬식의 필명이 분명하며, 『강상촌』은 최찬식의 목록에 포함되어 다루어져야 함이 마땅하다.

두 번째 소설 「세계화」는 '태화산인太華山人'이라는 필명으로 연재되었다. 그렇다면 '태화산인'은 과연 누구인가. 기존 연구에서는 '태화산인'을 최영년의 필명이라고 보는 견해와 최찬식의 것이라고 보는 견해가 맞서고 있다. 최근에는 최찬식의 필명으로 보는 견해가 점차 우세를 보이고 있지만 간접 정황을 통한 추정일 뿐 확실한 증거를 찾지 못한 실정이다. 만약 '태화산인'이라는 필명의 주인을 확정할 수 있다면, 추가적인 저술 텍스트의 목록을 확정하고 관련 연구의 활성화에 크게 기여할 수 있을 것이다.

'태화산인'이라는 필명에 대한 논의는 『신문계』에 게재된 소설 「우의

---

20 聽蕉堂, 「論書法」, 『조선문예』 2호, 조선문예사, 1918, 12~14면.
21 박진영, 『책의 탄생과 이야기의 운명』, 201면.

友誼」의 발굴에서부터 촉발되었다. 진동혁은 최영년의 제자인 해오解悟 김관호金觀鎬를 만나 '태화산인'이 최영년의 필명임을 확인할 수 있었다며 소설 「우의」를 최영년의 작품이라고 주장하였다.[22] 한편, 한기형은 몇 가지 근거를 들어 '태화산인은 최영년이 한시 이외의 글을 기고할 때 사용한 필명'임을 조심스럽게 제시하였다.[23] 하지만, 이후 한기형은 『한국 근대소설사의 시각』에서 최찬식의 단편소설 「종소리」 『반도시론』 1권 2호, 1917.5의 주인공 이름이 「우의」의 주인공 이름과 동일한 '이문상李文祥'이라는 점과 과학기사, 소설, 창가와 같은 근대적 글을 들어 '태화산인'이 최찬식일 가능성도 배제할 수 없다고 말했다.[24]

한편, 최원식은 '태화산인'을 최영년으로 추정하는 견해가 일반적이지만, 시인으로 행세한 그가 갑자기 한글 단편을 창작한다는 것이 이상하다며 '태화산인'을 최찬식으로 보는 것이 자연스럽다고 했다.[25] 최근, 김홍련 역시 한기형과 최원식의 논의에 동의하며 '태화산인'을 최찬식의 필명으로 제시하였다. 그는 최찬식과 '태화산인'이 과학기사를 많이 썼다는 공통점, 목차와 본문에서 '태화산인'과 '해동초인'을 바꾸어 기재한 사실 등의 근거를 추가적으로 제시하였다.[26] 이러한 논의는 충분히 납득할 만한 근거들을 포함하고 있지만, '태화산인'이 최찬식의 필명이라는 직접적인 증거가 되진 못했다.

---

22 진동혁, 「태화산인 최영년의 소설 「우의」」, 『국어국문학』 99, 국어국문학회, 1988, 379면.
23 한기형, 「무단통치기 문화정책의 성격 – 잡지 『신문계』를 통한 사례 분석」, 『민족문학사연구』 9, 민족문학사학회, 1996, 246~247면.
24 한기형, 『한국 근대소설사의 시각』, 286면.
25 최원식, 「1910년대 친일문학과 근대성 – 최찬식의 경우」, 『민족문학사연구』 14, 민족문학사학회, 1999, 192면.
26 김홍련, 앞의 글, 19~20면.

그런데, 『조선신문』에 연재된 「세계화」는 '태화산인'이 최찬식의 필명임을 입증하는 결정적 증거가 된다. 「세계화」의 경우 연재분량이 10회분 밖에 남아 있지 않지만, 왕자호, 왕자룡 형제의 모험담임을 알 수 있다. 그런데 왕자호, 왕자룡이라는 인물은 비슷한 시기 또 다른 작품인 『도화원』에서도 발견된다. 1916년 유일서관에서 발행된 『도화원』의 본문 첫 페이지에는 "海東樵人 著", 판권지에는 "著作兼 發行者 崔瓚植"이라고 적혀 있어 의심 없이 최찬식의 작품으로 거론되어 왔다. 『도화원』은 왕자호, 왕자룡 형제를 중심으로 자호의 악처 월교와의 대립과 갈등을 그리고 있는 작품이다. 실제로 두 작품을 비교해보니, 처음 확인되는 1912년 8월 18일자 「세계화」의 내용이 1916년 유일서관에서 발행된 『도화원』의 39면에서 41면까지의 내용과 동일함을 확인할 수 있었다. 결국, 1912년 『조선신문』에 연재된 「세계화」는 이후 1916년 『도화원』으로 이름을 바꾸어 발행되었고, 「세계화」의 작자 '태화산인'은 바로 최찬식이었음을 확인할 수 있다.

또한 『조선신문』에는 「세계화」 이외에도 '태화산인太華山人'이라는 필명으로 연재된 또 다른 글들이 발견된다. 「文藝一論」 1914.3.27, 「처음듯는말」 1914.4.17, 「活動寫眞術」 1914.4.18~21, 「光과 眼」 1914.5.8~10, 「怪火의 古史」 1914.5.16는 '태화산인'이라는 필명으로 게재된 글들이다. 이 중 「活動寫眞術」과 「光과 眼」은 잡지 『신문계』에서도 '태화산인'이라는 필명으로 동일하게 활용되었다. 「活動寫眞術」은 「活動寫眞의 學術上 必要」 『신문계』, 1914.4로 제목이 바뀌어 게재되었고, 「光과 眼」은 동일한 제목으로 중복 활용되었다. 이 시기 최찬식은 신문과 잡지라는 두 개의 미디어를 통해 소설 이외에도 다양한 글쓰기를 시도하고 있었음을 확인할 수 있다.

1914년 박문서관에서 발행된 최찬식의 『안의성』 역시 『조선신문』 연재를 거쳐 단행본으로 출간된 작품임을 확인할 수 있다. 『조선신문』 연재 당시에는 「안성」이었지만, 이후 단행본 출간 시 『안의성』으로 제목이 변경되었다. 두 경우 모두 '해동초인'이라는 필명을 사용하고 있어, 별다른 논란 없이 최찬식의 작품으로 확정할 수 있다.

『조선신문』에 연재된 「형월」은 기존 연구의 공백을 메울 수 있다는 점에서 중요하다. 지금까지 『형월』은 1915년 박문서관에서 발행된 것이 유일했다. 『형월』은 신소설의 전통을 계승하면서도 꽤나 이른 시기에 일인칭 시점의 서술로 이루어졌다는 점에서 몇몇 연구자의 관심을 받아왔다.[27] 하지만 안타까운 것은 박문서관에서 발행된 『형월』에는 작가를 추정할 수 있는 단서가 없어 더 깊이 있는 논의가 이루어지기 어려웠다는 점이다. 일찍이 김태준이 『형월』을 최찬식의 작품으로 언급한 바 있지만, 후속 연구에서는 다른 작품과는 달리 본문 첫 장에 필명이 제시되지 않아 최찬식의 작품 목록에서 제외되고 말았다. 『조선신문』 연재본에는 '해동초인'이라는 최찬식의 필명이 명시되어 있으므로, 이는 『형월』을 최찬식의 작품으로 확정하기 위한 결정적인 증거가 되는 셈이다.

『조선신문』에 연재된 「여의화」는 김태준의 언급에 등장한 작품이지만, 대부분의 연구자들은 그 실물을 확인하지 못했으므로 목록에서 제외하였다. 이 작품도 다른 작품들처럼 이후 단행본으로 발행되었을 가

---

27 장노현, 「1910년대 개인적 가난의 발견과 소설적 대응」, 『한국언어문화』 50, 한국언어문화학회, 2013; 이지훈, 「1910년대 모험서사의 번역과 일인칭 서술자의 탄생」, 『구보학보』 20, 구보학회, 2018; 배정상, 「일인칭 시점 딱지본 대중소설 연구」, 『한국문학과예술』 35, 한국문학과예술연구소, 2020.

능성이 있지만, 아직 그 흔적은 찾지 못하였다. 따라서 이 작품은 아직 구체적으로 연구된 바가 없는 작품으로서, 연구 대상으로서의 가치가 높다. 게다가 전체 분량은 아니지만 1회부터 56회까지의 분량이 온전히 남아 있어 작품의 내용과 흐름을 파악하기에 용이하다. 『조선신문』소 재 「여의화」의 존재는 김태준의 최찬식에 대한 언급의 신뢰를 높이는 중요한 근거가 되기도 한다.

「경중영」은 '백종거사碧鐘居士'라는 필명으로 연재된 작품이다. '벽종거 사'라는 필명 역시 문제적인데, '벽종거사'라는 필명은 『신문계』에서도 발견된다. 『신문계』속 '벽종거사'는 다양한 과학 관련 글의 필자이자, 단 편소설 「경성유람기」를 작성한 작자이기도 하다. 「경성유람기」의 경우 다루는 내용과 주제의 특이성으로 인해 연구자의 주목받았지만, 그 필자 인 '벽종거사'가 누구인지 밝히는 데에는 도달하지 못했다.[28] 그런데, 최 근 김홍련은 '벽종거사'가 최찬식과 마찬가지로 다양한 과학기술에 근거 한 실업 발전 문제에 관심을 두었다는 점, 「경성유람기」『신문계』, 1917.2가 최찬식의 「오늘의 경성」『반도시론』, 1918.10과 비슷한 내용을 담고 있다는 점 을 들어서 최찬식의 필명임을 주장했다.[29] 한편, 최희정의 경우 『신문 계』에 수록된 '위인의 소년시대' 연재물 4편 중 두 편이 '벽종거사'라는 필명으로 연재되었는데, 이것이 이후 최찬식의 단행본 저작물인 『동서위 인소년시대』에 수록되었다는 점으로 미루어보아 '벽종거사'가 최찬식임 을 주장하였다.[30] 김홍련과 최희정의 논의는 충분히 납득할 수 있는 근거

28 권보드래, 「1910년대 '新文'의 구상과 「경성유람기」」, 『서울학연구』 18, 서울학연구소, 2002; 김주리, 「1910년대 과학, 기술의 표상과 근대소설—식민지의 미친 과학자들 (2)」, 『한국현대문학연구』 39, 한국현대문학회, 2013.
29 김홍련, 앞의 글, 17~18면.

들로 이루어져 있지만, 간접 추론에 의거한 방식이라 '벽종거사'를 최찬식의 필명으로 확정하기엔 여전히 부족한 감이 있다.

그런데, 『조선신문』 한글판에는 최찬식이 '벽종거사'임을 입증할 수 있는 결정적인 단서가 존재한다. 『조선신문』에 연재된 「경중영」은 이후 1919년 유일서관에서 『룽나도』라고 제목을 바꾸어 발행된다. 이때 『룽나도』의 본문 첫 페이지에는 "소설 룽나도鏡中影 海東樵人 崔瓚植 著"라고 제목과 저작자의 이름이 적혀 있다. 다루는 내용 역시 춘식과 도영 남매가 우여곡절 끝에 단란한 가정을 이루는 이야기로 되어 있어 두 작품이 동일한 것임을 확인할 수 있다. 결국 『룽나도』의 작자가 최찬식이니, 『조선신문』에 「경중영」을 연재한 '벽종거사' 역시 최찬식임을 확정할 수 있겠다. 이 같은 발견은 간접 증거에 의지했던 논의들에 힘을 실어줄 수 있는 결정적인 근거가 되며, 후속 연구의 활성화에 크게 기여할 수 있다.

3. 『조선신문』 소재 최찬식 소설의 특질과 의미

『조선신문』 한글판의 확장은 『경성일보』와의 직접적인 경쟁을 피하고, 『매일신보』의 영향력 범위 밖에 있는 조선인 독자 시장을 개척하기 위해 이루어졌다.[31] 1910년 8월 강제병합 직후 민족정론지로 인기를 끌

30 최희정, 「1920년대 자조론 계열 지식인 최찬식의 『자조론』 아류 서적 출판과 그 의미－『東西偉人少年時代』 출판을 중심으로」, 『역사와 경계』 111, 부산경남사학회, 2019, 306면.
31 장신, 「연세대 소장 『조선신문』 '한글판' 해제」, 『근대서지』 18, 근대서지학회, 2018, 120면.

었던 『대한매일신보』는 하루아침에 총독부 기관지 『매일신보』가 되어 버렸다. 유일한 한국어 발행 중앙 일간지라는 타이틀에도 불구하고 『매일신보』의 조선인 독자 수는 크게 줄게 되었다. 『매일신보』는 이러한 위기를 돌파하기 위한 전략의 일환으로 신소설 작가 이해조를 영입하여 소설란을 전담하게 하였다.

『조선신문』 역시 『매일신보』와 경쟁하고, 조선인 독자 시장을 개척하기 위해서는 소설 연재가 무엇보다 중요하다는 점을 인식하고 있었다. 따라서 『조선신문』은 한글판 발행과 동시에 최찬식을 영입하여 소설란을 전담하게 하였다. 이때까지만 해도 최찬식은 이해조의 신소설 작가로서의 명성에 크게 못 미치는 신예에 불과했다. 하지만, 아버지 최영년이 주필을 맡고, 아우인 최원식이 편집주임을 맡게 되면서, 최찬식 역시 『조선신문』 한글판의 소설란을 전담하게 되었던 것이다.[32] 최찬식은 한글판의 발행 첫 날인 1911년 10월 1일부터 「강상촌」 연재를 시작하여, 「세계화」, 「안성」, 「형월」, 「여의화」, 「경중영」 등의 작품을 연이어 발표하게 된다.

따라서 『조선신보』에 연재된 최찬식의 신소설을 제대로 이해하기 위해서는 다음과 같은 맥락과 지형에 대한 이해가 필수적이다. 첫째, 『조선신문』 한글판에 연재된 최찬식 소설은 총독부 기관지 『매일신보』와의 조선인 독자 시장 경쟁에서 승리하기 위해 이루어진 것이다. 둘째, 『조선신문』에 연재된 최찬식의 소설은 『매일신보』의 소설전담기자 이해조 소설과의 경쟁구도 속에서 이루어진 것이다. 셋째, 1906년 무렵부

---

32 위의 글, 125면.

터 신소설 창작을 시작한 이인직, 이해조와는 달리 최찬식의 신소설은 한일강제병합 이후에 본격적으로 시작되었다. 이러한 측면은 일찍이 임화가 제시한 최찬식 소설의 대중적 성격을 이해하기 위한 필수적 전제가 된다.

1) 동아시아 서사 전통의 수용과 변용

『조선신문』에 연재된 최찬식 소설은 대개 한중일 동아시아 서사 전통의 맥락에 위치하고 있다는 특징을 지닌다. 이것은 『조선신문』에 연재된 최찬식 소설만의 개성이라기보다는 이 시기 신소설이 지닌 공통적 특질 중 하나로 파악할 수 있겠다. 이인직, 이해조를 비롯한 이 시기 신소설은 대부분 한중일 동아시아의 서사 전통 속에서 매개, 수용, 번역, 번안 등의 과정을 거쳐 이루어진 텍스트라는 점에서 공통점을 지닌다. 『조선신문』에 연재된 최찬식의 소설 역시 이러한 역사적 맥락과 흐름 속에 위치하고 있다.

지금까지 최찬식 소설 연구에서 한 번도 다루어진 바 없는 「보쌈」은 1914년 3월 6일부터 21일까지 총 6회 연재된 짧은 길이의 작품이다. 「보쌈」은 특이하게도 전래되던 총각보쌈 설화를 모티프로 삼고 있다는 점에서 눈길을 끈다. 처음 소개되는 작품이라 간단히 줄거리를 요약하면 다음과 같다.

학식이 풍부하고 풍채가 늠름한 나이 스물 둘의 김총각은 서울로 과거를 보러가기 전 집 앞에서 한 거지를 만난다. 그 거지는 김총각에게 큰 액운이 닥치게 될 것이라 예언하고, 만약 급한 일이 있거든 이름을

'옥동'이라고 말하라고 한다. 서울에 도착한 김총각은 잠잘 곳을 찾다가 보쌈을 당해 낯선 처녀의 방으로 옮겨진다. 어찌하여 둘은 몸을 섞게 되고, 처녀는 김총각을 안타까워하며 금반지 등의 보물 몇 가지를 준다. 방을 나온 총각은 가죽부대에 담겨 물에 빠져 죽을 위기에 처하게 되고, 납치한 사람들에게 보물을 주겠다며 목숨을 구걸한다. 그 중 한 늙은이가 나이와 이름을 묻자, 총각은 자신의 이름을 '옥동'이라고 말하였고 그 사람은 자신의 죽은 아들의 나이와 이름이 같다며 방면해 주었다. 천신만고 끝에 김총각은 과거 시험에 장원으로 합격하게 되고, 결국 김총각은 하룻밤 인연을 맺었던 이대제학의 딸 옥낭과 결혼하게 된다.

이처럼 「보쌈」은 특이하게도 총각보쌈에 대한 이야기를 다루고 있다. 이 작품에서 총각보쌈은 부유한 집안의 처녀가 과부가 될 운명을 막기 위한 방편으로 이루어졌다. 총각보쌈으로 하룻밤을 보낸 뒤 남자를 살해하면, 이후 과부가 될 운명을 막을 수 있다고 믿었던 것이다. 일찍이 『어우야담』에 총각보쌈에 대한 이야기가 수록되어 있으며, 이는 과부재가가 금지된 오래된 사회문화를 반영한다.[33] 이러한 총각보쌈 이야기는 『정수경전』, 『옥중금낭』 등의 소설에도 유사한 방식으로 나타나는 것으로 보아 그것이 한국 서사의 전통과 그 맥이 닿아 있다고 볼 수 있겠다.[34] 다만 차이가 있다면 『조선신문』에 수록된 「보쌈」은 추리·공안적 요소를 배제하고 총각보쌈과 관련된 삽화만을 간추렸다는 특징이 있다.

「여의화」는 『조선신문』 한글판의 영인본 발행을 통해 처음 세상의 공

---

33 이영수, 「보쌈 구전설화 연구」, 『비교민속학』 69, 비교민속학회, 2019, 283~287면.
34 이헌홍, 「〈옥중금낭〉과 〈정수경전〉」, 『어문연구』 41, 어문연구학회, 2003, 179~181면.

개된 작품으로, 다른 작품들과는 달리 단행본으로 발행된 흔적을 찾을 수 없다. 이 작품은 전래되던 한국 설화나 고소설의 전통을 계승한 작품으로 보인다. 이 작품 역시 처음 소개되는 작품이므로 논의의 편의를 위해 현재 확인이 가능한 1회부터 56회까지의 내용을 요약하여 제시하고자 한다.

리교리는 본래 충청도 사람으로 이조정랑이 되어 서울로 갔는데, 1년도 못되어 부부가 갑작스레 세상을 뜬다. 리교리에게는 열 살 딸 운경과 세 살 아들 성경이 있었다. 남복을 좋아하던 운경은 자신이 여자임을 감추고 친구들과 교유하며 열심히 공부한다. 친구 정형의 권유로 과거시험을 치룬 운경은 장원급제를 하고, 그 친구들도 모두 벼슬길에 오른다. 급제 후 부모님 산소를 찾은 운경은 아버지의 친구 김건택을 만나게 되고, 부친과 사돈을 맺기로 약조했다며 운경의 의중을 살핀다. 운경은 부모님끼리의 약조도 중요하지만 아직 결혼 생각이 없다며 거절의사를 밝히고, 김건택의 딸 을희는 큰 상처를 받는다. 운경은 김건택의 집에 든 도적을 물리치고, 정형은 우물에 빠져 죽으려는 을희를 구출하게 된다. 을희의 몸종인 춘심은 계교를 내어 운경의 마음을 떠보고자 한다.

이처럼 「여의화」는 남장여인이 친구의 권유로 과거에 급제하고, 결혼과 관련된 우여곡절을 겪게 된다는 이야기로 이루어져 있다. 이와 유사한 내용을 고소설 『이형경전』에서도 발견할 수 있으므로, 「여의화」는 『이형경전』의 모티프를 수용하여 이를 신소설의 형식에 맞게 변용시킨 것임을 알 수 있다.[35] 예컨대, 등장인물의 이름이 변경되었고, 부모의 약조에 의한 결혼 문제가 추가되었다. 이처럼, 「여의화」는 '을희'라는 새로운 인물을 등장시켜 남장여인의 실체가 드러날까 조바심 내는 상황과 비록 남자인줄 알면서도 운경에게 미묘한 감정을 가지게 되는 정형과의 관계 등을 부각시키고 있다. 한편, 33회분이 연재되던 1914년 6월 4일 자 『조선신문』에는 혁신단 임성구 일행의 「여의화」 연극 상연에 대한 기사가 상세하게 게재되어 있다.[36] 이는 고소설의 서사 전통이 신문, 소설, 연극이라는 당대의 최신 미디어의 공모를 통해 새롭게 확산되고 있음을 보여주는 흥미로운 지점이기도 하다.

「세계화」는 중국소설과의 관련성이 두드러지는 작품이다. 「세계화」는 이후 『도화원』으로 제목이 바뀌어 출판되었는데, 이 작품은 주요인물이 청인이며 청나라를 주된 배경으로 삼고 있다는 점에서 중국문학작품의 번역번안일 가능성이 높다.[37] 일찍이 백철은 『(세계)문예사전』민중서관, 1955을 통해 최찬식이 1907년 중국에서 발행한 『설부총서說部叢書』의 번역 이후 본격적인 신소설 창작을 시작했다고 기록해두었다. 그런데, 구체적인 근거를 찾기 어렵다는 점은 이와 같은 진술의 타당성에 의구심을 갖게 한다.[38] 하지만, 이해조, 김교제 등의 신소설 작가들이 모두

---

35 『이형경전』은 사재동이 소장한 1889년 및 1905년 필사본이 있으며, 이후 『이학사전』이라는 이름으로 변경되어 1918년 보급서관에서 발행되었다. 강진옥, 「〈이형경전(이학사전)〉 연구-부도와 자아실현 간의 갈등을 통해 드러난 인간적 삶의 모색을 중심으로」, 『고소설연구』 2, 한국고소설학회, 1996, 79~80면.

36 「『女의花』와 博采」, 『조선신문』, 1914.6.4.

37 강현조, 「한국근대소설 형성 동인으로서의 번역·번안-근대 초기 번역·번안소설의 전개 양상을 중심으로」, 『한국근대문학연구』 26, 한국근대문학회, 2012, 25면.

38 백철이 제시한 최찬식의 『설부총서』 번역에 대해 하동호가 구체적 근거가 없음을 지적한 이후, 강현조는 충분한 가능성이 있다고 하였고, 김홍련은 재고할 문제로 보았다. 하동호, 「최찬식의 작품과 개화사상」, 『신문학과 시대의식』, 59면; 강현조, 「한국근대소설 형성 동인으로서의 번역·번안-근대 초기 번역·번안소설의 전개 양상을 중심으

중국이나 일본 소설의 영향 관계 안에 놓여 있던 점을 고려한다면 최찬식의 『설부총서』 번역이 그리 허황된 일은 아니라고 생각된다. 따라서 「세계화」 역시 『설부총서』와 같은 중국소설의 영향을 받아 집필된 것으로 볼 수 있다.

『조선신문』에 연재된 최찬식 소설의 중요한 특징 중 하나는 일본 소설의 영향이다. 이해조와 김교제가 주로 중국 명대明代의 백화소설선집白話小說選集인 『금고기관』과 상무인서관에서 발행된 번역소설선집인 『설부총서』에 강한 친연성을 보이는 데 비해, 최찬식의 경우 일본 문학에까지 모본이 되는 원천 서사의 범위를 확장시키고 있다.

『조선신문』에 연재된 「안성」은 일본 문학의 영향을 받은 것으로 짐작되는 작품 중 하나이다. 「안성」은 1913년 『조선신문』 연재를 거친 이후, 1914년 9월 『안의성』으로 제목이 바뀌어 단행본으로 출간된다. 그런데, 흥미로운 것은 이 작품이 최찬식의 또 다른 작품 「해안海岸」과 밀접한 연관성을 지니고 있다는 점이다. 「해안」은 잡지 『우리의 가정』에 1914년 1월부터 11월까지 연재된 작품인데, 주요 화소 및 설정을 제외하고 전체적인 구성과 주제에서 「안성」과 닮아 있다. 기존 연구에서는 최찬식의 「해안」이 일본의 신파극 「사민동권교사휘지」와 유사한 화소를 공유하고 있으며, 작품 속 인물 묘사나 어휘 등에서 일본 소설의 영향이 보인다고 했다. 또한 『안의성』은 「해안」의 모티프를 상당부분 공유하고 있으며, 구체적 장면 묘사에서도 유사성이 높아 「해안」의 모작일 가능성이 높다고 주장하였다.[39]

로」, 25면; 김홍련, 앞의 글, 16~17면.
39 이정은, 「최찬식의 (해안) 연구-(안의성) 및 신파극 (사민동권교사휘지)와의 관련을

이러한 논의는 「안성」이 일본 문학의 영향 속에서 이루어진 작품이라는 점을 설득력 있게 제시하고 있다. 하지만, 여기에는 『안의성』이 『조선신문』에 연재를 거친 후 단행본으로 출간된 사실이 누락되어 있다. 따라서 작품 발표의 시간적 순서가 「안성」, 「해안」, 『안의성』 순서이므로 『안의성』을 「해안」의 모작으로 보기는 어렵다. 만약 두 작품이 모작관계에 놓여 있다면 「해안」이 『안의성』을 모작한 것으로 보는 것이 옳다. 정리하자면, 최찬식은 『조선신문』에 일본 소설의 영향을 받은 「안성」을 연재하였고, 이후 주요 뼈대는 살리되 몇 가지 설정을 변경한 작품 「해안」을 『우리의 가정』에 발표한 것이다. 「안성」에서 여주인공의 고난은 삼각관계에서 비롯된 것이지만, 「해안」에서의 고난은 시아버지의 강간 시도에서 비롯된다는 점에서 차이가 있다. 이는 작품의 주제와도 밀접한 연관이 있는 중요한 차이라서 이를 모작관계로 보는 관점 역시 재고의 여지가 있다.

「형월」은 일본 소설의 영향이 더욱 두드러지게 나타난 작품으로, 『조선신문』 연재소설 중에서도 가장 특색 있는 작품이다. 「형월」은 주인공 필영의 고학苦學 경험과 그것의 극복을 다루고 있는데, 기존 신소설과는 구별되는 특별함으로 연구자의 주목을 받은 작품이다. 예컨대, 기존 신소설에서의 외국유학이 대체로 국가나 민족 공동체의 계몽적 요구에 기반한 것이라면, 「형월」의 경우 이를 개인적 차원의 욕망으로 제시하고 있다는 점에서 구별된다. 또한 이러한 색다른 주제를 매우 이른 시기에 일인칭 시점으로 그려내고 있다는 점에서도 주목할 만하다. 결국, 「형월」이 지닌 특

중심으로」, 『한민족어문학』 18, 한민족어문학회, 1990, 1~24면.

별함은 외래적 영향 관계 속에서 살피는 것이 자연스럽다.

「형월」은 연재 전 게재된 광고에서 "立志成功의 事實小說"이라는 점을 부각시키고 있다.[40] 여기서 '입지성공'이라는 표현은 1900년대 일본의 입신출세주의를 반영하는 『성공成功』이라는 잡지와 여기에 연재된 호리우치 신센堀內新泉, 1873~?의 '입지소설立志小說'을 떠올리게 한다.[41] 최찬식은 이후 1917년 『신문계』를 통해 '입지소설' 「궤상의 몽」을 발표한 바 있는데, '입지소설'이라는 표현은 동시기 여타 소설에서는 찾기 어려운 것으로 일본의 '입지소설'에서 가져온 것임을 쉽게 짐작할 수 있다. 「궤상의 몽」 역시 고학생 주인공의 입지전적 성공담을 소재로 하였다는 점에서 「형월」과 매우 유사하다. 결국, 「형월」은 일본의 '입지소설'의 영향을 받아 창작된 작품으로 보는 것이 타당하다.

게다가 「형월」의 일인칭 시점 서술 역시 일본 소설의 영향을 받은 것으로 보인다. 대다수의 신소설이 전지적 작가시점으로 이루어져 있는 것과는 달리 「형월」의 일인칭 시점 서술은 일반적인 신소설의 관습에서 크게 벗어나 있다. 더욱이 『조선신문』에서 「형월」이 1914년에 연재되었으니, 이는 1920년대 근대적 자아와 내면을 다루는 본격적인 일인칭 시점의 등장보다 훨씬 이른 시기에 이루어진 성과이다. 한국 소설에서 일인칭 시점이 1895년 『천로역정』이나 1908년 『경향신문』에 연재된 「파선밀사」 등 주로 외국문학의 번역과정에서 이루어진 것임을 감안한

---

40 『조선신문』, 1913.12.28.
41 최희정은 '입지소설' 「궤상의 몽」이 일본의 '입지소설'의 영향을 받은 것임을 구체적으로 제시하고 있다. 다만, 여기서 「형월」의 존재는 언급된 바 없는데, 「형월」은 그의 논의를 더욱 구체적으로 입증하는 데 중요한 자료가 될 수 있다. 최희정, 「1920년대 자조론 계열 지식인 최찬식의 『자조론』 아류 서적 출판과 그 의미」, 295~305면.

다면 「형월」의 일인칭 시점 역시 일본 소설의 영향 관계 속에서 이루어졌을 가능성이 크다.

결국, 『조선신문』에 연재된 최찬식의 소설은 동아시아적 서사 전통의 맥락 속에서 이를 수용하거나 변용하고 있다는 특징을 지닌다. 이는 다른 대부분의 신소설이 그러하듯 직접적인 번역이나 번안과는 달리, 서사의 주요 모티프를 차용하되 이를 나름의 방식으로 변용시킨 것이라 볼 수 있다. 최찬식 초기 소설이 한중일 삼국의 서사 전통의 맥락과 밀접한 연관을 맺고 있다는 사실은 최찬식 소설의 대중적 성격을 이해하기 위한 기본적인 전제가 된다. 전래하던 익숙한 이야기의 근대적 변용이나 외국문학의 새로움을 신소설의 문법으로 재현하는 방식은 당대 대중 독자들을 취미를 만족시키기 위한 나름의 전략이었던 것이다. 특히, 「형월」에 나타난 일본문학의 영향은 최찬식 소설의 중요한 특징 중 하나가 된다.

2) 실업신문과 실업소설

한편, 『조선신문』에 연재된 최찬식의 소설 중 몇 편은 '조선유일의 실업신문'을 표방한 『조선신문』의 미디어적 특성과 긴밀한 연관을 맺고 있다. 『조선신문』 한글판의 경우 매호 "朝鮮新聞"이라는 커다란 제호 아래 "朝鮮唯一의 實業新聞"이라는 표현이 부기되어 있다. 이처럼, 『조선신문』 한글판은 '실업實業' 전문지라는 특성을 통해 『매일신보』와는 차별화된 운영 전략을 취하고 있었던 것이다.[42] 흥미로운 점은 『조선신문』에

---

42 『조선신문』의 실업 전문지로서의 특성 및 『매일신보』와의 차별화 전략에 대해서는 다음의 논문이 상세하다. 장신, 「1910년대 매일신보의 쇄신과 보급망 확장」, 319~324면 참조

연재된 최찬식의 소설 역시 실업전문지로서의 특성을 일부 반영하고 있다는 점이다. 이것은 단행본 중심의 연구를 통해서는 파악할 수 없는 최찬식 소설의 중요한 특징이라 할 수 있다.

앞서 설명한 '입지소설'로 기획된 「형월」은 '조선유일의 실업신문'을 표방한 『조선신문』의 미디어적 특성과 밀접한 연관을 맺고 있다. 「형월」에서 작가는 주인공 필영의 고학苦學 경험을 꽤나 구체적으로 제시하고 있는데, 이것은 '실업實業'의 중요성을 강조하는 『조선신문』의 지향과 관계가 있다. 예컨대, 「형월」은 어려운 조건 속에서도 공부에 대한 꿈을 포기하지 않고 다양한 경제적 활동을 통해 생활비와 학비를 마련하는 필영의 모습을 구체적으로 제시하고 있다.

「형월」의 주인공 필영은 이대로는 가난한 소작농의 현실을 벗어날 수 없음을 깨닫고 꿈을 이루기 위해 공부하기로 다짐한다. 우선 필영은 밤이면 짚신을 삼고, 새끼를 꼬아 번 돈으로 천자문 책을 사온다. 그의 부모는 굶어죽을 자식 하나 생겼다며 쌀 대신 책을 사온 필영을 책망하지만 그는 좌절하지 않고 달빛과 반딧불에 의지하여 공부에 매진한다. 필영은 서울에서 내려온 순회 교사의 강연을 듣고 크게 감화되어 유학을 가서 신학문을 배우기로 결심한다. 그러자 필영의 스승 김생원은 조금씩 모아둔 오십 전을 내어주고, 부모끼리 혼담이 오갔던 이웃 처녀 옥순은 역시 소중히 모은 돈 이십 전을 건네준다. 결국, 그 돈을 학비 삼아 필영은 서울로 떠난다.

서울로 올라온 필영은 돈을 아끼기 위해 설렁탕집 아궁이 앞에서 잠을 자고, 남대문 장터나 남대문밖 정거장에 나가 '소하물 운수' 등 일을 하며 공부를 이어간다. 또한 필영은 학비를 아끼고 학업을 단축하기 위해 교장을 찾아가 보통과에서 중학교 일년급으로 진급시켜 줄 것을 요청하기도 한다. 필영의 딱한 사정을 알게 된, 이교장은 자신의 집에서 심부름 등을 하면서 학업에 전념할 수 있도록 도와준다. 우여곡절 끝에 일본 유학길에 오른 필영은 상점 직원, 인력거꾼, 엿장수를 거치며 끈질기게 고학 생활을 버텨낸다. 특히, 동경에서 조선 엿장수의 경험은 그 과정이나 이윤 등이 상세하게 묘사되어 있다는 점에서 눈길을 끈다. 필영은 동경에서 '조선이제조소朝鮮飴製造所'라는 조선 엿을 만드는 곳을 보고, 조선의 특산물인 엿을 떼어다 파는 일이 충분히 이윤을 남길 수 있는 장사라고 생각한다. 하루 삼원어치를 팔면 이익이 일원은 남고, 이정도 이윤이면 넉넉히 학비를 충당할 수 있다며 낮에는 엿장사를 밤에는 학업을 이어간다.[43]

한편, 「형월」의 주인공 필영이 대학에 진학하며 선택하는 학문은 '실업'에 가장 근접한 경제학이다. 필영은 현재 조선 형편에 가장 필요한 학문이 바로 농상공학이라고 생각한다. 그는 대부분의 조선 유학생들이 정치나 법률에 몰려 있고, 농상공학에 힘쓰는 사람이 없음을 비판한다. 따라서 자신이 농상공학을 공부하고 조선에 돌아가면 이 분야의 독보적 위치가 되어 조선에 유익한 사업들을 많이 할 수 있을 것이라 생각한다. 그래서 그는 농상공업을 '통할한' 학문인 경제학經濟學을 공부하기로 마음먹고 제국대학 경제과에 입학한다.[44] 또한 이러한 선택이 국가와 민족, 사회를 위한 계몽적 목표에 있기보다는 개인적 성취의 측면에 기울어져 있다는 점도 흥미로운 대목이다. 결국 이러한 특성은 「형월」이 '실

---

43 최찬식, 『형월』, 박문서관, 1915, 72~73면.
44 위의 책, 73~74면.

업신문'을 표방하는『조선신문』의 미디어적 특성과 밀접한 연관을 맺으며 연재된 것임을 짐작케 한다.

이러한 측면은 「경중영」의 경우에도 유사하게 드러난다. 도영은 평양 경찰서 정탐 변창기의 흉계로부터 벗어나기 위해 서울로 도망친다. 갈 곳 없는 도영은 도시를 방황하다가 '부인다과점'이라는 간판을 발견하고, 문명한 풍조가 불어와 여자사회가 발전하였다며 반가워한다. 그곳에 들어간 도영은 여성 주인에게 매일 얼마나 파는지, 이익이 얼마나 남는지를 물어본다. 그 주인은 친절하게 삼원어치 팔면 오십 전은 남는다고 대답한다. 도영은 여성들의 사회 진출이 어려운 상황에서 직업을 갖고 상업 활동을 하는 주인여자의 노고를 치하한다. 그 주인 여성인 운경은 도영의 딱한 사정을 듣고, 숙소를 마련해주고 병원 간호부로 취직할 수 있도록 주선해준다. 작가는 조선총독부의원에서 간호부 시험을 치르고 합격한 도영의 간호부 월급이 십오원이라는 점까지 구체적으로 제시하고 있다.

또한 풍랑을 만나 남양군도의 마누스섬에 표류하게 된 춘식의 경우 청인들의 도움을 얻어 목숨을 구하지만, 돈 한 푼 없어 당장 생활하기에도 고국으로 돌아가기도 어렵다. 춘식은 청인 부자에게 자신의 사정을 이야기하고, 청인 거주지에서 사년 동안 '목축장사무牧畜場事務' 즉 양치는 일을 하게 된다. 춘식은 오원이라는 보잘 것 없는 월급을 받지만 매달 조금씩 저축하여 사년 동안 간신히 오십원을 모아 일본가는 배를 타게 된다.[45] 한편 일본으로 가려던 정년은 부산에서 장질부사에 걸려 병원비

---

45 최찬식,『롱나도(경중영)』, 유일서관, 1919, 176~178면.

를 소진하고, 다양한 노동을 통해 이십원을 벌어 일본 동경으로 향한다. 일본에 도착한 정닌은 남은 돈 십삼원 오십전을 모두 여관주인에게 맡기고 직업을 구하려고 하지만 조선사람으로 마땅한 직업을 구하기 어렵다.[46] 자살하려던 정린을 구한 화자는 비록 기생이지만 재력이 있는 인물이며, 오십원 수표 한 장을 떼어 밀린 여관비를 갚아주고 정린의 생활비와 학비를 대어준다. 정린은 그 덕에 제국대학 경제과에 입학하여 공부에 매진한다.[47]

결국, 「형월」과 「경중영」은 '실업신문'을 표방하는 『조선신문』의 미디어적 특성이 가장 적극적으로 반영된 작품임을 알 수 있다. 작가는 작중 인물들이 처한 고난이 경제적 측면에서 발생하고 있음을 인식하고, 그것을 해결하기 위한 다양한 노력들을 구체적으로 제시하고 있다. 예컨대, 작가는 경제활동이 가능한 다양한 노동이나 직업의 종류를 제시하고, 그 일을 통해 발생하는 급여나 이윤의 액수를 구체적으로 환기시키고 있다. 또한 주인공이 제국대학의 경제학을 선택하는 것을 통해, 실제 생활에 도움이 될 수 있는 '실업'의 중요성을 강조한다. 여타 신소설에서 이처럼 주요인물의 노동체험이나 경제활동이 구체적으로 제시되거나 정치, 법률, 문학 등이 아닌 경제학을 선택하는 인물을 찾기는 쉽지 않다. 따라서 이는 여타 신소설에서는 찾아보기 어려운 『조선신문』 소재 최찬식 소설의 중요한 특성이라 할 수 있겠다.

---

46 위의 책, 134~135면.
47 위의 책, 147~149면.

3) 삼각관계, 자유연애, 일부다처

『조선신문』에 연재된 최찬식 소설의 또 다른 특징 중 하나는 삼각관계와 그 해결 방법으로 제시되는 일부다처의 결말이다. 특히, 그의 소설 속 삼각관계는 부모님에 의한 전통적 결연과 자신의 의지로 맺어진 근대적 자유연애의 구도 속에서 가장 핵심적 갈등의 요소로 활용된다. 이광수의 『무정』에서 제시된 이러한 삼각관계의 구도가 더 이른 시기 최찬식의 신소설에서 활용되고 있었다는 사실이 흥미롭다. 또한 관심을 끄는 것은 이러한 삼각관계를 일부다처라는 특유의 방식으로 해결한다는 점이다. 이러한 측면은 이인직, 이해조를 비롯한 초기 신소설에서는 찾아보기 어려운 설정이며, 최찬식 소설의 대중성을 이해하는 가장 결정적인 열쇠가 된다.

「안성」의 주인공 김상현은 관립법학교에 통학하며 광화문 앞에서 마주친 여학생 정애를 삼년 동안 지켜보다가 자연스럽게 흠모하는 마음을 갖게 된다. 졸업식날, 그녀와의 인연을 놓칠 수 없었던 상현은 그녀가 사는 곳이라도 알까 싶어 마포행 전차에 몸을 싣는다. 전차 속 승객은 두 사람 뿐인데, 사방모자에 법法자를 붙인 청년학생과 히사시가미에 분홍 리본을 꽂은 여학생의 모습은 '자유연애'라는 새로운 문화의 시작을 알리는 의미 있는 장면이라 할 수 있다.[48] 상현은 모친이 선택한 이웃집 처녀 정봉자를 거절하고, 자신의 의지대로 생선장수 오빠와 살고 있는 가난한 정애와 결혼하고자 한다. 정애 역시 통학 길에서 만나던 상현을 남

---

48 "마포행전차(麻浦行電車) 우에는 승긱이 다만 두 스람 쑨인디 그 흔 스람은 스방모즈에 법(法)쯘표 붓친 쳥년 학싱이오 쏘 흔 스람은 히스시가미에 분홍늬봉을 꼬진 녀학싱이라", 최찬식, 『안의성』, 박문서관, 1914, 3면.

몰래 흠모하던 터라 그 둘의 결혼은 각자의 자유의지대로 이루어진 셈이다.[49]

작가는 두 사람의 결혼이 이전 시대와는 달리 그들의 자유의지에 따른 것임을 강조하고 있지만, 그들의 결혼 과정은 세심한 완충장치를 마련하고 있다. 그들의 결혼은 부모의 뜻이나 대등한 신분조건 등을 중시했던 이전 시대의 결혼문화를 온전히 거부하는 것이 아니라, 충분히 이전의 관습과 예법을 지키는 가운데 이루어진다. 상현은 어머니가 정해준 베필을 정중하게 거절하며 설득하고자 하며, 친구의 중매를 통해 점잖은 통혼通婚의 과정을 거치고, 남산공원에서 자연스러운 만남을 계획하여 상견례를 하게 된다. 이러한 방식은 근대적 자유연애와 결혼에 대한 무조건적인 찬양이 아니라, 여전히 전통적인 결혼관을 지닌 독자들을 충분히 설득하려는 가운데 이루어진다는 점에서 의미가 있다.

이러한 삼각관계는 「형월」에서도 유사한 방식으로 그려진다. 주인공 필영에게는 어릴 적 부모님 사이에서 혼담이 오가던 옥순이라는 여인이 있다. 필영이 서울로 떠난 뒤에도 부모는 옥순을 며느리로 여기며, 옥순 역시 필영을 장래의 남편감으로 생각한다. 한편 서울에서 공부하던 필영은 자신을 후원하던 이교장의 딸 난영을 만나 호감을 갖는다. 학문을 좋아하던 여학생 난영 역시 필영을 사모하며, 필영을 죽음의 위기에서 구하게 된다. 「형월」의 이러한 삼각관계는 이후 『무정』에서 나타나게 되는 구여성 영채와 신여성 선형 사이에서 갈등하는 형식의 모습과 상

---

49 정애는 오빠가 주선한 신랑감이 법학교 졸업생이며, 오른쪽 귀에 사마귀가 있다는 이야기를 듣자, 그동안 자신이 흠모하던 남학생이라고 확신하고 두 뺨에 홍조를 띤다. 정애는 항상 유심히 자신을 바라보던 사방모자 쓴 법학생을 매우 흠모하여, 항상 마음속으로 애태우던 것으로 묘사되어 있다. 위의 책, 24~25면.

당히 유사하다. 이러한 삼각관계는 여주인공 난영에도 갈등 요소로 등
장한다. 난영은 어머니가 신랑감으로 점찍어둔 오대영과 필영 사이의
삼각관계에서 자신의 의지대로 필영을 택한다.

한편, 작가는 이교장을 통해 자유연애에 대한 생각을 노골적으로 드
러내고 있다. 난영의 혼사를 놓고 이교장 부인은 문벌 좋고 지체 좋은
사위감 오대영을 추천하지만, 이교장은 오늘날 시대에 문벌이니 가세이
니 하는 것들은 야만시대의 관습이라며 핀잔을 준다. 이교장은 가난하
지만 사람 하나만 보면 필영이가 더 좋은 사윗감이라며, 부모의 뜻보다
는 두 사람의 의견이 가장 중요하다고 말한다. 이교장은 부모의 압제로
하는 결혼을 동양의 부패한 관습이라 비판하며, 서양처럼 저희끼리 교
제하여 이루어지는 결혼이 바람직하다고 말한다.[50] 이에 따라, 이교장은
필영을 마음에 두고 있으면서도 결혼을 강제하기보다는 필영과 난영이
자연스럽게 교제할 수 있도록 기회를 준다.

「경중영」에서도 삼각관계는 서사 진행에 있어 핵심적인 요소가 된다.
평양여자고등학교를 다니는 여학생 홍도영은 어릴 적 부모를 여의고,
오빠인 홍춘식에 의해 길러졌다. 기생이나 시키려던 부모와는 달리, 춘
식은 빈한한 상황에서도 노동, 장사, 평양 진위대 병정까지 해가며 동생
도영을 공부시킨다.[51] 춘식은 죽을 위기에 놓인 정년을 구해주고, 정년

---

50 "내가 서양 가보닛가 혼인ㅎᄂᆞᆫ 방법이 가히 문명ᄒᆞᆫ 풍속이라 ᄒᆞ깃습듸다 서양사ᄅᆞᆷ 결혼
ᄒᆞᄂᆞᆫ 법은 동양의 부픽ᄒᆞᆫ 관습ᄀᆞᆺ치 부모의 압졔로 ᄒᆞᄂᆞᆫ 것이 안이오 신랑신부의 부모된
사ᄅᆞᆷ이 사위나 며나리를 구ᄒᆞ자면 가합ᄒᆞᆫ 직목을 션틱ᄒᆞ야 놋코 져의끼리 교졔를 식힙
듸다 그려 그리셔 져의끼리 지긔가 상합ᄒᆞ고 자격이 틀닐 것 업스면 곳 결혼을 ᄒᆞ고 그
럿치 안이ᄒᆞ면 그 혼인이 셩립되지 못ᄒᆞ니 ᄯᆞᆫ은 그리야만 결혼 후의 일평싱 넉외 화합ᄒᆞ
개 지닐 것입듸다 그럴 뜻ᄒᆞ지오", 최찬식, 『형월』, 47면.
51 "지금은 이십셰계 문명시뒤라 이 시뒤에 사ᄅᆞᆷ된 우리ᄂᆞᆫ 남녀를 물론ᄒᆞ고 문명ᄒᆞᆫ 인류가
되지 못ᄒᆞ면 능히 사ᄅᆞᆷ이라 ᄒᆞᆯ 것 업스니 그런고로 비록 녀ᄌᆞ일지라도 싱존경징ᄒᆞᄂᆞᆫ 무

을 자신의 동생과 이어주고자 한다. 정닌과 도영은 우연히 연광정에서 도화시를 읊고 화답한 인연으로 서로 호감을 갖고 있던 사이라 둘은 결혼을 약속한다. 정닌은 서모의 흉계로 살인혐의를 뒤집어쓴 채 일본 동경으로 도망치고, 도영의 마음이 변한 줄 알고 자살을 시도하다가 기생 화자의 도움으로 목숨을 구하고 결혼을 약속하게 된다. 이렇듯 「경중영」은 정린을 중심으로 여학생 도영과 기생 화자와의 삼각관계를 만들고 이러한 상황에서 벌어지는 갈등을 서사의 핵심적인 흥미 요소로 활용하고 있다.

도영과 정린이 맺어지는 데에도 오빠인 춘식의 중매가 결정적인 역할을 하니 둘 사이를 본격적인 자유연애라고 하기는 어렵다. 하지만 도영과 정닌의 연광정에서의 인연을 작품 서두에 배치하여, 둘의 결연이 자유로운 의사에 기반하고 있음을 강조하고 있다. 오히려 작가는 정닌과 화자와의 만남과 교제의 과정에 더욱 공을 들이고 있다. 정닌은 자살하려던 자신의 목숨을 구해주고, 학업에 전념할 수 있도록 도와준 기생 화자와 점차 사랑에 빠지게 된다. 둘은 일요일 손목을 마주잡고 해변으로 산책을 하고, 애틋한 대화로 서로의 사랑을 확인한다. 죽어도 당신과 같이 죽겠다는 화자의 애교 섞인 말에 정닌은 화자의 웃는 얼굴에 입을 맞추고 싶은 충동을 느낀다.[52] 상야공원에서 '하이카라 양복에 금안경'을 쓰고, '히사시가미에 하까마'를 입은 두 남녀가 산보하는 모습은 자유연

세상에 나아가 남子와 갓치 활동을 아니ㅎ면 불가홀지오 만일 세상에 나아가 활동ㅎ고자 홀진된 상당홀 학문이 업스면 불가홀지라 연즉 나는 비록 조혼 공부를 못ㅎ얏슬지언정 져 누의동싱 도영이는 아모쪼록 닉디신 공부를 잘 시켜셔 쟝릭 녀즈계에 가히 모범적 인물이 되게 ㅎ리라", 최찬식, 『롱나도』, 7면.

52 위의 책, 150~153면.

애의 표상으로 재현된다.[53]

또한 흥미로운 점은 여성 인물들의 주체적이고 능동적인 감정 표현이다. 도영은 연광정에서 대담하게 자신에게 화답시를 읊던 소년을 보고 '호걸남자'라거나 '뉘집 자손인지 외화 매우 기걸하고 글재주도 비범하다'며 적극성을 보이고, 화자는 먼저 정난에게 자신의 일신을 맡기겠다며 청혼을 한다. 도영과 경성에서 만나 의형제를 맺은 김운경은 도영의 오빠 춘식의 의사와는 상관없이 그와 결혼하겠다는 의지를 당당하게 선포한다. 이러한 모습은 전통적인 결혼제도와 문화 속에서 수동적인 위치에 놓여 있던 여성과는 상반된 것이다. 남녀 간의 동등한 교제를 넘어 더욱 적극적으로 사랑을 쟁취하는 여성들의 모습은 새로운 연애 문화를 갈망하는 대중에게 일종의 카타르시스를 제공했을 것이다.

문제는 이러한 삼각관계에 대한 독특한 해결 방식이다. 최찬식은 이성간의 삼각관계에서 한 사람을 배제하는 것이 아니라 일부다처의 방식으로 갈등을 봉합한다. 「안성」에서 상현은 정애와 재결합하고, 개과천선한 봉자를 부실로 맞이한다. 「형월」의 필영은 난영, 옥순과 함께 합동결혼식을 올리고, 함께 신혼여행을 떠난다. 「경중영」의 경우에도 정난은 도영, 화자와 서양식 합동결혼식을 올리고 신혼여행 겸 함께 조선으로 돌아온다. 이는 근대적 결혼제도와 관습에 익숙한 오늘날 우리의 시선에서 볼 때 무척 당혹스런 결말이라 할 수 있겠다. 최찬식의 이러한 삼각관계의 해결방식은 여전히 전근대적인 관습에 머물러 있다고 비판받을 수 있다. 하지만, 이러한 절충적 균형이야말로 최찬식 소설이 지닌

---

53 위의 책, 186~187면.

대중성의 핵심적 요소가 된다.

『무정』에서 영채와 선형 사이에서 갈등하던 형식은 결국 신여성 선형을 선택하였다. 이러한 결말이 일부일처라는 거스를 수 없는 방향임을 인정하더라도, 둘 중 한명에게 상처를 줘야한다는 점에서 결코 해피엔딩이 될 수는 없다. 하지만 최찬식은 일부다처를 통해 두 여인 중 누구도 포기하지 않는 주인공의 모습을 제시한다. 당시의 독자 대중들은 과연 어떤 결말을 원했을까. 두 사람과의 인연이 모두 중요한데 둘 중 하나를 선택해야 하는 상황은 어쩌면 당시 독자에게 근대적 결혼제도의 잔혹함으로 다가왔을 가능성이 크다. 최찬식은 행복한 결말을 원하는 당시 독자 대중들의 기호를 분명하게 작품 속에 반영했다. 다만, 이러한 선택이 여성들 간의 이해와 합의를 통해 이루어졌다는 점을 강조하여 추가적으로 발생할 수 있는 논란의 여지를 줄이고자 했다. 결국, 이러한 일부다처의 해결 방식은 보수적 독자와 근대적 독자 모두를 폭넓게 만족시키기 위한 장치이며, 『조선신문』 소재 최찬식 소설이 지닌 대중적 특성을 이해하기 위한 구체적인 단서가 된다.

4) 추리모험활극과 공간 배경의 세계적 확장

『조선신문』 소재 최찬식 소설은 연애 이야기를 중심에 두되, 범죄, 추리, 모험 등의 요소를 적절하게 결합시켜 당대 독자들의 큰 호응을 얻어냈다. 이러한 측면은 1910년 한일강제병합 이후 본격적인 작품 활동을 시작했던 최찬식 신소설의 중요한 특징 중 하나이다. 국민국가의 형성을 위한 교육과 계몽의 목표가 부재한 상황에서 최찬식은 신소설이 지닌 대중적 성격을 더욱 강화시키고자 했다. 「강상촌」은 김씨부인이 계모 어씨의 살해음모와 악행을 밝히는 과정이 중심이 되고, 「세계화」는 자룡이 형수인 월교의 살해 음모와 악행과 맞서 싸우는 이야기가 주를 이룬다. 「안성」의 경우 상현과 결혼한 정애를 질투한 봉자의 모함과 간계가 결국 훔친 결혼반지를 단서로 밝혀지고, 「형월」의 경우 난영의 모친은 사위로 맞이하려던 대영과 공모하여 필영을 죽이려 든다.

「경중영」에 삽입된 추리소설적 요소는 꽤나 인상적이다. 춘식은 남승지의 아들 정룡이 죽은 아버지의 재산을 차지하기 위해 이복형 정난을 죽이고자하고, 사냥을 나갔다가 우연히 이를 목격한 춘식은 정룡을 총으로 쏘아 죽인다. 그 후 친아들 정룡을 잃은 서모는 앙심을 품고 정난과 춘식이 용의자로 의심받도록 하여 살인사건을 꾸민다. 죽은 시체의 손에 들려 있었던 정난과 춘식의 명함으로 인해 그 둘은 살인사건의 유력한 용의자 된다. 도영은 춘식과 정난에게 우선 일본으로 몸을 피하라고 조언하고, 자신이 직접 사건을 해결하여 혐의를 제거하겠다고 한다. 도영은 변형사가 신분을 숨기고 자신의 집을 찾아왔을 때, 기지를 발휘하여 사건해결의 가장 중요한 열쇠를 제공한다. 도영은 어느 과학 잡지에서 본 것처럼, 살해된 시체의 눈동자에 범인의 모습이 남아 있을 수 있으니 사진을 찍으면 용의자를 특정할 수 있을 것이라 조언한다. 정체를 숨긴 사복형사의 수사와 이를 모른척하며 대응하는 도영의 지혜, 사진이라는 당시로서는 최신의 과학적 수사 방법의 활용 등은 본격적 추리소설의 기법이라 할 수 있겠다.

한편, 최찬식 소설은 이와 같이 연애, 범죄, 추리, 모험 등의 요소를 복합적으로 활용하되, 서사의 공간 배경을 세계로 확장시켜 작품의 장르적 특성을 더욱 강화시키고 있다. 이는 소설 독자의 인식론적 지평을 확장시키는 한편 소설이 지닌 모험 또는 탐험의 요소를 극대화 하는 장치가 된다. 최찬식의 처음 집필한 『추월색』이 서사의 공간을 일본, 영국, 만주까지 확장시켰던 것처럼, 『조선신문』에 연재된 소설에서도 이러한 특성이 공통적으로 발견된다.

「세계화」의 경우, 기본적인 공간 배경이 청나라이며, 등장인물 역시 청인으로 설정되어 있다. 이후 사건이 진행됨에 따라 후반부에는 영국이 주요 무대가 된다. 영국 대사로 가 있는 자호를 만나기 위해 영국으로 향한 춘교에게 '시가가 번창하고 가로가 복잡한' 영국은 말이 통하지 않는 낯선 공간이다. 마침 방황하던 춘교는 택시를 타게 되고, 청국 국기를 그려 목적지가 청국 대사관임을 알린다. 하지만 그가 도착한 곳은 청국 영사관이었으므로, 다시 청국 대사관이 있는 런던 호텔로 가서 결국 자호를 만나게 된다.[54] 춘교의 용감한 행동은 런던타임즈에 대서특필되어 영국 황제에게 큰 상을 받게 된다. 이처럼 「세계화」는 영국이라는 특별한 공간 배경으로 무대를 바꾸어 작품이 지닌 모험적 요소를 강화시킨다.

「안성」의 상현은 복잡한 마음을 정리하고, 더 넓은 세상을 구경하기 위해 '구라파' 여행을 떠난다. 국내에서 국외로 확장되는 그의 여행의 경로가 구체적으로 제시되어 있다는 점이 관심을 끈다. 그는 개성, 평양, 신의주 명산고적을 구경하고, 기차를 타고 봉천, 북경을 거쳐 상해로 간다. 오륙 개월을 보낸 그는 다시 상해에서 배를 타고 태평양, 인도양을 횡단하여 인도, 프랑스, 네델란드, 이탈리아, 영국, 이집트, 호주, 남양 제도 등을 두루 여행한다. 이러한 여행의 경로와 명승고적들의 이름이

---

54 최찬식, 『도화원』, 유일서관, 1916, 94~95면.

구체적으로 제시된 것으로 볼 때, 이는 단순한 여행 이상의 의미를 내포하고 있다.[55]

상현이 세계여행의 과정에서 얻고자 하는 것은 더 넓은 세상에 대한 경험과 이해이다. 그는 '시가의 번성함과 물화의 교통하는 상태', '가옥의 굉걸함과 물산의 풍부함', '열대지방의 동식물', '새로 발달되는 공업품', '열강의 점령지', '세계에서 가장 풍부하다는 물산', '야만인종의 기괴한 풍속' 등을 '관찰' 또는 '시찰'한다. 또한 그는 가는 곳마다 유명한 정치가와 재산가들에게 자신의 여행 취지를 설명하여 기부금을 받아 여행 경비로 사용한다.[56] 이 같은 체험은 국민국가나 제국과 식민지의 경계를 넘어 자본으로 연결된 하나의 전지구적 네트워크를 상상하게 하며, 세계여행이라는 또 다른 지식습득의 방식이 존재함을 일깨워준다. 이러한 상현의 이야기를 통해 당시 독자들에게 세계는 견문을 넓히고 지식을 습득할 수 있는 탐험의 공간으로 인식되었을 가능성이 크다.

「형월」의 주인공 필영은 현재를 '남북극을 탐험하고, 무전여행으로 세계를 주류하는 모험시대'로 규정한다.[57] 또한 조선이 발전하지 못한 이유가 '해상의 쾌활한 취미를 알지 못해 해문을 닫아걸고 사천여년의 장거리 세월을 안일한 육상생활'로만 지내왔기 때문이라고 비판한다.[58] 따라서 필영의 일본 유학은 '세계에 야매하고 빈한한 인종'을 극복하기 위한 방편으로 이루어진 셈이다. 특히, 필영의 일본 유학은 일부 형편 좋

---

55 최찬식, 『안의성』, 137~139면.
56 작가는 이를 두고 '쾌소년의무전여행(快少年無錢旅行)'이라 표현했는데, 이는 최남선이 잡지 『소년』에 연재했던 「쾌소년세계주류시보(快少年世界周遊時報)」를 연상시킨다. 위의 책, 139면.
57 최찬식, 『형월』, 30면.
58 위의 책, 69면.

은 조선 유학생들과는 달리 학비를 스스로 벌어서 이루어지는 고학苦學이다. 그에게 일본 유학은 단순히 근대 지식을 얻는 곳이 아니라 다양한 노동을 체험을 통해 버텨내야하는 생존투쟁의 장소이기도 하다. 특히 「형월」에서 상점 직원, 인력거꾼, 엿장수 등 필영의 고학 경험이 구체적으로 묘사된 점은 일본이라는 공간을 낯설지만 새로운 기회를 얻을 수 있는 모험의 장소로 여겼기 때문이다.

가장 흥미로운 공간 배경이 등장하는 작품은 바로 「경중영」이다. 「경중영」은 작품의 후반부 이야기가 대부분 일본을 배경으로 다루어지는데, 그와는 별도로 풍랑을 만난 춘식이 '남양군도南洋群島의 마누쓰'에서 겪는 이야기는 꽤나 흥미진진하다. 진남포에서 배를 타고 일본으로 향하던 춘식은 풍랑을 만나 며칠 동안 표류하다가 어느 해안가에 도착하게 된다. 춘식은 한 번도 본적 없는 나무와 새들이 있는 무더운 날씨의 이곳이 바로 열대지방이라는 것을 깨닫게 된다. 그 순간 어디에서 '중얼중얼 하는 소리와 함께 사람도 같고 원숭이도 같은 것들이 벌거벗은 몸은 숯등걸같이 검고 노랑대가리가 나풀나풀하는 속으로 하얀 눈깔이 반짝반짝하는 귀신인지 짐승인지 모르는 흉측하고 무서운 존재'가 나타난다. 그래도 우스운 것은 '암컷 수컷 큰 것 작은 것 모두 발가벗고 생식기를 기탄없이 드러내어 놓은 것'이다. 이들에게 잡혀 죽을 위기에 처한 춘식은 다행히 그곳에 거주하고 있는 청인을 만나 목숨을 구하게 된다. 그 청인은 이곳이 남양군도의 마누쓰라는 곳인데, 이곳의 야만적인 원주민은 사람을 잡아먹는 식인종이라고 말해준다.[59]

---

59 최찬식, 『룡나도』, 171~176면.

이처럼 낯선 열대의 섬에서 벌어지는 춘식의 이야기는 그동안 신소설에 등장하던 외국과는 분명 차별화되는 공간이다. 이국적인 낯선 공간에서 벌어지는 춘식의 모험은 당시 독자들에게 흥미 있는 이야깃거리가 되었을 것이다. 한증막보다 뜨거운 기후, 한 번도 보지 못한 낯선 새들과 나무들, 검은 피부의 벌거벗은 원주민의 모습은 그 자체로 흥미로운 호기심의 대상일 뿐 아니라, 독자들의 모험심을 자극하는 소재가 되었을 것이다. 또한 부끄러움도 모르고 생식기를 드러낸 채, 사람을 잡아먹는 식인종의 이야기를 통해 독자들은 자신이 문명한 세상에 살고 있다는 사실에 안도하였을 것이다. 「경중영」에 등장하는 이러한 이야기는 작품의 대중적 성격을 강화하는 데 크게 기여한 것으로 보인다.

4. 맺음말

최찬식은 을사조약 직후 애국계몽운동의 흐름 속에서 소설 창작을 시작했던 이인직, 이해조와는 달리 1910년 한일강제병합 이후 본격적인 작품 활동을 시작했다. 독자계몽의 목표가 상실된 상황에서 최찬식은 신소설이 지닌 대중성 성격을 더욱 강화해 나갔다. 특히, 최찬식은 신소설이 양식적 한계에 봉착했다고 여겨지는 1912년 무렵부터 1920년대까지 대중들의 열렬한 지지를 얻으며 꾸준하게 작품 활동을 이어갔다. 따라서 최찬식 소설은 신소설의 문학사적 향방을 재구하고, 더 나아가 근대 대중문학의 형성 과정을 이해하는 데 유용한 시각을 제공할 수 있는 의미 있는 대상이 된다.

특히,『조선신문』한글판의 발굴 및 영인은 최찬식 및 신소설 연구에 획기적인 전환을 가져오는 계기가 되었다. 본 연구에서는 그동안 의견이 분분했던 최찬식의 필명을 확정하고, 몇 개의 작품들을 목록에 추가할 수 있었다. 예컨대, '청초당聽蕉堂', '벽종거사碧鐘居士', '태화산인太華山人'이 최찬식의 필명임을 구체적으로 입증하고,『강상촌』,『형월』,「여의화」 등을 최찬식의 작품으로 확정할 수 있었다. 또한「세계화」가『도화원』으로,「안성」이『안의성』으로,「경중영」이『릉나도』로 이름을 바꾸어 단행본으로 출간되었던 사실도 밝힐 수 있었다. 한편, 한 번도 다루어진 바 없는「여의화」,「보쌈」,「비행선」을 최찬식의 작품 목록으로 추가하여 다룬 것도 의미가 있다.

무엇보다 최찬식 소설의 '대중성'이 어떠한 경로로 형성되었는지를 구체적으로 확인할 수 있었다는 점은 중요한 성과이다. 이인직과 이해조가 신문이라는 미디어를 토대로 문학적 실험을 지속한 '소설기자'였다는 것과 달리 그동안 최찬식은 주로 단행본 출판을 통해 문학 작품을 발표한 것으로 알려져 있었다. 하지만 최찬식 역시 다른 신소설 작가처럼『조선신문』의 지면을 통해 문학적 실험을 했던 '소설기자'였다는 점을 확인할 수 있었다. 이는 최찬식 초기 문학의 대중성이『조선신문』의 문화기획 및 독자전략과 밀접한 연관을 맺고 있었음을 입증하는 구체적인 사례가 된다. 더 나아가 신소설이라는 양식이 신문이라는 미디어와 밀접한 관련을 맺으며 이루어진 것임을 구체적으로 실증할 수 있었다.

『조선신문』한글판에 연재된 최찬식 소설은 총독부 기관지『매일신보』와의 독자 경쟁 구도 속에서 바라볼 필요가 있다. 한일강제병합 직후『매일신보』가 신소설의 대표작가 이해조를 영입하여 위축된 판매 부수를 진작시키고자 했다면, 『조선신문』은 신예 작가 최찬식을 영입하여 이에 대응하고자 했다. 1913년 이해조가 「우중행인」을 마지막으로 신파번안소설에 자리를 내어주었던 것과는 달리 최찬식은 적어도 1915년까지는 『조선신문』에서의 소설 연재를 이어간 것을 확인할 수 있다. 1910년 이후 인상적인 작품을 남기진 못한 이해조에 비해 최찬식의 작품 활동은 1920년대까지 꾸준하게 지속되었으며 당시 대중독자들에게 큰 인기를 끌었다.

최찬식의 작품 활동이 1910년 국권상실 이후에 본격적으로 이루어졌다는 점은 최찬식 소설의 대중성을 이해하기 위한 중요한 바탕이 된다. 이인직, 이해조의 신소설이 애국계몽운동의 흐름 속에서 이루어진 것에 비해, 최찬식의 신소설은 '애국'이라는 계몽의 방향이 상실된 상황에서 이루어졌다는 차이가 있다. 1910년 이후 이인직과 이해조의 신소설이 예전의 활력을 잃고 갈팡질팡 방황했던 것과는 달리 최찬식의 신소설은 애초에 독자계몽의 요구가 불필요한 상황에서 출발했다. 만약 계몽적 요소가 있다하더라도 최찬식 소설에 나타난 계몽은 국가나 사회가 아닌 개인의 입신과 출세를 목표로 삼고 있다.

최찬식은 무엇보다 눈높이를 낮추어 대중독자의 취향을 만족시키는 데 주력했다. 예컨대, 『조선신문』에 연재된 최찬식 소설은 한중일 동아시아 서사 전통에 기반을 둔 익숙한 이야기의 화소를 적극적으로 활용하고자 했다. 특히, 일인칭 시점의 서술 방식을 활용한 「형월」은 신파번안소설과는 다른 '입지소설'이라는 독특한 일본문학의 수용 양상을 보여주는 사례가 된다. 또한 '실업신문'을 표방한 『조선신문』의 미디어적 특성을 반영하여 '실업'의 중요성을 강조한 것도 최찬식 소설이 지닌 중요한 특징 중 하나이다. 이 역시 국가상실의 상황에서 입신과 부의 축적이라는 개인적 성취에 몰두하려는 대중의 욕망과 무관하지 않다.

이광수의 『무정』에 앞서 근대적 '자유연애'에 대한 감각을 유포하고, 구여성과 신여성 사이의 삼각관계를 다룬 것도 중요한 특징이다. 특히, 삼각관계에 대한 갈등상황을 해결하기 위한 해법으로 일부다처를 제시하고 있는데, 이러한 결말 역시 대중독자들의 보수적 취향을 만족시키기 위한 효과적인 전략이 되었다. 한편, 연애 이야기를 중심에 두되, 범죄, 추리, 모험 등의 요소를 적절하게 결합시키고, 공간 배경을 세계로 확장시켜 작품의 장르적 요소를 강화한 것도 중요한 특징 중 하나이다. 이와 같이 『조선신문』 소재 최찬식 소설은 대체로 대중독자들의 취향을 만족시키기 위한 소설 장치와 기법을 고루 활용하고 있다.

이해조의 『매일신보』에서의 퇴장으로 신소설의 시대는 막을 내린 것처럼 여겨졌지만, 최찬식은 『조선신문』을 통해 적어도 1915년 이후까지 신소설 창작을 지속했다. 이후 최찬식의 신소설은 자연스럽게 신문이라는 미디어의 지면을 떠나 단행본 출판 시장으로 자리를 옮기게 된다. 그는 1920년대에도 『춘몽』, 『강명화전』, 『백련화』, 『자작부인』, 『용정촌』 등의 작품을 딱지본 대중소설의 형식으로 발표했다. 최찬식은 신소설의 역사적 시효가 만료되어가는 상황에서 신소설이 지닌 대중적 성격을 더욱 강화하는 방식으로 그 명맥을 이어나갔던 셈이다. 그러한 노력이 긍정적인 문학사적 평가를 받는 데에 이르진 못했지만, 그의 작품들이 식민지 시기 동안 대중독자들의 큰 사랑을 받았다는 점은 부인할 수 없는 사실이다.

제2장

이해조 판소리 산정의
미디어적 변환과 그 특징

1. 머리말

이해조는 이인직과 더불어 근대 초기 대표적인 신소설 작가로 알려져 있다. 하지만 이해조 문학의 편폭은 생각 이상으로 커서, 그를 신소설 작가로만 규정하기에는 부족한 점이 있다. 총 40여 편에 이르는 이해조의 작품들은 다수의 신소설을 중심으로, 한문소설, 번역소설, 토론체 소설, 판소리 산정刪正, 한시, 역사소설, 가곡집 편찬에 이르기까지 다채롭게 이루어져 있다. 또한 이러한 이해조의 작품들은 근대 초기 새롭게 형성된 근대 출판·인쇄 매체를 매개로 한다는 점에서 특징적이다.

그중 이해조의 판소리 산정 작품은 고전문학 연구자들에게 큰 관심을 받아왔다. 판소리 산정은 근대 초기 고전 문학의 수용과 변모 양상을 살피는 데 매우 효과적인 텍스트이기 때문이다. 이에 따라 이해조 판소리 산정에 대한 연구는 판소리 또는 고전소설의 연장선에서 다양한 연구 성과들을 축적해 왔으며, 다양한 판본과의 섬세한 비교 작업을 통해 이해조 판소리 산정의 독특한 성격을 밝혀낸 바 있다.[1] 하지만 이러한 방식은 이해조 판소리 산정을 시기적으로 앞선 판본들의 또 다른 이본으로 인식하기 때문에 판소리 산정의 당대적 의미와 효과를 드러내는 데에 상대적으로 취약하다는 한계를 지니고 있다. 이러한 한계를 극복하기 위해서는 우선 이해조의 작업이 소설 개작이 아닌 명창 광대의 구술口述을 바탕으로 한 '산정刪正'이었음을 분명하게 인식해야 한다. 또한 이러한 판소리 산정이 총독부 기관지『매일신보』의 체제 변화와 지면 배치에 의해 기획된 연재물이었음을 기억할 필요가 있다.

결국 본 연구는 이해조의 판소리 산정이 1910년대『매일신보』라는 신문 매체에 수록된 연재물이었다는 점에 주목하여, 판소리 산정의 당대적 의미와 효과를 더욱 입체적으로 살피는 것을 목적으로 한다.[2] 이같은 방식은 이해조 판소리 산정이 수록된『매일신보』라는 신문 매체에

---

[1] 대표적인 연구 성과를 소개하면 다음과 같다. 김재남, 「이해조 작품 연구-판소리 산정 신소설화 과정을 중심으로」, 세종대 석사논문, 1986; 권순긍, 「판소리 개작소설 〈옥중화〉의 근대성」, 『반교어문연구』 2, 1990; 김종철, 「「옥중화(獄中花)」 연구(1)-이해조 개작에 대한 재론」, 『관악어문연구』 20, 1995; 김경희, 「김연수제 춘향가의 소설 옥중화 수용과 의미」, 『한국전통음악학』 6, 2005; 오윤선, 〈옥중화〉를 통해 본 '이해조 개작 판소리'의 양상과 그 의미」, 『판소리연구』 21, 2006; 전상욱, 「방각본 춘향전의 성립과 변모에 대한 연구」, 연세대 박사논문, 2006; 정충권, 「〈燕의脚〉의 계통과 성격」, 『개신어문연구』 24, 2007.

[2] 최근 이해조 판소리 산정을『매일신보』의 연재물이라는 관점에서 다룬 연구가 몇 차례 이루어진 바 있는데, 특히 엄태웅, 함태영, 이문성의 연구가 대표적이다. 이 글은 이들 연구의 성과를 바탕으로 하되, 고전 텍스트의 근대적 변화 양상 및 그것이 발생시킨 효과에 초점을 맞추어 논의를 진행하고자 한다. 엄태웅, 「이해조 산정(刪正) 판소리의『매일신보』연재 양상과 의미」, 『국어문학』 45, 2008; 함태영, 「1910년대『매일신보』소설 연구」, 연세대 박사논문, 2008; 이문성, 「《매일신보》에 연재된 이해조 산정 〈강상련〉의 특징과 의미」, 『판소리연구』 32, 2011 참조.

대한 깊이 있는 이해를 필요로 한다. 특히,『매일신보』의 체제 변화와 지면 배치, 표기 언어 및 독자 전략 등은 새롭게 형성된 근대적 출판·인쇄 매체에 수록된 고전 텍스트가 지닌 특질과 의미를 더욱 입체적으로 드러내기 위한 효과적인 방편이 될 수 있다. 또한 당시『매일신보』의 지면에 동시에 연재된 이해조 신소설과의 대비는 판소리 산정의 특성을 살피는 또 하나의 유효한 전략이 될 것이다.

2. 판소리 산정의『매일신보』연재 양상

근대 초기의 문학은 수록 매체의 환경과 밀접한 연관을 맺으며 이루어졌다. 이해조의 문학 활동 역시 신문·잡지·단행본 등 새롭게 형성된 근대 출판·인쇄 매체의 보급과 확산이라는 문화적 맥락에서 이루어질 수 있었다. 특히, 신문은 폭넓은 지면과 대중적 성격으로 인해 근대 초기 소설의 다양한 실험을 가능케 하는 토대가 되었다.

1910년 8월 한일병합 이후 총독부는 언론·출판에 대한 대대적인 억압 정책을 실시하였다. 무엇보다 총독부는 대한제국시기 애국계몽운동에 앞장섰던 다양한 언론 매체들을 탄압하는 한편, 애국계몽운동의 선두에서 가장 활발한 언론활동을 벌이던『대한매일신보』를 총독부 휘하의 기관지로 만들었다. 결국『대한매일신보』는『매일신보』로 제호를 바꾼 채 총독부 기관지로 탈바꿈하였다.

『매일신보』는『대한매일신보』의 지령紙齡을 이어받아 그 정체성을 계승하는 것처럼 위장하였으나, 그 효과는 그리 크지 않았던 것으로 보인다. 이미『대한매일신보』가 통감부에 인수되면서 신채호·양기탁과 같은 주요 필진들이 퇴진하였고, 항일민족언론으로서의 가치가 퇴색되어 버린 상황에서 더 이상 이전과 같은 독자들의 성원을 얻기는 어려운 일이었다. 이러한 가운데『매일신보』는 '조선 제일 소설가' 이해조의 소설연재를 통해 식민담론의 확산과 유포를 위한 안정적인 기반을 마련하고자 했다.[3]『매일신보』에 입사한 이해조는 1910년 10월 12일「화세계花世界」를 시작으로「월하가인月下佳人」,「화의혈花의血」,「구의산九疑山」,「소양정昭陽亭」을 차례로 연재하였다.

1912년 신년호부터『매일신보』는 대대적인 체제 변화를 시도하였다. 이 중 가장 눈에 띠는 변화는 바로 이해조 연재물의 확장이다. 1912년 1월 1일부터 이해조는 판소리 산정刪正과 신소설을 각각 1면과 4면에 동시에 연재하였다. 이는 1911년 12월부터 예고된 것처럼 '5호 활자'의 개발에 따른 지면 확장과 관계가 깊다.[4] 더 작고 정교해진 '5호 활자'의 개발은 동일한 지면 안에 더 많은 양의 정보를 담아 낼 수 있다는 점에서 획기적이었으며, 사진 인쇄 기술의 도입은 시각성을 중심으로 한 근대적 신문 매체로서의 위상을 획득하고 그간의 판매 부진을 만회할 만한 기회가 되었다. 사실 예고되었던 바와 달리 '5호 활자'가 본격적으로 사용된 것은 1912년 3월 1일부터이다. '5호 활자'가 사용된 3월 1일부터 『매일신보』는 그간 발행되어오던 국문판『매일신보』를 폐지하고, 1·2

3　『매일신보』의 편집진은 이해조에게 '조선 제일 소설가'라는 칭호를 부여하며, 이해조 소설을 사세 확장에 적극적으로 활용하고 있었다. "現時朝鮮第一小說家되는 李悅齋君의 小說은 錦上添花의 佳趣가 有ᄒᆞ야 반다시 讀者의 喝釆를 博ᄒᆞᆯ지오",「本申報의 大刷新」, 『매일신보』, 1911.6.15~20.

4　『매일신보』의 편집진은 1911년 12월부터 신년의 체제 변화를 대대적으로 홍보하고 있었다.『매일신보』, 1911.12.7~20.

면을 국한문으로, 3·4면을 순한글로 발행하였다. 이는 '삼십전三十錢에 일 개월 치 두 신문을 모두 볼 수 있는' 기회로 수사修辭되었고, 각기 다른 대상 독자층을 하나의 신문으로 통합시키는 계기가 되었던 것이다.[5] 1912년 신년호부터 1면과 4면에 각각 연재되고 있던 「옥중화獄中花」와 「춘외춘春外春」의 배치는 국문판 『매일신보』의 통합과 편집진의 독자전략에 따라 이루어진 것이었다.

이러한 가운데, 1912년 1월 1일 「옥중화」를 시작으로 「강상련江上蓮」, 「연의각燕의脚」, 「토의간兎의肝」까지 총 4편의 판소리 산정 작품이 『매일신보』 1면에 연재되었다. '허탄무거'하다는 속성 때문에 비판받던 전대의 이야기 문학이 판소리 산정이라는 형식을 취하며 근대적 신문 매체의 지면 안에 배치되었다는 사실은 주목할 만한 사건임에 틀림없다. 특히, 이들 판소리 산정 작품들은 당시 고전문학의 수용 양상과 의미는 물론 신문 연재를 중심으로 한 이해조 문학의 특수성을 이해하는 데 필수적이다.

〈표 6〉 『매일신보』 소재 이해조 판소리 산정 목록

날짜(1912)	제목	부기	창(唱)	예고	표기방식	특이사항
1.1~3.16	獄中花	春香歌 講演	名唱 朴起弘 調	無	국한문	
3.17~4.26	江上蓮	沈淸歌 講演	名唱 沈正淳 口述	無	순한글	9회차부터 '(禁轉載)' 표기
4.29~6.7	燕의脚	朴打令 講演	名唱 沈正淳 口述	有	순한글	(禁轉載)
6.9~7.11	兎의肝	토기타령 講演	名唱 郭昌基·沈正淳 口述[6]	有	순한글	(禁轉載)

---

5 「社告」, 『매일신보』, 1912.3.1.
6 「토의간」 1회에는 "(郭正基) 名唱 沈正淳 口述"으로 표기되어 있으나 2회부터는 "名唱 {郭昌基 沈正淳} 口述"로 바뀌었다. 1회의 곽정기(郭正基)는 곽창기(郭昌基)의 오식인 것으로 보인다.

앞의 작품들은 모두 『매일신보』 1면에 연재되었으며, 매회 이해조의 필명인 '해관자解觀子' 뒤에 산정刪正'이라는 표현을 명시하고 있었다. 분명 이해조는 이러한 작업이 기존의 소설 창작 또는 번역 작업과는 다른 성격을 지니고 있다는 점을 강조하고 있었다. 여기서 '산정'이란 표현은 다양한 요인에 의해 변형된 텍스트를 원전텍스트에 가깝도록 바르게 고치는 것으로 이해된다.[7]

익히 알려진 것처럼 이해조는 『자유종自由鐘』을 통해 「춘향전」, 「심청전」, 「홍길동전」 등의 고소설이 음란하고, 처량하고, 허황된 이야기를 통해 풍속을 어지럽힌다며 신랄하게 비판한 바 있다.[8] 그렇다면 불과 2년이 채 안된 시점에서 왜 고전 텍스트를 다루게 되었는지 의문이 생긴다. 1912년을 기점으로 한 『매일신보』의 체제 변화와 지면 배치는 판소리 산정의 계기와 지향점을 살필 수 있는 효과적인 방편이 된다.

먼저 판소리 산정은 1912년 5호 활자의 개발로 인한 체제 변화와 밀접한 관련이 있다. 더욱 작고 정교해진 5호 활자의 개발은 상대적으로 늘어난 지면을 채우기 위한 안정적인 기사원을 필요로 했으며, 이해조의 판소리 산정은 그 형식이 충분한 분량을 필요로 하는 연재물이라는 점에서 이러한 요구에 적합했던 셈이다. 따라서 『매일신보』 편집진은 1912년 신년호부터 1면에 연재되던 신소설을 4면으로 이동시키는 동시에 이해조의 판소리 산정 작품을 1면에 배치하게 되었다. 한 작가의 작품 두 개를 하나의 매체에 동시에 연재한다는 것은 매우 예외적인 사

---

7 산정(刪正)은 산수(刪修)의 동의어로 '쓸데없는 부분을 깎아 내어 정리함'이라는 의미를 지니고 있다. 민중서림편집국 편, 『한한대자전(漢韓大字典)』, 민중서림, 2003, 287~288면.
8 이해조, 『자유종』, 광학서포, 1910, 10~11면.

건임에 분명하다. 이러한 기획은 작가의 부담이 늘어 작품의 질이 떨어지게 되는 문제를 야기할 뿐만 아니라, 다양한 작가의 작품을 읽고자 하는 독자들의 기대와는 어긋나는 시도였을 가능성이 높다. 그럼에도 불구하고 『매일신보』의 편집진과 이해조는 충분히 이러한 기획이 가능하다고 여겼던 것 같다. 왜냐하면 우선 판소리 산정이 창자의 구술을 기반으로 정리하는 것을 목표로 삼기 때문에 새로운 이야기를 창작하는 신소설에 비해 부담이 적었으며, 1면의 판소리 산정과 4면의 신소설이 각기 다른 대상 독자들을 염두에 둔 것이어서 다양한 독자들의 관심을 이끌어 낼 수 있었기 때문이다.[9]

판소리 산정이 1면에 연재되었다고 해서 『매일신보』의 기획이 신소설에서 판소리 산정 중심으로 이동하였다고 파악하기엔 무리가 따른다.[10] 왜냐하면 「옥중화」의 경우 1912년 체제 변화에 대한 대대적인 홍보 기사는 물론 신소설에 할당되던 '예고'조차 없이 바로 연재를 시작하였기 때문이다. 이에 비해 1912년 체제변화와 함께 4면에 연재된 신소설 「춘외춘」의 경우 일찍부터 '소설예고'를 통해 독자의 관심을 증폭시켰으며, 「춘외춘」부터 포함된 '삽화'는 『매일신보』 편집진이 1912년 체제 변화에서 가장 중요한 변화로 손꼽았던 요소였다. 따라서 '판소리 산정'이 1면에 연재된 것은 그 중요도에 따른 배치라기보다 1면의 기사들이 주로 국한문체를 중심으로 이루어져 있다는 점과 '판소리 산정'이

---

9 함태영 역시 이해조의 판소리 산정이 한학 교양이나 한문 독해능력이 없으면 이해가 불가능하다는 점을 들어 신소설에 비해 상대적으로 수준이 높은 계층을 염두에 둔 것이라고 주장하였다. 함태영, 앞의 글, 103~106면 참조.
10 엄태웅은 판소리 산정이 1면에 게재되었다는 점을 부각시키고, 이를 독자와의 더욱 적극적인 소통을 위한 노력으로 파악하고 있다. 엄태웅, 앞의 글, 177~178면 참조.

지향하는 독자들이 국한문체에 익숙한 독자였기 때문일 가능성이 높다. 이와 더불어 신소설의 경우 삽화를 배치하기에 적합한 4면에 배치되었던 것이다. 또한 이 같은 시도는 1912년 3월 1일 국문판 신문을 통합하여 1·2면을 국한문으로 3·4면을 순한글 체제로 분할하려던 기획과 연동되어 있었다.

1912년의 체제 변화는 5호 활자와 더불어 사진, 삽화와 같은 시각적인 이미지를 효과적으로 동원하여 독자들의 호기심을 만족하고자 했으며, 두 개의 연재물을 동시에 연재함으로써 그간의 판매부진을 만회하고자 했다. 판소리 산정 역시 그간 소외받던 한자에 익숙한 독자층 내지 여전히 고전적인 이야기 텍스트를 향유하던 독자들을 동시에 매체의 지면 안으로 유인할 수 있는 텍스트로 기획되었다. 처음 판소리 산정이 추구하는 대상 독자층은 주로 국한문 혼용 표기에 익숙한 계층이었다. 실제로 판소리 산정 중 가장 먼저 연재를 시작한 「옥중화」는 국한문 혼용 표기로 연재되었다. 순한글 표기를 선택한 신소설과는 달리 「옥중화」는 대부분의 어휘들을 한자로 표기하고 있다는 특징을 지닌다. 이는 판소리 산정이 『매일신보』에서 연재되던 기존의 신소설과는 확연히 구분되는 성격과 의도를 지니고 있었다는 것을 의미한다.[11]

이러한 특성은 「옥중화」의 언어 선택이 그것을 포함한 매체의 지면 구성에 강한 영향을 받고 있었다는 점을 짐작케 한다. 하지만 「옥중화」와는 달리 이후에 연재된 판소리 산정 작품인 「강상련」, 「연의각」, 「토의간」은 모두 순한글 표기로 연재되었으며, 필요한 경우 한자를 괄호 안

---

11 근대계몽기 서사물들이 대부분 한글과의 친연성을 바탕으로 형성되어 왔음을 상기할 때, 「獄中花」의 국한문 혼용 표기의 선택은 꽤나 낯선 상황이라 볼 수 있다.

에 병기하였다. 이러한 변화는 「옥중화」의 국한문 혼용 표기가 의도한 목적을 실현시키기에 적합하지 않았다고 판단한 이해조 또는 『매일신보』 편집진의 의도를 반영한다. 특히, 「옥중화」의 국한문 혼용 표기가 염두에 둔 독자층이 주로 한자에 익숙한 지식인 계층에 한정되어 있다는 점은 판매부수를 증가시키려는 『매일신보』 편집진의 의도와 어울리지 않았던 것으로 보인다.[12]

3. 판소리 산정의 의미와 효과

1) 구극舊劇 개량과 근대적 독서물讀書物로의 전환

판소리 산정은 기본적으로 〈춘향전〉, 〈심청전〉, 〈흥부전〉, 〈토끼전〉과 같은 활자화된 고전 텍스트가 아닌 '-가', '-타령'과 같은 구술/창 텍스트를 전제로 삼고 이루어진 작업이다. 매회 연재분마다 "春香歌 講演", "沈淸歌 講演", "朴打令 講演", "토기타령 講演"과 같은 표지를 명확하게 제시한 것은 판소리 산정의 의미를 이해조가 정확하게 인식하고 산정의 효과를 의식적으로 지향하고 있었다는 점을 뒷받침한다. 또한 각각의 작품에서 "名唱 朴起弘 調", "名唱 沈正淳 口述", "名唱 郭昌基・沈正淳 口述" 등의 표기를 분명히 한 것도 역시 일련의 작업이 전래되어 오던 설화나 고소설의 개작이 아니라 판소리 구술 텍스트를 '산정'하려는 의지를 강하게 보여주고 있는 사례가 된다.[13]

---

12 엄태웅 역시 한글 중심의 표기체계로의 전환을 수용 가능 독자의 범위를 확대시키기 위한 것으로 파악하고 있다. 엄태웅, 앞의 글, 178~181면 참조.

<그림 16> 판소리 산정의 연재 모습

그렇다면 왜 이해조는 고소설의 개작이 아닌 판소리 산정을 시도한 것일까?『自由鐘』에서 직접적으로 그 이름을 제시하며 비판하고 있었던 고전텍스트는 바로 '춘향전', '심청전', '홍길동전'이다. 이들 텍스트를 바로잡고자 했다면 그는 판소리의 '산정'이 아닌 '傳'이라는 고전 국문서사의 양식을 개량하는 데 집중했을 것이다. 하지만 이해조는 고소설 대신 판소리를 선택하여 '산정'하고자 했는데, 이는 당시 유행하던 '구극舊劇'에 대한 관심과 그것의 개량과 관련이 있다.

그가 산정한 네 개의 판소리 작품들은 이미 1인창 형태의 전통적인 공연방식에서 벗어나 창극이라는 새로운 형태의 공연 문화의 레퍼터리로 자리 잡고 있었다.[14] 당시 설치된 연극장 중 연흥사에서 주로 신파극이 공연되었다면, 광무대·단성사·장안사 등에서는 여전히 전통연희가 활발하게 공연되고 있었다.[15] 신파극단인 임성구의 혁신단이 설립된 것

---

13 「獄中花」의 경우에는 다른 작품들과는 달리 '口述'이라는 표현 대신 '調'라는 표현을 사용하고 있다. 따라서 「獄中花」의 저본(底本) 텍스트가 〈박기홍조 춘향가〉라는 활자 텍스트인지, 아니면 실제 명창 박기홍의 구술인지 또는 박기홍 조를 구현한 제3의 인물의 소리인지 정확하게 밝혀지지 않은 상황이다. 하지만 〈옥중화〉를 제외한 나머지 텍스트들은 모두 심정순의 구술을 통해 산정된 것으로 보이므로, 이해조의 판소리 산정은 기본적으로 구술된 판소리를 원 텍스트로 삼고 있는 것으로 파악된다.
14 이에 대해서는 다음의 논문이 상세하다. 정충권, 「초기 창극의 공연 형태와 위상」, 『국어교육』 114, 2004, 245~263면 참조.
15 백현미, 「창극의 역사적 전개과정 연구」, 이화여대 박사논문, 1996, 56~57면.

이 1911년이니, 이해조의 판소리 산정이 기획되고 연재되었던 1912년 무렵까지만 해도 고전 레퍼토리를 각색한 창극이 큰 인기를 끌고 있었음이 분명하다. 하지만 이러한 전통연희는 풍속을 문란하게 만들고 질서를 어지럽힌다는 이유로 많은 비판을 받고 있었다.[16] 이러한 가운데 창극의 유행과 그것이 문란해지는 과정을 상세히 목격한 이해조는 창극의 레퍼토리로 활용되는 판소리 대표작을 산정하여 이를 개량코자 하였다. 물론 이 과정에는 문란해진 풍속을 바로잡고, 건강한 피식민 주체를 만들려는 『매일신보』 기획 역시 영향을 미쳤을 것이다.[17]

그렇다면 이러한 이해조의 판소리 산정을 통한 풍속 및 연극 개량의 의지는 과연 어떠한 지향점을 향하고 있었는지 살펴보도록 하겠다.

> ㉠獄中花는 四方愛讀者의 喝采聲裡에 昨日로 其講演을 畢了ᄒ얏슴으로 今日부터는 更히 名唱 沈正淳의 口演ᄒ는 바 沈淸歌를 解觀子의 高妙ᄒ 刪正으로 連日揭載ᄒ야 沈淸의 孝行으로 ᄒ야곰 今日 世道人心에 模範되게 ᄒ되 人情의 機微를 紙上에 活躍케 ᄒ오니 僉君子는 其 第一號브터 繼續 愛讀ᄒ야 家庭의 一助를 숨으시면 幸甚[18]

---

16 다음의 기사들에는 당시 연극장과 전통연희에 대한 부정적인 시각이 잘 드러나 있다. 「春香歌禁止」, 『매일신보』, 1910.9.15; 「演劇場惡弊」, 『매일신보』, 1910.10.22; 「演戲改良의 必要」, 『매일신보』, 1911.2.15; 「演劇嚴禁의 必要」, 『매일신보』, 1911.3.29; 「團成社의 風俗壞亂」, 『매일신보』, 1911.4.7; 「惡演劇의 弊害」, 『매일신보』, 1911.6.17; 「長安社의 惡弊」, 『매일신보』, 1911.6.29.

17 특히, 「獄中花」의 삽입되어 있는 "丈夫事業家"에는 '學校', '豪俠少年', '大洋', '汽船', '文明國', '社會', '靑年' 등 〈춘향가〉에는 어울리지 않는 이질적인 단어들을 사용하며 총독부 기관지 『매일신보』의 담론을 직접적으로 반영하고 있다. 함태영, 앞의 글, 120~121면 참조.

18 『매일신보』, 1912.3.17.

ⓛ 죠션 ㅈ릭로, 젼히오ㄴ, 타령 즁, 츈향가, 심쳥가, 박타령, 토씨타령 등
은, 본릭 유자혼 문장지ᄉ가, 츙효의열의, 됴혼취지를 포함ᄒ야, 징악창
션ᄒ는 큰 긔관으로, 져슐혼 바인딕, 광딕의 학문이 부죡홈을 인ᄒ야,
한 번 젼ᄒ고, 두 번 젼홈익, 정대혼 본쯧은 일어ᄇ리고, 음란쳔착혼 말
을, 징연부익ᄒ야, 하등무리의, 찬셩은 밧을지언뎡, 초유지각혼 사름의
타믹가 날로 더ᄒ니, 엇지 개탄홀 바가 안이라 ᄒ리오, 이럼으로 본 긔
쟈가 명창광딕 등으로 ᄒ야곰, 구슐케ᄒ고, 츅조산졍ᄒ야, 임의 츈향가
(獄中花)와, 심쳥가(江上蓮)ᄂ, 익독ᄒ시ᄂ, 귀부인 신ᄉ, 졈각하의, 박
슈갈치ᄒ심을 밧엇거니와, ᄎ호ㅂ터ᄂ 박타령(燕의脚)을, 산뎡게지 홀
터인딕, 츈향가의 취지ᄂ, 렬힝을 취ᄒ얏고, 심쳥가의 취지ᄂ, 효힝을
취ᄒ얏고, 이번에 게지ᄒᄂ, 박타령은, 형뎨의 우익를, 권쟝ᄒ기 위홈이
니, 왕〻 허탄혼 듯혼 말은, 실샹 그 일이 잇다, 질론홈이 안이라 한갓
탁ᄉ로, 사름의 ᄆ음을 풍간홈이니, 아모됴록, 광딕타령이라고, 등한히
보지마르시고, 그 타령 져슐혼, 녯 사름의 됴혼 쯧을 깁히 솗히시오[19]

예문 ㉠과 ⓛ은 각각 「강상련」과 「연의각」의 연재를 알리는 광고기사
이다. 위 예문에서 알 수 있듯이 고전 판소리 텍스트는 애초부터 '충효의
열'과 같은 주제를 포함하여 '징악창선'의 효과를 나타낼 수 있는 것이
었다. 구술 전파되는 판소리의 특성상 특정한 원전 텍스트가 존재하지
않으며, 광대의 의도에 따라 '음란천착'해진 판소리는 하층계급에게 인
기를 끄는 요인이 되기도 하였지만 '초유지각한 사람', 즉 상층계급의

---

19 「〈燕의脚〉(박타령 朴打令) 豫告」, 『매일신보』, 1912.4.27.

사람들에게 부정적인 인식을 갖게 하는 원인이 된다는 것이다. 결국 판소리 산정은 문란해진 판소리를 산삭하여 열행, 효행, 형제간의 우애 등을 강조하고, 이를 통해 오늘날 세도인심에 모범이 되도록 하는 것을 목표로 삼고 있음을 알 수 있다. 특히 '인정의 기미'를 매체의 지면상에 생생히 묘사하겠다는 표현이나 1호부터 계속 애독하길 권장하는 대목은 구연되던 판소리를 근대적 읽기 텍스트로 만들어, 이를 하나의 정전正典으로 만들려는 산정자의 의지를 반영하고 있다.[20]

이러한 측면에서 볼 때 「옥중화」를 비롯한 이해조의 판소리 산정은 일차적으로 가창歌唱을 목적으로 산정된 것이 아니라 읽기, 즉 독서를 목적으로 가공된 텍스트임을 알 수 있다. 우선 판소리 산정은 명창의 구술 내용을 그대로 옮겨 적은 것이 아니라, '음란천착'한 표현 등을 고치고 바로잡는 산정자 이해조의 의식이 일정한 정도 반영되어 있다.[21] 중요한 것은 산정자 자신이 가진 의식의 지향성이다. 소리와 몸짓, 표정 등 명창의 신체를 통해 구현되는 판소리 강연 텍스트는 노래 즉 소리를 중심으로 이해조의 감각에 전이된다. 이때 이해조는 일정한 의식을 지향하며, 그것을 활자를 중심으로 하는 시각적인 텍스트로 전환시키고 있는 것이다.

물론 일회적인 시도에 그치고 말았지만 「옥중화」의 국한문체 선택은 판소리 산정이 지닌 근본적인 의미를 이해하는 데 매우 유효한 시각을

---

20 대표적인 판소리 작품들 중 〈변강쇠가(가루지기 타령)〉은 근대적 텍스트로 개량하기엔 불가능한 작품이었던 것으로 보인다. 그 이유로는 근대 사회가 조선시대와는 달리 성담론을 금기시하는 사회로 바뀌었으며, 병을 이해하는 세계관 및 시체의 취급과 시체에 대한 관념 역시 완전히 달라졌다는 점을 들 수 있다. 신동원, 『호열자, 조선을 습격하다』, 역사비평사, 2004, 139~144면 참조.

21 함태영은 「獄中花」와 「江上蓮」을 사례로 들어 음란성과 비속성을 약화시키거나 이를 제거하려는 노력이 엿보인다고 주장한 바 있다. 또한 이러한 시도를 양반층 독자들을 의식한 적극적인 노력의 결과로 파악한다. 함태영, 앞의 글, 112~113면.

제공한다. 「옥중화」는 국한문 혼용 표기는 산정자删正子 이해조의 개입 여부를 가장 구체적으로 보여주는 사례이다. 이해조가 명창의 소리를 들었을 때는 한글과 한문의 구별이 존재하지 않고 오직 우리말의 소리 체계로 구연된다. 하지만 이해조는 소리로 구현될 때의 하나의 언어체계를 자신의 신체로 받아들인 뒤, 다시 나름의 의식지향을 반영하며 두 개의 활자화된 언어로 분리시키고자 했다. 다시 말해 이해조는 한국어라는 음성 체계를 한글과 한자라는 두 개의 문자 언어로 분리하여 표현하고 있는 것이다. 대부분의 기본적인 가락은 모두 우리말로 기록하되, 전고가 있는 한자어나 우리말로는 그 의미를 파악하기 어려운 표현일 경우에는 한자로 표기함으로써 독자의 효과적인 읽기를 돕고자 했다. 이는 청각의 시각화 과정으로 볼 수 있으며, 판소리라는 전통적인 공연 양식을 신문이라는 가장 최신의 근대적 매체의 지면 안에서 활자화한 획기적인 사건이었던 것이다. 듣기 텍스트의 읽기 텍스트로의 전환, 이것이 바로 이해조 판소리 산정의 핵심적인 속성이다.

그런데 「옥중화」의 경우 국한문체의 사용을 통해 근대적인 독서물讀書物로 만들려는 시도는 문체 선택의 측면에서 볼 때 성공하지 못한 것으로 보인다. 「옥중화」는 단행본으로 출판되면서 한자 표기 옆에 루비식의 한글 음가를 부기하고 있는데,[22] 이는 신문연재본의 국한문 표기가 독자의 요구를 충분히 만족시킬 수 없다는 단행본 출판업자들의 영민한 감각을 반영한다. 게다가 「강상련」부터는 순한글체를 중심으로 기록하되 필요한 경우에만 괄호 안에 한자를 병기하여, 한자의 의미보다는 구술

---

22 『獄中花』, 보급서관, 1914(6판) 참조.

자의 발화를 기록하는 데에 초점을 맞추게 된다.

더욱 중요한 점은 「옥중화」에서는 찾아 볼 수 없는 표현들이 「강상련」, 「연의각」, 「토의간」에서 뚜렷하게 나타난다는 점이다. 이들 작품부터 이해조는 '자진모리', '중모리', '엇중모리', '진양조', '안이리' 등 전통음악에서의 장단長短을 적극적으로 표기하고 있다. 이러한 특성은 판소리가 지닌 서사성은 물론 음악성을 적극적으로 표현하고자 했던 산정자의 의도를 구체적으로 드러낸다. 「강상련」, 「연의각」, 「토의간」에서 공통적으로 나타나는 전통음악에서의 장단표기는 판소리가 지닌 서사성과 음악성을 동시에 재현하고자 하는 작가의 의도가 강하게 반영된 결과이며, 또한 이것이 『매일신보』라는 최신의 근대 미디어를 통해 표출되었다는 점은 이해조 판소리 산정이 갖는 매우 중요한 속성임에 틀림없다. 하지만 이들 작품들이 단행본으로 출판되면서 이러한 장단 표기는 사라지게 된다. 이해조가 소설이 아닌 판소리의 '산정'임을 분명하게 인식하고 강조했던 것과는 달리 단행본 출판업자에게 이들 텍스트는 '산정'보다는 그것이 지닌 '이야기'로서의 가치가 더욱 중요했기 때문이다. 『매일신보』에 연재된 판소리 산정은 단행본으로 출판되는 순간 판소리가 지닌 '서사성'과 '음악성'을 동시에 구현하고자 했던 애초의 의미를 상실한 채 그저 '이야기책'의 계보 아래에 놓이게 된다.[23]

판소리 산정은 이해조의 음악에 대한 관심을 적극적으로 반영하고 있는 텍스트이다. 이미 이해조는 『제국신문』 연재소설을 통해 음악에 대

---

23 참고로 신지연은 이인직의 『혈의누』가 신문연재본보다 단행본에서 전시대 어법에 가까워진다는 것을 사례로 들어 신문연재소설이 단행본으로 묶이는 순간 이야기책의 계보 아래에 놓이게 된다고 진술한 바 있다. 신지연, 『글쓰기라는 거울』, 소명출판, 2007, 50면.

한 관심을 여러 차례 드러낸 바 있다. 예컨대 「구마검」에서는 금방울의 '진배송',[24] '최씨부인의 '자탄가'[25] 등의 노래를, 「만월딕」에서는 이 시기 장례문화의 일면을 살필 수 있는 '상여소리'를 구체적으로 재현해 내고 있으며,[26] 「쌍옥적」에서는 단소와 초금이라는 악기를 서사 전개의 필수적인 소품으로 등장시키는 한편 '영산회상', '상영산오장' 등 악곡에 대한 관심 또한 드러낸다.[27] 또한 「모란병」에서는 당시 기방에서 불리던 노래와 춤의 레퍼토리를 줄줄 읊어대고,[28] 색주가에서 불리던 잡가와 '조 있는 노래'를 대비시켜 재현함으로써 음악에 대한 깊은 관심을 표현한 바 있다.[29] 또한 1914년 이해조가 펴낸 『정선조선가곡精選朝鮮歌曲』[30]은 구술자 박춘재의 음성으로 전해지는 가곡 텍스트를 한글과 한자를 병기하여 '산정'한 것인데, 이는 이러한 작업이 가창을 위한 것이라기보다 효과적인 읽기를 전제로 삼고 있다는 점을 짐작케 한다. 이해조의 판소리 산정 역시 작가의 음악적 관심과 취향을 반영하고 있는 텍스트이다. 판소리 산정은 당시 판소리 명창의 구술을 문자텍스트로 재현하고, 판소리가 지닌 서사성과 음악성을 동시에 구현하고자 했다는 점에서 특징적이다.

「옥중화」의 연재가 끝나고 「강상련」 연재 도중에는 제목 아래 '금전재禁轉載'라는 표기가 추가된다.[31] 「강상련」 연재 도중 표기된 '금전재'는 지

---

24 「구마검」, 『帝國新聞』, 1908.5.9~14.
25 「구마검」, 『帝國新聞』, 1908.5.23~24.
26 「만월딕」, 『帝國新聞』, 1908.9.20.
27 「쌍옥적」, 『帝國新聞』, 1909.2.6.
28 이해조, 『모란병』, 박문서관, 1911, 28면.
29 위의 책, 37~41면.
30 이해조, 『(精選)朝鮮歌曲』, 신구서림, 1914.
31 「江上蓮」 연재 9회차부터 이러한 표현이 부기된다. 「江上蓮」, 『매일신보』, 1912.3.28.

금까지의 『매일신보』는 물론 근대계몽기 신문 연재물의 경우에도 전례를 찾기 어려운 독특한 표현 방식이다. '금전재', 즉 무단 전재를 금한다는 표현은 같은 시기 4면에 연재되고 있던 이해조의 신소설의 경우에서는 단 한 차례도 사용된 바가 없는데, 이로 미루어 보아 판소리 산정의 특수한 성격을 이해하는 데 중요한 관점을 제공한다. 아마도 이러한 표현은 「옥중화」의 대중적인 성공 가능성을 간파한 당시 출판업자들과의 마찰을 줄이고, 저작권을 지키기 위한 수단으로 활용된 것으로 보인다.[32] 그렇다면 왜 동시기 『매일신보』에서 연재되던 신소설에는 보이지 않는 표현이 판소리 산정 작품에는 나타나는 것일까? 이것은 이해조의 신소설이 개인의 창작된 저작임을 명백하게 인정받을 수 있었던 반면에, 「강상련」, 「연의각」, 「토의간」 등이 개인의 창작물이 아니라 '산정'된 작품이라는 점과 관련이 있다. 이 무렵 근대적 출판물에 대한 저작권법이 확실하게 정착되지 못한 사정을 이해할 때,[33] 이미 존재하던 고전텍스트의 산정이나 외국 소설을 번안할 경우 단행본 출판물에 대한 저작권에 혼란이 생길 수 있었던 것으로 보인다. 특히, '금전재'의 표기가 없었던 「옥중화」의 경우 〈춘향전〉을 저본으로 삼은 다양한 이본들이 단행본으로 출판되었던 점을 감안한다면 이러한 표현은 이후 연재할 판소리 산정 작품에 대한 확실한 저작권을 획득하려는 의지로 파악된다. '금전재'를 표기하지 않았던 「옥중화」에 비해 '금전재'를 표기했던 나머지 작품들의 이본 숫

---

32 엄태웅은 이해조 刪正 판소리의 특징을 설명하며 '禁轉載'의 표기에 주목한 바 있다. 그는 '禁轉載'라는 표기를 "부당한 방식으로 상업적 이윤을 추구하려는 사람들에 대한 합법적 제어장치 수립"을 위한 것으로 파악하고 있으며 "고전소설의 변질과 타락을 우려한 측면" 또한 추정이 가능하다고 말했다. 엄태웅, 앞의 글, 184~185면.
33 방효순, 「일제시대 저작권 제도의 정착과정에 관한 연구」, 『서지학연구』 21, 2001 참조.

자가 크게 줄었다는 점은 이러한 사정을 짐작케 한다.

 '금전재'의 표기는 이해조 판소리 산정의 마지막 작품인 「토의간」의 연재가 끝나고, 그 뒤를 이어 연재된 조중환의 번안소설 「쌍옥루雙玉淚」에서도 찾아볼 수 있다. 「쌍옥루」는 일본의 키쿠치 유-호菊池幽芳, 1870~1947의 『오노가츠미르ㅏ罪』를 번안한 작품인데, 이 작품에도 역시 '금전재'라는 표현이 부기되어 있다.[34] 이 경우 원텍스트와 저작자가 분명한 경우인데도 불구하고 '금전재'라는 저작권 관련 표기가 붙어 있는 것을 보면, 외국 작품의 번안에 대한 저작권 문제 역시 아직 정리되지 않은 상황이었던 것으로 보인다. 마찬가지로『오노가츠미르ㅏ罪』의 번역 또는 번안은 누구나 시도할 수 있지만,『매일신보』에 연재된 조중환의 「쌍옥루」는 저작권자의 동의 없이는 무단으로 출판할 수 없었던 것이다.

 결국 '금전재'라는 표현은 이해조의 판소리 산정 작품이 당대의 출판문화와 밀접한 관련 하에 존재하는 매우 근대적인 독서물이라는 점을 확인시켜준다. 따라서 이해조의 판소리 산정 작업은 가창과 구술이라는 음성을 중심으로 한 판소리 텍스트를 시각적 이미지를 중시하는 근대적인 읽기 텍스트로 변환시켰다는 데 그 의미가 있다. 또한 이해조의 판소리 산정은 '산정'이라는 표현에서 알 수 있듯이 문란해진 판소리의 불필요한 부분을 삭제하고 산정자의 의도를 반영하여 모범이 되는 정전正典 텍스트를 만들려는 시도였다는 의미를 지닌다.

---

34 박진영은 '禁轉載'의 부기를 통해 "『쌍옥루』의 번안이 『매일신보』의 시장 예측과 기획에 의한 것이었다"라는 주장을 뒷받침하고 있다. 박진영, 「일재 조중환과 번안소설의 시대」, 『민족문학사연구』 26, 2004, 212면.

2) 구극 공연의 활성과 단행본 출판업계의 부흥

앞서 살펴본 것처럼『매일신보』에서 진행된 이해조의 판소리 산정은 문란해진 구극 공연을 개량하려는 의지와 함께 이를 읽을거리로 만들어 당시 구극 독자들을『매일신보』의 지면 안으로 끌어들이려는 데 있었다. 이러한 작업은 당시 연극장의 형성과 함께 이루어진 근대적 공연문화의 유행을 반영하고 있으며, 저속하고 문란해진 표현들을 산삭刪削하여 충·효·열·제와 같은 전통적인 유교윤리를 강조하고자 했다. 물론「옥중화」의 성공이 단순히 정절이라는 유교윤리의 강조 때문에 이루어진 것은 아니다. 이미 많은 연구에서 지적되었듯이,「옥중화」에는 신분갈등과 인간해방이라는 주제 대신 남녀 간의 애정을 작품 전면에 내세우고 있다.[35] 이러한 측면은「옥중화」의 대중적 성공이 '자유결혼'과 같은 당시 대중들의 바람을 담고 있었기에 가능했다는 추측을 가능케 한다. '자유결혼'은 분명 1920년대의 '자유연애'에는 미치지 못하였지만 기생과 양반 남자 사이의 신분갈등은 사라지고, 양자 간의 믿음에 의한 결혼이 중요한 주제로 다루어지고 있다. 따라서「옥중화」는〈춘향가〉가 지닌 정치적인 주제를 약화시키고 세 인물을 중심으로 한 애정 갈등을 부각시키고 있는데, 이는 더 이상 신분간의 갈등이 중요하지 않게 된 당시의 사회적 현실을 반영할 뿐만 아니라 대중소설이 즐겨 사용하는 '삼각관계'라는 공식을 사용하고 있다는 점에서 특징적이다.

실제로 이 같은 시도는 구극 공연의 활성화와 관련하여 얼마간 성공

---

35 대표적으로 권순긍은〈춘향전〉이『獄中花』로 개작되면서 신분갈등이 약화되고, 여성존중의 애정관이 부각되었다고 주장하였다. 권순긍,『활자본 고소설의 편폭과 지향』, 보고사, 2000, 150~157면 참조.

을 거둔 것으로 보인다. 1913~1914년 광무대, 장안사, 단성사에서 공연 예고된 구극 작품들을 정리해 보면 다음과 같다.[36]

〈표 7〉 1913~1914년에 예고된 구극 공연 목록

극장명	공연제목(예고 횟수)
광무대	〈춘향가〉(33), 〈옥중화〉(10), 〈어사출도〉(12), 〈개량 춘향가〉(1), 〈어사순찰광경〉(1), 〈암행어사시찰〉(1), 〈농부가〉(3), 〈심청가〉(29), 〈연의각〉(1), 〈박타령〉(18), 〈개량 제비타령〉(1), 〈장자고분지탄〉(19), 〈백상서타령〉(5), 〈효자소설〉(6)
장안사	〈춘향가〉(9), 〈옥중화〉(2), 〈심청가〉(23), 〈박타령〉(15), 〈연의각〉(1), 〈흥부가〉(1), 〈화용도〉(6), 〈배비장가〉(6), 〈장자고분지통〉(1), 〈삼남교자〉(11), 〈영남루〉(27), 〈삼생기연〉(1), 〈효자소설〉(2), 〈효양가〉(8), 〈황공자가〉(5), 〈꼭두각씨〉(14)
단성사	〈춘향가〉(4), 〈옥중화〉(2), 〈옥중가인〉(1), 〈심청가〉(2), 〈박타령〉(1), 〈톡기타령〉(6), 〈수중가〉(30), 〈배비장가〉(1), 〈영남루〉(1), 〈삼생기연〉(12), 〈삼남교자〉(1)

위 목록에서 보이듯 1913~1914년 사이의 구극 공연이 광무대, 장안사, 단성사를 중심으로 매우 활발하게 실시되고 있었음을 알 수 있다. 또한 공연의 레퍼토리의 대부분이 〈춘향가〉, 〈심청가〉, 〈박타령〉, 〈토끼타령〉 등 이해조가 산정한 목록 또는 유관 작품들이며, 〈옥중화〉, 〈연의각〉처럼 이해조가 산정한 작품 이름을 그대로 제시한 경우도 눈에 띈다. 특히, 〈옥중화〉와 〈연의각〉의 경우 이해조가 산정한 작품을 대본으로 사용했을 가능성도 있다. 이 시기에는 『매일신보』 번안 소설의 성공과 함께 신파극이 매우 활성화된 시기였는데, 구극 공연 역시 예상보다 활발하게 이루어지고 있었음을 알 수 있다. 이러한 구극 공연의 활성화와 이해조 판소리 산정의 직접적인 연관성을 파악하기는 어렵다. 다만 이해조의 판소리 산정 작업이 당대의 구극 공연 문화와 밀접한 연관 하에

---

36 아래의 표는 정충권의 논문에서 정리한 것이다. 그가 밝히고 있듯이, 괄호 안의 숫자는 공연 예고된 횟수이므로 절대적 수치는 아니다. 정충권, 「1910년대 舊劇으로 공연된 고전서사물」, 『국문학연구』 20, 2009, 36~37면.

이루어진 작업이었으며, 구극 개량 및 풍속 개량, 구극 공연의 활성화에 중요한 영향을 미친 것을 알 수 있다.

「옥중화」를 제외하고 「강상련」, 「연의각」, 「토의간」은 모두 명창 심정순의 구술을 토대로 한 것이다. 이해조와의 판소리 산정 작업 이후 심정순의 명성은 더욱 높아져 장안사에 소속된 구극 배우로 명성을 날리고 있었다. 『매일신보』에는 판소리 산정 이후 심정순의 다양한 활동들이 기록되어 있다.[37] 그는 '구시대 가곡에 가장 명예가 있어' 경성을 벗어나 인천·황해도 등지로 지방순회공연을 다니기도 하였는데, '옛날 부패한 뜻을 고쳐 새롭게 한'〈춘향가〉, 〈심청가〉, 〈박타령〉 등이 주된 레퍼토리였다고 한다.[38] 또한 심정순이 지방공연으로 자리를 비우자 경성의 구연극이 다시 문란해졌으며, 이를 개량하고 불량한 광대의 행위를 단속하기 위해 다시 장안사 무대에 올랐다는 기록도 있다.[39] 이러한 기록은 당시 구극 공연의 인기를 실감할 수 있을 뿐만 아니라 이해조의 판소리 산정이 거둔 효과를 확인할 수 있는 대목이다.[40]

---

37 "여러 광디 중에도, 가장 품힝이 단정힉고, 순실힉고, 온공힉 사롬은, 아마도 누구이던지, 심정순의 위인을, 쳣지로, 손꼽을 지라, 고향은, 츙쳥남도 셔산(瑞山)이오, 현쥬는 졍셩 교동 스십통 일호라, 시고을셔는, 농업으로 지닉다가, 우연힉 긔회로, 이십오셰부터, 단가와, 률 공부를 시작힉야, 지금은 죠션 디경에셔, 구비우 심정순이라 힉면, 대긔 알게 되엿더라, 단가에는 토씌타령, 츈향가와 기타 잡가요, 음곡에는, 가야금, 양금, 단쇼, 상고등이니, 집안에 드러가셔는, 근검치산과 즈질 교육에 열심 근면힉고, 밧그로 나와셔는, 광디의 직업으로 여러 사롬의 환영을 사는 것이, 심정순의, 특별힉 쟝기라 힉겟도도, 금년은 스십이셰라, 이십년 동안의 쟝ᄽ힉 셰월을, 방탕힉기 쉬운 구령에셔, 지리힉게 지닉엿것만은, 품힝샹에 되ᄒ야, 흔긔도 흠결을 잡을 곳이 업는 것도, 심정순의 가샹힉 곳이라, 지금은 쟝안샤(長安社) 연극쟝에셔, 구연극을 셜시힉고, 각항 즈미잇고 흥취나는 광디의 소리로, 관긱의 발을 쉬이게 힉고, ᄆᆞᆷ을 유쾌케 힉야, 단아힉 풍류 중에셔, 셰월을 보닉는 것이, ᄯᅩ흔 심정순의 일기 취미라 힉겟도다", 「藝壇一百人(29)」, 『매일신보』, 1914.3.4.

38 「平壤 箕興社」, 『매일신보』, 1913.5.3.

39 「독자구락부」, 『매일신보』, 1913.10.7.

또한 이해조의『매일신보』연재 판소리 산정은 고전소설을 중심으로
한 단행본 출판 업계의 상업적 성공에 커다란 영향을 미쳤다.[41] 1910년
병합 이전부터 일제의 검열제도는 신문과 잡지는 물론 단행본 출판 업
계에도 커다란 영향을 미쳤다. 1910년 이전부터 박문서관, 회동서관 등
근대 서포들은 단순히 영리를 목적으로 한 것이 아니라, 당시 국권을 지
키기 위한 애국계몽운동의 일환으로 다양한 서책들을 출판하였다. 하지
만 일제의 출판법은 이 시기 출판된 많은 책들을 금서로 지정하여 출판
금지 또는 압수 처분하였다.[42] 한동안 침체기에 빠져 있던 단행본 출판
시장은 1912년부터 크게 활성화되었는데, 이때 그들이 주목한 것이 바
로 이해조의「옥중화」를 비롯한 판소리 산정 작품들이었다.

특히,「옥중화」는 활자본 고소설의 부흥을 이끄는 데 가장 중요한 역
할을 한 작품이다. 신문연재 직후인 1912년 8월『옥중화』는 박문서관
에서 단행본으로 출판되었으며, 출판과 동시에 엄청난 인기를 얻게 되
었다.『옥중화』의 상업적 성공은 적당한 활로를 찾지 못하던 동시기 출

40　다음의 기사는 이해조의 판소리 산정을 조선의 창극조(唱劇調)를 창시한 것으로 평가하
　　고 있다. "본보는 항상 로사숙의 원숙한 사상과 문장을 소개하는 동시에 신진 긔예한 청
　　년의 사상과 문예를 아울러 소개하야 본보로써 신구문화의 매개체를 삼기에 힘썻다 조
　　선에서 널리 민중에게 읽히는 춘향전 심청전 가튼 것을 명창을 식혀 창하게 하고 로사숙
　　문사가 산삭하야 조선의 창극조(唱劇調)를 창시한 것도 본보이다",「創刊以來三十五星霜
　　新文化開拓의 先鋒!」,『매일신보』, 1939.4.3.

41　구활자본 고전소설의 대표적인 연구자인 이주영과 권순긍 모두 1912년 무렵 구활자본
　　고소설의 단행본 출판과 확산이 이해조의『매일신보』연재 판소리 산정 작품들의 영향
　　을 받은 것으로 보고 있다. 이전까지 고전소설은 주로 방각본으로 출판·유통되고 있었
　　는데, 이해조 판소리 산정을 계기로 그 상업적 성공을 직감한 출판업자들이 출판업계의
　　활로를 고전소설들을 통해 극복하였다는 것이다. 이주영,『구활자본 고전소설 연구』,
　　월인, 1998, 164~165면; 권순긍,『활자본 고소설의 편폭과 지향』, 22면.

42　한일병합 이후 총독부의 언론출판정책과 서적상들의 상황은 한기형의 연구에 잘 나타
　　나 있다. 한기형,『한국 근대소설사의 시각』참조.

〈그림 17〉 다양한 『옥중화』 계열의 이본들

판업자에게 새로운 돌파구를 제시하였다. 예컨대, 1913년 한 해에 출판된 「옥중화」 계통의 이본이 무려 6종이나 되는데,[43] 이는 「옥중화」의 상업적 성공을 직감한 출판업자들의 대처는 물론 여전히 전통적인 이야기 문법에 익숙한 독자들의 열광적인 지지로 인해 가능했던 셈이다. 각종 이본들은 각기 다른 문체와 언어, 독자전략 등을 내세우며 「옥중화」와의 차별화된 지점들을 공략하고자 했으며, 이는 「옥중화」가 〈춘향가〉라는 고전 판소리 텍스트를 저본으로 삼은 판소리 산정 작품이라는 점에서 가능했다. 저작권이 명시되어 있지 않은 여타 고전 텍스트의 출판 역시 이러한 맥락에서 활발하게 이루어질 수 있었던 것이다.

　「옥중화」를 필두로 이루어진 이해조의 판소리 산정은 '판소리'라는 고전 텍스트를 수용한 것이지만, 신문이라는 근대적 출판 매체에 새로

43　이들 작품들을 나열하면 다음과 같다. 『廣寒樓』(東洋書院, 1913.4.20), 『增像演藝 獄中佳人』(新舊書林, 1913.4.30), 『別春香歌』(唯一書館, 1913.7.20), 『古本 春香傳』(新文館, 1913.12.20), 『鮮漢文 春香傳』(東美書市, 1913.12.25), 『增修 春香傳』(滙東書館, 1913.12.30). 권순긍, 앞의 책, 25면

운 활자로 표기되었다는 점에서 판소리와는 차별화된다. 또한 단행본으로 출판된 판소리 산정 작품들 역시 방각본, 필사본을 중심으로 이루어진 이전 시대의 문학 유통방식과는 달리 신식 연활자로 인쇄되었으며 근대적 출판 기구와 제도를 통해 유통되었다는 점에서 근대적인 텍스트이다. 특히, 「옥중화」의 성공으로 인해 촉발된 〈춘향전〉의 인기는 이후 단행본 출판 시장에 국한되지 않고, 창극, 영화, 유성기, 라디오 등 최신의 대중매체들과 결합하여 오랜 시간 동안 대중에게 많은 사랑을 받을 수 있었다.[44]

4. 맺음말

지금까지 본 연구는 이해조의 판소리 산정이 1910년대 『매일신보』라는 신문 매체에 수록된 연재물이었다는 점에 주목하여, 이들 작품이 지닌 당대적 의미와 효과를 구체적으로 살피고자 하였다. 특히, 이해조의 판소리 산정이 이전 소설의 개작이 아닌 명창 광대의 판소리 강연講演을 바탕으로 한 '산정刪正'이었음을 분명히 인식하고, 이러한 판소리 산정 작업의 당대적 의미와 효과를 밝히고자 하였다. 또한 판소리 산정을 『매일신보』의 지면 배치와 체제 변화 속에 위치시키는 일은 이해조 판소리 산정의 특질과 의미를 드러내는 데 효과적인 방편이 되었다.

1912년 체제 변화와 지면 배치에 따라 이해조는 1면에 판소리 산정

---

44 천정환, 「한국 근대소설 독자와 소설 수용 양상에 대한 연구」, 서울대 박사논문, 2002, 40면 참조.

을 4면에 신소설을 동시에 연재하였다. 특히, 신소설이 폐지된 국문판 독자들을 흡수하기 위해 기획된 것임에 반해, 판소리 산정은 한자에 익숙한 중류 이상의 독자들을 주된 대상으로 삼고 있었다. 다루는 주제 역시 절행·효행·우애와 같은 보수적 유교이데올로기에 초점을 맞추고 있으며, 신소설의 독자와는 구별되는 이전 서사 문법에 익숙한 독자들을 유인하고자 했다.

판소리 산정은 당시 명창 광대의 구술 텍스트를 근대적 활자 텍스트로 변환시켰다는 데 의미가 있다. 이는 당시 유행하던 '구극舊劇'에 대한 관심과 그것의 개량과 관련이 있었으며, 이해조는 '음란천착'해진 판소리를 산정하여 '구극' 공연에 적합한 정전正典 텍스트로 바꾸고자 했다. 특히, 「옥중화」의 국한문 혼용 표기는 한국어의 음성 체계를 한글과 한자 두 개의 활자화된 언어로 분리시켰다는 점에서 산정자 이해조의 개입 여부를 가장 구체적으로 보여주는 사례이다. 이해조는 「강상련」부터 판소리가 지닌 서사성과 음악성을 동시에 표현하기 위해 '자진모리', '중모리', '진양조', '아니리' 등 전통음악에서의 장단長短 표기를 시도하였으며, 필요에 따라 한자를 병기하는 순한글 표기로 바꾸었다. 또한 「강상련」, 「연의각」, 「토의간」에는 제목 아래 '금전재禁轉載'라는 표기를 추가하였는데, 이는 이해조의 판소리 산정이 당대의 출판문화와 밀접한 관련 하에 존재하는 매우 근대적인 독서물임을 확인시켜준다.

이에 따라 이해조의 판소리 산정은 당시 광무대, 장안사, 단성사 등에서 이루어지던 구극 공연을 활성화시켰으며, 단행본 출판시장에서 활자본 고소설의 부흥을 이끄는 데 중요한 역할을 하였다. 이해조의 판소리 산정은 신문이라는 근대적 출판 매체에 연재된 읽기 텍스트라는 점에서 기존의 판소리와는 구별되며, 그것을 토대로 출간된 단행본 역시 근대적 출판 기구와 제도를 통해 유통되었다는 점에서 고전 문학의 근대적 수용과 변모 양상을 효과적으로 확인할 수 있는 중요한 텍스트이다.

제3장

근대 신문 '기자 / 작가'의 초상

금화산인金華山人 남상일南相一을 중심으로

1. 머리말

한국의 근대 신문이 근대소설의 형성 과정에 있어 중요한 토대가 된다
는 것은 이미 잘 알려져 있는 사실이다. 일찍이『독립신문』,『매일신문』,
『조선그리스도인회보』등의 한글 신문들은 전대 한문단편의 양식을 계
승한 단형短形의 서사 문학 양식을 근대적 신문 매체의 글쓰기 장 안에서
실험하였고,『대한매일신보』,『만세보』,『제국신문』,『경향신문』,『대한
민보』등은 '소설'란을 설치하여 그동안 홀대받던 소설의 가능성을 새롭
게 타진하였다. 1910년 한일강제병합 이후 대부분의 신문이 강제 폐간
되었지만, 유일한 한국어 중앙지였던『매일신보』는 총독부 기관지라는
특수한 조건 속에서 나름의 소설 실험을 꾸준히 진행하였다.

1919년 3월 1일의 전민족적 거사는 총독부의 조선통치 방향을 '문화
정치' 쪽으로 바꾸어 놓았으며, 이때 새롭게 창간된『조선일보』,『동아

일보』등은 기존의 『매일신보』와 더불어 문학 텍스트의 존재 기반을 크게 확장하게 되었다. 각각의 신문들은 독자들의 관심을 끌기 위한 다양한 방법들을 고민하였고, 신문연재소설을 포함한 문예면의 확장은 신진 작가의 진출에 중요한 발판이 되었다. 특히, 1920년대 새롭게 창간된 잡지들이 예술로서의 문학을 지향하였던 것과는 달리, 신문의 문예면은 대중독자의 기호와 취향에 근접한 다양한 문학 양식을 실험하게 된다.

이러한 가운데, 1920년대의 신문 매체는 각각 문예면을 설치하고, 이를 활성화시키기 위한 다양한 전략을 고민하게 된다. 당시의 편집진은 하루에 두세 편의 소설을 연재하거나, 현상문예를 포함한 독자의 참여를 적극 유도하였으며, 독자의 범위를 어린이에게까지 확장시키고자 했다. 당시 문예면을 채웠던 문학 텍스트의 종류도 소설은 물론 동화, 괴담, 희곡, 우화, 어린이 소설 등 다양한 양식들로 세분화되었다. 이에 따라 신문 문예면에는 새로운 세대의 문학 창작 주체가 대거 진입하게 되었으며, 이들의 문학 활동은 1920년대 이후 '문학장文學場'의 외연을 확장하는 데 중요한 디딤돌이 되었다.

이들 새로운 문학 창작 주체 중, 신문에 소속된 '기자 / 작가'는 한국 근대소설의 형성 과정에 있어 매우 중요한 역할을 담당하였다.[1] 이인직,

---

[1] 여기서 '기자 / 작가'라는 표현은 박정희의 논문을 참조하였다. 그는 '기자 / 작가'라는 표현을 통해 현진건의 기자로서의 정체성을 살피고, 기자로서의 경험이 그의 문학에 어떠한 영향을 미쳤는지를 살핀 바 있다. '기자 / 작가' 대신 '문인기자'라는 용어가 주로 쓰이지만, '문인기자'는 정식으로 문단에 데뷔하고 활동한 '문인'에 그 방점이 놓이는 표현이다. 따라서 본 연구에서는 '기자'로서의 정체성과 '작가'로서의 정체성을 대등하게 지니고 있는 표현인 '기자 / 작가'라는 용어를 사용하고자 하였다. 이러한 부분에 대해서는 다음의 논문을 참조할 것. 박정희, 「한국근대소설과 記者-作家' – 현진건을 중심으로」, 『민족문학사연구』 49, 2012; 조영복, 「1930년대 신문 학예면과 문인기자 집단」, 『한국현대문학연구』 12, 2002; 박용규, 「식민지 시기 문인기자들의 글쓰기와 검

이해조를 시작으로 이상협, 최찬식, 염상섭, 현진건, 박영희, 김기진, 나도향, 최서해, 김기림, 이태준, 김억, 민태원, 변영로 등 우리가 기억하는 수많은 작가들이 신문 '기자 / 작가'였으며, 이들 '기자 / 작가'의 존재는 한국 근대소설이 신문 매체와의 밀접한 연관 속에서 이루어진 것임을 입증하는 중요한 근거가 된다. 이들 '기자 / 작가' 중에는 그간 한국 문학사 속에서 별다른 주목을 받지 못했던 다양한 대중소설의 작가 또는 번역·번안 소설의 작가를 다수 포함하고 있는데, 이 글에서 주목하고자 하는 '남상일' 역시 이들 '기자 / 작가' 중 한 사람이다.

본 연구는 『매일신보』에서 주로 활동하였던 '기자 / 작가' 남상일南相─의 작품 세계를 통해, 이 시기 문학 창작 주체의 한 양상을 드러내는 것을 목표로 삼는다. 남상일은 '금화산인金華山人' 또는 '우정雨亭'이라는 필명으로 역사소설 「이대장전」, 번안소설 「순정」, 희곡 「고민」을 연재하였으며, 그 밖에도 동화, 괴담, 수필, 문학평론, 미술평론 등 다양한 문학 텍스트를 집필한 바 있다. 그럼에도 불구하고, 지금까지 작가 남상일에 대한 연구는 단 한 차례도 이루어진 바 없다. 가장 직접적인 원인은 그가 필명을 통해서만 문학 창작 활동을 했기 때문이며, 또한 남상일 스스로 자신의 정체성을 '작가'보다는 '기자' 쪽에 두었던 점도 관계가 깊다. 그 밖에도 총독부 기관지 『매일신보』에 대한 부정적 인식이나 번역·번안 소설에 대한 기존 문학사의 편향된 시각도 무관하지 않을 것이다.[2]

열」, 『한국문학연구』 29, 2005.

2   지금까지 『매일신보』에 연재된 소설들은 총독부 기관지 『매일신보』에 수록되었다는 이유로 『조선일보』나 『동아일보』에 연재된 소설에 비해 상대적으로 많은 관심을 받지 못했다. 비교적 최근 1920년 이후 『매일신보』 연재소설에 대한 체계적인 연구 성과가 김영민, 이희정 등에 의해 이루어졌다. 또한 『매일신보』에 연재된 번역·번안 소설의 경우에는 박진영과 최태원의 연구가 대표적이다. 김영민, 「『매일신보』 소재 장형 서사물의

하지만 그가 『매일신보』 재직 시절 지속적인 문학 창작 활동을 했다는 점, 그의 작품들이 동시대의 정치·사회·문화적인 분위기를 한 발 빠르게 선도하고 있음을 미루어 볼 때, 그의 작가로서의 정체성 역시 무의미하지만은 않다. 따라서 본 연구에서는 작가 남상일의 생애를 재구성하고, 그가 남긴 문학 텍스트의 목록을 정리하는 한편, 그의 문학 세계가 지닌 특성과 의미를 살펴보고자 한다. 이와 같은 연구는 그간 우리 문학사에서 언급되지 않았던 숨겨진 작가와 작품들을 발굴하는 데 그치지 않고, 당시 문학담당 계층의 한 면모를 드러내기 위한 구체적인 시도가 될 것이다.

2. 「이대장전」의 작자 '금화산인金華山人', 그리고 남상일

왜 남상일인가? 논의의 출발은 『매일신보』에 연재된 '이조기걸李朝奇傑' 「이대장전李大將傳」에 대한 관심에서 시작된다. 「이대장전」은 1927년 9월 3일부터 그해 11월 23일까지 '금화산인金華山人'이라는 필명으로 연재된 소설이다. 「이대장전」은 효종 때 북벌정책을 추진하였던 이완李浣의 일대기를 다룬 소설로, 근대 역사소설로서의 특징을 고루 갖추고 있

전개 구도-1920년대 이후를 중심으로」, 『현대문학의 연구』 45, 2011; 이희정, 「1920년대 식민지 동화정책과 『매일신보』 문학 연구(1)-전반기 연재소설의 전개과정을 중심으로」, 『어문학』 112, 2011; 이희정, 「1920년대 식민지 동화정책과 『매일신보』 문학 연구(2)-후반기 연재소설의 전개과정을 중심으로」; 이희정, 「1920년대 『매일신보』의 독자문단 형성과정과 제도화 양상」, 『한국현대문학연구』 33, 2011; 박진영, 『번역과 번안의 시대』, 소명출판, 2011; 최태원, 「일제 조중환의 번안소설 연구」, 서울대 박사논문, 2010.

다는 점에서 특징적이다. 그럼에도 불구하고, 「이대장전」은 오랫동안 문학사의 중심에서 소외되어 있던 작품이다. 이러한 사정에는 '금화산인'이라는 필명 이외에 작가에 대한 별다른 단서를 찾지 못했다는 사실이 무엇보다 중요한 요인이 되었을 것이다.

지금까지 한국 문학사에서 완벽하게 소외되어있던 「이대장전」의 존재를 알리고, 그 의미를 적극적으로 탐색한 논의는 김병길이 처음이다.[3] 김병길은 「이대장전」이 전대 서사문학의 허구지향적 '전傳'의 특질을 여전히 내포하고 있지만, 선별된 역사적 사실에 바탕한 창작이라는 점, 신문 매체에 연재된 소설이라는 점, 작자의 치밀한 묘사를 바탕으로 주인공의 일생을 투철하게 그렸음이 강조되는 점, 여러 일화로써 흥미를 끌고자 의도했다는 점 등을 들어 신문연재 역사소설로서의 전형적인 면모를 갖추고 있다고 평가하였다. 또한 「이대장전」이 근대적 '역사소설'로서의 자질을 충분히 갖추고 있다며, 그 문학사적 의의까지 부여하고자 하였다.

그런데 김병길은 당시 "金華山人"이라는 필명을 사용한 작가는 '김화산'이었다고 하며, 「이대장전」의 유력한 작자로 아나키즘 논쟁의 주역인 '김화산'(본명 방준경)을 제시하였다. 그는 「이대장전」의 작자가 과연 김화산이었을까 하는 의구심을 떨치지 못하면서도, 1920년대 신문 학예면의 변화와 다양한 작가군의 확대를 근거로 "아나키스트이자 다다이스트로서 면모를 보였던 '방준경'이 곧 '金華山人'이었으며, 『이대장

---

3   최근 발표된 김병길의 논문이 「이대장전」에 본격적인 연구로는 유일한 성과이다. 김병길, 「'傳'계 소설과 '역사소설'의 분절성에 관한 연구─金華山人의『李大將傳』분석을 중심으로」, 『한국문학연구』40, 2011, 155~178면 참조.

전』의 실제 작가였을 가능성을 전연 배제할 수 없는 이유가 여기에 있다"[4]고 주장하였다.

이러한 주장은 그가 인용한 유문선의 논문에서 영향을 받은 것으로 보인다.[5] 유문선은 김화산의 삶과 문학 활동에 대한 매우 실증적인 연구 성과를 발표하였는데, 그가 부록으로 작성한 김화산(방준경)의 작품 목록에는 「이대장전」이 포함되어 있다. 그런데 이 작품 목록에는 한 가지 의문점이 발견된다. 유문선은 김화산의 작품인지 의심스러운 것들을 비고란에 물음표로 표시하였는데, 이들 작품은 「이대장전」과 희곡 「고민」, 몇 편의 동화이며 모두 『매일신보』에 연재된 것이다. 또한 특징적인 것은 여타 신문 잡지에 수록된 대부분의 작품들의 필명이 "金華山"인데 비해 『매일신보』에 수록된 필명은 모두 "金華山人"이라는 점이다.[6]

그렇다면 "金華山"과 "金華山人"인 동일인물인가? 유문선과 김병길 모두 의문을 가졌던 것처럼, 아나키스트 김화산(방준경)이 역사소설, 번안소설, 동화를 썼다는 점도 의문스럽지만 "金華山"과 "金華山人"을 동일한 필명으로 단정 짓기는 어려울 것이다. 게다가 "金華山人"이라는 필명이 유독 『매일신보』에만 존재한다는 점은 "金華山人'"이 김화산(방준경)과는 또 다른 인물일 가능성을 높여준다.

"金華山人"이라는 필명은 「이대장전」의 연재와는 상당한 시차가 있지만, 이미 개화기 신문·잡지에서 몇 차례 발견된다. 1882년 부산에서 발

---

4 위의 글, 169면.
5 유문선, 「총독부 사법 관료의 아나키즘 문학론—金華山의 삶과 문학 활동」, 『한국현대문학연구』 18, 2005.
6 또한 유문선은 「이대장전」의 작자를 '金華山'으로 적어놓았는데, 이는 명백한 실수이다. 『每日申報』에 연재된 「이대장전」의 작자는 '金華山人'이다.

행된 일본인 신문 『조선신보』에는 「임경업전林慶業傳」이 일문으로 연재되어 있는데, 그때의 필자는 "朝鮮國 金華山人 原著"로 표기되어 있다. 또한 1906년 『대한일보』에 연재된 소설 「용함옥龍含玉」의 필자가 "金華山人"으로 표기되어 있다. 그 밖에도 1907년 『대한구락』에는 「국채의 보상」, 「선우先憂」, 「여자의 교육」 세 편의 글이 "金華山人"이라는 필명으로 게재되었다.[7] 이들 "金華山人"을 모두 동일 인물이라 단정 짓기는 어렵지만, 적어도 『대한일보』, 『대한구락』의 "金華山人"은 두 매체가 비슷한 시기에 간행된 것이라는 점, 또한 이 두 매체가 친일적 성향의 기관 또는 단체에서 발간한 것이라는 점을 감안할 때 동일한 인물로 보인다. 하지만 여기서의 "金華山人"은 「이대장전」과 적게는 20년 많게는 45년가량 시차가 있으므로, 「이대장전」의 작가와는 다른 인물일 가능성이 높다.

여러 가지 가능성을 모색하던 중 필자는 「이대장전」의 작자를 확정지을 수 있는 결정적인 단서를 발견하게 되었다. 이는 「이대장전」의 작자를 발견함과 동시에 한국 근대 문학사에서 소외되었던 또 한 명의 무명 작가와 만나게 된 것과 다름없다.

次回小說豫告

純 情

南相一飜案

친애하는 우리 독자제씨의 눈물에 젓든 리서구씨의 창작 『눈물에 젓는 사

---

7   金華山人, 「國債의 報償」, 『大韓俱樂』 1호, 1907, 22~23면; 金華山人, 「先憂」, 『大韓俱樂』 1호, 1907, 25면; 金華山人, 「女子의 敎育」, 『大韓俱樂』 2호, 1907, 13~17면.

람들』의 일편은 압흐로 몃회 안이 남기고 끗을 막게 되얏습니다 그 뒤로는
리대쟝젼을 본지에 발표하야 문명이 놉흔 남상일씨의 단아한 필치 아긔자긔한
구상으로 기어나는 순졍(純情)이라는 가뎡소셜을 소개케 되얏습니다[8](강
조는 인용자)

위 인용문은 『매일신보』에 연재된 번안소설 「순정」의 예고 기사이다.
「순정」은 '우정雨亭'이라는 필명으로 1928년 2월 18일부터 5월 27일까
지 총 93회 연재되었다. 위 인용문에서 강조한 것처럼 『매일신보』에 앞
서 「이대장전」을 연재한 사람이 바로 '남상일'임을 확인할 수 있다. 따
라서 「이대장전」의 작자 '금화산인金華山人'이 바로 '남상일'이며, '우정雨
亭'이라는 필명 역시 '남상일'이 사용하던 것임을 알 수 있다.

우리 문학사에서 '남상일'이라는 이름은 생소하기만 하다. 그렇다면
『매일신보』에 「이대장전」과 「순정」을 연재한 작가 '남상일'은 과연 누
구인가?

남상일南相一은 1896년 5월 25일 충남忠南 천원군天原君 직산稷山에서 출
생하여, 1915년 선린상고善隣商高를 졸업하였다.[9] 1918년 그는 당시 『매

8 「次回小說豫告」, 『每日申報』, 1928.2.14.
9 남상일의 생애와 이력에 대해서는 남상일의 회고 「그때와 지금의 기자상─나의 기자 시
   절」(『신문과 방송』 55, 1975.6, 75~80면)을 중심으로 하되, 다음과 같은 자료를 참고하
   였다. 「社會의 要求에 適應코저흐는 啓明俱樂部의 新活動」, 『每日申報』, 1921.1.20; 「國民協
   會總會 任員改選」, 『每日申報』, 1923.4.16; 「朝鮮博覽會」, 『每日申報』, 1927.5.29; 「人事」,
   『每日申報』, 1927.8.10; 「本社主催 東京視察團 萬歲聲裡에 發程」, 『每日申報』, 1927.8.11;
   「朝鮮公論社를 金思演氏 引繼」, 『每日申報』, 1933.5.12; 「人事」, 『每日申報』, 1933.5.13;
   「本報創刊當時를 말하는 座談會」, 『동아일보』, 1960.4.1; 「8·15解放과 新聞」, 『경향신
   문』, 1963.8.15; 「韓國新聞 百人의 얼굴」, 『동아일보』, 1964.4.20; 「그때 그사람 그 情熱」,
   『동아일보』, 1970.4.1; 「創刊의 周邊과 그 主役들」, 『동아일보』, 1970.4.1; 남상일, 「不具
   이끌고 日彈壓 폭로」, 『동아일보』, 1970.4.16; 「合同通信이사 南相一씨」, 『동아일보』,

일신보』에 재직하던 우보牛步 민태원閔泰瑗의 소개로 사회부 기자가 되었다. 그는 『매일신보』 입사 후 사회부 기자로 활동하는 한편, 이듬해 새롭게 입사한 윤백남, 홍난파 등과 교류하였다. 또한 '독자문예란'을 담당하여, 석송石松 김형원金炯과 춘성春城 노자영盧子泳의 문단 진출에 영향을 주기도 하였다.

그는 1920년 1월 『매일신보』를 퇴사하여, 하몽何夢 이상협李相協의 배려로 새롭게 창간하는 『동아일보』의 '광고부장'으로 입사하였다. 하지만 광고일이 적성에 맞지 않았는지 남상일은 『동아일보』를 일찍 퇴사하고, 계명구락부啓明俱樂部에서 발행한 기관지 『계명啓明』의 편집과 발행을 맡아 보았다. 이후 약 5년 동안 손을 댔던 일들이 여의치 않자, 남상일은 1926년 다시 『매일신보』에 입사하여 편집주임으로 근무하였으며 1930년에는 정치부장이 되었다. 1933년에는 '조선공론사朝鮮公論社'의 이사로 취임하였다.

이후 1938년 만주간도성滿洲間島省 비서관秘書館, 1941년 '조선한약수출입조합朝鮮漢藥輸出入組合' 이사를 역임하였으며, 1945년에는 김동성金東成과 함께 '동맹통신지사同盟通信支社'를 접수하여 '국제통신國際通信'을 창설하였다. 그해 11월 재정난에 어려움을 겪던 '국제통신'은 '연합통신聯合通信'과 합병하여 '합동통신合同通信'으로 이름을 바꾸게 되었는데, 남상일은 '합동통신'의 이사로 재직하다가 1979년 9월 10일 교통사고로 타계하였다.

남상일의 생애와 이력을 조사하면서 나타난 특이한 점은 기자로서의

1979.9.10; 「언론인 南相一씨」, 『경향신문』, 1979.9.10.

이력만 남아 있을 뿐 그의 문학 활동에 관한 내용이 전무하다는 것이다. 그가 남긴 회고에서조차 '독자문예란'에 참여했다는 사실을 제외하고는 문학 창작 활동에 관한 내용은 완벽하게 소거되어 있다. 현진건, 염상섭, 최서해, 심훈, 이태준, 채만식, 한설야 등 대표적인 '기자 / 작가'들이 대부분 '기자'보다는 '작가'로서의 정체성을 중시하던 태도와는 사뭇 다른 양상이다. 남상일은 '기자 / 작가' 중 한 사람이었음에도 불구하고, 그 자신의 정체성을 규정하기 위해 '작가' 대신 '기자'를 선택하였다는 차이점이 있다. 그렇다면 그 이유는 무엇이며, 이러한 사정은 어떠한 의미를 지니는가? 이러한 문제에 답하기 위해서는 그의 작품 활동의 규모와 작품 내적 특질에 대한 상세한 접근이 필요할 것이다.

3. 남상일 문학의 『매일신보』 연재 양상과 그 의미

앞에서 살펴보았듯, 남상일은 '금화산인金華山人'과 '우정雨亭' 두 개의 필명을 사용하여 작품 활동을 했다. 따라서 『매일신보』 수록된 다양한 기사 중 '금화산인'과 '우정'이라는 필명으로 작성된 것들을 정리하면 남상일 문학의 규모를 확인할 수 있다.[10]

남상일이 『매일신보』에 남긴 문학 관련 텍스트는 다음과 같다.

---

10 『동아일보』와 『조선일보』에도 동일한 방법을 사용하여 남상일 문학 텍스트의 존재를 추적하였으나, 단 한편의 작품도 찾을 수 없었다. 잡지의 경우에는 『조선』에 「경주의 개무덤」(1934.1)이라는 전설이 순한글로, 『조선행정』 제2권 2호(1938.2), 4호(1938.4), 6호(1938.6)에는 「鷄林才談」이 일문으로 작성되어 있으며, 이는 모두 '金華山人'이라는 필명으로 작성되어 있다. 이들 역시 남상일의 작품일 가능성이 있으나, 본고에서는 『매일신보』에 수록된 작품만을 한정하여 다루고자 한다.

날짜	제목	필명	수록면	표기언어	게재란[11]
1927.1.1	톡기소리	雨亭生	10면	순한글	童話
1927.2.15	棧橋에서 벗을 보내면서	雨亭生	4면	국한문	(시조)
1927.2.26	伊藤氏의 講演을 듯고	雨亭生	1면	국한문	(수필)
1927.8.10~12	凶家 (3회)	雨亭生	3면	순한글	怪談
1927.9.3~11.23	李朝奇傑 李大將傳 (73회)	金華山人	3면	순한글	(소설)
1927.9.13	勿齋兄을 哭함	雨亭生	1면	국한문	(수필)
1927.9.23~26	李浣大將省墓記 (4회)	金華山人	2면	순한글	(탐방기)
1928.2.18~5.27	純情 (93회)	雨亭	3면	순한글	(소설)
1930.2.15	용감스러웁시다	金華山人	4면	순한글	訓化
1930.2.21	물건을 앗기시오	金華山人	4면	순한글	少年訓化
1930.5.20~25	美展印象	金華山人	5면	국한문(루비)	(미술평론)
1931.4.15	若槻小論	雨亭生	1면	국한문	(논설)
1932.6.19~7.28	苦悶 (27회)	金華山人	4면	국한문	戱曲
1933.1.29~2.14	新春文藝槪觀 (9회)	金華山人	3면	국한문	(문학평론)
1933.5.11~19	권부자와 오쑥이 (7회)	金華山人	3면	순한글	童話
1933.5.20~25	안여옥(顔如玉) (5회)	金華山人	3면	순한글	童話
1933.5.26~5.29	神仙術 (3회)	金華山人	3면	순한글	童話
1933.5.31~6.8	養花翁 (5회)	金華山人	3면	순한글	童話
1934.2.14~20	朝鮮妓俗 變遷小考 (5회)	金華山人	3면	국한문	(문예)
1934.7.29~8.11	凉窓漫錄 (9회)	金華山人	3면	국한문	(문예)

남상일의 작품 활동은 1927년에서 1934년까지, 즉 그가 1926년 다시 『매일신보』로 돌아와 편집부장과 정치부장을 역임했던 시기에 집중적으로 나타난다. 따라서 남상일의 작품 활동은 주로 『매일신보』 재직 시절에 이루어진 것으로 파악된다.

남상일은 1917년 '고교생 작문' 같은 글을 지어서 우보 민태원에게 보여주고 『매일신보』 사회부 기자가 되었다고 한다.[12] 그때만 해도 아직

---

11 난 표기가 없는 경우에는 글의 성격을 대강 괄호 안에 적어 놓았다.

신문 기자를 공개 채용할 때는 아니었으며, 주로 글 솜씨를 보고 기자 채용 여부를 판단했던 것 같다. 애초에 문학에 대한 관심과 조예가 있던 남상일이 『매일신보』의 '문예면'의 글쓰기와 관계를 맺는 것은 지극히 자연스러운 일이었을 것이다. 남상일은 『매일신보』에서 윤백남, 홍난파 등과 교우하였으며, 1918년에는 『매일신보』의 '독자문예란'을 맡아 독자들이 투고한 시를 선정하기도 했다. 그의 문학적 관심은 소설, 희곡, 평론, 동화, 괴담, 시조, 수필 등 매우 다양한 영역에 걸쳐 있었으며, 그가 발표한 작품들은 『매일신보』 문예면의 방향과 매우 밀접한 관련을 맺으며 이루어졌다. 이러한 특성은 남상일 자신이 외부 필진이 아닌 신문사에 소속된 기자였던 점과도 관련이 있을 것이다. 남상일은 당시 『매일신보』의 문예면 활용 전략을 구상하고 시행하거나, 부족한 지면을 직접 채우는 데 적합한 인물이었다.

1) 역사소설로 가는 길 - 「이대장전李大將傳」

제일 먼저 『매일신보』 지상에 게재된 남상일 문학 텍스트는 1927년 1월 1일 신년호에 게재된 「톡기꼬리」라는 단편 동화이다. 이는 토끼해를 맞이하여 발간된 신년 특집호의 부록 지면에 '우정생雨亭生'이라는 필명으로 수록된 것이며, 토끼, 수달, 호랑이를 등장시켜 토끼꼬리가 뭉툭한 이유를 재미있게 설명하고 있다. 여기에는 단편소설, 동화, 동요 등이 게재되었는데, 최서해의 소설 「쥐 죽인 뒤」와 남상일의 「톡기꼬리」가 한 지면에 나란히 게재되어 있어 눈길을 끈다. 이 무렵 『매일신보』는 총

---

12 남상일, 「그때와 지금의 기자상 - 나의 기자 시절」, 『신문과 방송』 55, 1975.6, 75면.

4면을 발행하고 있었는데, 그중 4면은 일종의 '문예면'으로 소설, 동화, 한시 등이 배치되어 있었다. 이후 남상일은 1927년 2월 15일자에 '시조'「벌교筏橋에서 벗을 보내면서」를 게재하기도 하였다.

'벽강생碧岡生'이 번안한 소설 「애愛의 개가凱歌」가 연재되던 가운데, 1927년 8월 6일에는 남상일의 첫 번째 장편소설인 「이대장전」에 대한 예고 기사가 다음과 같이 게재되었다.

> 본지 수만 독자의 열렬한 사랑을 밧고 잇는 본지 삼면 련재소설 『愛의 凱歌』은 유감이 남아 오날부터 삼회를 남기고 긋을 막게 되얏슴으로 이 뒤를 니여 리조긔걸 리대장젼李朝奇傑 李大將傳을 올니여 강호독자의 고평을 빌리고자 함니다 이 리대장전의 주인공 리완李浣은 지금으로부터 약 삼빅년 젼의 인조仁祖 시졀에 죠선에 태여나 일대를 풍미하든 풍운아 이엿슴니다 몸이 어영대장御營大將의 지위에 잇서 북벌北伐의 춈에 당하얏섯슴으로 력사젹 실젹 중 가히 드럼즉한 사실이 만을 뿐 안이라 그 뢰락할달한 성격이 긔구한 시대와 합치하야 허다한 일화긔달이 모다 듯는자의 흥미를 잇슬지 안음이 업섯슴니다 허물며 이 우에 작자의 치밀한 묘사와 표일한 문쟝은 죡히 리완의 일싱을 투텰하야 삼빅년 젼의 고사를 오날의 독자의 안젼에 방불케 할 것임니다[13]

특징적인 점은 「이대장전」은 이 예고 기사가 나가고, 한 달이 지난 시점인 9월 3일부터 연재를 시작하였다는 점이다. 아마도 처음 연재를 시작하면서 준비가 미흡했거나, 새로운 삽화가를 섭외하는 데 시간이 필

---

13 「連載小說豫告」, 『매일신보』, 1927.8.6.

요했던 것으로 보인다. 따라서 한 달여의 공백 기간 동안 연재소설의 자리를 대신 한 것은 바로 '괴담怪談'이었다.

1927년 8월 8일 「애의 개가」가의 연재가 끝나자, 그 이튿날인 8월 9일에는 이서구李瑞求가 '고범생孤帆生'이라는 필명으로 '괴담'을 게재하였다. 그 뒤를 이어 '우정생雨亭生' 남상일이 '괴담怪談' 란에 「흉가」를 8월 10일부터 12일까지 3회 연재하였다. 특이한 점은 「흉가」부터 '괴담' 란에 삽화가 포함되기 시작하였다는 것이다. 이는 '괴담'이라는 난이 일정기간 소설란을 대신하고 있는 만큼 상당 부분 중요하게 취급되고 있었다는 사실을 알려준다.[14] 「흉가」는 새로 이사한 집에 수십 년 전 시어머니의 구박으로 목을 매 자살한 며느리 귀신이 나타나 가족들의 몸에 차례로 들어가며 자신의 원한을 풀어줄 것을 요구한다는 내용의 이야기이다.

1927년 9월 2일 '괴담'의 연재가 끝나고, 9월 3일부터는 남상일의 「이대장전」의 연재가 시작되었다. 작품 제목 앞에는 '이조기걸李朝奇傑'이라는 표제가 부기되어 있으며, 작자와 삽화가가 각각 "金華山人 作, 李承萬 畵"라고 표기되어 있다. 남상일은 줄곧 간간히 사용해오던 '우정생雨亭生' 대신 '금화산인金華山人'이라는 필명을 사용하였으며, 당시 신문연재소설의 삽화가로 활동하던 젊은 화가 이승만의 이름이 나란히 부기되어 있다.[15]

---

14 이 '怪談' 란에 연재된 텍스트 목록은 다음과 같다. 孤帆生, 「무제」, 1927.8.9 / 雨亭生, 「흉가」, 1927.8.10~8. 12 / 漢水春, 「독갑이불」, 1927.8.13 / YJ生, 「무제」, 1927.8.14 / 樂天生, 「원귀」, 1927.8.16~8.18 / 體府洞人, 「자정뒤」, 1927.8.19~8.20 / 冠岳山人, 「졔사날밤」, 1927.8.21 / 古紀子, 「想思구렁이」, 1927.8.22~8.23 / 太白山人, 「우물귀신」, 1927.8.24 / 대머리생, 「死後의 사랑」, 1927.8.25 / 五章生, 「독갑이 심술」, 1927.8.26 / 仙影生, 「도갑이우물」, 1927.8.28 / 一憂堂 繙案, 「귀신의문초」, 1927.8.29~8.31 / 東啞子, 「나무귀신」, 1927.9.1~9.2 / 飛葉生, 「독갑이쓰름」, 1927.9.2.

15 삽화가 이승만(李承萬, 1903~1975)은 1925년 『매일신보』 연재소설 「바다의 처녀」의

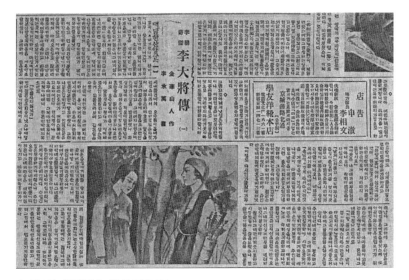

〈그림 18〉「이대장전」 첫 회 연재 모습

　「이대장전」은 ‘전傳’이라는 전대 글쓰기 양식을 전제하고 있지만, 근
대 신문연재소설로서의 면모를 고루 갖추고 있는 작품이다. 작가 남상
일은 다양한 야담에서 소개되었듯 풍부한 이야기로서의 자질을 지닌 인
물 ‘이완李浣’을 주인공으로 선택하여, 한글에 익숙한 대중독자들을 위한
세련된 한 편의 신문연재소설을 완성하였다. 특히, 이승만의 세련된 삽
화는 「이대장전」이 지닌 근대 신문연재소설로서의 특성을 더욱 강화하
는 역할을 하였다.

　전체의 얼개는 총 40개의 장별 이야기로 구성되어 있는데, 각각의 에

<hr />

삽화를 시작으로 남상일의 「이대장전」, 「순정」, 이서구의 「눈물에 젓는 사람들」, 최서
해의 「호외시대」, 염상섭의 「무화과」, 방인근의 「방랑의 가인」, 민태원의 「천아성」, 박
종화의 「금삼의 피」, 윤백남의 「사변전후」, 채만식의 「금의 정열」, 박종화의 「다정불
심」, 김사량의 「바다의 노래」 등 『매일신보』에 연재된 수많은 장편소설들의 삽화를 전
담했다.

피소드들은 시간적 순서로 나열되기보다 독자의 호기심을 이끌어 내기 위한 극적 구성을 취하고 있다. 가령 제1장 '대담한 산양군'은 『선언편選彦篇』에 제목 없이 수록되어 있으며, 『청구야담』 권1에도 실려 있는 「적괴중소賊魁中宵 척장검擲長劍」의 이야기를 재구성한 것이다.[16] 이들 야담집에는 주인공 '이완'의 이름을 명시하고 있는 데 반해, 「이대장전」의 경우 젊은 주인공의 이름을 비밀로 하여 독자들의 호기심을 자극한다. 첫 화의 젊은 주인공이 바로 이완이었음은 이후 제7장 '별방(22회)'에서 밝혀지게 된다. 또한 제2장 '병자호란'의 경우 실제 역사적 사실을 구체적으로 기록한 것이며, 인조반정의 공신이자 이완 대장의 아버지 이수일李守一의 사적을 기록하여 '이완'의 가계의 정통성을 부각시키고자 하였다. 이렇듯 전대 전 양식의 서술 방식과는 달리 파격적인 구성을 취하고 있으며, 실제의 사건과 허구적인 이야기가 결합되어 있는 모습을 볼 때, 이 작품이 신문연재소설로서의 특징과 함께 근대 역사소설로서의 전사가 될 만한 충분한 자질을 지니고 있음을 보여준다.[17] 이러한 시도는 이후 본격적인 신문연재 역사소설의 시대를 열게 되는 데 중요한 영향을 주었다.[18]

'이조기걸' 「이대장전」은 순수한 창작 작품이라기보다는 과거의 역사적 사실과 그것을 둘러싼 다양한 종류의 야담과 전설을 수집하여 재구성한 작품이라는 특징을 지닌다. 신문 기자로 활동하던 남상일에게는 새로운 이야기의 창조보다는 기존의 이야기 또는 역사적 사실의 수집과

---

16 이우성·임형택 편, 『이조한문단편집』 下, 일조각, 1978, 92~95면 참조.
17 김병길 역시 "1930년대에 들어와 번성을 구가한 역사소설과 전대 서사물 사이의 엇물림의 한 양상을 확인할 수 있는 작품"으로 평가하였다. 김병길, 앞의 글, 172~177면 참조.
18 1930년대 역사소설의 부흥에 관해서는 다음의 논문이 상세하다. 김종수, 「역사소설의 발흥과 그 문법의 탄생─1930년대 신문연재 역사소설을 중심으로」, 『한국어문학연구』 51, 2008, 287~313면 참조.

정리, 그리고 재배치가 더욱 수월한 작업이었을 것이다. 당시 『매일신보』 편집진이었던 남상일이 직접 당시 '조선야담사'의 창립 및 야담운동의 대중적 성과를 재빠르게 『매일신보』의 지면 안으로 유입시키고자 했을 가능성도 배제하긴 어렵다.[19] 이후 『매일신보』에는 양건식의 「삼국연의」1929.5.5~1931.9.21, 이보상의 「임경업」1934.1.9~10.9과 「강감찬전」 1935.4.11~1936.1.10, 조일제의 「김척의 숨」1934.7.23~1935.11.13, 박종화의 「금삼의 피」1936.3.20~12.29 등 다양한 역사소설이 연재되는데, 이러한 역사소설의 유행은 「이대장전」의 성공에 힘입은 바 크다.

또한 특징적인 사실은 소설란에 수록된 「이대장전」이 다른 지면의 기사와 유기적으로 결합하여 독자들의 관심을 유도하고 있다는 점이다. 「이대장전」의 연재가 시작되고 난 뒤 이십일이 지난 뒤 2면에는 「이완대장성묘기李浣大將省墓記」라는 르포reportage 기사가 총 4회 연재되었다. 이 기사는 「이대장전」의 작가 남상일이 직접 이완대장의 묘소가 있는 '경기도 여주군 주내면 대거동' 현지에 탐방하여 작성한 기사이며, 매회 기사 말미에는 '金華山人'이라는 기사작성자의 필명이 게시되어 있다. 기사 제일 앞머리에는 이 기사를 취재한 이유를 제시하고 있다.

리죠중엽에 씩씩한 무용과 피밋치는 성충을 견주어 그 일홈이 천츄에 전하야 반도삼천리 자라나는 자손의 혈관에 새 용긔와 새 늣김을 너허쥬는 리완대장(李浣大將)의 피가 슬코 가슴이 쒸는 무용전이 본지에 계재되자 만천

하의 인긔는 이에 집중되야 『쟝쾌』한 환셩과 늣김에 쥬린 연대인의 침톄된 싱애에 한 쳥량재가 되고 거륵한 츙동을 주는 이째 리완대쟝의 산소를 차즈라는 주문이 답시하얏다[20]

위 인용문에 따르면, 「이대장전」이 연재되자 그 실제 주인공인 '이완 李莞'이라는 인물에 대한 독자들의 관심이 높아졌으며, 이완의 산소를 찾으라는 독자들의 주문에 따라 이러한 탐방 기사를 작성하였다는 것이다. 남상일은 이 기사를 통해, 이완 대장의 후손을 만나 묘소를 찾고, 이완 대장이 남긴 유품들을 실제로 확인하게 된다. 이 기사에는 이완 대장을 찾아 떠나는 여정과 심회心懷를 섬세하게 기술하고 있는데, 곳곳에 삽입된 필자의 시조는 여행의 운치를 더한다. 또한 여기에는 이완의 묘에 있는 비석과 상석, 이완의 십일 대 후손, 이완이 쓰던 창의 사진이 포함되어 있어 기사의 생생함을 더하고 있다.

이러한 기사는 신문기사의 독자들을 연재소설로 유인하거나, 연재소설의 독자들을 작품 속 이야기에 더욱 몰입하게 만드는 데 효과적인 역할을 수행했을 것으로 짐작된다. 이는 「이대장전」의 작가인 남상일이 소설만을 연재하던 전문 '작가'와는 달리, 폭넓게 『매일신보』의 지면을 담당하던 '기자'였기에 가능했다.

2) 대중의 기호와 욕망의 반영 - 「순정純情」

앞에서 살펴보았듯이 「순정」은 1928년 2월 18일부터 5월 27일까지

20　金華山人, 「李浣大將省墓記(1)」, 『每日申報』, 1927.9.23.

총 93회 연재된 작품이다. 이 작품의 글과 그림은 "雨亭 飜案, 杏仁 畵"라고 표기되어 있는데, '행인杏仁'은 「이대장전」의 삽화를 그렸던 이승만李承萬의 호이다. 이 작품은 작가가 명기하였듯이 번안 소설이다. 하지만 현재로서는 그 원작이 무엇이었는지 찾기가 어렵다.

이 작품의 줄거리는 다음과 같다.

영자와 일런은 비록 엄마가 다르지만 한 아버지에게서 태어난 이복 자매이다. 언니인 영자는 화가 리설봉과 결혼했으며, 일런은 언니와 형부와 함께 살고 있다. 불우한 어린시절을 겪은 리설봉은 은인인 영자의 아버지의 유지대로 영자와 결혼을 하였으며, 처제인 일런을 모델로 그린 그림 〈오후의 녹음〉으로 조선 미술계에서 명성이 드높았다. 하지만 영자는 친척 오빠인 박영식과 간통하였으며, 이 사실을 알게 된 리설봉은 큰 충격에 빠진다. 일런은 평소 존경하던 리설봉의 방황과 좌절을 곁에서 돌보며, 자신이 설봉을 사랑하고 있음을 깨닫게 된다. 고통의 시간 속에서 설봉과 일런은 서로의 사랑을 확인하게 되고, 결국 정을 나누게 된다. 하지만 친구 민병천의 꼬임에 넘어간 설봉은 주색잡기에 빠져 방탕한 생활을 하다가 결국 외국으로 방랑의 길을 떠나게 된다. 한편 홀로 남게 된 일런은 설봉의 아이를 낳아 기르며 애틋한 마음으로 설봉이 돌아오기만을 기다리다가 결국 죽게 된다. 일런의 딸 설자는 젊은 시절 일런을 사모하였던 김추수에게 맡겨져서 아름다운 여인으로 자라게 된다. 오랜 세월이 지나 조선에 다시 돌아온 설봉은 사랑하던 여인 일런과 꼭 빼어 닮은 한 젊은 여인을 발견하게 되고, 결국 그녀가 자신과 일런 사이에 태어난 딸 설자임을 알게 된다. 설봉은 미쳐 다 그리지 못한 일생의 대작을 설자를 모델로 완성하게 되고 결국 파란만장한 삶을 마치게 된다.

「순정」은 1920년대 신문연재소설의 대중적 성격을 여실히 드러내는 작품이다. 특히, '소설예고'에서 광고하였던 것처럼, 이 작품은 '가정소설'로서의 특징을 고루 갖추고 있다. 예컨대 가정에서 벌어지는 남녀 간의 애정문제를 중심으로 하되, 삼각관계, 근친상간, 불륜 등 매우 자극적인 소재를 곁들이고 있다는 점에서 그러하다. 처음에는 일련을 중심으로 한 추수와 설봉의 삼각관계로 시작되지만, 점차 이야기는 자극적이고 통속적인 불륜 관계로 복잡하게 얽혀진다.

영자는 예술과의 사랑에 빠진 남편 설봉 대신 다정한 친척 오빠 영식과 일찌감치 불륜 관계였으며, 그녀와 설봉 사이에 태어난 아이 수동이도 실은 영식의 아이였다. 또한 영자와는 배다른 자매이지만, 일련은 형부인 설봉을 사랑하게 되었고, 설봉 역시 자신의 그림 모델이었던 처제 일련과 결국 관계를 맺는다. 설봉이 외국으로 떠난 뒤에는 설봉의 아이를 낳은 일련의 지극한 모성과 설봉을 향한 지고지순한 사랑이 이야기의 중심을 이루게 된다. 결국, 이러한 이야기는 '가정소설'이라는 표현에서 짐작할 수 있듯이, 주로 여성 대중독자들의 취미에 영합하기 위한 통속적인 대중소설로 기획되었음을 알 수 있다.

그러나 「순정」의 자극적이고 통속적인 소재는 진정한 아름다움을 화폭에 표현하고자 하는 설봉의 예술적 욕구에 의해 나름의 세련된 분위기로 포장된다. 설봉은 자신이 어릴 적 세상을 떠난 어머니를 그리워하며, 여성이 지닌 가장 아름다운 모습을 화폭에 담고자 한다. 설봉은 돌아가신 어머니를 연상시키는 처제 일련의 순결한 아름다움을 그려 일약 조선 미술계에 명성을 날리게 되었지만, 영자의 부정한 모습에 크게 좌절하고 더이상 여성의 진정한 아름다움을 표현할 수 없게 된다. 결국 모든 것을 포기한 설봉은 일련이 자신의 아이를 갖게 된 것도 모른 채 방랑의 길을 떠나게 되었지만, 오랜 세월이 지난 후 다시 돌아와 일련과의 사이에서 태어난 딸 설자를 모델로 인생 최대의 걸작을 완성하게 된다.

이처럼 주인공 화가의 예술과 사랑을 다룬 작품을 번안한 것은 당시 대중들의 문화적 관심을 반영한 선택으로 보인다. 1922년 일제의 문화통치의 일환으로 창설된 '조선미술전람회'는 당시 일반 대중들의 폭발적인 인기를 얻고 있었으며, 매년 실력 있는 조선의 화가들을 배출하는 통로가 되기도 하였다.[21] '조선미술전람회'가 열리는 매년 8월 무렵에는 미술 관련 기사들이 각 일간지 지면에 쏟아져 나왔으며,[22] 임화, 권구현, 이광수, 안확, 장지연, 최남선 등 수많은 문인들이 미술 관련 글들을 잡지나 일간지에 발표하기도 했다.[23] 특히, 이 작품의 삽화를 담당한 이승만 역시 '조선미술전람회'가 배출한 서양화가 중 한 사람이기도 하였다.

위에서 언급한 많은 문인들처럼 남상일 역시 '조선미술전람회'에 많은 관심을 지닌 인물이었다. 1930년 5월 20일부터 25일까지 총 6회에 걸쳐 『매일신보』에 연재된 남상일의 글 「미전인상美展印象」은 제9회 '조선미술전람회'에서 입선한 작가와 작품에 대한 평론이다. 남상일은 글의 도입에서 다음과 같이 말한다.

21　정호진, 「조선미술전람회 제도에 관한 연구」, 『미술사학연구』 205, 1995, 21~48면 참조.
22　김인숙, 「조선미전과 오리엔탈리즘」, 『현대사상』 9, 2011, 113~114면 참조.
23　식민지 시기 문인들의 미술 평론에 대해서는 다음의 글이 상세하다. 김미영, 「식민지시대 문인들의 미술평론의 두 가지 양상-임화와 권구현을 중심으로」, 『한국문화』 44, 2008, 175~199면 참조.

이글을 草하는 나는 본시 全然 門外漢이다 보고 우슬야거던 우서라 그러나 藝術이 다 못 藝術만을 爲함이 아니오 人生을 爲하야 形以上的으로 엇더한 稗益을 주는 것이라면 門外漢의 批評도 쏘한 아모 價値가 업는 것이라고 할 수는 업슬 것이다 도리어 專門家의 評보다는『포퓰라』한 가운대에 무슨 다른 새맛이 잇을 것을 망녕되히 自負하고 不敢한 評을 나리어 보려 한다[24]

남상일은 자신이 미술 전문가는 아니지만 문외한의 비평도 나름의 의미를 가질 수 있다고 말하며, 전문가의 평보다 오히려 자신의 글이 '포퓰라' 한 맛을 지닐 수 있다고 주장한다. 남상일은 이 같은 서문 이후 이번 '조선미술전람회'의 출품한 작품들에 대한 나름의 감상을 6회에 걸쳐 연재하는데, 이러한 미술에 대한 관심과 조예는 「순정」이라는 작품을 선택하고 번안하는 데에 중요한 영향을 미친 것으로 판단된다.

「순정」첫 회의 소제목은 '전람회'이며, 사건의 시작은 일련이 언니인 영자와 함께 자신을 모델로 한 설봉의 작품〈오후午後의 녹음綠陰〉을 관람하면서부터 비롯된다. 여기서 리설봉은 처제인 일련을 모델로 한 작품〈오후의 녹음〉으로 조선 미술계에 일약 천재화가로 인정받는다. 또한 실상 모든 갈등의 원인에는 주인공 설봉의 예술에 대한 맹목적 신념이 자리하고 있으며, 작품의 마무리 역시 일련이 남긴 자신의 딸 설자를 모델로 인생의 대작을 완성하는 것으로 이루어져 있다. 결국, 「순정」은 작가 자신을 비롯한 당시 대중들의 미술에 대한 관심을 일정부분 반영하여 이루어진 작품임을 확인할 수 있다.

---

24 金華山人, 「美展印象(1)」, 『每日申報』, 1930.5.20.

〈그림 19〉 「순정」의 첫 회 연재 모습

그 밖에도 이 작품은 중류 이상 하이칼라의 가정을 배경으로 삼아, 그들의 삶을 엿볼 수 있는 다양한 장치를 익숙하게 배치하고 있다. 예컨대, 모델, 아트리에, 페미니스트, 센치멘탈, 히스테리, 카텐, 피스톨 등 서양에서 들여온 다양한 외래어를 겹낫표(『 』)를 사용하여 표기하고 있는데, 이러한 장치는 이 작품이 지닌 모던한 분위기를 구체적으로 형상화하는데 효과적인 도구가 된다. 또한 이승만이 그린 삽화는 이러한 작품의 특성과 결합하여, 모던한 삶의 방식을 시각적으로 형상화하는 데 성공하고 있다. 피아노가 놓인 방, 꽃병이 놓여 있는 작은 테이블, 벽에 걸린 그림 액자, 서양식 창과 커튼 등의 근대식 인테리어는 물론 일련과 영자의 단발 파마머리, 손에 든 양산 등은 당시 신여성의 모습을, 단정하게 빗어 넘긴 헤어스타일과 콧수염, 말끔한 서양식 정장, 중절모, 파이프 담배는 모던한 신사의 모습을 구체적으로 재현하는 데 성공하고 있다. 이러한 특성은 「순정」이라는 작품이 당시 독자 대중의 기호 및 욕망과 밀접한 연관을 맺으며 연재된 소설이었음을 짐작케 한다.

3) 정치적 관심과 희곡 번역 – 「고민苦悶」

1930년 2월 『매일신보』는 창립 25주년을 기념하여 혁신적인 변화를 시도한다.[25] 우선 자본금을 종래 16만 원에서 36만 원을 추가로 편성하였고, 이에 따라 지면을 4면에서 8면으로 크게 확장 하였다. 또한 한국인 박석윤朴錫胤을 부사장에 임명하고, 편집국의 부서를 정치, 경제, 사회, 학예, 지방각부로 새롭게 편성하였다. 이에 따라 정치부장에 남상일南相一, 편집국장 대리에 이익상李益相, 사회부장에 정인익鄭寅翼, 학예부장에 최상 덕崔象德, 학예부 기자에 최학송崔鶴松 등이 새롭게 임명되었다.[26]

8면으로의 지면 확장과 학예부의 편성은 소설을 비롯한 문학텍스트의 양적인 증대를 이루는 데 결정적인 영향을 미쳤다. 3면 하단에는 양백화의 「삼국연의」가 고정적으로 연재되었으며, 소년소녀 어린이를 대상으로 한 지면과 여성 · 부인 중심의 대중독자들을 위한 지면이 고정적으로 4면과 5면에 각각 편성되었다. 이에 따라 어린 독자들을 위한 지면에는 다양한 동화, 우화, 동요 등이 수록되었으며, 김소운의 「천일야기담」 1930.3.14~9.10, 정인택의 「눈보라」 1930.9.11~10.5, 김일봉의 「정자나무밋」 1930.10.8~26, 계명성의 「오색의 소리별」 1930.10.28~1932.3.20? 등 어린이를 위한 소설이 연재되었다. 또한 5면에는 양유신의 「해괴海怪」 1930.2.11~9.19, 최서해의 「호외시대」 1930.9.20~1931.8.1, 염상섭의 「무화과無花果」 1931.11.13~1932.11.12 등이 연재되었다.[27]

1930년 2월, 『매일신보』의 대대적인 지면 확장은 문예면의 확장을 가져 왔으며, 더 많은 문학 텍스트의 게재를 필요로 했다. 따라서 『매일

---

25 「我社飛躍的大擴張」, 『每日申報』, 1930.2.10.
26 「本社辭令」, 『每日申報』, 1930.2.13.
27 처음 5면은 주로 여성 · 부인 독자들을 대상으로 하였지만, 차츰 남성 대중독자들 역시 포함하고자 했다. 그 지면의 이름도 '가정', '가정과 취미', '가정과 학예' 등으로 바뀌게 된다.

신보』 편집진은 기성 작가는 물론 다양한 신진 작가들을 발굴하고자 했으며, '전래동요', '소년소녀 문단', '부인평론', '괴담 · 기담' 등의 독자 투고를 지속적으로 모집하였다.[28] 남상일의 희곡 「고민苦悶」 역시 이러한 『매일신보』의 지면확장 및 체제변화와 연관을 맺고 있으며, 다양한 문예물의 수용과정 속에서 번역 · 게재된 것으로 볼 수 있다. 특히, 남상일의 정치부장으로서의 역할은 희곡 「고민」의 번역에 결정적인 계기가 된 것으로 파악된다.

'희곡'「고민」은 1932년 6월 19일부터 7월 28일까지 확장된 『매일신보』의 5면 '가정과 학예' 지면에 국한문혼용체로 연재되었다. 같은 지면에 염상섭의 「무화과」가 순한글체로 동시에 연재되고 있었다. 남상일은 자신의 필명 '金華山人' 뒤에 '역譯'이라고 붙여, 번역한 작품임을 분명히 표시하고 있었다. 대강의 줄거리는 다음과 같다.

이야기는 민국17년1928년 6월 황구툰 사건으로 장작림이 죽고 난 뒤, 봉천성 장학량의 집에서 시작된다. 새롭게 권력을 잡게 된 장학량은 '동북역치'를 통해 국민당의 장개석과 손을 잡는다. 이에 반하는 구파 권력 양우정을 습격 사살하고, '중동로사건'을 일으킨다. 이후 장학량은 관내 출병을 결정하여 장개석이 반대파와의 싸움에서 승리하는 데 공을 세우고, 중화민국육해공군 부총사령 임명 축하식을 거행한다. 하지만 일본은 장학량이 만주를 비우고 남쪽으로 자신의 세력을 넓히자, 유조호 사건을 빌미로 만주사변을 일으킨다. 자신의 본거지인 동북성을 잃고 급

28 이희정, 「1930년대 전반기 『매일신보』 문학의 전개 양상—미디어적 전략과의 상관성을 중심으로」, 『현대문학의 연구』 51, 2013, 343~350면 참조.

격히 쇠약해진 학량은 꿈에서 일본 군인에게 자신의 실패한 욕망을 부정당하게 되고, 혼선된 라디오에서 나오는 중국 공산당의 방송이 자신의 선택에 대한 신랄한 비판을 하자 큰 충격을 받는다.

이 작품은 1928년 6월 황구툰 사건부터 1931년 9월 만주사변까지, 최근의 정치적 사건들을 바탕으로 이루어진 이야기이다. 이 작품의 뼈대를 이루는 사건들은 최근까지 정치면에서 흔히 볼 수 있었던 것들인데, 이러한 특징은 번역자인 남상일이 1930년부터 정치부장으로 활동하였다는 점과 관련이 있다. 그간 가장 뜨거운 정치적 이슈가 되었던 중일 문제를 매일 다루었던 남상일의 정치적 관심이 「고민」이라는 텍스트를 번역하는 데 중요한 영향을 미쳤을 것이라는 점은 누구나 쉽게 예상할 수 있을 것이다.

그런데 이러한 정치적 사건이 '가정과 학예' 지면에 '희곡'으로 재탄생하여 수록되었다는 점이 흥미롭다. 동시대의 사건들, 특히 정치적으로 매우 예민한 사건을 정면으로 다루는 것은 흔한 일은 아니었다. 특히, 아무리 문학 작품이라 할지라도 '황구툰 사건'이나 '유조호 사건' 등 일제의 제국주의 야심이 노골적으로 드러난 정치적 사건을 정면으로 다루는 것은 극히 예외적인 사건이 아닐 수 없다. 그것도 총독부 기관지 『매일신보』에서 이러한 작품이 별다른 검열을 받지 않고 연재되었다는 점이 흥미를 끈다.

이 작품의 주인공은 만주·봉천 지역 최대 군벌軍閥이었던 장작림張作霖, 1873~1928의 아들이자 중국 근대사의 풍운아 '장학량張學良'이다. 작품은 철저하게 장학량의 고민과 결단을 중심으로 진행되며, 조선이나 일본이 아닌 중국의 시점에서 이야기가 진행된다는 점이 예사롭지 않다. 아무래도 최근에 발표된 중국 작품을 원작으로 삼았던 것으로 보이는데, 장학량의 고민과 선택에 초점을 맞추고, 그의 선택이 결국은 민족이나 국가가 아닌 개인적 욕망에서 비롯된 잘못된 것임을 비판하고 있다. 문제는 장학량이라는 인물이 역사적 평가를 내리기 어려운 극히 최근의 동시대 인물이라는 점에 있다. 그럼에도 불구하고 이 작품의 최종회에서는 라디오에서 흘러나오는 공산주의자의 목소리를 통해 장학량의 선택을 직접적으로 비판한다.

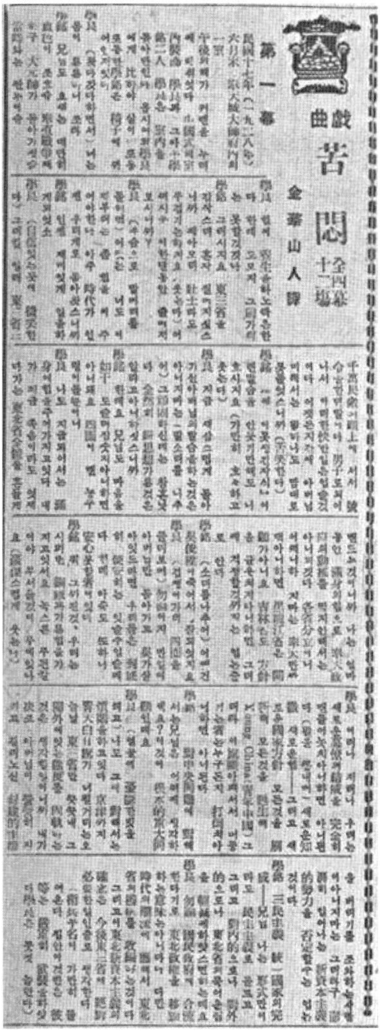

戱曲 苦悶 (全四幕十二場)

金華山人 譯

第一幕

〈그림 20〉 「고민」 첫 회 연재 모습

"우리는 지금에 軍閥家요 野心家요 典型的資本家요 享樂家인 中國資本主義의 殉敎者 張學良에게 알외는 葬送曲을 우리들의 힘세인 進軍曲으로 듯지아니하랴는가!"[29]

위 인용문에는 이 작품의 주제가 압축되어 있다. 만주사변을 통해 자신의 근거지를 잃게 된 장학량은 큰 충격에 빠진 채 병원에 입원해 있는데, 잠시 음악이나 들으면서 휴식을 취하려고 틀었던 라디

29 金華山人, 「苦悶」, 『每日申報』, 1932.7.28.

오에서는 공산당의 방송이 흘러나온다. 프롤레타리아계급을 위한 방송에서 장학량은 그저 군벌가, 야심가, 전형적 자본가, 향락가, 중국자본주의의 순교자로 규정된다. 장학량에게 국가나 민족은 그저 허울뿐이었으며, 그의 군사적 선택들은 그저 개인의 욕망을 채우기 위한 방편에 불과하다고 지적한다.

결국 이 작품은 최근의 정치적 사건을 둘러싼 장학량의 개인적 욕망을 비판하고, 이를 통해 국가와 민족, 계급과 같은 전체주의적 가치의 중요성을 중국 민중들에게 알리기 위한 목적으로 창작된 계몽적 성격의 희곡이다. 남상일이 왜 이러한 희곡을 선택하여 번역하였는지 그 의도를 정확하게 이해하기 어렵지만, 이 작품이 1932년 3월 1일 만주국 건국이라는 당시 가장 뜨거운 정치적 이슈를 반영하고 있음은 분명한 사실이다. 이는 남상일의 정치부 기자 활동과 밀접한 연관을 지니고 있으며, 이 작품이 당시의 조선, 중국, 일본과 같은 국민국가 체제와 민족 구성, 자본가와 농민·노동자 사이의 계급적 갈등을 상기시키는 역할을 했을 것이라는 점을 미루어 짐작해 볼 수 있다.

그런데 이 작품이 지닌 돌출된 특성으로 미루어 볼 때, 지금까지 문학사에서 이 작품에 대한 언급을 찾을 수 없다는 사실은 쉽게 납득이 가지 않는다. 문학사 기술은 물론 근대 시기 희곡 연구에서도 「고민」이라는 작품은 그 목록조차 제시되어 있지 않다. 이러한 사정에는 번역 작품에 대한 기존 문학사의 편향된 시선도 한 몫 하였겠지만, 작가에 대한 구체적인 정보를 확인하기 어렵다는 점이 가장 중요한 이유가 되었을 것이다. 이제 그 작가가 남상일로 밝혀진 이상, 「고민」이라는 작품에 대한 더욱 진전된 논의가 이루질 필요가 있다.

4) '기자 / 작가'에서 기자로 - 「신춘문예개관新春文藝槪觀」 및 동화

희곡 「고민」의 연재 이후 남상일은 『매일신보』의 지면에 「신춘문예개관新春文藝槪觀」 및 동화 등 몇 편의 글을 남겼다. 남상일은 1933년 1월에 「신춘문예개관」이라는 글을 9회 연재하였고, 5월에는 「권부자와 오뚝이」, 「안여옥」, 「신선술」, 「양화옹」 네 편의 동화를 연재하였다. 1934년에는 조선 기생의 역사를 다룬 「조선기속朝鮮妓俗 변천소고變遷小考」, 중국의 뛰어난 여성들의 일화들을 모아 놓은 「양창만록孃窓漫錄」을 연재하기도 하였다.

특히, 남상일은 「신춘문예개관」은 그의 문학적 관심과 전문적 소양을 확인할 수 있는 소중한 자료가 된다. 그는 이 글을 통해 각 신문사 당선 작들 간의 수준 차이가 크게 벌어지는 점과 검열문제로 발생하는 작품 선정의 문제를 지적한 뒤, 1933년 1월에 당선된 몇 편의 작품들을 비평하고 있다.[30]

그는 연재 첫 회에 연재에 임하는 자신의 심회를 다음과 같이 표현하였다.

> 무어이라고 할가 마치 故土를 써나 異域에서 多年流浪하다가 돌아온 사람 갓다고나 할가 이는 私談이어니와 나는 最近 몇해를 아모 하는 일 업시 虛人되이 보내엇다 이것은 나의 環境이 나를 이가티 아니치 못하게 한 것이지만은 나는 이 바람에 그 貧弱한 讀書와 拙劣한 執筆까지도 할 수 업서 이에 쌀

---

30 이 글에서 다루고 있는 작품들은 다음과 같다. 『중앙일보』에 당선된 김규(金圭)의 「휘 파람을 불게 된 女子」, 김현홍(金玄鴻)의 「老人」, 박석관(朴碩觀)의 「生命」, 『조선일 보』에 당선된 석산(石山)의 「아들의 消息」, □山學人의 「友情」.

하 自然히 일어나는 現象으로 붓그러운 말이지만은 案頭에는 그달의 雜誌 한
卷이 어엿이 업고 또 前과 가튼 文壇人과의 交遊도 드믈엇다 그래서 이 몃해
동안의 文壇의 事情도 全然히 모른다 마치 他鄕에서 내 故土에 갓 돌아온 것
가티 어리둥절하다 이는 이 方面에 對하야 그윽히 그 怠慢한 罪를 謝하는 바
어니와 이것은 나 一個人의 事情으로 그리된 것이니 나 自身으로서는 지금
이를 새삼스럽게 後悔하야도 쓸대업는 일이다[31]

위 인용문에서 알 수 있듯, 남상일은 꾸준히 독서와 집필을 해왔으며
문단 인사들과의 교류를 가져왔던 것으로 짐작된다. 하지만 어떠한 환
경의 영향으로 인해 몇 해 동안 문학(문단)과 떨어져 있었으며, 이로 인
해 문단의 사정도 전혀 모른다고 했다. 재미있는 것은 문단을 '고토故土'
라고 표현하고 있다는 점이다. 그는 '고토故土', 즉 문단을 그가 머물러 있
어야 하는 곳으로 여기고 있으며, 최근까지 외부적 환경에 의해 그러지
못했음을 아쉬워하고 있다. 1930년 2월 『매일신보』는 남상일을 정치부
장으로 임명하고, 학예부에 최상덕과 최서해를 임명하였는데, 이러한
환경의 변화는 아마도 남상일을 문학(문단)으로부터 차츰 멀어지게 만
든 결정적 요인이 된 것으로 보인다.

그럼에도 불구하고 남상일의 문학 활동은 완전히 사라지지 않았다.
이 무렵 『매일신보』는 소년소녀 어린이와 성인 가정 독자로 분리되어
있던 문예지면을 3면 하나로 통합시키고, '가정과 아동', '부인'란을 번
갈아 가며 배치하고 있었다. '金華山人'이라는 필명으로 게재된 남상일

---

31 金華山人, 「新春文藝槪觀」, 『每日申報』, 1933.1.29.

의 동화는 단 네 편에 불과하지만 한 달 남짓한 기간 동안 지속적으로 연재되었다. 이들 동화는 청대 초기 포송령蒲松齡이 창작한 중국의 문언 단편집 『요재지이』와 일정한 연관을 보인다. 그중 「안여옥」은 「서치書痴」를, 「신선술」은 「노산도사勞山道士」라는 작품을 아이들의 눈높이에 맞도록 번안한 것이다.[32] 「안여옥」은 책벌레 주인공이 책 속의 옥과 같은 얼굴의 여인과 만난다는 이야기이고, 「신선술」은 신선에게 담벼락을 지나치는 도술을 배운 주인공이 몸가짐을 단정히 하라는 가르침을 어기고 도술을 부리는 데 실패한다는 이야기이다.

한 달 남짓한 기간 동안 이루어진 남상일의 이러한 동화 연재는 일정한 의도를 갖고 이루어진 지속적인 활동이라기보다는 급격히 늘어난 연재 지면을 채우기 위한 임시방편의 성격이 짙다. 아마도 정치부에서 활동하던 남상일은 여전히 문학적 글쓰기에 미련을 가지고 있었고, 당시 『매일신보』 편집진은 이러한 남상일을 활용하여 부족한 문예 지면을 채울 수 있었던 셈이다. 1934년에 짧게 연재된 「조선기속 변천소고」나 「양창만록」 역시 이러한 맥락에서 이루어진 것이었음을 짐작할 수 있다.

결국 남상일은 『매일신보』를 떠나 만주간도성의 비서관, 조선한약수출입조합 이사를 거쳐 국제통신(이후 합동통신)에 재직하게 된다. 이때부터는 본격적인 언론인으로서의 활동이 두드러지게 되는데, 이러한 현실은 차츰 그에게 작가로서의 정체성을 소거하는 계기가 되었을 것으로 짐작된다.

---

32 포송령, 김혜경 역, 「서치」, 『요재지이』 2, 민음사, 2002, 130~138면; 「노산도사」, 같은 책, 39~45면 참조.

4. 맺음말

지금까지 「이대장전」의 저자 '금화산인'이 『매일신보』의 기자 남상일이었음을 밝히고, 남상일 문학의 『매일신보』 연재 양상과 의미를 「이대장전」, 「순정」, 「고민」 세 작품을 중심으로 살펴보았다. 이러한 과정은 근대 문학사에서 소외되었던 한 작가를 새롭게 발굴하는 데 그치지 않고, 그의 작품 세계를 통해 이 시기 문학 창작 주체의 한 양상을 드러내기 위한 방편이 된다.

지금까지 우리 문학사에 존재하는 수많은 작가들 중 남상일의 이름은 찾기가 어렵다. 또한 그가 남긴 「이대장전」, 「순정」, 「고민」과 같은 작품 역시 별다른 관심을 받지 못한 것이 사실이다. 그가 『매일신보』의 지면 안에서 꽤나 의미 있는 다양한 문학텍스트를 남겼음에도 불구하고, 왜 우리는 그의 이름과 작품을 기억하지 못했던 것일까? 물론 그의 작품 활동이 모두 필명으로만 이루어져 있다 보니 실제 작가를 찾지 못한 것이 가장 중요한 이유일 것이다. 만약 그가 실명으로 작품 활동을 하였다면 사정은 달라졌을까? 유감스럽게도 사정은 크게 다르지 않았을 것이다.

식민지 시기 조선의 문인들은 신문과 잡지를 주요한 작품 연재의 통로로 활용하였다. 특히, 신문은 작품을 발표할 수 있는 안정적인 지면을 제공하였으며, 다수의 대중독자들과 만날 수 있는 효과적인 방편이기도 했다. 이 시기 작가들 대부분이 신문연재소설을 연재한 바 있으며, 그 중 많은 수가 신문 기자이자 작가였다. 물론 초창기의 경우 사정이 조금 달랐지만, 1920년대 이후 대부분의 작가들은 생계의 해결을 위해 신문사에 입사하였으며, 기자라는 정체성을 부끄럽게 여기는 것이 이들 작가들의 일반적인 경향이었다.

하지만 남상일은 '기자 / 작가'이면서도 작가보다는 기자로서의 정체성을 더욱 중요하게 생각하였다. 그의 자신의 생애와 이력을 정리하면서도, 그는 작가로서의 활동에 대해서는 별다른 언급이 없었다. 마치 그의 작가로서의 활동은 마치 기자 임무를 충실하게 수행하기 위한 방편 중 하나였던 것처럼 여겨지기도 한다. 그렇다면 남상일은 왜 '기자'로서의 정체성을 더욱 중요하게 생각하였을까?

이는 문단제도 및 문단권력의 영향과 관련이 있어 보인다. 1920년대 후반 작가가 되기 위해서는 신춘문예 또는 현상문예에 당선이 되는 것과 기성 작가의 추천으로 받아 등단하는 두 가지 방법이 있었다. 뿐만 아니라 다양한 문예지를 중심으로 이루어지던 동인결성 및 작품 활동, 이에 대한 합평회, 월평회 등 당시 작가로서의 집단적 정체성을 공고하게 형성하던 모임과 활동이 활발하게 이루어지고 있었다. 대부분의 '기자 / 작가'들이 작가로서의 정체성을 형성한 다음 나름의 목적에 의해 기자를 직업으로 선택하였던 것과는 달리, 남상일은 먼저 기자가 되어 활동하던 중 작가로서의 활동을 병행하였다.

남상일은 『매일신보』의 지면 안에서 꾸준히 작품 활동을 하였지만 끝내 '작가'로서의 정체성을 얻는 데에는 실패했다. 하지만 그가 『매일신보』의 지면 안에 남겨 놓은 몇 편의 문학 텍스트들은 그동안 한국 근대 문학사에서 완벽하게 소거되어 있던 남상일이라는 한 존재를 넘어, 그 당시 신문 '기자 / 작가'의 모습을 이해하기 위한 유용한 자료가 된다. 중요한 점은 남상일의 문학 활동이 기자로서의 이력과 밀접한 연관을 맺으며 이루어졌다는 점이다.

예컨대, 「이대장전」은 역사적 사실에 야담, 전설 등 같은 허구적 이야기를 결합시켜 이루어진 대중적인 신문연재소설이었는데, 남상일은 소설 연재 중 이완대장 묘소에 직접 탐방한 르포 기사를 게재하여 독자들의 관심을 유도하였다. 또한 남상일은 미술에 대한 관심을 비롯하여 당시 대중들의 기호와 취향을 빠르게 반영한 「순정」이라는 번안소설을 연재한 바 있다. 1930년 2월 『매일신보』의 대대적인 편집진 교체와 체제 변화에 따라 정치부장이 된 남상일은 만주사변 등 매우 시의성 있는 사건을 소재로 다룬 「고민」이라는 희곡을 번역 게재하기도 하였다. 그 밖에 연재된 동화 몇 편과 신춘문예에 대한 평론 등은 그의 '기자/작가'로서의 특징과 한계를 여실히 보여주는 사례가 된다.

임화 이후 우리 문학사가 다루고 있는 '작가'는 과연 어떠한 사람들인가? 지금까지 우리는 이러한 문제에 대한 본격적인 질문 없이 그저 기존 문학사가 정해준 작가들의 이름을 기계적으로 반복해 다루었을지도 모른다. 남상일의 존재는 그동안 우리가 인식하지 못했던 무명작가에 대한 새로운 연구의 필요성을 제기할 뿐만 아니라, 당시 신문의 문예면을 담당하던 문학담당자 계층의 일면을 드러내기 위한 구체적인 계기가 된다. 아직까지 우리 문학사에서 소외되었던 무명작가들은 무수히 많다. 이와 같은 시도가 근대 시기 문학담당층의 한 면모를 밝히는 한편, 더 나아가 기존 문학사의 편향성을 극복하기 위한 출발 지점이 되길 바란다.

제4장

1920년대 신문 '기자 / 작가' 은파 박용환과 그의 문학

1. 머리말

한국의 근대소설은 근대의 테크놀로지technology와 밀접한 연관을 맺으며 형성되었다. 문학의 존재 자체는 훨씬 오랜 역사를 갖지만 발전된 과학기술을 토대로 한 근대의 미디어media는 문학의 생산·유통 및 확산에 폭넓게 관여하였으며, 이러한 물적 토대의 변화는 문학이라는 양식의 계승과 변이에 결정적인 영향을 미치게 되었다. 특히, 신문은 발전된 활자·인쇄기술을 바탕으로 근대 초기의 공론장을 형성하는 데 주도적인 역할을 했으며, 근대 사회로의 이행 과정에 있어 막강한 영향력을 행사할 수 있었다. 이러한 근대의 신문은 더 많은 독자를 확보하기 위해 소설을 필요로 했고, 근대소설은 신문 매체의 안정적인 지면을 토대로 발아할 수 있었다.

애국계몽기, 국권 상실의 위기 속에서 『대한매일신보』, 『만세보』, 『제국신문』, 『대한민보』 등은 허탄무기한 속성 때문에 비판받던 소설을 애국계몽운동의 흐름 속에서 새롭게 호출하여 근대소설 형성의 토대가 되었다. 한일강제병합 이후에도 1910년대 유일한 중앙 신문이었던 『매일신보』는 이해조의 신소설이나 조중환과 이상협의 번안소설들을 꾸준히 연재하였으며, 1917년에는 이광수의 「무정」을 연재하며 한국 근대소설의 형성 과정에 지대한 공헌을 하였다. 또한 1920년대에는 『조선일보』, 『동아일보』, 『시대일보』 등이 창간되어 다양한 작가들이 작품 활동을 할 수 있는 토대가 형성되었다. 근대 문학은 이러한 신문 매체와 밀접한 연관을 맺으며 형성될 수 있었다.

그런데 우리가 쉽게 간과하는 사실 중 하나는 근대 시기의 작가들 중 상당수가 신문의 기자이기도 했다는 점이다. 이인직, 이해조를 시작으로, 조중환, 이상협, 최찬식, 염상섭, 현진건, 나도향, 최서해, 김기림, 이태준 등 우리가 기억하는 많은 작가들이 신문의 기자이면서 동시에 작가였다. 이러한 '기자 / 작가'들은 소설 연재는 물론 기사의 취재 및 작성에서 기획·편집까지 다양한 업무를 맡고 있었다. 이들 작가들은 신문사에 소속되어 일정한 급여를 받을 수 있었는데, 이는 경제적인 어려움을 해결하고 안정적인 작품 활동을 하는 데 중요한 바탕이 되었다. 따라서 이들 '기자 / 작가'의 존재는 한국 근대소설이 신문이라는 미디어와 매우 밀접한 관련 속에서 이루어진 것임을 입증하는 중요한 근거가 된다.[1]

1　신문에 소속된 기자이면서 문학 활동을 했던 작가들은 주로 '문인기자'라는 용어로 지칭되어 왔으며, 최근 몇몇 연구자에 의해 다루어진 바 있다. 하지만 이 '문인기자'는 주로 '문인'에 방점이 놓이는 표현이며, 현진건, 염상섭, 김기림, 이태준 등 우리 문학사에서 잘 알려진 인물들의 기자 이력에 주목하고 있다는 특징을 지닌다. 조영복, 「1930년

문제는 우리가 기억하고 있는 것보다 훨씬 더 많은 작품들이 이 시기 신문에 산재해 있고, 수많은 무명의 작가들이 신문 지면을 토대로 활동하고 있었다는 점이다. 그렇다면 우리가 기억하고 있는 작가는 누구이며, 과연 이들은 어떠한 선택과 배제의 원리에 의해 구성되었던 것인가? 당시의 문학을 더욱 입체적으로 재구성하기 위해서는 이들 무명작가와 작품에 대한 연구가 지속적으로 이루어져야 하며, 이들 작가와 작품이 당대의 신문이라는 매체, 그리고 당대의 문화적 흐름 속에서 어떠한 관계를 맺으며 존재하였는지를 더욱 구체적으로 살펴볼 필요가 있다. 그동안 소외되었던 '기자 / 작가'에 대한 연구는 근대 작가의 정체성을 규명하는 데에 중요한 열쇠가 될 수 있다.

특히, 본 연구에서 다루어 보고자 하는 '기자 / 작가'는 1920년 무렵 『매일신보』에서 활동한 은파隱坡 박용환朴容奐이다. 은파 박용환은 『매일신보』, 『조선일보』 등에서 활동한 기자이자, 『방화수류정』, 「흑진주」, 『연당의 비밀』 등의 작품을 남긴 작가이기도 했다. 그러나 유감스럽게도 한국 근대 문학사에서 박용환이라는 인물에 대한 연구는 단 한 차례도 이루어진 바 없다. 여기에는 저자 확정의 문제나 자료 발굴의 어려움 등이 무엇보다 중요한 요인이 되었겠지만, 대중성에 중심을 둔 작품들에 대한 뿌리 깊은 편견 역시 간과할 수 없을 것이다.

본 연구는 은파 박용환의 기자 이력과 문학 활동을 정리하고, 그가 남

대 신문 학예면과 문인기자 집단」, 『한국현대문학연구』 12, 한국현대문학회, 2002; 박용규, 「식민지 시기 문인기자들의 글쓰기와 검열」, 『한국문학연구』 29, 동국대 한국문학연구소, 2005; 박정희, 「한국근대소설과 '記者-作家' - 현진건을 중심으로」, 『민족문학사연구』 49, 민족문학사연구소, 2012; 박현수, 「문인-기자로서의 현진건」, 『반교어문연구』 42, 반교어문학회, 2016.

긴 세 편의 장편소설들을 구체적으로 살피는 것을 목표로 삼는다. 이를 통해 그의 작품들이 당대의 최신 미디어를 기반으로 한 문화전략의 핵심에 놓여 있음을 드러내고자 한다. 기존 문학사에서 배제되었던 숨겨진 작가를 찾아, 그의 문학세계를 정리하고 배치하는 일은 다양하고 이질적인 성격의 문학 텍스트가 자유롭게 공존하던 당시의 문학장 그 차제를 입체적으로 재구성하는 작업이기도 하다. 이러한 시도는 당시 문학담당 계층의 한 면모를 구체적으로 드러내고, 더 나아가 1920년대의 문학을 더욱 다채롭게 이해하기 위한 또 하나의 방편이 될 것이다.

2. 『매일신보』의 '기자 / 작가' 은파 박용환

『방화수류정訪花隨柳亭』은 1920년 12월 31일 박문서관에서 발행되었으며, 판권지에는 "著作兼發行人"으로 김원길金元吉이라는 이름이 적혀있다. 1921년에는 재판, 1923년에는 삼판이 발행되었는데, 이로 미루어 보아 당시에 상당한 인기를 끈 작품임을 짐작할 수 있다. 하지만, 한국문학사에서 『방화수류정』은 꽤나 낯선 이름의 작품이며, 이에 대한 본격적인 논의를 찾기도 어렵다.[2]

---

2 『방화수류정』에 대한 연구로는 「군담소설 양식의 계승으로 본 신작구소설 〈방화수류정〉」이 유일하다. 이 연구는 오랫동안 소홀히 여겨졌던 텍스트에 주목하여 그것의 문학사적 의미를 탐구하였다는 점에서 의미가 있다. 특히, 이 논문은 『방화수류정』을 신작구소설로 범주화하고, 군담소설의 양식의 계승 양상에 초점을 맞추고 있다는 점에서 특징적이다. 하지만 판권지에 나타난 '저작겸발행인' 김원길을 저자로 인식하면서도 그에 대한 아무런 접근을 시도하지 않는다거나, 다소 무리하게 군담소설로서의 양식적 특성을 연결시켜 설명하고 있다는 점에서 한계가 있다. 이정원, 「군담소설 양식의 계승으로 본 신작구소설 〈방화수류정〉」, 『고소설 연구』 31, 한국고소설학회, 2011, 299~325면.

판권지에 표기된 김원길金元吉이라는 이름 역시 익숙하지 않다. 동시대의 신문·잡지나 딱지본 소설들의 판권지들을 살펴보아도 더 이상 김원길의 이름은 찾기 어렵다. 그렇다면 과연 김원길을 『방화수류정』의 실제 작가로 볼 수 있을까? 게다가 당시 출판된 딱지본 소설의 판권지에 기재된 '저작겸발행인' 또는 '저작겸발행자'의 이름 모두가 실제 작가를 지시하지는 않는다는 점을 상기해 본다면, 김원길을 실제 작가로 단정하기는 어렵다.[3]

그런데, 『방화수류정』의 실제 작가를 규명할 수 있는 매우 유의미한 단서가 포착되었다.

신파극계에 픽왕이라 홀만흔 명예와 만 텬하의 환영을 혼자 뎜령ᄒ엿다 홀만흔 됴션련쇄극의 원죠 김도산 일힝『金陶山一行』은 날마다 만장의 셩황으로 단셩사의 녈광덕으로 요구함에 싸러서 방화슈류뎡『訪花髓柳亭』극을 홍힝할 터인딕 특별히 방화슈류뎡의 뎌작자되는 본사 긔자 은파 박용환『隱坡 朴容奐』군과 쇼설계에 싀ᄉ별이 되는 일졔 됴즁환『一齊 趙重桓』군의 고심흔 각본을 바더 가지고 젼편『前篇』후편『後篇』에 분ᄒ야 대대뎍으로 홍힝홀 터이라(강조 인용자)[4]

위 인용문은 1920년 11월 28일자 『매일신보』에 게재된 기사인데,

---

3 박진영은 '저작 겸 발행자' 표시는 작가의 저작권이 아니라 판권으로서 카피라이트에 맞추어 바라볼 필요가 있다고 제안했다. 이는 다시 말해 판권지의 '저작 겸 발행자'가 작품의 작자보다는 판권 소유자의 표식에 가깝다는 것이다. 박진영, 『책의 탄생과 이야기의 운명』, 199~205면 참조.

4 「김도산 일행의 訪花髓柳亭劇興行」, 『매일신보』, 1920.11.28.

당시 〈의리적 구토〉라는 작품으로 '연쇄극'이라는 새로운 공연 방식을 창안한 김도산 일행의 새로운 공연 소식을 전하고 있다. 특히, 공연의 제목은 〈방화수류정訪花隨柳亭〉인데, 이 작품의 저작자는 본사(『매일신보』) 기자 은파 박용환이며, 일제 조중환이 각색하였다고 한다. 이 기사는 여러 가지 측면에서 주목할 만하다. 먼저 김도산 일행이 〈의리적 구토〉 직후 〈방화수류정〉이라는 작품을 공연하였다는 것도 흥미롭지만, 그 작품을 당시 『매일신보』의 기자였던 은파隱坡 박용환朴容奐이 저술하였다는 기록은 신소설 『방화수류정』의 실제 작자를 확인하는 데 중요한 근거가 된다. 또한 박용환의 작품을 일제一齊 조중환趙重桓이 각색하였다는 점도 당시 공연 레퍼토리의 창작과 각본, 공연 과정을 이해하는 데 중요한 자료가 될 수 있다.

그렇다면 은파 박용환이 저술하였으며, 김도산 일행이 공연한 작품 〈방화수류정〉이 박문서관에서 출간된 단행본 『방화수류정』과 동일한 작품인지 따져볼 필요가 있겠다. 박문서관에서 출간된 『방화수류정』은 한진사의 딸 옥선과 유복자 아들 옥남이 우여곡절 끝에 아버지의 복수를 하고, 죽은 줄 알았던 아버지와 재회하게 되었다는 이야기이다. 김도산 일행이 공연한 〈방화수류정〉은 어떠한 내용을 담고 있는 공연이었을까. 만약 그 내용을 확인할 수 있다면 두 작품의 관련성을 명확하게 파악할 수 있을 것이다.

당시 『매일신보』는 김도산의 공연 〈방화수류정〉에 대한 기사를 몇 차례 연속해서 게재하였는데, 당시 공연의 방식과 관객의 반응 등을 생생하게 재현하고 있어 눈길을 끈다. 그런데, 다행스럽게도 이 〈방화수류정〉 공연과 관련한 일련의 기사들은 작품의 줄거리를 거의 대부분 노출하고 있다. 십삼 세 유복이와 십오 세 옥선이가 부친의 원수를 갚고자 홀어머니를 두고 떠나는 대목[5]이나 유복이 여승이 된 옥선과 재회하여 방화수류정에서 죽은 줄 알았던 부친과 재회하는 대목,[6] 십칠년 동안 흩어졌던 가족들이 모두 재회하는 장면[7]은 김도산 공연 〈방화수류정〉이 박문서관에서 발행된 『방화수류정』과 동일한 작품임을 확인시켜 준다.[8]

결국 박문서관에서 발행된 『방화수류정』은 당시 『매일신보』 기자였던 은파 박용환의 작품이었으며, 일제 조중환이 각색하여 김도산 일행에 의해 단성사에서 공연되었다는 사실을 확인할 수 있다. 이러한 사실은 그동안 잘 알려지지 않았던 『방화수류정』이라는 작품의 실제 작가를 밝히는 한편, 『방화수류정』이라는 작품을 이해하기 위한 새로운 접근 방법을 제시한다. 이는 더 나아가 신문, 소설, 연극이라는 미디어가 서로 어떻게 결합하여 1920년대 초 새로운 문화적 맥락을 형성하는지를 보여주는 하나의 사례가 될 수 있다.

그렇다면 『방화수류정』의 작자인 은파 박용환은 누구인가? 은파 박용환은 한국 근대 문학사는 물론 한국 언론사에서도 다루어진 바 없는 인물이다. 정확한 생몰년 또한 미상이며, 단지 몇 개의 언론 관련 기록을 통해 그가 『매일신보』의 기자였음을 알 수 있다. 또한 그는 『방화수류정』 이외에도 몇 편의 소설을 남긴 것으로 파악된다.[9]

---

5 「訪花髓柳亭劇 開演初日의 大盛況」, 『매일신보』, 1920.12.2.
6 「訪花髓柳亭劇 興行第二日」, 『매일신보』, 1920.12.3.
7 「訪花隨柳亭劇의 後編 第一日夜」, 『매일신보』, 1920.12.5.
8 다만, 김도산 공연 〈방화수류정〉이 1920년 11월 30일부터 상연된 반면, 『방화수류정』이 박문서관에서 출판된 날짜는 1920년 12월 31일이다. 상식적으로 생각하면 『방화수류정』이 먼저 출판되고, 그 이후에 그 작품을 원작으로 삼아 〈방화수류정〉이 공연되었을 것이다. 『방화수류정』의 경우, 단행본이 출판되기 전에 작품의 원고를 공연 대본으로 활용하였을 가능성이 높다.

〈그림 21〉 은파 박용환

그의 이름을 가장 먼저 발견할 수 있는 곳은 1913년 1월 1일자 『매일신보』의 지면이다. 『매일신보』는 새해를 맞이하여 총 21면의 특별판을 발행하였는데, 여기에 "朴容奐"의 이름이 두 차례 발견된다. 하나는 「恭祝申報」라는 글인데 계축년 신년을 맞이하여 『매일신보』가 남산 위의 송백松柏같이 지속되길 바라는 내용이 담긴 짧은 글이고,[10] 「新年의 問數」는 새해 아침 소경 여섯 명이 모여 신년 운세를 묻는 손님을 기다리다가 벌어지는 이야기를 다룬 단편소설이다.[11] 「新年의 問數」에서 소경 여섯 명은 지나가던 코끼리를 각각 만져보고 자기가 만져본 것이 전부인양 떠들어대는데, 작가는 코끼리 주인의 입을 빌려 무당 판수의 허황됨을 비판하고 있다.[12] 박용환은 1913년 1월 1일 처음으로 『매일신보』 지면에 두 편의 글을 게재하였지만, 이때 박용환이 『매일신보』의 기자였는지는 분명치 않다. 이후 오랫동안 박용환의 이름이 『매일신보』의 지면에 등장하지 않는 것으로 미루어 보아, 아마도 그때는 정식 기자의 신분은 아니었던 것으로 보인다.

---

9 이 글이 처음 학계에 발표되고 난 뒤, 미국에 살고 있는 박용환의 손자 박상용 선생의 연락을 받게 되었다. 박용환은 1891년생으로 1913년 일본 와세다대학에서 공부했으며 1968년에 세상을 떠났다는 사실을 족보를 통해 확인할 수 있었다. 은파 박용환의 사진 역시 손자 박상용 선생에게 제공받은 것이다. 귀중한 정보와 자료를 제공해주신 박상용 선생님께 감사의 인사를 드린다.

10 「恭祝申報」, 『매일신보』, 1913.1.1, 6면.

11 「新年의 問數」, 『매일신보』, 1913.1.1, 7면.

12 김영민은 '신년소설(新年小說)'이라는 범주를 설정하고, 「新年의 問數」에 대한 분석을 시도한 바 있다. 김영민, 「한국 근대 신년소설(新年小說)의 위상과 의미-『매일신보』를 중심으로」, 『현대문학의 연구』 47, 한국문학연구학회, 2012, 137~139면 참조.

텍스트명	신문·잡지		단행본		비고
	매체명	날짜	출판사	발행일	
恭祝申報	매일신보	1913.1.1			신년 축하글
新年의 問數	매일신보	1913.1.1			단편 소설
自動車 搭乘記	매일신보	1920.6.23~27			탐방 기사
金陶山劇을 觀覽	매일신보	1920.11.12			연극 평론
방화수류정			박문서관	1920.12.31	소설
금강석	조선일보	1921.4.24~5.12			소설
흑진주	매일신보	1921.7.2~1922.2.5	조선도서주식회사 동양서원	1922.8.18	소설
慰安欄 讀者之友	부녀지광	1924.7.15			문예
來日	동아일보	1926.6.26			시
시메산골	동아일보	1926.6.26			시
蓮塘의 秘密			회동서관 성문당서점	1927.12.15	소설

7년여가 지난 1920년 6월 박용환의 이름이 다시 『매일신보』 지면에서 발견된다.[13] 당시 일본의 동경자동차학교는 경성 분교를 두어 자동차 기술자와 운전수를 배출하고 있었는데, 부산분교 개교를 기회로 자동차 일주 이벤트를 개최하였다. 이때 경성부터 부산까지 삼백사십여 마일의 거리를 완주하기 위해 세 대의 자동차에 십여 명의 인원이 나누어 타고 출발하였다. 『매일신보』는 이 행사를 후원하며 기자 특파원을 참여하게 하였는데, 그 기자가 바로 박용환이었던 것이다. 박용환은 '朴隱坡'라는 필명으로 「자동차自動車 탑승기搭乘記」를 총 4회에 걸쳐 연재하였으며, 이

---

13 「본사 주최 自動車隊」, 『매일신보』, 1920.6.20; 「自動車隊 今朝 대구 출발(朴 本社特派員 報)」, 『매일신보』, 1920.6.21; 「自働車 搭乘記 1~4」, 『매일신보』, 1920.6.23~27.

를 통해 당시 대중들의 호기심을 자극하던 자동차 대회를 생생하게 독자에게 전달하였다. 1920년 6월 20일자 기사에서는 "每申記者" 박용환과 경성일보 기자 노자키 신조野崎眞三의 사진과 함께 출발 직전의 사진이 실려 있다. 그 다음날인 6월 21일 기사에는 "朴本社特派員報"라고 박용환 특파원이 보낸 전보 기사임을 밝히고 있다. 그 밖에도 몇 개의 기사에 박용환의 이름 앞에 매일신보 기자임을 분명히 명시하고 있어, 박용환이 이 무렵 『매일신보』 기자로 활동하고 있었음을 확인할 수 있다.[14]

박용환은 『매일신보』 기자로 활동하면서, 1920년 12월 31일 박문서관에서 『방화수류정』을 출판하였으며, 1921년 4월 24일부터 동년 5월 12일까지 『조선일보』에 「금강석」이라는 제목의 소설을 19회 연재하였다. 특이한 점은 「금강석」이 19회 만에 갑작스럽게 중단되고, 거의 동일한 내용의 소설이 「흑진주」라는 이름으로 제목을 바꾸어 『매일신보』에 연재되었다는 점이다. 「흑진주」는 「금강석」이 중단된 이후 1921년 7월 2일부터 1922년 2월 5일까지 약 7개월 동안 『매일신보』 지면에 200회 연재되었다.

1921년 1월 1일 『매일신보』 신년 특집부록에는 「편집국원점고編輯局員點考」라는 기사가 게재되었는데, 이 기사는 편집국의 급사給仕가 『매일신보』 편집국에서 일하는 기자들의 인상을 스케치한 것이다. 이 글에 은파 박용환은 "▲ 軟派의 隱坡朴先生 넙적흔 얼골에 金體眼鏡… 언제 보던지, 견, 말성쑨"이라고 묘사되어 있다.[15] 이 기사를 통해 박용환이 1921년

---

14 「米國人 日本人足蹴事件, 第二回公判開廷」, 『매일신보』, 1920.8.20; 「海蔘威同胞視察團 歡迎會兼惜別會」, 『매일신보』, 1920.11.4; 「海蔘威同胞視察團 歡迎會兼惜別會」, 『매일신보』, 1920.11.4.
15 編輯局給仕, 「編輯局員點考」, 『매일신보』, 1921.1.1.

1월 1일 무렵『매일신보』편집국에서 문예 · 문화면을 담당하는 연파軟派 기자였음을 알 수 있다. 하지만 이후 얼마 지나지 않아 박용환은『매일신보』를 떠나『조선일보』에 입사하게 되는데, 이 사실은 1921년 2월 10일자『조선일보』에 실린 해관海觀[16]의「隱坡兄에게」라는 글을 통해 확인할 수 있다. 이 글에서 글쓴이 해관은『매일신보』에 같이 재직하던 인물이었는데,[17]『매일신보』를 떠나『조선일보』를 선택한 은파 박용환에 대한 섭섭한 마음을 토로하면서도 그가 잘 되기를 바라고 있다.[18] 그러나 그의『조선일보』생활은 그리 길지 않았던 것으로 보인다. 그는『조선일보』에「금강석」을 연재하던 도중 19회 만에 그치고, 얼마 뒤『매일신보』에「흑진주」를 연재하기 시작했다. 결국, 박용환은『매일신보』에서『조선일보』로 옮겼다가 다시『매일신보』로 돌아와서 '기자 / 작가'로 생활했음을 알 수 있다.

1921년 무렵 박용환은『매일신보』기자 생활과 동시에『조선상공신문朝鮮商工新聞』이 속간될 때 참여하여 외교부장外交部長을 담당하기도 하였으며,[19] '중앙유치원'의 후원회에 참여하여 평의원을 맡아 백원을 기부하기도 하였다.[20] 또한 조선인 기자 단체인 '무명회無名會'가 결성될 때 11명의 간사에 선출되기도 하였다. '무명회'에는 동아일보 편집국장 이상

---

16 여기에서 '해관(海觀)'은 신소설 작가 이해조의 필명인 '해관(解觀)'과는 다른 것이니 주의할 필요가 있다.
17 위에서 살펴본「편집국원점고」를 통해 해관이『매일신보』편집국에 근무하고 있었음을 확인할 수 있다. "三亦先生, 海觀先生, 모다 新年號에 밧부신지 鐵筆ㅎ고 싸홈만 혼다", 編輯局給仕,「編輯局員點考」,『매일신보』, 1921.1.1.
18 "隱坡兄 崔三亦兄에게 致賀를 傳ㅎ라 홈을 말ㅎ얏슴니다만은 兄의 朝鮮日報 勤務는 미우 感謝혼 바이요 우리 民族과 우리 靑年의 前途를 爲ㅎ야 더욱ㅈㅈ 筆硯이 健淸ㅎ심을 비오며", 海觀,「隱坡兄에게」,『조선일보』, 1921.2.10.
19 「商工新聞 續刊」,『매일신보』, 1921.8.9;「朝鮮商工新聞續刊」,『동아일보』, 1921.8.9.
20 「中央幼稚園 後援會 創立」,『매일신보』, 1921.10.13.

협, 조선일보 편집국장 선우일을 비롯하여 김형원, 백대진 등 당시 유명한 언론인들이 대거 참여하였는데, 이 중 간사에 선출된 것으로 보아 박용환이 꽤나 영향력 있는 기자였음을 짐작할 수 있다.[21]

1924년에는 『부녀지광』이라는 잡지의 창간호 「위안란 독자지우」라는 지면에 박용환의 필명이 등장하기도 했다.[22] "本欄常任記者 隱坡"라고 되어 있는 것으로 보아, 박용환은 『부녀지광』에 「위안란 독자지우」을 담당하는 기자로 참여한 것으로 보인다. 이 난欄은 '재미있는 전설, 각국의 별풍속別風俗, 기회奇話' 등을 소개하는 것으로 되어 있으며, 독자들의 투고와 참여를 유도하고 있다. 창간호에는 프로메테우스 신화와 미국의 차이나타운에 대한 이야기가 실려 있다. 또한 1926년 6월 26일자 『동아일보』 문예면에는 "隱坡"라는 필명으로 「來日」, 「시메산골」이라는 두 편의 시가 게재되어 있는데, 은파 박용환의 다양한 문학적 활동을 확인할 수 있는 자료가 된다.

이후 박용환은 『매일신보』가 황해도 연백에 '황해지국黃海支局'을 개설하면서 분국장分局長이 되어 자리를 옮기게 된다.[23] 이 무렵 박용환은 황해도 연백군에 주재한 신문잡지 기자들의 단체인 '연백기자단' 창립총회에서 사회를 보았으며, 회의 결과 연백기자단의 집행위원으로 선출되기도 했다.[24]

1927년 12월 15일에는 박용환의 번안소설 『연당蓮塘의 비밀秘密』이 성문당서점에서 출간되었다. 『연당의 비밀』은 282페이지 분량의 장편

---

21 「조선인 기자로 조직된 無名會의 發會式」, 『매일신보』, 1921.11.29.
22 은파, 「위안란 독자지우」, 『부녀지광』 창간호, 개조사, 1924.7, 50~51면.
23 「社告」, 『매일신보』, 1927.9.15.
24 「延白記者團 創立總會」, 『매일신보』, 1927.10.21.

으로 귀족 집안에서 태어난 사교계의 여왕이자 절세미녀인 순옥을 중심으로 사랑과 음모, 살인 등을 다루고 있는 흥미위주의 대중소설이다. 그런데, 이 책이 출판되는 시점에는 박용환이 연백에 주재하고 있을 때이다. 『연당의 비밀』은 박용환이 연백으로 자리를 옮기기 전에 집필한 것일 수도 있고, 연백에서 작품을 마무리하여 출판사로 송고하였을 가능성도 있다. 이후 그의 행적은 1928년 3월 17일 '인사동 자택으로 입성入城'하였다는 기사를 마지막으로 더 이상 나타나지 않는다.[25]

3. 박용환 소설의 특질과 의미

1) 신문·소설·연극의 공모와 기획-『방화수류정』

『매일신보』 기자로 활동하던 박용환은 본격적인 작품 활동 전, 김도산 연극에 대한 자신의 견해를 개진한 바 있다. 1920년 11월 12일자 『매일신보』에는 「金陶山劇을 觀覽-사막갓흔 됴선극게를 위하야 찬미」라는 제목의 기사가 게재되었는데, 필자의 이름은 '隱坡學人'으로 표기되어 은파 박용환이 쓴 것임을 알 수 있다.[26] 이 기사에서 박용환은 자신의 연극에 대한 관심을 표출하는 한편, 당시 단성사에서 흥행하던 김도산 일행의 연극 〈경은중보輕恩重報〉에 대한 나름의 구체적인 평가를 시도하고 있다.

박용환은 '문사文士'가 무형적·정신적 활동으로서 우리사회에 공헌하는 것이라면, '연극'은 물질적으로 실물을 모형으로 하여 사회의 시비를

---

25 「地方人事」, 『매일신보』, 1928.9.27.
26 「金陶山劇을 觀覽」, 『매일신보』, 1920.11.12.

〈그림 22〉『방화수류정』(박문서관, 1920)

교정하는 것이라고 주장한다. 이러한 표현은 다분히 문인들의 저술활동보다 재현의 측면에서 구체성을 띤 연극 공연의 중요성에 무게 중심을 두고 있다는 점에서 특기할 만하다. 이러한 가운데, 그는 김도산 연극 〈경은중보〉라는 작품이 각본은 크게 칭찬할 만한 게 없지만, 배우들의 설명이나 연기가 매우 훌륭했다고 평가했다. 결국 박용환은 이 글을 통해 사막같은 조선의 극계에 있어 김도산 일행의 노력이 매우 중요한 역할을 하고 있다고 상찬한다.

박용환의 이러한 연극, 특히 김도산 연극에 대한 관심은 소설 『방화수류정』의 집필과 밀접한 연관이 있는 것으로 보인다. 위 기사가 발표되고 채 며칠 지나지 않아, 박용환의 저작 『방화수류정』이 일제 조중환에 의해 각색되고, 김도산 일행에 의해 연극으로 공연된다는 기사가 발표되었기 때문이다.[27] 다시 말해, 박용환이 김도산 연극 〈경은중보〉에 대한 평론 기사를 작성하여 발표했던 시점에서 이미 『방화수류정』이 집필되었으며, 일제 조중환에 의해 각색된 각본이 김도산 일행에 의해 상연 준비되고 있었을 가능성이 높다. 김도산 연극 〈경은중보〉에 대한 평론을 쓰고, 며칠 만에 『방화수류정』을 집필하여, 각색까지 완료하였다고 보기는 어렵기 때문이다. 또한 배우들이 대본을 외우고 공연 준비를 하는 데에도 적절한 시

---

27 「김도산 일행의 訪花髓柳亭劇興行」, 『매일신보』, 1920.11.28.

간이 필요했을 것이다. 이러한 사실은 박용환의 『방화수류정』이 연극
상연을 전제로 집필되었을 가능성을 뒷받침한다.

또한 『매일신보』 기자 박용환의 『방화수류정』 집필과 김도산 일행에
의한 연극 공연은 『매일신보』에 의해 기획된 하나의 컬래버레이션coll-
aboration이었을 가능성이 크다. 『매일신보』는 1920년 11월 28일부터
12월 5일까지 다섯 차례에 걸쳐 김도산 일행의 〈방화수류정〉 공연을 알
리고, 날짜별 연극 공연의 모습을 상세하게 보도하고 있다.[28] 이 기사들
은 당시의 신문 미디어와 연극 공연이 매우 밀접한 관련 하에 이루어지
고 있음을 구체적으로 보여준다. 뿐만 아니라 당시 김도산 연극이 어떻
게 상연되었는지, 관객들은 어떻게 반응하였는지를 생생하게 재현하고
있다는 점에서도 흥미롭다.

이러한 일련의 기사들을 통해 『매일신보』는 자신들이 연극 〈방화수류
정〉을 후원하였음을 지속적으로 강조하여 독자들의 관심을 유도하고 있
다. 『매일신보』의 후원이라는 것을 당시 문화계에서 하나의 영향력 있는
공연 상품으로 차별화하려는 의도가 엿보인다. 그리고 광고 지면을 활용
하기 보다는 일반 기사를 활용하여, 자연스럽게 공연을 홍보하고 공연에
대한 관심을 불러일으키고 있다. 이는 영향력 있는 지면을 확보하고 있는
신문사가 지닌 매우 유리한 전략으로 볼 수 있다. 신문사의 도움을 받지
못하는 공연 주체가 자신들의 작품을 홍보하기 위한 수단은 지극히 제한

---

28 「김도산 일행의 訪花髓柳亭劇興行」, 『매일신보』, 1920.11.28; 「訪花髓柳亭劇은 今日부터
興行, 본샤 후원하에 셩대기연」, 『매일신보』, 1920.11.30; 「訪花髓柳亭劇 開演初日의 大
盛況, 수천의 관긱은 쉬일시 업시 수건으로 눈물을 씻기에 겨를이 업셔, 本日부터 本紙에
割引券刷入」, 『매일신보』, 1920.12.2; 「訪花髓柳亭劇, 興行第二日, 觀客의 눈물, 오날부터
눈 후편」, 『매일신보』, 1920.12.3; 「訪花隨柳亭劇의 後編 第一日夜, 白熱的喝采聲, 조슈갓
치 밀니인 관긱 통쾌한 갈치 련속 부절」, 『매일신보』, 1920.12.5.

적이었을 것이다. 특히, 〈방화수류정〉 공연에 대한 기사를 『동아일보』나 『조선일보』와 같은 타 신문에서는 전혀 찾을 수 없다는 점이 이를 뒷받침한다. 또한 애독자들에게 '특별할인권'을 발행하여 신문의 독자와 연극의 관객을 연계시키려는 전략은 『매일신보』의 후원이 매우 전폭적인 수준에서 이루어지고 있음을 짐작케 한다.[29] 일찍이 신파 번안소설에서 활용되던 이와 같은 전략이 1920년대의 창작 소설을 대본으로 한 연극 공연에 계승되고 있다는 점은 주목할 만한 특징이다.

그 연극의 대본이 당시 『매일신보』의 기자 박용환에 의해 쓰인 것이라는 점도 중요하다. 1910년대의 『매일신보』는 신문연재 번안소설을 신파극으로 공연하여 큰 인기를 끌어왔지만 1917년 이광수의 「무정」이 래로 일본 번안소설의 위세는 크게 약화된 형편이었다. 『방화수류정』이 신문연재를 거치지 않았던 점에는 의문이 들지만, 『매일신보』는 소속 기자인 박용환의 작품을 대본으로 삼아 시도되었던 연극 공연에 대대적으로 후원하였다. 『매일신보』가 처음 김도산의 〈방화수류정〉 극을 소개하면서 은파 박용환의 작가로서의 이력을 전혀 언급하지 않은 것으로 미루어보아, 『방화수류정』은 은파의 첫 번째 장편소설이었을 가능성이 높다. 『매일신보』의 편집진은 검증되지 않은 기자 박용환의 첫 소설을 연재하기에는 부담이 있어 망설였으나, 예상보다 연극 공연에 어울리는 재미있는 작품이라고 판단하여 후원을 결심한 것으로 짐작된다. 결국,

---

29   총독부 기관지 『매일신보』는 이미 1910년대부터 소설과 연극 공연을 연계시키는 전략을 지속적으로 활용해 왔다. 또한 『매일신보』는 연극공연과 관련한 각종 보도와 비평, 공연 홍보, 광고 게재 등을 통해 신파극이라는 새로운 공연 문화를 활성화시키는 데 기여하였다. 이와 관련해서는 함태영의 연구가 상세하다. 함태영, 『1910년대 소설의 역사적 의미』, 소명출판, 2015, 239~248면 참조.

연극 〈방화수류정〉은 평소 연극에 관심이 많던 『매일신보』의 기자 박용 환이 연극 공연을 염두에 두고 쓴 소설을, 조중환이 각색하여 김도산 일 행에 의해 공연된 작품으로 보는 것이 타당할 것이다.

이 기사들에 따르면, 김도산 일행은 1920년 11월 30일부터 12월 2 일까지는 『방화수류정』의 상편을, 12월 3일에서 4일까지는 하편을 공 연하였다. 또한 12월 5일부터는 상·하편 중 재미있는 대목들만을 꼽아 서 상연할 것이라고 예고하였다. 특히, 여기에는 작품의 줄거리가 거의 소개되어 있으며, 공연의 상황이나 독자들의 반응 등이 생생하게 묘사 되어 있다. 이는 배우들의 생생한 연기, 노래, 악기 소리, 관객들의 눈물, 관객들의 추임새 등 당시 연극 공연의 방식이나 풍경을 구체적으로 이 해할 수 있는 자료가 된다. 결국, 연극장 단성사와 공연 주체인 '김도산 일행'은 『매일신보』의 후원을 받아 박용환의 소설 『방화수류정』을 상연 한 것임을 알 수 있는데, 이러한 사실은 당시 신문 미디어와 공연문화가 어떠한 방식으로 서로 영합 또는 공모하고 있었는지를 구체적으로 보여 주는 사례가 된다.

당시 김도산 일행에 의해 연극으로 공연된 『방화수류정』은 대중 관객 에게 큰 인기를 끈 것으로 보이지만, 그 내용은 기존의 신소설 또는 신파 극의 형태를 크게 벗어나지 않았다. 특히, 『방화수류정』에는 이미 『매일 신보』에 연재되었던 이해조의 소설 「탄금대」나 「구의산」 등을 그대로 연 상시키는 대목이 있다. 『방화수류정』은 주인공 한유복이 노비 김춘보의 반란으로 죽은 아버지의 복수를 한다는 이야기가 서사의 기본 골격이다. 이것은 기본적으로 추노계 야담을 계승한 이해조의 소설 「탄금대」의 서 사와 유사하다. 또한 한유복이 김춘보의 계략에 의해 그의 집에서 더부살

이하던 박무던이와 결혼하고, 자객에 의해 목숨을 잃을 뻔 하였으나 신부의 도움으로 목숨을 구하는 것도 이미 「탄금대」에서 익숙한 화소를 차용한 것이다. 또한 죽은 줄 알았던 한유복의 아버지 한진사가 일본인 근등청자에게 구원을 받아 일본에서 살고 있었고, 결국 다시 만나 행복하게 살게 되었다는 이야기 역시 「구의산」에서 첫날 밤 목이 잘려 죽은 줄 알았던 효손이의 아버지 오복이가 일본인 등정슈태랑에게 구원을 받아 일본에서 살다가 결국 해우하게 되었다는 화소를 반복한 것이다. 한유복을 죽이려던 자객이 유복과 무던의 의리에 감동받아 자결하고 유복의 옷을 대신 입히는 설정 역시 「구의산」의 화소를 차용한 것이다. 옥선이 외부의 적으로부터 자신을 지키기 위해 여승이 되어 떠돈다는 설정 역시, 「화세계」의 주인공 수정의 이야기를 떠올리게 한다.[30]

게다가 작품 속에는 연극 공연을 염두에 둔 다양한 장치들이 등장한다. 특히, 이 작품에는 잔혹한 살인 장면이 수차례 등장하는 데, 이러한 극단적 문제해결방식은 작품의 흥미를 배가시키기 위한 극적 설정으로 보인다. 예컨대, 옥선이는 독약이 든 술을 먹고 거꾸러진 평양집과 김가, 왕가를 굳이 비수를 꺼내 찌르고, 유복이도 리춘원의 가슴을 깔고 앉아 호통을 치며 칼로 찔러 죽인다.[31] 또한 유복과 무던이 칼을 빼어들고 자객과 대치하는 장면이나 자객이 자신의 목을 한칼에 자르는 장면 역시 유사한 장면이다.[32] 유복이 김춘보의 동생 칠보의 몸뚱이를 칼로 내려치자 칠보는 피를 쏟으면서도 유복이를 발길로 걷어차고, 결국 죽어 고꾸

30 『매일신보』에 연재된 이해조 소설에 대해서는 다음의 연구가 상세하다. 배정상, 『이해조 문학 연구』, 소명출판, 2015 참조.
31 박용환, 『방화수류정』, 박문서관, 1920, 53면.
32 위의 책, 75~76면.

라진 칠보의 머리를 유복이가 잘라내는 잔혹한 장면 묘사 역시 그러하
다.[33] 이처럼 근대적 사법 절차를 따르지 않고, 살인이라는 사적인 복수
의 방식을 택한 것은 작품 내적인 짜임새보다는 관객들에게 스펙터클한
볼거리와 카타르시스를 제공하기 위한 고육지책이었을 가능성이 크다.
관객들은 이러한 장면에서 극적 긴장감을 느끼거나, 비록 폭력적이나
악인을 징벌하는 데에서 오는 일정한 통쾌함을 느꼈을 것으로 짐작된다.

이러한 주인공의 폭력을 정당화 하는 논리에는 주로 효孝, 의義, 우애友愛
와 같은 전통적 가치가 사용되었으나, 때론 공익公益이라는 근대적 가치가
활용되기도 하였다. 옥선의 독백이 대표적인데, 옥선은 동생을 죽이려던
세 명의 적당을 모두 죽이고 이미 죽어 쓰러져 있는 왕가에게 "내가 너의
세 년놈들을 법으로써 다스려도 족히 다사릴 것시로되 만일 너의들 생명
이 이 세상에 남아 잇고 보면 이 세상 공익公益에 큰 해독大害毒을 씻칠터인
고로 내가 녀자이나 이 세상 공익을 위하는 맘으로 너의 더러운 몸에다
내 손을 대인 것이다"[34]라며 호령을 한다. 이는 주인공이 저지른 극단적
인 문제해결방식에 정당성을 부여하는 동시에, 폭력적 행위에 정서적으
로 동조한 관객들의 심리기제를 안전하게 해소하기 위한 윤리적 장치이
기도 했다. 이처럼 등장인물의 독백을 활용하는 방식은 이후에도 꽤나 빈
번하게 등장한다. 유복이가 품속의 비수를 꺼내어 사랑스럽게 칼날을 어
루만지며 건네는 비장한 독백이나,[35] 유복을 죽이려던 자객이 유복과 신
부의 의로운 모습을 보고 의義와 양심良心에 따르겠다며 자결하기 전에 내

---

33 위의 책, 79면.
34 위의 책, 46면.
35 위의 책, 73면.

뱉는 독백 역시 그러하다.[36] 이러한 특성은 『방화수류정』이 연극 공연을 상당부분 의식하고 집필된 작품임을 짐작케 한다.

결국, 『방화수류정』은 평소 연극 공연에 관심이 많던 『매일신보』 기자 박용환에 의해 집필되었으며, 애초에 연극 공연을 염두에 두고 창작된 작품이었다. 또한 『방화수류정』은 「쌍옥루」, 「장한몽」 등의 번안소설을 『매일신보』에 연재하였고, 연극에도 조예가 깊어 문수성이라는 극단을 창립하였던 일제 조중환에 의해 연극 대본으로 각색되었다. 『방화수류정』은 결국 수일에 걸쳐 당시 최고의 인기를 얻고 있던 김도산 일행에 의해 단성사에서 연극으로 공연되었다. 『매일신보』는 자사 기자 박용환의 작품인 『방화수류정』의 연극 공연을 대대적으로 홍보하기 위해, 성황리에 공연되고 있는 연극장의 모습을 생생하게 기사로 전달하였으며, 『매일신보』 독자들에게 특별할인권을 배부하기도 하였다. 이는 신문, 소설, 연극, 극장 등 당대 최신의 미디어들이 매우 긴밀하게 협력하며 새로운 대중문화를 이끌어가고 있었음을 확인할 수 있는 구체적인 사례가 된다.

2) 『매일신보』 장편소설 연재와 대중화 전략-「흑진주」

장편소설 「흑진주」는 1921년 7월 2일부터 1922년 2월 5일까지 장장 7개월 동안 『매일신보』에 연재된 작품이다. 「흑진주」는 신문연재를 거친 뒤에 1922년에 단행본으로 출판되었다.[37] 작품의 작자가 박용환朴

---

36 위의 책, 76면.
37 「흑진주」의 단행본 출판에 대해서는 다음과 같은 기사와 광고를 참조해 볼 수 있다. 「黑眞珠의 出版-텬하독자의 오리동안 갈망하던 흑진쥬」, 『매일신보』, 1922.8.20; 「흑진주(광고)」, 『동아일보』, 1922.9.3; 「흑진주(광고)」, 『동아일보』, 1922.9.30.

容奐이라는 사실을 제외하고는 지금까지 「흑진주」에 대한 본격적인 연구는 이루어진 바 없다. 하지만 「흑진주」는 근대 신문 '기자 / 작가'였던 은파 박용환 문학의 특징을 가장 명료하게 보여줄 뿐만 아니라, 당시 신문이 주도하며 이루어지던 문학 생산 및 유통의 미디어 접변을 구체적으로 확인할 수 있는 효과적인 텍스트가 된다.

「흑진주」가 연재되기 전 『매일신보』에는 다음과 같은 소설 예고 기사가 게재되었다.

〈그림 23〉『흑진주』(박문서관, 1922)

小說豫告

家庭悲劇 黑眞珠 隱坡 朴容奐 作

홍란파(洪蘭坡)군의 령롱흔 문쟝으로 본지에 련지되든 쇼셜 최후의 악수(最後의 握手)는 텬하 독자의 큰 사랑을 밧는 가운대에셔 끗을 맛치고 이 뒤로 뒤를니워 시로히 련지될 쇼셜은 쇼셜문단에 청년 작가의 흔 사람인 은파 박용환(隱坡 朴容奐)군의 흑진주(黑眞珠)라는 일대 쟝편의 쇼셜이 련지되여 사히독자의 귀염을 밧게 되엿슴니다 흑진쥬라는 쇼셜은 엇더흔 귀죡의 집 평화의 우슴이 가득흔 가뎡으로부터 쯧밧게 광풍이 일어나며 첨첨흔 흑운이 둘너싸히는 곳에 무엇보다도 귀여운 평화와 우슴이 파괴되면셔 그 집의 무남독녀 귀여운 령양으로 긔비(奇悲)흔 운명에 싸힌 바 된 텬진란만흔 흔 사름의 미소녀(美少女)를 중심으로 하고 셰상 자미를 자연의 미(自然美)에다 모다 부치고 시(詩)와 그림(畵)으로 싱명을 삼는 엇던 텬지의 쇼년과

황금을 가지고 만능의 권위를 부리랴는 부호와 오만무례흔 귀족의 자식과 무대 우에서 츔을 파는 녀빅우(女俳優)와 우슴을 파는 쳥루의 기모(妓母) 등의 여러 가지 인물이 빅경에 잇셔 가지고 파란과 곡졀이 무샹흔 가운대에셔 신셩흔 련익에 화려흔 승리를 어든 쇼년 화가의 큰아큰 셩공과 기타 인면슈심의 악마들의 큰 활동은 완연흔 일폭의 그림을 눈압헤 던기하는 듯 은파군의 졍력을 다흔 무르녹은 구샹(構想)과 령롱흔 문쟝은 가히 독자로하야금 통쾌흠을 금치 못흘 것이올시다[38]

이 예고에서는 이전 『방화수류졍』 관련 기사에서 작자인 박용환을 『매일신보』의 기자로 소개하였던 것과는 달리 '소설문단의 청년 작가'로 표현하고 있다는 점이 흥미롭다. 이는 물론 다분히 독자들을 의식하고 있는 표현이겠지만, 박용환을 『매일신보』의 장편소설을 연재할 만한 자격을 갖춘 한 사람의 전문 작가로 인식하고 있다는 『매일신보』 편집진의 달라진 인식을 보여주는 대목이기도 하다. 「흑진주」는 약 7개월 동안 200회나 연재된 장편소설이며, 당시 『매일신보』 소설란을 독점적으로 이끌어가고 있었다는 점에서 의미가 있다. 『매일신보』에 연재된 박용환의 유일한 연재소설이기도 했다.

특이한 점은, 『방화수류졍』과 「흑진주」 사이에 놓인 박용환의 「금강석」이라는 작품의 존재이다. 「금강석」은 「흑진주」가 연재되기 전인 1921년 4월 24일부터 동년 5월 12일까지 총 19회 『조선일보』에 연재되었던 작품이다. 『조선일보』의 편집진은 당시 다음과 같이 「금강석」에

---

38 「소설예고」, 『매일신보』, 1921.6.24.

대한 소설예고 기사를 게재하였다.

小說 豫告

家庭大悲劇 金剛石 隱坡 朴容奐 作

격공싱『擊空生』의 령롱흔 번안으로 만텬하 독자의 녈광덕 환영을 밧든 쇼설 발뎐『發展』은 이졔야 상편『上篇』을 완결ᄒ게 된 바 물론 하편『下篇』을 계속 련지할 것이나 형편상 하편은 츄후에 다른 긔회를 기다려 독자졔현의 안젼에 뎐기하게 되엿습니다 이 뒤로 뒤를니워 시로히 련지될 쇼셜은 은파 박용환『隱坡 朴容奐』군의 금강셕『金剛石』이라ᄂ 쇼셜이 련지 되겟삽내다 은파군은 원릭 락막흔 우리 쇼셜문단에 붓듸를 줍고 나타난지 임의 십년을 헤우고 흔히이며 일즉이 장편쇼셜에 붓긋을 젹신 일도 슈차 잇ᄂ 신진 작가 의 흔 사람으로 이번에 특별히 군의 정력을 다ᄒ야『금강셕』이라ᄂ 쟝편의 쇼셜을 쓰게 된 바 금강셕은 현듸 신가뎡의 암흑면을 묘사흔 듸비극인바 엇 던 귀죡의 집 무남독녀 귀여운 령량으로 긔비『寄悲』흔 운명에 싸인 텬진란만흔 흔 사람의 미쇼녀『美少女』를 중심으로 ᄒ고 자연의 미『自然美』를 연구흠에 무상흔 취미를 가지고 지내ᄂ 쳥년시인과 오만흔 귀죡의 자식과 우슴을 파ᄂ 쳥루의 기모『妓母』 등의 여러 인물이 비경에 잇셔 가지고 곡졀과 파란이 무상흔 가운듸에셔 신성흔 련의에 화려흔 승리를 어든 쳥년문사와 인면슈심의 악마들의 활동은 완연흔 일폭의 화권『畵卷』을 안젼에 뎐기흔 듯 사권『詞權』을 경도ᄒ야 구상『構想』의 웅듸함과 신비를 다흔 묘사의 깁흔 것은 가히 독자로 하야금 몽활의 디경을 밥ᄂ 듯 할지로다[39]

---

39 『조선일보』, 1921.4.20.

위 기사에서처럼 『조선일보』는 격공생의 소설 「발전」 상편의 연재를 마치고, 그 후속작으로 은파 박용환의 「금강석」을 연재하겠다고 하였다. 그런데, 재미있는 것은 이 작품이 이후 박용환이 연재한 「흑진주」와 제목은 다르지만 거의 같은 내용으로 이루어진 소설이라는 점이다. 「금강석」과 「흑진주」는 '가정비극'이라는 표제에서부터, 그 줄거리까지 거의 유사한 내용으로 이루어진 작품임을 짐작할 수 있다. 실제로 두 작품을 비교한 결과 몇 가지 차이점을 제외하고는 거의 동일한 작품임을 확인할 수 있다.[40] 앞에서 살펴본 바와 같이 박용환은 『매일신보』에서 『조선일보』로 자리를 옮겼고, 그 직후 「금강석」 연재를 시작하였다. 하지만 그는 「금강석」 연재를 19회만에 중단한 채 다시 『매일신보』로 돌아왔으며, 약 2개월 뒤에는 『매일신보』에 「흑진주」라고 제목을 바꾸어 200회 동안이나 연재하였던 것이다.

박용환의 「흑진주」가 연재되기 직전 『매일신보』의 소설란에는 홍난파(본명 홍영후)의 「최후의 악수」1921.4.29~6.7 이후 한 달 남짓한 기간 동안 소설 연재를 중단하고 있었다. 1910년 이해조의 「화세계」를 시작으로 거의 쉼 없이 소설을 연재해오던 『매일신보』의 입장에서 소설 연재는 당시 독자전략의 핵심이었다고 볼 수 있다. 그런데, 당시 『매일신보』의 소설 연재 사정은 썩 매끄러운 상황이 아니었다. 『매일신보』는

---

40 두 작품의 차이점은 다음과 같다. 「금강석」에서 남만루, 김월당, 리세영 등 몇 가지 작품의 배경이 되는 장소와 등장인물의 이름이 「흑진주」에서는 봉천루, 해당화, 이업 등으로 바뀌었다. 또한 두 작품에는 각 회차별 소제목이 제시되어 있는데, 1화의 경우 "정희(貞姫)"가 "진작에 예슈나 밋엇드면 텬당에나 갈 걸"로, 2화의 경우 "쓴세상"이 "피만코 눈물만흔 뎡희의 불상흔 그 신세" 등으로 바뀌었다. 그 밖에도 정희가 읽는 신문을 외국 신문으로 설정한 것을 조선에서 들어온 신문으로 바꾸는 등의 세세한 소품들에 변화가 생겼다.

「허영」을 연재한 바 있는 젊은 유학생 홍난파를 섭외하여 새로운 소설을 연재할 것을 부탁하였고, 「최후의 악수」는 '오랫동안 적막하던' 『매일신보』 4면 소설란의 새로운 희망이 되었다.[41] 하지만 「최후의 악수」는 당초 기획보다 앞선 40회 만에 막을 내리고 말았는데, 일본 유학 중이던 홍난파는 소설 연재 후기를 통해 급작스런 소설 연재의 어려움을 토로하기도 하였다.[42]

처음 약 70회 정도로 기획되었던 「최후의 악수」가 40회 만에 막을 내리고, 『매일신보』의 소설란은 약 한달 남짓한 기간 동안 공백 상태에 놓여 있었다. 이는 당시 『매일신보』의 소설란을 감당할 만한 유능한 작가를 섭외하기 어려운 사정을 여실히 보여준다. 1910년대 유일한 중앙 한국어 신문으로서의 독보적 위세를 떨치던 『매일신보』는 3·1운동 이후 총독부의 새로운 문화정치로 인해 창간된 『동아일보』, 『조선일보』 등과 경쟁해야 하는 상황에 처하게 된다. 당시 새롭게 창간된 『동아일보』와 『조선일보』는 경쟁적으로 소설란을 배치하여 유능한 젊은 작가들을 끌어들이고 있었고, 『매일신보』는 갑작스러운 위기에 적당한 타개책을 찾지 못한 채 어려움을 겪고 있었던 셈이다. 『매일신보』의 기자였던 박용환이 『조선일보』로 이동하고, 『조선일보』에 「금강석」을 연재하게 된 정확한 연유는 파악하기 어렵다. 다만 『매일신보』의 편집진은 자사 출신 '기자 / 작가'인 박용환을 지속적으로 포섭하고자 했고, 결국 박용환은

---

41 「新小說豫告 : 戀愛小說 最後의 握手」, 『매일신보』, 1921.4.28.
42 "회수도 처음 싱각 하기는 칠십회 가량을 쓰랴 하엿스나 본시 쇼셜의 직료가 심히 단순 혼 우에 여러 가지 구익되는 일이 만이 잇셔서 겨오 사십회로써 끗을 맛치고 여러분과 섭섭히 작별을 하게 되엿사오니 이 모든 덤은 넓히 용셔하시기만 바라나이다", 「최후의 악수」, 『매일신보』, 1921.6.7.

『조선일보』에서의 「금강석」 연재를 갑자기 중단한 채, 다시 돌아와 『매일신보』에서 「흑진주」로 제목을 바꾸어 소설 연재를 시작했던 것이다.

그런데, 이러한 과정은 오늘날 우리의 시각에서 볼 때 잘 이해되지 않는 측면이 있다. 작가가 하나의 신문에 소설 연재를 하다가 중단하고, 다른 신문에 동일한 작품을 제목을 바꾸어 연재한다는 것이 오늘날 상식으로 볼 때에는 어색한 부분이 있다. 한 작가가 하나의 신문에서 소설연재를 시작하였다면, 갑자기 연재를 중단하거나 다른 신문에서 동일한 작품을 연재하는 일은 계약 위반에 해당되기 때문이다. 오늘날의 작가는 신문사와는 독립된 위치에서 작품을 연재하며, 동시에 여러 신문에 작품을 연재하는 일이 가능하다. 하지만 은파 박용환은 신문에 소속된 기자이면서 동시에 신문연재소설의 작가였다. 따라서 『조선일보』의 기자에서 다시 『매일신보』의 기자로 옮길 때에, 자신의 작품에 대한 권리 또한 가지고 이동할 수 있었던 것이다. 이는 신문의 기자와 소설의 작가가 온전히 분화되지 않았던 당시 '기자 / 작가'의 모습을 이해하는 데 있어 매우 중요한 사례가 된다.

은파 박용환의 「흑진주」는 아름다운 여성 주인공의 수난을 중심으로 연애, 음모, 살인, 재회 등이 서사를 이루고 있는 전형적인 신문연재 대중소설이다. 선한 주인공과 그들을 방해하는 악인의 대결구도가 비교적 명확하며 권선징악 또는 해피엔딩의 구조로 이루어져 있다. 또한 육혈포와 살인, 방화가 등장하는 액션 활극과 사건의 범인을 추적하는 추리소설적 기법이 고루 사용되어 있다. 따라서 이 작품은 『매일신보』의 소설란에서 신소설, 번안소설의 뒤를 잇는 본격적인 창작 대중소설로서의 출발을 알리는 작품으로 볼 수 있다. 또한 1921년 11월 25일 135회부터는 삽화가 수록되었는데, 이는 최초의 한국인 삽화가 심묘心妙 김창환金彰桓의 작품이라는 점에서 의의를 지닌다. 그전까지 『매일신보』의 연재소설에서 삽화가의 이름은 기록되지 않았는데, "金心畝畵"라고 삽화가의 이름을 작자와 나란히 게재하는 것도 「흑진주」에서가 처음이다.[43]

「흑진주」의 경우 유독 신문이라는 매체가 빈번하게 등장하며, 사건 진행의 중요한 매개로 활용되고 있다는 특징을 지닌다. 작품 초입 작가는 주인공 정희의 모습을 다음과 같이 묘사하고 있다.

> 뎡희는 아모말도 업시 목욕을 맛치고 곳 자긔방으로 돌라가 약간의 단장을 맛친 후에 이층 로대(露臺)로 나아와 지나식(支那式)의 안락의자(安樂椅子)에 몸을 담고 본국으로부터 들어오난 엇던 신문지를 들고 본국의 쇼식과 또 쇼셜을 자미잇게 보고 안져 잇다
>
> 그와 갓치 안진 뎡희의 모양은 어대로 보던지 그런 료리뎜에 써러져 잇는 녀자갓치는 보이지 안는다 그 차림차림이섇지도 누가 보든지 상당흔 집 안에 귀여운 령양(令孃)갓치 보일 짜름이다[44]

작가는 신문이라는 소품을 통해 주인공 정희라는 인물의 개성을 부여하고 있다. 중국 봉천 성내의 요리집 봉황루에서 일하는 여성인 미인 정희가 신문을 읽고 있는 모습은 꽤나 부자연스럽다. 작가는 신문이라는 소재를 통해 정희가 문자 해독이 가능한 지적인 인물임을 부각시키고,

---

43 「흑진주」에 수록된 삽화에 관해서는 다음의 논문이 상세하다. 강민성, 「한국 근대 신문소설 삽화 연구-1910~1920년대를 중심으로」, 이화여대 석사논문, 2002, 33~37면 참조.
44 「흑진주(2)」, 『매일신보』, 1921.7.3.

이러한 그녀의 특별한 사연에 독자의 관심을 모으고자 했다. 아마도 독자들은 상당한 집의 여식인 듯한 그녀가 도대체 어떠한 사연을 갖고 있길래 중국의 요리집에서 일하게 되었는지 궁금하게 여겼을 것이다.

신문은 인물의 성격을 부여하는 것뿐만 아니라, 사건 진행에 있어 중요한 장치로 활용되고 있다. 천마와 이업은 자신들의 범죄를 감추기 위해 죽은 것처럼 위장하고 이를 신문 기사로 퍼뜨렸는데, 작가는 이와 관련한 신문 기사를 그대로 제시하였다.[45] 변영 역시 천마와 이업을 속이기 위해 자신이 죽었다는 거짓 기사를 게재하기도 하였다.[46] 또한 변영이 조선에 귀국하자 각 신문은 변영의 영광스러운 귀국을 환영하는 소식을 대대적으로 알리고, 어떤 신문은 변영이 외국에서 고학하던 이야기를 일요부록으로 소개하기도 하였다.[47] 이업은 신문을 통해 변영이 귀

---

45 "『지나간 삼일 오전 두시 십분경에 대련부두를 순시하던 순경은 부두에서 엇전 죠금아한 손가방 하기와 부인의 외투(外套) 한 벌이 써러저 잇는 것을 발견하얏난대 즉시 슈상경찰셔에셔 됴사하야 본즉 만지장셔의 유셔 두 장이 들어 잇슬 쑨인대 흔 장은 텬마가 자긔 오라비 변영에게 죽음으로써 사죄를 하는 동시에 모든 죄악을 텬하에 자뵉한다는 말과 쏘 한 장은 리업의 유셔로 역시 텬마의 유셔와 듸동쇼이한 의미인대 그 두 남녀는 분명히 무삼죄과를 범하고 죽음으로써 그 죄악을 씨긋하게 씻고자 홈인 듯 하며 쏘는 그 가방과 외투가 이슬에 축축하게 져々잇는 점으로 미루어보면 두 남녀는 바다에 몸을 던진지 두 시간 이상이 지닌 후에 밝견된 모양이며 쏘는 부두에 여기져기 보히는 발자최로 보면 죽을 씨에 두 남녀는 부두에셔 미우 이를 쓰다가 죽은 모양이나 신톄는 우금신지 발견되지 못하엿다", 「흑진주(65)」, 『매일신보』, 1921.9.9.
46 「흑진주(66)」, 『매일신보』, 1921.9.10.
47 "그러나 변군이 영광스럽은 성공으로 귀국되미 경셩에 잇는 각 신문지는 사회덕 중요 긔사로 취급되야 일호 활자에 이단뎨목으로 혹은 독학즈 변영씨(獨學者卞英氏) 혹은 희셰셩공가 변영씨(稀世成功家卞英氏)라는 뎨목 하에 빅절불굴하는 긔기는 오날늘 명법학사와 영문학사의 영광스런 학위를 갓게 되얏고 쏘한 변군은 텬직뎍 미슐가로 북경대학 미슐연람회를 것쳐셔 광영스런 명예가 각국에 션뎐된 말과 작년 가을에 몽텬에셔 엇던 악한을 만나 참혹흔 위경에 싸졋다가 맛참 동창싱의 손에 구됴되야 지참된 변군이라는 말신지 일일이 게지되얏고 혹은 엇던 신문은 변군의 고학흔 모든 력사뎍 미담을 즈미잇게 계지하야 일요부록으로 널니 셰상에 쇼기하는 동시에 변군을 친동긔갓치 사랑하는 류학사의 변군에 대한 이약이신지 쇼기되얏다", 「흑진주(138)」, 『매일신보』, 1921.11.27.

국했다는 사실을 알게 되었고, 신문지를 꺼내어 천마에게 보여준다.[48] 변영이 사법시험에 수석으로 합격하여 검사로 임명되었다는 사실이 관보에 게재되었고, 류승겸은 이같은 소식이 담긴 관보를 변영에게 꺼내어 보여준다.[49] 경성에 돌아온 장목사는 시내를 구경하다가 방울소리를 요란스럽게 내면서 호외를 외치는 신문배달부를 발견하고 그 신문을 정희에게 사 준다. 정희는 우연하게도 이 신문을 보다가 해당화가 죽었다는 소식을 기사로 접하게 된다.[50] 그 밖에도 모든 사건이 종결되고, 각 신문들은 천마와 이업의 공판 날짜 및 공판 소식을 일제히 보도하고,[51] 변영과 정희의 결혼 소식마저 신문 지상을 통해 널리 퍼지게 하였다.[52]

　　신문 매체를 사건 진행의 도구로 이용하는 방식은 이미 신소설에서도 종종 발견할 수 있지만, 이처럼 전체 서사 진행에 적극적으로 또는 노골적으로 활용하는 방식은 찾아보기 드물다. 박용환은 이러한 장치를 통해 근대 신문의 영향력 및 중요성을 강조하고, 신문을 읽는 일이 지식과 교양을 습득하는 방편임을 자연스레 홍보하고 있다. 또한 일반 기사들을 물론, 관보나 호외 등 일상 속에서 신문이 제공하고 정보의 범주를 소설 안에서 집요하게 제시하고자 하였다. 이는 신문의 기자와 작가라는 두 가지 정체성을 동시에 가지고 있던 은파 박용환 소설의 특징 중 하나이다. 이러한 특성은 후속 작품인 『연당의 비밀』에서 더욱 집요하게 다루어진다.

48　「흑진주(139)」, 『매일신보』, 1921.11.29.
49　「흑진주(143)」, 『매일신보』, 1921.12.3.
50　「흑진주(154)」, 『매일신보』, 1921.12.15.
51　「흑진주(198)」, 『매일신보』, 1922.2.3.
52　「흑진주(200)」, 『매일신보』, 1922.2.5.

「흑진주」는 1920년대 초 당시 유행하던 대중문화와 밀접한 연관을 맺고 연재된 소설이었다. 예컨대, 이 작품은 새로운 공연예술 중 하나인 마술魔術을 작품의 주된 소재로 삼아, 독자들의 관심을 높이고자 하였다. 주인공 변영의 누이동생 천마는 어릴 적 미국인 부모에게 입양되어 하와이에서 유명한 마술사가 되었다. 그의 남편인 이업은 멕시코 광산에서 일하던 불량배로 하와이에서 천마를 만나 함께 천마 마술단에서 활동한다. 마술이나 최면술을 사용하여 사람들을 홀리는 악당의 모습은 당시 독자들에게 낯설고 신비롭게 느껴졌을 것이다.

흥미로운 점은 소설이 쓰인 무렵 실제로 천마단이라는 마술단이 존재했다는 점이다. 1918년 5월 22일자 『매일신보』에는 천마단 일행의 마술 공연이 단성사에서 흥행 중이라는 기사가 실렸다.[53] 단성사는 『방화수류정』의 연극 상연이 이루어진 곳이며, 이후 「흑진주」 역시 이곳에서 연극으로 상연되었다. 박용환은 「흑진주」 연재 이전 이미 단성사와 밀접한 관계를 맺고 있었으니, 실제로 단성사에서 공연했던 천마 마술단을 작품의 주된 소재로 활용하였을 가능성이 높다. 1915년 조선물산공진회 연예관에서 인기를 끌기 시작한 쇼코쿠사이 덴카쓰松旭齋天勝의 마술을 비롯하여, 1917년에는 쇼코쿠사이 덴지松旭齋天二, 1919년에는 쇼코쿠사이 덴게松旭齋天華 등의 마술이 단성사에서 공연되었으며, 덴카쓰에서 마술을 배운 유일한 조선인 여성 제자 배구자裵龜子는 당시 조선인들에게

---

53 "대마술단 텬마단 일힝「大魔術團 天馬團 一行」은 일젼부터 단셩사에셔 흥힝즁인터 그 일힝의 하ᄂᆞᆫ 마슐은 유명ᄒᆞᆫ 텬승일힝의 ᄒᆞᄂᆞᆫ 마슐과 갓치 공즁에셔 미인이 나오기도 ᄒᆞ고 우산 ᄒᆞᆫ 개가 열 개도 되고 스무기 되며 기타 샤름의 허리를 쇠몽둥이로 쐬여들고 ᄂᆡ 두르다가 쎅여노흐면 여젼히 곳쳐지ᄂᆞᆫ 등 긔의ᄒᆞᆫ 일을 만히 ᄒᆞ여셔 한 번 볼만ᄒᆞ다더라", 「團成社에셔 大魔術－단셩사에셔 마슐을 ᄒᆞᆫ다」, 『매일신보』, 1918.5.22.

엄청난 인기를 끌었다.[54] 이처럼 「흑진주」는 당시 유행하던 마술이라는 대중적 공연문화를 소재로 활용하고 있으며, 어쩌면 여성 마술사 천마는 배구자를 모델로 창조해낸 인물일지도 모른다.

그리고 「흑진주」는 『방화수류정』과 마찬가지로 연극 공연을 전제하여 이루어진 작품이다. 작품 속에는 연극 공연을 연상시키는 대목이 수시로 등장한다. 화자가 상황을 정리하며 '최후의 막'이라는 언급을 하거나, 천마의 독백을 통해 '연극', '막', '무대' 등 연극 공연과 관련된 단어들을 표현하기도 하였다. 이러한 표현은 작가가 다분히 연극 공연을 염두에 두고 있었음을 짐작케 하는 단서가 된다.[55] 또한 이 작품은 유독 등장인물들의 독백이 빈번하게 등장하는데, 이 역시 작가가 이 작품의 연극 공연을 전제하고 있었다는 단서가 된다. 실제로 「흑진주」는 연재가 끝난 후 윤백남이 각색을 하고 민중극단에 의해 단성사에서 수일 간 연극으로 공연되었다. 『매일신보』는 자사 연재소설 「흑진주」의 연극 공연의 실황을 몇 개의 기사를 통해 생생하게 전달하였다.

『매일신보』는 1922년 2월 27일부터 3월 5일까지 네 차례에 걸쳐 자사 신문연재소설을 원작으로 한 연극 공연에 대한 홍보성 기사를 게재

---

54 신근영, 「일제 강점기 곡마단 연구」, 고려대 박사논문, 2013, 90~95면.

55 "밤은 점점 깁허가고 사람의 자최는 쓴히여서 무덤 속 갓치 고요한 북릉 안에서 낫부터 일어는 멧 막의 활극은 필경 변영의 죽엄으로써 최후의 막을 닷게 되얏다", 「흑진주(48)」, 『매일신보』, 1921.8.21; "오늘에 긔막된 것은 인졔야 연극 막을 열겟다는 『푸로그람』을 쇼기한 것에 불과한 것이닛가 정말 일간에 새로 열니는 막을 보게 되면 경말이지 긔막힐 터이다", 「흑진주(93)」, 『매일신보』, 1921.10.9; "인졔야 겨우 어려운 곱이는 버셔 넘기엿지만은 경말이지 연극으로는 경말 어려운 연극인걸? 남작의 집 무대가 그러케도 어렵고 무셔운 줄은 과연 싱각지 못하엿다 그러나 쏘 무슨 이상스런 장막이 열니게 될는지도 알 수가 업는 것인즉 어셔 그런 막이 열니기 전에 단단한 방어션을 베푸러야 하겟다", 「흑진주(118)」, 『매일신보』, 1921.11.5.

하였다.[56] 단행본으로 출간된 『방화수류정』이 조중환 각색으로 김도산 일행에 의해 공연된 것과는 달리 「흑진주」의 연극 공연은 윤백남이 각색하고 민중극단에 의해 이루어질 수 있었다. 『매일신보』는 「흑진주」의 연극 공연이 당대 연극계의 거장에 의해 직접 각색되고 공연될 예정임을 두 차례에 걸쳐 미리 알리고 있다. 아직 공연이 되지도 않은 연극을 미리 기사화 시켜 다루고 있는 것으로 보아, 이는 관객을 끌어모으기 위한 홍보성 기사에 가까우며 이를 통해 『매일신보』가 자사 연재소설의 연극화 과정에 깊숙이 개입하고 있다는 점을 알 수 있다. 전화로 입장권을 미리 살 수 있는지를 물어오는 전화라든지, 오늘 오후 일곱 시 안에 입장권을 사지 않으면 만원으로 입장하지 못할 것이라는 내용까지 기사화시킨 것은 『매일신보』가 작품의 흥행과 매우 밀접한 연관을 맺고 있었음을 보여주는 사례가 된다.

결국, 이러한 기사들은 새로운 연극 공연에 대한 독자 대중의 관심을 높이고, 그들을 연극장으로 끌어들이려는 홍보 전략의 일환이었다. 『매일신보』 '기자 / 작가' 박용환의 「흑진주」 연재와 연극화 과정은 당시 신문, 소설, 극장, 연극 등 당대 가장 영향력 있던 미디어의 공모와 문화 전략을 소상히 확인할 수 있는 자료가 된다. 이러한 특성은 이 시기 신문 '기자 / 작가'가 첨단의 대중 미디어를 기반으로 새로운 문화적 트렌드를 만드는 데 매우 유리한 고지를 선점하고 있었음을 보여주는 대목이기도 하다.

---

56 「民衆劇의 大盛況, 미일밤 만원상틱, 낫에도 게속 홍힝」, 『매일신보』, 1922.2.27; 「本紙 連載小說 『黑眞珠』 홍행, 삼일밤브터 이일간 민중극단에서」, 『매일신보』, 1922.3.2; 「今 夜브터 黑眞珠 특별홍힝을 히, 벌셔브터 야단들임」, 『매일신보』, 1922.3.3; 「黑眞珠上演 第一日光景, 인산인히의 단셩사, 통쾌의 박슈셩 야단」, 『매일신보』, 1922.3.5.

3) 법정 추리소설의 번안과 그 한계-『연당의 비밀』

『연당의 비밀』은 은파 박용환이 번안한 소설로 1927년 12월 15일 성문당서점盛文堂書店과 회동서관에서 각각 동시에 발행되었다. 본문 첫 페이지에는 제목 앞에 '애화哀話'라는 표제가 붙어 있으며, "朴隱坡 飜案"이라고 박용환이 번안했음을 구체적으로 명시하고 있다. 본문은 전체 282면이며, 판권지에는 "著作者 朴容煥"이 명시되어 있다. 표지와 판권지에 모두 성문당서점에서 발행한 책임을 명시하고 있다. 특이한 점은 저작자 옆 발행자 이름이 고유상高裕相으로 되어 있다는 점이다. 성문당서점은 이종수李宗壽가 만든 출판사인데, 발행자 이름에 회동서관의 주인 고유상의 이름이 게재되어 있다는 점이 특이하다.

『동아일보』1927년 12월 15일자 광고에는 다음과 같은 내용이 게재되었다.

> 哀話 蓮塘의 秘密
>
> 美本 全一冊 定價金一圓
>
> ◇ 이 소설은 일즉이 흑진주를 저술하야 만텬하 독자의 열광적 환영을 밧든 은파 박용환씨의 정력을 다한 번안이오니 조선 갑부요 제일가는 귀족의 외싸님이 되는 절세미인 하나를 두고 혁혁한 갓튼 문벌의 청년남작과 일개 서생을 면한 청년 시의와 사이에 저런 미인의 남편이 되랴고 음흉한 수단과 실현되여 가는 싸홈 가운데 실쑤리가치 얼크러진 파란곡절은 웃다가도 울고 울다가도 우슬 통절쾌절한 대웅편이올시다[57]

---

57 『동아일보』, 1927.12.15.

위 인용문은 은파 박용환이 저술한 『연당의 비밀』에 대한 광고문이며, 다른 세 권의 신간들과 함께 나란히 소개되었다.[58] 그런데, 네 권의 신간 서적들을 소개하는 이 광고의 주체, 즉 책의 발행소는 바로 회동서관滙東書館으로 되어 있다. 아마도 『연당의 비밀』은 어떠한 사정에 의해 성문당서점에서 출간되었지만, 발행자 고유상이 판권을 소유하고 있었으므로 회동서관에서 발행한 다른 책들과 함께 광고한 것으로 보인다. 광고문안의 경우 「흑진주」를 저술한 은파 박용환의 번안임을 강조하고, 작품의 내용을 간략하게 요약하여 독자의 홍미를 끌고자 했다.

홍미로운 점은 『연당의 비밀』이 번안 작품임을 명시하고 있음에도 불구하고, 「흑진주」의 작가 은파 박용환의 손을 거쳐 완성된 작품임을 강조하고 있다는 점이다. 원작의 제목이 무엇인지, 그 작가는 누구인지에 대한 설명이 전혀 나타나 있지 않고, 오히려 번안자의 이름을 크게 강조하는 광고 전략은 은파 박용환의 작가로서의 달라진 위상을 보여주는 대목이다. 처음 『방화수류정』의 경우 판권지에서조차 은파 박용환이라는 이름을 찾을 수 없었다. 하지만 이후 「금강석」이나 「흑진주」의 경우 소설문단의 '신진작가' 또는 '청년작가'로 홍보되었고, 『연당의 비밀』의 경우에는 번안 작품임에도 불구하고 원작자 대신 번안자 박용환의 이름이 강조되었던 것이다.

이 작품은 절세미녀이자 조선 사교계의 여왕인 민백작의 외동딸 순옥이 집안의 오래된 연당蓮塘, 즉 연못에서 벌어진 살인 사건의 피의자로 의심을 받고 고생하다가, 우여곡절 끝에 법정에서 무죄가 입증되어 행복

---

58 다른 세 권의 신간 서적은 『(東西偉人)少年時代』, 『쌀래하는 처녀』, 『朝鮮書翰文』이다. 각 서적의 제목과 함께 책에 대한 소개문이 포함되어 있다.

을 되찾았다는 이야기이다. 또한 주인공 순옥과 젊은 시의侍醫 하청 사이의 사랑, 질투와 오해, 집착에서 비롯된 하청, 월하, 한상천의 죽음, 명탐정의 등장과 각종 증거를 통한 범죄 사건의 해결 등이 복잡하게 얽혀 있는 작품이기도 하다. 두 주인공의 애틋한 사랑을 중심으로 하되 추리소설의 성격이 강한 전형적인 대중소설이라 볼 수 있겠다.

이 작품에서 특징적인 것은 「흑진주」에서 그랬던 것처럼 신문 매체를 서사 진행의 중요한 도구로 활용하고 있다는 것이다. 작가는 신문이라는 근대의 미디어를 다양한 상황에서 적극적으로 등장시키고 있다. '민백작집 연당에서 떨릴 만한 살인사건이 폭로되었다'는 제목의 신문 기사 전문을 제시하여 장장 네 페이지에 걸쳐 사건의 추이를 노골적으로 전달하기도 했는데,[59] 이는 이 작품이 지닌 중요한 특징 중 하나이다.

『연당의 비밀』에서 절세미녀이자 사교계의 여왕이라고 불리는 주인공 순옥은 마치 오늘날의 연예인을 연상시킨다. 신문은 당시 귀족을 중심으로 한 상류사회의 모습을 예의 주시하며, 다양한 소문들을 전파·확산시킨다. 신분, 미모, 돈 무엇하나 부족한 것이 없는 백작의 외동딸 순옥과 영국 유학파 남작 한상천, 영국 유학에서 돌아온 순옥의 사촌 월하 등 상류 사회의 사랑과 결혼은 당시 대중들의 관심을 충분히 끌 만한 요소였을 것이다. 신문은 이러한 상류사회에서 벌어진 엄청난 살인사건에 특히 주목했을 터이며, 사건의 추이를 집요하게 다루고 있다. 신문은 하청의 실종부터 시작하여, 월하의 시체가 연당에서 발견되었다는 것, 하

---

59 "삼면긔사(三面記事) 중에서 제일 먼저 씌우도록 초호활자(初號活字)의 삼단제목으로 쓰워잇스니 『민백작집 런당에셔 썰닐만한 살인사건이 폭로되엿다』는 글이 순옥의 눈동자에 번개처럼 씌여젓다", 박용환, 『연당의 비밀』, 성문당서점, 1927, 124면.

청의 시신을 찾지 못하였다는 것, 순옥이 봉천으로 갔다거나 경성으로 압송되었다는 등의 사실을 충실하게 기록하고 전달하고 있다. 작가는 이러한 신문이라는 미디어가 지닌 사실 전달의 기능을 사용하여 독자로 하여금 사건의 진행사항을 의도한 순간에 점검하게 한다.

문제는 일련의 사실들에 아직 확정되지 않은 소문들이 결합하여 발생되는 상황에 관한 것이다. 하청이 실종되었거나 월하가 시체로 발견된 것은 사실이나 순옥이 질투하여 그들을 죽였다는 것은 사실이 아니다. 또한 순옥이 봉천으로 떠난 것은 사실이나 자신의 범죄를 회피하기 위해 도주한 것은 사실이 아니며, 봉천까지 따라온 한상천과 한 방에 머문 것은 사실이나 그 둘이 같이 범죄를 모의하였거나 부부가 된 것은 사실이 아니다. 한상천이 불에 타서 죽은 것 역시 그 자체는 사실이이지만, 악몽을 꾸던 그가 실수로 램프를 떨어뜨려 화재가 난 것이지 순옥이 악한 마음으로 불태워 죽인 것은 사실이 아니다. 신문은 일련의 사실에 확인되지 않은 추측들을 덧보태어 기사화시켰는데, 이는 순옥의 처지를 점점 억울하게 만들거나 고립시키는 장치가 된다.

신문은 순옥의 범죄 의혹을 점점 사실화하고, 일반 대중은 물론 아버지인 민백작이나 결혼을 맹세한 하청까지 순옥의 죄를 확신하게 된다. 공개재판을 받으러 경성에 도착했을 때, 순옥은 이미 신문이 유포한 소문에 의해 일반 대중에게 악독한 살인마로 비난받게 되었다. 결국 순옥의 억울한 사연은 화자와 이 소설을 읽는 독자들만이 알고 있다. 독자들은 주인공 순옥의 억울함에 공감하며, 어떻게 하면 누명을 벗을 수 있을지를 함께 고민하게 된다. 바로 이 지점이 이 작품이 지닌 장르적 특성을 공고히 만드는 대목이다.

억울한 누명을 벗기 위해서는 결정적인 증거가 필요하다. 또한 재판에서 유죄가 확정되기 위해서도 마찬가지로 결정적인 증거가 필요하다. 검사나 판사는 정황상 순옥의 죄를 확신하고 있지만 순옥의 자백이 없는 이상 유죄판결을 내릴 수는 없기 때문이다. 명탐정 칭호를 듣는 변장에 능한 변검사가 죽은 월하의 주먹에서 발견된 단추를 증거로 들어 순옥의 죄를 입증하려 드는 순간 독자들은 큰 혼란에 빠진다. 월하는 한상천이 죽였지 순옥이 죽이지 않았기 때문이다. 이 순간 독자들은 여러 가지 추리를 하며, 위기를 모면할 방법들을 함께 모색한다. 그 순간 죽은 줄 알았던 하청이 나타나 월하의 죽음에 대한 순옥의 알리바이를 제시하지만 모든 의혹이 풀리지는 않는다. 게다가 하청은 순옥이 자신을 사랑하였지만 질투심에 눈이 멀어 자신을 죽이려고 했다고 한다. 결정적인 위기의 상황, 한상천에게 매수되었던 순옥의 하녀 춘매가 방청석에서 나타나 모든 사건의 의혹들을 차례차례 풀어준다.

결국 '기자 / 작가' 박용환은 신문이 실제 사실을 충실히 기록하여 독자에게 유용한 정보를 제공하고 있음을 인정하면서도, 만약 확정되지 않은 소문이 결합되었을 경우 발생할 수 있는 문제점들을 비교적 정확하게 인식하고 있었다. 신문이라는 근대 미디어의 이중적 속성에 대한 이해는 박용환의 기자 경험에서 비롯된 것으로 볼 수 있으며, 그가 이러한 특성을 서사 진행에 적극 활용하고자 했다는 점이 흥미롭다. 『연당의 비밀』은 박용환이 기자 경험을 통해 얻은 신문이라는 근대 미디어의 특성을 추리소설적 구성에 적극 활용한 작품이었다.

그뿐 아니라, 이 작품이 편지를 서사 전개의 중요한 요소로 활용하고 있다는 점도 특징적이다. 처음 순옥과 하청의 사랑에 금이 가게 된 것도 실은 편지를 통해서이다. 하청을 직접 만나지 못하게 된 상황에서 순옥은 춘매를 통해 편지를 전달하고, 춘매를 매수한 한상천은 편지를 위조하여 하청에게 전달한다. 하청은 이별을 전하는 순옥의 편지에 크게 실망하였지만, 진심을 다해 자신의 편지를 보낸다. 하지만 한상천은 하청의 편지를 중간에서 가로채 순옥에게 전달하지 않는다. 결국 서로의 편지를 애타게 기다리던 순옥과 하청은 어느 늦은 밤 결국 만나게 되었지만 연못에서의 사건이 벌어지게 된 것이다.

또한 하청은 봉천의 병원에서 겨우 정신을 차린 순옥에게 진심을 담은 편지를 전달하게 되는데, 작가는 이 편지의 전문을 그대로 인용하여 하청의 순옥을 향한 깊은 사랑과 오해, 상처를 효과적으로 전달하였다. 순옥이 간호부에게 건네받은 편지 겉봉에는 '제 삼호실 병감에서 치료받는 여인에게'라고 적혀 있었으며, 발신인의 성명은 없으나 필체로 보아 하청의 것이 분명했다면서 편지의 전문을 그대로 제시한다.

순옥씨! 나는 이대로 가나이다. 내가 가는데 대하야 편지는 무삼 필요가 잇스릿가만은 이 편지는 내가 순옥씨에게 아직까지도 남어지 미련(未練)이 잇서서 이 편지를 쓰는 것도 아니며 또는 구태라 순옥씨 갓혼이를 원망하고 십허서 이 글을 쓰는 것도 아닙니다. 다만 나는 순옥씨로 하야금 조고마한 회개라도 회개만 잇기를 바라고 이 글을 쓰는 것입니다.[60]

이렇게 시작한 하청의 편지는 장장 일곱 페이지에 걸쳐 서술되어 있

---

60 위의 책, 209면.

다. 하청은 연못에 빠졌다가 살아난 자신이 왜 그동안 숨어 지냈는지, 얼마나 순옥을 원망하고 있었는지를 담담한 어조로 고백한다. 또한 왜 한상천과 도망하고, 그를 불태워 죽였는지 그녀에게 가지고 있던 의혹의마음을 직접적으로 표현한다. 결국 이러한 형식은 독자로 하여금 중심서사 이면에 숨겨져 있었던 하청의 사연 또는 복잡한 심리 상태를 효과적으로 제시하는 방편이 된다. 또한 독자들은 편지를 읽는 순옥과 동등한 시점에서 하청의 편지를 읽어 나가게 되는데, 이를 통해 순옥의 입장에서 감정이입하게 되는 효과가 발생하게 된다.

이러한 장치는 자유연애와 연애편지라는 1920년대 새로운 문화적 흐름과도 관련이 있다. 당시 노자영이 펴낸 연애서간집 『사랑의 불꽃』한성도서주식회사, 1923이 커다란 인기를 끌었던 사실을 기억한다면, 편지를 사용한 서사 진행이 당시의 사회문화적 맥락 속에 위치하고 있었음을 이해할 수 있다.[61] 따라서 『연당의 비밀』은 비록 외국 원작 소설을 번안한작품이지만, 당시 독자들의 대중적 취향을 반영하여 선택되었거나 번안의 과정에서 1920년대 조선의 문화적 코드를 적절하게 반영한 작품이라는 특징을 지닌다.

결국, 은파 박용환은 주인공의 사랑, 오해, 살인 등의 요소가 고루 결합되어 있는 소설 원작을 선택하여 『연당의 비밀』이라는 이름으로 번안하여 출판하였다. 그는 소설 원작이 가지고 있는 대중성은 물론, 신문이나 편지를 서사 전개의 주요 장치로 활용하는 방식이 자신의 장점을 잘

---

61 춘성 노자영의 『사랑의 불꽃』의 출판·문화적 의미에 대해서는 다음의 논문이 상세하다. 이태숙, 「1920년대 '연애'담론과 기획출판─《사랑의 불꽃》을 중심으로」, 『한국현대문학연구』 27, 한국현대문학회, 2009, 7~30면.

드러낼 수 있을 거라 판단했을 것이다. 하지만 아쉬운 점은 이러한 작품의 번안 작업이 새로운 대중의 문화를 선도하는 방식이라기보다는, 당시 대중 독자의 취미를 추수하는 방식으로 이루어졌다는 점이다. 게다가 앞선 두 작품이 『매일신보』의 전폭적인 지원을 받고 있었던 것과는 달리 『연당의 비밀』은 『매일신보』의 지원 없이 독자적으로 출간한 번안 작품이었다. 이후 더 이상 박용환의 작품은 찾아보기 어려운데, 아마도 이러한 한계들이 작용하였을 가능성이 높다.

4. 맺음말

한국 근대문학 연구는 오랜 기간 동안 정전화 과정을 통해 형성된 주요 작가나 작품들 위주로 이루어져 왔으며, 강력한 영향력을 행사해 온 '문학중심주의'는 문학 이외의 요소들을 단지 문학을 이해하는 부차적인 문제로만 인식하게 했다. 최근 출판, 인쇄, 매체, 제도, 시장 등에 주목하여 분과학문으로서의 문학의 경계를 넘기 위한 다양한 시도들이 활발하게 이루어지고 있지만, 이러한 시도는 여전히 일시적이거나 주변적인 것으로 인식되고 있고 있으며, 중심을 전복시키거나 역전시키기 위한 가능성은 좀체 보이지 않는다. 그럼에도 불구하고 이러한 시도들이 그치지 않는 이유는 문학 연구의 다양성이 문학 또는 문학 연구의 생태를 더욱 건강하고 균형 있게 만들 수 있을 것이란 믿음 때문일 것이다.

본 연구에서는 지금까지 근대 신문 '기자 / 작가'의 한 사람인 은파 박용환의 기자 이력과 문학 활동을 정리하고, 그가 남긴 세 편의 주요 작품

들을 구체적으로 살펴보았다. 본 연구에서 주목한 박용환이라는 인물은
『매일신보』의 기자이면서, 동시에『방화수류정』,「흑진주」,『연당의 비
밀』등의 문학 작품을 남긴 작가이기도 했다. 그는 문학과 언론 사이에
존재한 경계인이었지만, 안타깝게도 문학사, 언론사 어느 쪽에도 이름
을 남기지 못했다. 그럼에도 불구하고, 그가 남긴 문학 작품에는 기자 생
활을 통해 얻은 미디어에 대한 이해와 대중문화에 대한 관심이 고스란
히 반영되어 있으며, 이에 대한 연구는 근대 시기 '기자 / 작가'의 존재
양상은 물론, 최신의 미디어가 공모하던 1920년대 소설의 한 면모를 구
체적으로 살피기 위한 유용한 시도가 된다.

　　『매일신보』의 연파기자였던 박용환은 연극상연을 전제로『방화수류
정』이라는 소설을 저술하였다. 『방화수류정』은「구의산」,「탄금대」와
같은 이해조 신소설의 삽화를 복합적으로 수용하고 있으며, 일제 조중
환이 각색하여 당시 최고의 주가를 올리던 김도산일행金陶山一行에 의해
연극으로 공연되었다.『매일신보』는 연극 공연의 상황을 생생하게 기록
하여 독자들의 호기심을 불러일으켰으며, 특별할인권을 지급하여 작품
의 흥행에 크게 기여하였다. 이는 당시 신문과 소설, 연극이 어떻게 서로
연합하여 새로운 공연문화를 주도하였는지 알 수 있는 구체적인 사례가
된다.

　　『방화수류정』의 성공으로 박용환은 장편소설의 신문 연재 기회를 얻
게 된다. 특히, 1920년『조선일보』와『동아일보』의 창간은 소설 연재
지면을 대폭 확장 시켰고, 각 신문은 장편소설의 연재를 맡을 만한 작가
를 발굴하기 위한 다양한 노력을 기울이게 된다. 이러한 가운데, 박용환
은『조선일보』로 옮겨「금강석」연재를 시작하였으나, 19회 만에 중단

하고 다시 『매일신보』로 돌아와 「흑진주」로 제목을 바꾸어 새로운 장편소설의 연재를 담당하였다. 당시 박용환은 『조선일보』에서 『매일신보』로 다시 옮기면서 자신의 연재소설에 대한 권리를 가지고 이동하였다. 이는 신문의 기자와 소설의 작가가 온전히 분화되지 않았던 당시 '기자 / 작가'의 모습을 이해하는 데 구체적인 사례가 된다. 「흑진주」는 당시 유행하던 '마술'을 작품의 주된 소재로 활용하였고, 육혈포와, 살인, 방화 등의 액션 활극과 사건의 범인을 추적하는 추리소설적 요소가 고루 포함하는 등 전형적인 신문연재 대중소설의 특징을 지닌다. 이 작품역시 연극화를 염두에 두고 창작된 것으로 연재 종료 후 윤백남이 각색하고 민중극단에 의해 공연되었다.

이후 단행본으로 출판된 『연당의 비밀』은 외국의 원작을 번안한 소설로, 청춘 남녀 간의 애틋한 사랑을 중심으로 하되, 살인, 정탐, 재판 등 추리소설로서의 성격이 강한 작품이다. 당시 『동아일보』에는 이 소설에 대한 광고가 수록되어 있는데, 번안 소설임에도 불구하고, 번안자인 은파 박용환의 작가적 명성을 중요한 광고 전략으로 삼았다. 이 작품은 당시 대중들의 기호와 취미를 반영하여 선택된 작품이며, '신문'이나 '편지'를 서사 전개에 적극적으로 활용하고 있다는 특징을 지닌다. 특히, 「흑진주」에 이어서 『연당의 비밀』은 '신문'이라는 근대 미디어의 속성을 서사 전개의 중요한 장치로 적극 활용하고 있는데, 이러한 전략은 『매일신보』 '기자 / 작가' 박용환 문학의 중요한 특징이 된다.

1920년 『조선일보』, 『동아일보』의 창간으로 『매일신보』의 독주 체제는 마감되었고, 이로 인해 소설 연재가 가능한 지면은 크게 확장되었다. 이러한 가운데, 신문의 장편소설을 담당할 새로운 작가의 발굴이 요구되었고, 신문의 기자가 지닌 문필가로서의 능력은 큰 이질감 없이 소설 창작 활동으로 이어지게 되었다. 특히, 1913년부터 『매일신보』에 신년축하글이나 단편소설을 투고하던 박용환은 그 능력을 인정받아 문예·문화를 담당하는 연파 기자가 되었고, 이후에는 소설 창작까지 겸한 '기자 / 작가'가 되었던 것이다.

하지만 그의 문학 활동은 새롭게 구성되던 문단文壇 네트워크의 중심에 포함될 수는 없었다. 당시 22세의 젊은 문인 박종화는 지난 1년의 문단을 회고하며, 『흑진주』를 '화설 이때 각설 이때 하는 조웅전 유충렬전 등의 태고적 소설만도 못한 『구의산』, 『쌍옥루』와 같은 이해조식의 곰팡냄새가 푹푹 나는' 것으로 신랄하게 비판한 바 있다.[62] 박용환은 자신의 기자 경험을 바탕으로 대중의 기호와 취미를 적극적으로 작품 속에 반영하고자 했으나, 오히려 이러한 상업화 전략은 문학의 예술적 가치를 중시하던 문단 권력에 의해 배척당했다. 결국 이러한 측면은 '기자 / 작가' 박용환의 문학 활동이 지속적으로 이루어지지 못하게 되는 요인이 된다.

결국 『매일신보』 '기자 / 작가' 박용환의 기자 이력과 문학 활동을 구체적으로 살피는 일은 한 무명작가의 발굴과 정리를 통해 기존 문학사의 빈틈을 촘촘하게 만드는 동시에 1920년대 문학장의 특수한 지형을 드러내는 효과적인 전략이 된다. 또한 이러한 연구는 당시의 문학을 신문, 연극, 출판 등 당대의 미디어와의 관계 속에서 입체적으로 이해하기 위한 한 가지 방편이 된다. 그렇다면 그동안 우리가 기억하고 있는 과거

---

62 朴月灘, 「文壇의 一年을 追憶하야」, 『개벽』 31호, 1923.

의 작가들은 과연 어떠한 존재였는가? 물론 이 연구가 이러한 질문에 대한 직접적인 답을 주기는 어려울 듯하다. 다만 이러한 시도가 한국 근대 문학의 다채로운 존재 양상과 그 자리를 세심하게 복원하기 위한 한 가지 방편이 되길 바란다.

제5장

최서해 장편소설 「호외시대」 재론再論

1. 머리말

　한국의 근대 문학사에서 최서해의 존재는 단연 이채롭다. 그의 대표작들은 작가 자신의 처절한 간도 체험을 바탕으로 이루어졌을 뿐만 아니라 강도·살인·방화 등 극단적인 폭력으로 마무리된다는 점에서 특징적이다. 이러한 독특한 스타일로 인해 그는 '신경향파'의 대표 작가가 되었으며, 일본 유학생 출신 지식인 작가가 중심이던 당시 문단에 커다란 활력을 불러 일으켰다. 하지만 최서해의 모든 작품이 간도 체험을 바탕으로 하거나, 극단적인 폭력으로 귀결되는 것은 아니다. 오히려 최서해가 발표했던 작품들 중 절반 이상이 '신경향파'의 문학적 성격과는 거리가 멀다. 그럼에도 불구하고 최서해를 '신경향파'의 대표적인 작가로 규정하는 기존 문학사의 시각은 매우 공고해 보인다.

　물론 최서해에 대한 이러한 규정은 최서해 문학에 대한 문학사적 의미를 부여하고 구획하는 데 매우 합당한 방식으로 여겨진다. 하지만 이러한 방식은 최서해 문학의 독특한 위상을 부각시키는 데에는 효과적이지만 최서해 문학 전반을 포괄하기에는 한계가 있다. 또한 대표적 특성에 부합하지 않는 다수의 작품들이 소홀이 다루어지거나 배제되는 경우도 종종 발생한다. 과거의 작가 또는 작품에 문학사적 의미 또는 위상을 부여하려는 시도는 종종 이러한 점에서 곤란한 문제를 야기하곤 한다. 지금까지 최서해 연구의 대부분이 '신경향파'로서의 특성을 잘 보여주는 초기작들에 집중되어 있다는 측면 역시 여타 작가와의 차별성을 중심으로 최서해 문학을 구별해 내려는 욕망과 무관하지 않을 것이다.

이는 최서해가 남긴 유일한 장편소설인 「호외시대」號外時代의 경우에도 마찬가지이다. 작가가 짧은 생을 마감하기 직전 병고와 싸우며 치열하게 완성한 유일한 장편임에도 불구하고 「호외시대」는 「탈출기」, 「홍염」, 「기아와 살육」 등의 초기 대표작에 비해 큰 주목을 받지 못했다. 그렇다면 그 이유는 무엇일까? 상식적으로 생각했을 때 「호외시대」는 작가가 기존의 소설 실험에서 얻어낸 성과를 좀 더 성숙한 시선으로 다루고 있는 본격적인 장편일 가능성이 높을 텐데 말이다.

여기에는 크게 두 가지 이유가 존재한다고 생각한다. 하나는 「호외시대」가 총독부 기관지인 『매일신보』에 연재되었다는 것이고, 다른 하나는 이 작품이 신문연재소설이라는 점 때문일 것이다. 이 같은 사실은 연구자로 하여금 '항일'과 '친일' 또는 '예술성'과 '통속성'과 같은 이분법적 코드를 작동하게 하여 작품에 대한 순수한 접근을 방해해 왔다. 총독부 기관지 『매일신보』에 연재된 신문연재소설이라는 특성은 종종 민족주의적 인식 기제나 문학의 대중성에 대한 부정적인 시선을 작동시키곤 한다.

몇 차례 「호외시대」에 주목하였던 기존의 연구들은 대체로 이러한 편향성을 극복하고 최서해 문학의 위치를 균형 있게 조정하기 위한 나름의 시도였던 셈이다. 특히, 조남현, 한수영, 곽근, 한점돌, 김창식, 윤대석의 연구가 대표적인데, 이들 연구는 각기 다양한 방법을 통해 「호외시대」라는 작품이 지닌 문학사적 의미와 한계를 밝히고자 했다.[1] 하지만 이들 연구는 「호외시대」가 당시 총독부 기관지 『매일신보』에 연재된 작품임을 지적하면서도, 당시의 신문 미디어와 그 안에 담긴 텍스트의 의미를 입체적으로 파악하는 데에는 소홀한 느낌이다. 김창식의 경우 「호외시대」가 지닌 신문연재소설로서의 특성을 좀 더 구체적으로 다루고자 했으나, 그 시도가 1930년대 신문연재소설이 지닌 일반적 특성을 도출하는 데 머물러 있다.

특히, 1994년에 곽근이 펴낸 『호외시대』 단행본은 「호외시대」라는 작품을 널리 알리고, 이에 대한 연구를 활성화하는 데 커다란 기여를 한 것으로 여겨진다. 반면 『호외시대』 단행본의 출간은 「호외시대」라는 텍스트가 지닌 신문연재소설이라는 본래적 특성보다 작품의 주제 및 내용, 갈등 양상 등에 초점을 맞추게 하는 요인이 되기도 한다. 실제로 「호외시대」를 신문연재본으로 읽는 것과 단행본으로 보는 것에는 커다란 차이가 있다. 신문연재본을 읽는다는 것은 작품의 내용뿐만 아니라, 그것

---

1 조남현, 「崔曙海의 『號外時代』, 그 갈등 구조」, 『한국소설과 갈등』, 문학과비평사, 1988; 한수영, 「돈의 철학, 혹은 화폐의 물신성을 넘어서기」, 『현대문학의 연구』 4, 1993; 곽근, 「〈號外時代〉 연구」, 『동국논집』 14, 1993; 한점돌, 「최서해와 프로 심파다이저의 미학―장편 「號外時代」를 중심으로」, 『서강어문연구』 Vol.3 No.1, 1995; 김창식, 「1930년대 한국 신문소설의 특성과 그 존재의미에 관한 일연구―최서해의 「호외시대」를 중심으로」, 『국어국문학』 32, 1995; 윤대석, 「'시대정신'과 '풍속개량'의 대립과 타협―「호외시대」론」, 『최서해 문학의 재조명』, 국학자료원, 2002.

이 수록된 매체의 소설 기획 방침, 지면배치, 독자전략, 언어표기, 삽화, 독자의 반응 등을 포함하며, 이러한 읽기 방식은 텍스트에 대한 좀 더 입체적인 논의를 가능케 한다.

본 연구는 이러한 기존 연구의 의미 있는 성과를 바탕으로 하되, 「호외시대」가 지닌 신문연재소설로서의 특성을 좀 더 구체적으로 드러내는 것을 목표로 삼고 있다. 이에 따라, 「호외시대」가 총독부 기관지『매일신보』에 수록된 신문연재소설이었음에 주목하여, 당시『매일신보』학예면의 소설 기획과 지면 배치, 독자전략 등을 통해 「호외시대」를 다루어 보고자 한다. 예컨대 1930년 2월『매일신보』는 창립 25주년을 기념하여 편집진이 교체되고 지면을 4면에서 8면으로 크게 확장하는 등 혁신적인 변화를 시도하였는데, 「호외시대」는 이러한『매일신보』의 체제 변화 및 지면 배치와 밀접한 연관을 맺고 있다. 또한 「호외시대」는 당시『매일신보』문예면의 지면 배치 전략에 따라 '가정란'에 연재되었는데, 이러한 특성 역시 「호외시대」의 창작 원리 및 독자 전략을 살피는 데 유효한 방편이 될 수 있을 것이다.

2.『매일신보』와 최서해

최서해의 「호외시대」는 1930년 9월 20일부터 1931년 8월 1일까지『매일신보』의 지면에 연재되었다. 그런데 카프 회원이자 신경향파의 대표 작가인 최서해와 총독부 기관지『매일신보』와의 결합이 꽤나 어색해 보인다. 그렇다면 최서해의 「호외시대」는 어떠한 과정을 거쳐『매일신보』에 연재될 수 있었을까? 이러한 질문은 「호외시대」를 이해하는 또 하나의 접근 방법을 제공한다.

1930년 2월『매일신보』는 창립 25주년을 기념하여, 사장 이하 편집진을 교체하고 지면을 확장하는 등 대대적인 변화를 예고한다.[2] 이에 따라 영국 유학파 출신 박석윤朴錫胤이 한국인 최초로 부사장에 취임하고, 실질적인 편집권을 얻게 되었다.[3] 또한 신문 발행 예산을 크게 늘려, 2월 11일부터는 기존 4면 발행에서 석간 8면으로 지면을 확대하였다. 박석윤의 부사장 취임과 함께 기존의 편집진 역시 대대적인 개편이 이루어졌으며, 정치부장에 남상일南相一, 편집국장 대리에 이익상李益相, 사회부장에 정인익鄭寅翼, 학예부장에 최상덕崔象德, 학예부 기자에 최학송崔鶴松 등이 새롭게 임명되었다.[4] 이러한 혁신적인 변화는『조선일보』,『동아일보』와의 경쟁에서 주도권을 되찾아 오기 위한『매일신보』측의 적극적인 노력에서 비롯된 것으로 보인다.

이렇듯 최서해는 1930년 2월 창립 25주년을 기념한『매일신보』의 체제 변화에 따라『매일신보』에 정식으로 입사하게 되었다. 직전까지 최서해는『중외일보』에 근무하고 있었다. 하지만 재정난으로 인해 사원들의 월급이 밀리게 되고, 비상식적인 인사 교체가 일어나게 되자 당시

---

2 「我社飛躍的大擴張」,『매일신보』, 1930.2.10.
3 박석윤은 도쿄제국대학 법학부 정치학과를 졸업하고 영국 케임브리지 대학에 유학하였으며, 최남선의 여동생 최설경(崔雪卿)의 남편이기도 하다. 그는『매일신보』이후, 주로 간도에서 활동하며 항일 무장투쟁 세력을 파괴 · 분열시킨 대표적인 친일파로 평가된다. 당시『매일신보』는 한국인 부사장을 임명하여 독자들의 환심을 사고자 하였으며, 친일파 박석윤을 선택하여 총독부 기관지로서의 역할을 지속하고자 했던 것으로 보인다. 박석윤의 친일 이력에 관해서는 다음의 책이 상세하다. 반민족문제연구소 편,『친일파99인』2, 돌베개, 1993, 51~56면 참조.
4 「本社辭令」,『매일신보』, 1930.2.13.

정치부원政治部員이었던 최서해는 사회부장社會部長 정인익, 학예부원學藝部員 최상덕과 함께 동시에 퇴사하였다.[5] 당시 비정상적인 신문사 운영에 불만을 품고 있던 핵심 간부들이 『매일신보』의 체제 개편과 함께 동시에 이동한 셈이다.

최서해의 『매일신보』로의 이동은 주변 사람들에게 큰 충격을 주었던 것으로 보인다. 당시 문단 동료들은 최서해의 가난과 병고를 이해하면서도 『매일신보』로의 이동을 매우 안타깝게 생각했다. 절친한 벗 박상엽은 "曙海는 中外日報에 入社한 뒤 그가 退社할 쌔짜지(退社라느니보다 休刊될 쌔짜지) 二年 동안을 한달치박개 月給봉투를 손에 쥐여 본 일이 없다"[6]고 했으며, 『매일신보』 학예부에서 같이 근무했던 이명온은 "그가 『중외일보』에서 每申으로 건너오게 된 것도, 유일한 목적은 월급을 제대로 받을 수 있는 신문사였기 때문"[7]이라고 회고하였다. 이러한 언급은 당시 최서해의 『매일신보』로의 이동이 극심한 생활고와 밀접한 연관을 맺고 있었음을 짐작케 한다. 또한 김동환金東煥은 이러한 최서해의 선택을 십분 이해하면서도, "서해는 이십 오륙에 죽어야 옳았다"라거나 「號外時代」를 비롯한 만년의 작품들을 "우작태작愚作駄作"이라고 매섭게 비판하며 예술가로서의 최서해가 훼손됨을 매우 안타깝게 생각했다.[8]

그와는 달리 김동인은 최서해를 이광수, 염상섭, 현진건과 나란히 논하는 자리에서, 최서해가 『매일신보』로의 이동으로 인해 카프에서 제명

---

5   西京學人, 「休刊中外日報論」, 『철필』 4호, 1931.1.11, p.8.

6   朴祥燁, 「感傷의 七月!-曙海靈前에-(十一)」, 『매일신보』, 1933.7.26.

7   李明溫, 「無骨好人 崔曙海」, 『希望』, 1962.2(곽근, 『최서해 전집』下, 문학과지성사, 1987, 405면 재인용).

8   김동환, 「生前의 曙海 死後의 曙海」, 『신동아』, 1935.9(『최서해 전집』下, 402~403면 재인용).

되었으나, '먹고야 산다'는 한마디 말로 제명을 달게 받았다고 회고했다.[9] 같은 글에서 김동인은 최서해의 장편 「호외시대」에 다소 부정적인 시선을 보내면서도, 『매일신보』에서의 생활이 '작품의 제재를 넓히고 더욱 성숙한 사회에 대한 시선을 보여줄 수 있을 것'이라는 기대를 저버리지 않는다.

결국, 최서해의 『매일신보』로의 이동은 생활고에서 벗어나 안정적인 창작 활동을 할 수 있는 기회가 되었다. 어쩌면 그는 박석윤의 부사장 취임을 통해 그간 총독부 기관지 『매일신보』를 일신할 수 있는 새로운 가능성을 발견했을지도 모른다. 무엇보다 중요한 점은 『중외일보』 시절 최서해는 정치부에서 근무하고 있었는데, 『매일신보』로 이동하면서 학예부 일을 맡게 되었다는 사실이다. 이러한 변화는 최서해에게 자신의 적성과 재능을 효과적으로 발휘할 수 있는 중요한 계기로 작동하였다. 『중외일보』에서 함께 근무했던 최상덕과 정인익의 동반 이동 역시 최서해의 『매일신보』 생활에 도움이 되었을 것이다.

얼마 지나지 않아, 처음 학예부장직을 맡았던 최상덕이 돌연 사퇴하고, 그 자리를 최서해가 대신하게 되었다. 학예부장을 맡은 최상덕은 주로 최독견崔獨鵑이라는 필명을 사용하며, 「승방비곡」僧房悲曲, 1927, 「향원염사」香園艷史, 1928~29를 『조선일보』에 연재하여 대중적 인기를 얻고 있었다. 그는 『중외일보』를 퇴사하고, 『매일신보』 학예부장을 맡게 되자, 곧바로 장편소설 「암야곡」暗夜曲의 연재를 계획한다. 『매일신보』는 최상덕에 대한 정식 인사 발령 기사가 나기 이틀 전인 1930년 2월 11일부터 「암야

---

9   金東仁, 「作家四人 (五)」, 『매일신보』, 1931.1.8.

곡」의 연재 광고 기사를 게재한다. 2월 14일자 광고 기사부터는 '작자의 말'까지 상세하게 게재된 것을 보아, 소설연재에 대한 상당히 구체적인 계획이 세워져 있었던 것으로 보인다.[10] 그런데 2월 18일까지 보이던 「암야곡」의 연재 광고 기사는 더 이상 보이지 않게 되었고, 「암야곡」은 『매일신보』 지면에 영원히 연재되지 않았다. 아마도 최상덕은 갑작스러운 이유로 『매일신보』를 떠나게 되었던 것으로 보이는데,[11] 이로 인해 최서해가 대신 『매일신보』의 학예부장이 되는 기회를 얻게 되었던 것이다.[12] 몇 달이 지난 1930년 9월 학예부장 최서해는 드디어 자신의 처녀 장편인 「호외시대」를 『매일신보』 지면에 연재하게 된다.

기실 최서해가 『매일신보』에 자신의 작품을 연재한 것이 처음은 아니었다. 그는 『매일신보』에 입사하기 전부터 이미 몇 편의 작품을 연재한 바 있었다. 그는 정식으로 문단에 이름을 올리기 전 이광수의 「개척자」를 읽고 독후감을 투고한 바 있으며,[13] '연작소설'連作小說 「홍한녹수」紅恨綠愁의 첫 번째 연재를 맡기도 하였다.[14] 또한 1927년 1월 1일 신년호에는

---

10 「連載小說豫告」, 『매일신보』, 1930.2.14.
11 최상덕의 『매일신보』 퇴사 원인이나, 「암야곡」이 연재되지 않은 원인은 '매일신보 무궁화 문제'와 관련이 있었던 것으로 짐작된다. 당시 『매일신보』는 대대적인 체제 변화를 실시하면서, 편집과 제호 때문에 커다란 곤욕을 치르게 되었다. 그 이유는 기원절의 축하기사 활자가 부사장 취임사보다 작다는 것과 제호의 도안을 일본 제국의 지도에서 무궁화로 바꾸었다는 것인데, 이러한 비판으로 『매일신보』 사장 마쓰오카와 부사장 박석윤은 상당한 곤경에 처하고 말았다. 이러한 사건이 새롭게 학예부장으로 임명된 최상덕과 무관하지 않았을 것이며, 그의 사퇴 역시 이 사건과 관련이 있을 것으로 추정된다. '매일신보 무궁화 문제'와 관련해서는 다음의 책이 상세하다. 정진석, 『언론조선총독부』, 커뮤니케이션북스, 2005, 141~145면 참조.
12 김동인은 "東亞日報의 社會面이 憑虛의 씸볼인 것과 마찬가지로 정돈과 정돈 못됨이 함부로 석긴 每日申報의 學藝面이 曙海의 씸볼이며 月給에 對한 한낫 責任막임으로박게는 볼 수가 업는 朝鮮日報의 學藝面은 想涉의 씸볼이다"라고 평가한 바 있다. 金東仁, 「作家 四人 (五)」, 『매일신보』, 1931.1.8.
13 최학송, 「開拓者를 讀하고 所感대로」, 『매일신보』, 1918.3.3.

'소설'「쥐 죽인 뒤」를 게재하였다. 특징적인 것은 같은 지면에 정묘년 새해를 맞아 토끼와 관련된 소설, 동화, 동요 등이 게재되었는데, 최서해의 소설은 '쥐'를 소재로 한 작품일 뿐만 아니라 다른 작품들이 아동을 대상으로 하는 것에 비해 성인을 대상으로 한 작품이라는 점에서 이질적이다. 『매일신보』의 편집 방향과 다르긴 하지만, 당시 문단에서 이름 높았던 최서해의 작품을 우선적으로 게재하려는 의도가 있었음을 짐작할 수 있다.

1928년 10월 6일부터 21일까지는 최서해의 '短篇小說'「부부夫婦」가 『매일신보』에 연재되었다. 이 작품은 이서구의 「사랑의 디옥」의 연재가 끝난 뒤 다음 장편소설을 선정하지 못해 임시방편으로 게재한 작품인데,[15] 연재 마지막에 표기해 놓은 것처럼 1928년 8월에 쓰인 것을 가져다 발표한 것임을 확인할 수 있다. 그런데 재미있는 점은 이 작품이 이전에 『매일신보』에 발표하였던 「쥐죽인 뒤」와 동일한 모티프로 구성되어 있다는 점이다. 「부부」는 한 회차 짧은 분량의 소설인 「쥐죽인 뒤」의 내용을 16회차로 늘려 놓은 작품이다. 「쥐 죽인 뒤」가 「부부」로 확장되는 과정에는 흥미로운 지점이 존재한다. 어떠한 부분이 어떻게 추가되었는지 잠시 살펴보도록 하자.

「쥐 죽인 뒤」와 「부부」는 공통적으로 두 부부가 자신에게 해가 되는 쥐를 결국 잡아 죽인다는 이야기가 뼈대를 이루고 있다. 「쥐 죽인 뒤」의 경우 한 회 분량의 매우 짧은 이야기라서 사건의 진행이 매우 빠르게 압

---

14 曙海 崔鶴松, 「紅恨綠愁(1회 남은 숨)」, 『매일신보』, 1926.11.14.

15 "◇ 사랑의 디옥은 만천하 독자의 애독중에 몃칠 안으로 씃이나게 되엇습니다 ◇ 다음에 내일 장편소설이 아즉 선뎡되지 못하얏슴으로 위선 우리 문단의 일홈 놉흔 최서해씨의 『부부』이라는 단편을 게재하게 되얏습니다", 『每日申報』, 1928.10.4.

축적으로 진행되어 있으며, 이야기 말미에 작품의 주제를 직접적으로 담아내고 있다. 「부부」의 경우에는 총 16회 분량으로 연재되었으므로, 「쥐 죽인 뒤」의 서사적 뼈대에 다양한 요소를 확장하였다. 가장 큰 변화는 우선 일반 평서형의 문장에서 존대법 문장으로 바뀌었다. 작품의 분위기를 좀 더 가볍고 밝게 바꾸어 독자들이 더욱 편하게 작품을 읽을 수 있도록 배려한 듯하다. 그리고 「부부」는 평범한 신혼부부의 알콩달콩한 삶의 모습을 두 인물의 심리를 통해 더욱 섬세하게 다루고 있다. 또한 부부의 가난을 계급적 차원으로 환치시키는 영화 관람 장면이 추가되었고, 주제 의식 또한 더욱 심화되었다.[16] 가장 인상적인 변화는 아내의 벌거벗은 몸을 "명공名工의 신수神手에서 쎄러진 석고조각"[17]으로 묘사하는 에로틱한 장면이 추가되었다는 점이다. 이는 자다 일어난 아내의 젖가슴을 그대로 노출시킨 8회와 상의를 탈의한 두 남녀의 뒷모습을 그린 9회의 삽화와 결합하여 매우 에로틱한 분위기를 연출하고 있다. 결국 이러한 「부부」의 특성은 이 작품이 신문연재소설이 지닌 대중적 특성을 고루 지니고 있음을 확인시켜주며, 작가 최서해 역시 신문 연재를 강하게 의식하고 집필하였음을 짐작케 한다.

---

16 두 작품의 주제의식이 직접적으로 나타난 작품의 마지막 부분을 인용하여 비교하면 다음과 같다. "오오 이것이 사람이다 졔게 리해관계가 업서서는 죠화하고 졔것을 위하여는 남의 목숨 쎄앗고 그럼으로 졔게 무슨 불상사가 오는 쌔에 우리는 량심의 고통을 밧는다", 崔曙海, 「쥐 죽인 뒤」, 『每日申報』, 1927.1.1; "남의 목숨을 쎄아슴으로써 자긔의 싱(生)을 더 츙실이 한다면 그것이 돌오혀 싱의법측(生의法則)이라 하야 감히 힝하고도 후회치 안치만 남의 싱명을 쎄아섯슴으로써 자긔의 싱명에 손실이 잇다면 그쌔에는 그것을 불인(不仁)이라 늣기고 후회하는 것이 이 세상ㅅ 사람의 도덕이 아닌가? 선악의 비판이 그러케 갈리고 인과률이 쏘한 그러케 서는 것이 아닌가? 오오 모든 것은 리해(利害)에 지배되는구나! (…중략…) 언제나 골은 세상이 오누?", 최서해, 「夫婦」, 『매일신보』, 1928.10.21.
17 崔曙海, 「夫婦」, 『매일신보』, 1928.10.14.

1930년 2월『매일신보』에 입사한 최서해는 얼마 지나지 않아 학예부장이 되었고,『매일신보』학예면을 통해 다양한 전략을 기획·실행에 옮긴다. 1930년 2월 11일부터 본격적으로 이루어진 지면 확대와 체재 개편은『매일신보』학예면을 활성화시키는 데 중요한 바탕이 되었다. 1930년 2월 11일, 4면에서 8면으로 확장한『매일신보』는 사회면인 3면 하단에 그동안 연재해 오던 양백화梁白華의「삼국연의三國演義」를 배치하였고, 4면과 5면을 새롭게 문예면으로 기획하였다. 이에 따라 4면은 '少年少女'라는 표제를 붙여 어린이를 중심으로 한 지면의 성격을 명확히 하였고, 5면은 '가정'이라는 표제를 통해 부인여성 독자를 대상으로 한 지면 배치를 시도하였다. 특히, 5면 '가정'란에는 '진비탐정'神秘探偵이라는 표제로 양유신楊柳新이 번역한「해괴」海怪가 연재를 시작하였다. 이후에도 아동들의 문예 작품이나 전래동요, 괴담·기담, '결혼이혼사실담' 등을 모집하여 게재하였는데, 이들 모두가 새롭게 문예면을 활성화시키기 위한 노력의 일환이었던 것이다.[18]

결국 최서해의 장편소설「호외시대」는 이러한『매일신보』의 체제 변화 및 지면 배치와 밀접한 연관을 맺으며 연재된 작품이었다.「호외시대」는 1930년 9월 20일, 양유신의「해괴」의 연재가 끝난 다음날 그 자리를 대신하여 연재를 시작하였다. 이에 따라 3면 사회면에는 양백화의「삼국연의」, 4면 '소년소녀'란에는 정인택의 '少年小說'「눈보라」가 연재되고 있었으며, 5면 '가정'란에는 새롭게「호외시대」가 연재되었다.「삼국연의」는 국한문혼용체를 선택한 것으로 보아, 한자에 익숙한 전통적 독자층을

---

18 이희정,「1930년대 전반기『매일신보』문학의 전개 양상−미디어적 전략과의 상관성을 중심으로」, 343~350면 참조.

〈그림 24〉「호외시대」 1회, 『매일신보』, 1930.9.20.

그 대상으로 삼았던 것으로 보인다. 또한 정인택의 「눈보라」1930.9.11~10.5
는 김소운이 번역한 「천일야기담千一夜奇譚」1930.3.14~9.10에 이어 연재되었
으며, '少年小說'이라는 표제를 붙인 것으로 보아 어린이를 대상으로 한
소설이었음을 알 수 있다.[19]

그와 동시에 연재된 「호외시대」는 「삼국연의」, 「눈보라」와는 달리
'가정'란의 독자를 염두에 두었을 가능성이 높다. '가정'란은 여성 · 부
인을 중심으로 한 일반 대중독자들을 주된 대상 독자로 삼았다. 다시 말
하자면 5면 '가정'란의 「호외시대」는 3면 사회면에 국한문혼용체로 연
재된 「삼국연의」나 4면 '소년소녀'란의 「눈보라」와는 다른 독자들을 염
두에 두었을 것이며, 그 주된 독자층은 '가정'란이 상정했던 여성을 중
심으로 한 일반 대중 독자였을 가능성이 높다.[20] 이러한 특성은 주로 잡
지에 수록되었던 최서해의 초기 대표작들과는 다른 「호외시대」만의 독
특한 성격을 이해하는 데 도움이 된다.

---

19 그 이후에도 4면 '少年小女' 지면에는 김일봉의 「정자나무밋」(1930.10.8~26), 민태원
의 '과학소설' 「五色의 쇠리별」(1930.10.28~1932.3.20) 등 '소년소녀' 독자들을 대상
으로 한 소설이 연이어 연재된다.
20 참고로 「호외시대」 연재되기 열흘 전인 1930년 9월 10일부터는 '家庭'이라는 표제 아래
'-婦人-趣味-'라는 표기가 추가되기도 한다.

3. 「호외시대」의 『매일신보』 연재 양상과 의미

1) 식민지 검열과 미디어 전략

문단의 중견작가로 명성을 높이던 최서해는 『매일신보』 입사 전에도 꾸준히 신문에 소설 게재를 시도하였다. 그는 『시대일보』, 『조선일보』, 『동아일보』에 몇 편의 단편을 수록한 바 있다.[21] 특히, 1928년 『동아일보』에 연재된 「폭풍우시대」1928.4.4~12는 이후 신문에 연재된 유일한 장편소설인 「호외시대」를 이해하는 데 중요한 단서를 제공한다.

'短篇小說'이라는 표제 하에 연재된 「폭풍우시대」는 3·1운동의 여파로 간도로 떠난 세 청년이 'X적단'의 정탐꾼으로 오해를 받아 위기에 처하지만, 조병구의 도움으로 위기를 벗어난 뒤 그와 함께 동포들의 교육사업을 실시한다는 이야기이다. 이 소설은 한창 이야기가 본격적으로 진행되던 중 9회 만에 연재를 마감하게 되는데, 연재가 끝난 이틀 후에는 단편소설 「폭풍우시대」가 어떠한 '사정'이 있어서 중지되었다는 기사가 게재된다.[22] 『동아일보』 편집진은 그 '사정'을 상세하게 제시하지는 않았지만, 실제 연재 중단의 이유는 바로 총독부의 검열에 있었다. 1928년 '경성지방법원검사국'에서 작성한 『언문신문불온기사개요』에 따르면 「폭풍우시대」는 치안방해를 이유로 연재 중지 조치를 당했음을 확인할 수 있다.[23]

---

21 『시대일보』에는 「보석반지」(1925.6.30~7.1), 「만두」(1926.7.12)를, 『동아일보』에는 「향수」(1925.4.6~13), 「오원칠십오전」(1926.1.1~5), 「서막」(1927.1.11~15), 「폭풍우시대」(1928.4.4~12), 『조선일보』에는 「먼동이 틀 째」(1929.1.1~2.26), 「車中에 나타난 마지막 그림자」(1929.4.14~23) 등을 연재하였다.

22 "短篇小說『暴風雨時代』는 事情이 있어 中止하고 名日부터 金八峯의 作『三等車票』를 싯겟습니다 東亞日報學藝部", 『동아일보』, 1928.4.14.

직접적인 영향관계를 명확하게 밝히긴 어렵지만, 「폭풍우시대」의 총독부 검열로 인한 연재 중단은 이후 신문연재소설을 준비하던 최서해에게 분명 일정한 영향을 미쳤을 것으로 짐작된다. 최서해가 『매일신보』의 학예부장이 되고 「호외시대」 연재를 시작하기까지 걸린 칠 개월가량은 신문이라는 미디어에 장편소설을 연재하기 위한 최소한의 조건을 숙지하는 데 필요한 시간이기도 했다. 특히, 잡지에 수록된 단편소설과는 달리 신문연재 장편소설의 경우 미디어의 특성상 연재 도중 검열로 인한 피해를 받을 확률이 더욱 컸다. 따라서 「호외시대」는 총독부의 검열을 일정한 부분 의식하면서도, 이를 극복하기 위한 나름의 대응전략을 실행하며 연재될 수 있었다.

먼저 「호외시대」는 「홍염」, 「탈출기」, 「기아와 살육」 등 간도를 배경으로 하는 기존의 잡지 소설과는 달리 작품의 시공간적 배경을 당대 식민지 조선 내부로 이동시켰다. 그동안 자신만의 작품 세계를 형상화하는 데 가장 중요한 원천이 되었던 간도체험을 포기하는 데에는 검열로 인한 「폭풍우시대」의 연재 중지 사례가 중요한 자극이 되었을 것이다. 또한 수많은 독립투사들이 여전히 간도에서 활동하고 있는 상황에서 작품의 배경을 간도로 설정한다는 것은 여러모로 부담스러운 측면이 있었을 것이다. 이처럼 서해는 자신의 장점을 가장 효과적으로 발휘할 수 있는 시공간 대신 당대 식민지 조선을 작품의 배경으로 선택하였는데, 이는 총독부 검열과 밀접한 관련이 있었다.

---

23 '경성지방법원검사국'에서 작성한 『언문신문 불온기사개요』는 1928년 1월부터 8월까지의 언문신문에 수록된 기사들 중 치안방해 혐의로 게재 중지 조치를 받은 기사들의 목록과 그 이유를 작성해 놓은 것이다. 기사의 원문은 국사편찬위원회 한국사데이터베이스를 통해 확인할 수 있다. http://db.history.go.kr/

하지만 이러한 시공간적 배경의 선택은 교육의 중요성을 강조하는 작품의 주제를 효과적으로 드러내기 위한 바탕이 되기도 한다. 예컨대, 「폭풍우시대」의 경우 간도에서의 교육 사업이 식민지 시스템을 벗어난 민족교육의 가능성을 내포하고 있는 것과는 달리 「호외시대」의 경우 조선에서의 교육 사업은 기본적으로 총독부 교육 시스템의 자장 안에 놓여 있으므로 일제의 검열을 피하기에 용이하다. 결국 「호외시대」가 제시한 '야학'은 총독부의 검열을 교묘하게 벗어나면서도 식민지 교육 시스템의 균열을 가져올 수 있는 대안 교육의 형태로 제시될 수 있었다. 이는 더 나아가 온갖 비정상적인 일들이 난무하는 '호외시대'를 정상적인 세계로 바꿀 수 있는 희망적 메시지를 내포하고 있었다.

또한 「호외시대」는 당시의 식민지 조선을 배경으로 삼고 있으면서도 식민 치하의 현실에 대해 철저하게 함구한다. 「호외시대」는 당시 조선의 상황이 일제의 제국주의 침략으로 이루어진 식민지 체제였음을 직접적으로 언급하지 않는다. 작품 속에 식민주체로서의 일본인의 형상을 찾기 어렵다는 점도 주목할 만하다. 당시 식민 체제의 현실을 총체적으로 그려내기 위해서는 재조선 일본인의 모습이 필연적으로 등장할 법한데, 「호외시대」의 경우 일본인 등장인물은커녕 그 흔적조차 찾기가 어렵다. 물론 이러한 점은 식민지 시스템 또는 식민자에 대한 언급이 구체적으로 이루어질 수 없었던 당시 소설의 재현 체계와 상통하는 것이지만,[24] 최서해의 초기 단편이 비교적 비정한 사회 현실을 꽤나 적극적으

---

24 최근 이혜령은 '식민자는 말해질 수 있는가?'라는 물음을 통해 한국의 근대소설이 '말할 수 없었던' 식민자의 모습을 다양한 방식으로 재현하려는 시도로 이루어져 있음을 염상섭 소설을 통해 논구한 바 있다. 이혜령, 「식민자는 말해질 수 있는가-염상섭 소설 속 식민자의 환유들」, 『대동문화연구』 78, 2012, 317~349면 참조.

로 다루고 있었다는 점을 상기해 본다면 그 차이 역시 간단치 않다.

이러한 측면은 총독부 기관지에 포섭된 식민지 작가의 불철저한 시대 인식의 증거로 인식될 수 있지만, 신문과 잡지가 지닌 미디어적 차이에서 발생하는 특성이기도 하다. 더 많은 독자층을 포용해야 하는 신문연재소설의 특성상 「호외시대」는 그것을 의도했던 하지 않았던 간에 일정 부분 총독부 검열을 의식한 채 연재될 수밖에 없었던 것이다.

이렇게 총독부의 검열을 의식하고 있는 대목은 작품 속에서도 몇 차례 발견할 수 있다. 양두환은 홍재훈을 만나기 전 사회단체인 '삼우회三友會'에 몸담고 있었는데, 작가는 '삼우회'라는 단체가 어떠한 목적으로 설립된 단체였는지 자세히 설명하지 않는다. '삼우회'는 고학생, 공장직공, 실직자들이 모여서 공동으로 최소한의 생활을 유지하는 모임으로 기술되어 있는데,[25] 이러한 조직이 어떠한 환경에서 조직되었으며, 어떠한 목적을 갖고 유지되었는지에 대해서는 더 이상 자세한 설명이 생략되어 있다. 또한 홍재훈이 반도인쇄사를 설립한 궁극적인 목적이나 신문사에 거액의 자금을 투자한 이유 역시 구체적으로 제시하지 않으며, 두환이 홍재훈에게 맡긴 돈 가방에 대해서도 작가는 '시절이 시절임으로 그는 어떤 단체의 비밀문서인줄로 믿는 모양이었다' 정도의 서술에서 멈추고 있다. 그 밖에도 정애의 아버지는 '옛날에 명망 있는 신사였으

---

25 삼우회에 대해서는 다음의 설명이 전부이다. "그는 찬형의 집으로 들어오기 전까지 게동 막바지에 잇는 삼우회(三友會)에 잇섯다 그것은 고학생, 공장직공, 실직자들이 모아서 조직한 회엿다 그들 중에서 아조 할 수 업는 사람 류칠인들은 빈집가튼 회관에서 굶고 먹으며 지내엇다 두환이도 그 속에 끼이엿든 것이다 그들은 두환의 십팔원과 고무공장에 다니는 김이란 친구의 이십륙원이라는 급료를 목숨의 줄가티 미덧다 그 수입이 생긴 뒤로는 조밥이나 호쩍으로라도 입은 속이지 안엇다", 최서해, 「호외시대」, 『매일신보』, 1930.10.23.

며 큰 뜻을 품고 그것을 실현하려다가 이루지 못하고 결국 비명에 횡사한 사람'이었다고 하였는데, 그 큰 뜻이 과연 무엇이었는지는 더 이상 언급되지 않는다.[26]

이러한 대목은 프롤레타리아 계급투쟁이나 독립을 위한 민족운동과 관련이 있는 것으로 보이는데, 작가가 총독부의 검열을 상당히 의식하고 있었음을 짐작케 한다. 반면 작가가 총독부의 검열을 의식하면서도 자신이 하고 싶은 이야기를 은밀하게 독자에게 전달하고자 했음을 짐작할 수 있는 대목이기도 하다. 만약 「호외시대」가 총독부 검열에 완벽하게 종속된 채 연재되었다면, 굳이 '삼우회'라는 가상의 단체를 만들어 설명할 필요도 없으며, 홍재훈이 인쇄사를 설립하거나 신문사에 거액의 자금을 투자한 사건 등에 대한 언급이 아예 불필요했을 것이다. 그럼에도 불구하고, 최서해는 등장인물들을 시련에 빠뜨린 '보이지 않은 어떠한 힘'이 식민지 자본주의 체제가 지닌 폭력성 때문이었음을 은밀하게 제시하고자 했다. 또한 모든 것이 절망적인 상황 속에서도 두환은 '야학'에 대한 기대와 희망을 놓지 않는데, 이는 식민지 검열 환경 속에서 찾아낸 작가 나름의 대응 전략이었던 셈이다.

이러한 측면은 사회 현실에 대해 좀 더 직접적인 목소리를 표출하고자 했던 초기 단편들과는 거리가 있는 「호외시대」만의 특징이며, 이러한 변화는 분명 신문연재 장편소설이 감당해야 할 총독부의 검열 및 미디어 전략과 관련이 있었을 것이다. 또한 기존 작품에서는 찾기 어려운 계몽적 주제 의식 역시 「호외시대」가 5면 가정란에 배치된 신문연재소

---

26 최서해, 「호외시대」, 『매일신보』, 1931.5.5.

설이었다는 점과 관련이 있다. 결국 잡지에 수록되었던 최서해의 초기 단편들과 달리 「호외시대」는 총독부 검열을 일정부분 의식하고, 그것을 극복하기 위한 나름의 대응 전략을 미디어적 조건 하에서 시도한 작품임을 알 수 있다.

2) 독자 인식과 소통 의지

총 60여 편에 이르는 최서해의 작품들 중 「호외시대」가 지닌 가장 큰 차이점은 바로 '신문연재 장편소설'이라는 점이다. 몇몇 단편들이 『시대일보』, 『동아일보』, 『매일신보』에 연재되기도 하였지만, 최서해의 대표작으로 잘 알려진 작품들은 대부분 『조선문단』, 『신민』, 『동광』 등 잡지에 수록된 단편들이었다. 잡지에 수록된 단편들이 대체로 비교적 제한된 독자들을 염두에 두었다면, 신문연재소설은 좀 더 폭넓은 독자층을 대상으로 삼는다. 신문에 연재된 장편소설인 「호외시대」가 더욱 폭넓은 독자 대중을 염두에 두고 있었다면, 이 작품이 소위 '빈궁문학'이라고 불리는 잡지 수록 초기작과는 다른 특성을 지니는 것은 지극히 자연스러운 일일 것이다.

먼저 '소설예고'는 기존의 단편소설에서는 볼 수 없던 새로운 형식이거니와 작품이 지닌 주제와 의도를 짐작할 수 있는 유용한 나침반이 된다. 연재 직전 『매일신보』 편집진은 「호외시대」의 연재를 다음과 같이 소개하고 있었다.

만천하독자의 열렬한 환영을 밧든 련재소설 『해괴海怪』는 유감이오나 이 삼회로 끗을 막게 되엇습니다 그 다음에 실릴 소설은 서해曙海 최학송崔鶴松씨의 작『호외시대號外時代』입니다 최학송씨는 조선문단에 이미 이름 높흔 중견 작가로 그의 고혼 문장文章과 웅성깊은 구상構想이 명석한 관찰觀察이 이『호외시대』에 잇서서 유감업시 발휘되어 읽는 사람으로 하야금 황홀한 지경에 니르게 할 것입니다 더욱 우리 화단의 명성인 리승만李承萬씨의 삽화는 금상 첨화가 될 것입니다 만천하 독자와 함쯰 지면에 나타나기를 기다립시다[27]

「호외시대」는 양유신이 번역한 「해괴」의 연재가 끝나고 그 뒤를 이어 연재되었다. 조선문단에 이름을 높이던 중견작가 최서해와 당대 최고의 삽화가 이승만의 조합에 거는 기대가 꽤나 크게 느껴진다.[28] 이러한 '소설예고'는 기존에 연재되던 소설의 독자를 새로운 소설의 독자로 연계시키는 데 중요한 역할을 하곤 했다. 새롭게 연재될 작품과 그 작가에 대한 소개를 통해 독자의 관심을 이끌어 낸다. 또한 여기에는 편집진의 소설 예고와 함께 작가의 말이 수록되어 있어 독자의 관심을 이끌어 내고자 했다.

作者의 말

짤랑거리는 방울소리를 짤아 락엽가티 날리는 호외는 인간사회의 변태적 현상을 알리는 조히조각이다 나는 이제 이 조히조각을 다시 여러분 아페 드리는 것이다 돈! 돈! 돈의 힘이 어쩌타는 것을 이 호외를 보시는 이는 다시

---

27 「連載小說豫告」, 『매일신보』, 1930.9.14.
28 삽화가 이승만(李承萬, 1903~1975)은 1925년 『매일신보』 연재소설 「바다의 처녀」의 삽화를 시작으로 『매일신보』 연재소설의 삽화를 오랫동안 전담하였다. 특히, 「호외시대」와 동시에 연재되었던 「삼국연의」, 「오색의 쇠리별」의 삽화는 모두 이승만이 그린 것이다.

금 늑기지 안을 수 업슬 것이다 사람이 부리려고 만드러노흔 돈은 도로혀 사람을 부리게 되엿다 돈의 아페는 오륜삼강도 힘을 못쓰게 정의정도도 허리를 굽히지 아니치 못하게 되엿다 모순 갈ㅅ등은 나날이 심하여지고 알륵 반목은 갈수록 맹렬하여진다 이 인류의 장래는 어찌될런지 그것은 역도할 수 업는 일이니 말할 수 업지만 평화와 사랑을 바라는 현세의 인류로서 이 현상을 보고 이 현상에 쪼들리게 되는 쌔 어찌 비탄우수가 업스며 고통번민이 업스며 원한분노가 업스랴 그들의 가슴은 이 쌔문에 씻길 것이오 그들의 팔다리는 이 쌔문에 쐴 것이다 오오! 돈의 힘이 이 인류를 지배하는 날까지 이 인류의 변태적 현상을 알리는 호외의 방울ㅅ소리는 쓰치지 안을 것이다[29]

「호외시대」 '연재소설예고'에는 작가 최서해가 직접 작성한 것으로 보이는 '작자의 말'이 포함되어 있다. 최서해는 「호외시대」가 '인간사회의 변태적 현상'을 알리는 '호외'처럼 돈이 모든 것을 지배하는 현대 사회의 비참한 현실을 다루려는 소설임을 비교적 구체적으로 제시하고 있다. 작품이 다루려는 주제를 비교적 명확히 제시하고 있는 것으로 보아, 작품에 대한 구상이 이미 구체화되어 있음을 짐작할 수 있다. 이러한 '작가의 말'은 새롭게 연재될 소설에 대한 독자의 기대와 관심을 이끌어 내는 데 매우 효과적인 장치였을 것이다.

또한 「호외시대」는 소설의 연재 중간 「讀者의 소리」라는 칸을 만들어 「호외시대」에 대한 실제 독자들의 반응을 있는 그대로 전달하고자 하였다. 「호외시대」가 연재되는 동안 「讀者의 소리」는 총 6번 게재되었는데,

---

29 「連載小說豫告」, 『매일신보』, 1930.9.14.

이는 더 많은 독자들의 관심과 호응을 이끌어 내기 위한『매일신보』학예부의 전략이었다. 당시 학예부장이 최서해였음을 감안한다면, 이「讀者의 소리」를 게재하는 데에 작가 최서해의 의도가 반영되었을 가능성이 크다.

(가) 날새 몹시 추운데 여러 선생님의 건강을 축하하옵니다 귀보의 소설 崔曙海氏의 號外時代를 애독하옵는데 貞愛의 련애에 대하야는 눈물과 감격이 업시는 읽을 수 업습니다 崔선생의 글을 만히 보앗사오나 이번 것은 더욱이 우리 녀성을 잘 리해하신 것이어서 존경에 더욱 감사를 드립니다 崔선생님은 무엇을 하시고 게시며 댁이 어데인지요 지면에 좀 아르키어 주실 수 업겟습니까 죄송하오나 비오며 아모조록 쉬지 마시오 오래 써주시기를 비옵나니이다
한국동 전란주 상[30]

(나) 謹啓 貴報 連載 中의 小說 號外時代 則 近來 稀有의 優秀 新聞小說로 評者로서는 勿論 誰某하고 皆悉感激之作品也라 찬형의 今後는 實로 注目되는 바이라 每日 貴報의 配達을 苦待 中이오며 作家 崔先生의 健康을 仰祝不已 하나이다 不備禮 (東大門外 朴南甫)[31]

(다) ○ 날새 몹시도 추우신데 선생님 긔체 안녕하십닛가 저는 가정사리에 하로의 피곤한 일을 마치고 저녁이면 귀보의 소설『號外時代』를

---

30 「讀者의 소리」,『매일신보』, 1931.1.20.
31 「讀者의 소리」,『매일신보』, 1931.1.21.

낡고 하로의 괴로움을 니저버립니다 귀보의 崔선생님씌 감사드립니다 참 이 소설은 자미잇습니다 찬형과 정애, 홍준과 경애 여기에 쏘 두환이 낫하나와 압흐로 어더케 풀녀나갈넌지 참 전신이 썰니게 긔대됩니다 아모쏘록 崔선생님의 건강을 비옵나이다 (김순자)

○ 謹啓 귀보 소설『호외시대』에서 실로 만흔 감상을 밧앗스며 이 압푸로도 독자는 감상을 주리라고 생각하와 두어마듸로 말슴드리는 바이외다 (平壤新陽理 片東熙)[32]

(라) 拜啓 貴社의 日益繁昌하옴을 伏祝하옵니다 弟貴紙에 連載하옵는 小說 號外時代는 現下 朝鮮의 事情을 如實하게 그려오며 더욱이 젊은 사람의 心境을 어쩌면 그러케 잘 글이옵는지오! 孤寂한 정애의 生活이며 이리지도 못하고 저리지도 못하는 不祥한 찬형은 참말 同情업시는 읽을 수 업습니다 그리고 두환의 씃々하고 참다운 인격은 읽는 讀者에게 큰 暗示를 줍니다 作者와 여러분의 安寧하시기를 비옵고 이만 씃치옵니다 (釜山 영주동 金寬壽)[33]

(마) 拜啓 貴社益々隆盛하심을 仰祝하나이다 就貴紙上에 連載하는 小說을 一々히 順序로 보던 中 今般第五面에 連載되는 號外時代가티 滋味스럽고도 상상키 어려운 小說은 讀者의 눈을 쓸어 마음을 滿足식히는 한편 찬영과 정애의 결말 쏘 홍재운의 얽매이고 얽매이엿든 직공의 봉급 두환의 결심은 장차 어써케 해결될는지 苦待中이옵고 이 小說

---

32 「讀者의 소리」,『매일신보』, 1931.1.28.
33 「讀者의 소리」,『매일신보』, 1931.1.29.

作家인 崔先生님이시여 氣候萬康하시여 一日이라도 休載되지 안토록 讀者를 爲하야 만흔 苦勞를 무릅쓰고 連載하여 주시옵기를 바라는 中 崔先生님을 紙上에 한 번 出現케 하여 그리워하는 讀者의 마음을 위로하여 주시기를 千萬伏望이올시다 (平壤 尹炫翼)[34]

(바) 사람의 세상은 다정업는 혼의 순례(巡禮)이다 쌋쌋하고 귀여운 사랑도 찬형에게는 최후의 안식할 곳이 아니로다 그는 잠시 동안의 휴게에 지나지 못한다『호외시대는 엄하게 명령한다』『찬형아 험악한 압길로!』 오직 찬형과 두환 그리고 정애샏만 아니라 우리 인생은 현재의 안일(安逸)을 써나서 다시금 험악한 길을 밟지 안으면 아니되겟다 험악한 그의 발자최! 아! 얼마나 세상을 저주할까 (平安北道泰川邑內 裴東倫)[35]

「讀者의 소리」는 연재되는 소설의 본문 사이에 삽입되어 있어, 소설을 읽는 독자들이 자연스럽게 접할 수 있도록 배치되어 있다. 또한 순한글과 국한문혼용의 문체를 있는 그대로 표기하거나 투고자의 지역과 이름을 병기하여, 「호외시대」가 계층, 성별, 지역이 다른 다양한 성격의 독자들이 이 작품을 애독하고 있음을 자연스럽게 홍보하고 있다.[36] 이것이 실제 독자의 투고인지, 아니면 편집진이 독자를 유인하기 위해 거짓으로 작성한 것인지는 확정하기 어렵다. 그러나 투고자의 주소와 실명이 게재되어 있음을 감안하면 일반 독자들의 투고일 가능성이 더 높다고 판단된다. 만

---

34 「讀者의 소리」, 『매일신보』, 1931.2.3.
35 「讀者의 소리」, 『매일신보』, 1931.3.11.
36 곽근, 「〈號外時代〉 연구」, 『동국논집』 14, 1995, 95~96면 참조.

약 그렇지 않다 하더라도 「讀者의 소리」는 「호외시대」가 당시 독자들을 매우 강하게 의식하고 있었음을 입증하는 단서가 된다. 이러한 점들을 고려할 때, 결국 「호외시대」는 특히 대중 독자의 취미나 반응을 섬세하게 고려하는 가운데 연재된 소설임을 확인할 수 있다.

「讀者의 소리」에는 주로 작품에 대한 짤막한 감상이나 작가에게 전하고 싶은 메시지가 담겨있다. 작품에 대한 독자들의 반응을 직접 확인할 수 있다는 점에서 최서해 역시 「讀者의 소리」에 관심을 가졌을 것이다. 독자들의 목소리 중 가장 특징적인 부분은 바로 독자들이 찬형과 정애의 연애에 가장 큰 관심을 가지고 있었다는 점이다. '정애의 연애에 대하여는 눈물과 감격이 없이는 읽을 수 없다'거나 '이러지도 저러지도 못하는 불상한 찬형은 동정 없이 읽을 수 없다'는 등 찬형과 정애의 애틋한 사랑은 독자들에게 가장 큰 관심의 대상이었다. 또한 독자들은 '우리 여성을 잘 이해'한다거나 '젊은 사람의 심경을 어쩌면 그리 잘 그리는지'라며 작품 속 등장인물의 심리묘사에 대한 찬사를 여러 번 반복하고 있다. 이 역시 독자들의 적극적인 반응이 주로 찬영과 정애의 로맨스에 집중되어 있음을 보여준다.

이러한 「讀者의 소리」는 처음으로 장편소설을 연재하던 최서해에게 중요한 영향을 미쳤을 것이다. 그간 잡지에 수록했던 단편 소설들의 경우 소수의 지식인 독자들을 염두에 두고 있었으며, 작품을 통한 그들과의 직접적인 소통은 주로 문단의 동료 작가 내지 평론가들의 월평이나 합평회 등을 통해 이루어진 것이었다. 이에 반해 「讀者의 소리」는 일반 대중 독자들의 목소리를 직접 확인할 수 있다는 점에서 작가에게 신선한 자극이 되었을 것이다. 이러한 영향은 「호외시대」의 신문 연재가 단순한 상업적 전략의 소산이기보다는 오히려 더욱 적극적인 소통 의지를 포함하고 있음을 짐작케 한다. 뒤에서 좀 더 구체적으로 살펴겠지만, 「호외시대」의 서사 전략은 이러한 독자들의 실제 반응과 무관하지 않다.

사실 「讀者의 소리」가 소설 연재 도중 삽입된 사례는 이번이 처음이 아니었다. 「호외시대」보다 며칠 빠른 1931년 1월 14일, 15일 각각 진암생震庵生이 '청구총담'靑邱叢談에 연재한 「심청전」沈淸傳에 처음 「讀者의 소리」가 삽입되었으며, 1월 24일에는 「심청전」과는 지면을 달리하여 5면에 그와 관련한 「讀者의 소리」가 게재되었다.[37] 1월 29일에는 「심청전」과 「호외시대」에 각각 「讀者의 소리」가 삽입되기도 하였다. 「讀者의 소리」는 「호외시대」가 끝난 뒤 1932년 5월 7일 이성해李聖海의 「그들은 어대로」에 한 차례 게재된 뒤 더 이상 모습을 보이지 않았다. 결국 「讀者의 소리」가 소설 연재 도중 삽입된 것은 1910년부터 1945년까지 『매일신보』의 기나긴 역사 속에서 단지 십여 차례에 불과한 일이었으며, 그 중 여섯 차례가 「호외시대」에 집중되어 있다는 것은 「호외시대」의 독자전략을 이해하는 데 커다란 도움이 된다.

「호외시대」가 당시의 독자들과의 긴밀한 소통을 얼마나 의식하고 있었는지를 알 수 있는 대목은 또 다른 곳에서도 발견된다.

> (가) 정애는 작년 느진 가을에 김정자의 끌림에 소요산으로 단풍구경을 갓다가 자재암에서 하로ㅅ밤을 지내고 서울로 돌아온 것은 아직도 독자 여러분의 긔억에 남엇슬 것이다[38]

---

37 '청구총담'에 연재된 한문소설에 대해서는 다음의 논문을 참고할 것. 김성철, 「일제강점기 한문소설 작가 震庵 李輔相의 행적과 작품 활동 연구」, 『한국학연구』 43, 2012 참조.

(나) 讀者諸賢께 = 『호외시대』는 이로써 쓰티낫습니다 『두환』과 『정애』와 『숙경』은 장차 어쩌케 되며 어쩌한 관게를 매즐런지는 아직 알 수 업습니다 다만 이째까지의 그들 행적을 적엇슬 쑨입니다 — 曙海 —[39]

「호외시대」에서 서사를 이끌어 가는 것은 전지적 작가 시점의 작품 속 서술자이다. 여기서 작품 속 서술자는 작가 최서해와는 다른 독립된 존재로 볼 수 있다. 그런데 인용문 (가)에서는 작품 속 화자가 갑작스레 소설을 읽는 '독자'를 직접 지시하고 있는데, 이는 작품 속 서술자의 발화를 순간 작가의 목소리로 일치시키는 작용을 한다. 이러한 서술자의 특수한 발화는 독자들이 더욱 소설 속 이야기에 몰입할 수 있도록 만드는 장치로 여겨진다. 또한 인용문 (나)는 작품의 연재가 끝나고 난 뒤 맨 마지막에 덧붙여진 실제 작가의 목소리이다. 작품 연재가 끝난 뒤 이렇게 작가가 직접 독자에게 이야기를 건네는 것은 흔한 일이 아니다. 하나의 작품을 있는 그대로 감상하는 데에 방해가 될 수 있기 때문이다. 하지만 작가는 무언가 그 다음 이야기를 기대할 수 있는 독자들을 배려하여, 작품이 끝났음을 공식적으로 선언하는 동시에 또 다른 이야기의 가능성을 독자 스스로의 상상력에 맡기고 있다. 이러한 사례 역시 작가의 독자 인식과 배려가 엿보이는 대목으로 볼 수 있다.

결국 위에서 살펴 본 것처럼, 「호외시대」는 독자와의 긴밀한 소통을 매우 적극적으로 추구하는 가운데 연재된 작품임을 확인할 수 있다. 예컨대, 최서해가 발표했던 초기의 잡지 수록 소설이 주로 문단의 동료 작

---

38 최서해, 「호외시대」, 『매일신보』, 1931.6.15.
39 최서해, 「호외시대」, 『매일신보』, 1931.8.1.

가 및 평론가를 포함하는 소수의 지식인 독자를 대상으로 삼았다면, 신문연재 장편소설인 「호외시대」는 더욱 폭넓은 일반 독자 대중을 염두에 두고 작성된 것으로 볼 수 있다. 이렇듯 작품의 중심이 작가에서 독자로 이동하였다는 점은 잡지에 수록된 소설과 신문연재소설이 지닌 가장 중요한 결절점일 뿐만 아니라, 「호외시대」의 서사원리를 이해하는 가장 핵심적인 측면이다. 따라서 「호외시대」의 주제, 소재, 구성, 인물, 갈등, 문체, 묘사 등 거의 모든 부분이 이러한 독자와의 소통을 강화하는 방식으로 이루어졌다고 해도 과언이 아니다.

3) 서사 장치와 서술 기법

「호외시대」는 최서해가 이전에 발표한 잡지 수록 소설은 물론 신문에 연재된 단편소설에 비해 신문연재소설로서의 특성을 매우 강하게 지니고 있다. 「호외시대」의 신문연재소설로서의 특성은 무엇보다 서사 전개 방식이나 인물 형상화 방식에서 두드러진다. 「호외시대」는 예술적·미학적 차원의 글쓰기보다는 폭넓은 독자들을 대상으로 한 대중적 글쓰기를 시도하고 있다. 따라서 독자들의 흥미를 지속적으로 이끌어 가는 것은 「호외시대」가 지닌 가장 중요한 목표였으며, 이러한 흥미 또는 재미의 요소는 현 시대에 대한 작가의 비판적 인식, 독자들에 대한 윤리적·도덕적 교훈 등과 어우러져 제시된다.

「호외시대」에서 전체 이야기를 이끌어가는 가장 핵심적인 장치는 바로 주인공 양두환이 벌이는 '위조전보위체사건'이다. 이는 당시 대중 독자들의 흥미와 관심을 이끌어 내는 데 효과적인 장치가 되었을 것으로 짐작된다. 삼성은행 대구지점에 근무하던 양두환은 홍재훈과 그 가족들의 은혜를 갚기 위해, 그리고 삼 개월치 월급을 받지 못하고 한 순간에 일자리를 잃게 된 노동자와 그 가족들을 위해 은행 사기 사건을 계획한다. 양두환이 은행에서 사만 원이라는 거금을 빼돌리려는 시도는 매우 치밀하게 다루어지는데, 마치 추리소설의 범죄사건을 연상시키는 이러한 대목은 대중 독자들로 하여금 커다란 재미를 주었을 것이다. 작가는 먼저 양두환이 은행에서 감쪽같이 사만 원을 빼돌린 것을 독자에게 알린 뒤, 그가 어떠한 방법으로 완전범죄를 거두게 되었는지 상세하게 묘사한다.

이러한 내용은 당시 유행하던 서양 탐정소설의 영향을 받은 것으로 보인다. 최서해는 『중외일보』 시절 가스통 르루의 *Le Mystère de la Chambre jaune*『노랑방의 수수께끼』를 「사랑의 원수」 1928.5.16~8.3라는 작품으로 번안하여 연재한 바 있다.[40] 최서해는 밀실추리의 고전이라 일컬어지는 프랑스 탐정소설을 당시의 한국적 정서나 문화에 맞게끔 번안하여 연재하였는데, 탐정소설에 대한 이 같은 관심은 최서해의 대중적 서사 장르에 대한 관심을 보여준다. 이후 「호외시대」에서 다룬 양두환의 '위조전보위체사건'은 탐정소설에 관한 작가의 관심과 취미를 보여주며, 대중 독자들을 유인하기 위한 효과적인 장치가 되었다.

그리고 이러한 '위조전보위체사건'은 은행의 송금 체계나 그 빈틈에 대한 매우 상세한 이해를 바탕으로 서술되어 있다. 이것은 아마도 서해가 당시 세간을 떠들썩하게 했던 실제 '위조전보위체사건'을 모티프로 삼았기 때문인 것으로 보인다. 당시에는 멀리 떨어진 사람에게 송금하

---

40 최애순, 「최서해 번안 탐정소설 〈사랑의 원수〉와 김내성 〈마인〉의 관계 연구―식민지시기 가스통 르루의 〈노랑방의 수수께끼〉의 영향을 중심으로」, 『현대소설연구』 45, 2010 참조.

기 위한 방법으로 우체 전보를 활용하였는데, 이러한 제도의 허점을 노리는 사기 사건이 종종 발생하곤 하였다.[41] 특히, 1925년 11월 7일자 『동아일보』에는 「僞造電報爲替로 八千圓을 詐欺」라는 기사가 게재되었는데, 은행의 위체 거래 번호와 공통암호를 교묘하게 이용하였다는 점에서 「호외시대」에서 양두환이 사용한 수법과 동일하다. 아마도 작가 최서해는 이러한 실제 사건을 모티프로 삼아, 독자들의 흥미를 이끌어가기 위한 핵심적인 장치로 활용하였던 것으로 보인다.

주인공 양두환은 삼성은행의 '위조전보위체사건'을 통해 근대 자본주의의 상징적인 장소인 은행을 철저하게 농락하고 원하는 돈을 수중에 넣게 된다. 작가는 양두환의 범죄 사실을 미리 일러두고 과연 어떻게 삼성은행의 시스템을 무너뜨렸는지를 착실하게 제시해 나가는데, 이러한 과정에서 독자들은 지적인 호기심을 충족하고, 흥미로운 범죄사건이 유발하는 긴장과 스릴을 경험했을 것이다. 또한 근대 자본주의 시스템의 견고한 장치가 무너지는 데에서 오는 일종의 통쾌한 감정을 느꼈을 것이다.

또한 보통의 신문연재소설 또는 통속적인 대중소설은 선인과 악인의 갈등을 서사 진행의 중요한 축으로 설정하는 것이 일반적이다. 선과 악의 갈등과 대결은 독자로 하여금 지속적인 흥미를 유발하는 데 매우 중요한 장치이기 때문이다. 그런데 재미있는 것은 「호외시대」에 등장하는 주요 인물들은 대부분 선인善人에 속한다고 할 수 있다. 작품 전체를 이끌어 가는 두환, 찬형, 정애는 물론 재훈, 숙경, 경숙, 경애, 찬형 모친, 찬형

---

41 「僞造電報爲替로 千五百圓橫領」, 『매일신보』, 1921.1.24; 「郵便事務員이 환전표를 위조 행사」, 『동아일보』, 1921.6.17; 「電報詐欺 범인은 피착」, 『동아일보』, 1928.9.28; 「電報爲替僞造 범인은 룡산서에서 인치」, 『동아일보』, 1928.11.26.

부인 등 대부분이 당대의 도덕적 윤리적 가치를 중요하게 생각하는 선한 인물들이다. 찬형은 정애를 사랑하면서도 자신의 본처를 포기하지 않으며, 찬형의 부인과 정애도 서로를 미워하거나 투기하지 않는다. 물론 작품의 중반 이후에 등장하여 정애를 곤경에 빠뜨리는 김정자나 정애를 강제로 욕보이고 첩으로 삼은 허성찬, 경애를 포주에게 팔아넘긴 김홍준 등이 악인의 계열에 속하나 전형적인 악인형 인물이라 보기도 어려우며 전체적인 비중 역시 미미한 편이다.

「호외시대」는 선과 악으로 구별되는 인물 간의 갈등보다는, 선한 주인공들이 보이지 않는 악한 힘과 대결하는 것을 통해 서사를 진행해 나간다. 특유의 근면 성실함으로 사업을 일으킨 착한 자본가 홍재훈의 사업은 보이지 않는 힘, 즉 거대한 자본의 힘 앞에 굴복하게 되고, 두환은 결국 그 보이지 않는 어떠한 힘과 싸우기 위해 전신송금위조사기를 실행하게 된다. 찬형과 정애 역시 위기의 상황에서도 야학을 통한 교육 사업을 포기하지 않지만 그마저도 쉽지가 않다. 작가는 그 보이지 않는 힘을 '돈'으로 구체화하여 제시하였지만, 그것이 본질적으로는 식민지 자본주의 체제와 밀접한 연관이 있음을 염두에 두고 있었다. 그는 삼성은행을 비롯한 조선의 경제문제를 지적하면서 '거기에는 딴 이유가 있었다. 그 깊은 이유를 아는 사람이나 알았다'[42]고 하거나, 인쇄소, 학교, 신문사에 걸쳐 있던 홍재훈의 사업이 결국 막강한 자본을 앞세운 대기업의 진출에 의해 몰락하게 된 것 역시 식민지 자본주의 체제의 모순과 관련이 있음을 은밀하게 전달하고자 했다.

---

42 최서해, 「호외시대」, 『매일신보』, 1930.10.1.

그 밖에 「호외시대」가 이성 간의 미묘한 연애 심리를 매우 중요한 서사 진행의 축으로 삼고 있다는 점도 특징적이다. 찬형과 정애, 두환과 경숙, 숙경, 홍련의 이성 관계는 가정란이 목표한 여성을 중심으로 한 일반 대중독자들을 포섭하기 위한 효과적인 장치가 된다. 사실 이들의 관계를 정확히 사랑이라 칭하긴 어렵다. 당시 독자들의 가장 큰 관심을 받았던 찬형과 정애의 사랑은 유부남과 미혼녀의 관계라는 점에서 항상 위태롭다. 찬형과 정애는 사랑과 현실 사이에서 끊임없이 망설이다가 결국에는 이루어지지 못하게 되는데, 이들의 안타까운 연애는 「호외시대」를 이끌어 가는 가장 핵심적인 축 중의 하나이다. 또한 두환의 경우에는 홍재훈의 첫째 딸인 경숙과 애끓는 사랑의 감정을 주고받지만, 결국 경숙의 갑작스러운 죽음으로 인해 이루어지지 못한다. 이후 두환은 여류화가이자 한 가정의 부인인 숙경, 파란만장한 삶을 사는 기생 홍련과 만나게 되는데, 이들과의 만남은 결국 사랑으로 발전하지 못한다. 작가는 우정인지 사랑인지 뚜렷하게 정의할 수 없는 남녀 사이의 미묘한 관계를 매우 현실적으로 묘사하고 있는데, 특히 섬세하게 포착하여 제시된 남녀 간의 애틋한 심리 묘사는 작품의 진행을 이끌어 가는 핵심적인 장치가 된다.

작가는 이러한 남녀 간의 야릇한 상황을 의도적으로 연출하고, 개인의 욕망과 사회의 도덕적·윤리적 책임 사이에서 갈등하는 주인공의 심리를 섬세하게 포착한다. 예컨대, 운동회 참석차 지방에 내려간 찬형과 정애가 여관방에서 어색한 분위기를 연출한다거나, 찬형을 정애의 집에 자주 출입시켜 에로틱한 상황을 만들어 내기도 한다. 결국 찬형은 정애에 대한 자신의 감정을 주체하지 못하고 그녀의 몸에 손을 대고 마는데,[43] 이 사건은 찬형과 정애의 시선에서 각각 섬세하게 다루어져 많은 독자들의 호응을 얻었을 것으로 짐작된다. 두환 역시 유부녀인 숙경과 여행지에서 만나 매우 가깝게 지내거나, 우연히 부산에서 기생 홍련을 다시 만나 하루 밤을 같이 보내게 되는 상황이 발생한다. 하지만 찬형과 정애, 두환은 주저하고 망설이다가 결국 자신의 욕망을 제어한다. 작가는 이러한 상황을 통해 독자들의 흥미를 지속적으로 유지하며, 개인의 욕망보다는 야학과 같은 방법을 통한 공동체적 가치의 중요성이 더욱 중요하다는 주제까지 전달하고자 하였다.[44]

결국 이와 같은 서사 장치와 서술 기법은 『매일신보』 학예면의 지면 배치에 따른 독자 전략의 일환으로 이해하는 것이 타당하다. 5면 '가정' 란의 주된 독자층이 여성을 중심으로 한 일반 대중독자라는 점을 떠올린다면, 그 안에 연재된 「호외시대」 역시 이러한 지면의 성격과 무관하지 않을 것이다. 3면의 「삼국연의」가 한자에 익숙한 남성독자들을, 4면의 「눈보라」가 소년소녀 독자들을 대상으로 삼아 연재된 것이라면, 「호외시대」는 그 나머지 한글에 익숙한 여성 및 일반 대중독자들을 위한 연재물이었던 셈이다. 이렇듯 「호외시대」는 『매일신보』의 학예면의 분화 및 독자 전략과 밀접한 연관을 맺으며 연재된 유일한 최서해의 신문연재 장편소설이었다.

최서해는 「호외시대」의 연재를 마친 후, 그 다음해인 1932년 7월 지병인 '위문협착증'으로 고통받다가 결국 32세의 젊은 나이로 타계하였다. 「호외시대」는 병고와 싸우며 어렵게 완성한 그의 처음이자 마지막 장편소설이 되고 말았다.

---

43 최서해, 「호외시대」, 『매일신보』, 1930.12.25.
44 최서해, 「호외시대」, 『매일신보』, 1930.12.16.

4. 맺음말

지금까지 본 연구는 최서해가 남긴 유일한 장편소설인 「호외시대」를 『매일신보』에 수록된 신문연재소설로서의 특성을 중심으로 살피고자 하였다. 이러한 연구 방법은 「호외시대」라는 개별 텍스트가 지닌 문학사적 가치를 평가하는 데 주안점을 둔 기존 연구의 시각과는 달리, 텍스트가 연재된 미디어적 조건이나 환경을 더욱 적극적으로 탐색하고자 했다는 점에서 특징적이다.

최서해의 「호외시대」는 그의 대표작으로 손꼽히는 신경향파 소설이 주로 『조선문단』, 『개벽』, 『신민』 등의 잡지에 연재되었다는 점과 구별된다. 「호외시대」가 작가의 간도 체험을 바탕으로 한 빈궁문학과 크게 구별되는 이유는 작가의 현실인식이 변모했다기보다는 신문과 잡지의 차이, 또는 개별 미디어의 성향과 관련이 깊다. 따라서 「호외시대」를 제대로 이해하기 위해서는 그것이 연재된 『매일신보』라는 신문 매체의 담론 지향과 소설 전략에 대한 깊이 있는 접근이 필요하다.

이에 따라 본 연구의 2장에서는 최서해가 『중외일보』에서 『매일신보』로 이동하게 된 계기, 『매일신보』에서 학예부장이 되던 과정, 『매일신보』의 학예면의 지면 배치와 「호외시대」 연재 과정 등을 살펴보았다. 따라서 최서해가 「호외시대」를 연재하게 되기까지의 과정을 구체적으로 정리하였으며, 「호외시대」가 당시 『매일신보』 학예면의 지면 배치 전략에 따라 5면 '가정'란에 연재되었음을 확인할 수 있었다. 또한 이를 통해 「호외시대」의 집필 방향이 『매일신보』의 편집 방침과 밀접한 연관 하에 이루어진 것이며, 주로 한글에 익숙한 여성 중심의 대중독자들을 염두에 두고 쓰인 작품임을 확인할 수 있었다.

또한 3장에서는 「호외시대」의 『매일신보』 연재 양상과 그 의미를 더욱 입체적으로 살피고자 하였다. 예컨대, 「호외시대」가 총독부 검열을 의식한 채 연재된 작품이면서도, 자신의 목소리를 은밀하게 담아내고자 여러 차례 시도한 작품임을 확인할 수 있었다. 또한 작자의 말, '독자의 소리', 서술자의 독자 지시 등을 통해 여타 작품에 비해 「호외시대」가 특히 일반 대중 독자와의 긴밀한 소통을 추구한 작품임을 드러낼 수 있었다. 그 밖에 「호외시대」의 서사 장치와 서술 기법이 탐정소설의 기법을 활용하거나, 보이지 않는 힘과의 대결구도로 이루어진 점, 이성간의 미묘한 연애 심리 묘사를 적극적으로 활용하는 방식으로 이루어져 있음을 살펴볼 수 있었다.

결국 본 연구는 총독부 기관지 『매일신보』 또는 신문연재소설에 대한 부정적 인식을 재고하고, 「호외시대」의 신문연재소설로서의 특성을 더욱 구체적으로 파악하기 위한 한 가지 시도가 되었다. 물론 이러한 시도가 「호외시대」라는 작품의 모든 것을 드러냈다고 말하기는 어렵다. 다만 이러한 시도가 「호외시대」에 대한 편향된 문학사적 시선을 바로잡고, 더 나아가 이 시기 신문연재소설이 지닌 독특한 자질을 이해하기 위한 또 하나의 방편이 되길 기대해 본다.

제3부
식민지 서적출판문화와 딱지본 대중소설

제1장 | 딱지본 대중소설의 작가 철혼 박준표

제2장 | 출판인 송완식 문학의 특질과 의미

제3장 | 녹동 최연택의 언론출판활동과 딱지본 대중소설

제4장 | 일인칭 시점 딱지본 대중소설의 존재 양상과 의미

딱지본 대중소설의 작가 철혼 박준표

1. 머리말

표지가 아이들 놀이에 쓰이는 딱지처럼 울긋불긋하다는 데에서 유래
하였다는 '딱지본'이라는 명칭은 주로 새로운 근대의 활자·인쇄기술을
기반으로 형성된 비교적 값이 저렴한 대중적 출판물을 지칭하는 용어로
보편화 되었다. 딱지본은 소설, 노래, 편지 등 다양한 내용을 포괄하고
있으며, 당시 대중들의 기호와 욕망을 생생하게 반영하고 있다는 점에
서 흥미롭다. 특히, 딱지본으로 출판된 소설의 경우 연구자의 견해에 따
라 신작 구소설, 구활자본 고전소설, 딱지본 신소설 등 다양한 명칭으로
불려왔지만, 딱지본 대중소설은 이들을 지칭하는 가장 효과적인 명칭으
로 보인다.[1]

---

1   이영미 외, 『딱지본 대중소설의 발견』, 민속원, 2009.

오랫동안 연구자들은 딱지본 대중소설이 지닌 문화적 파급력에 대해 대체로 인정하면서도, 그것이 지닌 상업적 성격으로 인해 오랜 기간 동안 문학 연구의 대상으로 다루는 데에 인색했다. 이러한 상황 속에서도 딱지본 대중소설의 중요성을 인식한 몇몇 선구적인 연구자들은 딱지본 대중소설의 존재를 알리는 한편, 문학 연구의 장 안으로 끌어들이고자 하였다. 이들 연구는 딱지본 소설의 목록 및 서지를 제시하여 논의의 장을 마련하였고, 딱지본 소설을 식민지 출판시장 안에 위치시킴으로써 당시의 서적출판문화를 이해하는 데 중요한 기틀이 되었다. 또한 대중소설에 대한 편견을 재고하고 딱지본 소설을 당대의 대중문화를 이해하기 위한 코드로 활용하기도 하였다.[2]

그럼에도 불구하고, 지금까지 딱지본 대중소설의 '작가'에 주목한 연구를 찾기는 쉽지가 않다. 작가는 문학의 구성 요소를 이루는 가장 핵심적인 키워드 중 하나이며, 문학 작품에 대한 좀 더 진전된 논의를 위해서는 작가에 대한 연구가 필수적이다. 그런데, 왜 유독 딱지본 대중소설의 작가 연구를 찾기가 어려운 것일까? 그 이유는 크게 두 가지로 나누어 생각해 볼 수가 있다.

우선 첫 번째 이유는 딱지본 대중소설의 경우 연구 대상으로서의 작가를 포착하거나 그가 남긴 텍스트 전반을 정리·분석하기 어렵다는 점에 있다. 대체로 이들 딱지본 대중소설의 판권지에는 작가보다는 판권

---

2 딱지본 대중소설에 관한 대표적인 연구 성과는 다음과 같다. 소재영 외, 『한국의 딱지본』, 범우사, 1996; 이영미 외, 앞의 책; 강옥희, 『대중·신파·영화·소설―대중소설의 재발견』, 지금여기, 2013; 권철호, 「1920년대 딱지본 신소설 연구」, 서울대 석사논문, 2012; 구홍진, 「딱지본 소설의 출판문화 연구」, 부산대 석사논문, 2016; 이은주, 「딱지본 표지화의 이미지 연구―대중성 획득 방법을 중심으로」, 홍익대 석사논문, 2017; 오영식·유춘동 편, 『오래된 근대, 딱지본의 책그림』, 소명출판, 2018.

을 소유한 출판사주의 이름이 명시되어 있는 경우가 많으며, 간혹 작가를 구분하여 표시하는 경우에도 이름보다는 필명을 사용하는 일이 많았기 때문이다. 또한 자료의 부족으로 인하여 작가의 실체에 접근하기 어렵다는 점은 딱지본 대중소설의 작가 연구가 제대로 이루어지지 못한 사정의 핵심적 요인이 된다.

다른 하나는 딱지본 대중소설에 대한 뿌리 깊은 편견 때문이다. 딱지본 대중소설은 순수한 예술적 창작물이라기보다는 자본주의 시장에서 유통되는 하나의 상품으로서의 성격이 강하다. 딱지본 대중소설은 최대한 적은 시간을 투자하여 집필하고 새로운 인쇄기술을 통해 대량 복제함으로써 이윤을 창출하려는 근대의 자본주의 체제와 밀접한 연관을 맺고 있다. 이러한 이유로 딱지본 대중소설은 주로 모방, 수용, 번안, 상호텍스트의 성격을 지니고 있으며, 작품의 질적 수준 또한 편차가 크다. 예술로서의 문학을 지향하는 입장에서 딱지본 대중소설은 문학연구의 대상으로 인정되기 어려운 것이었다.

하지만 식민지 시기 딱지본 대중소설이 지닌 문화적 영향력을 인정한다면, 그것이 한국 근대문학의 한 종류임을 부정하긴 어렵다. 고급문예 또는 엘리트문학이 한국 근대문학의 중심을 이루었다면, 어쩌면 딱지본 대중소설은 주변부에서 당대의 독자들과 더욱 긴밀하게 소통하며 존재하고 있었다. 그러므로 딱지본 대중소설에 대한 연구는 그동안 비워져 있던 문학사의 세부를 더욱 풍성하게 채우는 계기가 될 수 있다. 특히, 딱지본 대중소설의 존재 양상을 더욱 입체적으로 파악하고, 문학사적 위치에 대한 진전된 논의를 이끌어 내기 위해서는 딱지본 대중소설의 창작 주체, 즉 작가에 대한 연구가 필요하다.

이 글에서 다루고자 하는 딱지본 대중소설의 작가는 바로 철혼哲魂 박준표朴埈杓이다. 철혼이라는 필명을 주로 사용했던 박준표는 1920년대에서 1930년대까지 왕성하게 활동하며, 수십 편의 딱지본 대중소설을 저술한 작가였다. 식민지 시기 왕성하게 활동했던 작가였음에도 불구하고 그 이름은 무척이나 낯설다. 기존 연구에서 그의 작품에 대한 연구가 부분적으로 이루어진 바 있으나,[3] 작가 박준표에 주목하여 그의 작품 세계를 체계적으로 정리하거나 규명하려는 시도는 아직 이루어진 바 없다. 그 중 권철호는 『오동추월』, 『월미도』, 『운명』, 『사랑의 쑴』, 『애루몽』 등 박준표의 작품들을 여럿 분석하였는데, 비록 각주에서이지만 철혼 박준표라는 인물에 대한 가장 적극적인 관심을 드러낸 바 있다. 그는 박철혼을 1920년대 딱지본 신소설의 대표적 작가로 언급하며, 딱지본 신소설, 번안·번역물, 사회과학 서적 등을 다수 저술하였으며, 잡지 『새별』의 창간과 『영데이』 등의 집필에 참여했다는 점을 정리해 두었다.[4]

이처럼 철혼 박준표에 대한 본격적인 연구는 아직 이루어진 바 없다.

---

3 철혼 또는 박준표의 이름을 언급하며, 그의 작품을 다룬 기존 연구를 정리하면 다음과 같다. 조동일, 『한국문학통사』 5(제3판), 지식산업사, 1994, 93~96면; 이현식, 「신소설 『월미도』 해제」, 『민족문학사연구』 34, 민족문학사학회, 2007; 강옥희, 「딱지본 대중소설의 형성과 전개」, 『딱지본 대중소설의 발견』, 28면; 곽정식, 「활자본 고소설〈임거정전〉의 창작 방법과 홍명희〈임거정〉과의 관계」, 『어문학』 111, 한국어문학회, 2011; 유춘동·함태영, 「일본 토야마대학 소장, 〈조선개화기대중소설원본컬렉션〉의 서지적 연구」, 『겨레어문학』 46, 겨레어문학회, 2011, 172면; 오윤선, 「구활자본 고소설 『영웅호걸』의 발굴소개와 그 의미」, 『우리어문연구』 47, 우리어문학회, 2013; 최성윤, 「이인직 초기 신소설의 모방 및 표절 텍스트 양상 연구」, 『우리어문연구』 53, 우리어문학회, 2015; 최성윤, 「초기 신소설을 저본으로 한 모방 텍스트의 양상 연구」, 『구보학보』 15, 구보학회, 2016; 최성윤, 「김교제의 『목단화』, 『화중왕』과 박철혼의 『홍안박명』 비교 연구-초기 신소설을 저본으로 한 모방 텍스트의 양상 연구(2)」, 『현대문학이론연구』 68, 현대문학이론학회, 2017.
4 권철호, 앞의 글, 73면.

그의 사회활동 및 다양한 저술 활동을 고려한다면, 아직까지 그에 대한 본격적인 연구가 이루어지지 않은 점이 오히려 이상할 정도이다. 결국, 본 연구는 딱지본 대중소설의 작가 철혼 박준표의 작품 목록을 구체적으로 정리하고, 그가 남긴 작품들의 특징을 살펴보는 것을 목표로 삼는다. 이를 위해서는 당시의 저작권 관행에 따라 또는 필명 뒤에 감춰져 있던 작가를 드러내고, 그가 남긴 텍스트 목록을 구체적으로 정리하는 일이 선행되어야 한다. 또한 당시의 신문, 잡지, 단행본 등 활자 미디어에 수록된 기사나 기고문, 서적 광고 등을 다양하게 수집하거나, 전국 각지에 산재해 있는 귀중본 자료들을 직접 확인하는 일이 필요하다. 이러한 연구는 딱지본 대중소설의 문학사적 위치를 가늠해 보는 한편, 물론 식민지 서적 출판문화의 일면을 드러내기 위한 효과적인 전략이 될 것이다.

2. 소년소녀 잡지의 발행과 다양한 실용서적의 저술

철혼 박준표의 구체적인 생몰년이나, 성장 과정 등 생애와 관련한 사항은 찾기 어렵다. 다만 그의 사회활동에 관한 이력 등은 몇몇 기사에서 찾을 수 있다. 당시 언론에 기록된 박준표와 관련한 내용들은 주로 어린이 또는 소년소녀 관련 운동 및 활동이 주를 이룬다. 이러한 기사들은 대체로 1925년에서 1927년 사이에 집중되어 있다.

박준표는 1922년부터 시작된 활발한 서적출판활동을 기반으로, 1924년부터는 소년소녀운동에 적극 참여하게 된다. 그는 몇 개의 소년소녀 단체를 결성하고, 소년소녀 독자들을 위한 잡지 발간에 힘을 쏟는다.

〈그림 25〉 철혼 박준표(『영데이』, 1926.6)

1924년 무렵부터 그는 반도소년회, 신진소년회 등을 조직하고『반도소년』,『선명』과 같은 소년소녀잡지를 발행하였다. 1925년 9월 15일에 열린 '경성소년연맹총회'에서 박준표는 정홍교, 고장환 등과 함께 집행위원으로 당선되었다.[5] 또한 1926년 3월에는 정홍교, 고장환, 이원규, 문병찬 등과 함께 경성 소년지도자 연합회인 '오월회五月會' 집행위원의 한 사람으로 선출된 바 있다.[6] 이후 오월회는 5월 1일에 '어린이데이' 행사를 개최하기로 결정하였는데, 박준표는 전형위원으로 위촉되었고,[7] 선전실행위원 중 서무부에 잡지『선명』의 대표 자격으로 선정되기도 하였다.[8] 이처럼 박준표는 어린이 또는 소년소녀운동에 관심이 많았으며, 이러한 관심은 소년소녀를 위한 잡지 발간으로 이어지게 된다.

박준표는 '신진소년회'를 결성하고 1925년 8월부터『선명』이라는 잡지를 만들었는데,[9] 이 잡지는 몇 달 뒤에『신진소년』으로 제호가 바뀌었다고 한다.[10] 그리고 1925년 11월 소년소녀월간잡지『새별』의 창간을 준비하며 임시사무 역할을 맡았으며,[11] 1926년 3월에는 우리소년회에서 발행하는 월간소년잡지『우리少年』의 주필을 담당한 바 있다.[12] 비

5　「경성소년연맹회」,『동아일보』, 1923.9.19.
6　「오월회혁신총회」,『시대일보』, 1926.3.14.
7　「今年의 어린이데-五月會에서 主催」,『매일신보』, 1926.4.3.
8　「어린이를 옹호하자(二)-어린이데이에 대한 각방면의 의견」,『매일신보』, 1926.4.6.
9　현재 원본을 확인할 수 있는 것은 1925년 10월에 발행된 제3호이지만,『동아일보』 기사를 통해 8월에 창간된 잡지임을 확인할 수 있었다.「신간소개」,『동아일보』, 1925.8.8.
10　윤석중,『어린이와 한평생』, 범양사출판부, 1985, 59면.
11　「『새별』 발행 준비 중-시내에 잇는 새별사에서」,『시대일보』, 1925.11.8.
12　「잡지『우리少年』」,『조선일보』, 1926.3.13;「『우리소년』 발간」,『시대일보』, 1926.3.14.

숫한 시기 소년소녀의 교양을 목적으로 월간 잡지 『영데이』의 발행을 준비한다거나,[13] '오월회'에서 발행하기로 한 소년운동잡지 『오월』의 편집위원으로 선정되었다는 기록도 있다.[14] 어린이 잡지 『영데이』는 1926년 6월에 창간되었는데, 이때 박준표는 김원태, 한석원, 이기태, 김익수 등과 함께 집필 동인으로 참여하였다.[15] 박준표의 반도소년회 참여기록을 근거로 조사해보았더니,[16] 그는 반도소년회가 발행한 잡지 『반도소년』에 '편집겸 인쇄인'으로 참여했음을 알 수 있었다.[17]

이처럼 박준표는 1920년대 초 소년소녀운동을 주도하며 잡지 발간에 힘을 쏟은 인물이었다.[18] 그가 발행에 관여한 잡지는 『새별』, 『우리소년』, 『선명』, 『영데이』, 『오월』, 『반도소년』 등이다. 딱지본 대중소설의 작가인 박준표가 이렇게 소년소녀를 대상으로 한 잡지 간행에도 활발히 참여하였다는 점이 관심을 끈다. 현재 확인이 가능한 잡지들을 조사한 결과 박준표는 몇 개의 잡지에 다양한 작품들을 게재한 바 있었다.

먼저 1925년 2월에 발행된 『반도소년』 제2권 제3호에는 '創作小說' 「희미한 생각」, '歌劇' 「犧牲된 少女」, '童話' 「열 두 형제」, '歷史講和' 「쌔여가는 길」, '聖劇' 「最後의 晩餐」을 발표하였다. 또한 1925년 10월에

---

13 「少年小女雜志」, 『시대일보』, 1926.4.24.
14 「五月會에 雜志發行 – 칠월일일부터」, 『매일신보』, 1926.5.18.
15 윤석중, 앞의 책, 59면.
16 「少年會巡訪記」, 『매일신보』, 1927.8.30.
17 『반도소년』은 『어린이』, 『新少年』 등이 창간된 이후 우후죽순처럼 쏟아져 나오기 시작한 많은 프린트판 잡지 중의 하나다. 이 잡지는 1924년에서 1925년에 걸쳐 약 1년간 발간되었는데, 박준표 편집에, 발행인은 宋鶴淳이었다. 기자로 이원규, 고장환, 이병규, 송천순, 신재항 등이 참여하였다. 이재철, 『한국현대아동문학사』, 일지사, 1978, 126~127면.
18 소년소녀 잡지는 아니지만, 1927년에는 1월에는 金吉球와 함께 월간잡지 『문화생활』의 창간을 위해 당국에 원고를 출원하였다는 기록도 있다. 「『文化生活』, 創刊」, 『조선일보』, 1927.1.9.

발행된 『선명』 제1권 제3호에는 '情談' 「우는 少年아」, '애회哀話' 「孝女영순」, '童話' 「금동이와 불사약」, '노래' 「서산에 지는 해」, '奇談' 「메케리섬」, '感想' 「가을」을 게재하였다. 1926년 6월 발행된 『영데이』 창간호에는 '童謠' 「일은 아츰」, 「둑겁이의 꿈」, 편집후기에 해당하는 「끝인사」를 싣기도 하였다. 이들 잡지에서는 각각의 글 앞에 글의 종류를 구분하고 있으며, 박준표, 철혼생, 박철혼, 철혼 박준표 등으로 이름을 바꾸어 표기하고 있다는 특징이 있다.

박준표는 1924년에서 1926년까지 소년소녀를 대상으로 한 잡지를 통해 다양한 문학 작품들을 게재하였다. 『반도소년』의 경우 '편집겸인쇄인', 『선명』의 경우 '편집겸발행인'으로 기록되어 있는 것으로 보아, 그의 잡지 활동은 매우 주도적으로 이루어진 것으로 보인다. 위에서 정리한 목록은 현재 원문을 확인할 수 있는 호수를 통해 확인된 것인데, 현재 발굴되지 않은 호수들을 감안하면 소년소녀 잡지에 실린 박준표의 문학 작품들의 숫자는 훨씬 많을 것으로 짐작된다. 이처럼 철혼 박준표는 딱지본 대중소설 이외에도 소년소녀 대상 잡지 창간을 주도하여 당시 활발하게 진행되던 소년소녀운동에 동참하였으며, 비록 아이들을 위한 것이지만 다양한 종류의 문학적 글쓰기를 시도한 바 있다.

또한 박준표는 소년소녀잡지 간행 및 아동문학 작품의 번역 및 창작 이외에도 다양한 실용서적들을 저술하였다. 현재 박철혼이 저술한 것으로 확인된 실용서는 『(實地應用)演說方法』광한서림, 1923, 『科外讀本』고금서해·봉문관, 1923, 『(獨習實用)最新日鮮尺牘』영창서관, 1923, 『現代靑年 修養讀本』영창서관, 1923, 『三大修養論』태화서관, 1923, 『十分間演說集』박문서관·신구서림, 1925, 『新式養蠶及養蜂法』박문서관, 1927, 『文藝槪論』문창서관, 1927, 『農村靑年의 活

路』삼광서림, 1929, 『無産大衆의 文化的使命』박문서관, 1930 등이다.

이들 실용서적은 대체로 외국의 책을 우리의 실정에 맞도록 번역 또는 편집한 것으로 보인다. 이 책들은 1923년에서 1930년 사이에 집중되어 있는데, 1923년에는 무려 5권의 책이 연이어 출간되었다. 이중 『삼대수양론』의 경우 외국 서적의 번역임을 명확하게 밝히고 있는 한편, 나머지 책들은 모두 박준표가 직접 저술한 것으로 되어 있다. 하지만, 이처럼 다양한 분야의 책들을 짧은 시간 안에 직접 저술했다고 보기는 어렵다. 아마도, 외국 서적을 번역하되, 당시 조선의 실정에 맞도록 내용을 추가하거나 삭제하는 등 적절하게 편찬했을 가능성이 높다.

또한 이들 실용서적은 주로 청년들을 주된 독자로 설정하고 있다는 공통적 특징이 있다. 소년소녀에 대한 관심이 잡지 발간으로 이어진 것이라면, 청년에 대한 확장된 관심은 이들 실용서의 발간으로 구체화된 것으로 볼 수 있다. 이들 실용서는 모두 국한문 혼용체를 선택하였는데, 이는 이 책들이 어느 정도 한자에 익숙한 청년 독자들을 염두에 두고 있었음을 확인시켜 준다. 소년소녀 잡지에 수록된 박준표의 다양한 텍스트들이 대부분 순한글로 쓰여 있던 것과는 차이를 보이는데, 이를 통해 이들 실용서가 소년소녀잡지와는 명백히 다른 독자군을 대상으로 출간된 것임을 짐작할 수 있다.

『현대청년 수양독본』은 당시 유행하던 청년 수양 및 독본과 일정한 연관을 맺고 있다.[19] 이 책은 청년, 수양 가정, 교훈, 습관, 인격, 면학,

---

19 1920년대 초 출판된 청년 수양 및 독본류에는 다음의 책이 대표적이다. 영창서관 편찬, 『靑年時代의 活修養』, 영창서관, 1922; 광한서림편집부 편찬, 『청년의 독립생활』, 광한서림, 1922; 강하영, 『(20세기)청년독본』, 태화서림, 1922; 광문사편집부 편찬, 『(청년)수양신독본』, 광문사, 1925.

〈그림 26〉 박준표가 저술한 실용서적들

노력, 운명, 재물, 성공, 학문, 직업, 책임, 역사, 문학, 시대, 교육, 문화, 희생, 개조, 사회, 노동, 종교, 경제, 평등, 예술, 민족, 자유, 해방, 인생 등 청년 독자들에게 필요한 광범위한 내용을 다루고 있다. 서문을 작성한 최문하는 박준표를 가리키며 '천하의 청년을 지도하려는 군의 뜻이 엇지 위대하지 안으랴'라고 했으며, 박준표는 '自序'를 통해 '신문명에 신청년으로 신사업의 신주인이 되길 바란다'며 출판 의도를 천명했다.

『삼대수양론』은 1923년 영창서관에서 발행되었으며, 표지에는 '소국대학교수 쏜 샥럇기 원저, 박준표 번역'이라고 적혀 있다. 책의 구성은 역자 서문, 제1장 지육론, 제2장 체육론, 제3장 덕육론으로 이루어져 있다. 이 책 역시 『현대청년 수양독본』과 마찬가지로, 당대의 청년담론과 밀접한 연관을 맺으며 출판된 책이다.[20] 서문에서는 '승리의 광영관光榮冠을 엇고자 하는 청년아 독讀하라'라고 독자를 직접 호명하였으며, 한 신문광고에는 '철저한 생활을 동경하는 청년아!', '이것이 청년의 사명이

20 허재영, 「1920년대 초 청년운동과 청년독본의 의의」, 『어문논집』68, 중앙어문학회, 2016, 439~441면.

며 오인의 각성이다'라며, 이 책이 철저하게 청년 독자들을 대상으로 한 것임을 드러내고 있다.[21]

『농촌청년의 활로』 역시 청년운동의 일환으로 기획된 것인데, 특히 농촌청년으로 대상을 한정하였다는 특징이 있다. 이 책은 농사법에 관한 것이 아닌, 농촌청-년을 대상으로 한 청년운동에 관한 내용으로 이루어져 있다. 그 목차를 살펴보면, 농민해방, 농촌개조, 농촌청년단체, 농촌문제, 농촌교육, 노동문제 등을 다루고 있다. 서문에서 저자는 모든 낡은 것을 혁신하며 개조하는 시대에 농촌청년도 역시 신문화의 선구자 또는 시대창조자가 되어야 함을 강조하고 있다.[22]

나머지 실용서 역시 연설, 근대지식, 편지, 문예 등 다양한 주제를 다루고 있지만, 당시 청년들에게 필요한 교양이나 지식을 다루고 있다는 공통점이 있다.

『(실지응용)연설방법』은 1923년 4월 23일 광한서림에서 발행되었다.[23] 전체의 목차는 크게 두 부분으로 되어 있는데, 1편에서는 '연설자의 소양', '연설자의 풍채', '용어', '언사의 추세', '음성', '연설의 체재', '연제의 조직' 등 기본적인 연설의 이론과 방법을 설명하고 있으며, 2편에서는 축사, 조사, 교육, 실업 등의 주제별 연설 사례들을 구체적으로 제시하고 있다. 마지막에는 '의회통용규칙'이 부록으로 실려 있다. '연설'에 대한 꽤나 체계적인 구성과 내용으로 이루어진 책임을 알 수 있다. 당시 『동아일보』에 수록된 한 광고에서는 이 책을 '출세하고 싶은 청년

---

21 『동아일보』, 1924.1.10.
22 「序를 代하야」, 『농촌청년의 활로』, 삼광서림, 1929, 1~2면.
23 판권지의 이름이 '朴埈杓'가 아니라 '朴俊杓'로 표기되어 있으나, 본문 첫 장에 '박철혼 저'라고 되어 있으므로 단순한 誤記로 보는 것이 타당하다.

들이 반드시 읽어야 할 책'으로 소개하고 있다.[24]

『과외독본』은 여타 독본류 글쓰기가 그러하듯 근대 지식과 관련한 일종의 교과서의 역할을 지향하면서도 제목처럼 교과서 밖에 있는 읽을거리를 모아놓은 책이다. 과학, 민족, 공기, 수증기, 동식물, 상업경제, 지구, 위생, 물리학, 화학, 지문학, 천문학 등 근대 지식과 관련된 내용을 폭넓게 다루고 있는 한편, '동물체에 있는 세력의 근원', '상업경제의 공황', '홍적층시대의 원시인'과 같이 흥미로운 이야기 또한 다루고 있다. 이 책이 염두에 둔 주 독자층 역시 어느 정도 근대적 지식을 습득한 학생 또는 청년이었을 가능성이 크다.

『(실지응용)최신일선척독』은 주로 편지 쓰는 법과 상황에 따른 다양한 편지 사례 등을 다루고 있는데, 일본어를 함께 사용하고 있다는 점에서 특징적이다. 편지라는 새로운 의사소통 수단이 크게 유행하던 당시의 문화적 흐름을 반영하고 있다. 다양한 척독집이 출간되던 당시의 상황에서 일선척독은 더욱 세분화된 독자층을 공략하기 위한 나름의 출판 전략으로 보인다. 이 책이 염두고 있는 대상 독자 역시 청년과 관련이 있는데, 이 책의 광고에서 '예비적 청년과 학생제군에게 척독의 수련을 함양케'하는 것을 목적으로 하고 있음을 드러낸 바 있다.[25]

『문예개론』은 한국 최초의 문예개론서로서의 의미를 갖는다. 첫 장 '문예의 연구'에서 문예를 문학, 회화, 음악, 조각, 건축, 연극, 무용 등의 일체를 포함한 말이라고 규정한다. 전체의 구성은 문예의 연구, 문예의 기원, 문예의 태도, 문예의 본능, 문예의 목적, 문예의 본질, 문예와 목

---

24 『동아일보』, 1923.5.21.
25 『동아일보』, 1924.1.26.

표, 문예와 요구, 근대사상과 문예, 시대의식과 문예, 계급문학 시비론과 문예, 장래 조선 문예 운동의 경향으로 이루어져 있다. 박준표는 서문에서 이 책의 발간 목적이 웃음이 없고, 눈물이 없는 사막같은 조선 생활에 예술을 통한 창조와 표현의 새 힘을 주기 위해서라고 이야기 하였다. 이 책 역시 순수한 창작이라고 보긴 어렵지만, 조선의 '문예'를 이론적으로 정리하려는 선구적인 시도로 평가할 수 있다.

이처럼 철혼 박준표가 저술한 실용서적들은 지식, 수양, 연설, 편지, 문예 등 당시 시의성 있는 다양한 주제들을 다루고 있으며, 주로 청년을 주된 독자층으로 삼아 발행되었다는 공통점이 있다. 또한 철혼 박준표가 저술한 실용서들은 온전한 창작이 아니라 대체로 번역 또는 편찬의 과정을 통해 이루어진 것임을 확인할 수 있다. 이처럼 신지식 또는 신문화에 가장 예민하게 반응하던 청년들을 주 독자로 삼아 여러 가지 실용적 정보를 제공하려는 기획은 다분히 출판사의 상업적인 의도와 맞닿아 있다. 하지만, 그의 저술 작업이 동시대적 관심사를 발 빠르게 선취 또는 반영하고 있음을 부인하기는 어렵다.

3. 딱지본 대중소설의 유형과 특성

식민지 서적출판문화의 장 안에서 다양한 저술 활동을 시도했던 철혼 박준표는 특히 딱지본 대중소설의 창작에 주력하였다. 본 연구에서 확인한 바에 의하면, 철혼 박준표가 저술한 딱지본 대중소설은 총 26편에 이른다. 그의 저작은 주로 1920년대에서 1930년대까지에 집중되어 있는데, 이는 딱지본 대중소설이 활발하게 창작되었던 시기와 대체로 일치한다. 그 목록을 정리하여 제시하면 다음과 같다.[26]

<표 10> 철혼 박준표 저술 딱지본 대중소설 목록

번호	제목	출판사	발행일	면수[27]	가격
1	疑問[28]	영창서관	1922.11.10	287면	1원
2	사랑의 꿈	영창서관	1923.3.5	71면	30전
3	(探偵小說) 飛行의 美人	영창서관	1923.5.10	65면	30전
4	(연애비극) 사랑의 싸홈	영창서관	1923.5.15	102면	50전
5	(悲劇小說) 梧桐秋月	영창서관	1923.12.15	56면	25전
6	運命	박문서관	1924.11.20	39면	20전
7	七眞珠	박문서관	1925.3.30	?	40전
8	(演訂) 雲英傳	영창서관	1925.6.5	48면	20전
9	(絶海活劇) 海底의 秘密	박문서관	1925	?	70전
10	운명의 진주	영창서관	1925.7.10	71면	30전
11	(情死哀話) 尹心惠一代記	박문서관	1927.1.28	62면	30전
12	(絶世美人) 康明花의 설음	영창서관	1928.5.15	56면	40전
13	紅顔薄命	신구서림	1928.12.10	76면	30전
14	월미도	신구서림	1928.10.20	51면	25전
15	(秘密小說) 桑田碧海	박문서관	1929.12.25	46면	20전
16	영웅호걸	영창서관	1930.1.25	70면	35전
17	(愛情小說) 哀淚夢	박문서관	1930.2.15	61면	25전
18	洞房花燭	박문서관	1930.2.15	48면	20전
19	(義勇無雙) 元斗杓實記	태화서관	1930.12.20	50면	25전
20	(綠林豪客) 林巨丁傳	태화서관	1931.3.25	51면	25전
21	靑春의 愛人	세창서관	1931.12.30	85면	30전
22	(悲劇小說) 어머니	태화서관	1932.11.25	130면	50전
23	(歷史小說) 世宗大王實記	세창서관	1933.1.15	55면	25전

---

26 이 목록은 전국 각 대학 도서관에 흩어져 있는 귀중본 자료들의 실물을 직접 확인하여 작성한 것이다. 물론 이 목록 이외에도 아직 발굴되지 않은 작품들이 다수 있을 것으로 추정된다. 한편, 『칠진주』와 『(절해활극)해저의 비밀』은 실물을 찾지 못했으나, 신문 기사 및 단행본 광고를 통해 목록에 포함시켰다. 또한 『(비극소설)무정의 눈물』의 경우 판권지가 누락되거나 뜯겨져 정확한 발행 날짜와 가격을 기입하지 못했다.

27 표지와 판권지, 광고를 제외하고, 서문과 목차를 포함한 본문 면수.

번호	제목	출판사	발행일	면수[27]	가격
24	(絶世美人) 康明花傳	영창서관	1935.12.25	56면	40전
25	빛나는 그 女子	영창서관	1937.4.20	436면	2원
26	(悲劇小說) 무정의 눈물	영화출판사	1953.11.15	62면	?

그의 딱지본 대중소설 창작은 주로 1920년대 초반에서 1930년대 초반까지 영창서관, 박문서관, 신구서림 등 당대의 서적출판문화를 주도하던 대형 출판사와의 관계 속에서 이루어졌다. 몇 가지 예외를 제외하고, 대체로 다른 딱지본 대중소설과 마찬가지로 60면 내외의 적은 분량으로 이루어졌으며, 30전 정도의 비교적 저렴한 가격으로 출판되었다. 특징적인 점은 그의 작품이 외국소설의 번역 및 번안, 근대소설의 모방 및 확산, 신소설의 지속과 변용, 고소설 다시 쓰기, 정사 사건의 소설화 등에 이르기까지 매우 다채로운 모습을 보이고 있다는 점이다. 이러한 철혼 박준표의 다양한 소설 기획과 저술을 살펴보는 일은 한 개인의 차원을 넘어, 식민지 서적출판문화의 환경 속 딱지본 대중소설의 위치를 가늠할 수 있는 효과적인 방편이 된다.

1) 외국소설의 번역 및 번안

철혼 박준표는 처음 식민지 서적출판시장에 진입하면서 몇 편의 번역 및 번안 소설을 발표하였다. 『의문』, 『비행의 미인』, 『사랑의 싸홈』, 『칠진주』, 『해저의 비밀』, 『운명의 진주』 등 이들 번역 및 번안 작품들은 주로 1920년대 초반에 집중되어 있다는 특징이 있다.

---

28 1923년 2월 12일 『동아일보』의 영창서관 발매 소설 광고에서 『의문』이 박철혼의 작품임을 알 수 있었다.

철혼 박준표가 처음 발표한 소설은 바로『의문』영창서관, 1922이다. 그런데 표지에도, 속지에도, 본문 첫 머리에도 작가의 이름을 찾을 수 없다. 판권지에는 '저작겸발행자'로 영창서관의 사주인 강의영의 이름이 기록되어 있다. 이 작품이 철혼 박준표의 작품임을 입증할 수 있는 근거는 『동아일보』에 실린 한 광고에서 찾을 수 있다. 1923년 2월 12일자『동아일보』에는 영창서관 발매 도서 광고가 게재되었는데,『의문』이라는 작품을 소개하면서 '문단의 신진 박철혼 선생이 창작'하였음을 명시한 것이다.[29]

하지만『의문』은 몇 가지 측면에서 당대에 유통되던 딱지본 대중소설과는 차이가 있다. 가장 눈에 띄는 것은 표지의 그림이다. 이 작품의 표지에는 '의문'이라는 제목이 한자로 크게 써져 있고, 커다란 물음표 안에 한 여인이 무언가를 궁금해하는 모습의 그림이 그려져 있다.『의문』의 표지 그림은 전체적인 톤이 어두운 남색바탕으로 이루어져 있으며, 주인공의 모습을 감싸고 있는 물음표만이 보색대비를 이루는 붉은색으로 되어 있다. 이는 울긋불긋한 색깔의 딱지본 대중소설의 표지 그림과는 확연히 다르다. 또한『의문』의 전체 본문의 분량과 가격은 기존의 딱지본 대중소설과 차이가 난다. 당시 딱지본 대중소설의 분량이 대체로 60면 내외였던 것과는 달리『의문』의 전체 분량은 287면이나 된다. 본문 활자의 크기 역시 차이가 있다.『의문』의 활자는 일반적인 딱지본 대중소설이 사용한 '4호 활자'보다 작은 '5호 활자'로 되어 있다.[30]

---

29 「문단의 신진 박철혼 선생의 염려한 필치로 창작한 통속적 소설 의문은 조선문예의 제일 명작으로…」,『동아일보』, 1923.2.12.

30 일찍이 팔봉 김기진은『동아일보』에 연재한 「대중소설론」에서 딱지본을 '울긋불긋한 표지에 4호 활자로 인쇄한'것으로 규정한 바 있다. 八峰, 「大衆小說論(1)」,『동아일보』,

가격 역시 당시 일반적인 딱지본 대중소설보다 몇 배 비싼 1원으로 책정되어 있다.

이는 철혼 박준표의 첫 번째 소설이 딱지본 대중소설과는 다른 지향점을 가지고 기획된 작품임을 보여준다. 작품의 배경이 주로 중국이며, 주인공 왕세웅이 실제 중국 근대 해군에서 중요한 위치를 차지하는 순양함 '비응호'에서 근무하던 해군 중위라는 설정 등을 고려하면, 이 작품은 번안 작품일 가능성이 높다. 흥미로운 사실은, 같은 해인 1922년 회동서관에서는 『동정호洞庭湖』라는 제목의 딱지본 대중소설이 출판되었는데, 이 작품은 『의문』과 거의 동일한 내용으로 이루어져 있다는 점이다. 『동정호』는 세웅과 옥향, 세현과 설자의 합동 결혼식에서 이야기가 마무리 되지만, 『의문』은 그 이후 그들이 낳은 자식들 간의 인연과 결합까지를 다루고 있다. 이를 미루어 보면, 『의문』과 『동정호』는 동일한 원작의 두 가지 다른 버전의 번안 작품임을 알 수 있다.[31]

『비행의 미인』영창서관, 1923의 표지에는 비행기에 막 올라타려는 한 여성 비행사의 모습이 그려져 있어 독자의 관심을 끈다. 제목 앞에 '탐정소설'이라는 장르 표지가 표시되어 있으며, 비행기 옆면에 영창서관의 이름이 영어와 한자로 표기되어 있다. 본문 첫 머리에 '박철혼 저'라고 되어 있지만, 프랑스 파리를 배경으로 삼아 해적단의 두목 금발미인과 파리 경찰서의 명탐정 구린톤의 대결이 중심 내용이라는 점을 미루어 볼 때 번역 또는 번안 작품으로 보는 것이 타당해 보인다. 또한 본문의 활자

1929.4.14.

[31] 『동정호』의 실제 작가는 밝혀진 바 없는데, 철혼 박준표일 가능성부터 고려될 필요가 있다.

〈그림 27〉 좌측부터 『의문』, 『비행의 미인』, 『사랑의 싸홈』

가 『의문』처럼 '5호 활자'로 되어 있다는 점도 이 작품이 외국소설의 번역이라는 점을 뒷받침 한다. 이 작품은 이전까지 주로 사용되었던 '정탐소설' 대신 '탐정소설'이라는 새로운 표현을 사용하고 있으며, 서구 영화의 도입과 함께 당시 대중들에게 큰 인기를 끌었던 모험 활극이라는 점에서 주목할 만하다.[32]

『사랑의 싸홈』영창서관·한흥서림, 1923 역시 외국소설의 번안일 가능성이 높은 작품이다. 아름다운 여성 주인공 월하를 중심으로 그녀를 둘러싼 모험과 사랑을 다루고 있는데, 중국 청도를 배경으로 삼거나 토인 마을에서 벌어지는 사건 등을 고려했을 때 번안 작품일 가능성이 크다.[33] 일반적인 딱지본 대중소설과는 다른 모던하고 추상적인 표지 그림이나 본

---

32 이순진은 『비행의 미인』이 『명금』과 같은 번안 영화소설이거나 서구의 원작을 번역 또
는 번안한 작품일 가능성이 높다고 하였다. 이순진, 「활동사진의 시대(1903-1919), 조
선의 영화 관객성에 대한 연구」, 『대중서사연구』 16, 대중서사학회, 2006, 242~252면
참조.
33 김영애, 「발굴 근대 딱지본 소설 해제」, 『근대서지』 16, 근대서지학회, 2017, 128면.

문에 더 작고 정교한 '5호 활자'를 사용한 점도 이 작품의 번안 가능성을 입증하는 근거가 된다.

『칠진주』와 『해저의 비밀』 역시 박준표가 저술한 번역 작품이다. 현재 이 두 작품은 남아 있는 것이 없어 그 원본을 확인할 수가 없다.[34] 하지만, 『윤심덕일대기』박문서관, 1927의 맨 뒷장에는 『칠진주』와 『해저의 비밀』에 대한 광고가 한 면 가득 게재되어 있다. 여기에는 각각의 제목 옆에 '박준표 역'이라고 번역임을 분명하게 표시하고 있으며, 책의 가격과 작품을 소개하는 글이 포함되어 있다. 『칠진주』는 방탕한 터키황제가 육체적인 쾌락을 쫓다가 만족하지 못하고 순결한 처녀의 정조를 진주로 사려고 하면서 벌어지는 이야기를 다루고 있다. 『해저의 비밀』은 한 과학자가 열국해군의 전술을 개혁하기 위해 발명한 것을 둘러싼 비밀과 음모에 관한 내용이라고 소개되어 있다.

『운명의 진주』는 1925년 영창서관에서 발행된 작품으로, 보물을 찾기 위해 모험을 떠난 주인공이 무인도에서 발견한 검은 진주의 조화를 이용하여 위기에 처한 애인을 구하게 된다는 이야기이다. 현재 영남대학교 도서관에 1931년 재판이 소장되어 있으며, 표지 제목 위에 "귀신이냐? 사람이냐? 보호하는 그림자"라고 적혀있다. 본문 첫 장에 '박철혼 저'라고 되어 있지만, 대부분 외국 인명과 지명이 등장하는 것으로 보아 번역 또는 번안 작품으로 보는 것이 타당해 보인다. 남미, 대서양, 무인도 등 이국적인 배경으로 벌어지는 스펙터클한 모험과 사랑이 당시 독

---

34 두 작품 모두 정황상 1925년 무렵에 출판된 것으로 추정된다. 한국문학번역원에서 작성한 2018년도 제2차 국립한국문학관 공고구입 예정 자료 사전 공개 목록에는 『칠진주』의 발행일이 1925년 3월 30일로 적혀 있으나 근거는 확인하기 어렵다. https://www.ltikorea.or.kr/mo/notices/1423.do?categorySeq=

자들에게 매우 흥미로운 이야기 소재가 되었을 것으로 짐작된다.

1925년 『운명의 진주』이후 꽤나 시간이 흐른 후, 박준표는 1937년에 번안소설 『빛나는 그 여자』^{영창서관, 1937}를 출판하였다. 영국을 배경으로 죽은 줄 알았던 아내가 다시 돌아와 남편과 재결합한다는 내용으로 이루어져 있다. 이 작품은 436면의 방대한 분량으로 이루어져 있는 만큼, 2원이라는 꽤나 높은 가격이 책정되었다. 본문 첫 페이지 제목 앞에 '장편 비극소설'이라고 부기되어 있으며, '박철혼 번안'이라고 하여 번안 작품임을 분명히 명시하고 있다. 앞에서 다룬 번역 및 번안 작품과 마찬가지로 일반적인 딱지본 대중소설과는 달리 심플한 표지 디자인과 5호 활자를 사용하고 있다. 1938년 3월 30일 『동아일보』에는 창업 25주년 기념 영창서관 전면 광고가 게재되었는데, 여기에서 『빛나는 그 여자』는 '장편문예소설'로 홍보되고 있었다.

살펴본 바와 같이 박준표는 몇 가지 외국소설의 번역 및 번안 작품을 남겼다. 박준표가 남긴 번역 및 번안 소설은 일반적인 딱지본 대중소설과는 표지 디자인, 활자크기, 분량, 가격 등 체제와 형식면에서 차이를 보인다. 아마도 당시 번역 및 번안 소설은 일반적인 딱지본 대중소설보다는 좀 더 고급한 또는 문예적인 것으로 인식되었을 것으로 짐작되는데, 박준표는 대중적 흥미의 요소가 강한 작품들을 선별하여 번역·번안함으로써 식민지 서적출판문화의 장에 활력을 불어 넣었다. 한편 흥미로운 것은 그의 첫 번째 작품인 『의문』을 비롯하여, 그가 저술한 몇 개의 번역 및 번안소설이 주로 그의 문학생애 초반에 집중되어 있었다는 점이다. 박준표는 초기에 관심을 가졌던 외국소설의 번역 및 번안 작업이 당시의 출판시장에서 그다지 매력적인 상품이 되지 못하자, 더욱 흥미

요소가 강한 딱지본 대중소설의 저술에 주력한 것으로 보인다.

2) 근대소설의 모방 및 확산

철혼 박준표는 식민지 서적출판시장 안에서 새롭게 형성된 다층적 독자들을 염두에 두고 다양한 소설 양식들을 실험하였다.[35] 그중 가장 흥미로운 것은 『사랑의 꿈』, 『운명』, 『애루몽』, 『무정의 눈물』과 같이 근대소설의 내용과 형식을 모방한 일련의 작품들이다. 대체로 딱지본 대중소설이 고소설과 신소설의 전통을 계승하고 있는 것과는 달리, 이들 작품은 그 창작의 원천이 근대소설에서 비롯되고 있다는 점이 특징적이다. 예컨대, 문학잡지에 수록된 근대소설의 내용을 모방하거나 일인칭 화자의 시점, 심리 묘사의 확대 등 근대소설의 기법을 차용하여 이를 딱지본 대중소설의 형태로 저술하였다. 이는 철혼 박준표 딱지본 대중소설의 중요한 특징이 된다.[36]

박준표가 본격적인 딱지본 대중소설의 작가로 활동하게 된 것은 1923년 『사랑의 꿈』이라는 작품을 발표하면서부터이다. 표지에는 주인공 정애를 중심으로 소설 속 한 장면을 묘사한 울긋불긋한 색채의 그림이 있으며, 본문의 크기는 당시 일반적으로 사용되었던 4호 활자로 되

---

35 천정환은 1920~30년대 소설 독자층을 크게 '전통적 독자층', '근대적 대중 독자', '엘리트적 독자층'으로 구분한 바 있다. 천정환, 『근대의 책읽기』, 53면.

36 권철호는 『사랑의 꿈』, 『운명』, 『애루몽』에 대한 상세한 분석을 통해, '1920년 딱지본 신소설이 문단이 속한 제한된 생산의 장을 출판산업의 영역 안에 포함하기 위한 시도를 지속했다'고 주장한 바 있다. 이러한 분석은 딱지본 대중소설에 대한 새로운 관점을 제공하고 있다는 점에서 중요한 의미가 갖는다. 그럼에도 불구하고 이것을 1920년대 딱지본 대중소설의 일반적인 특징으로 보기는 어려울 것 같다. 오히려 이러한 특성은 철혼 박준표 딱지본 대중소설이 지닌 독특한 특징으로 이해하는 것이 좋을 듯하다. 권철호, 앞의 글, 70~89면 참조.

<그림 28> 좌측부터 『사랑의 꿈』, 『운명』, 『애루몽』, 『무정의 눈물』

어 있다. 또한 본문 전체의 분량은 71면, 가격은 30전이라는 점으로 미루어 볼 때 전형적인 딱지본 대중소설임을 알 수 있다. 본문 첫 장 제목 앞에 '연애소설'이라고 부기 되어 있으며, 그 아래 '哲魂 作'이라는 작자 표기가 되어 있다. 이 작품은 '연애소설'에 걸맞게 한 젊은이의 사랑과 배신을 둘러싼 비극을 다루고 있다.

『사랑의 꿈』은 낭만주의 동인들이 모여 만든 잡지 『백조』에 수록된 노자영의 「표박」과 나도향의 「젊은이의 시절」에서 인물 정보와 서사단위를 모방하여 만든 작품이다.[37] 『사랑의 꿈』은 「표박」에서 영순이 음악회에서 혜선을 보고 사랑에 빠지고, 괴로운 마음을 친구 병선에게 고백한다는 설정을, 「젊은이의 꿈」에서 경애의 동생 철하가 영빈이 다른 여자와 함께 있는 것을 목격하거나 누이가 자신을 속였다는 설정을 그대로 가져왔다. 또한 『사랑의 꿈』은 「표박」과 「젊은이의 시절」에 나타난 근대소설의 기법을 그대로 모방하고 있다. 예컨대, 『사랑의 꿈』은 「표

---

37 권철호, 앞의 글, 79~83면 참조.

박」과 「젊은이의 시절」에서 사용된 일인칭 서술 시점을 활용하여 인텔리 지식인 주인공의 내면 의식을 섬세하게 묘사하고자 했으며, '-다'체와 같은 현재형 어미 사용하는 등 근대적 문체를 그대로 차용하였다. 심지어 원작의 문장 구성이나 표현을 그대로 베낀 곳들이 군데군데 눈에 띤다.[38]

결국 『사랑의 꿈』은 두 작품의 인물 정보와 서사단위를 적절하게 결합시키고, 원작이 지닌 미완의 결말, 지나친 관념성 등의 아쉬움을 딱지본 대중소설의 형식에 맞도록 보완한 작품임을 알 수 있다. 「표박」과 「젊은이의 시절」이 지식인 독자들을 위한 주제와 새로운 표현에 집중하였다면, 『사랑의 꿈』은 원작의 분위기와 화소를 모방하면서도 이를 하나의 완결된 구성의 대중적 서사로 완성하였다. 원작과는 달리, 인텔리 지식인들의 이중성 고발, 자유연애 및 성적방종에 대한 비판 등이 주제로 제시된 점은 이 작품만의 특징이 된다. 이러한 차이는 박준표가 문예잡지와는 구별되는 딱지본 대중소설 독자층의 성격을 비교적 명확하게 이해하고 공략하고자 했음을 보여준다.[39] 하지만, 오늘날의 관점으로 볼 때, 『사랑의 꿈』은 '철흔 작'이라는 본문 첫머리의 표현이 무색할 만큼 완벽한 표절작이다. 이 같은 모방이 당시 서적출판시장에서 용인되던 일반적인 딱지본 대중소설의 특징이라 할지라도, 단락이나 문장을 그대로 베끼는 것까지는 용인되기는 어렵다.

---

38 이러한 부분은 너무 많아 하나하나 인용하기 어렵다.
39 원작과는 달리 『사랑의 꿈』의 도입은 정애의 시점에서 그려지고 있는데, 사랑의 단꿈에 빠진 정애의 모습은 이후의 비극적 결말을 극대화시키기 위한 장치가 된다. 권철호는 이러한 특성이 대중 독자의 다수를 차지한 여성독자들을 고려한 선택일 가능성이 높다고 하였다. 권철호, 앞의 글, 83면.

『운명』은 1924년 영창서관에서 발매되었으며, 본문 첫 장에 '철혼 박준표 저'라고 자신의 필명과 이름을 명확히 표시하였다. 선행 연구에서 밝혀진 것처럼, 이 작품은 『창조』에 수록된 李—[40]의 단편소설 「피아노의 울림」『창조』 5호, 1920.3의 인물 정보와 서사 단위, 『백조』에 수록된 「표박」과 「젊은이의 시절」의 장면 묘사 및 문체를 모방한 작품이다.[41] 『운명』은 『사랑의 꿈』에 이어 문학잡지에 수록된 근대소설의 내용과 형식을 모방하여, 딱지본 대중소설의 형식에 맞도록 변환 시킨 작품이다. 흥미로운 것은 『운명』의 경우 『사랑의 꿈』보다 작가의 의도가 더 적극적으로 개입되어 있다는 점이다.

「피아노의 울림」은 피아노를 전공한 신여성 박마리아를 중심으로 하여, 평범한 화가 홍순모와 재력가 김인환 사이에서 벌어지는 연애 갈등을 그리고 있다. 박마리아와 홍순모는 어릴 적부터 꽤나 오랜 시간을 함께 지내온 동무였는데, 어느날 홍순모가 청혼하자 박마리아는 그가 첩의 자식이라는 이유로 거절 한다. 박마리아는 같은 첩의 자식이지만 재산이 많은 김인환의 어린 딸에게 피아노를 가르치게 되고, 그의 재력에 마음을 뺏긴 그녀는 김인환의 첩이 되고자 한다. 이를 알게 된 홍순모는 박마리아를 찾아가 그녀의 허영심을 비난하고 떠난다.

한편, 『운명』은 문인 이창순을 중심으로 하여, 신여성 홍영숙과 조혼

---

40 이일이라는 작가에 대해서는 다음의 논문이 상세하다. 조윤정, 「무명작가의 복원과 문인 교사의 글쓰기—이일의 생애와 문학」, 『한국현대문학연구』 48, 한국현대문학회, 2016, 231~260면.

41 권철호는 『운명』을 대량 생산의 장에 속해 있던 딱지본 신소설과 초기 근대소설의 접점을 보여주고 있는 작품으로 평가한다. 다만, 『운명』을 1922년에 발행된, 『사랑의 꿈』보다 앞선 작품으로 정리하고 있는데, 『운명』의 발행은 『사랑의 꿈』보다 뒤인 1924년으로 정정될 필요가 있다. 권철호, 앞의 글, 73~79면 참조.

한 구여성 정희 사이의 갈등을 부각시킨다. 이창순은 이미 조혼한 부인이 있으며, 부인과 이혼하고 유학 시절 사랑하게 된 여교사 영숙과 결혼하고자 한다. 영숙은 창순과 육체적 관계를 맺지만, 그가 첩의 자식이라는 이유로 그와의 결혼을 거절한다. 이후 영숙은 부자집 서자인 김용수와 약혼을 하게 되고, 창순은 영숙을 찾아가 그 선택을 비난한다. 창순은 집으로 돌아와 정희를 이상적 아내로 만들기로 결심하고 밤마다 신학문을 가르친다.

살펴본 바와 같이 「피아노의 울림」이 여성주인공을 중심으로 가난과 돈 사이의 갈등을 그렸다면, 『운명』은 남성주인공을 중심으로 구여성과 신여성 사이의 갈등을 다루고 있다. 이에 따라 「피아노의 울림」이 신여성 박마리아를 중심으로 그녀의 허영심과 배금주의를 비판하려고 하였다면, 『운명』은 지식인 이창순을 중심으로 자유연애의 환상과 가정으로의 복귀를 다루고자 하였다. 『운명』은 원작의 설정을 차용하되, 주인공을 변경하거나 제3의 인물을 추가하여 새로운 이야기로 변환시켰다. 또한 작품의 주제 역시 딱지본 대중소설의 독자층의 정서와 반응을 고려한 방식으로 변경하였다.

예컨대, 「피아노의 울림」과는 달리 『운명』은 창순을 이미 가정이 있지만 자유연애를 꿈꾸는 남성으로 설정하고, 창순의 부인인 구여성 정애를 새롭게 추가하였다. 이 지점에서 작품의 주제와 의도는 완전히 달라진다. 물론 사랑하는 사람을 배신하고 부유한 삶을 선택한 영숙도 문제이지만, 여기에서 더 부도덕한 인물은 가정이 있음에도 불구하고 본처를 배신하고 새로운 가정을 꾸리려고 계획한 창순이다. 만약 창순을 사랑하였지만 그의 가정을 깨지 않기 위해, 첩의 자식이라는 이유를 둘러대고 영숙이 떠난 것이라면 과연 그녀를 비난할 수 있을까. 결국『운명』에서의 중요하게 다루어지는 문제는 조혼으로 이루어진 가정과 새로운 자유연애의 환상 속에서 갈등하는 유학생 지식인들의 허위와 위선이다. 영순에게 배신 당한 창순이 가정으로 복귀하여 부인에게 '가정학'을 가르친다는 설정은 여전히 남성중심적인 관점에서 비롯된 것이지만 원래의 결혼을 부정하고 이혼하거나 첩을 들이는 풍조보다는 건강해 보인다.

1930년에 발행된『애루몽』은 철혼 박준표의 다양한 저작 활동의 끝부분에 놓여 있는 작품인 만큼 나름의 원숙함이 돋보인다. 특히, 이 작품은 앞서 논의한『사랑의 꿈』,『운명』과 마찬가지로 근대소설의 내용과 형식을 차용하여 이를 딱지본 대중소설의 형식으로 표현한 작품이다. 이 작품은 여타의 딱지본 대중소설과는 달리 주인공의 일인칭 시점으로 서술되며, 편지 형식을 적극적으로 활용하여 주인공의 고독한 내면을 깊이 있게 다루고 있다. 일찍이, 조동일은 이 작품을 '잡지나 신문에 발표되었으면 문제작이라고 평가되었을 터인데 신소설의 모습으로 출판되어 적절한 독자를 만나지 못한 특이한 작품'이라고 평가한 바 있다.[42]

『애루몽』은 표지에 제시된 바와 같이 '애정소설'을 표방하고 있지만, 다루는 내용이나 주제는 기존의 '애정소설'과는 차이가 크다. 오히려 이 작품은 중학교를 다니다 중퇴한 주인공 '나'가 겪는 고난과 좌절을 매우 현실감 있게 그려내고 있다.[43] 이 작품은 가난한 룸펜 지식인 주인공이 자본의 논리가 팽배한 식민지 치하의 현실 속에서 경제적 자립을 시도하기 위한 몸부림을 보여준다. 금광 인부 감독, 생명보험 영업, 보통학교

---

42 조동일,『한국문학통사』5(제3판), 96면.
43 이와 관련해서 권철호는 매우 상세한 분석을 시도한 바 있다. 권철호, 앞의 글, 84~88면.

교원, 포목상 사업 등 다양한 일들을 도모하지만 결국에는 어디에도 정착하지 못하고 실패하고 만다. 이처럼 각박하고 고단한 현실 속에서 '나'는 어느 누구에게도 쉽게 기댈 수 없다.

이 작품 역시 『사랑의 꿈』, 『운명』처럼 다른 근대소설 작품을 모티프로 삼아 차용하거나 모방했을 가능성이 높다. 그가 창작했다고 보기에는 1930년 전후 그가 저술했던 여타의 딱지본 대중소설과의 간극이 너무 크기 때문이다. 다만, 아직 이 작품이 어떠한 작품을 원작으로 삼아 변용시켰는지는 확인하지 못했다. 그럼에도 불구하고, 『애루몽』이 딱지본 대중소설의 장 안에서 이채를 발하는 작품임은 부정할 수 없다. 또한 이러한 시도는 철혼 박준표가 저술한 딱지본 대중소설의 중요한 특징이 된다.

1953년 영화출판사에서 발행된 『무정의 눈물』의 역시 철혼 박준표의 작품이다. 본문 첫 장에는 '비극소설 무정의 눈물 박철혼 저'라고 표기되어 있다. 1950년대 영화출판사가 세창서관과 함께 1920~30년대 딱지본 대중소설을 재발행하고 있었던 점을 미루어 볼 때, 『무정의 눈물』 역시 1920~30년대의 작품을 재발행한 것으로 짐작된다. 본문 마지막 페이지에는 "제일 자미잇난 소설은 보시랴거든 금전의 눈물 변당 미인 처녀의 일생 처녀의 최후 애인을 위하야 백의 처녀를 구해보시오"라는 소설 광고가 삽입되어 있다. 그 중 『금전의 눈물』은 중흥서관에서 1937년에 발행된 것인데,[44] 이를 통해 『무정의 눈물』 역시 이 무렵에 발행된 작품임을 알 수 있다.

---

[44] 『금전의 눈물』의 서지와 작품 내용은 『한국근대소설사전』에 정리되어 있다. 송하춘, 『한국근대소설사전』, 고려대 출판문화원, 2015, 69~70면.

『무정의 눈물』은 특이하게도 노자영의 「표박」과 「표박」을 모방한 자신의 작품 『사랑의 꿈』을 모방하였다. 주인공 정희가 기생의 딸로 태어나 서울로 유학을 왔다는 차이가 있지만, 가난한 고학생 영식이 자선음악회에서 정희가 독창하는 모습을 보고 한눈에 반한다는 설정은 「표박」과 거의 동일하다. 또한 사랑에 빠진 영식이 자신의 친구인 준호의 도움으로 정희를 만나게 되는 설정은 『사랑의 꿈』과 거의 흡사하다. 하지만 그 이후의 이야기는 새롭게 변형되어, 『무정의 눈물』이라는 또 하나의 딱지본 대중소설로 완성되었다.[45]

3) 신소설의 지속과 변용

박철혼이 저술한 딱지본 대중소설에서 가장 많은 수를 차지하는 유형은 기존 신소설의 주요 모티프를 차용하거나 두 개 이상의 작품을 복합적으로 모방한 것이다. 딱지본 대중소설은 대체로 초창기 근대소설의 형성에 있어 중요한 역할을 했던 신소설의 전통을 계승하고 있다. 박철혼의 작품 역시 이미 문학사적 시효가 만료된 신소설을 딱지본 대중소설의 형태로 지속 또는 변용시킨 것이 많다.

『오동추월』은 1923년 영창서관에서 발행되었다. 표지에는 '비극소설'이라는 명칭이 부기되어 있는데, 본문 첫 장에는 '애정소설'이라고 표시되어 있다. 남북전쟁 중에 부모를 잃고 일본인 군의관의 도움을 얻

---

45 이후 정희에게 호기심을 가진 준호는 정희의 모친을 설득하고, 모친의 강요에 의해 정희는 준호와 결혼하게 된다. 이 소식을 듣고 괴로워하던 영식은 용서를 구하는 정희의 편지를 찢어 버린다. 몇 년 후 여전히 영식을 그리워하던 정희는 한강 인도교에서 몸을 던져 자살한다. 영식은 정희의 자살을 다룬 신문 기사 속 정희의 유서를 읽고 한없이 슬퍼한다.

그림 29 좌측부터 『오동추월』, 『홍안박명』, 『월미도』, 『청춘의 애인』, 『어머니』

은 옥순이 미국 유학을 과정에서 결국 부모와 재회한다는 이야기이다. 이 작품은 이인직의 『혈의루』의 인물 유형과 서사 구조를 차용하되, 사건을 재배치하고 몇 가지 설정을 바꾸어 딱지본 대중소설로 새롭게 변용시킨 것이다.[46] 특히, 원작 『혈의루』가 근대 문명 및 교육의 중요성에 대한 계몽을 목적으로 한 것이라면, 『오동추월』은 동일한 이야기의 구조를 '애정소설'의 유형에 맞도록 바꾸어 대중 독자들의 흥미를 자극하고자 했다. 현재 확인 가능한 『오동추월』 판본은 1928년에 발행된 4판인데, 4판까지 발행된 것을 볼 때 이 작품이 대중적으로 큰 인기를 끌었음을 짐작할 수 있다.[47]

1928년 신구서림에서 발행된 『홍안박명』은 근대식 학교 교육을 받은 한 여성이 시어머니와 계모의 악행으로 인한 수난과 고난을 극복하고 결국 일본 유학을 다녀온 남편과 재회한다는 내용으로 이루어져 있다. 이러한 익숙한 이야기는 신소설에서 흔히 볼 수 있는 것인데, 이 작

---

46 권철호, 앞의 글, 43~51면; 최성윤, 「이인직 초기 신소설의 모방 및 표절 텍스트 양상 연구」, 222~226면.
47 현재 『오동추월』은 서울대학교 중앙도서관에서 유일하게 소장하고 있다.

품은 그중에서도 김교제의 『목단화』를 개작한 『화중왕』을 모방하여 다시 쓰기의 형식으로 저술한 작품이다.[48] 『홍안박명』은 『화중왕』의 인물 유형과 서사 구조를 차용하는 한편, 문단을 통째로 가져온 사례들도 곳곳에서 발견된다. 하지만, 『홍안박명』은 시간의 역전 서술을 통해 독자들을 몰입하게 만들고, 원작의 분량을 절반가량 축소시켜 서사의 전개를 빠르게 진행시키고자 하였다.[49] 결국, 이러한 박준표의 다시 쓰기 전략이 원작 텍스트를 더욱 완성도 높은 딱지본 대중소설로 재창작하기 위한 하나의 시도였음을 알 수 있다.

『월미도』는 이현식에 의해 학계에 처음 공개된 작품이다.[50] 본문 첫 장 제목 위에 '신소설'이라는 표제가 부기되어 있으며, 제목 아래에는 '박철혼 저'라고 되어 있다. 최근 발행된 『오래된 근대, 딱지본의 책그림』에는 『월미도』의 표지 사진이 포함되어 있는데, 제목 위에 '연애소설'이라고 표시되어 있다.[51] 판권지가 누락되어 발행연도를 확인하기 어려웠다. 그런데, 최근 『월미도』의 온전한 판본이 한국학중앙연구원에 소장되어 있음을 발견하게 되었다. 실제 작품을 확인해보니, 판권지 '저작겸발행자'에 박준표의 이름이 적혀있고 1928년 10월 20일에 발행되었음을 확인할 수 있었다.

---

48 권철호, 앞의 글, 34면; 최성윤, 「김교제의 『목단화』, 『화중왕』과 박철혼의 『홍안박명』 비교 연구─초기 신소설을 저본으로 한 모방 텍스트의 양상 연구(2)」, 287~305면.

49 『홍안박명』의 첫 장면은 주인공 영자가 부대자루에 담겨진 채로 죽을 뻔한 위기에서 우연히 정첨지에게 구출당하는 것으로 시작되는데, 이는 시간의 역전적 서술에 의한 것으로 원작인 『화중왕』과는 차이가 있다. 또한 『화중왕』의 본문이 띄어쓰기가 되어 있지 않은 137면인 데 비해, 『홍안박명』의 본문은 띄어쓰기가 되어 있으며 전체 76면으로 이루어져 있다.

50 이현식, 앞의 글, 560~565면.

51 오영식·유춘동 편, 앞의 책, 314면.

『월미도』는 이미 선행 연구에서 지적한 것처럼, 최찬식의 『추월색』서사를 근간으로 삼고, 이인직의 『혈의루』에피소드를 중간에 삽입하여 만들어낸 혼성모방적 텍스트이다.[52] 인물 구도나 서사의 주요 모티프들을 차용한 것은 물론, 문장 구조나 단어 수준에서도 비슷하거나 동일한 부분이 많다.[53] 그럼에도 불구하고, 『월미도』는 원작과의 차별화된 지점을 통해 나름의 장르적 특성을 공고히 한다. 예컨대, 『월미도』는 주인공 남녀의 결혼 이후의 이야기를 과감하게 삭제하였고, '애정소설'이라는 표제에 맞게 주인공 남녀의 연애 서사에 집중한다. 이처럼, 『월미도』역시 신소설 대표작품들을 저본으로 삼아 이를 모방하여, 1920~30년대 딱지본 대중소설의 형식으로 새롭게 완성한 텍스트임을 확인할 수 있다.

『청춘의 애인』은 1931년 세창서관에서 발행되었다. 이 작품은 「일본 토야마富山대학 소장, 〈조선개화기대중소설원본컬렉션〉의 서지적 연구」에서 처음 학계에 소개된 바 있다.[54] 실제 원본을 확인해 보니, 본문 첫 장 제목 위에 '비극소설', 아래에는 '박준표 작'이라고 적혀 있다. 자세한 내용이 소개된 적이 없으므로 작품의 대강을 정리하면 다음과 같다.

재색을 겸비한 빙심은 아버지의 유언에 따라 사방통혼을 거절하며 좋은 배필을 직접 고르고자 한다. 호색한 리춘삼 일당에게 잡혀 곤란을 당하게 되었을 때 윤씨라는 사람의 도움을 받게 되고 빙심은 그에게 호감을 품게 된다. 빙심은 원하는 배필을 고르기 위해 기생이 되고, 정감사는

---

52 권철호, 앞의 글, 51~54면; 최성윤, 「초기 신소설을 저본으로 한 모방 텍스트의 양상 연구—박철혼, 『월미도』에 나타난 혼성모방의 성격」, 97~115면.
53 최성윤, 위의 글, 106~109면.
54 유춘동·함태영, 「일본 토야마[富山]대학 소장, 〈조선개화기대중소설원본컬렉션〉의 서지적 연구」, 『겨레어문학』 46, 겨레어문학회, 2011, 172~173면.

그녀를 후처로 삼고자 한다. 빙심은 정감사의 억압을 끝내 물리치고, 결국 은인인 윤덕승을 만나게 된다. 빙심은 그동안의 고생을 토로하며 의지하지만, 덕승은 본인이 이미 결혼한 사람이라고 거절한다. 덕승은 결국 빙심의 절개에 탐복하여 받아들이지만, 그의 아버지 윤판관의 반대로 둘은 헤어지게 된다. 덕승의 본처의 도움으로 빙심은 덕승을 만나러 가다가 리춘삼 일당에게 잡히게 되고, 또 다시 덕승의 도움으로 위기에서 벗어난다. 빙심은 절에서 피서하고 있는 윤판관을 만나게 되고, 빙심의 됨됨이에 탐복한 윤판관은 아들과의 결혼을 허락한다. 결국, 빙심은 윤덕승의 후처가 되어 행복을 누리게 된다.

이 작품 역시 기존 신소설의 모티프를 차용하되, 나름의 기획 의도를 통해 딱지본 대중소설의 형식으로 저술된 작품이다. 여주인공이 인연을 만나기 위해 길을 떠나 고난을 겪고, 위기의 순간 누군가의 도움으로 고난을 극복하고, 결국 그와 재회하여 결합하게 된다는 이야기는 신소설에 자주 등장하는 서사 구조 중 하나이다. 또한 기생이 된 빙심의 정조를 뺏으려는 정감사의 이야기는 이해조의 『화세계』, 『화의혈』, 『옥중화』의 한 대목을 연상시킨다. 하지만 『청춘의 애인』은 기존 신소설의 관습을 살짝 비틀어 새로운 이야기를 만들어 내고자 했다. 예컨대, 일반적으로 남녀 간의 결연에서 항상 수동적인 위치에 있던 여성이 직접 원하는 배필을 고르기 위해 매우 적극적인 의지를 보이는 것은 이 작품의 지닌 독특한 특징이다.[55] 또한 본처의 도움으로 주인공이 후처가 되고, 본처와

---

55 "에그 망칙해라 옛날 말을 드르면 혹 신랑이 신부를 친히 보고 혼인하얏다는 말은 드렷지마는 신부가 신랑보고야 싀집간다는 말은 처음 듯겟구료"와 같은 표현은 이 작품의 주제를 드러내기 위한 효과적인 장치가 된다. 박철혼, 『청춘의 애인』, 세창서관, 1931, 17면.

후처가 함께 행복하게 지내게 되었다는 결말도 이 작품이 기존의 신소설과 구별되는 지점이다.

『어머니』는 1932년 태화서관에서 발행되었다. 표지에는 '가정비극 母어머니', 본문 첫 장에는 '비극소설 어머니 박준표 작'이라고 표기되어 있다. 이 작품의 줄거리는 자식을 버리고 떠난 친모와 그 아이를 극진하게 길러준 계모 사이에서 벌어지는 갈등을 중심으로, 결국 낳아준 어머니 대신 길러준 어머니와 행복하게 결합하여 살게 된다는 이야기이다. 신소설에 나타나는 친모와 계모 사이의 갈등은 대체로 친모의 모성애에 손을 들어주기 마련이다. 하지만 이 작품은 오히려 기존 신소설의 관습에서 벗어나 길러준 부모의 모성애를 강조하고 있다는 특징이 있다.

4) 고소설 다시 쓰기

철혼 박준표는 외국소설, 근대소설, 신소설은 물론, 고소설까지 딱지본 대중소설 저술의 원천으로 삼았다. 『운영전』, 『상전벽해』, 『영웅호걸』, 『동방화촉』, 『원두표실기』, 『임거정전』, 『세종대왕실기』가 이러한 유형에 포함된다. 이러한 작업은 박준표가 딱지본 대중소설의 다양한 독자층 중 고소설류에 대한 수요를 분명하게 인식하고, 이를 자신의 저술출판활동에 반영한 결과라고 생각된다. 특히, 『영웅호걸』, 『동방화촉』, 『원두표실기』, 『임거정전』, 『세종대왕실기』 등은 함께 1930년 무렵 대중적 인기를 끌기 시작한 역사소설에 대한 관심을 반영한 텍스트로 볼 수 있다.

1925년 영창서관에서 발행된 『(연정)운영전』은 당시 서적출판문화의 독특한 면모를 발견할 수 있는 흥미로운 텍스트이다. 정확한 창작연

〈그림 30〉 좌측부터 『운영전』, 『영웅호걸』, 『동방화촉』, 『원두표실기』, 『임거정전』, 『세종대왕실기』

대를 알 수 없는 한문소설 『운영전』은 대부분 필사본의 형태로 소수의 사대부들 사이에서 전해지고 있었다. 『운영전』이 처음 활자본의 형태로 발행된 것은 1923년 在朝 일본인 호소이 하지메細井肇가 출판한 『鮮滿叢書』에 일본어 번역본이 수록되면서이다. 그런데, 박준표가 저술한 『(연정)운영전』은 『선만총서』에서 수록된 일본어 번역본 『운영전』을 저본으로 삼고 있다는 점이 특이하다. 『(연정)운영전』은 일본어 『운영전』을 저본으로 삼되, 의역이나 새로운 표현이 추가되는 등 나름의 개작이 이

루진 작품이다.[56]

1925년 고소설『운영전』이 딱지본 대중소설의 장에 새롭게 호출된 것은『운영전』이 궁녀 운영과 김진사의 이루지 못한 비극적인 사랑을 다루고 있었기 때문으로 보인다. 죽음으로 완결된 두 남녀의 사랑은 당시 세상을 떠들썩하게 만들었던 기생 강명화와 부호의 자제 장병천의 정사(情死) 사건을 떠올리게 한다. 당시 강명화 사건은 소설, 영화, 노래 등 다양한 미디어로 재생산되었는데,[57] 딱지본 대중소설『(연정)운영전』은 이러한 당시의 분위기를 반영한 기획이었다.[58] 철혼 박준표는 이후 사회적으로 큰 반향을 일으켰던 정사 사건을 직접적으로 다룬『(정사애화)윤심덕일대기』1927,『(절세미인)강명화의 설음』1928 등을 발행하기도 한다.

『상전벽해』는 현재 동덕여자대학교 도서관에서 소장하고 있는데, 판권지에 글자가 잘 보이지 않아 정확한 발행연도를 확인하기 어렵다.[59] 판권지에는 박준표의 이름이 '저작자'로 명시되어 있다. 표지에 '신소설'이라고 되어 있는데, 본문 첫 장에는 '신비소설'이라고 표기되어 있다. 이 작품은 '신소설'이라는 표제와는 달리, 다루는 내용이나 형식은

---

56 이러한 두 작품 사이의 연관성은 허찬의 연구에 상세하게 정리되어 있다. 허찬은 단락 간 비교 분석을 통해 이러한 번역 관계를 구체적으로 입증하고 있다. 허찬, 「1920년대〈운영전〉의 여러 양상」,『열상고전연구』38, 열상고전연구회, 2013, 535~563면.

57 황지영, 「근대 연애 담론의 양식적 변용과 정치적 재생산 – 강명화 소재 텍스트 양식을 중심으로」,『한국문예비평연구』36, 한국현대문예비평학회, 2011, 505~532면.

58 허찬은 1925년 영화〈운영전 – 寵姬의 戀〉이 일본인 사업가들이 만든 조선키네마 주식회사의 제작하고 윤백남 감독이 연출하여 개봉되었는데, 이 영화의 시나리오가 일본어〈운영전〉이었을 가능성이 높고, 박준표의『(연정)운영전』이 이러한 영향을 받아 발행된 것으로 파악한다. 허찬, 앞의 글, 551~561면.

59 『애루몽』,『동방화촉』,『구사일생』,『산중기연』등 1930년 박문서관에서 출판된 작품 뒤편에 실린 박문서관소설광고에『상전벽해』가 공통적으로 등장하는 것으로 보아 1930년 이전에 출판된 것으로 보인다.『상전벽해』판권지에는 연도만 지워지고 날짜만 확인이 가능한데, 아마도 1929년 12월 25일에 발행되었을 가능성이 높다.

고소설에 가깝다. 시간적인 배경은 조선시대이며, 길을 떠난 한 소년이 죽은 소녀의 혼령을 만나 우여곡절 끝에 그녀를 환생시키고 결국 결혼한다는 이야기이다. 신소설 또는 근대소설이 화자의 서술과 발화자의 대화 내용을 구분하는 것과 달리, 이 작품은 등장인물들의 발화를 구분하지 않고 서술자가 직접 사설조로 풀어 놓고 있다.[60] 결국 『상전벽해』는 전래되는 설화나 고소설의 모티프를 차용하여 고소설 독자층을 공략하기 위해 기획된 딱지본 대중소설임을 알 수 있다.

『영웅호걸』은 1930년 1월 25일에 영창서관에서 발행되었다. 본문첫 장에 '역사소설 영웅호걸 박철혼 저'라고 표기되어 있다.[61] 이 작품은 오윤선의 연구를 통해 처음으로 소개되었다. 오윤선은 『영웅호걸』에 대한 상세한 분석을 통해, 이 작품이 이해조의 『한씨보응록』을 저본으로 삼아 나름의 기준에 의해 개작된 작품임을 드러냈다. 그의 연구에 따르면, 『영웅호걸』은 한명회라는 주인공에 집중하여 주변 인물들의 에피소드를 과감하게 삭제하였고, 설화적 성격이 강한 동물보은 에피소드 역시 삭제하여 전체의 분량을 크게 줄였다. 또한 어려운 한자를 한글로 쉽게 풀어주거나 필요한 부분에는 한자를 병기하는 등 딱지본 대중독자들을 고려한 문장쓰기를 구사하고 있다.[62]

『동방화촉』은 삼국시대를 배경으로 한 아름다운 사랑이야기 네 편으

---

60 한 가지 사례를 들면 다음과 같다. "부인강씨와 삼남일녀 오야들어 머리맛테 돌아안저 하는 말이 애고 아버지 체해섯고 맥키섯소 어대압과 일이시오 주물너도보며 만저도보며 온집안이 날쒤째에 부인강씨 머리를 잡고 하는 말이 여보염감 웬일이오 평생에 무탈터니 이 일이 웬일이야", 박준표, 『상전벽해』, 박문서관, 1929, 4면.

61 한 경매사이트를 통해 표지, 본문, 판권지 등 몇 장의 사진을 확인할 수 있었다. https://www.kobay.co.kr/kobay/item/itemLifeView.do?itemseq=13051RBEPFQ

62 오윤선, 「구활자본 고소설 『영웅호걸』의 발굴소개와 그 의미」, 『우리어문연구』 47, 우리어문학회, 2013, 93~124면.

로 이루어져 있다. 표지에는 '연애비극 동방화촉'이라고 적혀 있으며, 본문의 구성은 「동방화촉」, 「문희의 기연」, 「홍화희와 도화랑」, 「벽화의 혈흔」 순으로 되어 있다. 첫 번째 이야기 「동방화촉」은 백제 근고초왕의 외동딸 숙영공주와 시복 리시홍과의 비극적인 사랑이야기를 다루고 있다.[63] 근고초왕이 딸의 불륜을 목격하고 리시홍을 죽이자, 숙영공주는 그 사실을 알고 스스로 목숨을 끊는다. 이러한 비극적인 사랑과 죽음은 당시 강명화 정사 사건을 떠올리게 한다. 두 번째 「문희의 기연」은 『삼국사기』, 『삼국유사』에 등장하는 김유신의 동생 문희와 김춘추와의 결연을 다루고 있다. 사료에 등장하는 설화를 바탕으로 한 이야기라는 특징이 있다. 세 번째, 「홍화희와 도화랑」은 신라의 매우 아름다운 두 명의 미인 이야기를 다루고 있는데, 홍화희는 초지왕이 왕의 존엄을 잊어버리고 밤마다 미행하게 하였고, 정조를 지키던 도화랑은 죽은 진지왕을 다시 살아나게 했다는 이야기이다. 홍화희는 『삼국사기』의 초지왕과 벽화 이야기를, 도화랑은 『삼국유사』의 도화녀와 비형랑 이야기를 차용한 것이다. 네 번째, 「벽화와 혈흔」은 고구려 때를 배경으로 남편에게 학대를 받은 벽화와 그녀의 연인이었던 악사 부여우와의 비극적인 사랑이야기를 다루고 있다. 결국, 『동방화촉』은 당시 역사소설에 대한 관심이 높아지던 당시의 분위기를 딱지본 대중소설의 맥락에서 반영하고 있으며, 『삼국사기』와 『삼국유사』를 활용하고 있다는 점에서 특징적이다.

『원두표실기』는 1930년 태화서관에서 발행되었다. 본문 첫 장에 '의

---

63 이 작품은 실제 역사와는 거리가 멀다. 여기서 근고초왕은 백제의 근초고왕에서 빌려온 이름인데, 이는 의도적으로 독자에게 실제 역사인 것처럼 착각하게 만드는 효과를 의도한 것처럼 보인다. 외동딸 숙영공주 역시 가상의 인물이다.

용무쌍 원두표실기 박준표 저'라고 표기되어 있다. 이 작품은 이해조가
저술한『홍장군전』을 모방하여 창작된 작품이다.『원두표실기』는 원두
표라는 실존 인물의 행적에 대한 사실 기록을 표방하고 있지만, 역사적
사실의 수용은 서두와 결말에서만 단편적으로 다루어질 뿐, 사건 전개
의 대부분이『홍장군전』을 모방·답습하는 것으로 처리되어 있다.[64] 당
시 역사소설 유행을 민감하게 감지한 박준표는『홍장군전』의 주인공 홍
윤성과 매우 흡사한 인물인 원두표에 주목하여, 대부분의 서사 진행을
모방하여 딱지본 대중소설의 형식으로 저술하였다.

　1931년 태화서관에서 발행된『임거정전』역시 역사적 사실과 소설적
허구를 결합한 흥미로운 텍스트이다.『임거정전』은 기본적으로『명종실
록』을 비롯한 관찬기록과『기재잡기』,『성호사설』,『연려실기술』,『동야
휘집』등에 전하는 야사를 참고하되, 벽초 홍명희의「임거정전」과 이해
조의『한씨보응록』의 영향을 받은 것으로 보인다.[65] 특히, 박준표의『임
거정전』은 앞서『조선일보』에 연재되었던 벽초 홍명희의「임거정전」의
제1차 연재분1928.11.21~1929.12.26의 영향을 받은 것으로 보인다.『영웅
호걸』,『원두표실기』를 통해 영웅적 인물의 일대기를 다루었던 박준표는
이미 독자들의 뜨거운 관심을 받았던 인물인 임거정을 딱지본 대중소설
의 장 안에 다시 호출한 셈이다. 하지만『임거정전』은 연재 도중 중단된
홍명희「임거정전」의 1차 연재분에 비해, 임거정의 짧은 생애 모두를 완

64　곽정식,「〈원두표실기〉의 창작 방법과 소설사적 의의」,『한국문학논총』52, 한국문학
　　회, 2009, 44면.
65　박준표의『임거정전』에 대한 연구는 곽정식의 논문이 유일하다. 곽정식은 박준표의
　　『임거정전』이 역사적 사실을 기본으로 하되, 관련 야사나 홍명희의「임거정전」, 이해조
　　의『한씨보응록』과 일정한 연관을 맺으며 창작된 작품이라고 하였다. 곽정식,「활자본
　　고소설〈임거정전〉의 창작 방법과 홍명희〈임거정〉과의 관계」, 163~188면.

결된 형식으로 담아내고 있다.[66] 또한 흥미로운 사실은 박준표의 『임거정전』이 『영웅호걸』에서 이미 한 차례 수용한 이해조의 『한씨보응록』의 서사 단위를 또 다시 반복하고 있다는 점이다. 물론 그 뿌리는 『수호지』에 있지만, 한명회의 영웅적인 면모를 드러내기 위한 몇 가지 서사적 장치들이 『임거정전』에서도 반복된다. 결국 『임거정전』은 체제에 저항한 흥미로운 역사 속 인물을 포착하고, 다양한 텍스트들을 참고하여 이를 영웅적 일대기의 형식으로 제시한 작품이다.

『세종대왕실기』는 1933년 세창서관에서 발행되었다.[67] 표지에는 제목 위에 '역사소설'이라고 표기되어 있고, 본문 첫 장에는 '조선언문창작하신 세종대왕실기 부 양녕대군기 박준표 작'이라고 적혀 있다. 이 작품은 '역사소설'을 표방하고 있지만, 실제 그 성격은 일반적인 역사소설과는 차이가 있다. 이 작품은 역사와 허구가 결합되어 있는 역사소설과는 달리, 철저하게 역사적 사실만을 다루고 있으며 정치, 경제, 사회, 문화, 외교 등 다양한 영역에 걸친 세종대왕의 위대한 업적을 구체적으로 제시하고 있다. 책 뒤편에는 부록으로 세종에게 왕위를 양보하였다는 형 양녕대군에 대한 일화가 포함되어 있다. 이 이야기는 앞에서 다룬 세종대왕실기와는 다르게, 한 아름다운 기생이 묘책을 통해 양녕대군의 마음을 사로잡는다는 허구적 이야기를 다루고 있다. 이 작품은 철혼 박

---

66 곽정식은 1932년부터 1940년까지 이어진 홍명희의 이후 「임거정전」의 집필에 박준표의 『임거정전』이 일정한 영향을 주었을 가능성도 조심스레 제기하고 있다. 곽정식, 위의 글, 183~185면.

67 현재 충남대학교 도서관에서 소장하고 있으나 판권지가 유실되어 정확한 간행 연도를 확인하기 어렵다. 하지만 한 경매사이트에 제시된 사진을 통해 초판본이 1933년 1월 15일에 발행되었음을 확인할 수 있었다.
https://www.kobay.co.kr/kobay/item/itemLifeView.do?itemseq=1001WKV2H5D

준표의 딱지본 대중소설이 매우 다양한 소설 실험 속에서 이루어진 것임을 보여준다.

5) 정사情死 사건의 반영

식민지 서적출판문화의 환경 속에서 철혼 박철혼은 당시 사회를 크게 들썩이게 했던 정사情死 사건에 주목하여, 『윤심덕일대기』, 『(절세미인)강명화의 설음』, 『(절세미인)강명화전』을 저술하기도 했다. 이는 철혼 박준표의 다양한 소설 창작이 사회적 이슈나 유행을 민감하게 반영하고 있다는 점을 보여준다. 또한 그의 딱지본 대중소설의 원천이 다양한 문학적 서사가 아닌 실제 사건에까지 넓게 펼쳐져 있음을 확인할 수 있다.

1927년 1월 박준표는 세간에 큰 화제가 되었던 소프라노이자 배우였던 윤심덕과 극작가 김우진이 현해탄에 몸을 던져 동반 자살한 사건을 다룬 『윤심덕일대기』를 저술·출판하였다. 강명화와 장병천의 정사 사건을 다룬 이해조의 『(여의귀)강명화실기』 상편과 하편이 각각 1924년과 1925년에 발행되었고, 최찬식의 『(신소설)강명화전』이 1925년에 발행되었으니 『윤심덕일대기』는 이처럼 정사 사건을 소설화한 일련의 작품들의 영향을 받은 것으로 보인다. 그런데 윤심덕과 김우진의 정사 사건이 지닌 화제성에도 불구하고, 이를 소설화하여 출판한 것은 『윤심덕일대기』가 유일하다.

『윤심덕일대기』는 박준표가 저술한 딱지본 대중소설과는 확연히 다른 특징을 지닌 작품이다. 이 작품은 일반적인 소설과는 달리 실제 사건을 기반으로 하되, 주변적인 에피소드나 주변 인물들의 증언 등을 가미한 르포르타주reportage의 성격을 띠고 있다. 특히, 이 작품은 당시 윤심덕 정사 사

〈그림 31〉 좌측부터 『윤심덕일대기』, 『강명화의 설음』, 『강명화전』

건을 다룬 당시의 신문 기사를 적극적으로 활용하고 있다. 정사 사건이 일어난 다음 날인 1926년 8월 5일자 당시 신문들은 한 면 가까이 대대적인 특집 기사를 보도하였는데, 이 작품은 기사들을 적절하게 편집하여 하나의 대중적 읽을거리로 완성하였다.[68] 박철혼의 다른 작품들과는 달리 본문 첫 장에 "朴哲魂 編"이라고 적혀 있는데, 이는 이 작품이 다양한 기사들을 편집하여 완성된 텍스트임을 분명하게 인식한 결과이다.

1928년에 발행된 『(절세미인)강명화의 설음』과 1935년에 발행된 『(절세미인)강명화전』은 제목만 다를 뿐 동일한 작품이다. 『윤심덕일대기』와 마찬가지로 본문 첫 장에 '박철혼 편'이라고 되어 있는데, 이는 이 작품 역시 순수한 창작과는 다른 방식으로 저술된 작품임을 짐작케 한다. 『(절세미인)강명화의 설음』은 강명화와 관련된 다양한 신문 기사는

---

68 1926년 8월 5일 『매일신보』, 『동아일보』, 『조선일보』는 공통적으로 〈부산전보〉를 인용하여 사건의 추이를 알리고 있으며, 강명화와 장병천의 내력, 윤심덕이 선실에 남긴 유언, 윤심덕의 언니 윤심성의 인터뷰 등을 다루고 있다. 『윤심덕일대기』는 그러한 내용을 적절하게 편집하여 하나의 완결된 서사의 형식으로 제시하고 있다.

물론, 기존에 출판되었던 『(여의귀)강명화실기』 상편과 『(신소설)강명화전』을 모방하여 이루어진 것임을 확인할 수 있다.[69] 또한 이 작품은 사건 위주의 구성이나 등장인물 간의 대화 상황 제시 등이 적극적으로 이루어져 있다는 점에서 『윤심덕일대기』에 비해 소설에 가깝다.

이미 이해조의 『(여의귀)강명화실기』, 최찬식의 『(신소설)강명화전』 등이 발행되어 독자들의 인기를 끌고 있는 상황에서, 박준표는 『윤심덕일대기』의 성공을 발판삼아 『(절세미인)강명화의 설움』이라는 또 하나의 작품을 추가하였다. 한편, 7년 뒤인 1935년에는 『(절세미인)강명화의 설움』의 제목을 바꾸어 『(절세미인)강명화전』이 출판되었는데, 이는 아마도 고소설 전통에 익숙한 독자들을 유인하기 위한 전략이었을 것이다. 박준표는 한 시대의 연애표상으로서의 강명화 이야기가 딱지본 대중소설의 시장에서 여전히 매력적인 상품이라고 생각했던 것이다.

4. 맺음말

실제로 한국의 근대문학은 크게 두 개의 층위로 양분되어 존재했다. 하나는 예술로서의 문학을 지향하는 지식인 중심의 문학이다. 주로 일본 유학을 경험했던 지식인 작가들은 소위 문단이라는 영역을 구획하고, 신문이나 잡지를 통해 창작과 비평 활동을 시도했다. 나머지 하나는 평

---

69 이에 대해서는 다음 논문에서 상세하게 다룬 바 있다. 배정상, 「식민지 서적출판문화와 딱지본 대중소설의 모방 양상 연구-강명화 정사 사건 소재 딱지본 대중소설을 중심으로」, 『동방학지』 193, 연세대 국학연구원, 2020, 147~176면.

범한 대중독자와의 밀접한 소통을 지향하는 상품으로서의 대중문학이다. 특히, 딱지본 대중소설은 쉽고 재미있는 이야기, 비교적 저렴한 가격, 화려한 표지 그림 등을 통해 당시 수많은 대중독자의 사랑을 받았다. 철혼 박준표는 딱지본 대중소설을 중심으로 상품으로서의 대중문학을 지향했던 대표적인 작가였다.

1922년 『의문』이라는 작품으로 처음 이름을 알린 박준표는 몇 개의 소년소녀 단체를 결성하고, 『선명』, 『신진소년』, 『우리少年』, 『영데이』, 『반도소년』과 같은 소년소녀 독자들을 위한 잡지의 발행에 관여하였다. 이러한 소년소녀에 대한 관심은 청년에 대한 관심으로 이어져, 『(실지응용)연설방법』, 『과외독본』, 『(독습실용)최신일선척독』, 『현대청년 수양독본』, 『삼대수양론』, 『십분간연설집』, 『신식양잠급양봉법』, 『문예개론』, 『농촌청년의 활로』, 『무산대중의 문화적사명』 등 청년독자들을 위한 다수의 실용서적들을 집필하기도 했다.

특히, 철혼 박준표는 딱지본 대중소설의 저술에 주력했다. 박준표는 작품 활동 초반 『의문』, 『비행의 미인』, 『사랑의 싸홈』, 『칠진주』, 『해저의 비밀』, 『운명의 진주』 등 번역 및 번안 소설의 집필에 관심을 두었으나, 차츰 관심 분야를 확장해 갔다. 가장 주목할 만한 작품은 『사랑의 꿈』, 『운명』, 『애루몽』, 『무정의 눈물』과 같이 근대소설의 내용과 기법을 모방한 일련의 작품들이다. 이러한 소설들은 근대소설이 다루는 내용과 세련된 형식을 식민지 서적출판시장으로 확산시키는데 기여하였다. 또한 신소설을 전통을 계승하고 변용시킨 『오동추월』, 『홍안박명』, 『월미도』, 『청춘의 애인』, 『어머니』을 저술하는 한편, 여전히 남아 있는 고소설 독자의 수효를 고려하여 『운영전』, 『상전벽해』, 『영웅호걸』, 『동방화촉』,

『원두표실기』, 『임거정전』, 『세종대왕실기』 등을 새롭게 출판하였다. 당시 사회적 이슈가 되었던 정사 사건들을 기록한 『윤심덕일대기』, 『(절세미인)강명화의 설음』, 『(절세미인)강명화전』도 주목할 만하다.

박준표의 딱지본 대중소설은 원작이 있는 작품들을 번역·번안하거나, 두 개 이상의 작품들을 복합적으로 모방한 것들이 대부분이다. 오직 예술을 위한 문학을 지향하는 것이 근대 문학의 숙명이라면, 철혼 박준표의 작품들은 그러한 정신으로부터 한걸음 비켜서 있다. 오히려 그것을 거부한다. 저작권에 관한 명확한 기준이 없었던 당시의 사정이나 딱지본 대중소설 시장의 특수성을 고려하더라도 그가 저술한 작품들은 오늘날 우리가 생각하는 '작품'과는 차이가 있다. 그가 남긴 딱지본 대중소설들은 기본적으로 외국소설, 근대소설, 신소설, 고전소설, 신문기사 등에서 서사의 핵심적인 요소를 가져왔으며, 단락을 통째로 옮겨오거나, 문장의 표현 방식을 그대로 베껴오는 일도 다반사였다.

하지만 딱지본 대중소설이라는 것이 원래 저렴한 가격으로 쉽게 읽고 소비할 수 있는 스낵컬쳐snack culture의 운명을 가지고 태어난 이상, 박준표 소설의 대부분이 나름의 기준으로 선택된 모본을 가지고 있다는 점은 어쩌면 지극히 자연스러운 특성일지도 모른다. 우리가 중요하게 생각하는 예술적 가치나 시대적 사명이 식민지 현실을 살아가는 대중독자에게 동일하게 적용되지 않았을 가능성이 높다. 딱지본 대중소설의 시장에서는 무엇보다 신속하게 재미있는 작품을 찍어내는 것이 중요했으며, 이들 양산된 작품들은 저렴한 가격으로 쉽게 대중과 만날 수 있었다. 당시의 대중들은 딱지본 대중소설이 지닌 다채로운 이야기의 세계를 통해, 잠시라도 팍팍한 식민지 현실의 고통으로부터 벗어날 수 있었다.

이러한 가운데, 박준표는 일관된 원칙을 갖고 딱지본 대중소설의 장안에서 나름의 소설 실험을 꾸준하게 진행했다. 그는 외국소설이 가지고 있는 장르문학의 특성을 발 빠르게 도입하고, 근대소설의 표현과 기법을 딱지본 대중소설에 반영하였다. 또한 신소설의 동떨어진 시대감각을 현대적으로 각색하고, 역사에 대한 관심을 확산시키며, 사회적으로 큰 반향을 일으켰던 사건들을 소설화했다. 물론 이러한 작업이 자본주의 시장에서의 상품이라는 의미로 제한된 점은 아쉽지만, 그의 저술출판활동이 당시 서적출판문화에 상당한 활력을 불어 넣거나 독서의 대중화에 기여하고 있었음은 부인하기 어렵다.

박준표는 처음부터 주류 문단으로의 진입을 꿈꾸지 않았다. 소년소녀 독자들을 위한 잡지 발행 및 글쓰기, 청년들을 위한 실용서적들의 저술에 몰두한 것도 주류 문단에 편입되기보다 자신만의 경계를 구획하기 위한 하나의 전략으로 보인다. 그는 예전부터 지금까지 우리 문학사의 중심에서 비켜서 있었다. 하지만 그는 드물게도 식민지시기 딱지본 대중소설의 시장에서 당당하게 자신의 이름을 전면에 드러내고, 매우 왕성한 저술 활동을 한 작가였다. 그렇다면 작가란 무엇인가. 또는 무엇이었던가. 이에 대한 해답을 찾기 위해서라도 이들 딱지본 대중소설 작가에 대한 연구는 지속될 필요가 있다.

제2장

출판인 송완식 문학의 특질과 의미

1. 머리말

남송南宋 송완식宋完植은 척박했던 식민지 서적출판문화의 장 안에서 저술가 겸 출판인으로 활동했던 독특한 이력을 가진 인물이다. 출판사를 운영하며 간혹 작품의 저술을 시도한 경우가 아예 없진 않지만 지속적인 문학 작품의 저술 이후 직접 출판사 운영에 뛰어든 사례는 찾아보기 어렵다. 처음 영창서관을 통해 다양한 저술 작업을 시도하던 송완식은 이후 동양대학당과 문화사를 직접 운영하며 서적의 출판과 발행에까지 영역을 확장하였다. 그는 영화소설, 탐정소설, 영웅실기, 동물우화소설, 재담집 등 다양한 장르의 문학 작품들을 비롯하여, 실용서적, 사회과학서적, 사전류에 이르기까지 다양한 영역의 저술과 발행을 시도한 바 있다.

송완식이라는 인물과 그의 다양한 저술출판 활동이 알려진 것은 비교적 최근의 일이다. 오랫동안 송완식은 주로 『명금』의 번역자나 『(최신)

백과신사전』의 편찬자로서 그 이름만 언급되었
을 뿐 송완식이라는 인물에 대한 관심으로 확장
되지는 못했다.[1] 하지만 권철호는 처음 송완식의
작가로서의 면모에 주목하고, 『현대노동문제』,
『의문의 시체』, 『만국대회록』에 대한 분석을 시
도한 바 있다.[2] 이후 박진영은 송완식의 생애와
이력, 저술 출판활동의 전체 규모를 체계적으로
정리하여 송완식의 출판인으로서의 면모를 구체
적으로 드러낸 바 있다.[3] 그럼에도 불구하고, 그
의 작가로서의 면모와 그가 남긴 문학 작품의 특
징이 온전히 규명되었다고 보기는 어렵다.

〈그림 32〉 남송 송완식

　그는 신문이나 잡지의 기고나 연재보다는 단행본 서적의 저술과 발행
에 주력했다. 특히, 예술로서의 문학을 지향하는 고급문예 대신 대량생
산의 장 안에서 주로 대중적 문예물을 생산했다. 그는 저작권을 출판사
에 매매하는 당시의 일반적인 관행과는 달리 저작권을 소유한 채 작품
활동을 시도했으며, 1926년 무렵에는 직접 출판사를 운영하며 저술·
출판 작업을 이어갔다. 따라서 그가 남긴 문학 작품들에는 출판인으로
서의 개성과 역량이 곳곳에 반영되어 있다. 그의 출판인으로서의 역량
은 출판기획, 표지디자인, 체제와 편집, 광고에 이르기까지 저술출판의

1　허재영, 「송완식(1927) 〈백과신사전〉의 전문 용어에 대하여」, 『한말연구』 제35호, 한
　　말연구학회, 2014; 박형익, 「송완식의 『최신 백과 신사전』(1927)」, 『한국사전학』 제25
　　호, 한국사전학회, 2015.
2　권철호, 앞의 글.
3　박진영, 「출판인 송완식과 동양대학당」, 『인문과학』 109, 연세대 인문학연구원, 2017.

방대한 범위에 두루 미치고 있다.

따라서 본 연구는 저술가 겸 출판인 송완식이 남긴 문학 작품들을 수집·정리하고, 각각의 작품에 대한 구체적인 분석을 시도하는 것을 목표로 삼는다. 또한 출판인으로서의 개성과 역량이 그의 문학 작품 속에 어떻게 담겨있는지 살펴보고자 한다. 이러한 연구는 송완식의 작가로서의 면모를 구체적으로 확인하고, 그의 문학적 성과를 온당하게 평가하기 위한 하나의 시도가 된다. 이는 더 나아가 식민지 서적출판문화의 다층적 모습을 입체적으로 이해하기 위한 또 하나의 방편이 될 것이다.

2. 송완식 문학의 유형과 특징

남송 송완식이 저술한 저술한 문학 텍스트 목록을 정리하면 다음과 같다.[4]

〈표 11〉 남송 송완식 저술 문학 텍스트 목록

번호	제목	저작자표기	출판사	발행일자	분량	가격
1	(獨逸皇帝) 카이제루實記	송완식 편	영창서관	1920.1.10	84면	50전
2	(요절초풍) 익살주머니	송완식 저	영창서관	1921.3.15	69면	30전
3	(사진소설)되활극) 명금	송완식 역	영창서관	1921.7.28	92면	30전
4	俾士麥과 獨逸帝國	송완식 저	영창서관	?	?	50전
5	疑問의 屍體	송완식 작	영창서관	1924.10.30	222면	1원

---

4 이 밖에도 송완식은 『현대노동문제』(영창서관, 1922), 『문학신어사전』(영창서관, 연도 미상), 『이십세기매도론』(영창서관, 1926), 『과학적 돈 모으는 법』(동양대학당·문화사, 1927), 『최신 백과신사전』(동양대학당, 1927), 『현대노동문제』(영창서관, 1929) 등 다양한 서적의 저술에 힘쓴 바 있다.

번호	제목	저작자표기	출판사	발행일자	분량	가격
6	(사회풍자) 蠻國大會錄	송완식 저	영창서관 / 문화사	1926.2.5	96면	70전
	(취미진진 금수대회록) 蠻獸大會錄	송완식 저	동양대학당	1926.2.5	96면	70전
7	(怪傑) 장작림(張作霖) 실기	송완식 저	동양대학당	1929.2.2	58면	30전
8	손일선(孫逸仙) 실기	송완식 저	동양대학당	1933.2.17	105면	50전

지금까지 확인이 가능한 송완식의 작품은 총 여덟 편이다.[5] 『만국대회록』의 경우 동일한 작품을 각기 다른 판본으로 출판한 것이다. 저작자 표기는 본문 첫 페이지에 적혀 있는 표현을 그대로 적어 놓았다. 초기의 작품들은 모두 영창서관에서 발행되었으며, 1926년 이후부터는 송완식이 직접 운영한 문화사文化社와 동양대학당東洋大學堂에서 발행되었다. 송완식은 초창기 주로 영창서관에서 활동한 저작자로서 활동하다가, 이후 문화사와 동양대학당을 운영한 전문 출판인으로서 저작과 출판을 동시에 겸했다.[6] 그는 십여 년의 기간 동안 저작자 겸 출판인으로 활동하며 식민지 서적출판문화의 장 안에서 다양한 문학적 가능성을 실험하였다.

1) 동시대 세계정세와 영웅실기

─『(독일황제)카이제루실기』, 『비사맥과 독일제국』, 『(괴걸)장작림실기』, 『손일선실기』

송완식의 처음으로 선보인 작품은 바로 『(독일황제)카이제루실기』이다.

---

5   1929년 3월 『조선출판경찰월보』의 불허가 목록에 송완식 발행의 『장한의 청춘』이 있다. 불허가 요지에는 이 작품이 의사 나석주(羅錫疇) 사건을 다루고 있었다는 점이 밝혀져 있다. 송완식이 직접 저술했는지는 확인이 어렵고, 검열로 인해 출판되지 않았으므로 목록에서 제외하였다. 문한별, 「『조선총독부 금지단행본목록』과 『조선출판경찰월보』의 대비적 고찰─출판 금지 단행본 소설의 특징을 중심으로」, 『국제어문』 57, 2013, 457면.
6   동양대학당은 원래 왕세화가 1922년에 설립한 것으로, 1926년부터는 송완식이 인수하여 운영하였다. 박진영, 앞의 글, 10~18면.

본문 첫 페이지에는 "宋完植 編"이라고 적혀 있어 송완식이 저술한 작품임을 쉽게 확인할 수 있다. 판권지에는 저작자 송완식과 발행자 강의영의 이름이 구분되어 있다. 이는 일반적으로 '저작겸발행자'에 출판사주의 이름이 들어가는 것과는 구별되는 방식인데,[7] 송완식이 저작권을 전매하지 않고 소유한 상태에서 책을 발행한 것으로 이해할 수 있다. 이러한 특성은 영창서관에서 발행한 다른 작품에도 공통적으로 나타나는 현상이다. 이를 볼 때, 처음 서적출판문화의 장 안에 등장했을 때부터 이미 송완식은 저작권에 대한 나름의 뚜렷한 이해를 지니고 있었던 것으로 보이며, 이러한 측면은 훗날 직접 출판사를 경영하는 데 중요한 토대가 된다.

이 작품은 세계 제1차 세계대전을 일으킨 '카이제루', 즉 빌헬름 2세 Wilhelm II, 1859~1941의 일대기를 그리고 있는 작품이다. 표지 중앙에는 '카이제루'의 사진이 있으며, 본문 앞에는 전장에서의 카이제루의 모습과 만년의 가족사진이 포함되어 있다. 전체의 구성은 총 22장의 회장체로 이루어져 있는데, 유년시절부터 퇴위하기까지의 일대기를 시간의 순서에 따라 기술하고 있으며 마지막 결론에서는 그의 생애와 업적을 평가하고 있다. 본문의 경우 국한문혼용 표기를 사용하고 있으며, 한자의 음가를 한글로 병기倂記한 부속국문체를 사용하고 있다. 또한 '-더라', '-니라', '-노라' 등 의고적 문체가 사용되어 있는 것으로 보아 주로 고소설에 익숙한 독자를 염두에 두고 있음을 짐작할 수 있다.

송완식이 표제에 내걸었던 것처럼, 이 작품은 '전傳'이라는 전대의 이

---

7   이 무렵 소설들은 대체로 작가가 작품에 대한 모든 권리를 한 몫에 양도하는 방식으로 출판된 것들이 대부분이며, 이 경우 판권지 '저작겸발행자'에 출판사주의 이름이 표기되는 것이 관행이었다. 한기형, 「1910년대 신소설에 미친 출판·유통 환경의 영향」, 『한국 근대소설사의 시각』, 245~246면.

야기 양식에 기대기보다는 '실기實記'라는 새로운 단어를 표제로 내걸었다. 이것은 기존의 '전'이라는 양식과는 다른 새로운 글쓰기를 지향하고 있다는 점을 반영한다. '실기'는 한 인물의 영웅적 면모를 적극적으로 부각시키는 이야기로서의 속성보다, 실제 역사적 사건 및 인물의 사적을 있는 그대로 기술하는 것을 중시한다. 『(독일황제)카이제루실기』에서 카이제루는 완전무결한 영웅이나 위인이라기보다는 인간적 결점과 개인적 욕망을 지닌 인물로 그려진다. 한편, 그의 의도는 단순히 한 인물의 행적을 사실 그대로 기록하는 데 머물지는 않는다. 서문에서 '본서는 단지 그의 어린 시절부터 퇴위까지의 행한 일을 간단명료하게 평전評傳한' 것임을 강조한 것은 사실의 기록과 인물에 대한 평가를 함께 염두에 두고 있음을 보여준다.

이후에 발행된 『비사맥과 독일제국』은 '철혈재상'이라고 불리는 비스마르크Bismarck, 1815~1898의 영웅적 일대기를 다루고 있다. 『비사맥과 독일제국』은 현재까지 실물 확인이 어려운 작품이다. 『의문의 시체』나 『만국대회록』의 책 뒤표지에는 송완식이 저술한 작품들이 다수 광고되어 있다. 그 중 『비사맥과 독일제국』에 "宋完植 著"라고 표기되어 있어 송완식의 작품임을 분명하게 확인할 수 있다. 『(독일황제)카이제루실기』와 『비사맥과 독일제국』은 비교적 가까운 시기 독일 역사 속 영웅들의 일대기라는 점에서 공통점을 지닌다.

역사 속 영웅적 인물의 일대기를 다루는 역사전기소설은 1910년 한일강제병합으로 인해 한동안 발행이 금기시 되었던 문학양식이다. 이순신, 강감찬, 을지문덕 등 우리 역사 영웅은 물론, 잔다르크, 롤랑부인, 나폴레옹, 프리드리히 대왕, 워싱턴 등 타국의 역사 영웅에 대한 이야기들이 모두 '치안방해'라는 명목으로 탄압을 받았다. 1910년 이후『실업소설−부란극림전』1911과『강철대왕전』1912처럼 구국의 군사 영웅·혁명가가 아닌 경제계에서 성공한 실업가의 일대기가 간혹 명목을 잇고 있었을 뿐 역사전기소설은 크게 위축된 상황이었다.[8]

두 인물의 이야기는 강력한 독일제국을 건설하고, 유럽의 패권을 장악하고자 했던 영웅적 면모와 국민의 사상을 외면하여 대업을 달성하지 못하고 결국 몰락하게 되는 과정을 동시에 보여준다.[9] 송완식은 두 영웅들의 실패한 이야기를 통해, 군국주의나 관료주의의 모순을 비판하고 국민의 사상을 바탕으로 한 정치 체제의 중요성을 역설하고자 했다. 이같은 점은 송완식이 대중적 관심은 물론 나름의 정치적 메시지를 작품 속에 담아내고자 했음을 짐작케 한다. 특히, 비교적 최근의 세계정세와 밀접한 연관이 있는 두 인물을 다루고 있다는 점은 그의 출판인으로서의 영민한 감각을 엿볼 수 있는 중요한 대목이다. 독일제국의 통일, 뒤늦은 제국주의 식민정책, 1차 세계대전 등의 사건은 일본의 식민체제 속에서 살고 있는 조선인들에게 세계정세를 이해하고 식민지 조선의 현실을 반추할 수 있는 기회가 되었다.

---

8 김성연,『영웅에서 위인으로−번역 위인전기 전집의 기원』, 소명출판, 2013, 65~74면 참조.

9 "嗚呼라 人生에 百年之壽 업고 國家에 千年之齡이 업도다 世界統一의 覇業을 成就코자 三十餘年間 精力을 竭혜애 軍國主義와 官僚政治로써 國家를 다사리든 彼는 九州戰爭의 勃興으로써 野心成就의 曙光을 生覺흐고 四年三個月의 猛戰勇鬪의 功이 水泡가 되고 畢竟 革命으로 말미암아 退位까지 當흐고 和蘭蒙塵에 隱居흐게 될줄 누가 想像 흐얏스리요 按컨딕 一國의 興亡盛衰는 國民의 思想與否에 基因흐느니 故로 天下는 天下이 天下ㄹ지요 軍國主義, 官僚主義者의 天下가 아니요 一國의 政治는 國民의 思想으로 此를 行흘 것이라 흐노라", 송완식,『독일제국 카이제루 실기』(3판), 영창서관, 1924, 84면.

〈그림 33〉 좌측부터 『카이제루실기』, 『손일선실기』, 『장작림실기』

한편, 시간이 흘러 송완식은 1929년에 『(괴걸)장작림실기』를 자신이
운영하던 동양대학당에서 출판하였다. 장작림張作霖, 1875~1928은 중국 동
북군벌의 유력한 실세였으나 1928년 6월 봉천에서 열차폭발사건으로 사
망한 인물이다. 송완식은 혼란스러운 동북아시아의 정세 한 가운데에서
활약했던 마적출신의 독특한 개성을 지닌 한 인물의 영웅적 삶을 다루고
자 했다. 표지 중앙에는 장작림의 사진이 있으며, 본문 앞에는 대원수 취
임시의 장작림의 모습, 폭탄테러에 의해 부서진 장작림이 탔던 열차, 가정
에서의 장작림, 장작림의 아들 팔형제의 사진이 포함되어 있다.

이 책의 광고에서 언급했던 것처럼,[10] 절반 정도의 분량은 장작림의
어린 시절부터 사망하기까지의 삶을 일대기적으로 제시하고 있으며, 그
이후에는 장작림의 성격이나 인물됨 등을 다양한 일화를 통해 평론하고

---

10 "本書는 張作霖의 一代記를 가장 春秋의 筆法으로 記錄하고 슷트로 張作霖과 日本의 關係
를 赤裸々하게 解剖하야 노왔다 日支問題가 스쓰러운 曲折을 할녀거든 本書를 읽으라",
송완식, 『손일선 실기』, 동양대학당, 1933, 109면.

있다. 특히, 제일 마지막 장인 '張作霖의 死와 日本의 特殊利益'에서는 아버지 장작림과는 다른 신진청년 장학량張學良의 등장과 국민당 정부의 중국 통일의 상황이 일본의 '만몽문제滿蒙問題'에 큰 걸림돌이 될 것이라며, 장작림의 죽음이 일본에게는 한 팔을 잃은 것과 마찬가지라는 의견을 제시하고 있다. 한편, "日支問題가 스스러운 曲折을 할녀거든 本書를 읽으라"라는 표현은 이 작품의 목표가 단순히 영웅의 일대기를 다루는 데 있지 않았음을 보여준다.

『손일선실기』는 1933년 동양대학당에서 발행되었다. 이 작품 역시, 손일선孫逸仙, 즉 쑨원孫文, 1866~1925의 일대기를 다룬 일종의 인물 평전이다. 다른 작품과 마찬가지로 표지 중앙에는 손일선의 사진이 있다. 손일선의 출생부터 시작하여 생을 마감하기까지의 일대기를 시간적 순서에 따라 기술하고 있으며, 뒷부분에 그에 대한 기념물, 삼민주의, 연설 내용, 황흥과의 관계 등을 통해 그의 생전 업적을 평가하고 있다. 송완식은 손일선을 민족民族, 민권民權, 민생民生의 삼민주의三民主義를 주창한 중국 혁명의 지도자이자, 세계적 위인으로 평가하고 있다.

살펴본 바와 같이 『(독일황제)카이제루실기』, 『비사맥과 독일제국』, 『(괴걸)장작림실기』, 『손일선실기』는 한일강제병합 이후 한동안 단절되었던 역사전기소설의 전통을 일정부분 계승하면서도, '전傳'보다 '실기實記'라는 글쓰기 양식을 지향하고 있다는 공통점을 지닌다. 이는 다루는 인물의 영웅적 면모를 부각시키기보다 실제 역사와 인물의 사적을 객관적으로 기술하겠다는 의도가 반영된 것이다. 특히, 이들 작품은 동시대의 역사적 영웅들의 이야기를 다루고 있는데, 이것은 독자들로 하여금 급변하는 세계정세를 이해하고, 조선의 현실을 반추하도록 한 작가의 의도를 반영하고 있다.

2) 현실 세태의 풍자와 웃음-『(요절초풍)익살주머니』

『(요절초풍)익살주머니』는 송완식의 두 번째 작품으로 1921년 3월 영
창서관에서 출판되었다. 표지의 울긋불긋한 그림과 장정이 전형적인 딱
지본의 형태로 제작되어 있으며, 본문 앞에는 전체의 목차를 제공하고
있다. 본문의 내용은 모두 순한글로 표기되어 있으며, 총 120편의 짤막
한 우스운 이야기들을 담고 있다. 따라서 한글에 익숙한 독자들을 위한
대중적 출판물로 기획된 것임을 쉽게 짐작할 수 있다.

『(요절초풍)익살주머니』는『요지경』,『絶倒百話』,『開卷嬉嬉』,『仰天大
笑』,『쌀쌀우슴』,『笑天笑地』,『八道才談集』 등 1910년부터 발행된 근대
재담집才談集의 형식을 계승하고 있다. 이들 재담집은 전통적으로 전해오
던 보편적 웃음 창조 방식을 이어받으면서도, 당대의 시대적 상황과 현
실의 문제를 다양한 방식으로 형상화 하였다.[11]『(요절초풍)익살주머니』
역시 전대의 웃음 창조 방식을 계승하면서, 당대 현실의 반영과 세태 풍
자를 시도하고 있다.

『만국대회록』 뒤표지에 실린 아래의 광고문안은『(요절초풍)익살주머
니』의 창작 원리와 의도를 살펴볼 수 있는 흥미로운 자료가 된다.

本書는 東西古今의 滑稽笑話와 日本의 落語를 模倣하야 合纂한 者인대 初
喪々主라도 안이 웃지 못할 點도 만히 잇고 間 々히 사람을 웃켜며 敎訓시키는

---

11 윤승준, 「재담의 웃음 창조 방식에 관한 연구-1910년대 재담집을 중심으로」,『동악어
   문학』 64, 동악어문학회, 2015, 296면.

〈그림 34〉『익살주머니』의 표지

위 광고는 이 작품이 '동서고금의 골계소화滑稽笑話와 일본의 라쿠고落語를 모방模倣하여 합찬合纂'한 것임을 밝히고 있다. '동서고금의 골계소화'를 참고했다는 것은 쉽게 짐작할 수 있는 것이지만, 일본의 '라쿠고落語'를 모방했다는 진술은 『(요절초풍)익살주머니』의 창작 원리를 이해할 수 있는 구체적인 단서가 된다. '라쿠고'는 한 사람의 라쿠고가落語家가 무대 위에 앉아서 입담이 좋게 재미있고 우스꽝스러운 이야기를 들려주는 전통적인 1인극이다.[13] 작품 속에서 '라쿠고'의 모방이 어느 정도 선에서 이루어졌는지를 확인하기는 어렵지만, 일본의 전통연회이자 대중적 공연물의 소재와 형식을 모방하였다는 점은 이 작품의 중요한 특징이 된다. 또한 웃음과 교훈이 있으며, 이는 정신없이 졸고 있는 동포들을 깨우는 도구가 된다며 작품의 의미와 효과를 홍보하고 있다. 실제로 이 작품에는 당대의 현실을 배경으로 한 이야기가 대부분이며, 이를 통해 사회 풍자나 나름의 교훈을 담고자 했다. 새로운 기획이라고 보긴 어려우나 당대의 풍경을 우스운 이야기들로 포착해 내려는 시도가

---

12 송완식, 『(사회풍자)蠻國大會錄』, 영창서관·문화사, 1926, 뒤표지 광고.
13 박전열, 「라쿠고(落語)에 나타난 웃음의 전개방식」, 『일본연구』 25, 중앙대 일본연구소, 2008, 333면.

흥미로운 대중적 출판물이다.

『(요절초풍)익살주머니』는 주로 근대적 세계에서 벌어지는 일상적인 오해와 사건들을 우스운 이야기를 통해 제시하고 있다. 작품 속에서 다루어지는 이야기는 주로 비행기, 군함, 자동차, 기차, 전화, 우표, 유성기, 전깃불, 활동사진, 은행, 목욕탕 등 근대의 새로운 문물과 관련된 것들이 많다. 이처럼 새롭게 도입된 근대 문물에 익숙하지 않은 사람들이 벌이는 엉뚱한 행동들은 새로운 시대의 일상적인 웃음 소재가 된다. 근대 문물에 익숙하지 못한 사람들을 희화화하여 웃음의 코드로 활용하는 한편, 이를 통해 나름의 교훈을 담아내고자 했던 것이다. 당면한 시대의 흐름에 따라 부지런히 근대의 문물과 제도에 익숙해지지 않으면 누구나 웃음거리가 될 수 있다는 것이 이 작품이 담고 있는 계몽적 메시지인 셈이다.

또한 『(요절초풍)익살주머니』는 당시 사회에 대한 비판적인 메시지를 담고자 했다. 이 작품은 근대적 문물의 중요성을 강조하지만, 근대 문명에 대한 무조건적인 찬사를 보내진 않는다. 특히, 외국 유학을 다녀와서 오직 외국 것만 숭상하는 '하이칼나'[14]나 간판만 크게 내걸고 실속 없는 회사나 상점의 주인,[15] '향수를 바르며 의복을 사치하는' 신여성[16] 등은 근대 문물에 대한 맹목적인 신념이나 잘못된 전유의 방식을 가리킨다. 이러한 특성은 이 작품이 근대 문물에 대한 우호적인 시선을 담고 있으면서도, 새로운 문화나 세태에 대해서는 보수적인 태도를 견지하고 있

---

14 송완식, 「9, 하이칼나 자동차」, 『(요절초풍)익살주머니』, 영창서관, 1921, 61~62면.
15 송완식, 「82, 업는 물건은 업소」, 『(요절초풍)익살주머니』, 영창서관, 1921, 53~54면.
16 송완식, 「103, 하이칼나 선생의 무안당함」, 『(요절초풍)익살주머니』, 영창서관, 1921, 61~62면.

음을 보여준다. 이는 아마도 작가 송완식의 개인적인 시각이나 대상 독자층의 입장과 무관하지 않을 것이다.

3) 활동사진의 서사적 번역-『(사진소설대활극)명금』

1921년 7월 28일 당시 폭발적인 인기를 끌던 영화 〈명금The Broken Coin〉1915을 소설화한 송완식의 『(사진소설대활극)명금』이 영창서관에서 발행되었다. 미국 영화 〈명금〉은 일본에 먼저 개봉되어 관객들의 환영을 받았고, 이를 계기로 1916년 조선에서 개봉된 것으로 보인다. 주체적인 여성 주인공이 오지에 숨겨져 있는 보물을 얻기 위해 종횡무진 활약하는 이야기가 영화, 즉 활동사진이라는 최첨단의 테크놀로지를 통해 표현되었을 때 처음 그것을 접한 관객들에게는 엄청난 충격이었을 가능성이 크다. 〈명금〉의 흥행은 그야말로 서구 근대문명이 지닌 문화적 위세를 직접 눈으로 확인하게 된 놀라운 사건이었다.[17]

활자 중심의 미디어 환경에 익숙했던 당시의 사람들은 활동사진에서 받은 충격을 다시 활자 텍스트의 문법으로 변환시키고자 하였다. 오늘날 우리에게 익숙한 소설의 영화화가 아니라, 영화의 소설화 과정이 이루어진 것이다. 영화 개봉 당시 일본에서는 총 10여종의 단행본이 간행되었고, 부산 지역신문 『조선시보朝鮮時報』에서는 1916년 7월 22일부터

---

17 영화〈명금〉에 대해서는 다음의 연구가 대표적이다. 이순진, 「활동사진의 시대(1903-1919), 조선의 영화 관객성에 대한 연구」; 구인모, 「근대기 한국의 대중서사 기호와 향유방식의 한 단면-영화 명금(The Broken Coin)(1915)을 중심으로」, 『한국학』 Vol.36 No.3, 한국학중앙연구원, 2013; 백문임, 「감상(鑑賞)의 시대, 조선의 미국 연속영화」, 『사이』 14, 국제한국문학문화학회, 2013; 이지현, 「1910년대 부산 극장가 문화 연구-연속활극 열풍과 부산 극장가의 식민지 근대성을 중심으로」, 『동북아 문화연구』 56, 동북아시아문화학회, 2018.

40회에 걸쳐 〈명금〉을 소설화한 작품이 일본어로 연재되기도 했다. 또한 1920년에는 일본 아오키靑木 판본을 번역한 윤병조의 『(탐정모험소설) 명금』이 신명서림에서, 1921년에는 기타지마北島의 판본을 번역한 송완식의 『(사진소설대활극)명금』이 영창서관에서 발행되었다.[18]

송완식의 『명금』에는 제목 앞에 '寫眞小說大活劇'이라는 독특한 표현이 붙어있다. 윤병조의 『명금』이 '探偵冒險小說'을 표방하고 있는 것과는 달리 송완식은 자신의 작품을 '寫眞小說大活劇'으로 포장하고 있는 셈이다. 윤병조가 사용한 '探偵冒險小說'은 앞서 일본에서 발행된 단행본들을 참조한 것이다. 1916년 일본에서 발행된 『명금』의 단행본들에는 '세계적대활극', '탐정활극', '탐정소설' 등이 사용되었다.[19] 하지만 송완식은 '세계적대활극'이라는 표현을 과감히 변경하여 '사진소설대활극'이라는 새로운 표현을 통해 작품의 독특한 개성을 강조하였다. 다른 『명금』이 주로 '탐정'이나 '활극'과 같은 작품 내적 측면에 관심을 둔 것과는 달리 송완식은 작품의 미디어적 토대, 즉 '사진'이라는 테크놀로지에 기반을 둔 것임을 강조하고 있다.

이러한 특성은 『명금』의 광고에서도 발견할 수 있다. 영창서관에서 발행된 단행본 뒤편에 수록된 이들 광고에는 '寫眞小說大活劇', '寫眞揷入' 등의 문구가 강조되었고, 작품 소개 내용에도 '세계적 대갈채를 받던 활동

18　구인모, 앞의 글, 451면.
19　당시 일본에서 발행되었던 『명금』 단행본의 목록은 다음과 같다. 竹內斷腸花, 『(大活劇) 名金』, 活動文芸社, 1916; 北島俊碩, 『(世界的大活劇)名金』, 春江堂書店, 1916; 『名金』(上·下卷), 活動之世界社, 1916; 長瀨春風, 『(探偵活劇)名金』前·後, 博文館, 1916; 黑谷天洞 編, 『(探偵活劇)名金』, 講談落語社, 1916; 靑木綠園, 『(探偵小說)名金』, 中村日吉堂, 1916; 『名金』上卷, 世界館, 1916; 『(探偵活劇)名金』(前), 榮館, 1916; 俊碩劍士, 『(探偵活劇)名金』1~3, 江東書院, 1916; 田口桜村 編, 『(世界的大探偵)名金』(正編続編), 三芳屋書店, 1916.

〈그림 35〉 『명금』의 두 가지 버전 (좌 윤병조 판, 우 송완식 판)

사진을 번역'하였다거나 '영화계에서 대갈채를 박득한 활동사진을 지상
에 활약시킨 것'이라는 점을 중요하게 다루고 있다. 이처럼 영화, 즉 활동
사진의 소설적 재현이라는 측면은 '실로 반도출판계에 효시되는 세계적
대활극'이라고 홍보되며 독자의 관심을 이끌어내기 위한 광고전략의 핵
심이 되었다.[20] 출판인 송완식의 저술 활동은 '사진'과 강한 친연성을 갖
게 되는데, 그러한 특징이 바로 『명금』에서 추동되었다고 볼 수 있겠다.

---

20 "本書는 世界的 大喝采를 밧든 活動寫眞을 飜譯한 것이라 眞實로 半島出版界에 嚆矢되는 世
界의 大活劇이오니 반듯이 一讀할 價値가 有하도다", 송완식, 『현대노동문제』, 영창서관,
1922; "本書는 일즉이 映畫界에서 大喝采를 博得한 活動寫眞을 紙上에 活躍시킨 것인대
奇々妙々하고 神出鬼沒의 大探偵劇이요 大活劇이라", 송완식, 『만국대회록』, 영창서관,
1926.

실제로 송완식의 『명금』은 실제 배우들의 모습을 담은 다수의 사진을 삽입하여, 작품 속 이야기가 영화, 즉 '활동사진'의 내용을 담아내고 있음을 생생하게 전달한다. 표지의 사진은 작품 속 주인공 '기치구레Grace Cunard'의 얼굴이며, 표지 안쪽에는 '후레데릭백작Francis Ford'과 '기치구레', '로로Eddie Polo', '사치오백작John Ford'의 사진이 실려 있다. 물론 앞서 발행된 윤병조의 『명금』에도 배우들의 사진들이 포함되어 있지만, 송완식의 『명금』에서는 기존에 볼 수 없던 새로운 사진이 실려 있으며 두 남녀배우가 함께 찍은 사진과 '사치오 백작'의 사진이 추가되기도 했다. 흥미로운 점은 송완식 『명금』의 원작인 기타지마北島의 『명금』(1915)을 비롯하여, 당시 일본에서 발행되었던 대부분의 작품들에는 이러한 배우들의 사진들이 사용되지 않았다는 점이다.[21] 이들 작품에는 대부분 그림이 활용되었는데, 그림에 비해 사진은 이 작품이 영화라는 새로운 미디어의 소설적 재현임을 더욱 생생하게 부각시킨다.

또한 송완식은 본문 앞에 작품의 목차를 제공하는 한편, 각 장의 제목과 구체적인 소제목을 적어 독자의 관심과 흥미를 이끌어내고자 했다. 이러한 목차는 원작인 기타지마北島의 『명금』1915에서 차용한 것인데, 그대로 직역하기보다는 나름의 의도를 반영하여 적절하게 변형되었다. 예컨대, "一. 소설의 직료를 구하랴고 ……삼년 동안을 차잣단 말이 이상하다……", "十六, 친절한 로인 ……십년공부 나무아미타불……", "三十七, 성 터진 틈에 비밀서 ……이런 귀신이 곡할 일을 보앗나……" 등은 작가가 꽤나 세심하게 번역의 과정에 적극 개입하고 있음을 알 수 있는 대목

---

21 확인이 가능한 십여 편의 작품 중 오직 하나만이 표지 안쪽에 영화 속 장면 사진을 삽입하였다. 『名金』(上・下卷), 活動之世界社, 1916.

이다. 한편, 윤병조의『명금』의 경우 회장체의 구성으로 이루어진 것은 동일하나, 전체의 목차를 제공하거나 소제목을 붙이지는 않았다. 이러한 차이는 송완식의『명금』이 꽤나 전문적인 출판인으로서의 감각을 반영하고 있음을 보여준다.

송완식『명금』의 가장 중요한 특징이자 윤병조의『명금』과 구별되는 지점은 바로 이 작품이 고소설에 익숙한 독자층을 위해 기획 출판되었다는 점이다. 예컨대, 띄어쓰기가 되어 있지 않으며, '각설', '~왈', '-더라'의 사용을 볼 때 이 작품이 완전한 구소설 체재로 이루어져 있음을 쉽게 파악할 수 있다. 이는 윤병조의『명금』이 '-다'체나 발화 내용의 구분을 위한 기호(홑낫표)를 사용했던 것과는 비견된다. 게다가 고소설의 표현 양식이 영화라는 최신의 근대적 테크놀로지를 다루는 데에도 어울리지 않아 보인다. 그렇다면 송완식의『명금』은 왜 고소설의 낡은 체제와 양식을 사용하고 있었던 것일까. 이는 분명 송완식의 출판 기획과 전략이 반영된 결과로 보인다. 윤병조의『명금』이 커다란 인기를 끌고 있는 상황에서 또 다른 판본을 기획하려면 분명 차별화된 전략이 필요했을 것이다. 결국 송완식은『명금』은 당시 단행본 서적출판시장에서 다수를 차지하고 있는 고소설 독자층을 의식한 판본으로 기획 출판되었던 작품인 셈이다.

송완식의『명금』은 영화라는 최신의 미디어를 활자 텍스트로 전환시킨 작품으로, 주로 고소설 독자들에게 익숙한 제재와 형식으로 발행된 작품임을 확인할 수 있다. 송완식은 실제와 가깝게 재현이 가능한 '사진'이라는 새로운 이미지 구현 방식에 크게 매료되었으며, 이것을 소설 기획과 출판에 적극 활용하고자 했다. '사진소설대활극'이라는 표현이나 실제 배우들의 사진을 적극 활용한 것도 사진이라는 근대적 매체를 출판 기획과 전략의 중요한 요소로 활용하고 있음을 보여주는 대목이다. 송완식의 『명금』은 고소설에 익숙한 독자들을 영화라는 새로운 미디어의 세계로 인도하였으며, 이미 영화를 본 독자들에게는 영화가 표현하지 못한 이야기를 더욱 풍부하게 곱씹어 볼 수 있는 기회가 되었을 것이다.

4) 탐정소설과 단행본 삽화의 출현 - 『의문의 시체』

1924년 영창서관에서 발행된 『의문의 시체』는 송완식의 출판인으로서의 역량이 돋보이는 작품이다. 이 작품은 여러 가지 흥미로운 측면이 많은 작품이지만, 지금까지 크게 주목을 받지는 못했다. 고급문예에 비해서는 대중문학으로서의 특성이 강하고, 추리소설의 장르적 관점에서 보기에는 그 짜임새가 아쉽다는 것이 그 이유가 아닐까 싶다.[22] 하지만 당대적 관점에서 볼 때 이 작품은 동시기 작품들에서 발견하기 어려운 독특한 개성을 지니고 있다. 이러한 특성은 작가가 지닌 출판인으로서의 역량과 관련이 깊다.

특히, 1924년 11월 2일 『동아일보』에 실린 『의문의 시체』 광고는 작품의 특성을 이해하기 위한 흥미로운 자료가 된다.

小說의 大王! 出版界의 革命兒!!

---

22 권철호는 이 작품을 대량생산의 장에서 발표된 작품이지만, 단순히 통속적 재미만을 추구하기보다 자본주의와 일제의 식민통치에 대한 비판적 주제를 담고 있다고 평가했다. 박진영은 1920년대에 창작된 장편 추리소설은 『혈가사』와 『의문의 시체』 단 2종에 불과한데, 『의문의 시체』는 『혈가사』에 비해 낡은 시대의 자취가 역력할 뿐 아니라 짜임새가 미숙하다고 아쉬워했다. 권철호, 앞의 글, 123~127면; 박진영, 『탐정의 탄생』, 소명출판, 2018, 244~246면.

宋完植 作

疑問의 屍體

▲正價金壹圓 ▲送料十三錢 ▲體裁嶄新優美 ▲寫眞版多數揷入

自殺이냐 他殺이냐? 疑問의 屍體!!

입으로 옴길 수 업고 붓으로 쓸 수 업는 지긋지긋한 毒婦傳

敗倫殘常된 時代相을 그대로 박은 寫眞!

矛盾된 社會制度에 메스를 下한 新小說!

資本主義의 弊害로 生한 名利輩의 滑稽劇!

壯絶快絶의 模範的 稀代의 探偵劇!!

作者의 巧妙한 筆彩는 敗倫殘常된 時代相을 寫眞機로 박은 것 가치 그리엿고 不合理한 制度를 것침업시 罵倒하엿스며 官僚社會의 惡弊도 忌憚업시 解剖를 하엿다 읽으라 안해 가진 人士와 將次 안해를 마즐 道令님과 人의 妻가 된 婦人과 將次 싀집갈 아가씨는 반드시 한번 읽으라 그리하야 古人의 金言인 『속 못줄 것은 계집』이란 말이 정말인가 거즛말인가를 解決하여라 特히 本書는 讀書力을 增進시키기 爲하야 滋味잇고 아긔자긔한 곳마다 寫眞版을 揷入하야 事實을 目睹함과 다름이 업고 體裁도 嶄新優美하여 한번 책을 들면 놋키실토록 되엿나니 實로 半島出版界에서는 처음되는 小說이라[23]

이 광고는 『의문의 시체』가 동시기 작품들과 어떠한 점을 차별화하며

---

23 『동아일보』, 1924.11.2.

기획되었는지를 비교적 명확히 보여준다. 가장 먼저 눈에 띄는 것은 "小說의 大王! 出版界의 革命兒!!"이란 표현이다. '출판계의 혁명아'로 작자를 호명하는 방식은 송완식이 작품의 내용을 넘어서 출판과 관련된 더 다양한 부분에 자신의 역량을 발휘하고 있다는 뜻일 테다. 『의문의 시체』 판권지에는 저작자 송완식과 발행자 강의영이 명확히 구분되어 표시되어 있는데, 송완식이 저작의 권리를 소유한 상태에서 책의 발행이 이루어진 것으로 볼 수 있다. 송완식의 저작권 소유는 그가 작품 속 이야기 외에 출판과 관련된 더 많은 부분에 관여하고 있음을 짐작케 한다.

제목 아래에는 가격과 우송료를 비롯하여 이 작품의 두드러진 특색을 홍보하고 있는데, 체재體裁가 참신하고 아름답다거나 사진판을 다수 삽입하였다는 점을 강조한다. 이 두 가지 특색은 모두 작품의 내적인 성격이라기보다는 출판편집과 관련된 부분이라고 할 수 있다. '독서력을 증진시키기 위해 사진판을 삽입'하였다거나, '체제도 참신하고 아름다워 한번 책을 들면 놓기 싫도록 한 것이 반도출판계에서 처음'이라는 표현은 이 책이 꽤나 출판편집의 측면에 주력한 것임을 알 수 있게 한다. 실제로 『의문의 시체』는 동시기 영창서관에서 발행된 여타의 작품들과는 표지 디자인, 본문의 삽화, 장절 소제목 형식 등에서 크게 구별된다. 이러한 특성은 송완식의 출판인으로서의 개성이 구체적으로 드러난 대목으로, 동시대 다른 작품들과는 구별되는 『의문의 시체』만의 새로움이다.

『의문의 시체』의 표지 디자인은 대중소설을 지향하고 있으면서도 울긋불긋한 색감의 딱지본 대중소설과는 달리 차분하고 세련된 느낌을 준다. 마치 피로 쓴 듯한 붉은색 제목 아래 작가의 이름이 새겨져 있고, 표지 한가운데에는 기묘한 분위기를 풍기는 한 여인의 모습이 그려져 있

〈그림 36〉『의문의 시체』의 표지와 삽화

다. 몸의 방향은 앞을 향해 내민 왼손을 향하고 있지만, 여인의 시선은
날카로운 칼을 들고 있는 몸의 뒤쪽 오른손을 향하고 있다. 이는 여인의
이중적인 성격을 암시하는 한편, 작품의 장르적 성격을 공고히 만든다.
또한 이러한 여인의 윤곽은 짙은 음영으로 처리되어 있는데, 이 또한 그
녀의 어두운 내면을 암시하는 듯하다. 표지 안쪽에는 아름다운 한 여인
의 상반신 모습이 그려져 있는데, 이 작품이 바로 이 여인에 관한 이야기
임을 짐작케 만든다. 이러한 그림은 독자들로 하여금 작품에 몰입하게
만드는 중요한 장치가 된다.

이 작품의 가장 중요한 특성 중 하나는 바로 본문에 삽입된 그림, 즉
삽화挿畵이다. 광고에서는 '寫眞版'이라고 표현하고 있지만, 이것은 작품
에 수록된 실사에 가까운 그림을 의미한다. 본문 삽화는 '재미있고 아기
자기한 곳마다' 총 여덟 번 활용되었다. 이미 1912년 이해조의 「춘외
춘」부터 삽화가 사용되었지만, 이것은 어디까지나 신문연재소설의 경
우에 한정되었다.[24] 단행본 소설의 경우 본문이 시작하기 전에 사진이나

---

24 최근 근대소설과 삽화에 대해서 밀도 있게 천착한 연구 성과가 발표되었다. 이 연구를

삽화가 들어간 경우는 종종 발견되지만, 본문 사이사이에 삽화가 활용된 경우는 찾아보기 어렵다. 『의문의 시체』에서의 삽화 활용은 동시기 단행본 소설에서는 찾기 어려운 독특한 개성이다. 이러한 삽화는 '독서력의 증진', 즉 독자들을 텍스트 내부의 이야기에 더욱 몰입하도록 고안된 독특한 방식이었다.

작품에 활용된 삽화는 다양한 서사적 상황을 이미지 텍스트로 구현하고 있다. 예컨대, 천연정 연못에서 목 없는 시체를 찾는 장면, 남편을 잃은 국자가 성대한 굿판을 벌이는 장면, 자결하려는 국자를 겸식이 만류하는 장면, 총을 든 사강준이 석애라와 애인의 산보를 엿보는 장면, 재판장에 난입한 국자가 자신의 목을 칼로 찌르는 장면 등 주로 극적인 상황을 이미지화 하여 제시하였다. 이러한 삽화는 주로 극적인 서사의 상황을 구체적인 이미지로 재현하여, 작품의 장르적 성격을 강화하고 있다. 이러한 삽화의 활용은 삽화가와의 소통, 편집과 연출 등에서 꽤나 세심한 고려와 노력이 필요한 일이다. 따라서 이러한 선구적 시도는 송완식의 출판인으로서의 역량을 확인할 수 있는 구체적인 사례가 된다.[25]

또한 이 작품은 총 47회의 장으로 구성되어 있으며, 각 장의 내용을 짐작할 수 있는 제목을 붙여 놓았다. 각 장의 제목 아래 소제목을 다는 방식은 이미 『명금』에서 이미 시도한 바 있는데, 『의문의 시체』의 경우 한층 보완된 방식으로 독자의 관심을 유도하고 있다. 제목의 경우 각 장의 내용을 짐작할 수 있는 압축적인 표현이 제시된 것과는 달리 소제목

참조하면 삽화는 주로 신문연재소설을 중심으로 이루어졌음을 확인할 수 있다. 공성수,
『소설과 삽화의 예술사-한국 근대소설의 형성과 소설 삽화』, 소명출판, 2020 참조.
25 『영창서관』에서 발행된 다른 작품에서 이처럼 삽화가 활용된 경우가 없으므로, 이러한 삽화의 활용을 영창서관의 사주 강의영의 기획으로 보기는 어렵다.

의 경우에는 각 장에 등장하는 인상적인 대화 지문을 사용하였다.[26] 예컨대, "9. 일허바린 류혈포 … 두 방은 박동서 노왓지? …", "21. 의외에 혼인설 … 학생 째부터 다리 길을 썼서요 …", "25. 방물쟝사 마누라 … 아씨! 봉수에서 사람을 죽엿대요 …" 등은 제목과 소제목의 활용방식을 구체적으로 보여주는 사례가 된다. 이러한 방식은 독자의 관심을 이끌어내고, 더욱 작품 속 이야기에 몰입하게 만드는 장치로 활용되었다. 광고에서 언급했던 것처럼, 이 책의 '체재'가 매우 전문적인 출판 기획과 편집을 통해 이루어진 것임을 보여주는 사례가 된다.

『의문의 시체』가 장르소설의 토대가 빈약한 시절, 본격적인 탐정소설을 지향하고 있다는 점도 예사롭지 않다. '가정소설'이라는 수식을 사용하였지만, 그 장르적 특성은 광고에서 "壯絶快絶의 模範的 稀代의 探偵劇!!"이라고 강조한 것처럼 탐정소설에 가깝다.[27] 정형사와 송형사의 콤비가 명망가 태준식 실종사건을 추적하다가 우여곡절 끝에 사건의 전말을 밝히게 된다는 이야기의 구조는『쌍옥적』에서 시작된 정탐소설의 장르적 관습을 따르고 있다. 하지만 추리적 요소들을 차곡차곡 쌓아가는 방식에 있어서는 분명 진일보된 측면이 존재한다.

이미 작품 표지와 표지 안쪽에 삽입된 그림, 서두에 제시된 두 남녀의 수상쩍은 모습을 보면 범인이 누구인지는 누구나 쉽게 예상할 수 있다. 따라서 이 작품은 누가 범인인지를 알아내는 과정보다는 사건을 해결하기 위한 결정적 단서를 찾는 일에 추리의 초점이 맞춰져 있다. 어떻게 태준식은 5분 만에 흔적도 없이 사라졌는가, 연못에서 발견된 머리 없는

---

26 『명금』의 경우 장별 제목과 소제목의 특성이 뚜렷이 구분되지 않는다.
27 『동아일보』, 1924.11.2.

시체가 태준식임을 어떻게 밝혀낼 수 있을까, 임국자의 태아유기를 어떻게 입증할 것인가, 어떻게 규필은 육혈포 살인 누명에서 벗어날 수 있을까, 석애라를 쏜 사람은 누구이며 세 발의 총성은 어떻게 설명할 수 있을까, 김규필과 임국자의 범죄사실을 어떻게 증명할 것인가 등 서사의 진행이 범죄, 추리, 해결의 반복적 구성으로 이루어져 있다. 작중 서술자가 사건의 핵심을 정리하며 독자에게 질문을 던지는 것도 이러한 사건 진행을 돕는 장치다.[28]

한편 사건이 발생한 계절, 날짜, 시각 등을 구체적으로 제시하거나, 사건의 단서를 풀기 위한 과학적 증거를 제시하려는 시도 역시 작품의 장르적 성격을 공고히 만드는 장치로 활용되었다. 예컨대, 준식이 돌아온 시각, 의사가 진찰을 마치고 돌아간 시각, 국자가 세수하러 잠깐 나갔다가 돌아온 시간을 구체적으로 제시하는 것도 사건의 인과와 합리적 추론을 독려하는 장치이다. 의사의 시체 부검의 결과를 과학적으로 제시하거나 육혈포 살인 사건의 누명을 탄환의 종류로 벗기는 것 역시 마찬가지이다. 한편, 이 작품에는 자신의 이름을 가진 주변 인물들이 다수 등장하는데, 별다른 비중 없이 소모되는 경우들이 많다. 이 역시 다양한 인물을 등장시켜 독자의 추리에 혼선을 주기 위한 기법으로 보인다.

특히, 정형사라는 인물의 성격을 구체화 시키려는 노력 역시 이 작품의 중요한 특징 중 하나이다. 작품 후반부에 가면 집요하게 사건을 추적

---

28 다음과 같은 대목이 대표적이다. "송형사가 김혼 밤에 국자의 내실을 뒤진 일은 무삼 까닭이며 뒤문에 발자국은 누구의 발자국이뇨?"(66면), "의사의 말과 걸네조각이 물에 저진 것을 보니 그 말이 어수하고 그 시간이 어제밤 캄캄한 중에 이상한 사람 맛나든 그 시간과 갓다 그것이 녀잘가?"(69면), "아! 가련한 그의 신세 어제까지 범인을 잡던 몸이 용수를 쓰고 쇠토수를 끼게되니 이것이 횡액일가 사실이가?"(151면)

하는 정형사의 이름이 정희춘이고, 그가 일반 형사와는 달리 매우 청렴하고 정의로운 형사임이 드러난다.[29] 그는 규필의 계략으로 뇌물수수 혐의를 받아 재판을 받게 된다. 삼 개월의 재판을 통해 결국 무죄로 방면되었지만 가족들은 가난에 시달리게 되었고 정형사는 그만 몸져눕게 된다. 그의 아들 문길은 학비가 없어 학교를 그만두고 호떡을 팔러다니게 되었다가 국자와 규필의 결혼피로연에서 말에 채이는 사건을 겪게 된다. 이를 통해 정형사는 다시 사건 해결에 대한 의지를 불태우고, 조용히 사건을 추적해 오던 송형사의 도움으로 복직하게 된다. 이러한 인물 제시는 청렴하고 의지가 강한 캐릭터를 구축하여 탐정소설로서의 장르적 특성을 강화하기 위한 효과적 장치가 된다.

『의문의 시체』는 탐정소설을 지향하고 있지만, 광고에서 제시한 것처럼 '패륜잔상의 시대상', '모순된 사회제도', '자본주의의 폐해' 등을 담아내고 있다는 점도 특기할 만하다. 불륜으로 인한 살인, 태아 살인 및 유기, 문란한 남녀교제, 부정한 선거 제도, 부패한 형사들의 뇌물 수수 등 다양한 사회문제를 대중적인 장르소설의 형식 안에 녹여낸 것도 이 작품의 성과이다. 물론 아쉬운 부분도 있다. 겸식이 미친척하며 국자와 규필을 이어준 것이 그들의 죄상을 밝히기 위한 계략이었다면 좋았을 텐데, 작품 말미 겸식은 사건 해결에 별다른 영향을 주지 못하고 퇴장한다. 또한 우연한 화재로 사건의 결정적 단서가 포착되고, 핵심적인 용의자 고대성을 갑작스럽게 등장시켜 자백하게 만든 것은 그동안 쌓아온 추리적 요소를 무너뜨리는 아쉬운 대목이다.

---

29 "뎡형사는 형사사회의 별물이다. 가장 진정으로 청백한 형사다 뇌물이나 선물을 결단코 밧지 안는다", 송완식, 『의문의 시체』, 영창서관, 1924, 149면.

5) 연설의 서사와 사진 테크놀로지 - 『만국대회록』

『만국대회록』은 1920년대 당대 사회현실에 대한 비판적인 목소리를 동물들의 연설 대회라는 서사 전략을 통해 표현한 작품이다. 다양한 동물들의 연설을 활용한 이 작품의 풍자적 수법은 자연스럽게 1908년 안국선의 『금수회의록』이나 김필수의 『경세종』을 떠올리게 한다. 『만국대회록』은 애국계몽기에 발행된 『금수회의록』이나 『경세종』에 비해 비판의 구체성이 떨어진다는 견해도 있지만,[30] 1920년 현실에 맞는 내용과 주제를 담고 있다는 점에서 나름의 차별화된 의미를 갖는다는 평가도 있다.[31] 물론 이러한 견해는 주로 서사 양식의 차원에서 도출된 것인데, 여기에서는 또 다른 측면에 주목하여 이 작품의 특질을 논하고자 한다.

『만국대회록』은 송완식의 출판인으로서의 면모가 가장 적극적으로 반영된 흥미로운 텍스트이다. 송완식은 작품의 내용 저술뿐만 아니라, 출판 기획이나 발행에 적극 관여하고 있다. 『만국대회록』은 특이하게도 동일한 날짜에 두 개의 판본으로 제작되어 발행되었다. 1926년 2월 5일 『만국대회록』은 영창서관과 문화사에서 공동으로 발행되었고, 다른 하나는 동양대학당에서 발행되었다. 두 책 모두 판권지에 저작자 송완식과 발행자 강의영이 분리되어 표기되어 있다. 당시 송완식은 문화사와 동양대학당을 운영하고 있었는데,[32] 『만국대회록』은 당대 최대 규모의 출판

---

30 이정옥, 「근대 초기 '연극적 소설'과 계몽담론의 서사화 전략」, 『대중서사연구』 33, 대중서사연구, 2014, 390면.

31 권철호, 앞의 글, 127~132면.

32 영창서관·문화사 판본의 경우, 뒤표지에 문화사 발매 도서 광고가 모두 송완식의 저서로 채워져 있으며, 동양대학당 판본의 저작자 송완식의 주소와 발행소 동양대학당의 주소가 같다. 박진영, 「출판인 송완식과 동양대학당」, 『인문과학』 109, 연세대 인문학연구원, 2017, 10~11면.

사인 영창서관과 손잡고 공동으로 발행한 텍스트임을 알 수 있다.

영창서관·문화사 발행『만국대회록』과 동양대학당 발행『만국대회록』은 송완식의 출판 기획 및 전략을 확인할 수 있는 흥미로운 사례가 된다. 두 판본은 본문의 내용이나 형식은 완전히 동일한데, 표지에서는 분명한 차이를 드러낸다. 먼저 전자의 경우 표지에 '社會諷刺'라고 표기되어 있고, 후자의 경우 '蠻國大會錄'이라는 제목 위에 한글로 '취미진진 금수대회록'이라고 적혀 있다. 전자가 심플한 디자인의 그림과 활자를 통해 고급문예의 독자들을 염두에 둔 것과는 달리, 후자의 경우 울긋불긋한 색채의 동물 그림을 통해 딱지본 대중소설의 독자들을 겨냥하고 있다. 이는 책의 표지 디자인을 통해 각기 다른 독서 관습에 놓여 있던 독자층을 모두 만족시키기 위한 전략으로 읽어낼 수 있다.[33]

또한 이 작품의 가장 큰 특징은 사진의 적극적인 활용이다.『만국대회록』은 문학 작품을 넘어 동시대 출판물 중에서도 사진 활용이 가장 돋보이는 흥미로운 텍스트이다.『만국대회록』은 광고에서부터 이 작품이 지닌 차별화된 출판 전략을 적극적으로 드러내고 있다. 예컨대, '사회문제를 구상화시킨 일대화보',[34] '삽입한 사진판은 사실의 증명이 아님이 없다'[35]며 강조하거나, '이름 높은 저자의 독특한 편집술은 사실의 사진판을 일일이 대조해가며 독자를 울리고 웃기고 꾸짖고 달래는 지상의 활동사진'[36]이라며 이것이 저자 송완식의 독특한 편집 기술임을 제시하고

33　이러한 출판 기획과 전략은 이무렵『(여의귀)강명화실기』상편이『(여의귀)강명화전』으로,『(절세미인)강명화의 설움』이『(절세미인)강명화전』으로 바뀌어 출판된 것과 동일한 맥락이다.
34　『동아일보』, 1926.3.1.
35　『조선일보』, 1926.2.28.
36　송완식,『과학적 돈 모으는 법』, 문화사, 1927, 104면.

있다. 이처럼 『만국대회록』은 문자 중심의 문학 텍스트에 사진이라는
최첨단 테크놀로지를 적극 활용하여 더욱 생생한 볼거리가 많은 작품으
로 만들어낸 독특한 출판물이다.

〈그림 37〉『만국대회록』의 표지와 사진 활용

　실제로 작품의 본문에는 다양한 볼거리의 사진들이 삽입되어 있다. 이
사진들은 주로 외국의 신문이나 잡지 등에서 활용되었던 것들로 보이는
데, 총 17종의 사진들이 문자 텍스트 사이사이에 배치되어 있다. 자동차
에 올라타 있는 원숭이 운전수, 보통사람과 술 먹는 사람의 정자 현미경
사진, 세균학자 로베르트 코흐, 파리알 현미경 사진, 높이 두길 되는 개미
집, 아프리카에서 보호받는 기린, 죄를 속죄하기 위해 벌거벗고 땅바닥
을 구르는 인도사람들, 탐정견이 범인 잡는 연습 장면, 전기충격으로 안
락사 당하는 개, 군함에 폭탄 터지는 광경, 살인광선과 그것을 개발한 영
국의 과학자 그린델 매튜스, 다리에 그림을 수놓는 미국 여배우, 세계제
일의 대포, 워싱턴 대학 부인사격선수의 사진 등이 대표적이다. 사진이
라는 것 자체가 흥미로운 볼거리가 되었던 당시의 상황에서 이러한 사진
들은 독자로 하여금 작품 속 내용에 더욱 몰입할 수 있도록 만든다.

이처럼 사진을 활용한 편집 방식은 기존의 『금수회의록』이나, 『경세종』에서는 찾기 힘든 것이며, 이미 시효가 만료된 것처럼 보이는 토론체 서사 양식을 1920년대의 새로운 버전으로 만드는 핵심 장치가 된다. 이들 사진은 문자 텍스트의 부수적 기능으로만 제한되지 않는다. 사진이 흔하지 않던 시절 일부 내용들은 입수한 사진을 활용하기 위한 방식으로 서술되었을 가능성도 배제할 수 없다. 예컨대, 소설의 삽화가 텍스트의 내용을 이미지의 형태로 구현하는 것이라면, 『만국대회록』에서 작가의 주장을 뒷받침하기 위해 마련된 다양한 외국의 사례들은 이미 입수된 사진들을 활용하기 위해 제시되었을 가능성도 있다. 삽입된 사진들의 일부는 해외의 진기한 사건이나 황당한 일과 같은 것들이며, 이러한 사진은 사회 비판의 메시지를 더욱 선명하게 만들기보다 독자의 호기심을 자극하기 위한 성격이 강하기 때문이다.

3. 맺음말

과학기술이 눈부신 속도로 발전하면서 그에 따른 미디어 환경도 급격하게 변화해 간다. 근대를 지배했던 활자 중심의 미디어 환경은 디지털 네트워크에 기반을 둔 미디어 환경으로 대체되어가고 있다. 이러한 변화에 완강히 저항하던 문학도 어느새 새로운 환경에 적응하는 것으로 생존전략을 바꾼듯하다. 신춘문예가 유일한 작가 등용문이던 시대가 저물고, 작가 역시 예전처럼 순수문학의 권위를 내세우지도 시나 소설만을 쓰지도 않는다. 순수문학과 장르문학의 경계는 어느덧 무화되고, 영화나 드라마의 작가가 가장 선망하는 진로 중 하나가 되었다. 어떤 작가는 순수한 작품활동 외에도 문화평론가, 영화감독, 출판사 대표, 팟캐스트 진행자, 유튜버 크리에이터 등의 직함을 동시에 가지기도 한다. 앞으로 작가란 존재는 어떻게 규정할 수 있을까? 이러한 질문이 과연 필요하기나 할까?

그렇다면 과거의 작가는 어떠했을까? 문학 활동을 전업으로 삼는 직업으로서의 작가가 근대 시기에 만들어진 것이라면 적어도 등단제도나 원고료, 저작권 문제 등이 체계적으로 정립되기 전까지는 순수한 작가의 모습을 찾기는 어려울 것이다. 이인직, 이해조, 최남선, 이광수, 현진건, 염상섭 등 초창기 작가들은 작가이면서 기자, 편집자, 출판인, 교육자 등 다양한 역할을 동시에 수행하고 있었다. 남송 송완식은 다양한 저술 활동을 시도한 작가이면서, 직접 출판사를 운영하며 자신의 저술은 물론 다양한 서적의 출판기획 및 편집, 발행에 관여했던 전문 출판인이기도 했다. 그의 다양한 활동과 저술 작업은 근대적 분과학문의 체계 안에서 온전한 평가를 얻지 못한 채 역사, 언론, 문학 어디에도 뚜렷한 발자취를 남기지 못했다.

하지만 남송 송완식은 척박했던 식민지 서적출판문화의 장 안에서 장르와 경계를 넘나들며 다양한 저술출판활동에 매진했던 작가이자 출판인이었다. 그의 저술은 영화소설, 탐정소설, 영웅실기, 우화소설, 재담집 등 다양한 문학 작품부터, 실용서적, 사회과학서적, 사전편찬에 이르기까지 매우 방대한 영역을 아우르고 있으며, 몇몇 저술이 도달한 성취는 높이 평가할 만하다. 또한 문화적 사명감을 토대로 이루어진 그의 출판 활동은 식민지 서적출판문화의 장 안에서 독자들의 취미를 만족시키고, 지식과 교양을 확장하는 데 크게 기여하였다. 특히, 송완식의 문학 작품에는 비슷한 시기의 다른 작품들에 비해 그의 출판인으로서의 역량 이 잘 드러나는 특별함이 있다.

송완식은 사진이나 삽화와 같은 시각 이미지에 특히 관심이 많았다. 소설이라는 전통적 글쓰기 양식에 사진이나 삽화를 추가하여 당대 독자 의 취미를 만족시키고자 하였다. 그가 남긴 대부분의 문학 작품들이 표 지나 본문 앞에 사진을 넣어 흥미 있는 볼거리를 추가하였고, 등장인물 의 모습을 이미지로 재현하여 소설 속 이야기에 몰입할 수 있는 환경을 조성하였다. 『(독일황제)카이제루실기』, 『(괴걸)장작림실기』, 『손일선실 기』 등은 작품이 다루는 속 실제 인물들의 사진을 표지와 본문 앞에 삽 입하였고, 영화, 즉 '활동사진'을 소설화 한『명금』의 경우 '사진소설대 활극'이란 단어를 전면에 내세우며 실제 배우들의 사진을 담기도 하였 다. 『의문의 시체』에서는 단행본 최초로 본문에 삽화를 활용하였고, 『만 국대회록』의 경우 다양한 볼거리의 사진들을 본문에 적극적으로 삽입 하기도 하였다.

한편, 송완식 문학은 새로운 기획과 시도를 통해 식민지 서적출판문화 를 주도하였다. 예컨대, 한일강제병합 이후 크게 위축되었던 역사전기소 설을 동시대 영웅들의 일대기를 다룬 실기實記의 형태로 새롭게 부활시켰 으며, 1차세계대전 이후 민감한 세계정세를 영웅들의 삶과 행적을 통해 제시하고자 했다. 또한 활동사진이라는 최신의 미디어 양식을 고소설의 형식으로 번역하여, 고소설에 익숙한 대중독자들을 영화라는 새로운 문 화의 장으로 안내하고자 했다. 삽화를 활용한 단행본 소설을 저술하여 탐 정소설의 장르를 새롭게 선도한 것도 의미 있는 성과이다. 연설의 서사에 사진 테크놀로지를 결합시키고, 이를 통해 당대의 사회문제를 비판한 것도 출판인 송완식 문학이 지닌 개성을 오롯이 드러낸다.

결국, 이러한 송완식이 남긴 문학 작품들은 저작자이자 출판인이었던 그의 특수한 정체성을 고스란히 담아내고 있다. 송완식은 문학 작품의 내용과 형식을 넘어, 출판 기획과 편집, 광고 등 책의 저술과 발행, 유통에 이르기까지 거의 모든 영역에 관여하였다는 점에서 차별화된 개성을 지니고 있었다. 이러한 특징은 문학이라는 경계를 넘어서야 비로소 포착될 수 있는 것이며, 그 시야를 식민지 서적출판문화의 장으로 넓혔을 때 그 성과에 대한 온전한 평가가 가능해진다. 작가로서의 송완식의 면모를 발견하고, 그의 문학 세계를 정리하는 작업은 지금까지의 한국근대문학사의 빈틈을 확인하는 일인 동시에 새로운 연구 지평의 가능성을 실험해보는 일이기도 하다. 이러한 연구가 아직도 다루어지지 않은 수많은 작가들에 대한 연구로 이어지길 기대해 본다.

제3장

녹동 최연택의
언론출판활동과 딱지본 대중소설

1. 머리말

녹동綠東 최연택崔演澤은 1920년대 식민지 서적출판문화의 장 안에서
나름의 개성 있는 행보를 보여주는 인물이다. 그는 신문 매체에 수많은
글을 기고한 언론인이자, 출판사를 직접 설립하여 경영한 출판인이었으
며, 몇 편의 특색 있는 소설 작품을 남긴 문학인이기도 했다. 예컨대, 그
는『매일신보』의 고정적인 외부 필진으로 활동하며 다양한 글쓰기를 시
도한 바 있으며, 문창사文昌社라는 출판사를 설립 · 운영하며 식민지 서적
출판시장에 새로운 활력을 불어 넣기도 했다. 또한 몇 편의 소설을 직접
저술하여, 딱지본 대중소설의 장 안에서 새로운 소설의 가능성을 제시
하기도 했다. 이처럼 최연택의 다채로운 활동은 이 시기 문학장을 입체
적으로 이해하기 위한 흥미로운 사례가 된다.

그러나 녹동 최연택과 그의 저작에 대한 연구는 지극히 미미한 형편이다. 오랫동안 최연택은 언론, 출판, 문학 어디에서도 별다른 주목을 받지 못했으며, 그가 남긴 몇 편의 저작 역시 비슷한 취급을 받아 왔다. 그의 경계인으로서의 특성은 근대적 분과학문 체계 안에서 큰 의미를 부여받지 못했던 것으로 보인다. 또한 그가 남긴 딱지본 대중소설들은 나름의 개성과 의미에도 불구하고 '예술로서의 문학'을 중시하는 지식인 문단 중심의 문학사 서술에서 철저히 배제되어 왔다. 학문적 경계에 대한 편협한 시각이나 대중문학에 대한 편견은 여전히 공고한 듯하다.

최근, 최연택과 그의 저작에 주목한 연구가 조금씩 이루어지고 있다는 점은 꽤나 반가운 일이다. 김성연은 『매일신보』에 연재된 「프링크린의 自敍傳」을 다루며 최연택이 저술한 다양한 텍스트를 소개하였고,[1] 권철호는 최연택의 작가로서의 면모에 주목하여 그가 남긴 딱지본 대중소설의 특징과 의미를 살펴본 바 있다.[2] 또한 최희정은 역사학적 접근을 통해 최연택의 식민지 지식인으로서의 언론출판활동 및 야담집 출간 등에 대한 상세한 고찰을 시도한 바 있다.[3] 한편, 근대 초기 신어사전이라 할 수 있는 『현대신어석의』에 주목하여 이를 언어학적 맥락에서 접근하여 분석한 연구들도 있다.[4] 이들 연구는 오랫동안 연구의 대상으로 주목

---

1   김성연, 「근대 초기 청년 지식인의 성공 신화와 자기 계발서로서의 번역 전기물-프랭클린 자서전을 중심으로」, 『현대문학의 연구』 42, 한국문학연구학회, 2010, 12~16면.
2   권철호, 「1920년대 딱지본 신소설 연구」, 서울대 석사논문, 2012, 109~120면.
3   최희정, 「1920년대 이후 성공주의 기원과 확산-기독교 '청년' 최연택의 자조론 수용과 성공론」, 『한국근현대사연구』 76, 한국근현대사학회, 2016; 최희정, 「1920~30년대 출판경영인 최연택의 야담집 기획과 출간」, 『석당논총』 70, 동아대 석당학술원, 2018.
4   조남호, 「『현대신어석의』 고」, 『어문연구』 제31권 제2호, 한국어문교육연구회, 2003; 박형익, 「1910년대 출간된 신어 자료집의 분석」, 『한국어학』 22, 한국어학회, 2004; 서혜진, 「신어 정착에 대한 연구-『현대신어석의』(1922)를 중심으로」, 『반교어문연구』 47, 반교어문학회, 2017.

받지 못한 최연택이라는 인물과 그의 저작들에 대한 관심을 환기시키는 데 있어 의미 있는 시도가 되었다.

그럼에도 불구하고, 이들 연구가 녹동 최연택의 언론출판활동 및 문학적 성과의 전체 규모를 온전하게 드러냈다고 보기는 어렵다. 그의 언론, 출판, 문단을 넘나드는 경계인으로서의 특성과 저술 작업에 대한 더욱 진전된 연구가 필요한 실정이다. 이를 위해서는 당시 그가 신문에 기고한 텍스트와 문창사를 통해 저술출판한 단행본 서적들을 체계적으로 수집 정리하는 한편, 이들 자료를 하나의 맥락으로 연결시킬 수 있는 효과적인 분석 방법이 필요하다. 이러한 연구는 기존의 소위 '고급문학'에 대한 과도한 경사에서 벗어나 당대의 문학을 더욱 입체적으로 파악하고 근대문학의 자리를 균형 있게 복원하기 위한 시도가 된다.

이에 따라 본 연구는 녹동 최연택의 언론출판활동을 정리하고, 그가 남긴 문학적 성과를 구체적으로 다루는 것을 목표로 삼는다. 이를 위해서는 우선 그가 남긴 텍스트 전체의 규모를 구체적인 실증을 통해 제시할 필요가 있다. 또한 식민지 서적출판문화의 장으로 시야를 넓혀, 경계인으로서의 특성이 그의 저술·출판 작업에 어떻게 반영되어 있는지 논의해 보고자 한다. 이는 그동안 잘 알려지지 않은 작가와 작품을 통해 문학의 경계를 탐사하는 한편, 근대 문학의 외연을 식민지 서적출판문화의 장으로 확산시키기 위한 하나의 시도가 될 것이다.

2. 신문 미디어와 경계적 글쓰기

녹동緣東 최연택崔演澤의 가계나 생몰년을 구체적으로 파악하기는 어렵다. 다만, 그는 1895년생으로 추정되며, 출판경영인 최영택崔永澤과, 아동문학가 최호동崔湖東의 형임을 확인할 수 있다. 그는 13세까지 전통적인 서당교육을 받은 다음 아현동에 설립된 근대교육기관인 태극학교太極學校에 수학하였다. 이후 보성중학교에 진학한 최연택은 친구 김도연과 함께 1913년 일본 유학을 떠나게 된다.[5] 하지만 최연택의 일본 유학생활에 대해 알려진 바는 없으며, 귀국한 시기도 정확히 알기 어렵다. 다만 그의 고백에 따르면 동경에서의 유학생활은 그리 성공적이지 못한 것으로 보인다.[6]

선행 연구에서는 1914년 '綠東'이라는 필명으로 연재된 『매일신보』의 「김태자전金太子傳」을 최연택의 작품으로 인식하고 있다.[7] 시기상으로 볼 때, 그가 짧은 일본 유학생활을 마치고 조선에 돌아와 「김태자전」 연재를 한 것으로 파악했다.[8] 「김태자전」은 1914년 6월 10일부터

---

5 최희정, 「1920년대 이후 성공주의 기원과 확산-기독교 '청년' 최연택의 자조론 수용과 성공론」, 190~193면.

6 그는 동경 유학시절 유곽 매음녀나 여관의 하녀에게 불결한 정욕을 품거나, 술의 양이 점차 늘어 방탕한 행동을 했다고 고백한 바 있다. 최연택, 「死亡에서 活路로(一)」, 『活泉』 13, 1923, 45면.

7 권순긍은 「김태자전」의 작가 '綠東'을 언급하며 "본명은 崔演澤이며 당시 통속소설 작가인 듯하다"라고 했다. 이현숙 역시 「김태자전」의 작자를 "綠東, 綠東生, 崔綠東 등의 필명(號)을 가지고 작품과 사설 등을 게재했던 인물은 崔演澤이다"라고 정리한 바 있다. 이대형 역시 권순긍의 논의를 따라 「김태자전」의 작자를 최연택으로 보고 있다. 권순긍, 「1910년대 활자본 고소설 연구」, 성균관대 박사논문, 1991, 19면; 이현숙, 〈金太子傳〉 이본 연구-〈每日申報本〉과의 비교를 중심으로」, 『한민족문화연구』 5, 한민족문화학회, 1999, 88면; 이대형, 「한문현토소설 〈일당육미(一堂六美)〉의 개작 양상과 의미」, 『동아시아문화연구』 59, 한양대 동아시아문화연구소, 2014, 102면.

11월 14일까지 총 113회에 걸쳐 『매일신보』에 연재된 작품이다. 당시 '소설예고'에 따르면 심우섭의 「형제」가 신소설 독자들을 위한 작품인 반면 「김태자전」은 고소설 독자의 취향을 만족시키기 위해 기획된 것임을 알 수 있다.[9]

그런데, 약관의 나이에 일본 유학에 실패하고 돌아온 최연택이 『매일신보』의 장편소설연재를 맡았다는 점은 석연치 않은 의문을 낳는다. 당시 유일한 한국어 중앙 신문인 『매일신보』에서 장편소설연재를 담당하는 것은 결코 쉬운 일이 아니었으며, 이 무렵 『매일신보』의 장편소설란은 주로 조중환, 심우섭, 이상협 등 유력한 인물들이 담당하고 있었다. 또한 「김태자전」 이후에 '녹동'이라는 필명을 사용한 흔적을 이후 5년가량 찾을 수 없다는 점도 쉽게 이해되지 않는다. 따라서 '綠東'이라는 필명 하나만 가지고 저자를 단정하기엔 여러모로 미심쩍은 부분이 많다.

신문연재 이후 「김태자전」은 유일서관에서 단행본으로 출간된다. 유일서관에서 발행된 『김태자전』[1915]은 상하 두 편으로 나뉘어져 있는데, 판권지에는 저작자 선우일鮮于日과 발행자 남궁준南宮濬 이름이 적혀 있다.[10] 당시 '저작겸발행자'에 출판사주의 이름이 기재되는 것과 다르게 저작자와 발행자가 구분되어 있다는 점은 이 작품의 실제 저작자가 선우일일 가능성을 제기한다. 게다가 선우일은 당시 『매일신보』에서 기자로 활동하고 있었으며, 1915년 1월 30일부터 1918년 9월까지 발행 겸

---

8 최희정, 「1920년대 이후 성공주의 기원과 확산−기독교 '청년' 최연택의 자조론 수용과 성공론」, 193면.
9 「소설예고」, 『매일신보』, 1914.6.9.
10 현재 『김태자전』(유일서관, 1915 초판)의 상편은 실체를 찾기 어려우며, 하편은 연세대학교 도서관에서 소장하고 있다.

편집인을 맡게 된 인물이다.[11] 이러한 사정을 고려해 본다면 「김태자전」의 저자인 '綠東'이 선우일일 가능성도 배제할 수 없다.

본 연구자는 선우일의 다른 저작을 살펴보다가 「김태자전」의 저자 '綠東'이 바로 선우일임을 입증하는 결정적인 단서를 찾게 되었다. 선우일의 다른 저작 중 『앙천대소』박문서관, 1912와 『두견성』보급서관, 1912이 있는데, 이 두 책 모두 본문 첫머리에 "綠東 鮮于日 著"라고 표기되어 있다. 따라서 선우일 역시 당시 '녹동'이라는 필명을 즐겨 사용했던 것을 알 수 있다. 결국 정리하자면, 『매일신보』 기자 선우일은 '綠東'이라는 필명으로 1914년 「김태자전」을 연재하였고, 이후 신문연재본과 동일한 내용의 『김태자전』을 1915년 유일서관에서 출판한 것임을 확인할 수 있다. 이러한 사실은 「김태자전」의 실제 작자를 입증하는 동시에 최연택의 저작 목록 및 활동 시기를 파악하기 위한 의미 있는 전제가 된다.

녹동 최연택이 처음 미디어 공론장에 자신의 이름을 드러낸 것은 『매일신보』의 '독자문단'이었다. 최연택은 『매일신보』가 주관한 '독자문단'이라는 현상문예에서 「閨怨」이란 제목의 작품으로 가작佳作에 선정되었다.[12] 「閨怨」은 외형상 7・5조 형태의 신체시이며, 한 여인의 쓸쓸한 회한을 담아내고 있는 작품이다. 제목 아래 "阿峴二六四 崔演澤"이라고 투고자의 주소와 이름이 명기되어 있는데, 문창사의 주소가 아현리 264호를 사용했으니 이는 녹동 최연택의 작품이 분명하다. 최연택은 이를 계기로 삼아 본격적인 문인으로서의 활동을 시작하게 된다.

---

11 정진석, 『언론조선총독부』, 89~90면.
12 「閨怨」보다 조금 앞선 시점, '매신문단'에 '鷄林 崔演澤'의 「籬下菊」이 게재된 바 있다. 최연택이 계림이라는 필명을 사용했을 가능성이 있으나, 녹동 최연택과 동일인물이라고 단언하기는 어려우므로 일단 목록에서 제외하였다. 「籬下菊」, 『매일신보』, 1919.11.10.

그는 '매신문단'의 등단 이후 『동아일보』 지면에 몇 편의 글을 투고한
다. 그는 1920년 4월 30일 「東亞日報創刊을 祝함」을 시작으로, 「에피큐
리안 『快樂主義者』」, 「나는 靑年을 畏하노라」 등 몇 편의 글을 투고했다.
그는 『매일신보』 독자문예를 통해 등단하였지만, 『동아일보』가 창간되
자 새로운 기대감을 가졌던 것으로 보인다. 하지만 『동아일보』에서의
투고가 지속적으로 이루어지지는 못한 것으로 보아, 편집진에게도 독자
에게도 별다른 반응을 이끌어내지 못한 것으로 짐작된다. 한편, 이 무렵
최연택은 『매일신보』에도 몇 편의 글들을 투고하였는데, 『매일신보』에
서는 그의 글에 관심을 보이고 적극적으로 활용하고자 했다.

〈표 12〉 녹동 최연택의 신문 게재 텍스트 목록

제목	매체	날짜	구분
閨怨 (佳作)	매일신보	1919.12.1	每申文壇
東亞日報創刊을 祝함	동아일보	1920.4.30	寄書
에피큐리안 『快樂主義者』	동아일보	1920.5.4	
나는 靑年을 畏하노라	동아일보	1920.5.12	寄書
우슴(笑)	매일신보	1920.5.16~17	地方文藝
「스토-이씨슴」	동아일보	1920.5.18	寄書
『成功』	동아일보	1920.5.23~25(3회)	寄書
돈 (金錢)	매일신보	1920.5.28	寄書
목슴 (生命)	매일신보	1920.5.31	地方讀者의 聲
회예 (毀譽)	매일신보	1920.6.1	地方讀者의 聲
맘 (心)	매일신보	1920.6.3	寄書
漢江船遊記	매일신보	1920.6.6	
富의 眞價를 論홈	매일신보	1920.6.8	寄書
生苦! 死樂!	매일신보	1920.6.11	
自信論	매일신보	1920.6.13~15(2회)	
男女同等論	매일신보	1920.6.17	
成功의 秘訣	매일신보	1920.6.24~7.5(6회)	

제목	매체	날짜	구분
知行合一論	매일신보	1920.7.13	
公會堂의 必要를 論흠	매일신보	1920.7.27	
唯心論	매일신보	1920.8.6	
二元論	매일신보	1920.8.19	
不良少年의 原因	매일신보	1920.8.26	
論多功少	매일신보	1920.9.11	
人生의 最大目的	매일신보	1920.9.18~19	
今日吾人의 取捨	매일신보	1920.10.26	寄書
宗敎敎育과 迷信	매일신보	1920.11.3	寄書
過去와 將來	매일신보	1920.11.18	
傲慢과 謙遜	매일신보	1920.11.12~14(2회)	
演說用語의 注意	매일신보	1920.11.21	
讀書에 관ᄒ야	매일신보	1920.11.28	
愛와 淫의 理解	매일신보	1920.12.4~5(2회)	
妥協主義	매일신보	1920.12.12	
傍觀派와 觀望派	매일신보	1920.12.22~23(2회)	
評者의 價値	매일신보	1920.12.30	
時機와 勞作의 論文을 讀ᄒ고 勿齋君에게 寄흠	매일신보	1921.1.3	
欲望과 奢侈	매일신보	1921.1.17~20(4회)	
失戀의 淚	매일신보	1921.1.17	新詩
苦의 生	매일신보	1921.1.27	新詩
臥牛山下에서 石戰을 觀ᄒ고	매일신보	1921.1.31	
銀世界	매일신보	1921.2.2	
悔의 淚	매일신보	1921.2.6	新詩
鬼世界	매일신보	1921.2.15	新詩
무엇ᄯ문?	매일신보	1921.2.28 · 1928.3.3	新詩
(英國社會劇) 腕環	매일신보	1921.5.13~25(11회)	脚本
勞働者의 價値, 東幕勞働夜學校를 視察ᄒ고	매일신보	1921.5.26	
芳草	조선일보	1921.6.3	詞藻
夜市雜感(上)	매일신보	1921.6.12~13(2회)	
(朝鮮社會劇) 父의 眼	매일신보	1921.7.2~13(6회)	脚本
(小說事實談) 누가 너를 허러	매일신보	1921.7.19~20(2회)	小說事實譚
프링크린의 自敍傳	매일신보	1921.10.8 ~1922.1.24(25회)	

제목	매체	날짜	구분
出版業者에게 告홈	매일신보	1923.1.14	
(玉卿哀話) 血淚13	조선일보	1923.3.1~22(12회)	

최연택의 글이 본격적으로 『매일신보』의 지면에 실리기 시작한 것은 바로 1920년 무렵부터이다. 1920년 5월 16~17일 이틀간 4면 '지방문예'에 연재된 「우슴笑」이라는 글에 처음으로 '녹동 최연택'의 이름이 보인다. 이어서 연재된 「돈金錢」, 「목슘生命」, 「회예毀譽」, 「맘心」 등은 4면 '지방통신판' 지면에 독자투고의 형식으로 게재되었다. 이후 「富의 眞價를 論함」을 시작으로 최연택의 글은 4면의 '지방통신판'을 벗어나 1면으로 자리를 옮기게 되었으며, 이때부터는 논설의 성격의 지닌 글들이 꾸준히 게재된다. 특히, 「自信論」, 「男女同等論」, 「成功의 秘訣」, 「人生의 最大目的」, 「讀書에 관하여」, 「評者의 價値」 등은 최연택의 사상적 기반 및 서적 출판 활동에 대한 인식 등을 살펴볼 수 있는 의미 있는 자료가 된다.

홍미로운 지점은 초기의 논설적 성격이 강한 최연택의 글쓰기가 1921년부터 문학적 글쓰기로 그 외연을 넓혀갔다는 점이다. 최연택은 「失戀의 淚」, 「苦의 生」, 「銀世界」, 「悔의 淚」, 「鬼世界」, 「무엇찌문?」 등의 '신시新詩', 「(英國社會劇) 腕環」, 「(朝鮮社會劇) 父의 眼」과 같은 '각본脚本', 「누가너를허러」, 「프링클린의 자서전」, 「(玉卿哀話) 血淚」 등의 소설적 글쓰기를 신문이라는 매체의 지면 속에서 실험하고자 했다. 특히, 「英國社會劇 腕環」, 「朝鮮社會劇 父의 眼」, 「누가너를허러」 등은 이후 발표된 단행본 소설의 주된 모티프가 되기도 한다. 결국, 신문 매체의 지면을 통해 이루어진 이

---

13 '최녹동 역술'이라고 되어 있음. 1회 누락. 12회가 마지막인데 완결 표기가 없음.

러한 최연택의 다양한 글쓰기 실험은 이후 소설 창작에 중요한 토대가 되었던 것이다.

최연택은 처음 일반독자의 입장에서 투고를 시작하였지만, 이후 『매일신보』 편집진의 인정을 받아 정기적인 기고자가 되었다. 최연택의 이름이나 녹동이라는 필명이 명확하게 제시된 것으로 미루어 본다면, 최연택은 정식 기자라기보다는 외부 필진 중 한 사람에 가깝다. 물론 『매일신보』는 최연택의 문사文士로서의 역량을 충분히 활용하고자 했으며, 최연택은 신문이라는 당대 가장 영향력 있는 미디어를 통해 다양한 논설과 문학 작품을 발표할 수 있었다. 한편, 당시 『매일신보』 기자로 활동하던 송순기宋淳夔, 백대진白大鎭 등과 교유하게 된 것도 중요한 의미가 있습니다.

이러한 특성은 언론과 문단 어디에서도 주류가 되지 못했던 최연택의 경계인으로서의 성격을 보여주는 구체적 단서가 된다. 그는 신문에 많은 글을 투고하였지만 정식 신문기자가 아니었으며, 다양한 문학적 글쓰기를 시도하였지만 본격적인 장편소설 연재의 기회를 얻지는 못했다. 물론 이것은 보성중학교를 중퇴하고 일본 유학도 제대로 마치지 못한 최연택이 일본 유학생 지식인 네트워크의 중심에 진입하지 못하고 그 경계에 머물렀던 사정과도 관련이 있다.[14] 이러한 특성은 이후 문창사의 설립과 운영, 저술 활동에 중요한 계기가 된다.

---

14 최희정 역시 최연택을 당시 일본유학생 중심의 학력집단과는 구별되는 경계에 위치한 인물로 파악하고 있다. 최희정, 「1920년대 이후 성공주의 기원과 확산―기독교 '청년' 崔演澤의 자조론 수용과 성공론」, 194면.

3. 문창사 설립과 서적 출판

1921년 3월, 최연택은 자본금 2만 원을 출자하여 문창사文昌社를 설립하고, 본격적인 출판경영인으로서의 활동을 시작하였다. 장재흡의『조선인회사·대상점사전』에 기록된 내용에 따르면, 최연택은 원래 명성이 높은 '문사文士'로서 이익보다도 자신의 '취미' 때문에 문창사를 설립한 것이라고 했다. 또한 저렴한 가격으로 판매하기 때문에 한층 주문이 늘었다고 평가했다.[24] 최연택이 문창사에서 저술 발행한 서적들의 목록을 살펴보면, 문창사가 단지 이익을 얻기 위해 설립된 것이 아니라는 장재흡의 시각은 꽤나 적확해 보인다.

〈표 13〉 문창사 발행 주요 텍스트 목록

번호	제목	발행일자	저작자[15]
1	奇人奇事錄 上	1922.5.20	물제 송순기 찬 최연택 서
	奇人奇事錄 下	판권지 누락	
2	(社會小說) 단소	1922.6.28	최연택 작
3	(英鮮對譯) 偉人의 聲	1922.7.4	윤치호 교열 백대진·최연택 공편
4	(珍奇談話) 東西古今	1922.7.20	최연택 찬
5	(社會小說) 죄악의 씨	1922.9.28	최연택 저
	(社會小說) 죄악의 씨	1922.12.25	봉학산인 작
6	現代新語釋義	1922	최연택 편찬
7	(社會小說) 貧의淚	1923(추정)[16]	
8	(小說) 苦學生[17]	1923(추정)[18]	최연택 저
9	世界一流思想家論文集	1924.2.29	(최연택 편)[19]
10	(義俠小說)義人의 무덤[20]	1926.4.15	
11	(五月飛雪) 燕丹의 恨	1926	
12	(韓末巨星) 金玉均先生[21]	1926(추정)	
13	(동화집) 별바다	1926(추정)	(최영택 저)[22]
14	世界奇問集	1926(추정)	

번호	제목	발행일자	저작자[15]
15	銀行要覽	1926(추정)	(홍종욱, 이택 공저)[23]
16	朝鮮의 名勝古蹟	1933.6.11	

위 목록을 살펴보면, 최연택은 문창사를 설립한 후 꽤나 다양한 종류
의 서적 저술 및 발행에 힘쓴 것을 알 수 있다. 대부분의 책들이 1922년
에 집중되어 있는 것으로 미루어볼 때, 최연택은 출판사의 설립과 동시

---

15 저작자의 경우 책의 표지나 본문 첫 페이지에 명시되어 있는 저자 표기를 그대로 따랐
다. 저자 표기가 명시되어 있지 않은 경우에는 빈칸으로 두었다. 책에 저자 표기가 명시
되진 않았지만 저자를 확정할 수 있는 경우에는 괄호 안에 이름을 표기하였다.

16 『조선일보』 1923년 3월 5일 광고에 『(사회소설)빈의루』가 포함되어 있다. 1922년 12
월 25일 발행된 『(사회소설)죄악의 씨』의 문창사 발행 책 광고까지 『(사회소설)빈의
루』가 등장하지 않는데, 이로 미루어볼 때 『(사회소설)빈의루』는 적어도 1922년 12월
25일부터 1923년 3월 5일 사이에 발행된 것으로 짐작해 볼 수 있다.

17 최연택의 동생 최호동(본명 최순택)이 저술한 『문학강의록』 본문 뒤편에 실린 『고학
생』 광고를 통해 최연택의 저술임을 확인할 수 있었다. 여기에는 작품에 대한 간단한 설
명과 함께 "崔演澤 先生 著"라고 명시되어 있다. 최호동, 『문학강의록(문장편)』, 조선문
화협회, 1930, 85면.

18 1923년 12월 23일 『조선일보』에 『고학생』 광고가 처음 발견된다. 이로 미루어보아
1923년에 발행되었을 가능성이 크다.

19 최연택의 동생 최호동이 저술한 『문학강의록』 뒤쪽에 실린 『세계일류사상가논문집』 광
고에 "崔演澤 先生 編"이라고 명시되어 있다. 최호동, 앞의 책, 82면.

20 최연택이 단순 발행했을 가능성이 큼.

21 『(韓末巨星)金玉均先生』, 『(동화집)별바다』, 『世界奇問集』, 『銀行要覽』의 문창사 발행
사실은 1926년 9월 14일자 『동아일보』에 실린 문창사 광고에서 확인할 수 있다. 하지만
그 실물은 확인하기 어렵다.

22 최영택은 최연택의 동생이다. 『동아일보』의 한 기사에 『별바다』는 최영택이 저술했으
며 기독교적 색채가 있는 동화가 많은 동화집이라고 소개되어 있다. 「신간소개」, 『동아
일보』, 1926.9.2.

23 『은행요람』은 은행계 종사자로 명성이 자자한 홍종욱(洪鐘旭), 이택(李澤)이 공동 저술
했다고 한다. 「『銀行要覽』 發刊」, 『조선일보』, 1926.4.16.

24 "同社는 大正十年三月에 資本金二萬圓을 積立하고 前記場所에서 斯業을 開始하엿는데 同
社의 主人崔演澤氏는 元來 文筆의 土로 令名이 江湖에 赫々한 文士이외다. 그리하야 同氏
는 利益 그것보다도 自己의 趣味 그것 째문에 斯業을 開始하게 되엿습니다. 그리하야 同
社는 普通書肆와 其趣가 不同하야 京鄕讀書子의 注文이 日至하는 터이오 特히 薄利로 酬應
하기 째문에 한層 더 注文이 日至한답니다", 장재흡, 『조선인회사 · 대상점사전』, 부업세
계사, 1927, 96면.

에 이미 몇 편의 책들을 출간할 계획을 세우고 있었던 것으로 보인다. 그 첫 번째 책은 물제勿齊 송순기宋淳夔의『기인기사록』인데, 최연택은 이 책의 서문을 집필하였다. 이 책은『매일신보』에 연재되었던 동일한 제목의 연재글을 모아 놓은 것으로, 다양한 조선의 기이한 인물들과 사건들에 관한 이야기를 모아놓은 야담집이다.[25] 최연택은『매일신보』기고 활동을 통해 알게 된 송순기와의 인적 네트워크를 토대로, 그의 작품을 문창사 설립한 후 첫 책으로 발간하였다.

이어서 최연택은 직접 저술한 작품들을 연이어 출간한다.『위인의 성』의 경우에는 윤치호, 백대진과 함께 공동으로 작업하였는데, 이 역시『매일신보』에서의 인적 교류가 중요한 계기가 되었을 것이다. 그리고『단소』,『동서고금』,『죄악의 씨』,『현대신어석의』,『고학생』의 경우 최연택이 직접 저술하여 발간한 것임을 확인할 수 있다. 나머지 책들의 경우에도 최연택이 직접 저술했다는 결정적인 증거는 없지만, 최연택이 저술했거나 저술에 관여했을 가능성이 크다.『빈의루』와『고학생』의 경우『단소』,『죄악의 씨』와 함께 최연택이 저술한 딱지본 대중소설의 특징을 살펴볼 수 있는 중요한 텍스트인데, 현재 실물을 확인할 수 없다는 점이 안타깝다.

최연택이 문창사를 설립하고 발행한 문창사 서적들은 무척 다채로운 기획들로 이루어져 있다. 서양 위인들이 남긴 격언들을 영어로 제시하고 이를 한글로 번역한『위인의 성』, 동서양의 다양한 이야기들을 모아놓은『동서고금』, 근대 시기 대표적 신어사전인『현대신어석의』, 위대

---

25 『기인기사록』에 대해서는 다음의 논문을 참조할 것. 간호윤, 「『기인기사록』(상·하) 고찰」, 『어문연구』34권 2호, 한국어문교육연구회, 2006, 337~365면 참조.

한 사상가들의 논문들을 묶어 낸 『세계일류사상가논문집』, 역사전기소설 『김옥균선생』, 아이들을 대상으로 한 동화집 『별바다』, 은행계의 참고서 『은행요람』, 조선의 아름다운 지역과 장소를 소개한 『조선의 명승고적』, '사회소설'을 표방한 딱지본 대중소설에까지 이들 저작은 동시기 발행된 여타 서적들과는 차별화된 개성을 갖는다. 또한 이들 대부분이 출판사의 사주인 최연택이 직접 기획하거나 저술한 것이라는 점은 기존의 대형 출판사와는 구별되는 지점이라 할 수 있겠다.[26]

최연택은 문창사 설립 후, 소년소녀를 대상으로 한 잡지 발간에도 힘을 쏟았다. 최연택은 1925년 소년소녀 독자들을 위해 역사, 종교, 과학, 기타 상식 등을 담은 월간 잡지 『담해』를 창간하였으며,[27] 1930년에는 『新朝鮮』이라는 잡지를 창간했다가 애국을 위한 희생을 다루는 글을 게재하여 검열의 대상이 되기도 했다.[28] 이들 잡지가 남아 있지 않아, 구체적인 확인은 어렵지만, 최연택의 저술출판활동이 문창사를 기점으로 매우 다양한 관심으로 확장되었음을 확인할 수 있다.[29] 따라서 최연택의 문창사 설립과 운영은 이윤추구보다는 계몽운동 또는 사회운동의 일환으로 보는 것이 타당할 듯하다.

실제로 최연택은 과거 『매일신보』를 통해 독서의 본의本意가 과거와

---

26 비슷한 시기 출판사를 설립 운영하며 저술활동을 시도했던 또 다른 인물로는 남송 송완식이 있다. 그는 동양대학당을 설립하고, 몇 편의 문학 작품을 직접 저술하기도 했다. 배정상, 「출판인 송완식 문학 연구」, 『민족문화연구』 89, 고려대 민족문화연구원, 2020, 297~324면 참조.

27 「雜志 『譚海』 創刊」, 『조선일보』, 1925.11.20.

28 『조선출판경찰월보』 제20호, 1930.4.2.

29 참고로 최연택은 1938년에는 문창사를 계승하여 창건한 삼공사(三公社)에서 『야담대회록』이라는 잡지를 발간하여, 야담에 대한 지속적 관심을 표명하기도 하였다. 최희정, 「1920~30년대 출판경영인 최연택의 야담집 기획과 출간」, 345~374면 참조.

현재를 통해 세상의 이치를 이해하는 것에 있다고 말하며, 한글에 대한 부정적 시선을 거두고 한글서적 발행의 필요성을 강조한 바 있다.[30] 또한 일반 독자들이 수많은 책들을 전부 사서 읽기 어려우니 도서관을 설치하는 등의 노력을 통해 독서문화를 장려해야 함을 주장하기도 했다. 문창사가 흥미위주나 실용적인 목적의 서적보다는 계몽적 성격이 강한 서적들의 발행에 주력했다거나, 이들 서적들이 대체로 한글 사용을 통해 대중들의 독서 진작을 꾀하고자 했다는 점, 서적의 가격이 동시기 다른 출판사보다 조금 더 저렴한 가격으로 책정되어 있다는 점 역시 문창사의 설립 의도가 단순히 이윤 추구에 있지 않았음을 짐작케 한다.

또 다른 글에서는 출판업과 소설에 대한 자신의 생각을 구체적으로 밝히고 있다는 점에서 주목할 만하다.[31] 그는 출판업이란 단지 이익만을 얻고자 하는 것이 아닌 인생사회의 문화향상에 기여해야 한다고 말한다. 또한 '오색이 영롱한 소설책', '추잡하게 표장한 소설', 즉 딱지본 대중소설에 대한 비판적인 시각을 드러내며, 소설이야 말로 그 시대와 생활의 현상을 드러내는 사진임을 강조하고 있다. 마지막으로 그는 조선 출판업계에서는 신문관출판사가 제일이라며 출판업계의 각성을 촉구하고 있다. 이 글이 발표된 시점은 이미 출판사 설립 후 다수의 작품을 발행한 1923년 1월 14일이다. 결국, 이 글은 최연택의 문창사의 저술출판의 지향점이 어디를 향하고 있는지를 확인할 수 있는 자료가 된다.

문창사는 창립 초기 '소품문예현상모집'이라는 여타 출판사에서는 찾아보기 어려운 획기적인 현상공모를 시도하기도 했다. 1922년 7월

---

30 綠東生, 「讀書에 관하여」, 『매일신보』, 1920.11.28.
31 「출판업자에게 고함(寄)」, 『매일신보』, 1923.1.14.

21일자『동아일보』에 실린 '소품문예현상모집' 광고에는 '신구문예新舊文藝의 조장助長'을 위해 독자 500명의 작품을 모아 문예집을 발간하겠다는 목적을 분명하게 밝히고 있다. 소품문예의 종류는 한시漢詩, 신시新詩, 언풍諺風, 시조詩調, 기타잡곡其他雜曲이며, 우수한 작품을 선정하여 1원에서 10원까지 원고료를 지급하겠다고 했다. 이 같은 현상문예는 당시 신문이나 잡지에서 흔히 볼 수 있는 것이었지만, 출판사의 주도로 이루어진 적은 사례를 찾기 어렵다. 이러한 시도는 문창사의 출판활동이 단순히 이윤추구에 머물지 않으며, 문예부흥을 위한 다양한 시도들을 포함하고 있었음을 보여준다.

그가 저술한 몇 편의 소설 역시 이와 같은 문창사 설립과 출판활동의 지향과 무관하지 않다. 특히, 그가 남긴『단소』와『죄악의 씨』는 대량생산의 장안에서 발행된 작품이지만, 일반적인 딱지본 대중소설과는 또 다른 특징을 지니고 있다는 점에서 관심을 끈다. 이 두 작품은 여타 딱지본 대중소설에서는 찾아보기 힘든 '사회소설'이라는 단어를 통해 그 장르적 지향점을 분명히 제시하고 있다. 오직 흥미로운 이야기를 통해 이윤 추구에 몰두하는 일반적인 딱지본 대중소설과는 달리 최연택의 소설은 동일한 서적출판시장 안에서 사회적 영향에 초점을 두고 있다는 점에서 주목할 만하다. 이러한 측면은 최연택 문학이 지닌 독특한 개성일뿐만 아니라, 더 나아가 식민지 서적출판문화의 다층적 성격을 이해하기 위한 구체적인 자료가 된다.

4. 최연택 소설의 특질과 의미

1) 신문에서 단행본으로

최연택의 저작 중 가장 눈여겨 볼 만한 작품은 『단소』와 『죄악의 씨』이다. 『빈의루』와 『고학생』의 경우 비슷한 시기에 발행되었으나 현재까지 그 실물은 확인된 바 없다. 또한 『의인의 무덤』과 『연단의 한』의 경우 앞선 작품과는 구별되는 내용과 형식의 상이성 미루어볼 때 최연택이 직접 저술한 것으로 단정하기는 쉽지 않다.[32] 한편, 『단소』와 『죄악의 씨』는 본문 첫 페이지에 최연택의 저작임이 명시되어 있으며,[33] 온전하게 전체를 확인할 수 있어 최연택 소설의 특질과 의미를 살피기에 적합한 텍스트이다.

『단소』와 『죄악의 씨』는 대량생산의 장에서 딱지본 대중소설의 독자들을 겨냥하여 발행된 작품이다. 예컨대, 흥미로운 내용, 순한글, 큼지막한 4호활자, 저렴한 가격, 표지의 그림 등은 이 시기 발행된 여타 딱지본 대중소설과 동일한 특성을 공유하고 있다. 하지만, '사회소설'을 표방하는 만큼 다루는 내용과 주제는 물론 표지 그림의 디자인도 차별화된 개성을 지닌다. 따라서 『단소』와 『죄악의 씨』는 딱지본 대중소설의 장 안에서 이루어진 경계인 최연택의 독특한 문학적 개성을 살피기 위한 효과적인 텍스트가 된다.

우선적으로 눈에 띄는 사실은 최연택의 소설이 신문이라는 미디어와

---

32 『의인의 무덤』은 의로운 인물의 죽음과 관련된 두 개의 짧은 고소설과 이광수의 「어린 희생」이 하나로 묶여 있는 작품이며, 『연단의 한』 역시 연나라 태자 단의 이야기를 다룬 회장체의 고소설이다.
33 이 두 작품의 경우 본문 첫 페이지에 최연택이 저술했음을 분명하게 제시하고 있다.

밀접한 연관을 맺고 있다는 점이다. 최연택이 문창사를 설립하고 처음 발간한 『기인기사록』이 『매일신보』에서 이미 연재되었던 바 있는 송순기의 글을 모아놓았던 것처럼, 『단소』와 『죄악의 씨』 역시 『매일신보』에서 연재된 바 있는 자신의 텍스트를 모티프로 삼아 창작된 것이었다. 『단소』는 『매일신보』에 연재된 바 있는 「(영국사회극)완환」이 다루는 주제와 밀접한 연관이 있으며, 『죄악의 씨』는 「(조선사회극)부의안)」의 주요 모티프를 장편의 분량으로 확대한 것이다.

실물을 확인할 수 없는 나머지 두 작품 『빈의루』, 『고학생』 역시 기존의 신문 연재물과 밀접한 연관을 맺고 창작된 것으로 보인다. 한 광고에 따르면 『빈의루』는 '영국의 대사상가이며 대문호인 우드'의 작품을 번역한 것'으로 '수년전 모 신문지상에 『理想의 夫婦』라 연재되던 것'[34]임을 강조하고 있다.[35] 한편 『고학생』의 경우 '고학생 김성재金聖哉라는 사람의 사실담'[36]이라며 광고하였는데, 『매일신보』에 2회 연재되었던 「(소설사실담)누가 너를 허러」가 가난 속에서도 의지를 잃지 않는 고학생의 이야기를 다루고 있다는 점에서 『고학생』의 모티프가 되었을 가능성이 있다.

34　"本書눈 近來英國의 大思想家이며 大文豪인 우드氏의 蕩漾激奔되는 胸海로브터 溢出된 結晶體인딕 旣히 世界各國語로 飜刊되엿스되 오즉 朝鮮語로만 不譯된 것은 一大遺憾이 안리요 弊社는 此를 感하야 玆에 譯出하게 된 것이올시다 此書가 一出한 後로 歐米思想界는 一轉하야 刮目의 別天地를 成케하니 그 內容의 如何한 魅力을 가진 것은 一讀而自解되리로다 數年前某新聞紙上에 『理想의 夫婦』라 連載되든 것이 是라 江湖 僉尊의 記憶이 尙新하리로다 贅言을 不縷하노이다", 「(사회소설)빈의루」(광고), 『조선일보』, 1923.9.30.

35　또 다른 광고에서는 "年前에 『理想의 夫婦』라고 每日申報에 連載되여 好評을 博得"이라며 그 신문이 『매일신보』임을 분명히 드러내고 있다. 『세계일류사상가논문집』, 문창사, 1924, 164면.

36　『세계일류사상가논문집』, 문창사, 1924, 165면.

한편, 최연택은 광고를 통해 신문이라는 미디어가 지닌 권위를 활용하기도 했다. 예컨대, 『기인기사록』의 경우 "先爲每日申報上에 年餘를 連載하야 十万讀者의 喝采를 博得"[37]라며 『매일신보』에 연재되어 호평을 얻었던 작품임을 강조하고 있다. 이러한 방식은 『매일신보』의 미디어로서의 권위에 기대어 이미 신문지상에서 독자들의 검증을 받은 작품이라는 점을 내세우기 위한 것이다. 또한 『죄악의 씨』에 수록된 『단소』 광고에서는 '조선신보사 소설기자 최연택 선생 저'라는 문구를 강조하였는데, 이 역시 신문이라는 미디어의 권위를 이용하려는 의도를 짐작할 수 있다.[38]

『단소』에서는 서사의 진행을 위해 신문기사를 직접 인용하는 기법이 사용되기도 했다. 장기진은 "쟈션음회에 걸아의 단소"라는 제목의 신문기사를 읽고, 그 아이가 분명 자신의 아들 용남이라는 사실을 깨닫게 된다. 장기진은 이 기사를 읽고 그동안 자신의 잘못을 뉘우치게 된다. 흥미로운 점은 본문에 신문기사를 그대로 옮겨 놓은 것처럼, 기사제목의 글자를 크고 진하게 처리하고, 부제의 경우 작은 글자로 표현하였다. 기사 끝에는 "(개셩)"이라고 기사를 작성한 지역을 표기해 두는 치밀함까지 발휘하고 있다. 이 같은 신문 기사의 활용이나 세부적인 표현은 최연택이 신문이라는 미디어에서의 경험을 소설 창작에 적극 활용하고 있음을 보여준다.

이처럼 최연택의 소설 저술 및 출판은 대체로 신문이라는 미디어에서

---

37 최연택, 『(사회소설)단소』, 문창사, 1922, 뒷표지 『기인기사록』 광고.
38 현재 『조선신보』가 전해지지 않고, 이에 대한 연구도 전무하다. 다만, 최연택은 1922년 무렵 '조선일보 고양군 지국장'을 담당했다는 기록이 있으므로, 여기서 말한 '조선신보'는 '조선일보'의 오기일 가능성이 크다.

의 글쓰기 경험을 토대로 이루어졌다는 공통점을 지닌다. 최연택의 신문에서의 글쓰기는 대부분 국한문혼용체로 이루어졌는데, 이는 그의 글쓰기가 매체의 기획의도와 독자전략에 의해 일정부분 통제받을 수밖에 없다는 점을 보여준다. 그가 『매일신보』에 투고한 글은 주로 1면에 수록되었는데, 4면에 연재되던 장편의 한글소설과는 달리 1면의 편집방침에 따라 이루어진 것이다. 최연택은 『매일신보』의 지면을 통해 「(영국사회극)완환」, 「(조선사회극)부의안」, 「(소설사실담)누가 너를 허러」를 연재하였으나, 매체의 기획과 담론 속에서 온전히 자유롭게 자신의 사상과 생각을 장편의 소설 형식으로 표현하기는 어려웠다. 결국, 최연택의 『매일신보』에서의 글쓰기 경험은 이후 단행본 서적출판시장을 통해 더욱 자유롭고 다양한 형식으로 확장된다.

2) '사회소설'이라는 기획

최연택이 『매일신보』에 연재했던 「(英國社會劇)腕環」은 근대 초기 영국문학의 수용과정을 보여주는 흥미로운 사례가 된다.[39] 이 작품은 영국의 극작가 알프레드 수트로Alfred Sutro, 1863~1933의 작품 *The bracelet* 1912을 원작으로 삼고 있는데, 일본의 영문학자 미야모리 아사타로宮森麻太郎, 1869~1952가 「(英國社會劇)腕環」ジャパンタイムス学生号出版所, 1918.3으로 일본어로 번역한 것을 한국어로 재번역한 것으로 보인다. 사회문제에 관심이 많았던 최연택이 미야모리 아사타로의 일본어 번역 작품을 접하고, 이

---

39 지금까지 「(英國社會劇) 腕環」이나 그 원작인 *The bracelet*(1912)에 대한 연구는 한 번도 이루어진 바 없다. 「(英國社會劇) 腕環」은 희곡이나 번역문학 연구에 있어서도 진전된 논의가 필요한 작품이다.

를 다시 한국어로 재번역하여 『매일신보』의 독자에게 소개한 셈이다.

「완환」은 영국의 한 중산층 가정에서 잃어버린 팔찌를 찾는 과정에서 벌어진 이야기를 다루고 있다. 부인의 잃어버린 팔찌를 찾기 위해 소동이 일어나고, 똑같은 팔찌가 젊은 가정교사 여인에게서 발견된다. 모두가 그녀를 의심하자, 주인공 남편은 부인의 팔찌를 부러워하던 가정교사 여인에게 똑같은 것을 자신이 직접 사주었다고 이야기한다. 부인의 추궁 끝에 남편은 무미건조한 삶 속에서 유일한 위안이 되었던 가정교사 여인을 사랑하게 되었다고 고백한다. 가정을 잃기 싫었던 부인은 남편을 용서하기로 마음먹지만 가정교사를 떠나보낼 수 없다는 남편의 말에 분노한다. 가정교사는 두 사람에게 작별을 고하고, 자신의 의지로 그 집을 떠나고 만다.

'사회극'을 표방한 「완환」의 핵심적 주제는 중산층 기혼 남성의 위선적 모습에 대한 비판이다. 경제적으로는 여유가 있지만 무미건조한 삶속에서 권태를 느낀 남성이 젊은 여인에 대한 외도의 감정을 정신적 사랑이라고 포장하며 정당화한다. 이 작품이 '영국사회극'을 표방한 이유는 이러한 상황이 특정한 개인의 문제라기보다는 당시 영국 사회 일반의 이야기로 확장될 수 있었기 때문이다. 이는 조혼한 남성이 가정에 소홀하며, 신여성과의 자유연애를 유행처럼 꿈꾸던 당시 조선 사회 일반의 문제와 매우 닮아 있다. 특히, 최연택의 『단소』는 '사회소설'을 표방하며 전통적인 결혼제도와 새로운 연애문화의 충돌을 통해 발생하는 비극적 이야기를 다루고 있다.[40]

---

40 『단소』에 대한 한 광고문에는 작품의 저술 취지와 목적이 비교적 선명하게 드러나 있어 주목할 만하다. "이씩 우리 청년 남녀는 셔으로부터 드러오고 밀녀오는 풍죠에 정신업

『단소』에서 음악가 장기진은 처자식을 버리고 홀로 상경하여 신여성 양정숙과 새로운 살림을 차린다. 이후 장기진은 극도로 궁핍한 생활 속에서 눈이 먼 부인과 단소를 불며 구걸생활을 하던 아들 용남과 결국 재회하고 자신의 과오를 반성한다. 하지만 새로운 사랑을 놓칠 수 없었던 장기진은 정숙을 쫓아가다 그만 기차에 치어 죽게 된다. 이러한 장기진의 모습은 「완환」의 주인공과 닮아 있으며, 이는 한 특정한 개인을 넘어 조선 사회 일반의 문제로 확장된다. 최연택은 가정을 돌보지 않고, 개인적인 욕망을 추구하다 결국 좌절하게 되는 장기진과 아버지를 내버려두고 유부남과 사랑의 도피를 시도한 양정숙이라는 인물을 통해 당시 자유연애라는 새로운 풍조를 무비판적으로 수용하던 청춘남녀들을 비판하고자 했다.

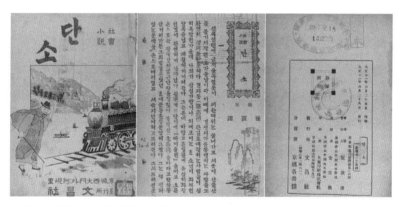

〈그림 38〉『단소』의 표지, 본문, 판권지

시 들써서 예전 우리의 구도덕을 조혼 ᄌ이나 좇치 못훈 ᄌ이나 아울너 무시(無視)ᄒ야 경죠부박훈 행동을 막우ᄒ는 ᄉ긋헤 참으로 무참훈 비극도 만히 연출ᄒ는도다 오인은 이것을 저지ᄒ여볼 성의로 이 글을 썻ᄂ니 동ᄒ시는 인ᄉ어든 이것을 훈번 닑어쥬시오", 최연택, 『죄악의 씨』, 문창사, 1922.9.28, 68면.

또한 『단소』에는 장기진과 양정숙 이외에도 백남옥과 박메리 커플이 등장한다. 조혼한 백남옥은 아내와의 깊던 정이 성기어지자 '신진여자'와의 자유연애를 꿈꾼다. 돌아가신 아버지의 막대한 유산을 물려받은 백남옥은 기부를 통해 '가면의 사상가' 노릇도 하고, 교회에 가서 독실한 신자인 체도 한다. 그는 교회에서 학식도 풍부하고 외국어도 잘하는 아름다운 '신진여자' 박메리를 만나 사랑에 빠진다. 박메리는 남옥이 기혼자임을 알게 되지만 그와의 사랑을 포기하지 않는다. 결국 메리의 종용에 따라 남옥은 본처와 이혼하게 되고, 결국 남옥과 메리는 결혼하여 새가정을 꾸리게 된다. 백남옥과 박메리라는 인물 역시 서양에서 들어온 새로운 연애풍조를 비판하기 위한 또 다른 장치인 셈이다.

물론 최연택이 자유연애를 무조건적인 비판의 대상으로 그린 것은 아니다. 분명 장기진과 양정숙, 백남옥과 박메리 커플이 스스로의 의지에 따라 자신이 사랑할 수 있는 대상을 선택하는 과정은 꽤나 긍정적인 시선을 포함하고 있다. 그들이 자신의 사랑을 직접 선택하는 일은 거스를 수 없는 시대의 흐름 속에 놓여 있음을 드러낸다. 따라서 비판의 구체적 대상은 자신의 욕망을 이루기 위해 기존의 가정을 깨뜨리고 처자식을 배신하는 비도덕적 행위에 놓여 있음을 알 수 있다. 이는 조혼을 통해 이루어진 전통적 결혼 제도를 비판하고, 자유연애를 통해 이루어진 결혼을 이상적인 것으로 여겼던 대다수 유학생 지식인들의 입장과는 구별되는 지점이자 『단소』라는 작품이 지닌 특별한 개성이라고 할 수 있겠다.

『죄악의 씨』는 『매일신보』에 자신이 연재했던 「(朝鮮社會劇) 父의眼」의 이야기 화소를 장편의 대중소설 형식에 맞도록 확장한 것이다. '조선사회극'이라는 표현처럼 「부의안」은 당시 세태를 풍자하는 내용으로 이루어진 희곡 작품이다. 이 작품은 「(영국사회극)완환」을 번역하여 연재한 경험을 바탕으로 조선의 실정에 맞는 사회극으로 창작된 것으로 보인다. 「부의안」은 실업가 민중식이 지나친 욕심으로 인해 파산하게 되고, 한량인 아들 병철이 뻔뻔하게 기생오입할 돈을 달라고 하자 충격으로 그만 눈이 멀게 된다는 이야기이다. 『죄악의 씨』에서는 민영철이 과거 자신의 잘못으로 인해 생긴 '죄악의 씨' 명식의 부랑한 짓에 의해 충격을 받아 눈이 멀게 된다. 세세한 설정은 차이가 있지만, 「부의안」의 핵심적인 모티프를 장편소설의 형식에 맞도록 확장한 것임을 알 수 있다.

　『단소』와 마찬가지로『죄악의 씨』역시 '사회소설'을 표방하고 있다. 하지만『단소』가 주로 새로운 연애풍조를 사회적 문제로 인식했던 것과는 달리,『죄악의 씨』는 주로 계급이나 교육 등 사회적 환경을 중요한 이슈로 부각시킨다. 민영철이 남편이 있는 오정자를 강간한 것을 개인적 문제보다 계급적 환경의 문제로 바라보는 시각은 꽤나 독특하다. 인간의 욕망은 자연스러운 것인데, 이것을 제어하느냐 폭발시키느냐는 계급이나 권력의 차이에서 발생한다는 것이다. 또한 모범적인 명식은 친부인 민영철의 집에서 살게 되자 점차 부랑한 인간으로 변모하게 되는데, 이는 교육환경의 중요성을 사회문제로 인식하여 반영한 결과이다. 이처럼『죄악의 씨』는 여타 딱지본 대중소설에서는 보기 드문 주제의식을 다루고 있다는 점에서 독특한 개성을 지닌다.

　1923년 무렵 발행된 문창사 작품 중『社會小說貧의淚』역시『단소』,『죄악의 씨』와 함께 당시 조선의 사회문제를 다루는 작품이다. 1923년 3월 5일자『조선일보』에 실린 문창사 광고에는 '사회소설'이라는 동일한 장르표지로 간행된 세 개의 작품이 나란히 제시되었다.『단소』가 무분별

〈그림 39〉『조선일보』(1923.3.5) 문창사 사회소설 광고

한 연애풍조, 『죄악의 씨』가 계급문제를 다루고 있다면, 『빈의루』의 경우에는 제목에서 짐작컨대 자본주의 사회에 관한 주제를 담고 있을 가능성이 크다. '사회소설'이라는 장르표지는 동시기 여타 소설에서는 찾아보기 어려운 것이며, 최연택의 소설 기획과 전략의 방향을 명징하게 보여주는 대목이라 할 수 있다. 특히, 이러한 시도가 딱지본 대중소설의 장 안에서 이루어졌다는 점은 그동안 우리가 가지고 있던 딱지본 대중소설에 대한 부정적 편견을 되돌아 볼 수 있는 근거가 된다.

최연택은 문단이라는 경계를 넘어 식민지 문학시장 안에서 '사회소설'이라는 일련의 기획을 적극적으로 시도하였다. '사회소설' 시리즈는 어쩌면 당시 지식인 중심의 문단에 적합한 기획이었을 가능성이 크다. 대량생산의 장 안에서 일반 대중독자들이 소설에 기대하는 것은 사회비판이나 그것에 대한 해결책이 아니라 단지 '현실을 잊게 만드는 흥미로운 이야기'였기 때문이다.[41] 그럼에도 불구하고, 최연택은 딱지본 대중소설의 독자들을 겨냥한 일련의 '사회소설'을 대량생산의 장 안에서 저술·발행하였다. 일견 무모해 보이는 이러한 기획은 문창사라는 자신의 출판사를 설립하였기 때문에 가능한 일이라 볼 수 있다. 그는 일련의 '사회소설'을 통해, 이익만을 추구하는 서적출판시장 안에서 소설이 지닌 사회적 효용의 가능성을 제시하고자 했던 것이다.

3) 총독부 검열과 명예훼손

최연택의 '사회소설'은 직면한 사회문제에 대한 날선 비판의 목소리로 인하여 총독부 검열에 의해 수차례 제제를 받기도 했다. 가장 눈에 띄는 부분은『죄악의 씨』의 다중 판본에 관한 것이다. 특이하게도 국립중앙도서관에서 소장하고 있는『죄악의 씨』는 두 개의 판본이 존재한다. 하나는 1922년 9월 28일에 발행된 것이며, 나머지 하나는 1922년 12월 25일에 발행된 것이다. 1922년 12월 25일 발행된 두 번째 판본의 경우 재판이 아닐까 생각해 볼 수 있지만 판권지에는 분명 초판 발행된 것으로 되어 있다.

두 개의 판본에서는 몇 가지 변화된 지점들이 눈에 띈다. 위 그림을 보면, 표지의 그림이 달라졌고, 본문 첫 페이지의 작자 이름이 "綠東 崔演澤 著"에서 "鳳鶴山人 作"으로 변경되었다. 판권지의 경우 발행 날짜가 각각 다르게 표기되어 있으며, "編輯兼發行者 崔演澤"이 "著作者 崔演澤 發行

---

41 김기진은 소위 '이야기책'의 영향력에 대해 관심을 표명하며, 울긋불긋한 표지, 커다란 활자, 저렴한 가격, 읽기 쉬운 문장, 현실을 잊게 하는 재미있는 내용 등을 이야기책의 특성으로 제시한 바 있다. 김기진, 「대중소설론」, 『동아일보』, 1929.4.14~20.

〈그림 40〉『죄악의 씨』와 두 개의 판본

者 崔演澤"으로 변경되었다. 본문의 경우 65페이지에서 66페이지로 증가했으며, 가격도 25전에서 30전으로 늘어났다. 그렇다면 어떻게 이런 상황이 발생한 것일까. 이러한 특징은 총독부 검열 제도와 식민지 서적 출판문화를 이해하는 데 중요한 자료가 된다.

의문을 해결하기 위한 결정적인 단서가 첫 번째 판본의 표지에 담겨 있다. 첫 번째 판본의 표지에는 일본어로 적힌 붉은 글씨가 낙서처럼 적혀 있는데, 자세히 살펴보면 '표지가 이상하니 제거하라'라는 총독부 검열의 흔적을 발견할 수 있다.[42] 표지에는 칼을 찬 순사에게 호송되는 죄인의 모습을 그려 놓았는데, 검열관은 이것이 식민통치에 대한 부정적 인식을 드러내고 있다고 보았던 것이다. 이러한 맥락에서 칼을 찬 순사는 공권력을 장악한 일본인을, 호송되는 죄인은 식민지 사법체계 안에서 규율되는 조선인의 모습을 연상시킨다.

당시 모든 출판물은 총독부의 검열을 받아야만 간행이 이루어질 수 있었다. 표지 그림을 자세히 들여다보면 이 책들이 조선총독부 경무국에 제출한 납본임을 확인할 수 있는 파란색 도장이 찍혀 있다. 현재 국립중앙도서관이 소장하고 있는 『죄악의 씨』 첫 번째 판본은 경무국 검열을 받기 위한 납본이며 실제 출판·유통된 것으로 보기는 어렵다. 결국, 최연택은 『죄악의 씨』를 출판하기 전 첫 번째 판본을 제출하여 검열을 받았으나, 표지 그림을 비롯하여 몇 가지 지적을 받아 이후 두 번째 판본으로 수정하여 발행하였음을 짐작할 수 있다.

또 다른 변화들은 명예훼손 등의 문제와 관련이 있는 것으로 보인다. 첫 번째 판본의 경우 본문 첫 페이지에 "綠東 崔演澤 著"라고 되어 있는데, 두 번째 판본의 경우 "鳳鶴山人 作"으로 바뀌었다. '봉학산인'은 『현대신어석의』의 서문에서 사용한 바 있는 최연택의 또 다른 필명인데, 이는 자신의 실명을 드러내기보다 필명을 통해 자신을 방어하려는 의도로 보인다. 그리고 등장인물의 이름이 민영철閔泳轍에서 민영음閔泳滛으로, 민명식閔暝植에서 민종식閔種植으로 바뀌었다. 한편, 민영음이라는 이름을 직

42 유춘동, 「구활자본 고소설의 검열본과 납본―국립중앙도서관 소장 자료를 중심으로」, 『서지학연구』 72, 한국서지학회, 2017, 372면.

접 노출하기보다 관직이름인 '유수留守'나 '민색마' 등의 표현으로 바꾸어 놓은 것도 수차례 발견된다. 이는 아마도 작품 속 모델이 되는 실존 인물과의 간격을 벌리고, 음淫이나 종種이라는 글자를 통해 인물의 성격을 강화하기 위한 방편으로 보인다. 또한 직접적인 이름의 노출을 줄이는 것 역시 명예훼손으로 인한 소송 등의 상황을 예방하기 위한 기법으로 보인다.

작품에서 주인공의 아내 오정자를 강간한 강화유수 민영철과 부정한 결과로 태어난 민명식은 부패한 친일 귀족 민씨 일가를 연상시킨다. 특히, 민영철은 대표적인 친일파 민영휘閔泳徽를 모델로 삼았을 가능성이 높다. 탐관오리였던 민영휘는 1889년 강화유수로 재직한 일이 있는데, 작품의 배경이 '지금으로부터 삼십여 년 전'이니 정확히 그 시기가 겹친다. 또한 민명식이 민영휘 아들 형제의 이름인 형식衡植, 대식大植, 규식奎植과 유사한 점도 그 가능성을 높여준다.[43] 작품이 발간된 1922년 무렵 민영휘는 휘문의숙을 설립하고 대동사문회 회장에 선출되는 등 굉장한 권세를 누리고 있었으니 이러한 점은 분명 작품 발간에 부담이 되었을 것이다. 게다가 최연택은 이 무렵 명예훼손죄로 백원의 벌금형을 받고 항소한 전력이 있는데, 이러한 경험도 다분히 영향을 미쳤을 것으로 보인다.[44]

이러한 측면은 다른 작품에서도 드러난다. 『고학생』의 경우에도 검열로 인해 출간이 쉽지 않았던 것으로 보이는데, 다음의 광고는 저간의 사정을 짐작케 한다.

---

43 권철호, 앞의 글, 111면.
44 최연택은 조선일보사 고양군 지국장으로 일하던 중, 홍업사 계장인 한태환(韓台煥)의 사기행위를 고발하였다가 소송에 패해 명예훼손죄로 백원의 벌금형을 받고 항소한 사실이 있다. 「명예훼손죄로 벌금 빅원」, 『매일신보』, 1922.8.19.

實로 此書는 數年前브터 此世에 出頭코져 하엿스나 여러 가지 不自由와 拘束中에서 오릭동안 警務局에 拘置되엿다가 畢竟은 數個處에 削除를 當하고 放免케 되니 遺憾은 遺憾이올시다. 그러나 一臠을 去한다고 全鼎의 味가 俱減될 理ㅣ 업고 一班을 蔽한다고 全豹의 形을 全匿할 수가 업겟슴니다.[45]

이 광고에서 최연택은 수년전부터 『고학생』을 발행하고자 했으나, 경무국의 검열로 인해 여러 군데 삭제를 당하고 간신히 발행하게 되었음을 밝히고 있다. 또 다른 광고에서는 '고학생 김성재金聖哉라는 사람의 사실담事實談'으로 '사회주의社會主義의 진수眞髓'를 느낄 수 있다며 홍보하였는데,[46] 이 작품의 검열 받은 대목이 사회문제와 밀접한 연관이 있었음을 짐작할 수 있다. 오히려 최연택은 검열로 인한 소설 출판의 어려움을 광고 문안으로 활용하였는데, 이는 최연택의 출판인으로서의 역량이 돋보이는 대목이다.

그 밖에도 최연택이 총독부 경무국의 검열로 인해 피해를 받은 사실은 수차례 확인된다. 『錦囊秘話』는 부호富豪 가정의 불륜관계를 저주하고 무산대중을 위한 투쟁을 운운하고 전편에 걸쳐 난륜관계를 묘술했다는 이유로 출판금지 되었으며, 최연택이 발행인으로 참여했던 잡지 『新朝鮮』의 경우에는 애국정신을 운운하는 내용의 논설 때문에 검열의 대상이 되기도 했다.[47] 이러한 측면은 최연택의 저작이 사회문제에 대한 비판적 관점을 일관된 태도로 유지하고 있었기 때문으로 보인다.

---

45 『조선일보』, 1923.12.23.
46 『세계일류사상가논문집』, 문창사, 1924, 164면, 『고학생』 광고.
47 권철호는 이러한 내용을 『조선출판경무월보』를 통해 제시한 바 있다. 권철호, 앞의 글, 110면.

이처럼 '사회소설'을 표방한 최연택의 소설은 동시기 대량생산의 장에서 출판된 다른 대중소설에서는 찾아보기 힘든 사회비판적 내용과 주제를 전면에 내세우고 있다는 점에서 나름의 주목할 만한 개성을 지닌다. 그의 소설은 총독부 검열과 명예훼손이라는 문제를 극복하기 위한 나름의 대응 결과를 포함하고 있었던 것이다. 또한 이윤만을 추구하는 딱지본 대중소설의 문제점을 지양하기 위한 나름의 방편이자 대응전략의 일환이었던 셈이다.

4) 윤리적 고뇌와 기독교적 대안

'사회소설' 『단소』와 『죄악의 씨』는 사회문제에 대한 비판에 머물지 않는다. 최연택은 직면한 사회문제에 대한 주인공의 윤리적·도덕적 번민의 지점을 입체적으로 드러내거나, 이를 해결하기 위한 나름의 대안을 명확히 제시하고자 했다. 이 역시 동시기 딱지본 대중소설과는 구별되는 최연택 소설이 지닌 차별화된 개성이라고 할 수 있겠다.

『단소』의 장기진은 처자식을 버리고, 신여성 양정숙과 새로운 가정을 꾸리고 행복하게 살고 있다. 어느 날 양정숙은 청아한 단소 소리를 듣고 아이와 눈먼 여인을 집으로 초대하고, 장기진은 그들이 부인과 아들이라는 것을 알게 된다. 장기진은 여인의 무릎에 엎드려 울면서 자신의 죄를 뉘우치고, 정숙은 부끄러움을 느끼고 아버지에게 돌아가려고 떠난다. 이때 장기진은 도덕윤리와 사랑 사이에서 갈등하다가 결국 사랑을 택하고 정숙을 뒤쫓아 간다. 결국 그는 기차에 치여 죽게 되는데, 이러한 비극적 결말은 결국 전통적인 윤리와 도덕의 승리로 귀결되지만 장기진이란 인물에 입체적인 개성을 부여하는 장치가 된다.

한편, 『단소』의 경우 자유연애의 환상을 경계하며 구가정으로의 복귀를 제시하는 한편, 무정한 자본주의 세계 속에서 자선심을 잃지 않을 것을 강조하고자 했다. 자선가의 아들 김성재는 거지라고 괴롭힘을 당하는 용남에게 따뜻한 손길을 내밀고, 개성예배당의 박목사는 황해도 흉년으로 인해 고생하는 사람들을 위한 자선음악회를 개최한다. 용남은 이들과의 만남을 통해 자신의 처지를 비관하거나 좌절하지 않고 결국 아버지를 만날 수 있게 되었다. 이러한 자선심은 냉혹한 근대적 자본주의 세계를 극복하기 위해 작가가 제시한 나름의 대안인 셈이다.

　『죄악의 씨』의 김철수는 작품이 다루는 주제를 효과적으로 드러내기 위해 꽤나 공을 들인 인물이다. 정든 고향을 떠나 멀리 객지에서 홀로 일하던 김철수는 부모의 급보를 받고 고향으로 돌아온다. 그는 강화 유수 민영철에게 강간을 당해 정신 이상이 생긴 아내와 태어난 아이를 보고 큰 충격을 받는다. 하지만 그는 놀랍게도 침착하게 아내 오정자의 고통을 감싸주고 아이마저 친자식처럼 키우자고 한다. 심지어는 민영철 개인의 죄가 아니라 그의 지위와 권세가 그 죄를 낳은 것이라며, 이러한 문제를 발생시킨 국가제도와 사회제도를 고쳐야 한다고 말한다. 이처럼 오정자를 구하기 위해 다정한 말로 그녀를 안심시킨 철수는 그날 밤 차오르는 분노를 참지 못하고 단도를 집어 든 채 민영철의 집을 향한다. 민영철의 방 앞에서 고뇌하던 철수는 결국 그를 죽이지 않고 칼을 던져 겁만 주고 돌아온다. 이처럼 작가는 김철수를 이상주의적인 인물로만 그리지 않고, 인간적인 분노를 함께 지닌 인물로 묘사했다.

　이후 칠팔 년 뒤, 민영철의 아들을 친자식처럼 키우던 김철수는 어느 날 '우리나라 사회개혁에 희생'하겠다며 집을 떠난다.[48] 더 이상 자신과 같이 억울한 일이 생기지 않는 사회를 만들기 위해 집을 나선 그는 중국 상해上海에서 몇 해를 보내다가 미국으로 건너가 하버드대학 사회학社會學을 공부한다. 명망 높은 사회학자가 된 그는 '사회평권론社會平權論'을 발표하여 세계적인 환영을 받기도 했지만, 여전히 이 세상에 불평이 많았는지 러시아로 건너가 과격한 무정부당無政府黨에 몸을 던지기도 한다. 하지만 조선에 돌아온 김철수가 사회개혁에 헌신하기 위해 결국 선택한 것은 바로 기독교인데 이는 사회문제 해결에 대한 작가의 신념을 읽어낼 수 있는 장치가 된다.

『단소』의 박목사처럼, 『죄악의 씨』에서는 황의경, 즉 황목사라는 인물이 등장한다. 황목사는 예전 김철수가 개성에서 일할 때 만났던 사람으로 일본 동경 유학을 통해 신학교를 졸업하고 목사가 된 인물이다. 이십년 만에 조선에 돌아온 김철수의 내력을 듣게 된 황목사는 김철수에게 비구니가 된 아내 오정자를 찾아 함께 방황하는 조선 민족에게 복음을 전파하자고 제안한다. 결국 김철수는 '한갓 불평만 부르짖기'보다 사회에 공헌하고 희생하기 위해 황목사의 제안을 허락하게 된다. 이후 '신의 사자'가 되어 생활하던 김철수 앞에 '죄악의 씨' 명식의 패륜으로 눈이 멀어버린 민영철이 거지꼴을 하고 나타난다. 김철수는 '원수를 사랑하라'는 주의 말씀대로 민영철을 진심으로 용서한다.

이처럼, 『단소』와 『죄악의 씨』에 담긴 종교적인 구원 또는 해결 의지는 최연택의 개인적 체험과 관련이 깊다. 그는 1923년 『활천』이라는 종교잡지에 「死亡에서 活路로」라는 고백적 성격의 글을 남긴 바 있다.[49] 그

---

48 최연택, 『죄악의 씨』, 문창사, 1922.9.28, 36면.
49 『활천』 13~15, 활천사, 1924.

는 어린 시절 자신의 잘못들과 방탕한 생활을 솔직히 고백하며, 신비로운 신앙체험을 통해 그간의 행동을 뉘우치고 기독교에 귀의하게 되었음을 밝혔다. 이러한 과정에서 그는 한익찬韓益燦 목사의 복음을 통해 마음의 평화를 얻었다고 술회하였다. 결국 최연택은 종교를 통해 구원을 얻었고, 이러한 기독교적 세계관을 소설을 통해 구연하고자 했던 것으로 볼 수 있다.

5. 맺음말

임화 이후 한국의 근대문학사 서술은 소위 '문단文壇'을 중심으로 이루어졌다. 1920년대 이후 작가, 비평가, 연구자를 중심으로 한 보이지 않는 공동체 의식이 문단이라는 울타리를 구성하고, 문단은 문학이 지닌 다른 예술과의 차별성을 부각하며 그 의미와 가치를 특별한 것으로 만들어 나갔다. 한편, 식민지 서적출판문화 속 자본주의적 상품으로서의 문학을 경계해야할 타자로 설정하고 그와는 다른 예술로서의 문학이나 미적 자율성을 중요한 가치로 설정했다. 지금까지 우리가 기억하는 문학은 이렇게 정전화正典化 과정을 거쳐 이루어진 것들이 대부분이다.

시각을 달리해보면 이러한 문단 중심의 문학이 동시기 문학의 총량을 의미하지는 않는다는 점에 쉽게 동의할 수 있을 것이다. 예컨대, 식민지 시기 발행된 신문이나 잡지, 단행본 등을 뒤져보면 근대문학사에서 다루어지지 않았던 작가나 작품들이 무수히 많다는 것을 대번에 깨닫게 된다. 이들 중 다수를 이루는 한 그룹을 범박하게 '대중문학'이라고 부른다면, 이것은 예술이라는 가치보다 대중독자와의 교감과 소통을 더욱 중요한 목표로 설정하고 있다. 이들 대중문학은 더 나아가 식민지 서적출판문화의 자본주의적 상품으로서의 성격을 마다하지 않는다.

녹동 최연택은 언론, 출판, 문단의 경계에서 자유롭게 자신만의 영역을 개척하고자 했다. 몇 편의 특색 있는 소설 작품을 남긴 문학인이기도 했다. 그는 신문이라는 미디어를 통해 자신의 사상과 철학을 담은 다양한 글쓰기 방식을 시도했으며, 문창사라는 출판사를 설립·운영하며 출판활동을 통한 사회적 소명을 다하고자 했다. 또한 『단소』, 『죄악의 씨』 등 '사회소설' 연작을 통해 이윤추구에 몰두하는 딱지본 대중소설의 한계를 극복하고, 사회 현상에 대한 비판 및 대안을 제시하고자 했다. 이처럼 녹동 최연택의 언론·출판 및 소설 창작 활동은 식민지 시기 서적출판문화를 입체적으로 이해하기 위한 흥미로운 사례가 된다.

특히, 그가 남긴 『단소』와 『죄악의 씨』는 딱지본 대중소설의 장 안에서도 이채를 발휘하는 작품이다. 그는 딱지본 대중소설이 지닌 상업적 성격을 비판하면서, '사회소설' 연작을 통해 소설의 교훈적 가치를 문학시장을 통해 실현시키고자 했다. 이들 작품은 신문에서 연재된 작품들의 모티프를 반영·확장시킨 것으로 신문 기고를 통해 느꼈던 한계를 자신이 설립한 출판사를 통해 극복하고자 했다. 또한 그의 소설이 지닌 사회비판적 성격은 총독부 검열로부터 일정한 제재를 받기도 하였다. 특히, 그의 소설에 나타난 날카로운 사회 비판과 기독교적 용서와 화해는 여타 딱지본 대중소설에서는 찾기 어려운 독특한 개성이다. 이처럼 그의 작품은 딱지본 대중소설의 다채로운 성격을 이해하는 데에도 도움이 된다.

그렇다면 다시 문학이란 무엇인가? 진부하게 여겨질 수 있지만 여전히 유용한 질문이다. 근대 문학사의 자리에는 여전히 고급문학의 경계에 있거나 그 경계 밖에 존재하는 무수한 문학의 형태가 존재한다. 이것은 개별적이고 특수한 것들에 대한 B급 감성이나 취향만을 의미하진 않는다. 문학에 우열을 매기는 위계화 된 틀을 부수고, 순혈한 문학의 경계와 벽을 허물 때 비로소 근대문학의 자리를 온전히 들여다 볼 수 있는 가능성이 생길 것이다. 결국 중요한 것은 기존 문단 중심의 문학에 대한 과도한 경사에서 벗어나 당대의 문학을 더욱 입체적으로 파악하고 근대문학의 자리를 균형 있게 복원하는 일이다. 모두의 관심이 더 많은 경계적 텍스트에 닿기를 기대해 본다.

제4장

일인칭 시점 딱지본 대중소설의
존재 양상과 의미

1. 머리말

일찍이 김기진은 당시의 소설을 예술소설, 통속소설, 이야기책으로 구분하며, 주로 신문에 연재된 통속소설보다 막강한 기세로 대중에게 전파된 소위 '이야기책'의 영향력에 대해 관심을 표명한 바 있다.[1] 이러한 '이야기책'은 독자의 호기심과 구매욕을 자극하는 울긋불긋한 표지, 호롱불 밑에서 목침 베고 드러누워서 보기에도 눈이 아프지 않을 만큼 큰 활자, 쉽게 한두 권 쯤은 일시에 사볼 수 있는 저렴한 가격, 큰 소리로 낭독하기에 좋은 쉬운 문장, 현실을 잊게 만드는 재미있는 내용을 통해 농민과 노동자를 중심으로 한 당시 대중들에게 큰 사랑을 받았다고 했

---

1   김기진, 「대중소설론」, 『동아일보』, 1929.4.14~20.

다. 이러한 언급은 '이야기책', 즉 딱지본 대중소설의 특징과 영향력을 짐작케 하는 중요한 단서가 된다.[2]

그럼에도 불구하고, 딱지본 대중소설은 오랫동안 문학 연구의 장 안에서 제외되어 있었다. 근대소설 즉, 소위 고급문예 중심의 정전正典이 성립되는 동안 딱지본 대중소설은 그저 통속적 오락물 또는 자본주의 시장에서의 상품으로 취급되고 있었다. 분과학문으로서의 문학이 미술, 음악 등과 함께 '예술'의 하위 범주로 배치되는 일련의 과정 속에서 딱지본 대중소설은 더 이상 문학 연구의 대상이 되기 어려웠다. 그나마 간간히 이루어진 대중문학 연구의 경우에도 이름 있는 작가들의 신문연재소설 정도가 다루어질 뿐이었지 딱지본 대중소설은 연구의 대상으로조차 취급받지 못한 것이 현실이었다.

그런데, 최근 딱지본 대중소설에 대한 관심이 문학, 미술, 서지, 출판 등 다양한 영역에서 나타나고 있다.[3] 이는 '대중'에 대한 달라진 인식이나 '하위문화subculture'에 대한 관심과도 관련이 있어 보인다. 소수의 엘리트 지식인들 중심의 문단 활동보다, 다수의 독서공동체의 독서경험에

---

2   표지가 아이들 놀이에 쓰이는 딱지처럼 울긋불긋하다는 데에서 유래하였다는 '딱지본'이라는 명칭은 주로 새로운 근대의 활자·인쇄기술을 기반으로 형성된 비교적 값이 저렴한 대중적 출판물을 지칭한다. 이영미 외, 앞의 책 참조.

3   최근 이루어진 대표적인 연구 성과들을 소개하면 다음과 같다. 권철호, 앞의 글, 2012; 조현신, 「한국 근대초기 딱지본 신소설의 표지 디자인」, 『기초조형학연구』 Vol.17 No.6, 한국기초조형학회, 2016; 박태일, 「대구 지역과 딱지본 출판의 전통」, 『현대문학이론연구』 66, 현대문학이론학회, 2016; 구홍진, 「딱지본 소설의 출판문화 연구」, 부산대 석사논문, 2016; 이은주, 「딱지본 표지화의 이미지 연구」, 홍익대 석사논문, 2017; 정은혜, 「한국 로맨스 웹소설과 딱지본 소설의 파라텍스트에 나타난 공통점 분석」, 『인문콘텐츠』 50, 인문콘텐츠학회, 2018; 오영식·유춘동 편, 앞의 책; 정유정, 「딱지본 소설 속 유행가의 기능-유행가 〈술은 눈물일가 한숨이랄가〉를 중심으로」, 『한국시가연구』 47, 한국시가학회, 2019; 김영애, 「딱지본 작가의 필명 연구」, 『현대소설연구』 73, 한국현대소설학회, 2019; 배정상, 「딱지본 대중소설의 작가 철혼 박준표 연구」.

관심을 두는 것은 딱지본 대중소설을 바라보는 달라진 시각 중에 하나이다. 또한 정전 중심의 문학사를 보완하기 위한 대안으로 딱지본 대중소설에 관심을 두는 것도 마찬가지다. 이러한 입장에서 볼 때, 딱지본 대중소설은 근대적 출판유통구조를 기반으로 형성된 자본주의적 문학시장 속 근대인의 독서 경험을 구체적으로 이해하기 위한 단서가 된다. 또한 체제나 이념으로 구획할 수 없는 식민지 근대인의 삶과 욕망을 읽어낼 수 있는 또 하나의 코드code가 된다.

딱지본 대중소설은 주로 재자가인의 박명한 사랑이야기나 역사 속 영웅들의 성공담, 범죄 사건의 통쾌한 해결 등 당대 독자들이 원하던 다양한 삶의 이야기들을 다루고 있다. 이러한 이야기들은 주로 현실의 억압과 모순을 들추고 삶의 진실을 드러내기보다, 독자로 하여금 소설의 세계에 몰입하게 하여 잠시나마 고단한 현실을 잊게 만든다. 한편 딱지본 대중소설의 유형은 생각보다 꽤나 다양한 스펙트럼을 지닌다. 가령 외국소설의 번역 및 번안, 근대소설의 모방 및 확산, 신소설의 지속과 변용, 고소설 다시쓰기, 실제 사건의 반영한 작품 등 딱지본 대중소설은 원천 이야기를 다양한 방식으로 재편하며 그 영역을 넓혀갔다.

특히, 흥미로운 지점은 일인칭 서술 딱지본 대중소설의 존재 양상이다. 딱지본 대중소설의 대부분이 이야기 전달에 효과적인 삼인칭 서술 시점을 선택하고 있는 데 비해, 몇몇 작품들은 주로 소위 고급문예에서 활용되던 일인칭 시점의 서술로 되어 있어 눈길을 끈다. 당시 일본 유학을 경험한 엘리트 지식인들은 문예 잡지를 통해 소위 순문학, 즉 예술로서의 문학을 추구했으며 일인칭 서술 시점은 식민지 현실 속 지식인으로서의 자의식을 드러내고 예술을 위한 문학을 구현하기 위한 효과적인 방편이 되었던 것이다. 따라서 일인칭 서술 딱지본 대중소설의 존재는 식민지 서적출판문화 속 딱지본 대중소설이 지닌 다층적 성격을 이해하기 위한 흥미로운 사례가 된다.

지금까지 일인칭 소설에 관한 연구는 주로 신문이나 잡지에 수록된 고급문예에 한정되어 있었다.[4] 물론 몇몇 연구가 본격적인 근대적 일인칭 시점 소설이 등장하기 전 실험된 일인칭 시점의 다양한 양상들을 다루기도 했지만, 이러한 시도를 소설사적 관점이나 맥락으로 설명하는 데에는 어려움이 있었다.[5] 하지만, 일인칭 시점 딱지본 대중소설의 존재는 1910년대의 예외적 사례들을 새로운 문학사적 맥락과 관점으로 포괄할 수 있는 방편이 된다. 또한 초기의 일인칭 시점의 서술 방식이 고급문예의 경계를 넘어 대량생산의 장에서도 폭넓게 시도되고 있었음을 확인할 수 있는 기회가 된다.

따라서 본 연구에서는 딱지본 대중소설 중 일인칭 시점으로 서술된 작품들을 소개하고, 이것이 갖는 특징과 의미에 대해 논의해 보고자 한다. 분석의 대상으로 선택한 텍스트는 『(가정소설)해혹』, 『(신소설)표랑의 루』, 『(애정소설)애루몽』이다. 특히, 『(신소설)표랑의 루』는 지금까지 목록만 제시되었을 뿐, 그 실물에 대해서는 어떠한 논의도 진행된 바가 없다. 이러한 연구는 딱지본 대중소설의 특징과 의미를 입체적으로 이해하고, 식민지 서적출판문화 속 딱지본 대중소설의 위치를 가늠하기 위

---

4 일인칭 서술 시점에 대해 깊이 있게 천착한 연구로는 다음의 두 연구를 제시할 수 있다. 최병우, 『한국 근대 일인칭 소설 연구』, 한샘출판사, 1995; 우정권, 『한국 근대 고백소설의 형성과 서사양식』, 소명출판, 2004.

5 김용재, 「한국 근대소설의 '일인칭' 서술상황 연구－1910년대 후반기 소설을 중심으로」, 『국어국문학』 105, 국어국문학회, 1991; 이지훈, 앞의 글.

한 하나의 시도가 될 것이다.

2. 일인칭 시점 소설의 등장과 실험

일인칭 시점의 서술은 한국 근대소설의 형성 과정에서 중요한 의미를 지닌다. 전통적으로 서사문학의 서술자는 전지적인 위치에 서 있었지만, 일인칭 시점은 근대라는 특정한 시기의 소설 기법으로 발생했기 때문이다. 전지적 시점의 서술자는 이야기의 외부에서 서사를 조직하고, 등장인물의 행동과 심리를 초월적인 입장에서 제시한다. 한편, 일인칭 시점의 서술자는 주로 이야기의 내부에서 등장인물의 중 하나로 등장하며, 주인공 '나'의 제한된 시점을 통해 이야기를 전달한다. 따라서 일인칭 시점의 서술자는 대체로 '자아의 각성'이나 '내면의 발견'을 통해 근대소설의 형성에 중요한 역할을 담당한 소설 기법으로 논의되곤 했다.

1920년대 초 일인칭 시점의 소설은 잡지라는 미디어를 통해 본격적으로 실험되었다. 당시 문단을 주도하던 지식인들에게 잡지는 다양한 문학적 실험을 가능케 한 물질적 토대가 되었다. 잡지는 장편소설보다 단편소설에 적합했으며, 단편소설은 긴 호흡의 서사보다는 내면의 심리나 갈등을 묘사하는 데 효과적이었다. 일인칭 시점의 소설이 주로 근대 단편 양식의 성립과 밀접한 연관을 맺는 것도 이러한 이유 때문이었다.[6] 간혹 신문에 발표된 일인칭 시점의 소설의 경우에도 장편보다는 단편의 경우가 많

---

6 이재선, 『한국단편소설연구』, 일조각, 1977; 김용재, 「한국 근대 단편소설의 서술 형식 연구」, 전북대 박사논문, 1990 참조.

았다.[7] 이처럼, 일인칭 시점의 소설은 주로 단편이라는 양식과 결합하여, 잡지라는 미디어적 토대를 기반으로 실험되는 것이 일반적이었다.

하지만 일인칭 소설이 처음 모습을 보인 것은 이보다 훨씬 이른 시기였다. 1895년 최초의 서구문학의 번역인『천로역정』, 1908년『경향신문』에 연재된「파선밀사」, 1914년『매일신보』에 연재된 조중환의 번안소설「비봉담」, 1913년 신문관에서 발행된『허풍선이 모험 긔담』등은 1920년대 이전 일인칭 시점의 서술이 활용된 흥미로운 사례들이다. 이들 작품들은 모두 번역과 관련이 있다는 공통점을 지니며, 일인칭 시점의 서술을 번역하는 과정에서 발생하는 여러 가지 어려움들을 내포하고 있다.[8] 따라서 이러한 초창기 일인칭 소설은 작가의 의식적이고 지속적인 소설 내적 실험을 통해 이루어진 것이라기보다는 외국의 일인칭 시점의 소설을 번역하면서 발생한 돌출적이고 예외적인 현상으로 이해하는 것이 적합할 듯싶다.

이들 작품의 일인칭 시점 서술이 번역의 과정에서 발생한 것이라면, 1915년 박문서관에서 발행된『(신소설)형월』은 신소설의 서사 전통을 계승하며 일인칭 시점을 구사하고 있다는 점에서 주목할 만하다. 대다수의 신소설이 전지적 작가 시점을 따르고 있는 데 비해『형월』의 일인칭 시점은 매우 독특한 사례임이 분명하다. 중요한 점은 이 작품의 일인칭 시점 서술이 기존의 서술 관습을 새롭게 극복하려는 의식적 시도를

---

7 최병우의 책에는 부록으로 '한국 근대 일인칭 소설 서술 방식 분류표'에 350여 편의 작품이 정리되어 있는데, 대부분『청춘』,『창조』,『학지광』,『폐허』,『개벽』,『백조』,『영대』,『조선문단』,『조선지광』,『별건곤』,『삼천리』,『문예월간』,『신동아』,『제일선』,『신가정』,『신동아』,『학등』,『조광』,『인문평론』,『문장』등 잡지에 수록된 것이다. 최병우,『한국 근대 일인칭 소설 연구』, 한샘출판사, 1995, 219~230면.

8 이지훈, 앞의 글.

〈그림 43〉『형월』의 표지

포함하고 있다는 점이다. 『형월』의 일인칭 시점의 서술은 특별한 균열 없이 매우 자연스럽게 전체의 서사를 통괄하며 진행된다.

이 작품은 여타의 신소설과 마찬가지로 주인공이 고난을 극복하고 성공한다는 이야기에 집중하고 있다. 일반적으로 일인칭 시점은 내면의 고백이나 자아의 각성을 드러내는 데 효과적이며, 장편 분량의 서사를 이끌어가기에 한계를 지니고 있다. 일인칭 주인공의 제한된 시점에서는 전체의 서사를 균형 있게 조직하여 전달하기 어렵기 때문이다. 하지만 『형월』은 이러한 문제를 보완하기 위해 과거회상과 신문이라는 흥미로운 장치를 활용하고 있다. 일인칭 서술자 필영은 과거회상을 통해 모든 사건을 손쉽게 통제하여 제시할 수 있으며, 직접 목도하거나 경험하지 못한 사건을 신문 기사라는 근대적 매체의 형식을 통해 보완하고자 했다.[9]

『형월』의 제목이 '형설지공螢雪之功'이라는 단어에서 빌려온 것처럼, 작품의 핵심주제는 주인공의 고학苦學 경험과 그것의 극복에 있다. 여타의 신소설이 그랬던 것처럼 이 작품에도 다양한 조력자가 등장한다. 시골에서 필영에게 공부를 가르친 김생원, 어렵게 모은 돈을 차비로 내어준 옥순, 서울에서 필영이 안정적으로 공부할 수 있도록 후원해 준 이교장, 필영을

---

9   위의 글, 261~265면.

위기에서 구하고 유학 자금을 대준 난영, 고향에 돌아가 좋은 사업을 하라며 큰 후원금을 준 일본인 야전금랑野田金郎 등은 필영이 가난을 극복하고 공부에 매진할 수 있도록 도와준 조력자이다. 그렇지만 이들 도움은 가난을 극복하고 공부에 전념하기 위한 최소한의 장치일 뿐, 고난 극복의 근본적인 원천은 필영의 주체적 의지와 노력에 있다. 여타 신소설이 조력자의 도움으로 간단하게 문제를 해결하는 반면, 주인공 필영은 자신의 신념과 의지를 통해 결국 고난을 극복하고 목표에 도달한다.

한편, 주인공의 필영이 가난을 극복하고 학문을 추구하는 목적은 개인적 차원의 성취와 관련이 깊다. 기존 신소설에서의 외국 유학이 대체로 조선 민중을 위한 교육과 계몽을 목표로 한다면, 이 작품에서의 외국 유학은 개인적인 성공이나 입신과 관련이 크다. 동경에 도착한 필영은 일본어 공부를 위해 난영에게 받은 돈 백 원을 전부 소진하고, 인력거꾼을 하다가 조선 엿 장사를 해서 학비를 벌게 된다. 필영은 대부분 조선 유학생들이 정치나 법률을 공부하니, 조선에 돌아가면 독보적인 존재가 될 수 있는 농상공학, 그중에서도 경제학을 공부하겠다며 제국대학에 응시한다.[10] 이처럼 이 작품은 교육을 통해 가난한 환경에서 벗어나고자 하는 개인적 욕망을 일관되게 제시하고 있다.[11] 일인칭 시점은 이러한 주인공의 개인적 욕망을 구체적으로 드러내는 데 효과적인 서술 방법이 된다.

또한 작품 후반에는 어릴 적 고향에서 함께 자란 옥순과 서울에서 자신

---

10 『(신소설)형월』, 박문서관, 1915, 75~76면.
11 장노현, 「1910년대 개인적 가난의 발견과 소설적 대응」, 『한국언어문화』 50, 한국언어문화학회, 2013, 229~234면.

의 학업을 지원해 준 이교장의 딸 난영과의 사이에서 갈등하는 필영의 심정이 구체적으로 제시되어 있다. 고향의 옆집에서 살던 옥순은 어릴 적 함께 자랐고, 어느 정도 나이가 차서는 부모끼리 혼담이 오가던 사이였다. 필영이 서울로 떠날 때 마을 어귀에서 기다리던 옥순은 어렵사리 모은 돈 20전을 여비로 주며 에둘러 자신의 마음을 전한다. 이후 일본 유학을 마치고 돌아온 필영은 난영과의 결혼을 허락받기 위해 그의 부모를 초청한다. 그런데, 그의 부모가 고아가 된 옥순을 며느리처럼 여기고 함께 살고 있었다는 사실을 알고 크게 당황한다. 이때 일인칭 시점은 복잡한 상황에 놓인 필영의 고민과 갈등을 구체적으로 제시하고, 독자로 하여금 필영의 상황에 몰입할 수 있도록 하는 효과적인 장치가 된다.

결국, 『형월』의 일인칭 시점의 서술은 공부를 통해 가난을 극복하는 주인공의 의지와 노력, 학문 추구에 대한 개인적 욕망, 두 여인 사이에서의 고민과 갈등을 구체적으로 드러내고 소설적인 재미를 부여하기 위한 효과적인 장치가 된다. 이는 번역의 과정에서 발생한 우연적 상황이 아니라, 작가가 의식적으로 고안한 서술 기법으로 보는 것이 타당하다. 하지만, 서사가 중심이 되는 장편 분량의 소설에서 일인칭 시점이 갖는 한계는 여전히 남아 있다. 물론 과거회상이나 신문을 통한 사건 진행의 장치가 활용되었으나, 전지적 작가 시점에 비해 여전히 작위적이거나 어색한 부분이 남는다. 그럼에도 불구하고, 1915년 『형월』의 일인칭 시점 서술이 본격적인 일인칭 시점 서술의 등장보다 훨씬 앞서 실험되었다는 사실은 특기할 만한 사건임에 분명하다.

3. 일인칭 딱지본 소설의 특징과 의미

1915년『(신소설)형월』의 일인칭 시점 서술은 매우 주목할 만한 사건이지만, 이는 매우 예외적인 것이었으며 일종의 문학사적 방향이나 흐름을 형성하는 데에는 실패한 듯하다. 이미 번안소설의 위세에 밀려 문학사적 시효가 만료되어가는 상황에서 신소설이 소설 작법의 새로운 경향과 흐름을 만드는 것은 불가능한 상황이었다. 작품이 지닌 문학사적 성과에도 불구하고, 작가의 이름을 찾을 수 없었다는 점도 아쉬운 부분이다. 이러한 선구적 시도를 1920년대 이후 잡지에 수록된 일인칭 단편소설들이 계승했다고 보기도 어렵다.

1919년 삼일운동의 결과가 총독교체와 문화통치로 이어지면서 1920년대 문학장에는 커다란 변화가 일어난다. 조금은 숨통이 트인 언론출판의 기회를 통해 신문과 잡지가 발행되고, 단행본 출판 시장도 조금은 활력을 되찾기 시작했다. 일본 유학을 마치고 돌아온 지식인 그룹은 주로 잡지를 기반으로 예술로서의 문학을 지향한 다양한 문학 활동을 시도하였고, 단행본 출판 시장에서는 상업적 목적을 중시한 다양한 서적출판이 활성화 되었다. 이러한 환경 속에서 딱지본 대중소설은 고소설, 신소설, 외국소설의 번역 및 번안 등 다양한 서사 양식들을 흡수하여 소위 고급문예와는 달리 대량생산의 장에서 전성기를 맞이하게 된다.

특히, 딱지본 대중소설 중에도 드물지만 일인칭 시점의 서술을 활용한 작품들이 존재한다. 일반적인 딱지본 대중소설이 일반 대중에게 익숙한 전지적 시점의 서술을 활용하는 데 반해, 몇몇 작품들은 고급문예에서 주로 사용되는 일인칭 시점 서술을 딱지본 대중소설에 활용하고자 했다. 이는 일반적인 딱지본 대중소설의 특징과는 구별되며, 딱지본 대중소설이 지닌 편폭과 의미를 재구하기 위한 의미 있는 자료가 된다. 이 장에서는 일인칭 시점의 서술이 가장 적극적으로 시도된 작품 세 편을 선정하여, 작품의 특징과 의미를 살펴보고자 한다.

1) 도덕 윤리와 성적 욕망의 길항 - 『(가정소설)해혹解惑』

『(가정소설)해혹』은 1926년 영창서관에서 발행되었으며, 34페이지의 짧은 분량으로 이루어진 작품이다. 당시 일반적인 딱지본 대중소설이 70~80페이지 분량이었음을 감안했을 때, 이 작품의 분량은 그 절반 정도에 해당하는 수준이다. 이러한 특징은 이 작품이 일인칭 시점의 서술을 선택한 것과 관련이 있다. 예컨대, 『해혹』이 서사 중심의 일반적인 딱지본 대중소설과는 다른 지향점을 지니고 있었으며, 일인칭 시점은 그러한 목표를 달성하기 위한 나름의 방편이었음을 짐작해 볼 수 있다.

주인공 나의 일인칭 시점은 사회적 윤리와 개인적 욕망 사이에서 갈등하는 주인공의 복잡한 심리를 드러내는 데 효과적인 장치가 된다. 오후 네 시에야 학교에서 퇴근한 나는 아랫목에서 자고 있는 자신의 아이를 보고 상념에 젖는다. 내 자식이라고 해도 귀여운지 미운지도 모르겠고, 다만 '저것이 왜 생겼나' 하며, 자식이나 아내나 다 귀찮은 생각만 든다. 아내는 정성껏 내 눈치를 살피며 부드럽게 대하지만, 아내의 마음을 받아주지 못하는 것이 미안하기도 하고 안타깝기도 하다. 주인공 나는 '생활이라는 구렁 속에서 허덕거리기를 수삼 년 째'라며 가장으로서의 의무와 책임만 있는 현재의 삶에 만족하지 못한다. 그래도 나는 손등이 터지도록 집안일에 고생하며, 자신에게 양복을 사 입으라고 권하는 아내의 마음을 헤아리고자 한다.

그러던 어느 날 웬 젊은 여자가 두 아이를 데리고 찾아와 하룻밤 빈방에 재워주기를 청한다. 아내의 말대로 쫓아내려고 했으나 결국 그녀는 남은 방 한 칸을 차지해 버렸고, 주인공 나는 그녀의 반반한 외모와 당돌한 태도에 묘한 호기심을 느끼게 된다. 그때부터 아내는 마치 그 여인을 원수처럼 대하며 험담하고, 나에게 거짓말까지 하게 된다. 나는 아내의 그러한 행동에 의혹을 느끼면서 그 이유를 찾고자 한다. 그러던 중 나는 괴이한 꿈을 꾸게 되는데, 이 꿈에는 주인공의 심리를 유추할 수 있는 흥미로운 단서가 숨겨져 있다.

〈그림 44〉『(가정소설)해혹』의 표지

주인공 나의 술회를 통해 제시되는 꿈 속 이야기는 굉장히 잔혹하고 괴기스러운 느낌을 자아낸다. 마을 사람들이 그녀의 갓난아이가 굶어죽은 것을 구경하고 있고, 아이들은 죽어가는 큰아이의 목을 새끼줄로 묶어 땅에 끌고 다니다가 나뭇가지에 매달아 죽게 만든다. 이유를 들어보니 작은 아이는 이미 죽어 있었고, 큰 아이가 동네 아이들의 손에 든 떡을 뺏어 먹어 저렇게 죽였다는 것이다. 분노한 나는 부엌에서 식칼을 가지고 나와 닥치는 대로 동네 아이들과 사람들을 죽이기 시작한다. 낫과 도끼를 들고 나온 동네사람들을 피해 도망치던 나는 그 여인과 마주치게 되고, '이 죽일 년아 무슨 짓을 못해서 사람들에게 마저 죽이니?'라고 외치며 그녀의 목을 칼로 찌른다. 그러자 그녀는 깔깔 웃으며 노래를 부르며, 흘러내리는 붉은 피를 손에 받아 나에게 준다. 동네 사람들은 나에게 '위선자!'라고 고함을 치며, 도망치던 나의 등에 낫을 내려찍고 나는 꿈에서 깨어난다.

그 여인이 목에 칼이 찔린 채 깔깔 웃으며 불렀다는 노래는 꽤나 의미심장하다.

> 애욕의 거리에 사는 자 / 때가 있나니 / 청춘의 때가 있나니 / 무루녹는 사향의 방향보다도 / 도취하는 강주의 신통함보다도 / 이 피를 마시라 / 내 피는 영원한 생명수 / 청춘에 식지안는 사랑의 / 이 피를 마시라[12]

주인공 나는 그 여인에 대한 자신의 마음을 직접적으로 표현하지 않는다. 다만, 그 여인에 대한 마음을 동정심이나 호기심 정도로 생각한다. 하지만 이 꿈 이야기는 주인공이 그 여인에 대해 갖고 있는 속마음을 드러내는 장치가 된다. 그는 아이들을 제대로 돌보지 않는 그녀와 인정 없는 잔혹한 사람들에 대해 분노하지만, 꿈 속 그녀는 나의 윤리적 도덕적 외피 속에 숨어 있는 성적 욕망을 꿰뚫어 보고 있다. 그녀가 부르는 노래는 억눌려 있는 성적 욕망을 분출하고 싶은 주인공 자신의 내면심리를 반영하고 있다.

꿈에서 깨어난 나는 그녀가 아직 집에 있는지 아내에게 묻고 아내는 그런 남편이 못마땅해 퉁명스럽게 대답한다. 나는 출근 전 그녀가 머물

---

12 『(가정소설)해혹』, 영창서관, 1926, 21면.

고 있는 방을 들여다보고, 아내 몰래 돈 몇 푼을 주고 나온다. 학교를 마치고 집에 돌아오니 돈을 줬다는 사실을 알게 된 아내의 불만은 더욱 커졌다. 나는 아내의 이런 행동이 얄밉게 느껴지기도 하고, 왜 이렇게 그 여자를 미워하는지 알 수가 없다. 그날 밤 머리에 기름을 곱게 바르고 얼굴에는 하얗게 분칠을 하고 외출했던 그 여인은 웬 사내들과 술판을 벌인다. 그제야 아내는 그 여인이 대여섯 번이나 남자를 바꾸어가며 누구 자식인지도 모를 아이를 데리고 다니는 여자라고 이야기한다. 그 다음날 아침 그 여인은 한 사나이와 함께 떠나고, 나는 왠지 모를 아쉬움에 허전해한다.

그 잇튼날 아츰에 게집은 자식들를 데리고 다른 곳으로 써나갓슴니다 사나희의 품속으로보터 품속으로 순례를 다니는 게집은 지금은 또 엇던 사나희의 품속에서 단 쑴을 쑤난지 그 후에는 알길이 업섯슴니다[13]

이처럼 『해혹』은 일반적인 딱지본 대중소설과는 달리 일인칭 주인공 나의 내면심리가 섬세하게 묘사되어 있는 독특한 개성의 작품이다. 서사 진행에 있어 특별한 사건은 없지만, 무료한 일상에 지친 주인공에게 한 여인이 찾아오면서 겪게 되는 긴장된 내면심리의 묘사가 흥미를 자극한다. 주인공 나는 오갈 데 없는 불쌍한 처지의 여인에게 윤리적 차원의 호의를 베풀지만, 반반한 외모와 당돌한 여인의 모습에 성적 호기심을 느끼게 된다. 이 여인은 동시대적 여성상과는 구별되는 일종의 팜므

---

13 『(가정소설)해혹』, 영창서관, 1926, 34면.

파탈femme fatale의 이미지를 갖고 있다. 모성으로서의 어머니나 가정 안에서의 현숙한 아내와는 달리 어디에도 정착하지 않고 자신의 젊음과 청춘을 즐기면서 살아간다.

작품의 제목은 해혹解惑, 즉 의혹을 푼다는 의미인데, 작품 속에는 세 가지의 의혹과 그것이 해소되는 과정을 담고 있다. 표면적으로는 우선 남편을 버리고 집을 나왔다는 여인에 대한 의혹과 그 여인을 극도로 경계하는 부인에 대한 의혹을 생각해 볼 수 있겠다. 하지만 좀 더 깊이 작품을 들여다본다면 그 여인에 대해 호기심을 갖는 주인공 나의 솔직한 욕망이 드러나는 과정이 작품의 진짜 주제임을 알 수 있다. 도덕과 윤리로 포장된 나의 호의가 실제로는 지루한 일상에 새로운 자극을 원하는 성적인 욕망을 품고 있었다는 '위선'이야말로 이 작품이 진짜 말하고 싶은 주제이다. 또한 이러한 인간의 위선적 정체를 노골적으로 제시하지 않고, 일인칭 시점의 고백이나 꿈이라는 장치를 통해 제시한 점은 여느 딱지본 대중소설과는 구별되는 독특한 개성임에 분명하다.

2) 화자와 작가의 동일시 — 『(신소설)표랑漂浪의 루淚』

지금까지 『(신소설)표랑의 루』는 영창서관에서 발행된 『(신간)도서목록』1933을 근거로 월파의 작품으로 제시되었으나 그 실물에 대해서는 어떠한 논의도 이루어진 바 없다.[14] 작품의 원본을 확인해 본 결과 『표랑

---

14 조경덕은 『(신간)도서목록』을 근거로, 월파의 작품 중 '광고나 기타 서지 목록에 전하는 작품'으로 『(신소설)표랑의 루』(영창서관, 간행연도 미상)를 제시한 바 있다. 송하춘의 경우에도 『(신간)도서목록』을 근거로 목록만을 제시하고 있다. 조경덕, 「월파 김상용의 소설 창작 활동에 대한 연구」, 『한국근대문학연구』 26, 한국근대문학회, 2012, 210면; 송하춘, 앞의 책, 576면.

의 루』의 본문 첫 페이지에는 "月坡 作"이라고 작자의 필명이,[15] 작품의 말미에는 "一九二八, 仲冬暮夜의 杏村一隅에서 脫稿"라고 탈고 날짜가 표기되어 있다.[16] 본문의 내용은 빠짐없이 확인할 수 있지만, 판권지가 유실되어 정확한 발행날짜는 확인하기 어렵다. 다만 탈고날짜를 통해 발행 시점을 1928년에서 1933년 사이로 예상해 볼 수 있겠다.

이 작품의 일인칭 시점의 서술은 주인공 나의 심리 상태와 내면 고백을 깊이 있게 드러내는 데 가장 큰 주안점을 두고 있다. 대부분의 딱지본 대중소설이 서사에 집중하는 것과는 달리 이 작품은 전체적으로 주인공의 심리 상태와 내면 고백에 초점을 두고 있다는 점에서 관심을 끈다.

고독다한(孤獨多恨)한 나는 빈곤(貧困)한 사람이엿슴이다. 세계사람이 누구나 숭배(崇拜)하는 황금이 업슴이다. 게다가 상식(常識)기능(技能)경험(經驗)도 업고 쏘는 용기(勇氣)도업는 신경쇠약자(神經衰弱者)외다. 아모것도 가지지못한 무용누질의 육괴(肉塊)외다. 다만 잇는것은 「쌩」만업새는 생(生)밧게 업슴이다. 그러나 「쌩」을 장만할 금전이업는고로 그날그날의 닥치는파도(波濤)를 한갓 번민과비애로 그리며 의미업는 곤란한 생활(生活)에서 헤매고잇슴이다.[17]

---

15 1924년 2월 18일자『동아일보』에 수록된『(비극소설)인정의루』광고에는 "文壇에 신진 月坡 孫喆秀 先生의 艶麗한 筆致로 創作한 通俗的 小說"이라는 문구가 있다. 권철호는 이를 근거로 월파가 손철수라는 인물임을 제시한 바 있으나, 김영애는 최근 한 연구에서는 月坡가 「남으로 창을 내겠소」로 유명한 시인 김상용이며, 손철수는 二笑와 함께 김상용의 필명 중 하나일 가능성이 크다고 주장했다. 권철호, 앞의 글, 26면; 김영애,「딱지본 작가의 필명 연구 ─ 월파와 이소를 중심으로」, 53~54면.
16 본 연구자는 최근 '아단문고'를 통해 이 작품의 원본을 확인할 수 있었다. 작품 원본은 다음의 홈페이지를 통해 확인할 수 있다. http://www.adanmungo.org/
17 월파,『(신소설)표랑의 루』, 영창서관, 연도미상, 2~3면.

주인공 나는 사업 실패와 아내의 죽음으로 인해 삶의 의욕을 느끼지 못하고 방황한다. 나는 모든 순수한 것들이 사라져가는 '금전만능金錢萬能'의 시대에 절망하여 모든 것을 정리하고 고해苦海의 길을 떠난다. 눈이 가득 내린 하얀 '은세계銀世界' 속에서 나의 번민과 상념은 더욱 깊어지고, 육체의 고단함에도 불구하고 대자연의 아름다움은 나를 더욱 감상적으로 만든다. 이 작품의 일인칭 시점은 이러한 주인공의 복잡한 내면세계를 깊이 있게 추적하고 구체적으로 제시하는 데 효과적으로 기능한다.

생의 끝자락에서 정처 없이 떠돌던 나는 가평 어느 산 속에서 스스로 목숨을 끊으려는 한 여인을 우연히 만나게 된다. 고목 가지에 새끼줄을 걸어 놓고 울고 있는 여성을 발견하였지만, 여전히 재래관습에 얽매인

〈그림 45〉『(신소설)표랑의 루』의 표지

나는 그녀에게 다가가 만류할지 아니면 그대로 지나칠지를 고민한다. 아무리 남녀가 유별하다 하더라도, 양심을 가진 사람인 이상 그냥 지나칠 수 없다고 생각한 나는 결국 그녀에게 다가간다. 스스로 목숨을 끊으려는 사람을 구해주고 인연을 맺는다는 화소는 기존의 이야기 전통에서 쉽게 찾을 수 있는 것이지만 이 작품에서는 사건과 해결과정에 초점을 두기보다는 극적인 상황을 맞닥뜨린 주인공의 내면 심리 서술에 더욱 집중하고 있다. 이 작품의 일인칭 시점은 선뜻 무슨 말을 하면 좋을지, 어떠한 태도를 취하면 좋을지 모를 주인공의 복잡한 내면 심리

를 소상하게 드러내기 위한 효과적인 방편이 된다.

또한 이 작품의 흥미로운 지점은 일인칭 주인공 화자인 나를 실제 작가와 일치시키고자 했다는 점이다. 주인공 나는 포주에게 팔려온 신세를 비관하여 목숨을 끊으려는 여인을 구해주고, 그녀가 포주에게 몸값을 갚을 수 있도록 가진 돈 전부를 준다. 그녀가 은인의 성명을 묻자, 나는 자신의 이름을 밝히는 것이 자신의 공로를 포장하는 것 같다며 그저 "달언덕의 우연한 형상月坡의 偶像"으로만 생각하라며 길을 떠난다.[18] 작품 후반부 여인이 보낸 편지의 제목은 "월파月坡 선생님 좌하에 올니는 최후의 글"[19]이라고 되어 있으며, 편지 속 내용에는 "여보서요, 월파씨!"라는 표현이 수차례 등장한다. 이러한 기법은 신뢰할 수 있는 화자를 통해, 화자와 독자와의 간격을 좁히기 위한 시도의 일환이다. 화자를 작가 자신과 일치시킴으로서 화자의 내면 고백과 소설 속 이야기가 허구적인 것이 아니라 실제 작가가 직접 경험한 것처럼 제시할 수 있다.

여기저기 방황하던 나는 개간사업에 성공한 친구를 만나 삼사년 열심히 일을 해 적지 않은 돈을 벌게 된다. 하지만 더 큰 돈에 대한 욕망으로 밀수입을 시도했던 나는 결국 다시 모든 것을 잃게 된다. 서울로 돌아와 외삼촌의 집에서 유숙하던 나는 파고다공원에서 우연히 그녀를 만나게 되고, 그녀의 고백으로 인해 행복한 연애를 시작하게 된다. 하지만 그것도 잠시, 어느 날 갑자기 그녀와의 연락이 두절되고, 며칠 뒤 나에게 편지 한통이 도착한다. 그녀는 사촌 오빠의 꾐에 빠져 다시 병목정 포주에게 잡혀가고, '인육시장의 암굴'에서 도망친 그녀는 월파에게 편지를 보내

---

18 위의 책, 37면.
19 위의 책, 81면.

고 결국 자결한다. 나는 그녀를 추모하기 위해 한 편의 시를 짓는다.

결국,『표랑의 루』는 일반적인 딱지본 소설의 이야기 구조와 크게 다를 것이 없지만, 이를 일인칭 시점의 서술로 바꾸어 차별화된 개성을 갖게 된 작품이다. 따라서 사건의 전개나 흐름보다는 주인공의 심리 상태와 내면 묘사에 치중한다는 특징을 지닌다. 또한 이야기 속 주인공 나를 작가 자신과 일치시켜, 독자들로 하여금 자칫 관념적으로 흐를 수 있는 내면 심리의 서술에 더욱 몰입하도록 하였다. 이러한 특징은 이 작품이 목표로 삼은 자기 고백과 구원에 대한 주제를 더욱 선명하게 제시한다. 한편, 빈번한 관념어와 한자어의 사용은 이 작품이 일반적인 딱지본 대중소설과는 달리 추상적인 어휘나 한자어에 익숙한 독자계층을 염두에 두고 있다는 점을 짐작케 한다.

3) 식민지 개인과 현실 비판-『(애정소설)애루몽愛淚夢』

1930년 박문서관에서 출간된『(애정소설)애루몽』은 딱지본 대중소설 중에서 쉽게 찾기 어려운 독특한 개성을 지닌다.『애루몽』는 딱지본 대중소설의 대표적 작가 중 한명인 철혼哲魂 박준표朴埈杓가 저술한 것으로, 딱지본 대중소설 중에서는 이채異彩를 발하는 작품으로 평가받아왔다.[20] 특히,『애루몽』은 일인칭 시점을 활용하여 냉혹한 식민지 현실 속 어디에도 정착하기 어려운 주인공의 고독한 내면을 핍진하게 그려내는 데 성공하고 있다.

『애루몽』은 화자인 '나'의 과거회상으로 시작된다. 과거회상은 일인

---

20 조동일,『한국문학통사』5(제3판), 96면; 권철호, 앞의 글, 84~89면; 배정상,「딱지본 대중소설의 작가 철혼 박준표 연구」, 287~288면.

칭 시점의 소설이 서사적 시간과 사건을 통제할 수 있는 효과적인 전략이 된다.

　　째로말하면 백설이 웃날이던 일천구백이십년 크리스마쓰날이다. 우리집은 어머님쎄서 도라가신뒤로 가족이 사방으로 훗터저서 우리의식구들은 한 사람도 뎡처가 업든기막한 시절이엿섯다. 맛형님쎄서는 개천디방에 금광으로 표랑(漂浪)의 자최를감추어 세상에서 그의존재(存在)를 알아주지아니하얏다. 아니 형님쎄서 스사로 당신의 종적(蹤迹)을 누구에게나 알니지아니하얏든것이다. 그까닭은 길게 말할필요가 업지만은 다만 형님쎄서는 가삼압흔 남의게 말못할 무삼 깁혼사정이 잇섯던 까닭이다. 그 사정은 나역시 말하고 십지아니하얏다.[21]

　　이야기는 1920년 눈이 내리던 크리스마스날부터 시작된다. 주인공 '나'는 불우한 가정사와 다양한 직업을 전전하며 겪었던 고난들, 사랑하는 사람과의 만남과 이별을 처절하게 토로하고 있다. 중학교 졸업을 일년 남기고 고향으로 돌아온 '나'에게 고향은 '얼음같이 차고 싸늘한' 곳이다. 어머니가 돌아가시고, 형님은 금광을 쫓아 종적을 감췄다. 세상에서 유일하게 나를 걱정해주는 누님이 있지만, 가난한 살림에 고생하는 누님에게 짐이 되고 싶지는 않다. 주인공 '나'는 지독한 가난 속에서 어렵게 중학교를 마쳤지만, 더 이상 공부를 계속할 수도 따뜻한 가족의 품속에 머물러 있을 수도 없다. 쫓기듯 떠난 세상에서 '나'는 그저 살아남기 위해

21　박준표, 『애루몽』, 박문서관, 1930, 1면.

〈그림 46〉 『(애정소설)애루몽』의 표지

다양한 직업들을 전전하지만 그저 생계 유지의 방편일 뿐 어느 것에도 마음 붙이기 어렵다.

지난 과거를 회상하는 일인칭 화자의 서술은 이러한 주인공의 고독과 절망으로 점철된 내면 심리를 표현하기에 적합하다. 또한 앞에서 살펴본 『해혹』과 『표랑의 루』가 모두 경어체를 사용하고 있는데 비해, 이 작품은 평어체로 쓰였다는 특징이 있다. 경어체의 경우 발화의 수신자에게 나의 이야기를 들려주겠다는 의도가 적극 반영된 것이지만, 평어체의 경우일인칭 화자의 독백, 즉 내면고백에 더욱 집중하기 위한 문체에 가깝다. 이처럼 주인공의 내면 심리 서술에 적합한 일인칭 고백체 형식이 딱지본 대중소설에 사용된 점은 이 작품이 지닌 독특한 개성을 보여준다.

한편, 이 작품은 일인칭 고백체 형식의 한계를 보완하기 위해 편지를 적극적으로 활용하고 있다.[22] 지난 과거를 회상하는 주인공 화자의 이야기 사이사이에는 가장 절박했던 순간 지인에게 보냈던 편지들이 총 다섯 차례나 인용된다. 운산금광에서 일하게 도와준 동향 사람 김기준과 주고받은 편지가 3번, 평양 ○○학교에 교편을 잡고 있는 안기호에게 보

---

22 편지가 소설 속 이야기 진행의 도구로 사용된 것은 오래된 관습이지만, 고립된 개인의 모습이 본격적으로 등장한 것은 1910년대부터이다. 노지승, 「1920년대 초반, 편지 형식 소설의 의미─사적 영역의 성립 및 근대적 개인의 탄생 그리고 편지 형식 소설과의 관련에 대하여」, 『민족문학사연구』 20, 민족문학사학회, 2002, 357면 참조.

낸 편지와 평양 ○○학교 김사호에게 보낸 편지가 각각 한 차례 인용된다. '애정소설'을 표방하고 있는 이 작품이 편지의 수신자를 모두 남성으로 설정하고 있다는 점은 이 작품의 주제가 남녀 간의 애정문제 너머를 상정하고 있음을 짐작케 한다.

이러한 편지의 형식은 딱지본 대중소설『애루몽』의 독특한 분위기와 정서를 만드는 데 기여하고 있다. 편지는 룸펜 지식인 주인공의 성격을 형상화 하는 데 효과적인 장치가 된다. 빈곤한 현실로 인해 중학교 졸업도 채 하지 못한 주인공에게 이 사회는 그렇게 호의적이지 않다. 든든한 학벌도 배경도 없는 '나'에게 편지는 오직 글줄이나 읽고 쓸 줄 아는 '내'가 세상에 손을 내밀 수 있는 유일한 방법이 된다. 삶의 근거를 잃어버린 '내'가 기댈 수 있는 유일한 안식처는 역시 평양에서의 학창시절과 그 시절을 함께한 친구였던 셈이다. 이처럼『애루몽』에서 빈번하게 사용되는 편지의 형식은 룸펜 지식인 주인공의 외로움과 고독감을 극대화하는 장치로 활용된다.

『애루몽』은 '애정소설'을 표방하였지만, 실제로는 당대의 식민지 현실을 구체적으로 재현하는 데 나름 의미 있는 성취를 보여준다. 중학교를 중퇴한 궁핍한 현실 속 주인공이 쉽게 얻을 수 있는 일자리는 존재하지 않았다. 그는 주변 지인들의 도움으로 광부 감독, 생명보험 영업, 보통학교 교사, 포목점 사업 등 다양한 근대의 직업들을 경험하게 된다. 남은 공부에 대한 미련과 인텔리라는 자의식 때문인지, '나'는 우연치 않게 접하게 되는 근대 세계의 다양한 직업 중 어느 것에도 정착하지 못한다. 주인공이 전전했던 다양한 직업들은 1930년 무렵 식민지 조선의 현실을 구체적으로 드러내기 위한 장치가 된다.

죽을 고비를 넘어가며 운산에 도착한 주인공이 처음 얻은 직업은 바로 광부 감독이다. '헤진 외투를 뒤집어쓰고 광혈 앞으로 왔다 갔다 하며 광부들의 행동을 감시하며 놀지 말고 어서 일하라고 듣기 싫은 소리를 하는 것'이 바로 '나'의 사무이다.[23] 낮이면 광혈을 찾아 헤매고, 밤에는 사무실을 지키며 세월을 보낸다. 만나는 사람들은 오직 '두 눈이 발바닥' 같은 광부들뿐이다. 작가는 이러한 주인공의 시선을 통해 자본주의 시스템 속에서 착취당하는 금광 광부들의 삶을 세밀하게 관찰하고 묘사한다.[24]

'나'의 눈에 비친 광부들의 삶에는 도무지 희망이 보이지 않는다. 하루에 열 시간 이상을 캄캄한 굴속에서 목숨 걸고 일하면서도 돈이라도 생기는 족족 탕진해 버리는 것이 그들의 삶이다. 광부들의 삶의 모습을 비판적인 시각으로 바라보고 있지만, 광부 감독인 '나'의 처지도 별반 다를 게 없다. '나' 역시 일 년 일하면 '돈 백 원'이나 모아서 못다 한 공부를 마저 할 수 있을 것이라는 기대를 품고 왔지만, 칠 개월이 지난 지금 결국 수중에 남은 돈은 '삼원'이 고작이다. 황금에 이끌려 목돈이라도 마련해 보고자 이곳에 왔지만, 좀처럼 노동자의 생활은 나아지지 않는다. 결국 돈을 버는 것은 자본가이며, 식민지 조선의 백성들은 그저 부속품처럼 소모될 따름이다.

그 다음으로 주인공이 갖게 된 직업은 바로 생명보험회사의 '권유원勸誘員'이다. 운산금광을 떠나 영변 외삼촌댁에 왔던 '나'는 서울에서 왔다는 어떤 청년을 만나 생명보험 권유원 일을 함께하기로 마음먹는다. 소

---

23 박준표, 앞의 책, 27면.
24 위의 책, 27~28면.

위 감독이라는 자의 지휘를 받아 박천으로 가입자를 모집하러 오게 되었지만 생명보험 가입자를 유치하는 일은 결코 쉬운 일이 아니었다. 생명보험 없이도 아무런 문제없이 오랜 세월을 살아온 사람들에게 미리 죽을 것을 대비해서 다달이 돈을 내라는 일이 쉽게 납득될 리가 없다. '나'는 일이 잘 풀리지 않자, 결국 생명보험 권유원일도 그만 두게 된다.

주인공이 두 번째로 얻게 된 직업이 생명보험 권유원이라는 점을 우연으로 치부하기는 어렵다. 운산금광과 마찬가지로 생명보험 역시 제국주의 침략의 역사와 자본주의가 가속화 되는 시대적 특수성을 환기시키는 장치이기 때문이다. 생명보험은 일제의 식민지 침탈과 함께 조선에 본격적으로 상륙했으며, 생명의 가치마저 돈으로 환산할 수 있다는 자본주의적 인식과 관련이 있다.[25] 주인공이 경험한 생명보험 권유원은 1930년대 이후 '황금광시대'[26]와 함께 이념과 체제를 뛰어넘는 '돈의 시대'가 다가오고 있음을 알리는 경고와도 같다.

그 다음으로 주인공이 얻게 되는 직업은 바로 학교 교사이다. 갈 곳 없는 '나'는 교회의 종소리에 이끌려 예배당을 찾아가게 되고, 우연히 소학교 때의 은사인 안선생님을 만나게 된다. 안선생님은 교회에서 새로 설립하는 학교의 교사가 되어주길 제안하였고, 결국 '나'는 소학교의 교사가 되어 십여 명의 아이들을 가르치게 되었다. 하지만 수업 첫날 아이들이 가져온 책들은 천자문, 사략, 통감 같은 것이었고 '나'는 원하지

---

25 정일영, 「일제 식민지기 조선간이생명보험을 통해 본 '공공'의 기만성」, 『역사학연구』 75, 호남사학회, 2019 참조.

26 '황금광시대'라는 용어는 다음의 논문을 참조하였다. 전봉관, 「황금광시대 지식인의 초상-채만식의 금광행을 중심으로」, 『한국근대문학연구』 제3권 제2호, 한국근대문학회, 2002.

않던 초학훈장 신세가 되고 말았다. 주인공은 천신만고 끝에 교사라는 직업을 얻게 되었지만 이마저도 순탄치 않다. 여전히 학교 교육 시스템은 전근대적이고, 학부형들의 인식 역시 아직도 옛날 관습에서 벗어나지 못했다. 주인공이 학부형회를 소집하여 보통학교 과목을 정해 정성껏 가르치니, 아이들은 재미를 붙이고 주일학교도 활기를 띠게 되었다. 이렇게 몇 달이 지나고 '나'는 주위 사람들에게 인정받게 되었지만, 왠지 또 다시 어디론가 떠나고 싶은 마음이 든다. 참혹한 식민지 현실 속에서 교육이 과연 어떠한 미래를 꿈꾸게 할 수 있을까.

주인공이 네 번째로 하게 된 일은 포목상 사업이다. '나'는 우연히 만난 한 여성과 가정을 꾸리게 되고 교사 일을 그만둔다. 그는 '어찌어찌 어떤 자본주를 만나' 포목상을 경영하게 되었는데, 장사에 경험이 없던 '나'에게 포목상 사업은 쉬운 일이 아니었다. 이년 만에 사업은 실패하고 '아귀같이 졸라대는 지독한 채권자들에게 가차압'을 당하게 된다. 이러한 실패는 개인의 문제를 넘어 식민지 조선의 경제 문제 일반으로 확장된다. 자본주에게 자본을 융통하여 사업을 시작하였지만, 결국 실패하고 채권자들에게 빚 독촉을 받다가 파산하게 되는 주인공의 모습은 이 시기 자본주의 시스템의 비정한 단면을 보여준다.

사업에 실패한 뒤 아내나 주변 사람을 볼 면목이 없다고 느낀 '나'는 박천을 떠나 무슨 사업이든 도모하여 성공하길 바란다. '나'는 눈물을 흘리며 붙잡는 아내를 뿌리치고 결국 길을 나선다. 서울에 도착하여 무엇이든 해보려고 했지만, 냉정한 서울은 중학교도 채 마치지 못한 주인공에게 어떠한 기회도 주지 않는다. 새롭게 사귄 친구의 도움으로 '나'는 충청도 어느 금광에 가서 일을 하게 되었지만, 자본주와 광주鑛主 사이의 충돌로 인해 그만 폐광이 되고 말았다. 자본주와 광주 사이의 충돌로 인해 광산은 잠시 문을 닫게 되고, 결국 그 사이에서 피해를 보게 되는 것은 광산 노동자다. 결국, '나'는 아내가 그리워 다시 고향으로 오게 되지만, 이미 아내는 다른 사람의 아내가 되어 있었다.

결국, 주인공 '나'가 거쳐 갔던 다양한 직업들은 1920년대 말의 식민지 조선의 암울한 실상을 드러내기 위한 효과적인 장치가 된다. 『애루몽』은 딱지본 대중소설의 형식을 갖추고 있지만, 제국주의 침탈의 역사적 맥락이나 자본주의 체제의 냉혹함을 꽤나 진지하게 다루고 있다는 점에서 주목할 만하다. 특히, 『애루몽』의 일인칭 시점은 식민지 사회의 모순을 개인의 시각과 경험을 통해 구체적으로 제시하는 데 효과적인 서술 기법이 된다. 『해혹』이나 『표랑의 루』가 경어체를 사용한 것과는 달리 『애루몽』은 평어체를 사용하였는데, 이는 혹독한 사회 현실 속 주인공의 내면 심리를 더욱 핍진하게 제시하기 위한 방편이 되었다. 『애루몽』은 1930년 무렵 딱지본 대중소설이 다양한 영역을 개척하며 독자의 지평을 넓혀가고 있었음을 보여주는 흥미로운 사례임에 분명하다.

4. 맺음말

일반적으로 일인칭 시점의 서술은 1920년대 이후 유학생 지식인들이 주로 잡지에 게재된 단편소설을 통해 실험한 것으로 알려져 있다. 이러한 시도는 내면고백이나 자아의 각성을 통해 식민지 현실 속 고뇌하는 지식인의 모습을 형상화하고, 근대적 주체를 형성하는 데 기여했다. 하지만, 일인칭 시점의 서사 내적 실험은 그 이전부터 존재했다. 1895년 『천로역정』, 1908년 「파선밀사」, 1913년 『허풍선이 모험 긔담』, 1914년 「비봉담」 등은 일인칭 시점이 번역 및 번안의 과정에서 도입된 것임을 보여주는 흥미로운 사례가 된다.

그러한 가운데, 1915년 박문서관에서 발행된 『(신소설)형월』의 일인칭 시점 서술은 번역과 번안이 아닌, 신소설의 서사 전통을 계승하는 가운데 이루어진 것이라 주목을 끈다. 『형월』의 일인칭 시점은 공부를 통해 가난을 극복하려는 주인공의 의지와 노력, 학문 추구에 대한 개인적 욕망, 두 여인 사이에서의 고민과 갈등을 구체적으로 드러내고 소설적 재미를 부여하기 위한 효과적인 장치가 된다. 그러나 이미 신소설의 문학사적 시효가 만료되어가는 상황에서 『형월』의 선구적 시도는 그것이 갖는 특별한 의미에도 불구하고 일시적이고 예외적인 현상으로 머물고 말았다.

1920년대 이후 몇몇 딱지본 대중소설은 소위 고급문예의 장에서 적극 활용되던 일인칭 시점의 서술 방식을 수용하여 이를 대량생산의 장으로 확산시키고자 했다. 특히, 『(가정소설)해혹』, 『(신소설)표랑의 루』, 『(애정소설)애루몽』은 일인칭 시점의 서술 방식을 딱지본 대중소설에서 실험한 보기 드문 사례에 해당한다. 이들 작품이 일인칭 시점 서술을 통해 각기 다른 의미와 효과를 발생시키고 있다는 점도 주목할 만하다. 예컨대, 『해혹』은 도덕과 윤리로 포장된 주인공의 호의가 실제로는 지루한 일상에 새로운 자극을 원하는 성적인 욕망을 품고 있었음을 효과적으로 드러내고 있으며, 『표랑의 루』는 화자인 '나'를 실제 작가와 일치시켜 독자로 하여금 화자의 내면 고백과 소설 이야기에 더욱 몰입하도록 기능한다. 『애루몽』의 경우, 다양한 직업을 전전하는 룸펜 지식인의 고뇌와 좌절을 통해 제국주의 침탈의 역사적 맥락이나 자본주의 체제의 냉혹함을 날카롭게 드러내고 있다.

따라서 이들 작품은 딱지본 대중소설이 일반적인 예상과는 달리 꽤나 다양한 내용과 주제, 기법을 포괄하고 있었음을 보여주는 구체적인 사례가 된다. 물론 이것이 문학 그 자체의 예술적 지향보다는 상업적 맥락과 더욱 가까운 지점에 있음은 부인하기 어렵다. 일인칭 시점의 딱지본 대중소설은 '근대적 대중독자'에게 고급문예의 내용과 형식을 확산시키는 한편, 소위 고급문예의 장에서 활동하던 '엘리트적 독자층'을 딱지본 대중소설의 장 안으로 끌어들이기 위한 시도의 일환이었다.[27] 기존 이야기의 재판이나 짜깁기가 횡행하던 당시의 딱지본 소설 시장에서 일인칭 시점의 소설은 새로운 판로를 개척하고 영역을 넓히기 위한 하나의 시도였던 셈이다.

그동안 딱지본 대중소설은 통속적 오락물 또는 자본주의 시장에서의 상품이라는 인식이 강해 그동안 연구의 대상으로 주목받지 못했다. 하지만 화려한 표지의 그림과 흥미로운 이야기를 통해 수많은 독자들의 사랑을 받은 딱지본 대중소설은 총독부 검열로 인해 침체되어 있던 서적출판 시장을 활성화 시키고, 한글 보급 및 독서의 대중화에 크게 기여하였다. 따라서 근대 문학의 형성과 전개 과정을 온전히 이해하기 위해서, 그리고 독서공동체의 존재 양상을 입체적으로 재구성하기 위해서

---

27 천정환은 근대의 독자층을 '전통적 독자층', '근대적 대중독자', '엘리트적 독자층'으로 구분한 바 있다. '근대적 대중독자'와 '엘리트적 독자층'이란 용어는 천정환의 연구에서 빌려온 것이다. 천정환, 『근대의 책읽기』, 272~279면 참조.

딱지본 대중소설에 대한 연구는 지속될 필요가 있다. 이러한 시도가 문학사의 외연을 확장시키고, 정전正典 중심의 경계 너머를 탐색하기 위한 하나의 계기가 되길 바란다.

참고문헌

1. 자료

신문

『독립신문』, 『매일신문』, 『제국신문』, 『황성신문』, 『대한매일신보』(한글판), 『大韓每日申報』(국한문판), 『만세보』, 『경향신문』, 『대한민보』, 『경남일보』, 『매일신보』, 『조선신문』, 『동아일보』, 『조선일보』, 『시대일보』, 『중외일보』 등

잡지

『창조』, 『폐허』, 『백조』, 『청춘』, 『학지광』, 『신문계』, 『반도시론』, 『조선문예』, 『개벽』, 『조선문단』, 『반도소년』, 『선명』, 『영데이』, 『별건곤』, 『철필』, 『조선』, 『조선행정』, 『신문과 방송』 등

2. 논문 및 단행본

간호윤, 「『기인기사록』(상·하) 고찰」, 『어문연구』 34권 2호, 한국어문교육연구회, 2006.

강명관, 「근대계몽기 출판운동과 그 역사적 의의」, 『민족문학사연구』 14, 민족문학사학회, 1999.

강민성, 「한국 근대 신문소설 삽화 연구-1910~1920년대를 중심으로」, 이화여대 석사논문, 2002.

강영주, 「개화기의 역사 전기 문학(1)-장지연의 『애국부인전』을 중심으로」, 『관악어문연구』 Vol.8 No.1, 서울대 국문과, 1983.

강옥희, 『대중·신파·영화·소설-대중소설의 재발견』, 지금여기, 2013.

강진옥, 「〈이형경전(이학사전)〉 연구-부도와 자아실현 간의 갈등을 통해 드러난 인간적 삶의 모색을 중심으로」, 『고소설연구』 2, 한국고소설학회, 1996.

강현조, 「신소설 연구를 위한 시론-신자료 〈한월 상〉(1908)의 소개 및 신소설의 저작자 문제에 대한 고찰을 중심으로」, 『현대소설연구』 47, 한국현대소설학회, 2011.

_____, 「한국근대소설 형성 동인으로서의 번역·번안-근대 초기 번역·번안소설의 전개 양상을 중심으로」, 『한국근대문학연구』 26, 한국근대문학회, 2012.

게오르그 루카치, 이영욱 역, 『역사소설론』, 거름, 1987.

고미숙, 『한국의 근대성, 그 기원을 찾아서』, 책세상, 2001.

공성수, 『소설과 삽화의 예술사－한국 근대소설의 형성과 소설 삽화』, 소명출판, 2020.

곽　근, 「〈號外時代〉 연구」, 『동국논집』 14, 동국대 경주대학, 1995.

곽　근 편, 『최서해 단편선－탈출기』, 문학과지성사, 2004.

＿＿＿＿, 『최서해 전집』 상·하, 문학과지성사, 1987.

＿＿＿＿, 『최서해 작품 자료집』, 국학자료원, 1997.

곽정식, 「〈원두표실기〉의 창작 방법과 소설사적 의의」, 『한국문학논총』 52, 한국문학회, 2009.

＿＿＿, 「활자본 고소설 〈임거정전〉의 창작 방법과 홍명희 〈임거정〉과의 관계」, 『어문학』 111, 한국어문학회, 2011

구인모, 「근대기 한국의 대중서사 기호와 향유방식의 한 단면－영화 명금(The Broken Coin)(1915)을 중심으로」, 『한국학』 Vol.36 No.3, 한국학중앙연구원, 2013.

구장률, 「신소설 출현의 역사적 배경」, 『동방학지』 135, 연세대 국학연구원, 2006.

구흥진, 「딱지본 소설의 출판문화 연구」, 부산대 석사논문, 2016

권보드래, 「'동포'의 수사학과 '역사'의 감각」, 『한국문학논총』 41, 한국문학회, 2005.

＿＿＿＿, 「1910년대 '新文'의 구상과 「경성유람기」」, 『서울학연구』 18, 서울학연구소, 2002.

＿＿＿＿, 『연애의 시대』, 현실문화연구, 2003.

＿＿＿＿, 『한국 근대소설의 기원』, 소명출판, 2000.

권순긍, 「판소리 개작소설 〈옥중화〉의 근대성」, 『반교어문연구』 2, 1990.

＿＿＿, 「1910년대 활자본 고소설 연구」, 성균관대 박사논문, 1991.

＿＿＿, 『활자본 고소설의 편폭과 지향』, 보고사, 2000.

권창규, 『상품의 시대』, 민음사, 2014.

권철호, 「1920년대 딱지본 신소설 연구」, 서울대 석사논문, 2012.

김경연, 「주변부 여성 서사에 관한 고찰－이해조의 『강명화전』과 조선작의 『영자의 전성시대』를 중심으로」, 『여성학연구』 13, 부산대 여성학연구소, 2003.

김경희, 「김연수제 춘향가의 소설 옥중화 수용과 의미」, 『한국전통음악학』 6, 한국전통음악학회, 2005.

김교봉, 「근대문학 이행기의 역사전기소설 연구」, 『계명어문학』 제4집, 계명어문학회, 1988.

김교봉·설성경, 『근대전환기 소설 연구』, 국학자료원, 1991.

김동식, 「한국의 근대적 문학 개념 형성과정 연구」, 서울대 박사논문, 1999.

김미영, 「식민지시대 문인들의 미술평론의 두 가지 양상-임화와 권구현을 중심으로」, 『한국문화』 44, 서울대 규장각한국학연구원, 2008.

김병길, 「'傳'계 소설과 '역사소설'의 분절성에 관한 연구-金華山人의 『李大將傳』 분석을 중심으로」, 『한국문학연구』 40, 동국대 한국문학연구소, 2011.

김병철, 『한국근대번역문학사연구』, 을유문화사, 1975.

김봉희, 『한국 개화기 서적문화 연구』, 이화여대 출판부, 1999.

김성연, 「근대 초기 청년 지식인의 성공 신화와 자기 계발서로서의 번역 전기물-프랭클린 자서전을 중심으로」, 『현대문학의 연구』 42, 한국문학연구학회, 2010.

_____, 『영웅에서 위인으로-번역 위인전기 전집의 기원』, 소명출판, 2013.

김성철, 「일제강점기 한문소설 작가 震庵 李輔相의 행적과 작품 활동 연구」, 『한국학연구』 43, 고려대 한국학연구소, 2012.

김영민, 『한국근대소설사』, 솔, 1997.

_____, 「근대계몽기 단형(短型) 서사문학 자료 연구」, 『현대소설연구』 17, 한국현대소설학회, 2002.

_____, 「근대계몽기 신문의 문체와 한글 소설의 정착과정」, 『현대문학의 연구 22』, 한국문학연구학회, 2004.

_____, 「1910년대 신문의 역할과 근대소설의 정착 과정」, 『현대문학의 연구』, 현대문학연구학회, 2005.

_____, 『한국 근대소설의 형성과정』, 소명출판, 2005.

_____, 「근대계몽기 문학 연구의 성과와 과제-'신소설'에 대한 논의를 중심으로」, 『인문연구 』 50, 영남대 인문과학연구소, 2006.

_____, 「『매일신보』 소재 장형 서사물의 전개 구도-1920년대 이후를 중심으로」, 『현대문학의 연구』 45, 한국문학연구학회, 2011.

_____, 「한국 근대 신년소설(新年小說)의 위상과 의미-『매일신보』를 중심으로」, 『현대문학의 연구』 47, 한국문학연구학회, 2012.

_____, 『문학제도 및 민족어의 형성과 한국 근대문학』, 소명출판, 2012.

김영민·구장률·이유미 편, 『근대계몽기 단형 서사문학 자료전집』 상·하, 소명출판, 2003.

김영애, 「강명화 이야기의 소설적 변용」, 『한국문학이론과비평』 50, 한국문학이론과비평학회, 2011, 87면.

_____, 「발굴 근대 딱지본 소설 해제」, 『근대서지』 16, 근대서지학회, 2017.

_____, 「딱지본 작가의 필명 연구−월파와 이소를 중심으로」, 『현대소설연구』 73, 한국현대소설학회, 2019.

김용재, 「한국 근대 단편소설의 서술 형식 연구」, 전북대 박사논문, 1990.

_____, 「한국 근대소설의 '일인칭' 서술상황 연구−1910년대 후반기 소설을 중심으로」, 『국어국문학』 105, 국어국문학회, 1991.

김인숙, 「조선미전과 오리엔탈리즘」, 『현대사상』 9, 대구대 현대사상연구소, 2011.

김재남, 「이해조 작품 연구−판소리 산정 신소설화 과정을 중심으로」, 세종대 석사논문, 1986.

김재영, 「근대계몽기 소설 개념의 변화」, 『현대문학의 연구』 22, 한국문학연구학회, 2004.

김종수, 「역사소설의 발흥과 그 문법의 탄생−1930년대 신문연재 역사소설을 중심으로」, 『한국어문학연구』 51, 동악어문학회, 2008.

_____, 「한국근대소설의 정치적 담론 수용 양상 연구」, 『현대문학이론연구』 제13집, 현대문학이론학회, 2000.

김종철, 「「옥중화(獄中花)」 연구(1)−이해조 개작에 대한 재론」, 『관악어문연구』 20, 서울대 국어국문학과, 1995.

김주리, 「1910년대 과학, 기술의 표상과 근대소설−식민지의 미친 과학자들 (2)」, 『한국현대문학연구』 39, 한국현대문학회, 2013.

김주현, 『개화기 토론체 양식 연구』, 태학사, 1990.

김중하, 「개화기 토론체소설 연구」, 『관악어문연구』 3, 서울대 국문과, 1978.

김찬기, 『한국 근대소설의 형성과 전(傳)』, 소명출판, 2004.

김창식, 「1930년대 한국 신문소설의 특성과 그 존재의미에 관한 일연구−최서해의 「호외시대」를 중심으로」, 『국어국문학』 32, 부산대 인문대학 국어국문학과, 1995.

김태준, 박희병 교주, 『증보 조선소설사』, 한길사, 1990.

김형중, 『애국계몽기의 신문 연재소설』, 한국문화사, 2001.

김홍련, 「최찬식 문학 연구」, 서울대 석사논문, 2019.

남석순, 「한국 근대소설 형성과정의 출판 수용 연구」, 단국대 박사논문, 2003.

노연숙, 「한국 개화기 영웅서사 연구」, 서울대 석사논문, 2005.

노자영, 권보드래 편, 『사랑의 불꽃·반항(외)』, 범우, 2009.

노지승, 「1920년대 초반, 편지 형식 소설의 의미−사적 영역의 성립 및 근대적 개인의

탄생 그리고 편지 형식 소설과의 관련에 대하여」, 『민족문학사연구』 20, 민족
문학사학회, 2002.

다지리 히로유끼, 「이인직 연구」, 고려대 박사논문, 2000.

류준필, 「근대 계몽기 신문 및 소설의 구어 재현 방식과 그 성격」, 『대동문화연구 제44
집』, 2003.

문성숙, 『개화기 소설론 연구』, 새문사, 1994.

문한별, 「『조선총독부 금지단행본목록』과 『조선출판경찰월보』의 대비적 고찰-출판
금지 단행본 소설의 특징을 중심으로」, 『국제어문』 57, 국제어문학회, 2013.

박용규, 「식민지 시기 문인기자들의 글쓰기와 검열」, 『한국문학연구』 29, 동국대 한국
문학연구소, 2005.

박전열, 「『라쿠고(落語)』에 나타난 웃음의 전개방식」, 『일본연구』 25, 중앙대 일본연
구소, 2008.

박정희, 「한국근대소설과 '記者-作家'-현진건을 중심으로」, 『민족문학사연구』 49,
민족문학사연구소, 2012.

박진영, 「일재 조중환과 번안소설의 시대」, 『민족문학사연구』 26, 민족문학사연구소,
2004.

_____, 『번역과 번안의 시대』, 소명출판, 2011.

_____, 『책의 탄생과 이야기의 운명』, 소명출판, 2013.

_____, 「출판인 송완식과 동양대학당」, 『인문과학』 109, 연세대 인문학연구원, 2017.

_____, 『탐정의 탄생』, 소명출판, 2018.

박태일, 「대구 지역과 딱지본 출판의 전통」, 『현대문학이론연구』 66, 현대문학이론학
회, 2016.

박현수, 「문인-기자로서의 현진건」, 『반교어문연구』 42, 반교어문학회, 2016.

박형익, 「1910년대 출간된 신어 자료집의 분석」, 『한국어학』 22, 한국어학회, 2004.

_____, 「송완식의 『최신 백과 신사전』(1927)」, 『한국사전학』 25, 한국사전학회, 2015.

반민족문제연구소 편, 『친일파99인』, 돌베개, 1993.

방효순, 「일제시대 민간 서적발행활동의 구조적 특성에 관한 연구」, 이화여대 박사논
문, 2000.

_____, 「일제시대 저작권 제도의 정착과정에 관한 연구-저작관련사항을 중심으로」,
『서지학연구』 21, 한국서지학회, 2001.

배정상, 「『독립신문』의 '독자투고'와 '서사적 논설' 연구」, 『현대문학의 연구』 25, 한
국문학연구학회, 2005.

_____, 「『대한매일신보』의 서사 수용 과정과 그 특성 연구」, 『현대문학의 연구』 27, 한국문학연구학회, 2005.

_____, 「근대계몽기 토론체 서사의 특질과 위상」, 『현대소설연구』 28, 한국현대소설학회, 2005.

_____, 「위암 장지연의 『애국부인전』 연구」, 『현대문학의 연구』 30, 한국문학연구학회, 2006.

_____, 「『매일신보』 소재 이해조 판소리 산정 연구」, 『열상고전연구』 36, 열상고전연구회, 2012.

_____, 「「호외시대」 재론 - 『매일신보』 신문연재소설로서의 특성을 중심으로」, 『인문논총』 제71권 제2호, 서울대 인문학연구원, 2014.

_____, 『이해조 문학 연구』, 소명출판, 2015.

_____, 「근대 신문 '기자 / 작가'의 초상 - '금화산인(金華山人)' 남상일(南相一)을 중심으로」, 『동방학지』 171, 연세대 국학연구원, 2015.

_____, 「개화기 서포의 소설 출판과 상품화 전략 - 신문 게재 소설 광고를 중심으로」, 『민족문화연구』 72, 고려대 민족문화연구원, 2016.

_____, 「1920년대 신문 '기자 / 작가' 은파 박용환 문학 연구」, 『국어국문학』 178, 국어국문학회, 2017.

_____, 「딱지본 대중소설의 작가 철혼 박준표 연구」, 『대동문화연구』 107, 성균관대 대동문화연구원, 2019.

_____, 「식민지 서적출판문화와 딱지본 대중소설의 모방 양상 연구 - 강명화 정사 사건 소재 딱지본 대중소설을 중심으로」, 『동방학지』 193, 국학연구원, 2020.

_____, 「출판인 송완식 문학 연구」, 『민족문화연구』 89, 고려대 민족문화연구원, 2020.

_____, 「일인칭 시점 딱지본 대중소설 연구」, 『한국문학과 예술』 35, 숭실대 한국문학과예술연구소, 2020.

백문임, 「감상(鑑賞)의 시대, 조선의 미국 연속영화」, 『사이』 14, 국제한국문학문화학회, 2013.

백현미, 「창극의 역사적 전개과정 연구」, 이화여자대 박사논문, 1996.

베네딕트 앤더슨 지음, 윤형숙 옮김, 『상상의 공동체』, 나남, 2002.

사에구사 도시카쓰, 「이중표기와 근대적 문체 형성 - 이인직 신문 연재 「혈의 누」의 경우」, 『한국 근대문학과 일본문학』, 국학자료원, 2001.

서순화, 「『독립신문』의 독자투고 연구」, 충남대 박사논문, 1996.

서울신문 100년사 편찬위원회, 『서울신문 100년사』, 서울신문사, 2004.

서혜진, 「신어 정착에 대한 연구-『현대신어석의』(1922)를 중심으로」, 『비교어문연구』 47, 비교어문학회, 2017.

소재영 외, 『한국의 딱지본』, 범우사, 1996

송기정, 「나의 조부 송완식」, 『근대서지』 14, 근대서지학회, 2016.

송하춘, 『한국근대소설사전 (1890-1917)』, 고려대 출판문화원, 2015.

_____, 『한국현대장편소설사전 (1917-1950)』, 고려대출판부, 2013.

신근영, 「일제 강점기 곡마단 연구」, 고려대 박사논문, 2013.

신동원, 『호열자, 조선을 습격하다』, 역사비평사, 2004.

신지연, 『글쓰기라는 거울』, 소명출판, 2007.

신지영, 「『대한민보』 연재소설의 담론적 특성과 수사학적 배치」, 연세대 석사논문, 2003.

신현규, 「기생 「강춘홍소전」 연구」, 『어문론집』 61, 중앙어문학회, 2015.

_____, 「『女의 鬼 康明花實記 下』(1925) 부록 「妓生의 小傳」 연구」, 『근대서지』 6, 근대서지학회, 2012.

안춘근, 『한국서지의 전개과정』, 범우사, 1994.

양진오, 『한국소설의 시학과 해석』, 새미, 2004.

엄태웅, 「이해조 刪正 판소리의 『매일신보』 연재 양상과 의미」, 『국어문학』 45, 국어문학회, 2008.

오영식·유춘동 편, 『오래된 근대, 딱지본의 책그림』, 소명출판, 2018

오윤선, 「〈옥중화〉를 통해 본 '이해조 개작 판소리'의 양상과 그 의미」, 『판소리연구』 21, 판소리학회, 2006.

_____, 「구활자본 고소설 『영웅호걸』의 발굴소개와 그 의미」, 『우리어문연구』 47, 우리어문학회, 2013.

우림걸, 「개화기 소설장르의 형성과 양계초의 관련양상-토론체소설과 역사전기소설을 중심으로」, 『비교문학』 29, 한국비교문학회, 2002.

_____, 『한국 개화기 문학과 양계초』, 박이정, 2002.

우정권, 『한국 근대 고백소설의 형성과 서사양식』, 소명출판, 2004.

위르겐 하버마스, 한승완 역, 『공론장의 구조변동』, 나남, 2001.

유문선, 「총독부 사법 관료의 아나키즘 문학론-金華山의 삶과 문학 활동」, 『한국현대문학연구』 18, 한국현대문학회, 2005.

유석환, 「근대 문학시장의 형성과 신문·잡지의 역할」, 성균관대 박사논문, 2013.

유재천, 「「大韓每日申報」의 論說分析」, 『대한매일신보연구』, 서강대 인문과학연구소, 1986.

유춘동, 「구활자본 고소설의 검열본과 납본－국립중앙도서관 소장 자료를 중심으로」, 『서지학연구』 72, 한국서지학회, 2017.

유춘동·함태영, 「일본 토야마대학 소장, 〈조선개화기대중소설원본컬렉션〉의 서지적 연구」, 『겨레어문학』 46, 겨레어문학회, 2011

윤대석, 「'시대정신'과 '풍속개량'의 대립과 타협－「호외시대」론」, 『최서해 문학의 재조명』, 국학자료원, 2002.

윤명구, 「개화기 서사문학 장르」, 김열규·신동욱 편, 『신문학과 시대의식』, 새문사, 1981.

윤석중, 『어린이와 한평생』, 범양사출판부, 1985.

윤승준, 「재담의 웃음 창조 방식에 관한 연구－1910년대 재담집을 중심으로」, 『동악어문학』 64, 동악어문학회, 2015.

이강엽, 『토의문학의 전통과 우리소설』, 태학사, 1997.

이강옥, 「장지연의 의식변화와 서사문학의 전개(상)－『이국부인전』·『녀ㅈ독본』·『逸士遺事』」, 『한국학보』 Vol.16 No.3, 일지사, 1990.

이광린, 「「大韓每日申報」 刊行에 대한 一考察」, 『대한매일신보연구』, 서강대 인문과학연구소, 1986.

이대형, 「한문현토소설 〈일당육미(一堂六美)〉의 개작 양상과 의미」, 『동아시아문화연구』 59, 한양대 동아시아문화연구소, 2014.

이문성, 「《매일신보》에 연재된 이해조 산정 〈강상련〉의 특징과 의미」, 『판소리연구』 32, 판소리학회, 2011.

이순진, 「활동사진의 시대(1903-1919), 조선의 영화 관객성에 대한 연구」, 『대중서사연구』 16, 대중서사학회, 2006

이승윤, 「한국 근대 역사소설의 형성과 전개」, 연세대 박사논문, 2005.

이영미 외, 『딱지본 대중소설의 발견』, 민속원, 2009

이영수, 「보쌈 구전설화 연구」, 『비교민속학』 69, 비교민속학회, 2019.

이우성·임형택 편, 『이조한문단편집』 下, 일조각, 1978.

이은주, 「딱지본 표지화의 이미지 연구－대중성 획득 방법을 중심으로」, 홍익대 석사논문, 2017.

이재선, 『한국개화기소설연구』, 일조각, 1972.

_____, 『한국단편소설연구』, 일조각, 1977.

_____,『한국현대소설사』, 홍성사, 1979.

이재철,『한국현대아동문학사』, 일지사, 1978

이정옥,「근대 초기 '연극적 소설'과 계몽담론의 서사화 전략」,『대중서사연구』33, 대중서사학회, 2014.

이정원,「군담소설 양식의 계승으로 본 신작구소설 〈방화수류정〉」,『고소설 연구』31, 한국고소설학회, 2011.

이정은,「최찬식의 (해안) 연구-(안의성) 및 신파극 (사민동권교사휘지)와의 관련을 중심으로」,『한민족어문학』18, 한민족어문학회, 1990.

이종국,「개화기 출판 활동의 한 징험-회동서관의 출판문화사적 의의를 중심으로」,『한국출판학연구』49, 한국출판학회, 2005.

_____,『책의 운명』, 혜안, 2001.

이주영,『구활자본 고전소설 연구』, 월인, 1998.

이지현,「1910년대 부산 극장가 문화 연구-연속활극 열풍과 부산 극장가의 식민지 근대성을 중심으로」,『동북아 문화연구』56, 동북아시아문화학회, 2018.

이지훈,「1910년대 모험서사의 번역과 일인칭 서술자의 탄생」,『구보학보』20, 구보학회, 2018.

이태숙,「1920년대 '연애'담론과 기획출판-《사랑의 불꽃》을 중심으로」,『한국현대문학연구』27, 한국현대문학회, 2009.

이현숙,「〈金太子傳〉이본 연구-〈母日申報本〉과의 비교를 중심으로」,『한민족문화연구』5, 한민족문화학회, 1999.

이현식,「신소설『월미도』해제」,『민족문학사연구』34, 민족문학사학회, 2007.

이현홍,「〈옥중금낭〉과 〈정수경전〉」,『어문연구』41, 어문연구학회, 2003.

이혜령,「식민자는 말해질 수 있는가 ; 염상섭 소설 속 식민자의 환유들」,『대동문화연구』78, 성균관대 대동문화연구원, 2012.

이혜숙,「이해조 소설에 나타난 가정 담론 연구-홍도화, 산천초목, 여의귀 강명화실기를 중심으로」,『돈암어문학』25, 돈암어문학회, 2012.

이효덕, 박성관 역,『표상 공간의 근대』, 소명출판, 2002.

이희정,「1920년대 식민지 동화정책과『매일신보』문학 연구(1)-전반기 연재소설의 전개과정을 중심으로」,『어문학』112, 한국어문학회, 2011.

_____,「1920년대 식민지 동화정책과『매일신보』문학 연구(2)-후반기 연재소설의 전개과정을 중심으로」,『현대소설연구』48, 한국현대소설학회, 2011.

_____,「1920년대『매일신보』의 독자문단 형성과정과 제도화 양상」,『한국현대문학

연구』 33, 한국현대문학회, 2011.

_____, 「1930년대 전반기 『매일신보』 문학의 전개 양상－미디어적 전략과의 상관성을 중심으로」, 『현대문학의 연구』 51, 한국문학연구학회, 2013.

임경순, 「개화기 문답체 산문의 언술 연구」, 『현대소설연구』 8, 한국현대소설학회, 1998.

임형택, 「한문단편 형성 과정에서의 강담사(講談師)」, 『창작과 비평』 제13권 제3호, 창작과비평사, 1978.

임형택·최원식 편, 『전환기의 동아시아 문학』, 창작과 비평사, 1985.

임화, 임규찬·한진일 편, 『임화 신문학사』, 한길사, 1993.

장노현, 「1910년대 개인적 가난의 발견과 소설적 대응」, 『한국언어문화』 50, 한국언어문화학회, 2013.

장 신, 「한말·일제초 재인천 일본인의 신문 발행과 조선신문」, 『인천학연구』 제6권, 인천대 인천학연구원, 2007.

_____, 「연세대 소장 『조선신문』 '한글판' 해제」, 『근대서지』 18, 근대서지학회, 2018.

장신·임동근, 「1910년대 매일신보의 쇄신과 보급망 확장」, 『동방학지』 180, 연세대 국학연구원, 2017.

전광용, 「신소설과 최찬식」, 『국어국문학』 22, 국어국문학회, 1960.

_____, 「「고목화(古木花)」에 대하여」, 『국어국문학』 71, 국어국문학회, 1976.

전봉관, 「황금광시대 지식인의 초상－채만식의 금광행을 중심으로」, 『한국근대문학연구』 제3권 제2호, 한국근대문학회, 2002.

전상욱, 「방각본 춘향전의 성립과 변모에 대한 연구」, 연세대 박사논문, 2006.

전영우, 『한국근대토론의 사적 연구』, 일지사, 1991.

정선태, 『개화기 신문 논설의 서사 수용 양상』, 소명출판, 1999.

_____, 『심연을 탐사하는 고래의 눈』, 소명출판, 2003.

정숙희, 「신소설 작가 최찬식 연구」, 경희대 석사논문, 1974.

_____, 「최찬식연구」, 『우리문학연구』 3, 우리문학회, 1978.

정유정, 「딱지본 소설 속 유행가의 기능－유행가 〈술은 눈물일가 한숨이랄가〉를 중심으로」, 『한국시가연구』 47, 한국시가학회, 2019.

정은혜, 「한국 로맨스 웹소설과 딱지본 소설의 파라텍스트에 나타난 공통점 분석」, 『인문콘텐츠』 50, 인문콘텐츠학회, 2018.

정일영, 「일제 식민지기 조선간이생명보험을 통해 본 '공공'의 기만성」, 『역사학연구』

75, 호남사학회, 2019.

정진석, 『大韓每日申報와 裵說 ─ 한국문제에 대한 英日外交』, 나남, 1987.

_____, 『한국언론사』, 나남, 1990.

_____, 『인물 한국언론사 ─ 한국언론을 움직인 사람들』, 나남출판, 1995.

_____, 『언론조선총독부』, 커뮤니케이션북스, 2005.

정충권, 「초기 창극의 공연 형태와 위상」, 『국어교육』 114, 한국어교육학회, 2004.

_____, 「〈燕의脚〉의 계통과 성격」, 『개신어문연구』 24, 개신어문학회, 2007.

_____, 「1910년대 舊劇으로 공연된 고전서사물」, 『국문학연구』 20, 국문학회, 2009.

정호진, 「조선미술전람회 제도에 관한 연구」, 『미술사학연구』 205, 한국미술사학회, 1995.

조경덕, 「월파 김상용의 소설 창작 활동에 대한 연구」, 『한국근대문학연구』 26, 한국근대문학회, 2012.

조남현, 「崔曙海의 『號外時代』, 그 갈등 구조」, 『한국소설과 갈등』, 문학과비평사, 1988.

조남호, 「『현대신어석의』 고」, 『어문연구』 제31권 제2호, 한국어문교육연구회, 2003.

조동일, 『한국문학통사』 5(제3판), 지식산업사, 1994.

조영복, 「1930년대 신문 학예면과 문인기자 집단」, 『한국현대문학연구』 12, 한국현대문학회, 2002.

조윤정, 「무명작가의 복원과 문인교사의 글쓰기 ─ 이일의 생애와 문학」, 『한국현대문학연구』 48, 한국현대문학회, 2016.

조현신, 「한국 근대초기 딱지본 신소설의 표지 디자인」, 『기초조형학연구』 Vol.17 No.6, 한국기초조형학회, 2016.

진동혁, 「태화산인 최영년의 소설 「우의」」, 『국어국문학』 99, 국어국문학회, 1988.

채 백, 「『독립신문』 독자투고의 현황과 특성에 관한 연구」, 『언론과 사회』 Vol.3 No.1, 사단법인 언론과 사회, 1994.

_____, 『신문』, 대원사, 2003.

천정환, 「한국 근대소설 독자와 소설 수용 양상에 대한 연구」, 서울대 박사논문, 2002.

_____, 『근대의 책읽기』, 푸른역사, 2003.

최기영, 『대한제국시기 신문연구』, 일조각, 1991.

최병우, 『한국 근대 일인칭 소설 연구』, 한샘출판사, 1995.

최석희, 「쉴러문학의 한국수용」, 『헤세연구』 제5집, 한국헤세학회, 2001.

최성윤, 「이인직 초기 신소설의 모방 및 표절 텍스트 양상 연구」, 『우리어문연구』 53,

우리어문학회, 2015.

_____, 「초기 신소설을 저본으로 한 모방 텍스트의 양상 연구-박철혼, 『월미도』에 나타난 혼성모방의 성격」, 『구보학보』 15, 구보학회, 2016.

_____, 「김교제의 『목단화』, 『화중왕』과 박철혼의 『홍안박명』 비교 연구-초기 신소설을 저본으로 한 모방 텍스트의 양상 연구(2)」, 『현대문학이론연구』 68, 현대문학이론학회, 2017.

최애순, 「최서해 번안 탐정소설 〈사랑의 원수〉와 김내성 〈마인〉의 관계 연구-식민지 시기 가스통 르루의 〈노랑방의 수수께끼〉의 영향을 중심으로」, 『현대소설연구』 45, 한국현대소설학회, 2010.

최원식, 「1910년대 친일문학과 근대성-최찬식의 경우」, 『민족문학사연구』 14, 민족문학사학회, 1999.

최 준, 『한국신문소설논고』, 일조각, 1976.

최태원, 「일제 조중환의 번안소설 연구」, 서울대 박사논문, 2010.

최희정, 「1920년대 이후 성공주의 기원과 확산-기독교 '청년' 최연택의 자조론 수용과 성공론」, 『한국근현대사연구』 76, 한국근현대사학회, 2016.

_____, 「1920~30년대 출판경영인 최연택의 야담집 기획과 출간」, 『석당논총』 70, 동아대 석당학술원, 2018.

_____, 「1920년대 자조론 계열 지식인 최찬식의 『자조론』 아류 서적 출판과 그 의미 -『東西偉人少年時代』 출판을 중심으로」, 『역사와 경계』 111, 부산경남사학회, 2019.

코모리 요이치 저, 정선태 역, 『일본어의 근대』, 소명출판, 2003.

하동호, 「최찬식의 작품과 개화사상」, 『신문학과 시대의식』, 새문사, 1981.

_____, 『近代 書誌攷拾濮』, 탑출판사, 1986.

한국언론사연구회 편, 『대한매일신보 연구』, 커뮤니케이션북스, 2004.

한기형, 「무단통치기 문화정책의 성격-잡지 『신문계』를 통한 사례 분석」, 『민족문학사연구』 9, 민족문학사학회, 1996.

_____, 『한국 근대소설사의 시각』, 소명출판, 1999.

_____, 「1910년대 최찬식의 행적과 친일논리」, 『현대소설연구』 14, 한국현대소설학회, 2001.

_____, 「근대어의 형성과 매체의 언어전략-언어·매체·식민체제·근대문학의 상관성」, 『역사비평』 71, 역사문제연구소, 2005.

한수영, 「돈의 철학, 혹은 화폐의 물신성을 넘어서기-최서해의 장편 〈호외시대〉론」,

　　　『현대문학의 연구』 4, 한국문학연구학회, 1993,

한원영, 『한국신문 한세기(개화기편)』, 푸른사상, 2002.

_____, 『한국신문 한세기(근대편)』, 푸른사상, 2004.

한점돌(1995), 「최서해와 프로 심파다이저의 미학 – 장편 「號外時代」를 중심으로」,
　　　『서강어문연구』 Vol.3 No.1.

함태영, 「1910년대 『매일신보』 소설 연구」, 연세대 박사논문, 2008.

_____, 『1910년대 소설의 역사적 의미』, 소명출판, 2015.

허재영, 「송완식(1927) 〈백과신사전〉의 전문 용어에 대하여」, 『한말연구』 35, 한말연
　　　구학회, 2014.

_____, 「1920년대 초 청년운동과 청년독본의 의의」, 『어문논집』 68, 중앙어문학회,
　　　2016.

허　찬, 「1920년대 〈운영전〉의 여러 양상」, 『열상고전연구』 38, 열상고전연구회, 2013.

홍상훈, 『전통 시기 중국의 서사론』, 소명출판, 2004.

황지영, 「근대 연애 담론의 양식적 변용과 정치적 재생산 – 강명화 소재 텍스트 양식을
　　　중심으로」, 『한국문예비평연구』 36, 한국현대문예비평학회, 2011.

황호덕, 「한국 근대 형성기의 문장 배치와 국문 담론」, 성균관대 박사논문, 2002.

새 천 년이 시작된 지도 벌써 몇 해가 지났다. 식민지와 분단국가로 지낸 20세기 한국 역사의 와중에서 근대 민족국가 수립과 민족 문화 정립에 애써온 우리 한국학계는 세계사 속의 근대 한국을 학술적으로 미처 정리하지 못한 채 세계화와 지방화라는 또 다른 과제를 안게 되었다. 국가보다 개인, 지방, 동아시아가 새로운 한국학의 주요 대상이 된 작금의 현실에서 우리가 겪어온 근대성을 다시 한번 정리하고 21세기에 맞는 새로운 모습으로 탈바꿈시키는 것은 어느 과제보다 앞서 우리 학계가 정리해야 할 숙제이다. 20세기 초 전근대 한국학을 재구성하지 못한 채 맞은 지난 세기 조선학·한국학이 겪은 어려움을 상기해 보면, 새로운 세기를 맞아 한국 역사의 근대성을 정리하는 일의 시급성은 아무리 강조해도 지나치지 않다.

우리 근대한국학연구소는 오랜 전통이 있는 연세대학교 조선학·한국학 연구 전통을 원주에서 창조적으로 계승하고자 하는 목표에서 설립되었다. 1928년 위당·동암·용재가 조선 유학과 마르크스주의, 그리고 서학이라는 상이한 학문적 기반에도 불구하고 조선학·한국학 정립을 목표로 힘을 합친 전통은 매우 중요한 경험이었다. 이에 외솔과 한결이 힘을 더함으로써 그 내포가 풍부해졌음은 두말할 나위가 없다. 연세대학교 원주캠퍼스에서 20년의 역사를 지닌 매지학술연구소를 모체로 삼아, 여러 학자들이 힘을 합쳐 근대한국학연구소를 탄생시킨 것은 이러한 선배학자들의 노력을 교훈으로 삼은 것이다.

이에 우리 연구소는 한국의 근대성을 밝히는 것을 주 과제로 삼고자 한다. 문학 부문에서는 개항을 전후로 한 근대계몽기 문학의 특성을 밝히는 데 주력할 것이다. 역사 부문에서는 새로운 사회경제사를 재확립하고 지역학 활성화를 위한 원주학 연구에 경진할 것이다. 철학 부문에서는 근대 학문의 체계화를 이끌고 사회과학 분야에서는 학제 간 연구를 활성화시키며 근대성 연구에 역량을 축적해 온 국내외 학자들과 학술 교류를 추진할 것이다. 이러한 연구들은 일방성보다는 상호 이해와 소통을 중시하는 통합적인 결과물의 산출로 이어질 것이다.

근대한국학총서는 이런 연구 결과물을 집약적으로 정리하기 위해 마련한 총서이다. 여러 한국학 연구 분야 가운데 우리 연구소가 맡아야 할 특성화된 분야의 기초 자료를 수집·출판하고 연구성과를 기획·발간할 수 있다면, 우리 시대 연구자들뿐만 아니라 학문 후속세대들에게도 편리함과 유용함을 줄 수 있을 것이다. 새롭게 시작한 근대한국학총서가 맡은 바 역할을 충분히 할 수 있도록 주변의 관심과 협조를 기대하는 바이다.

2003년 12월 3일
연세대학교 원주캠퍼스 근대한국학연구소